올리버 트위스트

Charles Dickens

Oliver Twist

올리버 트위스트

찰스 디킨스 | 황소연 옮김

시공사

일러두기

1 이 책은 찰스 디킨스의 장편소설《올리버 트위스트Oliver Twist》를 우리말로 옮긴 것이다.《올리버 트위스트》는 1837년부터 1839년까지 문학잡지《벤틀리스 미셀러니Bentley's Miscellany》에 연재되었던 작품으로, 이후 여러 단행본으로 출간되었다.
2 한국어판 번역은 1867년 찰스 디킨스가 직접 감수해 재출간한 저자 감수본《Oliver Twist》1937, Nonesuch Press를 대본으로 삼았다.
3 본문의 주는 모두 옮긴이의 주이다.

차 례

저자 감수본 서문

런던 사람들 중 하필 극악무도한 흉악범과 가장 타락한 인간들이 이 책의 등장인물로 채택된 것을 저속하고 충격적인 일로 받아들이는 시각이 오래전부터 존재했다.

이 책을 집필하던 당시 밑바닥 인생도 최상위 인생 못지않게 인간의 목적에 복무해서는 안 된다고 볼 만한 이유가 내게는 없었으므로(그들의 말이 우리 귀를 썩게 하지는 않는다) 나는 과감히 그 케케묵은 관점이 영원하지도 장수하지도 않을 거라 믿었다. 내가 그런 입장을 고수할 만한 이유는 얼마든지 있었다. 나는 도둑들에 관한 책을 수없이 읽었는데, 책 속의 그들은 매력적이고(대체로 사교적이다) 흠잡을 데 없는 옷차림에 주머니 사정이 넉넉하고 좋은 말을 타고 다니고 행동거지가 대담하며 여자들에게 깍듯하고 음주가무와 카드놀이와 주사위 게임에 능하고 가장 용맹한 자들의 동료로 적합한 자들이었다. 그들의 무참한 현실을 실제로 목격한 적은 없었지만(호가스[1]의 작품을 본 것이 전부였다) 그런 범죄자 무리를 있는 그대로 그리는 것이 꼭 필요한 일 같았다. 그들의 비뚤어지고 비참한 면면과 불결하고 불행한 삶을 그대로 묘사한다면, 가장 더러운 길로만 불안하게 숨어 다니고 거대하고 음산한 교수대가 늘 어른거리는 그들의 실상을 그대로 보여준다면, 그들을 되돌릴 수 있을 것 같았다. 이 일은 꼭 필요한 시도이자 사회에 대한 봉사로 보였다. 그래서 그들을 있는 그대로 그려내는 데 최선을 다했다.

내가 알기로 이런 인물을 다루는 책들은 인물 주변에 유혹적이고 매력적인 요소들을 깔아둔다. 〈거지 오페라〉[2]마저도 도둑들의 삶을 부러운 것으로 그리고 있다. 부하들을 휘어잡는 맥히스는 가장 아름다운 아가씨이자 그 작품에서 유일하게 순수한 인물이 헌신하는 대상인데, 허약한 관객의 눈에는 볼테르의 말마따나 수천 명의 부하들을 거느리며 저승행 판결권을 구매한 빨간 외투의 멋진 신사 못지않게 부럽고 모방하고 싶은 인물로

---

1   18세기 영국의 풍속화가, 신문 삽화가. 런던의 저잣거리와 시민들의 애환을 묘사한 작품으로 대중적 인기를 누렸다.

2   영국의 시인 겸 극작가 존 게이가 대본을 쓰고 페푸시가 작곡한 발라드 오페라. 도둑무리의 두목 맥히스가 밀고로 투옥되었다가 간수 로킷의 딸 루시의 도움으로 탈옥한 뒤 다시 체포되어 사형 선고를 받고 나서 우여곡절 끝에 사면되어 장물아비 피첨의 딸 폴리와 사랑을 이룬다는 이야기.

보인다. 맥히스가 집행 유예를 받았으니 누구든 도둑이 되려 하지 않겠느냐는 존슨의 질문은 내가 보기에 핵심을 비껴갔다. 맥히스가 사형 선고를 받는다고 해서, 피첨과 로킷 같은 인물들이 있다고 해서, 사람들이 도둑이 되는 걸 막을 수 있겠느냐고 나는 되묻고 싶다. 맥히스의 떠들썩한 생활, 호감 가는 외모, 대단한 성공, 상당히 유리한 이점을 고려한다면, 그쪽으로 소질이 있는 자들은 맥히스를 반면교사로 삼기는커녕 그 연극에서 화려하고 유쾌한 길만 보일 테니 명예로운 야망을 좇다가 시일이 지나면 결국은 사형대로 직행할 것이다.

사실, 존 게이의 재치 넘치는 사회 풍자극은 일반적인 사안을 다루다 보니 이런 측면에서 본보기를 부주의하게 선택하고 더 광범위한 목표들을 따라갔다. 에드워드 불워 경의 경이롭고 강력한 소설 《폴 클리퍼드Paul Clifford》도 마찬가지다. 이 점에 관한 한 이 소설은 어떤 식으로든 영향력을 발휘하지도 않거니와 그럴 의도도 없어 보인다.

이 책에서는 도둑의 일상이 어떻게 묘사되고 있을까? 이 소설의 삶은 비뚤어진 젊은이를 어떻게 홀리고 어리숙한 청소년을 어떻게 꼬드길까? 여기에는 말을 타고 월하의 황야를 누빈다거나 더없이 아늑한 동굴에서 한바탕 술판을 벌이는 내용은 없다. 화려한 복장, 자수 무늬, 레이스, 승마용 부츠, 러플이 달린 진홍색 외투도 없다. 까마득한 옛날부터 그들의 '여정'을 장식한 돌진과 자유도 없다. 그 대신 한밤중의 춥고 축축하며 은신처 하나 없는 런던의 거리와 악이 우글우글 들어차서 돌아설 틈이 없는 추저분하고 누추한 소굴, 상주하는 기아와 질병, 너덜너덜 다 해진 누더기가 있다. 이런 것들이 무슨 매력이 있겠는가?

하지만 천성이 워낙 고상하고 섬세해서 이렇게 흉한 것들을 못 견디는 사람들이 있다. 그들이 본능적으로 범죄를 싫어해서가 아니라 범죄자로 나오는 등장인물들이 고기 요리처럼 그들의 입맛에 맞춰 세련되게 치장되어야 하는데 그렇지 않기 때문이다. 그들의 눈에 초록색 벨벳 옷의 마사로니는 매력적인 인물이지만, 무명 옷의 사이크스는 꼴 보기 싫은 것이다. 마사로니 부인 같은 인물은 짧은 속치마에 화려한 드레스 차림의 숙녀라 활인화로 모방하거나 예쁜 노래를 곁들인 석판화에 등장할 감이 되지만, 낸시 같은 인물은 면 원피스와 싸구려 숄 차림이라 그럴 만한 감이 못 된다는 것이다. 놀랍게도 미덕은 더러운 양말에게 등을 돌리고 악덕은 리본과 화사한 옷차림과 결탁해 결혼한 숙녀들이 그러듯 성씨를 바꾸고 로맨스로 탈바꿈한다.

하지만 이렇게 (소설 속에서) 크게 승격된 인간들의 의상에서도 고스란히 드러나는 그 냉혹하고 극명한 진실이 이 책의 목적 중 일부였으므로, 나는 독자들을 위해 양생이의 외투에 난 구멍 하나, 낸시의 부스스한 머리에 매달린 종이 롤 하나도 빠트릴 수 없었다. 그런 것들을 외면하는 세련됨을 전혀 신뢰하지 않았고, 그런 사람들 중에서 전향자를 만들어내고 싶은 바람도 없었다. 나는 호평이든 악평이든 그들의 의견을 존중하지 않았다. 그들의 인정을 갈망하지도 않았고 그들의 즐거움을 위해 글을 쓰지도 않았다.

흉폭한 강도 사이크스를 향한 낸시의 헌신이 자연스럽지 않다는 의견이 제기되어 왔다. 같은 맥락에서 사이크스에 대한 비판도 존재하는데—나는 그것을 일관성이 없는 의견이라 감히 생각한다—그의 애인의 경우에는 부자연스러운 장점을 가졌다고 비판하더니 그에게는 그 장점이 너무 없다는 이유로 그가 과장되었다고 한다. 이 사이크스에 대한 비판에 대해서는, 유감스럽게도 세상에는 돌이킬 수 없을 정도로 완전히 타락한 무정하고 냉혹한 자들이 있다는 말만 해두겠다. 이것이 사실이든 아니든 한 가지만은 확신한다. 사이크스와 같은 사람들, 즉 그와 동일한 시간대에 동일한 환경을 거친 사람들은 그래도 본성은 그보다 나을 거라 볼 만한 모습이나 행동거지를 조금도 보인 적이 없다는 것이다. 그런 자들은 인간미가 가슴속에서 완전히 말라버린 것인지, 아니면 그런 마음을 움직이는 감정이 녹슬어 찾기 어렵게 된 것인지 나로서는 아는 척할 생각이 없지만, 앞서 말한 대로 그것이 진실이라 확신하고 있다.

낸시의 행동과 성격이 자연스러운지 부자연스러운지, 개연성이 있는지 없는지, 옳은지 그른지 따지는 것은 부질없는 짓이다. 그것이 진실이니까. 이러한 인생의 황량한 측면을 지켜본 사람이라면 그것이 진실임을 알고 있다. 그것은 내가 아주 오래전부터—소설을 쓰기 훨씬 이전부터—실생활이나 글을 통해 이미 짐작하던 바였고, 온갖 세파를 겪으며 그것을 몸소 체험한 지금은 내 마음속에 변함없는 진실로 자리 잡고 있다. 그 불쌍한 여자가 처음 소개된 이후 피투성이가 된 그녀의 머리가 강도의 가슴에 닿는 순간까지 과장되거나 부풀려진 말은 단 한마디도 없다. 단연코 그것은 하느님의 진실이다. 하느님이 그 부패하고 비참한 자들의 가슴속에 남겨두신 진실이자, 뒤쪽에서 어른거리는 희망의 그림자이며, 물이 말라버려 잡초가 우거진 우물 바닥에 남은 마지막 물방울이기도 하다. 그것에는 우리의 본성이 지니는 가장 선한 빛깔과 가장 악한 빛깔이 모두 포함돼 있는데, 대부분은 가장 흉한 색조를 띠지만 가장 아름다운 색조도 일부 있다. 일종의 모순, 변칙, 불가능한 일처럼 보이지만 이것은 진실이다. 나는 이제까지 이것이 의심을 받아왔다는 것을 오히려 기쁘게 생각한다. 충분한 확신을 가지고 (찾고자 한다면 얼마든지) 그것이 진실이라 증언할 수 있기 때문이다.

1850년 런던의 부시장이라는 한 놀라운 인사가 '야곱의 섬'[3]은 존재하지 않으며 존재한 적도 없다고 공개적으로 선언한 적이 있다. 1867년 현재 야곱의 섬은 개선되고 상당히 달라지긴 했지만 (불미스러운 장소로서) 여전히 존재한다.

1867년 찰스 디킨스

---

3   템스 강 남쪽 유역에 있던 빈민가.

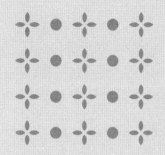

올리버 트위스트,
어느 교구 소년의 여정

1장

올리버 트위스트가 태어난 장소와
당시 정황에 대하여

어떤 마을이 있다. 여기가 어디인지는 특정하지 않는 게 현명하겠고 굳이 가상의 이름을 붙이지도 않겠다. 이곳에도 여러 공공건물이 있었고 크든 작든 마을이라면 으레 있기 마련인 공공건물, 정확히 말해 구빈원[4]이 있었다. 이 구빈원에서 목숨이 위태로운 아기 하나가 태어났는데, 출생 요일과 날짜는 독자에게 전혀 중요하지 않으니 따로 거론할 필요가 없겠고 아기의 이름은 이 장의 말머리에 밝힌 대로이다.

아기는 교구 의사의 손에 의해 이 슬프고 고달픈 세상으로 끌려 나온 뒤 이름이 필요할까 의심할 만큼 오랫동안 생존 여부가

4　일자리와 거처가 없는 사람들에게 숙식을 제공하고 일을 시키던 곳.

불투명했다. 당시는 이런 경우가 워낙 흔했는데, 만약 이 아기가 잘못됐더라면 이 이야기는 탄생하지 못했을 것이다. 어쩌어찌 기록이 남았더라도 기껏해야 두 쪽 분량이었을 테고, 가장 간결하고 믿음직한 모범적 전기의 큰 미덕을 간직한 채 모든 시대와 모든 나라의 문학사에 길이 살아남았을 것이다.

구빈원에서 태어나는 것이 인생 최대의 행운이자 부러움을 살 만한 상황이라 주장할 생각은 없지만, 올리버 트위스트에게는 차라리 잘된 일이었다고 본다. 올리버가 스스로 숨을 쉬도록 유도하는 일은 상당히 어려웠다. 호흡은 귀찮은 작업이지만 무사히 생존하려면 습관적으로 꼭 해야 하는 일이기도 하다. 한동안 아기는 넝마 조각들을 채워 만든 작은 매트리스 위에서 할딱거리면서 이승과 저승 사이에서 갈팡질팡하다 결국 저승 쪽으로 밀려갔다. 만약 그때 아기 옆에 세심한 할머니나 열성적인 이모 혹은 고모, 노련한 유모나 슬기로운 의사가 있었다면, 가망이 없다고 생각한 그들의 손에 아기는 즉시 살해됐겠지만, 아기의 곁에는 어쩌다 얻어 마신 맥주에 취해 눈앞이 어리어리한 구빈원 노파 하나와 관례대로 일을 처리하는 교구 의사뿐이었다. 그래서 올리버와 자연의 섭리는 엎치락뒤치락 접전을 벌였고, 올리버는 몇 번 안간힘을 쓴 끝에 겨우 숨을 쉬며 재채기를 하고는 울음을 터뜨려 그 교구에 짐 덩이가 하나 더 늘었다는 사실을 구빈원 사람들에게 선포했다. 그것은 사내아이다운 우렁찬 울음이었으나, 대단히 유용한 신체 기관인 목청으로 3분 15초 이상 줄기차게 울어댄 것은 사내아이치고도 드문 일이었다.

올리버가 처음으로 허파의 원활한 작동을 증명하였을 때, 철제 침대 틀 위 흐트러진 누더기 이불이 버스럭거렸다. 그러고 나서 젊은 여인의 파리한 얼굴이 베개에서 맥없이 들리더니 "아이를 보고 죽게 해줘요"라는 말이 희미한 목소리에 실려 간신히 들려왔다.

불을 향해 앉아 손을 비비면서 손바닥을 번갈아 데우던 의사는 젊은 여인의 말에 일어나 침대머리로 다가가서는 의사답게 더 다정한 목소리로 말했다. "죽는다는 말은 아직 일러요."

"아이고 하느님, 그럼 안 돼!" 구석에서 병 안의 내용물을 맛나게 홀짝거리던 유모 할멈이 초록색 유리병을 얼른 주머니에 넣었다. "하늘도 무심하시지, 이 여자가 나만큼만 오래 살 수 있다면 좋으련만. 자식을 열셋 정도 두었다가 다 죽고 두 자식만 살아남아 같이 구빈원에 살게 될지언정 이러면 안 되는 거야. 아이고 하느님, 어쩜 좋아! 엄마가 된다는 게 어떤 건지 한번 생각해보구려. 어여쁜 새끼를 잊지 말라고."

아이 엄마임을 일깨우며 위로하는 말은 아무런 효과를 내지 못했다. 여자는 고개를 젓고 나서 아기 쪽으로 손을 내밀었다.

의사가 아기를 건네주자 여자는 차갑고 파리한 입술로 아기 이마에 열렬히 입을 맞추고는 양손을 자기 얼굴 위로 올리고 주변을 격렬하게 둘러보더니 몸을 부르르 떨다 축 늘어져 그대로 죽어버렸다. 그들은 여자의 가슴과 양손, 관자놀이를 문질렀지만 피는 이미 영영 멈춘 뒤였다. 그들은 희망과 위안이 담긴 말을 해주었지만, 희망과 위안은 이 여자에게 등을 돌린 지 오래였다.

"다 끝났어요, 아무개 부인!" 결국 교구 의사가 말했다.

"에구, 딱해라. 그러게 말이에요!" 유모 할멈은 아기를 안으려 몸을 숙이다가 베개 위로 떨어진 초록색 병의 코르크 마개를 집으며 말했다. "딱해서 어쩌나!"

"아기가 울면 얼른 나한테 사람을 보내요, 유모." 의사가 꼼꼼히 장갑을 끼면서 말했다. "분명 성가시게 굴 겁니다. 그러면 귀리죽을 조금 먹여봐요." 그는 모자를 쓰고 문 쪽으로 가다 말고 침대 옆에 잠시 멈춰 서서 덧붙였다. "참 예쁜 여자였는데. 어디서 온 여자래요?"

"간밤에 이리 실려 왔어요." 노파가 대답했다. "감독관 명령으로 말이죠. 길가에 쓰러진 채 발견됐대요. 한참 걸어왔는지 신발이 다 닳아서 너덜너덜했는데, 어디에서 왔는지, 어디로 가는 중이었는지 아무도 몰라요."

의사는 주검 위로 몸을 굽히고 망자의 왼손을 들어 올렸다. "뻔하죠 뭐." 그가 고개를 절레절레 저으며 말했다. "결혼반지가 없잖아요. 에이그! 난 이만 갑니다!"

교구 의사는 저녁을 먹으러 걸어갔고, 유모는 다시 초록색 병을 탐닉하다가 불가의 낮은 의자에 앉아 아기에게 옷을 입혔다.

아, 어린 올리버 트위스트는 옷의 힘을 여실히 증명하는 훌륭한 사례였다! 담요 한 장에 싸여 있을 때만 해도 아기는 귀족의

자식인지 거지의 자식인지 확실하지 않았다. 아무리 잘난 체하는 사람도 이 아이를 모른다면 아이의 사회적 신분을 알아맞히기 어려웠을 것이다. 하지만 같은 용도로 오랫동안 사용되어 누렇게 바래버린 옥양목 옷을 입고 이름표와 번호표까지 달고 나니 아이는 단번에 제자리를 찾았다. 교구 아이, 구빈원 고아, 밥 먹듯 굶주리다 쇠고랑을 차고 세파에 시달릴 비천한 노동자, 모두가 경멸하고 아무도 딱히 여기지 않는 인간!

올리버는 힘차게 울었다. 자기가 교구 관리들과 감독관들의 자비에 좌우되는 고아 신세임을 알았더라면 더욱 우렁차게 울어댔을 것이다.

2장
올리버 트위스트의 양육과 교육,
식생활에 대하여

그 후 여덟 달 내지 열 달 동안 올리버는 위선적이고 기만적인 제
도 및 방침의 희생양이 되었다. 아기가 젖이 아닌 손에 의해 양육
된 것이다. 갓난 고아 아이의 굶주리고 궁핍한 형편은 때마다 구
빈원 관리에 의해 교구 관리에게 보고되었는데, 교구 관리는 구
빈원 관리에게 위안과 영양분이 시급한 올리버 트위스트를 먹이
고 달래줄 만한 여자가 '그 집'에 없냐고 근엄하게 물었다. 구빈
원 관리가 없다고 굽신거리며 대답하자 말이 끝나기 무섭게 교
구 관리는 올리버를 "위탁하라"는 관대하고 인도적인 처분을 내
렸다. 아이를 5킬로미터 떨어진 구빈원의 분원으로 보내라는 말
이었다. 그곳에는 어린 빈민법 위반자 이삼십 명이 온종일 집 바
닥을 뒹굴 뿐 너무 잘 먹고 너무 잘 입어 생기는 불편함은 전혀

겨지 않았다. 부모를 대신해 이 아이들을 감독하며 보호하는 사람은 어느 중년 부인이었는데, 그녀는 어린 범법자들을 받아 돌보는 대가로 두당 일주일에 7.5펜스씩 받았다. 일주일에 7.5펜스라는 돈은 아이가 배불리 먹기에 충분한 돈이었다. 7.5펜스면 배불리 먹일 만한 음식을 넉넉히 구할 수 있었다. 그 중년 부인은 꾀와 경험이 많은 여자라 아이들에게 무엇이 좋고 본인에게는 무엇이 좋은지 정확히 간파하고 일주일치 수급액의 대부분을 자기 좋을 대로 써버린 뒤 자라나는 교구 아이들에게는 턱없이 모자란 몫을 배분했다. 또한 저급한 것들 가운데 가장 저급한 것을 용케 찾아내는 것으로 본인이 극단적 경험주의 철학자임을 입증했다.

말은 먹지 않아도 사는 동물이라는 위대한 이론을 창시한 또 다른 경험주의 철학자의 이야기를 모두 알 것이다. 그 철학자는 자신의 이론을 철저히 실행한 끝에 자기 말의 먹이를 하루에 지푸라기 하나로 줄임으로써 공기만 실컷 먹고도 팔팔하고 활기찬 말을 소유할 뻔했으나, 스물네 시간 뒤 그의 말은 죽고 말았다. 안타깝게도 올리버 트위스트의 양육을 맡은 어느 여성의 경험주의 철학도 그녀가 운영하는 곳에서 대체로 비슷한 결과를 낳았다. 지극히 저질인 데다 양도 쥐꼬리인 음식으로 연명하다 보면 아이는 십중팔구 굶주림과 추위에 병들거나, 방치되다 불속으로 떨어지거나, 사고로 질식하는 일이 다반사였다. 어떤 경우든 가련한 아이는 대개 저세상으로 불려가 이승에서는 몰랐던 아버지와 상봉하곤 했다.

간혹 교구 아이를 미처 못 보고 침대 틀을 뒤집어 아이가 죽거나 세탁하는 날 아이가 화상을 입어 죽는 일이 발생하면 — 보육원에서는 세탁하는 일이 거의 없었으므로 후자의 경우는 드물었다 — 평소보다 더 흥미로운 검시가 이루어졌는데, 배심원들이 난처한 질문을 해대거나 교구민들이 반발하여 진정서에 서명하는 일도 벌어졌다. 하지만 이런 도전은 교구 의사가 제시하는 증거와 교구 사무관[5]의 증언에 의해 신속히 제지되었다. 의사는 매번 시체를 해부했으나 몸 안에서는 아무것도 발견되지 않았고 (십중팔구 그러했다) 교구 사무관은 늘 교구 측의 뜻대로 증언하며 몸소 희생정신을 발휘했다. 게다가 교구 위원회는 보육원 정기 시찰 때마다 전날 교구 사무관을 보육원으로 보내 시찰 나간다는 걸 미리 알렸다. 그들이 갈 때마다 아이들은 늘 단정하고 깨끗한 모습이었으니, 사람 사는 게 이 정도면 됐지 무얼 더 바라겠는가!

이런 보육원 제도하에서는 딱히 훌륭한 성과를 기대하기란 어렵다. 아홉 번째 생일을 맞은 올리버 트위스트는 창백하고 깡마른 데다 조금 작은 키에 몸집은 상당히 왜소한 아이였다. 하지만 자연의 섭리인지 유전된 것인지 올리버의 마음에는 훌륭하고 꿋꿋한 정신이 자리 잡고 있었다. 이러한 정신은 이 시설의 인색한

---

5   빈민법을 집행하고 교회의 사무를 맡아보며 경범죄를 벌하던 교구의 관리. 정해진 제복을 차려입었다.

식생활 덕분에 나날이 성장할 공간이 충분했으니, 올리버가 아홉 번째 생일을 무사히 맞이한 것도 이러한 상황이 크게 작용했는지도 모른다. 아무리 그렇다 해도 그날은 올리버의 아홉 번째 생일이었지만, 올리버는 다른 꼬마 신사 둘과 함께 지하 석탄 창고에서 생일을 보내고 있었다. 감히 배가 고픈 게 아닐까 생각했다는 이유로 다른 두 아이와 함께 실컷 두들겨 맞고 그곳에 갇힌 참이었다. 그때 교구 사무관 범블 씨가 유령처럼 홀연히 나타나 정원의 쪽문을 열려고 하는 바람에 보육원 책임자 맨 부인은 화들짝 놀랐다.

"에구머니! 범블 씨 아니세요?" 맨 부인은 반색하는 얼굴을 창밖으로 내밀며 말했다. "(수전, 당장 올리버랑 두 녀석을 데리고 올라와 씻기도록 해.) 어마나 깜짝이야! 범블 씨, 이렇게 반가울 수가!"

하지만 범블 씨는 뚱뚱한 데다 다혈질인 남자였다. 그는 이 환영의 인사에 살갑게 응하는 대신 작은 쪽문을 와락 흔들어대고는 교구 사무관 아니랄까 봐 쪽문을 대차게 걷어찼다.

"세상에나." 이제 그 사내아이 셋은 안 보이는 곳으로 치워지고 없을 게 분명했으므로 맨 부인은 그렇게 말하며 밖으로 달려 나갔다. "세상에나! 애들 때문에 문을 안에서 잠가놓았는데 그걸 깜박했네요! 들어오세요, 나리. 들어오세요, 범블 씨, 얼른요, 나리."

환영사에 이어 무릎을 굽힌 절까지 나왔으니 교구 관리의 마음이 풀릴 만도 했으나 교구 사무관의 성미는 전혀 누그러지지 않았다.

"과연 이것이 존중하는 태도나 적절한 행동이라 생각하시오, 맨 부인?" 범블 씨는 지팡이를 움켜쥔 채 물었다. "교구 고아에 관한 교구의 공무로 찾아온 교구의 관리를 이리 정원 쪽문 앞에 세워두다니 말이오? 맨 부인, 당신은 교구의 대리인이자 봉급쟁이라는 걸 알고나 있는 거요?"

"그게요, 범블 씨, 나리라면 껌뻑 죽는 우리 아이들 한두 녀석에게 나리가 오셨다는 말을 해주느라 그랬답니다." 맨 부인이 굽신거리며 대답했다.

범블 씨는 평소 자신의 입담과 체면을 중요시하는 사람이었다. 입담을 자랑한 데다 체면까지 치켜세워진 터라 그만 마음이 풀어졌다.

"됐소, 됐소, 맨 부인." 그는 누그러진 어조로 말했다. "다 그런 거지요 뭐. 안으로 안내하시오, 맨 부인, 공적인 일로 왔으니까. 할 얘기가 있소."

맨 부인은 교구 사무관을 바닥에 벽돌을 깐 작은 거실로 안내한 뒤 의자를 놓아주고는 시키지 않았는데도 그의 삼각모와 지팡이를 앞의 탁자에 올려놓았다.

범블 씨는 걸어오느라 난 이마의 땀을 닦아내고 나서 삼각모를 흡족한 눈으로 슬쩍 쳐다보고는 미소를 지었다. 미소를 짓고 말고. 교구 사무관도 인간인지라, 범블 씨는 미소를 짓고 말았다.

"언짢게 생각 마시고 제 말씀 좀 들어보세요." 맨 부인은 매력적이고 상냥한 투로 말했다. "나리께서 먼 길을 걸어오시지만 않았어도 이런 말씀 드리지 않았을 거예요. 저기, 뭐라도 좀 드시겠어요? 한 모금 어떠세요, 범블 씨?"

"한 모금도 안 됩니다, 단 한 모금도." 범블 씨는 근엄하면서도 차분하게 오른손을 내저으며 대답했다.

"드셔도 될 것 같은데요." 맨 부인은 범블 씨의 사양하는 말투와 동반된 손짓을 보고 말했다. "딱 한 모금만요, 약간의 찬물에 설탕 한 덩이를 타서요."

범블 씨는 헛기침을 했다.

"자, 딱 한 모금만 드릴게요." 맨 부인이 권했다.

"그게 뭡니까?" 교구 사무관이 물었다.

"아유, 그거요, 범블 씨. 우리 귀염둥이들이 아플 때 대피[6]에 섞어주려고 조금씩 상비하는 거요." 맨 부인은 구석에 있는 찬장을 열고 병과 유리잔을 꺼내며 말했다. "진 말이에요, 범블 씨. 빈말이 아니랍니다. 진 맞아요."

"아이들에게 대피를 먹인단 말이오, 맨 부인?" 범블 씨는 시선을 움직여 진을 섞는 흥미로운 과정을 지켜보며 물었다.

"아, 딱한 아이들, 당연하지요." 보모가 대답했다. "아이들이 아파하는 걸 어떻게 보고만 있겠어요, 나리."

---

6 목사 토머스 대피가 만든 특허 의약품으로, 18~19세기 영국과 미국에서 널리 쓰였던 약물. 처음에는 위장약으로 쓰였으나 점차 사용 범위가 확대되었고 진을 타서 먹기도 했다.

"그럼요." 범블 씨가 수긍했다. "그렇고말고요, 맨 부인. 당신은 참 인간적인 여자요, 맨 부인." (맨 부인이 유리잔을 내려놓았다.) "내 조만간 이 사실을 교구 위원회에 보고하리다, 맨 부인." (그는 잔을 끌어당겼다.) "아이들을 자식처럼 아끼나 보군요, 맨 부인." (그는 물을 탄 진 잔을 흔들었다.) "그, 그럼 기꺼이 당신의 건강 음료를 마셔보지요, 맨 부인." 그는 잔의 절반을 삼켰다.

"이제 일 얘기를 합시다." 교구 사무관은 가죽 지갑을 꺼내며 말했다. "약식 세례[7]를 받은 올리버 트위스트라는 아이가 오늘부로 아홉 살이 되오."

"딱하기도 하지!" 맨 부인이 앞치마 귀퉁이로 왼쪽 눈가를 찍어대면서 끼어들었다.

"보상금을 10파운드에서 나중에 20파운드까지 올렸는데도 소용이 없었어요. 교구에서 실로 초자연적인 노력을 기울여 백방으로 애썼는데도 아이 아비가 누군지, 아이 어미의 혼인 관계나 이름, 환경 따위를 전혀 알아내지 못했소."

맨 부인은 놀라 양손을 치켜들었지만 잠시 생각하다 덧붙였다. "그럼 그 아인 어떻게 이름을 갖게 된 건가요?"

교구 사무관은 자긍심에 몸을 꼿꼿이 세우고 말했다. "내가 지어줬지요."

"범블 씨가요!"

<hr />

7   정식 세례성사를 생략하고 약식으로 주는 세례. 갓난아기가 아플 때 산파가 임시로 세례를 대신할 수 있다.

"그렇소, 맨 부인. 우리는 고놈들에게 알파벳 순서로 이름을 지어줍니다. 직전 아이가 S라서 '스워블'이라는 이름을 붙였지요. 그다음은 T니까 녀석에게 '트위스트'라고 지어준 거요. 다음 녀석은 '언윈'이 될 테고, 그다음은 '발킨스'가 될 거요. 알파벳 끝까지 이름을 다 지어놓았는데, Z까지 가면 처음부터 반복하게 됩니다."

"세상에, 정말이지 작가님이 따로 없네요, 범블 씨!" 맨 부인이 말했다.

"아, 뭐, 그게." 교구 사무관이 칭찬에 흡족한 티를 내며 말했다. "그렇게 볼 수도 있겠군요. 그렇게 볼 수도 있겠어요, 맨 부인." 그는 진 잔을 다 비우고는 덧붙였다. "이제 올리버는 여기 있기에 나이가 너무 많아서 위원회는 녀석을 다시 집으로 들이기로 결정했소. 내가 친히 데리러 온 거요. 얼른 아이를 불러와요."

"당장 가서 데리고 오죠." 맨 부인은 그렇게 말하며 올리버를 데리러 방을 나갔다. 올리버는 얼굴과 손을 뒤덮었던 때를 대충 벗겨내고 꽤 말끔해진 모습으로 자비로운 보호자에 이끌려 들어왔다.

"나리께 인사 올리거라, 올리버." 맨 부인이 말했다.

올리버는 의자에 앉은 교구 사무관을 향해서인지 탁자 위의 삼각모를 향해서인지 애매하게 인사를 했다.

"나랑 같이 가겠니, 올리버?" 범블 씨가 근엄한 목소리로 물었다.

올리버는 누구든 따라가겠다고 말하려다 말고 눈을 들었는데, 교구 사무관의 의자 뒤에서 험악한 얼굴로 자신을 향해 주먹을 흔들어대는 맨 부인이 보였다. 그 주먹은 올리버의 기억보다는 몸에 깊은 인상을 워낙 자주 남긴 터라 올리버는 그 뜻을 즉시 알아들었다.

"아주머니도 같이 가시나요?" 가엾은 올리버가 물었다.

"아니, 못 가신다." 범블 씨가 대답했다. "하지만 가끔 너를 보러 오실 게다."

이 말은 아이에게 별 위로가 되지 못했다. 하지만 올리버는 어린 나이임에도 떠나게 되어 몹시 섭섭한 척 연기할 정도의 눈치는 있었다. 소년은 어렵지 않게 눈물을 끌어냈다. 굶주림과 최근에 당한 학대는 울고 싶을 때 큰 도움이 되는 법이라 올리버는 아주 자연스럽게 울 수 있었다. 맨 부인은 올리버를 골백번 끌어안고는 포옹보다 훨씬 더 절실한 버터 바른 빵을 주었다. 안 그랬다가는 너무 허기진 모습으로 구빈원에 도착할 게 분명했기 때문이다. 그런 연유로 올리버는 한 손에는 빵을 들고 머리에는 천으로 된 작은 갈색 교구 모자를 쓴 채 범블 씨를 따라 친절한 말 한마디 못 듣고 다정한 얼굴 한 번 못 보고 암울한 유년기를 보낸 형편없는 집을 떠났다. 하지만 농가의 대문이 뒤에서 닫히는 순간, 아이는 별수 없이 비통한 울음을 터뜨렸다. 비참한 또래 친구들을 남겨두고 가는 것이 가슴 아팠기 때문이다. 올리버에게 그들은 세상에 둘도 없는 유일한 벗들이었다. 이 넓은 세상에

나 혼자라는 고독감이 난생처음 아이의 가슴을 파고들었다.

범블 씨는 성큼성큼 걸었고, 어린 올리버는 범블 씨의 황금색 레이스 소매를 꽉 붙들고 옆에서 종종걸음을 치면서 400미터마다 "다 왔나요?" 하고 물었다. 범블 씨는 아이의 질문에 짧고 무뚝뚝하게 대꾸했다. 물을 탄 진이 일부 사람의 마음에 일시적으로 환기하는 상냥한 기분은 이미 증발되고 없었기 때문이다. 그는 교구 사무관으로 돌아와 있었다.

올리버가 구빈원 담장 안으로 들어온 지 15분이 채 지나지 않아 두 번째 빵 조각을 다 먹지 못했을 때, 올리버를 어떤 노파에게 맡겨두고 갔던 범블 씨가 돌아왔다. 그는 올리버에게 그날 저녁은 위원회가 열리는 날이라 위원회가 올리버를 호출했다고 말했다.

올리버는 '위원회board'라는 게 무엇인지, 사람인지 판자인지 명확한 개념이 없던 터라 통보를 받고 조금 놀랐을 뿐 웃어야 할지 울어야 할지 헷갈렸지만 그 문제를 곰곰이 생각할 겨를이 없었다. 범블 씨가 지팡이로 아이의 머리를 톡 쳐서 정신이 번쩍 들게 한 다음 등짝을 한 대 더 쳐서 활력을 불어넣고는 따라오라고 명령했기 때문이다. 그는 하얗게 칠한 널찍한 방으로 아이를 데려갔는데, 거기에는 뚱뚱한 신사들이 여덟 명에서 열 명가량 탁자에 둘러앉아 있었다. 상석에는 유난히 뚱뚱한 데다 얼굴이 아주 동그랗고 붉은 신사가 다른 의자보다 조금 더 높은 안락의자에 앉아 있었다.

"위원회에 인사 올리거라." 범블이 말했다. 올리버는 아직 매달려 있던 눈물 두세 방울을 닦고 나서 판자는 없고 탁자만 보이는지라 다행이다 싶은 마음으로 탁자를 향해 고개를 숙여 인사했다.

"이름이 뭐냐?" 높은 의자의 신사가 물었다.

올리버는 너무 많은 신사들을 한꺼번에 보고는 덜컥 겁이 나서 덜덜 떨다가 뒤에서 교구 사무관이 다시 쥐어박는 바람에 울음을 터뜨리고 말았다. 아이는 기어드는 목소리로 쭈뼛쭈뼛 대답했고, 하얀 조끼를 입은 신사는 모자란 애로군, 하고 말했다. 참으로 아이의 기를 살려주고 긴장을 풀어주는 훌륭한 방편이었다.

"얘야." 높은 의자의 신사가 말했다. "잘 듣거라. 네가 고아라는 건 알고 있지?"

"고아가 뭔가요, 나리?" 불쌍한 올리버가 물었다.

"모자란 녀석이로군. 내 그럴 줄 알았지." 하얀 조끼를 입은 신사가 말했다.

"쉬잇!" 방금 전 올리버에게 말했던 신사가 말했다. "얘, 네가 아비도 어미도 없어 우리 교구에서 길러줬다는 건 알고 있겠지, 응?"

"네, 나리." 올리버는 비통한 눈물을 흘리며 대답했다.

"대체 왜 우는 거냐?" 하얀 조끼의 신사가 물었다. 분명 이것은 흔치 않은 일이었다. 대체 이 아이에게 울 일이 뭐가 있어서?

"매일 밤 기도는 올리고 있니?" 다른 신사가 걸걸한 목소리로 말했다. "널 먹이고 보살피는 사람들을 위한 기도도. 기독교인처럼 말이다."

"네, 나리." 올리버는 말을 더듬었다. 방금 이 신사는 본의 아니게 올바른 말을 한 셈이었다. 만약 올리버가 자기를 먹여주고 보살펴 준 사람들을 위해 기도했다면 대단히 기독교인다운, 참으로 훌륭한 크리스천다운 행동이었을 테니 말이다. 하지만 아무도 그걸 가르쳐주지 않았으므로 올리버는 그런 기도를 한 적이 없었다.

"그래! 네가 여기 온 것은 교육을 받고, 또 쓸모 있는 기술을 배우기 위해서야." 높은 의자에 앉은 붉은 얼굴의 신사가 말했다.

"내일 아침 6시부터 뱃밥 만드는 일을 하거라." 하얀 조끼를 입은 괴팍한 신사가 거들었다.

올리버는 뱃밥 만드는 단순한 공정에 이처럼 장점을 두 개나 부여한 데 대해 교구 사무관의 지시에 따라 몸을 바짝 낮춰 감사의 인사를 올리고는 널찍한 구빈원 숙소로 끌려가서 거칠하고 딱딱한 침상에서 흐느끼다 잠이 들었다. 이 얼마나 잉글랜드의 자비로운 법률이 살아 있는 고상한 풍경인지! 구빈원의 아이를 잠자게 두다니!

가엾은 올리버! 아이는 주변을 의식하지 못하고 행복한 잠에 빠진 탓에 바로 그날 저녁 위원회가 자신의 앞날을 좌우하는 중대한 결정을 내렸음을 전혀 알지 못했다. 하지만 그들은 결정을 내렸고, 그 내막은 이러했다.

위원회 구성원들은 대단히 슬기롭고 심오하며 철학적인 남자들이었다. 그들은 관심을 구빈원으로 돌렸을 때 보통 사람들은 간과했을 사실을 즉시 간파했다. 가난한 사람들이 구빈원을 좋아한다는 사실을! 가난한 계층에게 구빈원은 정기적으로 찾는 공공 오락실이자, 공짜로 잠자는 여관이며, 1년 내내 아침, 점심, 차, 저녁까지 얻어먹는 공짜 식당이라는 걸. 팡팡 놀기만 하고 일은 하지 않는, 벽돌과 회반죽으로 지어진 낙원이라는 걸. "아하!" 위원회 위원들은 다 알겠다는 듯 말했다. "우리가 바로잡아야지 안 되겠소. 지체 없이 이 모든 걸 멈춰야 하오." 그래서 그들은 가난한 자들에게 구빈원 안에서 서서히 굶어 죽든지, 아니면 구빈원 밖에서 즉시 굶어 죽든지 양자택일할 권리를 준다는 원칙을 세웠다(그들은 누구에게도 강요하지는 않으므로). 그에 따라 수도업체와는 물을 무제한 제공받는 상수도 계약을 체결하고 곡물 도매상과는 가끔씩 소량의 귀리 가루를 공급받는 계약을 맺었다. 그리하여 하루 세 번 묽은 귀리죽만 지급하되, 일주일에 두 번 양파 한 알과 일요일마다 빵 반 덩어리를 제공하기로 했다. 그 외에도 여자들과 관련하여 여기서 일일이 거론할 필요가 없는 슬기롭고 자비로운 규정을 여럿 제정했다. 또한 가난한 부부들을 이혼시켜 민사회관[8]의 이혼 소송비를 감면해 주는 친절을

8 1875년까지 이혼, 결혼, 유언을 관장하던 런던의 관청.

베푸는가 하면, 그간 남자들이 졌던 가족 부양의 의무를 강요하는 대신 남자에게서 가족을 떼어놓아 홀아비를 양산했다! 구빈원 생활이 결부되지 않았다면 이 두 가지 항목만으로 사회 각계각층에서 얼마나 많은 구제 신청자들이 쇄도했을지 짐작하기 어렵다. 하지만 위원회는 선견지명이 있는 자들답게 그러한 난관에 대비했다. 구빈원에 거주하면서 귀리죽을 먹지 않고서는 구제를 받을 수 없게 함으로써 사람들에게 겁을 주었던 것이다.

올리버가 구빈원으로 옮겨 온 후 처음 여섯 달 동안 이 새로운 체제가 전면 시행되었다. 처음에는 오히려 비용이 조금 늘어났다. 구빈원 거주자들이 한두 주 동안 귀리죽만 먹는 바람에 장례비용이 증가한 데다 그들의 몸이 쇠약해지고 쪼그라드는 통에 옷이 죄다 헐렁거려 옷을 줄여줘야 했기 때문이다. 하지만 결국 구빈원 재소자의 수는 빈민의 수와 함께 줄어들었고, 위원회는 환희에 차올랐다.

사내아이들이 식사하는 큰 석재 강당의 한쪽 끝에는 가마솥이 있었다. 식사 시간이면 구빈원 원장은 앞치마 차림으로 여자 한두 명의 보조를 받아 귀리죽을 국자로 퍼 주었다. 이 축제의 현장에서 사내아이들은 딱 죽 한 그릇씩 받았을 뿐 명절에 65그램짜리 빵 한 덩이를 덤으로 받을 때를 제외하면 절대 더 받는 법은 없었다. 그릇은 설거지할 필요조차 없었다. 사내아이들이 숟가락으로 하도 닥닥 긁어댄 바람에 반짝반짝 윤이 날 정도였다. 아이들은 식사를 끝내고 나면(숟가락이 그릇만큼이나 커서 시간이 얼마 걸리지도 않았다) 가마솥을 열렬히 응시하며 앉아 있었는데, 가마솥을 받친 벽돌도 삼킬 태세였다. 그러면서 혹시 죽 한 방울이라도 튀었을까 싶어 손가락을 게걸스럽게 쪽쪽 빨아댔다. 사내아이들은 일반적으로 먹성이 좋다. 올리버 트위스트와 다른 사내아이들은 석 달 동안 서서히 굶주리는 고통에 시달린 끝에 걸신이 들린 듯 사나워졌다. 나이에 비해 키가 큰 아이 하나는 (아버지가 얼마 전까지 작은 음식점을 운영한 터라) 영 적응을 못 하다가 하루에 죽 한 그릇을 더 안 먹으면 밤중에 옆에서 자는 아이를 잡아먹을지도 모르겠다는 험한 말까지 하게 되었는데, 옆자리 아이는 하필 나이가 어리고 허약한 아이였다. 큰 소년의 눈은 허기져 사나운 빛을 띠었고, 아이들은 그 말을 참말로 믿었다. 급기야 회의가 열려 그날 저녁 식사 후 원장에게 가서 먹을 걸 더 달라고 요구할 사람을 제비뽑기로 정했는데, 그만 올리버 트위스트가 뽑히고 말았다.

저녁이 되어 아이들은 각자의 자리에 앉았다. 원장은 요리사 복장을 하고 가마솥 옆에 자리 잡았고 바로 뒤에는 구빈원 거주자 둘이 보조원으로 늘어섰다. 귀리죽이 배급되었다. 기나긴 식전 기도에 비해 식사하는 시간은 짧았다. 귀리죽은 사라졌고, 아이들은 서로 속삭이며 올리버에게 눈짓을 보냈다. 바로 옆자리의 아이들은 팔꿈치로 올리버를 쿡쿡 찔러댔다. 올리버는 비록 어린 나이였지만 굶주림에 눈이 멀고 불행에 무모해진 상태였다. 아이는 탁자에서 일어나 그릇과 숟가락을 들고 원장에게 나아가서 본인도 깜짝 놀랄 만큼 대담하게 말했다.

"제발, 나리, 조금만 더 주세요."

원장은 뚱뚱하고 강건한 남자였지만, 안색이 창백해졌다. 놀라 멍해진 얼굴로 꼬마 반역자를 빤히 보다가 가마솥에 기댔다. 보조원 둘은 놀라 얼이 빠졌고 아이들은 겁에 질렸다.

"뭐라고?" 원장이 작은 목소리로 겨우 말했다.

"제발요, 나리." 올리버가 대답했다. "조금만 더 주세요."

원장은 국자로 올리버의 머리를 겨냥해 내리치고는 양팔로 아이를 옥죄며 교구 사무관을 바락바락 불러댔다.

위원회가 비밀회의를 경건히 진행하고 있을 때 몹시 흥분한 교구 사무관 범블이 느닷없이 안으로 뛰어 들어와 높은 의자에 앉은 신사에게 보고했다.

"림킨스 위원님, 실례하겠습니다! 올리버 트위스트가 먹을 걸 더 달라고 했답니다!"

모두가 경악했고, 모든 얼굴에 공포가 떠올랐다.

"더 달라니!" 림킨스 씨가 물었다. "진정하게, 범블. 똑바로 대답해 보게. 그 아이가 배급된 규정량을 먹고도 더 달라 했단 말인가?"

"그렇습니다, 위원님!" 범블이 대답했다.

"딱 교수형 감이로군." 하얀 조끼를 입은 신사가 끼어들었다. "분명 그 녀석은 교수형 감이야."

아무도 그 신사의 예언적 의견을 반박하지 않았다. 열띤 토론이 벌어졌다. 올리버는 명령에 따라 즉시 감금되었고, 이튿날 아침에는 누구든 올리버 트위스트를 교구에서 데려가는 사람에게 금화 다섯 냥을 주겠다는 공고가 대문 밖에 나붙었다. 말하자면, 남자든 여자든, 원하는 사람은 누구든 5파운드를 받고 올리버 트위스트를 데려가 장사를 하든 용무를 보든 천직을 수행하든 조수로 부려먹을 수 있다는 뜻이었다.

"내 평생 이런 확신이 든 적은 없었어." 이튿날 아침 하얀 조끼를 입은 신사는 대문을 두드리다가 공고문을 읽으며 중얼거렸다. "내 평생 이런 확신은 없었단 말이지. 이 녀석 딱 교수형 감이라니까."

하얀 조끼를 입은 신사의 말이 맞는지는 나중에 보여줄 생각이다. 올리버 트위스트의 인생이 그런 격렬한 파국을 맞을지 감히 지금 귀띔한다면, 이 이야기의 재미가(조금이라도 재미가 있다면) 반감될 테니 말이다.

3장
올리버 트위스트에게
고된 일자리가 생길 뻔하다

올리버는 감히 죽을 더 달라고 요구하는 불경한 신성모독죄를 범한 날로부터 일주일 동안 지혜와 자비의 위원회가 배정한 어둡고 외로운 방에 죄수나 다름없이 갇혀 지냈다. 만약 올리버가 하얀 조끼를 입은 신사의 예언을 존중했더라면 손수건의 한쪽 끝을 벽 고리에 묶고 다른 끝에는 본인의 목을 매달아 이 현자입네 하는 인간의 예언자적 위상을 한껏 올려주었으리라. 하지만 한 가지 장애물이 있어 그 재주를 부릴 수 없었으니, 위원회가 회의를 소집하고 손수건을 사치품으로 규정한 뒤 구빈원 거주자들의 코에서 영원히 추방하라는 명령을 내렸기 때문이다. 이 명령은 서명과 공인 후 엄숙히 하달되고 선포되었다. 하지만 그보다 훨씬 큰 장애물은 올리버가 아직 어리고 미숙하다는 점이었다. 아이는 종일 비통하게 울기만 하다가 울적하고 기나긴 밤이 오면 어둠을 몰아내려 고사리손을 펴서 두 눈을 가리고는 구석에 웅크린 채 잠을 청했고, 얼마 못 가 흠칫 놀라며 깨어나서 덜덜 떨다가 차갑고 딱딱한 벽면이 사방의 어둠과 외로움을 물리쳐 주기라도 하듯 점점 더 벽 쪽으로 달라붙었다.

'이 제도'를 반대하는 사람들은 올리버가 외로이 감금된 동안 운동의 혜택이나 사교의 즐거움, 종교의 위안을 박탈당했다고 생각해서는 안 된다. 운동으로 말하자면, 올리버는 몹시 추운 날에도 아침마다 범블 씨의 참관하에 석재 마당의 펌프 밑에서 목욕을 해도 좋다는 허락을 받았다. 범블 씨는 소년이 감기에 걸리는 걸 방지하고 얼얼한 느낌이 전신에 퍼지도록 지팡이를 반복적으로 사용했다. 사교로 말할 것 같으면, 올리버는 이틀에 한 번씩 사내아이들이 식사하는 홀로 끌려 나가 공개적인 경고이자 본보기로서 매를 맞는 것으로 다른 사람들과 어울렸다. 종교적 위안의 혜택을 박탈당하는 문제에 대해서도, 매일 저녁 기도 시간에 사교 활동을 하는 그 방으로 걷어차여 들어가 다른 사내아이들의 합동 기도를 들으며 위안을 얻는 것을 허락받았다. 아이들의 기도에는 위원회의 권한으로 포함된 특별한 문구가 있었는데, 그것은 선량하고 똑바르고 만족할 줄 알고 순종하는 사람이 되게 해달라, 올리버 트위스트의 죄악과 사악함으로부터 지켜달라는 간청이었다. 그 기도문은 올리버가 악의 세력으로부터 전적인 후원과 보호를 받는 존재이며 사탄이 손수 만들어낸 피조물임을 확언했다.

올리버의 사건이 이렇게 상서롭고 안정적인 국면에 접어든 어느 날 아침, 굴뚝 청소부 갬필드 씨가 골똘히 생각에 잠겨 큰길을 내려가고 있었다. 얼마 전부터 밀린 집세를 갚으라는 집주인의 독촉이 부쩍 심해진 터라 돈을 변통할 길을 요리조리 궁리했지만 아무리 낙관적으로 따져봐도 필요한 금액에서 5파운드나 모자란 형편이었다. 갬필드 씨는 곤란한 산수 문제에 빠져 자기 머리와 당나귀를 번갈아 쥐어박으며 구빈원을 지나가다가 우연히 대문에 붙은 공고문을 발견했다.

"워어, 워어!" 갬필드 씨가 당나귀에게 말했다. 하지만 정신이 딴 데 팔려 있던 당나귀는 작은 수레에 실린 검댕 두 자루를 모두 내린 뒤에 배추 줄기를 한두 개 먹으면 기운이 좀 나려나 생각하다가 명령을 못 듣고 계속 앞으로 전진했다.

갬필드 씨는 당나귀에게, 특히 당나귀의 눈에 가열찬 욕지거리를 내뱉고는 뒤쫓아 가 당나귀의 머리를 후려쳤다. 당나귀였으니 망정이지 다른 두개골이었다면 어김없이 깨지고 말았을 것이다. 그는 고삐를 움켜잡고 당나귀의 고개를 홱 틀어 네놈의 주인은 네놈이 아니라는 사실을 상기시키면서 녀석을 돌려세웠다. 그러고는 돌아올 때까지 가만히 서 있으라는 뜻에서 녀석의 머리를 다시 쥐어박았다. 이렇게 조치를 취한 다음 대문으로 다가가 공고문을 읽었다.

마침 대문 앞에는 하얀 조끼를 입은 신사가 뒷짐을 진 채 서 있었다. 그는 위원회 회의실에서 심오한 감상을 발표하고 나온 참이었는데, 갬필드 씨와 당나귀의 실랑이를 지켜보다 갬필드 씨가 공고문을 읽으러 다가오자 회심의 미소를 지었다. 갬필드 씨를 보자마자 그자가 올리버 트위스트에게 딱 맞는 주인이라는 생각이 들었기 때문이다.

갬필드 씨도 공고문을 찬찬히 읽으면서 미소를 지었다. 5파운드라는 돈은 그가 절실히 원하는 금액인 데다 구빈원의 식단이야 뻔하니 덤으로 따라올 거추장스러운 아이도 분명 몸집이 왜소해 굴뚝 청소에 더할 나위 없을 것 같았다. 그래서 그는 공고문을 처음부터 끝까지 꼼꼼히 재차 읽고 나서 몸을 낮추는 표시로 털모자를 만지면서 하얀 조끼의 신사에게 말을 걸었다.

"이 사내아이 말입니다, 나리, 교구에서 도제로 보내려는 이 아이요."

"아, 그래." 하얀 조끼의 신사는 거들먹거리는 미소를 지으며 말했다. "그게 어쨌다는 겐가?"

"이 아이가 건전한 굴뚝 청소업계에서 유망한 기술을 배우는 것이 교구에서 바라는 일이라면 말입니다, 마침 제가 도제가 필요하니 이 아이를 데려갈까 하는데요."

"들어오게." 하얀 조끼의 신사가 말했다.

갬필드 씨는 잠시 뒤에 남아 당나귀의 머리를 한 대 더 때리고 턱도 한 번 더 홱 뒤틀어 다녀올 테니 달아나지 말라고 경고한 다음 하얀 조끼의 신사를 따라 올리버가 하얀 조끼의 신사를 처음 대면했던 방으로 들어갔다.

"거참 지독한 직업이로군." 갬필드 씨가 본인의 희망을 다시 피력했을 때 림킨스 씨가 말했다.

"사내아이들이 굴뚝 안에서 질식해 죽는 일도 다반사잖소." 다른 신사가 말했다.

"그건 애들을 굴뚝에서 내려오게 하려고 젖은 짚단을 태워서 그렇습니다." 갬필드 씨는 말했다. "그러면 불은 안 붙고 연기만 나거든요. 그런다고 아이가 내려오지는 않아요. 그냥 잠들게만 할 뿐이지요. 안 그래도 자는 걸 좋아하는 놈들이라. 사내놈들이 워낙 쇠고집에 게을러터졌거든요, 신사님들. 놈들을 부리나케 내려오게 하는 데는 아주 뜨거운 불이 최곱니다. 그게 인간적이기도 하고요, 신사님들. 왜냐하면 녀석들은 굴뚝에 끼어서 옴짝 못하다가도 발이 불길에 닿으면 빠져나오려고 기를 쓰거든요."

하얀 조끼의 신사는 그 설명을 듣고 무척이나 즐거운 듯했지만 그의 웃음소리는 림킨스 씨의 시선에 순식간에 잦아들었다. 그 후 몇 분 동안 위원들은 자기들끼리 이야기를 주고받았는데, 말소리가 워낙 낮아서 "비용 절감"이니, "회계 쪽으로는 면밀히 검토했다"느니, "출판된 보고서를 가지고 있다"느니 하는 말만 들렸다. 그나마 이것도 그들이 아주 강조해서 자주 반복한 말들이었기 때문에 알아들은 내용이었다.

마침내 속삭이는 대화가 멈추었다. 위원회 위원들은 각자의 자리와 엄숙함을 되찾았다. 림킨스 씨가 말했다.

"당신의 제안을 숙고해 보았으나 승인할 수가 없소이다."

"전혀 받아들일 수가 없소." 하얀 조끼의 신사가 말했다.

"어림도 없소." 다른 위원들이 거들었다.

갬필드 씨는 과거에 사내아이 서넛을 때려 숨지게 했다고 욕을 먹은 적이 있던 터라 위원들이 불가사의한 변덕을 부려 상관도 없는 그 일을 이번 결정에 고려한 모양이라고 생각했다. 설령 그들이 그랬다고 해도 그것은 위원회의 평소 업무 방식과는 사뭇 다른 일처리였다. 하지만 갬필드 씨는 그 이야기가 거론되는 걸 원치 않았으므로 양손으로 모자를 비틀다가 탁자에서 천천히 물러났다.

"그 아이를 저에게 내주지 않겠다는 말씀이지요?" 갬필드 씨가 문간에서 머뭇거리며 말했다.

"그렇소." 림킨스 씨가 대답했다. "워낙 고된 작업 아니오. 우리가 제시한 사례금보다 적은 금액을 받는다면 모를까."

갬필드 씨는 반색하며 단걸음에 탁자로 돌아와 말했다.

"얼마 주실 겁니까, 신사님들? 자! 가난뱅이한테 너무 짜게 굴지 마십시오. 얼마 주실 겁니까?"

"한 3파운드 10실링이면 충분하다 생각하오만." 림킨스 씨가 말했다.

"10실링이나 더 주는 거요." 하얀 조끼의 신사가 말했다.

"저기요!" 갬필드 씨가 말했다. "4파운드 어떻습니까, 나리님들. 4파운드 내시고 그놈을 영원히 치워버리세요. 그렇게 하시죠!"

"3파운드 10실링 주지." 림킨스 씨가 딱 잘라 반복했다.

"자자! 제가 절반 포기하지요, 신사님들." 갬필드 씨가 재촉했다. "3파운드 15실링."

"한 푼도 더 못 줘." 림킨스 씨의 단호한 대답이었다.

"정말 너무들 하시네요." 갬필드 씨가 망설이며 말했다.

"하! 참 나! 어이가 없어서!" 하얀 조끼의 신사가 말했다. "그 녀석은 웃돈이 없어도 싸게 데려가는 거야. 그냥 데려가, 이 멍청한 인사야! 당신한테 딱 맞는 놈이란 말일세. 가끔 매질이 필요한 녀석이니 녀석에겐 매가 약이 될 거야. 식비도 많이 안 들 거고, 태어난 이후 배불리 먹어본 적이 없는 녀석이니까. 하, 하, 하!"

갬필드 씨는 탁자에 둘러앉은 얼굴들을 의뭉하게 둘러보다 하나같이 웃고 있는 그 얼굴들을 보고는 슬며시 미소를 지었다. 거래는 성사되었다. 그날 오후 올리버와 도제 계약서를 치안판사한테 보내 서명과 승인을 받아 오라는 지시가 즉각 범블 씨에게 떨어졌다.

이 결정에 따라 어린 올리버는 갇혔던 방에서 풀려나와 깨끗한 셔츠로 갈아입으라는 명령을 받고 어안이 벙벙했다. 올리버가 이 생소한 작업을 아직 마치지 못했을 때 범블 씨가 손수 죽 한 그릇과 명절에만 허용되는 65그램짜리 빵 한 덩이를 가져다주었다. 이 엄청난 광경에 올리버는 구슬피 울기 시작했다. 위원회가 딴 마음을 품고 자신을 죽이기로 결정한 게 아니고서야 이런 식으로 살찌울 리 없다는 생각이 자연스럽게 들었기 때문이다.

"뚝 그쳐, 올리버. 이 음식이나 먹고 감사하기나 해." 범블 씨가 한껏 거만을 떠는 말투로 말했다. "이제 넌 도제가 되는 거야, 올리버."

"도제라고요, 나리!" 아이는 진저리를 치며 말했다.

"그래, 올리버." 범블 씨는 말했다. "부모가 없는 너에게 여러 부모 노릇을 하시는 친절하고 복된 신사님들이 너를 도제로 보내실 거야. 네가 자립할 수 있게, 어른이 될 수 있게 말이다. 그 비용으로 교구에서 3파운드 10실링이나 지불해야 하지만! 무려 3파운드 10실링이다, 올리버! 1실링 동전으론 70개, 6펜스 동전으론 140개나 된다! 그걸 아무도 사랑하지 않는 고약한 고아 녀석을 위해 쓰다니 원."

범블 씨가 경탄하는 목소리로 장광설을 늘어놓은 후 한숨 돌리려 잠시 말을 끊었을 때 가엾은 아이의 얼굴에서 눈물이 뚝뚝 떨어졌다. 아이가 서럽게 흐느꼈다.

"거참." 범블 씨는 자신의 연설이 만들어낸 효과를 보고는 흡족한 기분이 들자 거만함이 조금 수그러든 태도로 말했다. "이런, 올리버! 그만! 소맷부리로 눈물을 닦거라. 죽 그릇에 눈물 떨어뜨리지 말고. 그건 참으로 어리석은 짓이야, 올리버." 말이야 맞는 말이었다. 가뜩이나 묽디묽은 죽이었기 때문이다.

치안판사에게 가는 길에 범블 씨는 거기 가면 행복한 표정을 지을 것과 판사님이 도제가 되고 싶으냐고 물으면 꼭 하고 싶은 일이라 대답해야 한다고 올리버에게 단단히 일렀다. 그러고는 둘 중 하나라도 어겼다가는 가만두지 않겠다는 은근한 암시를 내비치자 올리버는 시키는 대로 하겠다고 약속할 수밖에 없었다.

치안판사의 집무실에 도착했을 때 올리버는 작은 방에 홀로 남겨졌다. 범블 씨는 데리러 올 때까지 거기서 꼼짝 말라고 아이를 윽박질렀다.

소년은 콩닥거리는 마음으로 기다렸다. 꼬박 30분이 지났을 때 범블 씨가 삼각모를 벗은 맨머리를 불쑥 들이밀고 큰 소리로 말했다.

"자, 올리버, 아가야, 신사분께 가자꾸나." 범블 씨는 말은 그렇게 했지만 위협적이고 험악한 표정을 짓더니 목소리를 낮춰 덧붙였다. "내가 한 말 명심하고, 요 망나니 녀석!"

모순되는 범블 씨의 말에 올리버는 범블 씨의 얼굴을 멍하니 쳐다보았다. 하지만 사무관은 별다른 설명 없이 다짜고짜 올리버를 옆방으로 끌고 갔다. 문이 열려 있고 큰 창문이 있는 널찍한 방이었다. 책상 뒤에는 머리에 분가루를 뿌린 노신사 둘이 앉아 있었는데, 한 사람은 신문을 보고 있었고 다른 사람은 얼룩무늬 테 안경을 쓴 채 앞에 놓인 작은 양피지 문서를 읽고 있었다. 책상 앞 한쪽에는 림킨스 씨가 서 있었고, 다른 쪽에는 갬필드 씨가 세수를 하다 만 얼굴로 서 있었다. 그리고 괄괄해 보이는 남자 두세 명이 부츠 차림으로 주변을 서성였다.

안경을 쓴 노신사가 작은 문서 위로 꾸벅꾸벅 졸기 시작했고, 그 바람에 올리버가 범블 씨의 손에 이끌려 책상 앞에 대령했는데도 잠시 침묵이 흘렀다.

"이 아이가 그 아이입니다, 판사님." 범블 씨가 말했다.

신문을 읽던 노신사가 고개를 들더니 다른 노신사의 소맷자락을 잡아당기자 노신사가 잠에서 깼다.

"아, 얘가 그 아이라고?" 노신사가 말했다.

"예, 그렇습니다, 나리." 범블 씨가 대답했다. "치안판사님께 인사 올리거라, 아가."

올리버는 정신을 바짝 차리고 최대한 정중하게 인사를 했다. 마침 아이는 치안판사들의 하얀 가루를 빤히 쳐다보며 위원님들은 모두 머리에 하얀 가루를 뿌린 채 태어나는 것인지, 그런 연유로 태어날 때부터 줄곧 위원님인 것인지 궁금히 여기던 참이었다.

"그래." 노신사는 말했다. "이 아이가 굴뚝 청소 일을 좋아한다고?"

"좋아하는 정도가 아닙니다, 판사님." 범블이 대답했다. 그러고는 아니라고 나섰다간 재미없을 줄 알라는 뜻으로 올리버를 꼬집었다.

"그래서 이 아이가 굴뚝 청소부가 되겠다고?" 노신사는 물었다.

"내일이라도 한번 다른 도제로 보내보십시오, 당장 도망칠 겁니다, 나리." 범블이 대답했다.

"그럼 이자는 아이의 주인이 될 사람이로군. 이보시오, 애한테 잘하고 잘 먹이고, 그렇게 할 거요, 응?" 노신사가 말했다.

"저는요, 한번 한다면 하는 사람입니다." 갬필드 씨가 장담했다.

"말투가 좀 거친 양반이로구먼. 그래도 정직하고 화통한 것 같긴 하군." 노신사는 그렇게 말하면서 올리버의 사례금을 신청한 후보자 쪽으로 안경을 돌렸는데, 그자의 악랄한 면상은 잔인한 성격을 보증하는 인증서나 마찬가지였다. 하지만 이 치안판사처럼 눈도 침침하고 어린애처럼 순진한 사람이 다른 사람들을 판별하리라 기대하는 것은 무리였다.

"그런 사람이 되고 싶습니다요, 나리." 갬필드 씨는 능글맞은 웃음을 웃으며 말했다.

"분명 자네는 그런 사람일 거라 믿네." 노신사는 그렇게 대꾸했다. 그러면서 안경을 콧등에 단단히 고정하며 잉크병을 찾아 주변을 두리번거렸다.

올리버의 운명을 결정하는 중대한 순간이었다. 만약 잉크병이 노신사가 생각한 자리에 있었더라면 노신사는 펜을 잉크병에 담근 후 도제 계약서에 서명했을 것이고, 올리버는 곧장 끌려가고 말았을 것이다. 하지만 공교롭게도 잉크병이 노신사의 바로 코밑에 있는 바람에 노신사는 잉크병을 못 찾고 책상을 여기저기 두리번거렸다. 그러던 중 우연히 정면을 향한 순간 그의 시선은 겁먹고 하얗게 질린 올리버의 얼굴과 마주쳤다. 범블 씨가 수차례 눈치를 주고 꼬집어댔음에도 올리버는 눈이 침침한 치안판사도 지나칠 수 없을 만큼 놀라고 두려운 빛이 역력한 얼굴로 장차 주인이 될 인간의 역겨운 면상을 바라보고 있었다.

노신사는 동작을 멈추고 펜을 내려놓고 나서 눈을 올리버에게서 림킨스 씨에게 돌렸는데, 마침 림킨스 씨는 쾌활하고 태평하게 코담배를 들이마시려던 참이었다.

"애야!" 노신사는 책상 너머로 몸을 내밀며 말했다. 그 소리에 올리버는 흠칫 놀랐다. 웬일로 상냥한 목소리가 들렸으니 놀라는 것도 당연했다. 생소한 소리는 사람을 놀라게 만든다. 아이는 몸을 덜덜 떨다 와락 울음을 터뜨렸다.

"애야!" 노신사가 말했다. "얼굴이 창백한 게 놀란 것 같구나. 무슨 일이냐?"

"아이에게서 조금 떨어져 서게, 교구 사무관." 다른 치안판사가 신문을 내려놓고는 관심 있는 얼굴로 몸을 내밀며 말했다. "자, 애야, 무슨 일인지 말해보렴. 걱정하지 말고."

올리버는 무릎을 꿇고 양손을 부여잡고는, 차라리 캄캄한 방으로 다시 보내달라고, 굶기고 때려도 좋고 원하면 죽여도 좋으니 저 무서운 사람과 보내지 말아달라고 간청했다.

"이런, 이런!" 범블 씨는 한껏 위엄을 과시하는 태도로 양손과 눈을 추어올렸다. "이런, 이런! 내 이제껏 교활하고 의뭉한 고아 놈들을 숱하게 봐왔지만, 올리버, 너 같은 녀석은 처음이다, 이 뻔뻔한 놈."

"입 다물고 있게, 교구 사무관." 범블 씨가 감정을 실어 마지막 말을 내뱉었을 때 두 번째 노신사가 말했다.

"죄송합니다만." 범블 씨가 자기 귀를 믿을 수 없어 물었다. "지금 저한테 하신 말씀이십니까?"

"그래. 입 다물고 있으라 했네."

범블 씨는 놀라고 충격을 받은 것 같았다. 교구 사무관에게 입 다물고 있으라 명령하다니! 세상의 도덕이 땅에 떨어졌는가!

얼룩무늬 테 안경을 쓴 노신사는 자기 동료를 보며 의미심장하게 고개를 끄덕였다.

"이 도제 계약은 파기하겠소." 노신사는 그렇게 말하면서 문서를 옆으로 던졌다.

"청하옵니다." 림킨스 씨가 더듬거리며 말했다. "부디 치안판사님들께서는 한낱 어린아이의 근거 없는 증언을 근거로 구빈원관리들이 부당한 행위를 저질렀다는 의견은 제발 내지 말아주십시오."

"치안판사는 원래 이런 문제에 의견을 개진하지 않소." 두 번째 노신사가 쏘아붙였다. "아이를 구빈원으로 도로 데려가고, 정성껏 보살펴 주시오. 지금 이 아이에게 필요한 건 그거 같소."

그날 저녁 하얀 조끼의 신사는 올리버가 교수형뿐 아니라 능지처참을 당하게 될 놈이라고 호언장담했다. 범블 씨는 침울하고 의뭉스럽게 고개를 저으면서 올리버에게 잘된 일이기를 바란다고 말했다. 그 말에 갬필드 씨는 녀석을 데려가고 싶었다고 대답했는데, 두 사람은 대부분 의견이 일치했으나 이 점만큼은 서로 정반대의 바람을 가진 것 같았다.

이튿날 아침, 올리버 트위스트를 다시 대여하며 누구든 데려가는 자에게는 5파운드의 사례금을 주겠다는 공고문이 다시 나붙었다.

4장

올리버가 다른 일자리를 얻어
사회생활에 첫발을 내딛다

좋은 가문에서는 성년을 앞둔 아들이 소유권이나 귀속권, 상속권, 승계권에서 유리한 위치를 점하지 못할 경우 아들을 바다로 내보내는 것이 관례이다. 교구 위원회는 그 현명하고 효과적인 사례를 본받아 올리버 트위스트를 작은 무역선에 실어 살기 팍팍한 항구로 보내는 방안을 논의했다. 올리버를 치워버리는 데 이만한 방안도 없는 것 같았다. 선장이 언제든 저녁을 먹고 나서 놀이 삼아 채찍질로 올리버를 때려죽이거나 쇠막대로 머리를 박살낼 가능성이 있었기 때문이다. 잘 알려진 대로 이 두 가지 취미는 이 계층 신사들 사이에서 유행하는 인기 만점의 보편적 오락이었다. 이 같은 사례가 위원회에 많이 보고될수록 이 조치의 장점은 갈수록 부각되었다. 그래서 위원회는 올리버를 효과적으로 부양하는 유일한 방법은 아이를 지체 없이 바다로 보내는 것이라 결론지었다.

이런저런 사전 조사차 범블 씨가 파견되었다. 그는 선장이든 누구든 연고가 없는 사내아이를 선실 사환으로 쓰겠다는 사람이 없는지 알아본 뒤 조사 결과를 보고하기 위해 구빈원으로 복귀하던 중 구빈원 대문 앞에서 다름 아닌 교구 장의사 소어베리 씨와 마주쳤다.

소어베리 씨는 키가 크고 수척하며 뼈마디가 도드라진 남자였는데, 해진 검정색 정장에 같은 색깔의 여기저기 기운 면양말과 사정이 비슷한 구두 차림이었다. 도무지 미소와 어울리지 않는 이목구비였지만 직업상 필요하면 익살스러운 표정도 지을 줄 알았다. 그는 경쾌한 발걸음과 살가운 얼굴로 범블 씨에게 다가가 범블 씨의 손을 잡고 다정하게 흔들었다.

"간밤에 사망한 여자 둘의 치수를 재고 왔습니다, 범블 씨." 장의사가 말했다.

"그러다 떼돈 버시겠소, 소어베리 씨." 교구 사무관은 장의사가 권한 코담뱃갑에 엄지손가락과 집게손가락을 넣으며 말했다. 담뱃갑은 특허 낸 관을 축소한 모양이었다. "정말 떼돈 버시겠어, 소어베리 씨." 범블 씨는 지팡이로 장의사의 어깨를 다정하게 톡톡 치며 반복했다.

"그런가요?" 장의사는 반은 인정하고 반은 부정하는 투로 말했다. "위원회에서 책정한 보수가 워낙 적습니다, 범블 씨."

"관이 작잖소." 교구 사무관은 고위 관리나 시전할 법한 웃음을 터뜨리며 대꾸했다.

이 말에 소어베리 씨는 즐겁게 오랫동안 너털웃음을 웃었다. 달리 어쩌겠나. "네, 그렇긴 하지요, 범블 씨." 마침내 그가 말했다. "새 급식 제도가 실시된 이후 관도 예전보다 좁아지고 얕아진 건 부정하지 않아요. 하지만 우리도 이문을 남겨야죠, 범블 씨. 잘 건조된 목재는 비쌉니다. 쇠 손잡이도 전부 운하를 통해 버밍엄에서 오고요."

"그럼요, 그럼. 어떤 일이든 다 고충이 있지요. 적당히 이문을 남기는 것 또한 당연한 일이고 말이오."

"아무렴요, 그렇고말고요." 장의사는 대답했다. "이런저런 품목에서 이문을 남기지 못하더라도 결국 어떻게든 만회한답니다, 아시다시피요, 헤! 헤! 헤!"

"그런 법이지요."

"한 말씀 드리자면요." 장의사는 교구 사무관이 끼어드는 바람에 미처 못 한 말을 계속했다. "한 말씀 드리자면요, 범블 씨, 아주 큰 고충이 있어요. 그게 뭐냐면, 뚱뚱한 사람들이 가장 빨리 죽는다는 겁니다. 유복해서 세금도 여러 해 냈던 사람들이 구빈원에 들어오면 가장 먼저 쓰러지거든요. 그럴 때는, 범블 씨, 계산보다 10센티미터나 초과하는 바람에 이윤에 큰 구멍이 생기게 됩니다. 특히 부양할 가족이 있는 사람에게는 큰일이지요."

소어베리 씨가 이렇게 말하며 억울한 사람의 분노를 표출한 데다 범블 씨 본인도 이것이 교구의 명예에 관한 사안이라는 생각이 들었다. 범블 씨는 화제를 바꾸는 게 현명하겠다고 생각하고 마침 올리버 트위스트가 급선무였던 터라 그쪽으로 말을 돌렸다.

"그나저나, 혹시 사내아이 하나 필요한 사람 모르오? 교구 도제로 보낼 녀석이 있는데, 아주 혹 덩이지요. 교구의 목을 옥죄는 맷돌이라고나 할까? 조건은 후하오, 소어베리 씨, 조건은 후해요!" 범블 씨는 이렇게 말하면서 지팡이를 올려 위쪽의 공고문에 대문자와 로마자로 쓰인 5파운드라는 글자를 딱 딱 딱 세 번 두드렸다.

"이럴 수가!" 장의사는 가장자리를 금빛으로 수놓은 범블 씨의 관복 외투 옷깃을 잡으며 말했다. "그렇지 않아도 그 말씀을 드리려던 참입니다. 아시다시피…… 와, 단추가 참 고상하군요, 범블 씨! 미처 몰랐네요."

"꽤 멋지긴 하지요." 교구 사무관은 외투를 장식한 커다란 황동 단추들을 뿌듯하게 흘끔 내려다보며 말했다. "교구 인장과 같은 금형에서 만든 거라오. 아프고 상처 입은 사람을 치료하는 선한 사마리아인 모양이지요. 새해 첫날 아침에 위원회에서 내리신 겁니다, 소어베리 씨. 이걸 처음 달고 참석했던 검시가 기억나는군요. 한밤중에 문간에서 사망한 몰락한 장사꾼이었죠."

"기억납니다. 그때 배심원 평결이 '추위 노출과 일반 생필품 부족으로 사망'이었죠?"

범블 씨가 고개를 끄덕였다.

"그리고 특별 평결을 했지요, 아마." 장의사가 말했다. "그때 덧붙인 문구가, '만약 구빈원 관리가 ㅡ'"

"하! 헛소리!" 교구 사무관이 말을 잘랐다. "위원회가 무지한 배심원들이 지껄이는 헛소리를 다 들어주다가는 할 일이 태산일 거요."

"아무렴요." 장의사가 말했다. "그렇고말고요."

"배심원들." 범블 씨는 울컥할 때면 지팡이를 움켜쥐는 것이 버릇이었다. "배심원이란 인간들은 본데없고, 저속하고, 비굴한 작자들이오."

"그렇고말고요."

"철학도 정치경제학도 모르고 말이지요." 교구 사무관이 경멸하듯 손가락 마디를 딱딱 꺾었다.

"그렇고말고요." 장의사가 맞장구를 쳤다.

"나는 그자들을 경멸해요." 교구 사무관은 갈수록 얼굴이 시뻘겋게 달아올랐다.

"저도 그렇습죠." 장의사가 대꾸했다.

"그 독단적인 배심원들, 한두 주일만 구빈원에 있어보라고 해요. 그럼 우리 위원회의 규칙과 규정에 코가 납작해질 거요."

"그래도 싸지요." 장의사가 대답했다. 그렇게 말하면서 발끈한 교구 사무관의 끓어오르는 분노를 식히려고 공감하는 미소를 지었다.

범블 씨는 삼각모를 벗은 뒤 모자 안에서 손수건을 꺼내 분노가 끌어낸 이마의 땀을 닦고는 다시 모자를 쓰고 나서 장의사를 돌아보며 조금 누그러진 목소리로 말했다.

"그나저나, 그 아이가 뭐 어쨌다는 거요?"

"아 참, 그렇지! 그게요, 범블 씨, 아시다시피 저도 구빈세를 꽤 내는 사람 아닙니까."

"흠! 그래서요?"

"그래서 말입니다, 제가 그리 많은 구빈세를 낸다면 그만큼 혜택을 최대한 누릴 권리도 있지 않나 하는 생각이 듭니다, 범블 씨. 그래서…… 그래서 말입니다, 그 아이를 제가 데려갈까 하는데요."

범블 씨는 장의사의 팔을 움켜잡고 건물 안으로 이끌었다. 소어베리 씨는 5분간 위원회와 밀담을 나누었고, 올리버는 당장 그날 저녁에 '임시 차원'에서 소어베리 씨에게 가는 것으로 결정났다. 말하자면 주인이 시험 삼아 얼마간 교구 도제에게 일을 시켜본다는 뜻인데, 음식을 별로 먹이지 않고도 충분히 많은 일을 시킬 수 있으면 차후 오랫동안 계약을 맺어 실컷 부려먹겠다는 소리다.

그날 저녁 어린 올리버는 '신사분들' 앞에 불려가 그날 밤 장의사네 집에 잡부로 가라는 통보를 받았다. 그리고 신세 한탄을 하거나 교구로 되돌아온다면 즉시 바다로 보내질 거라고, 그러면 물에 빠져 죽든가 머리를 얻어맞든가 할 거라고 일러두었다.

이에 대해 올리버가 별다른 감정을 내비치지 않자 그들은 한뜻으로 올리버를 모진 망나니 꼬마 놈이라고 선언한 후 아이를 즉시 치워버리라고 범블 씨에게 지시했다.

온 세상 사람 중에 다름 아닌 이 위원회가 누군가한테 감정이 메말랐다는 아주 작은 징표를 발견하고 우쭐해하며 경악하는 것은 몹시 자연스러운 일이라 하겠으나, 특별히 이번 경우는 잘못 짚었다고 봐야 한다. 간단히 말해 올리버는 감정이 결여된 게 아니라 너무나 풍부한 아이였고, 평생 학대에 시달린 끝에 점차 둔감해지고 침울한 상태로 위축됐을 뿐이었다. 아이는 가야 할 목적지에 대해 묵묵히 듣고 나서 쥐여준 짐을 들었다. 짐이라고 해봐야 가로세로 15센티미터에 깊이 8센티미터쯤 되는 갈색 종이 꾸러미라 들기 어렵지 않았다. 아이는 모자를 내려쓰고는 또다시 범블 씨의 외투 소맷자락을 붙잡고 그 관리에 이끌려 새로운 시련을 향해 길을 떠났다.

범블 씨는 한동안 시선을 주지도 말을 걸지도 않고 올리버를 데려갔다. 교구 사무관이라면 마땅히 고개를 꼿꼿이 들어야 했기 때문이다. 바람이 많이 부는 날이었다. 범블 씨의 외투 자락이 바람에 날려 젖혀질 때마다 어린 올리버는 외투 자락에 휩싸였고, 범블 씨의 주머니뚜껑이 달린 조끼와 보송보송한 담갈색 양모 반바지가 드러나곤 했다. 목적지에 가까워졌을 때 범블 씨는 아이가 새 주인의 눈에 들게끔 말끔한 상태인지 고개를 숙여 확인하는 게 좋겠다는 생각이 들었다. 그래서 자상한 후원자에 걸

맞은 자세로 아래를 내려다보았다.

"올리버!" 범블 씨가 말했다.

"예, 나리." 올리버가 떨리는 목소리로 나지막이 대답했다.

"모자를 눈 위로 올리고 고개 좀 들어보렴."

올리버는 얼른 시키는 대로 하고는 다른 자유로운 손등으로 눈가를 재빨리 훔쳤지만, 길잡이를 올려다보았을 때 눈가에 눈물이 한 방울 남아 있었다. 범블 씨가 엄하게 노려보자 눈물방울이 볼을 타고 흘러내렸다. 눈물방울이 연이어 뚝뚝 떨어졌다. 아이는 안간힘을 썼지만 헛수고였다. 올리버는 범블 씨를 잡고 있던 손을 내려 양손으로 얼굴을 가리고 흐느꼈고, 급기야 턱과 앙상한 손가락 사이로 눈물이 줄줄 흘러내렸다.

"이런!" 범블 씨는 걸음을 뚝 멈추고 격렬한 적개심을 담아 자기가 보호하는 어린 올리버를 쏘아보며 소리쳤다. "그것참! 올리버, 너처럼 배은망덕하고 막돼먹은 녀석은 보다보다 처음—"

"아뇨, 아뇨, 나리." 올리버는 그 유명한 지팡이를 쥔 범블 씨의 손에 매달려 흐느꼈다. "아뇨, 아뇨, 나리. 착하게 굴게요, 정말이에요. 정말, 정말 그럴게요, 나리! 저는 아직 많이 어려요, 나리. 그래서 너무…… 너무…….'

"너무 뭐?" 범블 씨가 놀라 물었다.

"너무 외로워요, 나리! 너무너무 외로워요!" 아이는 울음을 터뜨렸다. "모두 저를 미워해요. 아! 나리, 제발 화내지 마세요!" 아이는 손으로 가슴을 치고는 비통한 눈물을 쏟아내며 길동무의 얼굴을 쳐다보았다.

범블 씨는 살짝 놀라서 올리버의 애처롭고 무력한 얼굴을 몇 초 동안 응시하다가 목이 답답한 양 서너 번 헛기침을 하고 나서 "성가신 기침"이 어쩌고저쩌고 중얼거리고는 올리버에게 썩 눈물을 닦고 착하게 굴라고 명령했다. 그러고 나서 다시 올리버의 손을 붙잡고 잠자코 걸어갔다.

장의사가 막 가게 덧문을 끼우고 나서 역시나 음침한 촛불에 의지해 장부에 항목을 기입하고 있을 때 범블 씨가 가게로 들어왔다.

"아하!" 장의사는 단어를 적다 말고 장부에서 고개를 들며 말했다. "범블 씨 오셨습니까?"

"내가 아니면 누구겠소, 소어베리 씨." 교구 사무관이 대답했다. "자! 그 사내아이를 데려왔소."

올리버는 고개 숙여 인사했다.

"아! 얘가 그 아이로군요?" 장의사는 올리버를 더 자세히 보려고 머리 위로 촛불을 들며 말했다. "소어베리 부인, 잠깐 나와보겠소, 여보?"

소어베리 부인이 가게 뒤편의 작은 방에서 모습을 드러냈다. 작은 키에 깡마른 몸매, 앙칼진 얼굴이었다.

"여보." 소어베리 씨가 정중히 말했다. "얘가 내가 말한 그 구빈원 아이라오." 올리버가 다시 고개 숙여 인사했다.

"어마나 세상에!" 장의사의 아내가 말했다. "어쩜 이리 작을까."

"뭐, 작은 편이긴 합니다." 범블 씨는 몸집이 크지 않은 게 올리버의 잘못이라는 것처럼 올리버를 쳐다보며 대답했다. "앤 작아요. 그걸 부인할 수는 없겠지요. 하지만 곧 자랄 겁니다, 소어베리 부인, 자랄 거예요."

"아! 왜 아니겠어요." 부인이 시큰둥하게 말했다. "우리 집 양식과 물을 축낼 텐데요. 교구 아이들은 도무지 보탬이 안 돼요. 절대. 걔들의 가치에 비해 키우는 비용이 더 들거든요. 하지만 남자들은 늘 본인이 제일 잘 안다고 생각하죠. 거기! 넌 아래로 내려가거라, 해골바가지야!"

그러면서 옆문을 열더니 올리버를 가파른 계단 아래로 밀었다. 계단은 습하고 어두운 석재 지하실로 이어졌는데, 석탄 창고 앞 공간이 명색이 '부엌'이라 불리는 곳이었다. 그곳에는 행색이 남루한 여자아이가 뒤축이 닳은 신발과 더는 수선이 불가능한 길고 파란 털양말 차림으로 앉아 있었다.

"얘, 샬럿." 소어베리 부인이 올리버를 따라 내려와 말했다. "트립 몫으로 남겨둔 음식을 얘한테 줘. 그 녀석은 아침부터 안 들어왔으니까 없어도 될 거야. 너 설마 입맛이 까다로워 이런 건 못 먹는다고는 하지 않겠지, 응?"

올리버는 음식이라는 말에 눈을 반짝이며 어서 삼키고 싶어 몸을 부르르 떨고는 아니라고 대답했다. 형편없는 음식물 찌꺼기가 수북한 접시가 올리버 앞에 놓였다.

평소 잘 먹는 어떤 철학자가 있다. 고기와 술을 배 속에서 뻗

뻔함으로 바꾸고, 피는 얼음장 같고, 심장은 무쇠인 그 철학자님이 개도 마다한 이 진수성찬을 올리버 트위스트가 허겁지겁 집어삼키는 광경을 보았다면 얼마나 좋았을까. 그 철학자님이 걸신들린 사람처럼 맹렬히 음식 찌꺼기를 산산조각 내는 올리버의 식탐을 목격했다면 얼마나 좋았을까. 그 철학자님이 손수 똑같은 음식 찌꺼기를 똑같이 아주 맛있게 먹는 광경이 펼쳐졌다면 더욱 좋았겠지만.

"세상에." 소어베리 부인은 깜짝 놀라 올리버가 먹는 모습을 구경하면서 장차 이 아이가 선보일 식욕에 대한 불길한 예감에 사로잡혀 아무 말도 못 하다가 올리버가 식사를 마치자 말했다. "다 먹었니?"

손이 닿는 거리에는 먹을 게 더 없었으므로 올리버는 그렇다고 대답했다.

"그럼 따라오너라." 소어베리 부인은 희미하고 지저분한 등불을 들고 앞장서서 계단을 올랐다. "네 잠자리는 계산대 밑이야. 관들 사이에서 자도 괜찮겠지? 어차피 네가 싫어하든 말든 상관없지만. 거기 말곤 잘 데가 없거든. 얼른 와. 날 여기 밤새 세워둘 참이냐!"

올리버는 더 꾸물거리지 않고 순순히 새 안주인을 따라갔다.

5장

올리버는 새 동료들과 살게 되고
장례식에 처음 참석한 뒤 주인의 사업을
탐탁지 않게 여기게 된다

장의사 가게에 홀로 남겨졌을 때 올리버는 등불을 작업대 위에
내려놓은 뒤 놀라고 두려운 눈으로 주변을 살며시 둘러보았다.
올리버보다 나이가 한참 많은 사람이라면 올리버의 심정을 어렵
지 않게 헤아릴 수 있을 것이다. 가게 중앙의 검은 받침대 위에 놓
인 미완성된 관이 어쩌나 음산하게 죽음의 기운을 풍기는지 올리
버는 그 으스스한 물체가 언뜻언뜻 보일 때마다 진저리를 쳤다.
무서운 형상이 관에서 쓱 기지개를 켜고 일어날 것만 같은 견딜
수 없는 두려움이 엄습했다. 벽에는 같은 모양으로 재단한 느릅
나무 판자들이 일정한 간격으로 줄줄이 세워져 있었는데, 침침한
불빛 아래 어깨가 딱 바라진 유령들이 반바지 주머니에 양손을
넣고 서 있는 것처럼 보였다. 관 뚜껑 명패며 느릅나무 쪼가리, 못

대가리가 반짝이는 못, 검은 자투리 천이 바닥 여기저기 흩어져 있었다. 계산대 뒤편 벽에는 목도리를 바짝 여민 장례식 추모꾼[9] 둘이 큰 부엌 쪽문 앞에 서 있고 검은 말 네 필이 끄는 영구 마차가 멀리서 다가오는 실감나는 그림 한 점이 걸려 있었다. 가게 안은 비좁고 더운 데다 관 냄새로 답답하게 느껴졌다. 계산대 밑으로 불거진 올리버의 양털 매트리스는 무덤을 연상시켰다.

이런 음산한 분위기뿐 아니라 낯선 곳에 혼자 남겨졌다는 사실도 올리버의 마음을 짓눌렀다. 철인이라 할지라도 이러한 상황에서는 오싹하고 외로운 느낌에 사로잡히곤 한다는 걸 누구나 알 것이다. 올리버에게는 아끼는 친구도 자신을 아껴주는 친구도 없었다. 최근에 누구와 헤어진 기억 하나 없다는 후회감이 새삼 살아나고 사랑하는 얼굴 하나 기억나지 않는다는 허전함이 아이의 가슴을 깊이 파고들었다. 올리버는 무거운 마음으로 비좁은 잠자리로 기어들면서 이것이 내 관이면 좋겠다고 생각했다. 그래서 교회 묘지 땅속에서 고요히 영원한 잠에 들었으면 좋겠다고, 머리 위에서 키다리 풀들이 살랑거리고 낡은 교회 종소리가 마음을 달래주면 좋겠다고.

이튿날 아침, 올리버는 누군가 밖에서 가게 문을 걷어차는 소리에 잠에서 깼다. 분노와 조바심이 담긴 그 소리는 올리버가 허둥지둥 옷을 입는 동안 스물다섯 번이나 반복되었다. 올리버가

---

9   17세기부터 20세기 초반까지 유럽 지역의 장례식에 고용되었던 일꾼. 슬퍼하는 얼굴로 집이나 교회의 문간에서 서 있었다.

문고리의 쇠줄을 풀기 시작하자 발길질이 멈추더니 목소리가 들려왔다.

"문 열어라, 응?" 문을 걷어차던 다리의 주인이 소리쳤다.

"열어요, 금방 열게요." 올리버는 대답하며 쇠줄을 풀고 열쇠를 돌렸다.

"네가 새로 온 놈이로구나, 그렇지?" 그 목소리가 열쇠 구멍 틈으로 말했다.

"네, 맞아요."

"몇 살이냐?"

"열 살이요."

"들어가자마자 손수 매질을 해주마. 아닐 것 같냐? 두고 보면 알게 돼, 이 구빈원 애새끼!" 목소리는 그렇게 다짐하더니 휘파람을 불기 시작했다. 격정적인 마지막 단어는 필히 다음 과정을 내포했다. 올리버는 그것을 자주 몸소 체험한 자로서 목소리의 소유자가 누구든 그가 그 맹세를 반드시 지킬 것임을 조금도 의심하지 않았다. 아이는 떨리는 손으로 빗장을 벗기고 문을 열었다.

올리버는 잠깐 동안 길 위쪽과 아래쪽, 건너편을 살펴보았다. 열쇠 구멍 틈으로 말하던 사람이 준비 운동을 하려 몇 걸음 물러났나 생각했다. 그도 그럴 것이, 집 앞 말뚝에 걸터앉아 버터 바른 빵을 먹고 있는 덩치 큰 자선학교[10] 학생 외에는 아무도 보이

10   기부금에 의해 운영되는 학교로, 고아나 극빈자 아이들이 다녔다.

지 않았기 때문이다. 자선학교 학생은 주머니칼로 빵을 먹기 좋게 쐐기 모양으로 조각내 순식간에 먹어치웠다.

"저어 미안한데." 다른 방문객이 보이지 않자 올리버가 학생에게 말했다. "혹시 문 두드렸어요?"

"그래, 내가 쳤다." 자선학교 학생이 대답했다.

"관이 필요한가요?" 올리버가 순진하게 물었다.

이 말에 자선학교 학생은 인상을 확 구기더니 그런 식으로 상전에게 농지거리를 하다간 조만간 올리버 네놈이야말로 관이 필요하게 될 거라고 말했다.

"내가 누군지 모르는구나, 그치, 구빈원?" 자선학교 학생이 덧붙이면서 잘 보고 배우라는 듯 잔뜩 무게를 잡고 말뚝에서 내려왔다.

"몰라요." 올리버가 대답했다.

"내가 바로 노아 클레이폴 님이시다." 자선학교 학생이 말했다. "네 상전이기도 하고. 냉큼 가게 덧문이나 내려, 이 게을러터진 망나니 놈!" 이 말과 함께 클레이폴 군이 올리버를 걷어차고는 위풍당당하게 가게로 입장하는 모습은 참으로 볼만한 광경이었다. 어떤 상황에서든 머리가 크고 눈은 조그만 애송이가 느릿느릿 걸으며 근엄한 표정을 짓는다고 해서 위엄 있게 보이기란 어려운 법이다. 더구나 이 매력적인 용모에 빨간 코와 노란 반바지까지 더해져서 그 효과는 배가되었다.

올리버는 덧문을 다 내린 뒤 낮 동안 그것을 보관하는 옆의 작은 마당을 향해 첫 번째 덧문을 들고 비틀비틀 가다가 그만 무게를 이기지 못하고 판유리를 하나 깨고 말았다. 황송하게도 노아가 일손을 거들어주었지만 "혼 좀 나겠는걸"이라는 장담으로 위로하는 것을 잊지 않았다. 곧 소어베리 씨가 내려왔고, 얼마 후에는 소어베리 부인도 나타났다. 올리버는 노아의 예언대로 한바탕 '혼이 좀 난' 뒤 애송이 신사를 따라 아침을 먹으러 계단을 내려갔다.

"이리 불 쪽으로 와, 노아." 샬럿이 말했다. "주인나리 아침상에서 큼직하고 먹음직한 베이컨 조각 하나 빼놨어. 올리버, 넌 노아 씨 대신 문이나 닫고, 빵 굽는 냄비 뚜껑에 담아놓은 찌꺼기 먹도록 해. 네 차도 있어. 저 상자 쪽으로 가지고 가서 마셔. 빨리 먹도록 해, 주인나리가 금세 가게를 보라고 시킬 테니까. 알아들었어?"

"알아들었냐, 구빈원?" 노아 클레이폴이 말했다.

"아이참, 노아!" 샬럿이 말했다. "너도 참 유난이다! 쟤 그냥 놔둬!"

"그냥 놔두라니!" 노아는 말했다. "모두들 쟤를 너무 놔두기만 하니 탈이지. 쟤는 참견할 아빠도 엄마도 없잖아. 친척들도 전부 쟤를 멋대로 살게 내버려 둔다고. 안 그래, 샬럿? 히! 히! 히!"

"아유, 이 별종을 어째!" 샬럿은 웃음보를 터뜨렸고, 이어 노아도 웃음을 터뜨렸다. 그러다 두 사람은 불쌍한 올리버 트위스트가 가장 추운 구석의 상자에 걸터앉아 덜덜 떨면서 그의 몫으로 특별히 모아둔 퀴퀴한 부스러기를 삼키는 걸 보고 비웃었다.

노아는 자선학교 학생이긴 했지만 구빈원 고아는 아니었다. 인근에 사는 부모로부터 혈통이 확인된 만큼 사생아도 아니었다. 어머니는 세탁부였고, 아버지는 한쪽 다리가 나무 의족인 주정뱅이 퇴역 군인이었는데, 2.5펜스와 쥐꼬리만 한 추가금을 하루 연금으로 지급받았다. 동네 상점에서 일하는 점원 아이들은 오래전부터 길에서 '가죽 바지'니 '자선'이니 하는 모욕적인 별명으로 노아를 불러댔지만 노아는 꾹 참아 넘겼다.[11] 그런데 천하디천한 인간조차 손가락질하며 비웃을 수 있는 근본 없는 고아 하나가 운명의 손에 의해 그 앞에 던져졌으니 그간의 이자까지 더해 올리버에게 톡톡히 분풀이를 해댄 것이다. 여기서 알 수 있는 것은, 인간의 본성은 참으로 아름다운 것일 수도 있지만, 이처럼 흥미로운 특성이 가장 고귀한 귀족과 가장 천박한 자선학교 학생 모두에게 나타날 수 있으니 얼마나 공평한가 하는 점이다.

올리버가 장의사의 집에서 지낸 지 3주에서 한 달쯤 됐을 때의 일이다. 소어베리 부부는 가게 문을 닫고 뒤편 작은 거실에서 저녁을 먹고 있었다. 소어베리 씨는 몇 번 아내의 눈치를 보다 입을 열었다.

"여보……." 그는 말을 계속하려 했지만, 고개를 든 소어베리 부인의 안색이 어찌나 불길한지 그만 말을 멈추고 말았다.

---

11 자선학교 학생들은 특정한 외투와 배지, 납작한 빵모자, 가죽 반바지 등을 착용했다.

"왜요." 소어베리 부인이 날카롭게 말했다.

"아니오, 여보, 아무것도."

"어휴, 답답하기는!"

"그런 게 아니라, 여보." 소어베리 씨가 비굴하게 말했다. "당신이 이야기를 들을 기분이 아닌 것 같아서, 여보. 할 말이 있긴 한데……."

"아, 할 말이 뭐든 말하지 마요." 소어베리 부인이 말을 잘랐다. "내가 뭐 대단하다고 그래. 나 같은 사람한테 상의는 하지 마, 제발. 당신 비밀에 끼고 싶지 않아." 이렇게 말하며 소어베리 부인은 파국을 경고하는 히스테릭한 웃음을 터뜨렸다.

"그래도 여보." 소어베리 씨가 말했다. "난 당신 조언이 듣고 싶은데."

"아니, 아니, 나한테 묻지 말라니까." 소어베리 부인이 과장된 어조로 대답했다. "다른 사람한테 물어봐요." 그러고는 다시 한번 히스테릭한 웃음이 터져 나오자 소어베리 씨는 엄청난 공포에 사로잡혔다. 이것은 대단히 일반적이며 공인된 것이나 다름없는 부부간의 기술로, 큰 효과를 발휘할 때가 많다. 소어베리 씨는 즉시 애걸하는 지경에 몰려 특별히 부탁한다는 말까지 하고 말았는데, 이것이야말로 소어베리 부인이 가장 듣고 싶어 하던 말이었다. 45분밖에 안 되는 아주 '짧은' 시간 동안 입씨름이 벌어지고 나서야 황송하게도 허락이 떨어졌다.

"어린 트위스트에 관한 얘기요, 여보." 소어베리 씨가 말했다.

"참 잘생긴 아이잖소, 여보."

"그럴 수밖에, 그렇게 먹어대는데." 부인이 의견을 말했다.

"그 녀석 얼굴에는 구슬픈 표정이 어려 있어요, 여보." 소어베리 씨가 말했다. "아주 흥미로운 점이지. 그래서 그 녀석을 귀여운 추모꾼으로 쓸까 해요, 여보."

소어베리 부인은 고개를 들었다. 상당히 놀란 얼굴이었다. 소어베리 씨는 그것을 포착하고는 훌륭하신 마나님에게 말할 틈을 주지 않고 이야기를 계속했다.

"어른 장례에 참석하는 일반 추모꾼이 아니라, 여보, 아이들 장례에만 쓸 생각이오. 경우에 따라 추모꾼을 쓰면 아주 참신할 거요, 여보. 장담컨대 아주 효과 만점일 거야."

소어베리 부인은 장례업에 관한 한 상당한 안목을 지닌 터라 이 참신한 발상이 마음에 쏙 들었지만 현재 상황에서 그렇게 말했다가는 자신의 위엄이 손상될 게 분명했으므로 왜 그런 뻔한 수를 진작에 내지 못한 거냐고 대차게 따져 물었다. 소어베리 씨는 그것을 자신의 제안이 암묵적으로 승인되었다고 해석했다. 그렇게 해서 올리버는 즉시 장례업의 비법을 배울 것과 바로 다음 장례부터 주인을 수행한다는 결정이 신속히 내려졌다.

얼마 못 가 그날이 들이닥쳤다. 이튿날 아침 아침밥을 먹고 나서 30분쯤 되었을 때 범블 씨가 가게 안으로 들어왔다. 그는 지팡이를 계산대에 기대놓고는 커다란 가죽 지갑을 꺼낸 뒤 거기서 작은 종이를 한 장 골라 소어베리에게 건넸다.

"아하!" 장의사는 반색하는 얼굴로 그것을 훑어보며 말했다.
"관 한 개 주문이로군요."

"우선 관부터 주문하고 교구 장례식은 추후에 주문하리다."
범블 씨가 가죽 지갑의 끈을 묶으며 대답했다. 지갑도 주인처럼
몹시 뚱뚱했다.

"베이튼이라." 장의사는 시선을 종이에서 범블 씨로 옮기며 말
했다. "한 번도 못 들어본 이름인데요."

범블은 고개를 절레절레 흔들며 대답했다. "고집 센 사람들이
오, 소어베리 씨. 아주 고집이 세. 거기다 오만하기도 하고. 유감
스럽게도 말이지요."

"오만하다고요?" 소어베리 씨가 코웃음을 치며 외쳤다. "하,
그것참 너무한데요."

"아, 정말이지 진절머리가 나요." 교구 사무관이 말했다. "구토
제가 따로 없다니까요, 소어베리 씨!"

"아무렴요." 장의사가 맞장구를 쳤다.

"그제 밤에야 그 집 이야기를 들었지 뭐요." 교구 사무관이 말
했다. "우리가 그 사정을 알 턱이 있나. 같은 건물에 세 든 여자
가, 중병을 앓는 여자가 있으니 교구 의사를 보내달라고 교구 위
원회에 청해서 알게 된 거지요. 마침 의사가 저녁을 먹으러 나가
고 없어서 어린 도제가(아주 똑똑한 녀석이죠) 까만 구두약 병에
약을 담아 주었답니다, 즉석에서."

"아, 신속하게 대응했군요." 장의사가 말했다.

"신속하고말고요!" 교구 사무관이 대답했다. "근데 그 결과가 뭔지 압니까? 이 역적의 무리가 어떤 배은망덕한 짓을 했는지 아시오? 하, 남편이란 인간이 약이 자기 마누라 병에 맞지 않는다는 둥, 자기 마누라는 그걸 먹어서는 안 된다는 둥 답장을 보냈지 뭡니까. 아니, 자기 마누라가 그걸 먹어서는 안 된다니! 불과 일주일 전에 아일랜드인 노동자 둘과 석탄 인부 하나가 엄청난 효과를 보았던 그 좋은 약을, 강력하고 유익한 그 약을, 그것도 구두약 병에 담아 공짜로 보내주었더니 그 인간이 자기 마누라는 그걸 먹어서는 안 된다는 답장을 보냈다 이 말이오!"

그 만행이 머릿속에서 생생히 재생되는 바람에 범블 씨는 지팡이로 계산대를 탁 내리쳤고 얼굴은 분노로 달아올랐다.

"그것참." 장의사가 말했다. "어떻게 그런 짓을……."

"그랬다니까요!" 교구 사무관이 외쳤다. "아무도 안 할 그런 짓을. 어쨌든 그 여자는 죽었고 우리는 그 여자를 묻어야 해요. 그렇게 지시가 내려왔으니까요. 빠르면 빠를수록 좋아요."

그렇게 말하며 범블 씨는 교구 일 때문에 극도로 흥분한 상태로 삼각모를 거꾸로 쓰고는 가게를 쿵쾅쿵쾅 나가버렸다.

"이런, 범블 씨가 화가 단단히 나셨구나, 올리버. 그래서 네 안부조차 안 묻고 그냥 가셨어!" 소어베리 씨는 길을 성큼성큼 걸어가는 교구 사무관을 바라보며 말했다.

"예, 나리." 눈에 띄지 않으려 몸을 신중히 숨긴 채 대화를 엿듣던 올리버가 대답했다. 범블 씨의 목소리는 떠올리기만 해도 머리에서 발끝까지 몸이 벌벌 떨렸던 것이다. 하지만 올리버는 굳이 범블 씨의 눈을 피해 숨을 필요가 없었다. 그 공무원은 하얀 조끼의 신사가 한 예언에 아주 강한 인상을 받은 터라 현재 장의사가 올리버를 시험 삼아 데리고 있는 이상 올리버가 7년 계약으로 단단히 묶여 교구로 다시 돌아올 위험이 실질적으로나 법적으로 해소될 때까지 올리버의 이야기는 피하는 게 상책이라는 생각을 가지고 있었기 때문이다.

"어쨌거나." 소어베리 씨는 모자를 집어 들며 말했다. "이런 일은 빨리 해치울수록 좋은 법이지. 노아, 너는 가게를 보고 있거라. 올리버, 너는 모자 쓰고 따라오렴." 올리버는 시키는 대로 일하러 나가는 주인을 따라나섰다.

한동안 그들은 가장 붐비고 다닥다닥 밀집한 주택가를 걸어가다가 이제껏 지나온 길보다 더 더럽고 황량한 샛길로 들어간 다음 잠시 멈춰 서서 찾는 집이 어디인지 둘러보았다. 양편의 집들은 높고 컸지만 몹시 낡은 데다 극빈층 사람들이 세 들어 사는 곳이었다. 때때로 가슴에 팔짱을 끼고 허리를 접다시피 잔뜩 웅크린 남루한 행색의 남녀들이 살금살금 지나갔지만 굳이 그것이 아니더라도 황량한 거리 풍경이 그곳의 형편을 충분히 말해주었다. 많은 세입자들이 대로변 방에서 장사를 했지만 가게는 굳게 닫힌 채 썩어가고 있었고, 위층 방에만 사람들이 거주했다. 낡고 부패한 몇몇 집들은 무너지는 걸 막으려 큰 기둥을 길바닥에 단단히 박은 후 그것으로 담벼락을 받쳐두었다. 문이

나 창문 구실을 했던 거칠한 판자들 중 여러 군데에 사람 몸 하나가 드나들 만한 구멍이 나 있는 것을 보면 이런 형편없는 소굴도 노숙자들에겐 밤을 보낼 거처로 선택되는 모양이었다. 도랑은 물이 고여 더러웠고, 굶어 죽은 흉측한 몰골의 쥐들이 그 오물 안 여기저기에 널브러져 썩어갔다.

올리버와 그의 주인은 어느 집 앞에 걸음을 멈추었다. 문 두드리는 쇠고리도 초인종도 없었고 문은 열려 있었다. 그래서 장의사는 컴컴한 통로를 조심스레 더듬더듬 올라가면서 올리버에게 겁내지 말고 바짝 따라오라고 일렀다. 그는 첫 계단의 꼭대기까지 올라갔고, 층계참에서 어느 집 문에 부딪히자 손가락 마디로 문을 두드렸다.

열서너 살쯤 되어 보이는 여자아이가 문을 열었다. 장의사는 즉각 방 안 풍경을 살피고는 그 집이 맞다는 걸 알아차렸다. 그는 안으로 들어갔고 올리버도 따라 들어갔다.

방 안에는 불이 전혀 없었지만, 남자 하나가 텅 빈 벽난로 앞에 평소처럼 웅크리고 앉아 있었다. 노파 한 명도 등받이 없는 낮은 의자를 차가운 난롯가에 끌어다 놓고 남자 옆에 앉아 있었다. 다른 쪽 구석에는 남루한 아이들 몇 명이 있었고, 문 맞은편 작은 우묵벽에는 뭔가가 낡은 담요에 덮여 바닥에 놓여 있었다. 시선이 그쪽에 닿는 순간, 올리버는 진저리를 치며 자기도 모르게 주인 쪽으로 다가섰다. 담요에 완전히 덮여 있었지만 그것이 시체라는 걸 직감했기 때문이다.

남자의 얼굴은 야윈 데다 아주 창백했다. 머리카락과 턱수염은 반백이었고 눈에는 핏발이 서 있었다. 노파의 얼굴은 주글주글했는데, 달랑 두 개 남은 치아가 아랫입술 위로 불거져 있었고, 번득이는 눈빛은 강렬했다. 올리버는 노파도 남자도 두려워 쳐다볼 엄두가 안 났다. 그들은 밖에서 본 쥐들과 흡사했다.

"아무도 가까이 못 가." 장의사가 우묵벽 쪽으로 접근하려 하자 남자가 벌떡 일어서며 말했다. "물러서! 젠장, 물러서, 목숨이 아깝거든!"

"착한 사람이 그 무슨 쓸데없는 소린가." 갖가지 참혹한 불행에 이골이 난 장의사가 말했다. "쓸데없이!"

"정말이야." 남자가 주먹을 불끈 쥐고 발로 바닥을 마구 구르며 말했다. "난 마누라 땅에 안 묻을 거야. 땅속에선 마누라가 쉴수가 없어. 너무 비쩍 말라서…… 구더기들이 파먹을 게 없어 괴롭히기만 할 거라고."

장의사는 발광하는 남자에게 반응하지 않고 주머니에서 줄자를 꺼내 잠시 시신 옆에 무릎을 구부리고 앉았다.

"아!" 남자는 울음을 터뜨리며 죽은 여자의 발치에 무릎을 꿇었다. "무릎 꿇어요, 무릎 꿇어…… 이 여자 주위에 무릎 꿇으란 말이오, 모두들, 그리고 내 말 좀 들어봐요! 이 여자는 굶어 죽었소. 나는 위독하다는 걸 몰랐지요, 열이 오를 때까지는. 뼈가 살가죽을 뚫을 지경이 되었는데도, 땔감도 없고 양초도 없이, 마누라는 어둠 속에서 죽었어…… 어둠 속에서! 애들 얼굴도 볼 수가 없었어. 가쁜 숨으로 애들 이름을 그렇게 불렀는데도. 나는 마누라를 위해 거리에서 구걸을 했지만, 그들은 나를 감옥으로 보내더이다. 감옥에서 돌아왔을 때 마누라는 죽어가고 있었지. 내 심장의 피는 다 말라버렸어. 그들이 마누라를 굶어 죽게 만들었으니까. 모든 걸 지켜보신 하느님 앞에서 맹세해! 그들이 내 마누라를 굶어 죽게 만들었어!" 남자는 양손으로 머리카락을 움켜쥐더니 비명을 내지르며 바닥을 나뒹굴었는데, 눈은 멍했고 입술은 거품으로 뒤덮였다.

아이들이 겁을 먹고 엉엉 울었다. 여태 귀머거리처럼 잠자코 있던 노파는 아이들을 다그쳐 울음을 그치게 하고는 바닥에 널브러진 남자의 크라밧[12]을 느슨하게 풀어준 뒤 장의사에게 비틀비틀 다가갔다.

"얜 내 딸이우." 노파는 시신 쪽으로 고갯짓을 했다. 모자란 사람처럼 실실 웃으며 말하는 모습은 바로 옆의 시신보다 더 유령 같았다. "아이고 하느님! 내가 쟤를 낳았다니, 이상하기도 하지. 그때는 나도 여자였다우. 난 아직 살아서 팔팔한데, 쟤는 저리 차갑게 굳어서 누워 있다니! 아이고, 하느님! 생각해 보니 꼭 연극 같네…… 연극 같아!"

그 가련한 피조물이 웅얼웅얼 킬킬거리며 기괴하게 쾌활한 광경을 연출할 때 장의사가 떠나려고 돌아섰다.

---

12   넥타이가 등장하기 전 목에 감고 앞에서 매던 천 장식.

"잠깐, 잠깐만!" 노파가 큰 소리로 말했다. "매장이 언제요? 내일? 모레? 오늘 밤? 내가 세상에 내놓은 아이니 나도 장지까지 따라가야지. 큼직한 외투 하나만 보내줘요. 아주 따뜻한 걸로. 날이 지독히 추우니까. 길을 나서기 전에 케이크와 포도주도 먹어둬야 하는데! 그건 관두고 빵이나 보내주구려…… 빵 한 덩이랑 물 한 컵이면 돼요. 우리가 빵 좀 먹어도 되겠지요?" 장의사가 다시 문 쪽으로 걸음을 옮기자 노파가 장의사의 외투를 붙잡고 간곡히 말했다.

"네, 네." 장의사가 말했다. "원하는 건 뭐든지요!" 그는 노파의 손을 떼어내고 올리버를 잡아끌면서 서둘러 그곳을 떠났다.

이튿날, (그사이 이 가족은 구제 식량으로 4파운드짜리 빵 반 덩이, 치즈 한 조각을 범블 씨를 통해 지급받았다) 올리버와 그의 주인은 그 불행한 집으로 다시 갔다. 범블 씨가 상여꾼으로 부릴 구빈원 남자 넷을 데리고 이미 도착해 있었다. 노파와 남자는 남루한 옷 위에 낡은 검정 외투 하나를 함께 뒤집어썼고, 상여꾼들이 못질이 된 맨 관을 들어 어깨에 메고는 거리로 나아갔다.

"자, 부지런히 걸어야 해요, 할멈!" 소어베리가 노파의 귀에 속삭였다. "조금 늦었어요. 목사님을 기다리게 하면 안 됩니다. 어서 가세, 여보게들, 최대한 빨리 가!"

지시대로 상여꾼들은 가벼운 짐을 메고 종종걸음을 쳤고, 두 상주는 상여를 바짝 따라갔다. 소어베리와 범블 씨는 민첩하고 활기찬 걸음으로 앞장서서 걸었고, 주인만큼 다리가 길지 않은 올리버는 옆에서 뛰어갔다.

하지만 소어베리 씨의 예상과는 달리 그다지 서두를 필요는 없었다. 쐐기풀이 자란 교회 묘지의 무명씨 구역에 도착해 보니 목사는 아직 도착하기 전이었다. 교회 제의실 난롯가에 앉아 있던 교회 서기는 한 시간은 지나야 목사가 올 것 같다고 말했다. 그래서 그들은 관대를 무덤 가장자리에 놓았다. 두 상주는 추적추적 내리는 차가운 부슬비를 맞으며 진창 속에서 묵묵히 기다렸다. 그동안 장례 행렬을 보고 교회 묘지로 모여든 남루한 사내아이들은 묘비 사이에서 왁자지껄 숨바꼭질을 하거나 관을 이리저리 뛰어넘으며 놀았다. 범블과 소어베리 씨는 교회 서기와 친분이 있던 터라 그와 함께 불가에 앉아 신문을 읽었다. 한 시간 남짓 지났을 때 소어베리와 범블 씨와 교회 서기가 무덤으로 달려갔고, 곧이어 제의祭衣를 걸치면서 걸어오는 목사가 보였다. 범블 씨는 허세를 떠느라 아이 한둘을 지팡이로 때려주었다. 목사는 장례식 기도문을 기껏해야 4분쯤 읊조리고는 제의를 서기에게 넘겨주고 나서 훌쩍 자리를 떴다.

"자, 빌!" 소어베리가 무덤 파는 인부에게 말했다. "덮어!"

작업은 그리 어렵지 않았다. 묘지가 이미 만원인 관계로 관 뚜껑과 지면 사이의 거리가 몇십 센티미터도 안 되었기 때문이다. 무덤 파는 인부는 삽으로 흙을 퍼 넣고는 발로 무덤을 대충 밟고 나서 삽을 어깨에 메고 떠났고, 사내아이들도 놀이가 너무 일찍 끝나버렸다고 시끄럽게 불평하면서 뒤따라 떠났다.

"자, 이보시게, 친구!" 범블은 남자의 등을 다독이며 말했다. "이제 묘지 문을 닫아야 한다는구면."

무덤가에 자리 잡고 나서 한 번도 꼼짝하지 않던 남자는 흠칫 놀라 고개를 들고 말을 건넨 사람을 응시하다가 몇 걸음 내딛는 가 싶더니 그대로 쓰러져 정신을 잃었다. 실성한 노파는 없어진 외투 때문에(장의사가 벗겨 갔다) 애를 태우느라 남자는 안중에 도 없었다. 그래서 그들은 남자에게 냉수 한 바가지를 끼얹고 나 서 남자가 정신을 차리자 교회 묘지 밖으로 무사히 데리고 나왔 다. 그러고는 대문을 잠근 뒤 각자 다른 방향으로 흩어졌다.

"그래, 올리버." 집으로 걸어갈 때 소어베리가 말했다. "오늘 어 땠니?"

"나름 좋았어요, 나리, 감사합니다." 올리버는 한참을 망설이 다 대답했다. "아주 좋지는 않았지만요, 나리."

"음, 차차 익숙해질 게다, 올리버. 일단 익숙해지면 아무것도 아니란다, 얘야."

올리버는 소어베리 씨가 일에 익숙해지기까지 아주 오랜 시간 이 걸린 건 아닐까 궁금했지만 묻지 않는 게 좋겠다고 생각했다. 그래서 그날 보고 들은 것들을 하나하나 곱씹으며 잠자코 가게 로 돌아갔다.

6장

올리버는 노아의 조롱에 격분하여
행동을 취하고 노아를 놀라게 만든다

한 달간의 견습 기간이 끝나고 올리버는 정식 도제가 되었다. 때는 바야흐로 환자가 속출하는 계절이었다. 상업적인 면에서 보자면 관이 불티나게 팔리는 때라 올리버는 불과 몇 주 만에 상당한 경험을 쌓았다. 소어베리 씨의 기발한 발상은 그의 가장 낙관적인 희망의 최대치마저 뛰어넘어 대성공을 거두었다. 가장 오래 산 주민들도 이처럼 홍역이 창궐하여 젖먹이들의 생명을 앗아가는 것을 본 적이 없었다. 올리버는 장례 행렬의 선두에 설 때가 많았다. 모자에 두른 띠가 무릎까지 늘어진 어린 올리버의 모습에 마을의 모든 어머니들은 형언할 수 없는 감탄과 슬픔을 느꼈다. 올리버는 원숙한 장의사라면 필히 갖추어야 할 침착한 태도와 불안의 통제술을 배우기 위해 대부분의 성인 장례식에도 주인과 함께 참석했기 때문에 일부 심지 굳은 사람들이 시련과 상실 앞에서 선보이는 아름다운 체념과 의연함을 여러 번 목격할 기회가 있었다.

일례로, 소어베리가 주문을 받은 부유한 노부인이나 노신사의 장례식이 그러했다. 고인에게는 조카자식들이 여럿 있었는데, 고인이 생전에 와병 중일 때는 낙담을 하다 못해 가장 공적인 자리에서도 슬픔에 몸을 못 가누던 조카들이 상중에 자기들끼리 있는 자리에선 행복감과 유쾌하고 흡족한 표정을 드러내며 집안에 아무런 우환이 없는 양 자유롭고 흥겹게 이야기를 나누었다. 남편들도 더없이 차분하게 영웅적으로 아내를 떠나보냈으며, 부인들도 남편이 죽어 상복을 차려입을 때 슬퍼하며 애도의 복장을 갖추는 것이 아니라 최대한 잘 어울리고 매력적으로 보이는 데 신경을 쓰는 듯했다. 매장 의식이 열릴 때만 해도 격렬한 괴로움을 토로하던 신사 숙녀들이 집에 도착하자마자 기운이 불끈 솟고 차를 다 마시기도 전에 상당히 차분해지는 것도 볼만한 광경이었다. 이 모든 것들이 즐겁고 유익한 구경거리였기 때문에 올리버는 몹시 감탄하며 그것들을 지켜보았다.

올리버 트위스트가 이 훌륭한 사람들의 사례에 감동해 체념을 배웠는지는 그의 전기 작가인 나도 장담하기 어렵지만, 올리버가 수 개월간 노아 클레이폴의 지배와 괴롭힘에 순종한 것만은 분명한 사실이다. 노아는 올리버를 갈수록 더 괴롭혔다. 고참인 자기는 아직 빵모자와 가죽 바지 신세인 데 반해, 신참은 승진해 검정 지팡이를 들고 띠 두른 모자까지 쓴 꼴을 보자니 질투심에 배알이 꼴렸기 때문이다. 샬럿은 노아가 괴롭히니 덩달아 올리버를 못살게 굴었다. 소어베리 부인도 올리버의 노골적인 적이었는데, 순전히 소어베리 씨가 올리버에게 친절하다는 이유 때문이었다. 올리버는 한쪽으론 이 세 사람에게 시달리고 다른 한편으론 빈발하는 장례식을 치르느라, 양조장 곡식 창고에 우연히 갇힌 배고픈 돼지처럼 만사태평한 처지와는 거리가 멀었다.

자, 이제 올리버의 인생사에서 중대한 대목에 이르렀다. 왜냐하면 이제부터 필자가 기록할 올리버의 한 가지 행위는 얼핏 사소한 일처럼 보일 수도 있으나 간접적이긴 해도 그의 앞날과 진로가 급변하는 전환점이기 때문이다.

어느 날 올리버와 노아는 평소처럼 저녁 먹을 시간에 부엌으로 내려갔다. 작은 양고기 뼈로—한 근 정도 되는 볼품없는 목뼈 조각이었다—성찬을 즐기려는데 샬럿이 부엌 밖으로 불려 나갔다. 잠시 짬이 생기자, 굶주리고 사나운 노아 클레이폴은 올리버를 괴롭히고 놀려먹는 것으로 그 시간을 알차게 보내기로 했다.

노아는 두 발을 식탁 위에 올린 채 올리버의 머리카락을 잡아당기고 귀를 비트는 재미에 열중했다. 그러고 나서 올리버가 '고자질쟁이'라는 의견을 피력한 뒤 장차 올리버가 교수형을 당하는 바람직한 사건이 일어나면 그 꼴을 두 눈으로 똑똑히 지켜보겠다고 말했다. 그 밖에도 여러 잡다하고 쩨쩨한 것들을 들먹이며 짜증 내는 꼴이 영락없이 심통 사나운 하류층 자선학교 학생이었다. 하지만 아무리 놀려도 올리버가 울지 않자 노아는 더 천박하게 굴기 시작했고, 급기야 오늘날 노아보다 훨씬 더 유명하나 위트가 모자란 인사들이 흔히 익살을 부리다 가끔 범하는 짓까지 저지르고 말았다. 보다 더 사적인 문제를 들먹인 것이다.

"야, 구빈원." 노아는 말했다. "너네 엄마 잘 지내나?"

"엄마는 돌아가셨어." 올리버가 대답했다. "나한테 우리 엄마 얘긴 하지 마!"

클레이폴 씨는 말하는 올리버의 달아오르는 안색과 거친 호흡, 묘하게 벌름거리는 입과 콧구멍을 거센 울음이 터지기 직전의 신호라 확신했다. 그래서 공격을 재개했다.

"네 엄마는 왜 죽었냐, 구빈원?"

"가슴이 무너져 죽었대. 날 돌봐준 할머니들이 그랬어." 올리버는 노아에게 대답이라기보다 혼잣말을 하듯 말했다. "속상해서 죽는다는 게 어떤 건지 나는 알 것 같아!"

"얼레리꼴레리, 이를 어쩌냐, 구빈원." 눈물이 올리버의 뺨에 흘러내릴 때 노아가 말했다. "대체 왜 질질 짜는 거냐?"

"너 때문은 아냐." 올리버는 얼른 눈물을 훔치며 대답했다. "착각하지 마."

"아하, 나 때문은 아니라 이거지!" 노아가 비웃었다.

"그래, 너 때문은 아냐." 올리버가 쏘아붙였다. "그만해. 그만하면 됐어. 엄마 얘기는 더 하지 마. 그게 신상에 좋을 거야!"

"신상에 좋을 거래!" 노아가 외쳤다. "참 나, 신상에 좋을 거라니! 구빈원, 까불지 마라! 네 엄마도 별수 없어! 자기 엄마는 좋은 사람이었는 줄 아나 봐! 아이고, 하느님!" 노아는 알 만하다는 듯 고개를 끄덕거렸다. 그러고는 이럴 때 늘 그렇듯 근육을 최대한 동원해 작고 빨간 코를 한껏 추켜올렸다.

"야, 구빈원." 올리버가 잠자코 있자 노아는 더욱 대담하게 안타까운 척 조롱하는, 가장 사람의 염장을 지르는 투로 계속했다. "구빈원, 이건 어쩔 수 있는 일이야. 그때 네가 있었어도 어쩔 수 없었을 테고. 나도 그 점은 참 안타깝게 생각해. 우리 모두 그럴걸. 넌 참 딱한 놈이야. 하지만 구빈원, 이것만은 알아둬, 네 엄마는 밑바닥을 구르던 천한 목숨이었어."

"지금 뭐라고 했어?" 올리버가 고개를 홱 쳐들며 물었다.

"밑바닥을 구르던 천한 목숨이라고 했다, 구빈원!" 노아가 냉정하게 대답했다. "그러니, 구빈원, 그때 죽은 게 차라리 잘된 거지 뭐냐. 아니면 감옥에서 중노동을 하거나 유배를 가거나 교수형을 당했을 테니까. 교수형을 당했을 가능성이 제일 크지만. 안 그러냐?"

올리버는 분노로 새빨개진 얼굴로 벌떡 일어나 의자와 식탁을 뒤엎고 노아의 목을 움켜쥐고는 분노를 폭발적으로 분출하며 노아의 이가 딱딱 부딪치도록 노아를 뒤흔들다가 온 힘을 모아 힘껏 주먹을 날려 한 방에 노아를 때려눕혔다.

방금 전만 해도 그간의 부당한 처사에 풀이 죽어 말이 없고 유순하며 침울하던 어린 피조물이 본래의 기상을 드러냈다. 죽은 어미에 대한 심한 모독이 피를 끓어오르게 한 것이다. 소년의 가슴은 들썩였고, 자세는 꼿꼿했으며, 눈빛은 또랑또랑했다. 올리버는 완전히 딴사람이 되어 자기 발치에 웅크리고 쓰러진 비겁한 폭군을 내려다보다가 본인도 미처 알지 못했던 힘을 발휘해 맞섰다.

"이놈이 나를 죽이네!" 노아가 흐느꼈다. "샬럿! 마님! 신참이 날 죽이네! 사람 살려! 사람 살려! 올리버가 미쳤어요! 샤알럿!"

노아가 외치자 샬럿은 큰 비명으로, 소어베리 부인은 더 큰 비명으로 응답했다. 샬럿은 부엌 옆문으로 즉시 뛰어들었지만, 소어베리 부인은 층계에서 걸음을 멈추고 더 내려가도 생명에 지장이 없겠다는 확신이 들 때까지 잠시 기다렸다.

"이 천하에 몹쓸 놈아!" 샬럿이 비명을 지르며 온 힘을 다해 올리버를 붙잡았는데 운동으로 잘 단련된 힘센 남자와 맞먹는 힘이었다. "아, 이 은혜도 모르는 놈, 흉악한 살인자 놈!" 샬럿은 한마디 한마디 내뱉을 때마다 올리버를 대차게 때리면서 사회 정의를 위해 비명도 내질렀다. 샬럿의 주먹은 절대 약하지 않았음에도 그것만으로 올리버의 분노를 진압하지 못할까 두려웠던 소어베리 부인은 부엌으로 뛰어들어 한 손으로는 올리버를 붙잡는 걸 도우면서 다른 손으로는 소년의 얼굴을 할퀴었다. 상황이 이렇게 유리하게 돌아가자 노아는 바닥에서 일어나 뒤에서 올리버에게 주먹질을 해댔다.

오래하기에는 너무 격렬한 운동인지라 모두들 금세 녹초가 되었다. 그들은 더는 주먹질할 힘이 없었기 때문에 여전히 팔팔한 기세로 몸부림치고 악을 쓰는 올리버를 석탄 창고로 끌고 가 가둬버렸다. 소어베리 부인은 의자에 털썩 주저앉고는 울음을 터뜨렸다.

"어쩜 좋아, 우리 마님 기절하시네!" 샬럿이 말했다. "물 한 잔만 가져와, 노아. 얼른."

"아! 샬럿." 소어베리 부인이 간신히 말을 끌어냈다. 숨은 모자랐지만 찬물은 풍족했다. 노아가 부인의 머리와 어깨에 찬물을 쏟아부었기 때문이다. "아! 샬럿, 우리 모두 자다가 살해당하지 않은 것만도 천만다행이지 뭐냐!"

"아, 다행이고말고요, 마님." 샬럿의 대답이었다. "주인어른이 이번 일을 교훈 삼아 천생 살인자와 강도인 저 막돼먹은 족속들을 더는 집에 들이지 않기를 바랄 뿐이에요. 불쌍한 노아! 제가 들어왔을 때요, 마님, 노아는 숨이 끊어지고 있었어요."

"불쌍한 것!" 소어베리 부인은 자선학교 학생을 가엾게 바라보며 말했다.

노아는 조끼 맨 위 단추의 위치가 올리버의 정수리 언저리였지만, 이런 동정의 말들이 나오는 동안 손목 안쪽으로 눈가를 훔치며 애처롭게 눈물과 콧물을 짜냈다.

"이 일을 어쩐단 말이냐." 소어베리 부인이 한탄했다. "네 주인 나리는 출타 중이시고 집 안에 남자 어른이 하나도 없는데, 저놈이 문을 박차고 나오기까지 10분도 안 걸릴 거야." 올리버가 문제의 문짝을 대차게 들이받는 것으로 보아 그 말이 실현될 가능성은 농후했다.

"어떡해, 어떡해! 저도 모르겠어요, 마님." 샬럿이 말했다. "경찰을 불러야 할까 봐요."

"군대를 부르든가요." 클레이폴이 제안했다.

"아니, 아니야." 소어베리 부인은 올리버의 옛 후원자를 떠올렸다. "범블 씨한테 달려가거라, 노아. 가서 얼른 오시라고 해, 잠시도 지체 말고. 모자는 안 써도 돼! 서둘러! 달리면서 멍든 눈에 단도를 대거라. 그럼 붓기가 좀 가라앉을 거야."

노아는 대답도 안 하고 전속력으로 출발했다. 거리를 지나던 행인들은 자선학교 학생이 모자도 없이 한쪽 눈에는 접는 칼을 대고 헐레벌떡 거리를 내달리는 모습을 보고 모두들 깜짝 놀랐다.

7장

올리버의 반항이 계속된다

노아 클레이폴은 최대한 빠른 걸음으로 거리를 내달려 구빈원 대문 앞에 도착했다. 그제야 잠시 쉬면서 격정적인 울음을 터뜨려 눈물과 공포감을 한껏 끌어낸 뒤 쪽문을 쾅쾅 두드리고는 문을 연 구빈원 영감에게 그 딱한 얼굴을 디밀었다. 호시절에도 늘 딱한 얼굴만 보며 살아온 구빈원 영감도 그 얼굴을 보고는 흠칫 놀라 뒷걸음쳤다.

"아니, 무슨 일이냐!" 구빈원 영감이 말했다.

"범블 나리! 범블 나리!" 노아는 그럴듯하게 곤경에 처한 척 외쳤다. 워낙 우렁차고 다급한 목소리였기 때문에 마침 근처에 있던 범블 씨는 그 소리를 들은 것은 물론이고 몹시 놀라 삼각모도 안 쓰고 마당으로 달려 나왔다. 교구 사무관도 뜻밖의 강력한 자극을 받으면 일시적으로 침착함을 잃고 위엄을 망각할 수 있다는 걸 보여주는 매우 흥미롭고 진기한 상황이었다.

"아, 범블 나리!" 노아가 말했다. "올리버가요, 나리, 올리버가 글쎄……."

"뭐냐, 뭐야?" 말을 가로채는 범블 씨의 쇠붙이 같은 눈에 즐거운 빛이 떠올랐다. "달아난 건 아니겠지, 설마 녀석이 달아난 건 아니겠지, 응, 노아?"

"아뇨, 나리, 아니에요. 달아난 건 아닌데요, 나리, 포악해졌습니다." 노아가 대답했다. "녀석이 저를 죽이려 했어요. 샬럿도 죽이려 했고, 마님까지 죽이려 했어요. 아! 얼마나 아팠는지 몰라요! 아파 죽는 줄 알았어요, 네, 나리!" 이 대목에서 노아는 몸을 뱀장어처럼 온갖 형태로 뒤틀고 꼬아서 올리버의 난폭한 유혈 폭행으로 자신이 극심한 내상과 상해를 입었으며 그로 인해 지금 이 순간에도 극심한 통증에 시달리고 있음을 범블 씨에게 이해시켰다.

노아는 범블 씨가 정보를 접하고 기가 막히다 못해 멍해진 것을 보고는 효과를 높이기 위해 심각한 부상을 당했다고 열 배는 더 크게 고래고래 울부짖었다. 그리고 하얀 조끼의 신사가 마당을 가로지르는 걸 보더니 종전보다 더 비통하게 한탄을 쏟아냈다. 그 신사의 주의를 끌어 분노를 일으키면 대단히 유리할 거라 생각했기 때문이다.

신사는 곧장 이쪽으로 관심을 돌렸다. 그리고 세 걸음도 못 걷고 화난 얼굴로 돌아서더니 저 어린 똥개가 무엇 때문에 저리 울부짖느냐고, 왜 저놈이 연신 질러대는 고함을 비자발적인 비명으로 만들 만한 처분을 내리지 않느냐고 범블 씨에게 물었다.

"자선학교에 다니는 불쌍한 아이입니다, 나리." 범블 씨가 대답했다. "하마터면 살해당할 뻔했답니다, 살해 말입니다, 나리, 어린 트위스트의 손에요."

"뭐라고!" 하얀 조끼의 신사는 얼어붙으며 외쳤다. "내 이럴 줄 알았지! 처음부터 이상한 예감이 들더라니까, 그 막돼먹고 되바라진 애새끼가 교수형을 당할 거라는!"

"놈이 하녀도 살해하려 시도했다네요, 나리." 범블 씨가 허연 잿빛 얼굴로 말했다.

"마님도요." 클레이폴이 끼어들었다.

"주인어른도 죽이려 했다고 했지, 노아?" 범블 씨가 덧붙였다.

"아뇨! 주인님은 집에 안 계세요. 계셨으면 주인님도 죽이려 들었을 거예요." 노아가 대답했다. "그러고 싶다고 했거든요."

"아하! 그러고 싶다고 했다 이거지, 응?" 하얀 조끼의 신사가 물었다.

"네, 나리." 노아가 대답했다. "그리고 나리, 주인마님이 범블 씨께 여쭈라고 하셨습니다, 짬을 내서 다녀가실 수 없냐고요. 놈에게 매질도 좀 해주시라고…… 주인어른이 안 계셔서요."

"물론이지, 가고말고." 하얀 조끼의 신사는 온화한 미소를 지으면서 말했다. 그러고는 자기보다 7~8센티미터는 큰 소년의 머리를 쓰다듬었다. "넌 착한 아이로구나, 아주 착한 아이야. 여기 1페니 주마. 범블, 지팡이 들고 소어베리네로 가서 무엇이 최상의 조치일지 알아보게. 어물쩍 그냥 봐주지 말게, 범블."

"네, 그러죠, 나리." 교구 사무관은 대답하며 매질의 목적으로 지팡이 끝에 휘휘 감은 밀랍 바른 실을 매만졌다.

"소어베리에게도 그놈 봐주지 말라고 해. 매 자국과 멍 자국 없이는 아무것도 통하지 않을 놈이니까." 하얀 조끼의 신사가 말했다.

"조치하겠습니다." 교구 사무관이 말했다. 이때쯤 범블 씨는 삼각모와 지팡이를 원하는 모양으로 장착했다. 범블과 노아 클레이폴은 장의사의 가게를 향해 전속력으로 달려갔다.

그곳의 상황은 변함이 없었다. 소어베리는 아직 돌아오지 않았고, 올리버는 여전히 기세등등하게 창고 문을 걷어차고 있었다. 범블 씨는 올리버의 흉폭함을 고하는 소어베리 부인과 샬럿의 이야기를 듣고 나서 너무 놀란 나머지 창고 문을 열기 전에 협상을 하는 게 신중한 처사라는 판단을 내렸다. 그래서 전주곡 차원에서 문을 한 번 걷어차고는 열쇠 구멍에 입을 대고 굵고 호소력이 강한 목소리로 말했다.

"올리버!"

"내보내 줘요!" 올리버가 안에서 대답했다.

"누구 목소리인지 알겠니, 올리버?" 범블 씨가 말했다.

"알아요." 올리버가 대답했다.

"두렵지 않느냐, 응? 내가 말하는데도 벌벌 떨리지 않아?"

"아뇨!" 올리버가 대담하게 대꾸했다. 범블 씨는 늘상 얻었던 반응을 끌어내려 했으나 기대를 한참 빗나간 반응에 적잖이 충격을 받았다. 그는 열쇠 구멍에서 물러나 몸을 쭉 펴고 똑바로 섰다. 그리고 기가 막힌다는 얼굴로 말없이 구경꾼 셋을 이리저리 번갈아 쳐다보았다.

"세상에, 범블 씨, 저놈이 미쳤나 봅니다." 소어베리 부인이 말했다. "저놈보다 정신이 반만 박힌 놈도 감히 나리한테 저리 말하진 못하죠."

"미친 게 아닙니다, 부인." 범블 씨는 잠시 골똘히 생각에 잠겼다가 대답했다. "음식 때문이에요."

"뭐라고요?" 소어베리 부인이 외쳤다.

"음식이요, 부인, 음식." 범블 씨는 단호하게 힘주어 강조했다. "애를 너무 잘 먹였어요, 부인. 그래서 저 녀석의 마음에 분수에 넘치는 거짓된 영혼과 기상이 자라난 겁니다, 부인. 우리 위원회 위원님들도 실용적인 철학자들이시니 같은 말씀을 하실 겁니다. 구빈원 아이에게 기백이니 기상이니 하는 게 무슨 소용입니까? 우리는 그저 목숨만 부지하게 해주면 됩니다. 저놈한테 귀리죽만 먹였다면 이런 일은 일어나지 않았을 거예요."

"어머, 어머!" 소어베리 부인은 탄식을 연발하며 부엌 천장을 경건하게 올려다보았다. "이게 후한 인정을 베풀어 벌어진 일이라니!"

소어베리 부인이 올리버에게 후하게 베푼 인정이란 아무도 먹지 않을 더러운 잡탕 찌꺼기를 넉넉히 준 것을 의미했다. 그래서 그녀가 범블 씨의 맹비난을 잠자코 감내한 것은 대단한 순종과 자기희생이라 하지 않을 수 없다. 그녀는 이런 비난을 받을 만한 생각도 말도 행동도 전혀 한 적이 없다는 것을 밝혀야 공평할 것이다.

"아하!" 부인의 시선이 다시 아래로 내려왔을 때 범블 씨가 말했다. "내 생각에는 말입니다, 지금 할 수 있는 일은 저놈을 하루 정도 창고에 가둬 쫄쫄 굶긴 다음 꺼내는 겁니다. 그리고 도제 기간 내내 죽만 먹여요. 저놈은 근본이 악질이에요. 천성이 다 혈질이라 이겁니다, 소어베리 부인! 보모도 의사도 같은 말을 했지요. 저놈의 어미가 몇 주를 걸어 여기까지 왔는데, 선량한 여자 같으면 그 고생을 못 이기고 진작에 죽었을 거라고."

범블 씨의 이야기가 이 대목에 이르렀을 때 올리버는 자기 엄마를 언급하는 새로운 내용이 나왔다는 걸 눈치채고는 다시 문을 거세게 걷어찼고, 그 소리는 다른 소리들을 모두 삼켜버렸다. 그때 소어베리가 귀가했다. 여자들은 소어베리의 분노를 끌어내려는 심산으로 올리버의 만행을 한껏 부풀려 설명했고, 소어베리는 순식간에 석탄 창고의 문을 열고 반항하는 도제의 멱살을 잡아 끌어냈다.

올리버의 옷은 종전에 맞으면서 찢겨져 있었고, 얼굴은 멍들고 긁힌 자국투성이였으며, 머리카락은 이마 위로 산발한 상태였다. 하지만 분노에 의한 홍조는 여전했고 감옥에서 끌려 나와서도 대담하게 노아에게 인상을 쓰는 모양이 전혀 풀이 죽지 않은 기세였다.

"너는 착한 아이가 아니었더냐, 응?" 소어베리는 그렇게 말하며 올리버를 흔들고 소년의 귀싸대기를 때렸다.

"저자식이 우리 엄마 욕을 했단 말이에요." 올리버가 대답했다.

"아니, 그랬으면 또 어떠냐, 이 배은망덕한 놈아?" 소어베리 부인이 말했다. "네 어미는 그런 말 들어도 싼데. 더한 말을 해도 돼."

"아니에요." 올리버가 말했다.

"맞아." 소어베리 부인이 말했다.

"거짓말." 올리버가 말했다.

소어베리 부인이 와락 울음을 터뜨리며 폭포 같은 눈물을 쏟았다.

아내의 눈물 바람 앞에서 소어베리 씨에겐 다른 대안이 없었다. 경험이 많은 독자라면 이미 통달한 문제겠지만, 이제 소어베리는 올리버를 아주 호되게 벌하는 것 외에는 방법이 없었고, 잠시라도 주저하다가는 부부 싸움의 선례에 따라 인간의 탈을 쓴 짐승, 몰상식한 남편, 모욕적인 족속, 인면수심 등 지면상의 제한으로 이 장에서 일일이 열거할 수 없을 만큼 많은 별칭으로 불리게 될 게 뻔했다. 공정하게 말하면, 소어베리 씨는 힘이 닿는 데까지—그다지 큰 힘은 아니었지만—소년에게 잘해주려는 마음을 가지고 있었다. 그것이 자신에게 유리하기도 했고 아내가 올리버를 싫어하기 때문이기도 했다. 하지만 아내의 눈물 앞에선 속수무책인지라 그는 즉시 올리버를 흠씬 패주었는데, 소어베리 부인도 만족하고 범블 씨도 굳이 나서서 교구용 지팡이를 쓰지 않아도 될 정도였다. 그날 올리버는 부엌 쪽방에 내내 갇혀 지냈다. 동무라고는 빵 한 조각과 펌프가 다였다. 밤이 되자 소어베리 부인은 문밖에서 올리버의 어머니에 대한 비호의적인 추모사를 다양하게 늘어놓다가 방 안을 들여다보더니 노아와 샬럿의 조롱과 손가락질이 빗발치는 가운데 이제 그만 계단 위 누추한 잠자리로 돌아가라고 명령했다.

올리버는 정적이 내린 어두운 가게 안에 홀로 남겨지고 나서야 그날 일어난 일이 아직 어린 마음에 일으키고도 남을 감정에 굴복했다. 아까 그들의 경멸하는 얼굴과 조롱을 참아 넘기고 매질도 울지 않고 견뎌낸 것은 가슴에 차오르는 자긍심을 느꼈기 때문이었다. 그들의 손에 산 채로 태워졌어도 끝까지 비명 한 번 지르지 않았을 것이다. 하지만 볼 사람도 들을 사람도 없는 상황이 되자 올리버는 그만 바닥에 주저앉아 양손으로 얼굴을 감싸고는 신이 인간의 본성에 내려주신 눈물을 쏟아냈다. 이때 올리버만큼 많은 눈물을 흘린 아이는 흔치 않을 것이다!

올리버는 오랫동안 그 자세로 꼼짝하지 않았다. 촛대의 촛불이 낮게 타오를 때 아이는 자리에서 일어섰다. 그리고 주변을 조심스레 살피며 귀를 바짝 세우다가 문의 잠금장치들을 살그머니 풀고 문밖을 내다보았다.

춥고 캄캄한 밤이었다. 소년의 눈에 별들은 땅에서 까마득히 먼 것처럼 유난히 아득하게 보였다. 바람 한 점 없었다. 나무들이 땅에 던져놓은 음산한 그림자는 하도 꼼짝을 안 해서 무덤 안처럼 죽음을 연상시켰다. 소년은 문을 살그머니 다시 닫았다. 그리고 꺼져가는 촛불에 의지해 가진 옷 몇 벌을 큼지막한 손수건에 싼 뒤 장의자에 앉아 아침이 오기를 기다렸다.

첫 여명이 가게 덧문의 틈새를 비집고 들어왔을 때, 올리버는 의자에서 일어나 다시 빗장을 풀었다. 그리고 소심하게 주변을 한 번 둘러보고는, 잠깐 망설이다 밖으로 나와 문을 닫았다. 아이는 길거리에 있었다.

올리버는 어디로 도망가야 할지 몰라 좌우를 두리번거렸다. 예전에 짐마차들이 언덕을 힘겹게 올라 마을을 빠져나가는 걸 본 기억이 났다. 소년은 그 길을 따라가다가 들판을 가로지르는 오솔길에 도달했다. 그 길로 얼마간 가면 다시 큰길이 나온다는 걸 알고 있었기 때문에 오솔길로 들어가 잰걸음으로 걸었다. 그 길을 걸어가자니 예전에 범블 씨 옆에서 종종걸음을 치며 보육 원에서 구빈원으로 갔던 일이 또렷이 기억났다. 그 길은 보육원 으로 곧장 나 있었다. 그 생각을 하자 가슴이 두근거렸고, 되돌 아갈까 하는 마음도 들었다. 하지만 이미 멀리 걸어왔기 때문에 돌아가려면 그만큼 많은 시간이 걸렸다. 게다가 아주 이른 시간 이라 남들 눈에 띌 염려도 없었으므로 계속 가기로 했다.

올리버는 보육원에 이르렀다. 아직 이른 시간이라 활동하는 아이들은 보이지 않았다. 올리버는 걸음을 멈추고 마당 안을 들여다보았다. 한 아이가 작은 화단에서 잡초를 뽑고 있었다. 올리버가 걸음을 멈췄을 때 화단의 아이가 창백한 얼굴을 들었는데, 그 아이는 올리버의 옛 동무였다. 올리버는 떠나기 전에 친구를 만난 것이 몹시 기뻤다. 그 아이는 나이는 조금 어렸지만 올리버의 놀이 친구이자 단짝이었기 때문이다. 둘은 셀 수 없이 함께 얻어맞고 함께 굶주리고 함께 갇힌 사이였다.

"쉿, 딕!" 아이가 대문으로 달려와 쇠창살 틈으로 야윈 팔을 내밀었을 때 올리버가 말했다. "누구 일어난 사람 없니?"

"나 말고는 없어." 딕이 대답했다.

"나 봤다고 아무한테도 말하면 안 돼, 딕." 올리버가 말했다. "나 지금 도망가는 중이야. 사람들이 자꾸 때리고 괴롭혀서, 딕. 멀리멀리 가서 내 운을 시험해 볼 생각이야. 어디로 가야 할지는 모르겠지만. 너 얼굴이 왜 그리 창백해!"

"의사 선생님이 하는 말을 들었는데, 나 죽을 거래." 아이가 슬며시 미소를 지으며 대답했다. "너를 만나 정말 좋다. 이제 그만 가, 그만 가!"

"아니, 아니, 네게 작별 인사는 해야지." 올리버가 대답했다. "나중에 꼭 다시 만나, 딕. 꼭 다시 만나게 될 거야! 너도 건강해지고 행복해질 거야!"

"나도 그랬으면 좋겠어." 아이가 대답했다. "하지만 죽고 나서야 가능하겠지. 그 전엔 아니야. 의사 선생님 말이 맞아, 올리버.

왜냐하면 천국이랑 천사들이랑, 깨어 있을 땐 본 적 없는 친절한 얼굴들이 꿈에 자꾸 나타나거든. 입 맞춰줘." 아이는 낮은 대문을 기어올라 작은 두 팔로 올리버의 목을 끌어안고 말했다. "잘가! 하느님의 축복이 네게 있기를!"

　이 말은 어린아이의 입에서 나온 것이었지만 올리버의 머리 위로 내려온 최초의 축복이었다. 이후 올리버는 온갖 고생과 시련, 고난과 변화를 겪으면서도 이 말을 한시도 잊지 않았다.

8장

올리버는 런던을 향해 걸어가던 중
신기한 꼬마 신사를 만난다

올리버는 오솔길이 끝나는 곳에 도달해 울타리 출입구를 넘어 다시 큰길로 나갔다. 이제 아침 8시였다. 소년은 마을에서 8킬로미터나 떨어져 있었지만 정오가 될 때까지 달음질치다가 산울타리 뒤에 숨기를 반복했다. 누군가에게 추적당해 끌려갈까 두려웠기 때문이다. 정오 무렵 이정표 옆에 앉아 쉬는데 어디로 가서 사는 게 좋을까 하는 생각이 들기 시작했다.

옆의 이정표에는 큰 글씨로 "런던까지 112킬로미터"라고 쓰여 있었다. 런던이라는 이름은 소년의 마음에 새로운 생각들을 연이어 불러일으켰다. 런던! 엄청나게 넓은 곳! 거기라면 누구에게도, 범블 씨에게도 절대 발각되지 않겠지! 강단 있는 젊은이라면 부족함 없이 지낼 수 있는 데가 런던이라고 구빈원 영감들에게 수차례 들은 적이 있었다. 그 광대한 도시에는 시골에서 자란 사람들은 생각지도 못한 먹고살 길이 열려 있다고 했다. 누군가 도와주지 않으면 꼼짝없이 길바닥에서 굶어 죽을 집 없는 고아에게는 마침맞은 곳이었다. 이런 생각들이 머릿속에 떠오르자 올리버는 벌떡 일어나 다시 앞으로 나아갔다.

런던까지의 거리를 6킬로미터쯤 줄였을 때, 목적지에 도착하기까지 얼마나 많은 일들을 겪어야 할까 하는 생각이 들었다. 이런 중대한 문제가 머릿속을 비집고 들어오자 아이는 걸음을 살짝 늦추면서 런던까지 갈 방법을 궁리했다. 빵 껍질 하나, 거친 셔츠 하나, 긴 양말 두 켤레가 보따리에 들어 있었다. 호주머니에는 1페니가 있었다. 어느 날 장례식이 끝났을 때 평소보다 일을 잘했다고 소어베리가 상으로 준 돈이었다. 올리버는 생각했다. '깨끗한 셔츠는 쓸모가 많아. 기운 양말 두 켤레도 그렇고, 1페니도 그래. 하지만 겨울에 106킬로미터를 걸어가는 데는 별 도움이 안 돼.' 대다수 사람들이 그렇듯 올리버의 생각은 어려움을 지적하는 데는 유능했지만 어려움을 극복하는 현실적 방안을 제시하는 데는 무능했다. 그래서 올리버는 이렇다 할 결단을 못 내리고 궁리에 궁리만 거듭하다가 작은 봇짐을 반대편 어깨로 바꿔 메고는 터덜터덜 걸어갔다.

그날 올리버는 32킬로미터를 걸었다. 그동안 먹은 거라고는 마른 빵 껍질과 길가 오두막에서 얻어 마신 물 몇 모금이 전부였다. 밤이 되었을 때는 목초지로 들어가 납작 엎드려 건초 더미 밑으로 기어들었다. 아침까지 거기 누워 있을 생각이었다. 처음에는 무서웠다. 바람이 허허벌판 위로 윙윙 몰아쳤기 때문이다. 게다가 춥고 배고프고 그 어느 때보다 외로웠다. 하지만 걷느라 녹초가 된 아이는 금세 곯아떨어져 모든 근심을 다 잊었다.

이튿날 아침 올리버는 차갑고 뻣뻣한 몸으로 잠에서 깼다. 배가 어찌나 고픈지 가장 먼저 지나는 마을에서 1페니를 작은 빵한 덩이와 바꿀 수밖에 없었다. 겨우 20킬로미터쯤 걸었을 때 다시 밤이 찾아왔다. 발이 쑤셨고 다리는 힘이 없어 후들거렸다. 음산하고 축축한 공기 속에서 다시 하룻밤을 지내자 몸이 더 나빠졌다. 다시 길을 나섰지만 간신히 느릿느릿 나아갔다.

올리버는 가파른 언덕 밑에서 역마차[13]가 오기를 기다렸다가 마차 실외석 승객들에게 구걸을 해봤지만 눈길을 주는 승객은 거의 없었다. 어떤 승객들은 올리버에게 마차가 언덕 꼭대기에 도달할 때까지 기다렸다가 멀리에서 달려와 따라잡으면 반페니를 주겠다고 했다. 불쌍한 올리버는 얼마간 마차를 쫓아 뛰어갔지만 워낙 지친 데다 발이 아파 도저히 따라잡을 수 없었다. 그것을 본 옥상석 승객들은 반 페니 동전을 주머니에 도로 넣으면서 저렇게 게을러빠진 애새끼는 아무것도 받을 자격이 없다고 욕을 했다. 마차는 덜컹덜컹 먼지구름만 남기며 멀어져 갔다.

---

13   말 네 필이나 여섯이 끄는 사륜마차로, 철도가 통하기 전 여객이나 우편물을 정기적으로 날랐던 합승 마차. 실내석에는 승객을 여덟 명까지 태울 수 있었고 요금이 저렴한, 마차 뒤편과 지붕의 실외석에도 승객들은 난간을 붙들고 탈 수 있었다.

동네에서 구걸하는 자는 감옥에 보낸다는 경고문을 큰 팻말에 써 내건 마을도 있었다. 올리버는 덜컥 겁이 나 부리나케 그 마을을 벗어난 후에야 마음을 놓았다. 다른 마을에서는 여관 마당에 서서 가엾은 얼굴로 지나가는 사람들을 쳐다보곤 했는데, 저놈이 분명 도둑이렷다 생각한 여관 안주인이 근처를 돌아다니는 우편배달부에게 낯선 아이를 내쫓으라고 하는 바람에 그 시도도 막을 내렸다. 농가에 가서 구걸을 하면 열에 아홉은 개를 풀겠다는 으름장이 돌아오고 가게에 코를 디밀면 교구 사무관을 부르겠다는 가게 주인의 말을 듣고—가슴이 철렁했다—허탕만 치기 일쑤라 몇 시간 동안 헛물만 켰다.

사실 마음씨 좋은 도로세 징수원[14]과 너그러운 노부인이 아니었다면 올리버의 고생은 모친이 맞이한 파국을 그대로 밟아 단축되었을 것이다. 말 그대로 올리버는 길에 쓰러져 죽었을 것이다. 하지만 도로세 징수원은 빵과 치즈를 주었고, 노부인은 난파를 당해 세상 어딘가를 맨발로 방랑할 자기 손자를 생각해 빈궁한 고아를 딱히 여기고 가진 걸 능력껏—능력 이상으로—베풀었을 뿐 아니라 참으로 친절한 말과 연민과 공감이 담긴 눈물을 보였으니, 그것은 그때까지 겪은 어떤 고생보다 더 깊숙이 올리버의 영혼에 스며들었다.

고향을 떠난 지 이레째 되는 이른 아침, 올리버는 다리를 절룩

---

14   사람들은 관문이나 작은 건물에서 길을 이용하는 통행 요금을 내야 했다.

이며 바넷이라는 작은 마을로 천천히 접어들었다. 아직 덧창이 열리지 않았고 거리는 텅 비어 있었다. 잠에서 깨어 바쁜 일과를 시작한 사람은 보이지 않았다. 태양이 멋지고 아름다운 자태를 뽐내며 떠오르고 있었지만, 피 나는 발과 먼지를 뒤집어쓴 꼴로 남의 집 현관 계단에 앉아 있는 소년에게 햇빛은 외롭고 쓸쓸한 처지만 일깨웠다.

차츰 덧창이 열리고 가림막이 걷히면서 사람들이 이리저리 지나다니기 시작했다. 잠시 걸음을 멈추고 올리버를 쳐다보거나 바쁜 걸음으로 지나치면서 고개를 돌려 흘끔거리는 사람이 한둘 있었지만, 도움의 손길을 내밀거나 어떻게 거기까지 오게 되었는지 번거롭게 묻는 사람은 없었다. 올리버는 감히 구걸할 엄두가 나지 않아 그냥 앉아 있었다.

그렇게 한동안 계단에 웅크리고 앉아 여기는 퍼블릭하우스[15]가 엄청 많구나 놀라기도 하고(바넷에는 크고 작은 술집이 한 집 걸러 하나씩 있었다) 지나는 대형 사륜마차들을 무심히 구경하기도 했다. 자기는 나이에 비해 큰 용기와 의지로 일주일에 걸쳐 간신히 성취했는데 마차들은 그걸 몇 시간 만에 쉽게 해치우다니 참 신기하다는 생각도 들었다. 그러다 올리버는 한 소년을 발견하고 퍼뜩 정신이 들었다. 몇 분 전 무심히 지나쳐 간 어느 소년이 어느새 다시 돌아와 길 건너편에서 올리버를 유심히 살펴

15 술과 음료, 간단한 식사를 제공하는 술집으로 당시에는 여행자들에게 여관의 기능을 겸했다. 줄여서 '펍'이라 불린다.

보고 있었기 때문이다. 올리버는 처음에는 크게 신경을 쓰지 않다가 그 소년이 워낙 이쪽을 빤히 쳐다보는지라 고개를 들고 똑같이 그 소년을 빤히 쳐다보았다. 그러자 소년이 길을 건너 올리버에게 다가와 말을 걸었다.

"어이, 친구! 무슨 일 있나?"

어린 나그네에게 그렇게 물은 소년은 올리버와 비슷한 또래였으나 외모는 올리버가 여태 본 아이들 중 가장 희한한 축에 속했다. 들창코에 이마가 납작한 평범한 얼굴이었지만, 그렇게 지저분한 아이는 처음이었다. 그러면서도 어쩐지 어른 남자의 분위기와 태도가 배어 있었다. 키는 나이에 비해 작은 편이었고 오다리에다 작고 못생긴 눈은 날카로웠다. 모자는 금방이라도 떨어질 것처럼 정수리에 아슬아슬 얹혀 있었는데, 모자 주인이 가끔씩 머리를 홱홱 틀어 모자를 원래의 자리에 돌려놓는 묘기를 부리지 않았다면 실제로 떨어지고 말았을 것이다. 걸친 외투는 어른의 것이라 외투 자락이 발꿈치까지 늘어졌고, 소매 밖으로 손이 나오도록 소맷부리를 팔뚝 위로 절반쯤 접어 올리고 있었는데, 손을 코르덴 바지 주머니에 찔러 넣으려 소매를 걷은 게 분명했다. 말하자면 키가 140센티미터가 될까 말까 한 가죽 신 차림의 어린 신사 가운데 허세와 과시로는 단연 최고인 것 같았다.

"어이, 친구! 무슨 일 있어?" 괴이한 어린 신사가 올리버에게 다시 물었다.

"너무 피곤하고 너무 배고파." 올리버가 눈물이 그렁그렁한 눈으로 대답했다. "오래 걸었어. 일주일 내내 걸었어."

"일주일 내내 걸었다고!" 어린 신사가 말했다. "아, 알 만해. 새 부리의 명령을 받았구나, 맞지?" 꼬마 신사가 놀라는 올리버의 표정을 보고 덧붙였다. "새 부리가 뭔지 모르나, 우리 멋쟁이 친구는?"

올리버는 그 용어를 새의 입을 표현하는 말로만 들어왔다고 얌전히 대답했다.

"아이고 두야, 풋내기네!" 어린 신사가 외쳤다. "그게 말이지, 새 부리는 치안판사를 말하는 거야. 새 부리의 명령으로 걷는 건 절대 쉬운 일이 아니지, 올라가기만 하고 내려오는 법이 없거든. 쳇바퀴[16]는 처음 돌려본 거냐?"

"쳇바퀴? 무슨 쳇바퀴?" 올리버가 물었다.

"무슨 쳇바퀴냐니! 그 쳇바퀴 말이야, 자리를 별로 차지하지 않아서 감빵 안에서 잘 돌아가고, 먹고살기 좋아서 일꾼들이 모자랄 때보다 먹고살기 힘들 때 더 잘 돌아가는 쳇바퀴. 그나저나, 먹을 게 필요하다고 했으니 그럼 먹어야지. 나도 주머니 사정이 바닥이라 보브 한 놈이랑 까치 한 놈뿐이지만,[17] 그래도 내가 낼게. 날쌔게 발딱 일어서. 얼른! 당장! 빨랑 움직여!"

---

16   19세기 영국의 감옥에는 죄수들을 동원해 돌리는 거대한 원통형의 쳇바퀴가 있었는데 죄수들이 쳇바퀴 위에 달린 계단을 밟으면 쳇바퀴가 돌아가면서 인근의 공장에 전기를 공급하거나 곡식을 찧을 수 있었다. 쳇바퀴 노동형을 선고받은 죄수들은 아침 7시부터 저녁 5시까지 잠깐의 휴식 시간 외에는 중노동에 시달렸다.

17   '보브'는 1실링을 가리키는 은어, '까치'는 반 페니짜리 동전을 가리키는 은어.

어린 신사는 올리버가 일어나는 것을 도와주고 근처 잡화점으로 데려가 미리 손질된 햄과 4파운드짜리 빵 반 덩이, 신사의 표현을 빌리자면 "4페니짜리 밀기울 빵" 한 덩이를 샀다! 그리고 햄이 더러워지는 걸 막기 위해 빵 속을 조금 뜯어내고 구멍을 만든 뒤 거기에 햄을 끼워 넣는 기발한 조치를 취했다. 어린 신사는 빵을 겨드랑이에 끼더니 작은 펍으로 들어가서 건물 안쪽의 바로 올리버를 안내했다. 불가사의한 소년의 주문에 맥주 단지가 나왔다. 올리버는 새 친구의 권유를 받아들여 오랫동안 게걸스럽게 식사를 했고, 그동안 이상한 소년은 올리버를 찬찬히 뜯어보았다.

"런던으로 가나?" 올리버가 마침내 식사를 마치자 이상한 소년이 물었다.

"응."

"지낼 데는 있고?"

"아니."

"돈은?"

"없어."

이상한 소년은 휘릭 휘파람을 불더니 외투 소매가 허락하는 한 깊숙이 팔을 주머니 속에 찔러 넣었다.

"넌 런던 살아?" 올리버가 물었다.

"응. 집에 있을 때는." 소년은 대답했다. "너 오늘 밤 잘 데가 필요하겠구나, 응?"

"응, 맞아." 올리버가 대답했다. "시골을 떠난 뒤로 지붕 밑에서 잔 적이 없어."

"그런 문제라면 고민할 거 없어." 어린 신사가 말했다. "나 오늘 밤 런던에 가야 하는데 거기 점잖은 노신사를 한 분 알거든. 그분이 널 공짜로 재워줄 거야. 잔소리도 안 해. 물론 그분을 잘 아는 신사가 널 소개해 줘야 가능하겠지만. 그분이랑 아는 사이냐고? 아니, 전혀! 천만에! 무슨 소리. 절대 아냐!"

마지막 말은 반어를 사용한 농담이라는 걸 암시하듯 어린 신사는 씩 웃는 얼굴로 맥주 단지를 비웠다.

잠자리를 주겠다는 뜻밖의 제안은 거절하기 힘든 유혹이었다. 특히, 언급된 그 노신사가 안락한 보금자리를 즉시 제공할 거라는 장담이 곧바로 이어지자 유혹은 더욱 강해졌다. 이후 더 친밀하고 은밀한 대화가 이어졌다. 올리버는 이 친구의 이름이 잭 도킨스이며 앞서 언급된 노신사의 총아이자 애제자라는 걸 알게 되었다. 도킨스 군의 차림새로 보아 그 후원자라는 사람에게 보호받는 피후견인들이 대단한 호사를 누릴 것 같지는 않지만 도킨스 군이 다소 투박하고 방종한 말씨를 사용하는 데다 자신이 친한 친구들 사이에서 '꾀돌이 얌생이'라는 별명으로 더 통한다고 인정했기 때문에 올리버는 이제까지 은인의 도덕과 훈시가 방탕하고 부주의한 성향에 부닥쳐 외면당했을 거라는 결론을 내렸다. 그렇다면 한시라도 빨리 그 노신사에게 좋은 평가를 얻을 것과 이 얌생이가 구제 불능으로 판단되면─십중팔구 그렇겠지만—더 이상은 상종하지 않기로 내심 마음을 먹었다.

도킨스가 밤이 되기 전에는 런던에 들어갈 수 없다고 거부하는 바람에 두 사람은 밤 11시가 거의 다 된 시각에 이즐링턴의 도로세 징수소에 도착했다. 그들은 에인절 여관에서 세인트존스 로드로 들어간 뒤 어느 샛길을 따라 길 끝의 새들러스 웰스 극장까지 간 다음 엑스머스 스트리트와 코피스 길을 통과해 구빈원 옆 공동마당을 지나 한때 '호클리 인 더 홀'이라 불리던 고적지를 가로지른 뒤 리틀 새프런 힐로 간 다음 거기서 다시 그레이트 새프런 힐로 향했다. 얌생이는 잰걸음으로 언덕을 끼고 돌면서 올리버에게 바짝 따라오라고 지시했다.

올리버는 길잡이를 놓치지 않으려 정신을 집중했지만 지나는 길을 이리저리 흘끔거리지 않을 수 없었다. 이보다 더럽거나 형편없는 곳은 본 적이 없었다. 거리는 몹시 비좁은 데다 진흙탕이었고 악취를 풍겼다. 작은 가게들이 많았지만 취급하는 상품이라고는 아이들밖에 없는 것처럼 늦은 밤인데도 아이들이 느릿느릿 문을 드나들거나 집 안에서 비명을 질러댔다. 황폐함이 만연한 그곳에서도 펍들은 유일하게 번성한 듯 보였고, 펍 안에서는 최하층 아일랜드인들이 그악스럽게 싸움을 벌였다. 큰길에서 가지처럼 뻗어나간 포장된 샛길과 마당으로 들어가면 한데 붙어 자리한 집들이 나왔는데, 술에 취한 남자들과 여자들이 오물 속을 뒹굴고 있었다. 몇 군데 문간에서는 덩치가 크고 험상궂게 보이는 사내들이 은밀히 출몰했는데, 어느 모로 보나 선량한 볼일이나 건전한 용무는 아닌 듯했다.

올리버가 아무래도 도망가는 게 좋지 않을까 고민하기 시작했을 때, 그들은 언덕 발치에 도달했다. 길잡이는 올리버의 팔을 잡고 필드 레인 근방의 어느 집 문을 밀어 열었고, 올리버를 복도로 끌어들인 뒤 문을 닫았다.

"말해!" 얌생이의 휘파람에 밑에서 어떤 목소리가 대꾸하며 외쳤다.

"자두 맛이니 진격하라!" 얌생이가 대답했다.

모든 게 괜찮다는 암호나 신호 같았다. 복도 저편 끄트머리 벽쪽에 연약한 촛불이 어른거리더니 부서진 낡은 부엌 계단 난간에서 남자의 얼굴이 쑥 등장했다.

"둘이네." 남자가 촛불을 멀찍이 들면서 다른 손으로 눈가에 그늘을 만들었다. "저놈은 누구냐?"

"신참." 잭 도킨스가 올리버를 앞으로 끌어내며 대답했다.

"어디 출신인가?"

"그냥 풋내기야. 위에 페이긴 있어?"

"응, 손수건 분류하고 있어. 올라가 봐!" 촛불은 뒤로 물러났고 얼굴도 사라졌다.

올리버는 한 손을 친구에게 붙잡힌 채 다른 손으로 더듬거리면서 컴컴하고 부서진 계단을 힘겹게 올랐다. 반면 안내자는 거기가 익숙한 모양인지 쉽사리 계단을 올라가 뒷방 문을 열고 들어가서 올리버를 안으로 끌어들였다.

방은 벽도 천장도 새까맣게 때가 타고 세월의 흔적이 묻어 있었다. 벽난로 앞에 전나무 탁자가 하나 있었는데, 그 위에 촛불이 꽂힌 생강 맛 음료수 병과 양철 그릇 두세 개, 버터 바른 빵 한 덩이, 접시 하나가 놓여 있었다. 벽난로 선반에 끈으로 묶여 불 위에 올려진 프라이팬 안에서는 소시지 몇 개가 지글지글 익어갔고, 쭈글쭈글한 유대인 영감이 구이용 포크를 한 손에 들고 프라이팬 위에 구부정하게 서 있었는데, 부스스한 붉은 터럭들이 그 저열하고 혐오스러운 얼굴을 조금이나마 가려주었다. 꾀죄죄한 플란넬 가운을 걸치고 목에는 아무것도 감지 않은 채 실크 손수건이 여럿 걸린 빨래걸이와 프라이팬를 번갈아 살피는 듯했다. 낡은 곡식 자루로 만든 거친 침대 몇 개가 바닥에 다닥다닥 붙어 있었고, 양생이 또래로 보이는 사내아이 네댓 명이 탁자에 둘러앉아 중년 남자들처럼 길쭉한 도자기 담뱃대를 물고 술을 들이켰다. 아이들은 돌아온 친구를 둘러싸고는 친구가 유대인 영감에게 귀엣말을 하는 동안 올리버를 돌아보며 활짝 웃었다. 유대인 영감도 손에 포크를 든 채 환히 웃었다.

"얘가 개예요, 페이긴." 잭 도킨스가 말했다 "내 친구 올리버 트위스트."

유대인은 빙긋 웃더니 올리버에게 몸을 바짝 낮춰 인사한 다음 아이의 손을 잡고는 친분을 쌓는 영광을 누리게 해달라고 말했다. 그 말이 끝나자마자 담뱃대를 문 어린 신사들이 올리버를 에워싸고 그의 양손을, 특히 작은 보따리를 든 손을 잡고 세차게 흔들어댔다. 한 꼬마 신사는 올리버의 모자를 걸어주려 열심이었고, 다른 꼬마는 친절하다 못해 올리버가 몹시 노곤할 거라면서 잠자리에 들기 전 호주머니를 비우는 수고를 덜어주겠다며 올리버의 양 호주머니에 손을 넣기까지 했다. 이런 인사치레가 한바탕 대대적으로 벌어지려는데 마침 유대인 영감의 포크가 애정이 넘치는 젊은이들의 머리와 어깨 위로 아낌없이 출동했다.

"잘 왔다, 올리버, 정말 반가워." 유대인이 말했다. "얌생아, 소시지를 불에서 내리고 올리버가 앉을 통을 불가로 끌어오렴. 아, 손수건을 빤히 쳐다보고 있구나! 손수건이 참 많아, 그치? 빨기 전에 한번 살펴보는 거야. 그것뿐이야, 올리버. 그것뿐이란다. 하! 하! 하!"

이 발언의 후반부에 유쾌한 노신사의 전도유망한 제자들이 와하하 활기찬 웃음을 터뜨렸다. 웃음소리가 한창인 가운데 그들은 저녁을 먹으러 갔다.

올리버는 자기 몫을 먹었다. 유대인은 올리버에게 진을 탄 따끈한 물을 한 잔 주면서 다른 신사가 그 잔을 써야 하니 바로 비우라고 말했다. 올리버는 시키는 대로 잔을 비웠다. 얼마 뒤 아이는 몸이 살며시 들려 침대에 눕혀지는 것을 느낀 뒤 이내 단잠에 빠져들었다.

9장

유쾌한 노신사와 전도유망한 제자들에
대한 자세한 내용을 덧붙인다

이튿날 아침 올리버는 느지막이 오랜 단잠에서 깨어났다. 방에
는 유대인 영감 말고 아무도 없었다. 영감은 냄비에 아침에 마실
커피를 끓이면서 쇠숟가락으로 커피를 휘휘 저으며 나지막이 휘
파람을 불었다. 그러다 이따금 아래에서 희미한 잡음이 들리면
매번 동작을 딱 멈추고 귀를 바짝 세웠다가 안심이 되면 종전처
럼 다시 휘파람을 불며 커피를 저었다.

　올리버는 잠에서 깨긴 했지만 완전히 정신이 든 것은 아니었
다. 흔히 우리는 잠자는 것도 아니고 잠이 깬 것도 아닌 몽롱한
상태일 때가 있는데, 눈을 절반쯤 뜨고 주변에서 일어나는 일들
을 어렴풋이 인식하는 상태로 5분간 꾸는 꿈은 다섯 밤 동안 눈
을 꽉 감고 완전한 무의식 속에서 꾸는 꿈보다 더 많다. 이럴 때

는 유한한 인간도 정신의 활동을 충분히 의식하므로 육신의 제약에서 풀려나 지상의 한계를 벗어나서 시공을 초월하는 정신의 막강한 힘을 어렴풋이 깨닫곤 한다.

올리버는 정확히 이런 상태였다. 반쯤 감은 눈으로 유대인을 보고, 그의 나지막한 휘파람 소리를 듣고, 쇠숟가락이 냄비 옆쪽을 긁으며 달그락대는 소리를 감지했다. 동시에 올리버의 의식은 이제까지 알게 된 사람들을 거의 빠짐없이 상대하느라 바삐 움직였다.

커피가 준비되자 유대인은 냄비를 쇠 선반에 올렸다. 그러고는 무얼 해야 할지 모르는 것처럼 몇 분간 어정쩡하게 서 있다가 돌아서서 올리버를 쳐다보며 올리버의 이름을 불렀다. 올리버는 대답하지 않았고 잠이 든 것처럼 보였다.

유대인은 만족한 기색으로 살그머니 문으로 가서 문을 잠갔다. 그러고는 바닥의 들창을 열고 뭔가를 꺼냈는데, 올리버의 눈에는 작은 상자처럼 보였다. 영감은 그것을 탁자에 조심스레 올려놓고는 반짝이는 눈으로 뚜껑을 열고 안을 들여다보았다. 그리고 낡은 의자를 탁자로 끌어다 놓고 의자에 앉아 상자 안에서 보석들이 반짝거리는 휘황찬란한 금시계를 꺼냈다.

"이야!" 유대인은 어깨를 추켜올리며 말했다. 그의 얼굴은 흉측한 미소로 뒤틀렸다. "신통한 것들! 신통한 것들! 마지막까지 충직하다니! 목사 영감에게도 이것들이 어디 있는지 절대 말하지 않았어. 나 페이긴 영감을 꼰지르지도 않았고! 왜 그러나 몰라? 그런다고 1분이라도 교수대 밧줄이 느슨해지길 하나, 발판이 늦게 떨어지길 하나. 아니, 아니, 아니! 기특한 놈들! 기특한 놈들!"

유대인은 생각나는 대로 이런 말들을 중얼거리면서 시계를 금고 속 원래 자리에 다시 보관했다. 그러고는 상자에서 비슷한 물건들을 대여섯 번 꺼내서 여전히 흐뭇하게 살펴보았다. 그것들 말고도 반지, 브로치, 팔찌, 다른 보석 제품을 꺼냈는데, 올리버는 이름조차 모르는 귀한 소재와 값비싼 세공 기술로 만든 것들이었다.

유대인은 이 장신구들을 도로 넣어놓고 새로운 걸 꺼냈다. 손바닥 안에 들어갈 만큼 아주 작은 것이었다. 표면에 어떤 글씨가 새겨진 모양인지 유대인은 그걸 탁자에 내려놓고는 손으로 그늘을 만들어 한참 동안 열심히 들여다보았다. 마침내 그는 성과물을 떠나보내듯 내려놓고는 의자에 등을 기대며 중얼거렸다.

"사형이라는 건 참 좋은 거야! 죽은 인간은 뉘우치는 법이 없으니까. 곤란한 이야기를 발설하지도 않고, 하, 이 장사엔 사형이 딱이야! 다섯 놈이 줄줄이 교수형을 당했으니 전리품을 요구할 놈도 없고 겁을 먹을 놈도 없어!"

멍하니 앞을 향하던 유대인의 검고 형형한 눈이 문득 올리버의 얼굴에 닿았다. 소년의 눈은 호기심을 담고 노인의 눈에 고정돼 있었다. 비록 지극히 짧은 한순간이었지만 노인은 그 찰나 같은 순간에 자신을 지켜보는 눈을 포착했다. 영감은 상자 뚜껑을 쾅 닫고는 탁자 위의 빵칼을 집어 들고 벌떡 일어섰다. 하지만 그의 몸은 부들부들 심하게 떨렸다. 올리버는 공포에 사로잡혀 공중에서 전율하는 칼을 보았다.

"뭐야?" 유대인이 말했다. "왜 나를 지켜보고 있는 게야? 왜 깨어 있는 거지? 무얼 본 거냐? 말해, 이놈! 얼른, 얼른! 살고 싶으면 말해!"

"더 이상 잠이 안 와서요." 올리버가 순순히 말했다. "방해했다면 죄송해요, 나리."

"한 시간 전부터 깨어 있었던 건 아니겠지?" 유대인이 소년에게 인상을 쓰면서 말했다.

"아뇨! 절대 아니에요!" 올리버가 대답했다.

"정말이냐?" 유대인이 한층 더 매서운 어조와 위협적인 태도로 다그쳤다.

"맹세코 정말이에요." 올리버가 진심으로 대답했다. "그건 아니에요, 정말이에요, 나리."

"쯧쯧, 녀석!" 유대인은 돌연 원래의 태도로 돌아가서 칼을 조금 만지작거리다 내려놓았다. 칼을 가지고 장난을 좀 친 거라는 인상을 주려는 것 같았다. "거야 나도 알지, 이 녀석아. 부러 널 겁준 거야. 참 용감한 녀석일세. 하! 하! 그래, 참 용감해, 올리버!" 유대인은 킬킬대며 양손을 비볐지만 여전히 불안하게 상자를 흘끔거렸다.

"이 예쁜이들 봤니?" 유대인은 멈칫거리다 손을 상자에 올려놓으며 말했다.

"네, 나리." 올리버가 대답했다.

"아하!" 유대인의 얼굴이 조금 하얗게 질렸다. "이건, 이건 말이다, 내 것이란다, 올리버. 보잘것없는 내 재산이지. 노년의 생계가 전적으로 이것에 달려 있어. 사람들은 나더러 구두쇠라고 한단다. 구두쇠라고. 그뿐이야."

올리버는 그 많은 시계를 가지고도 이리 더러운 곳에 사는 노신사는 구두쇠임이 틀림없다고 생각했다. 하지만 얌생이와 다른 아이들에 대한 애정 때문에 큰돈을 쓰고 있다는 생각이 들어 공손한 얼굴로 유대인을 바라보다가 그만 일어나도 되느냐고 물었다.

"물론이지, 물론이지." 노신사가 대답했다. "잠깐만. 저기 문가 구석에 있는 물 주전자 좀 가져오렴. 내가 몸 씻을 대야를 줄 테니까."

올리버는 일어나 방을 가로질러 가서 주전자를 들기 위해 잠시 허리를 숙였다. 아이가 고개를 돌렸을 때 상자는 사라지고 없었다.

올리버가 세수를 하고 나서 유대인이 시킨 대로 대야의 물을 창밖에 버려 뒷정리를 막 끝냈을 때, 얌생이가 대단히 활기찬 또래 친구를 대동하고 돌아왔다. 간밤에 담배를 피우던 아이였는데, 얌생이는 올리버에게 그 아이를 찰리 베이츠라고 정식으로 소개했다. 네 사람은 자리에 앉아 얌생이가 모자 안쪽에 넣어 가져온 따끈한 롤빵과 햄에 커피를 곁들여 아침을 먹었다.

"그래." 유대인은 올리버를 음흉하게 흘끔거리며 얌생이에게 말했다. "아침에 일은 좀 했니, 애들아?"

"열심히 했지요." 얌생이가 대꾸했다.

"발바닥에 땀나도록." 찰리 베이츠가 덧붙였다.

"잘했다, 잘했어!" 유대인이 말했다. "넌 무얼 가지고 왔냐, 얌생아?"

"지갑 두 개요." 어린 신사가 대답했다.

"두둑해?" 유대인이 반색하며 물었다.

"빵빵하죠." 얌생이가 지갑 두 개를 꺼내며 대답했다. 하나는 초록색이고 다른 하나는 빨간색이었다.

"보기보단 별로네." 지갑 안을 자세히 살핀 뒤 유대인이 말했다 "그래도 아주 깔끔하고 멋지게 만든 지갑이야. 훌륭한 솜씨잖니, 올리버?"

"네, 정말 그래요, 나리." 올리버가 말했다. 이 말에 찰리 베이츠는 와하하 웃어댔지만, 올리버는 뭐가 재밌다는 건지 영문을 알 수 없었다.

"넌 뭘 가지고 왔니?" 페이긴이 찰리 베이츠에게 말했다.

"손수건요." 베이츠가 대답하며 손수건 네 장을 내놓았다.

"그래." 유대인이 그것들을 찬찬히 살피며 말했다. "아주 좋은 것들이야, 아주 좋아. 하지만 이름자가 틀렸구나, 찰리. 지금 있는 건 바늘로 뜯어내야 하는데, 우리가 올리버한테 어떻게 하는

지 가르쳐주자. 어떠니, 올리버? 하! 하! 하!"

"원하신다면 해볼게요." 올리버가 대답했다.

"너도 찰리 베이츠처럼 뚝딱 손수건을 만들 수 있으면 좋겠지, 응?" 유대인이 말했다.

"네, 나리께서 가르쳐주시면요." 올리버가 대답했다.

베이츠 군은 이 대답에서 묘하게 우스운 점을 발견했는지 다시 웃음을 터뜨렸는데, 이 웃음이 마시던 커피와 만나 커피를 잘못된 통로로 이끄는 바람에 하마터면 질식사로 덜 영근 생을 조기에 마감할 뻔했다.

"천진난만한 풋내기네!" 찰리가 진정하고 나서 자신의 무례한 행동을 사과하며 말했다.

얌생이는 잠자코 있다가 올리버의 눈 위 머리카락을 쓸어주고는 올리버에게 너도 차츰 통달하게 될 거라고 말했다. 노신사는 올리버가 얼굴을 붉히는 걸 보고 화제를 돌려서 그날 아침 교수형장에 구경꾼이 많이 몰렸냐고 물었다. 올리버는 더욱더 놀랐다. 두 소년의 대답으로 보아 둘 다 거기에 갔던 게 분명했기 때문이다. 올리버로서는 이들이 어찌 그리 시간을 쪼개 부지런히 일할 수 있었을까 그저 놀라울 따름이었다.

아침상이 치워진 뒤 유쾌한 노신사와 두 소년은 아주 흥미롭고 흔치 않은 놀이를 벌였는데, 그 놀이는 다음과 같이 진행되었다. 유쾌한 노신사는 코담뱃갑을 바지 주머니 한쪽에 넣고 지갑은 다른 주머니에, 회중시계는 조끼 주머니에 넣고 나서 시곗줄을 목에 걸고 셔츠에는 모조 다이아몬드 핀을 꽂았다. 그다음엔 외투의 단추를 단단히 채우고 안경집과 손수건을 외투 주머니에 넣은 뒤 지팡이를 들고 나이 든 신사들이 낮에 길거리를 걸어 다니는 모습을 흉내 내면서 빠른 걸음으로 방 안을 왔다 갔다 했다. 때로는 벽난로 앞에 서고 때로는 문가에 서면서 가게 진열창 안을 들여다보는 열연을 펼쳤다. 그러면서 도둑을 맞을세라 계속 주위를 두리번거리고 잃어버린 게 없는지 주머니들을 번갈아 두드려 확인하곤 했는데, 그 모습이 어찌나 우스꽝스럽고 천연덕스러운지 올리버는 눈물이 나도록 배를 잡고 웃어댔다. 두 소년은 내내 노신사를 바짝 뒤따라 다녔고, 노신사가 돌아볼 때마다 귀신같이 그의 시야 밖으로 사라졌기 때문에 그들의 동작을 포착하기란 불가능했다. 마침내 양생이가 노신사의 발가락을 밟은 순간, 아니 실수로 노신사의 부츠에 발이 걸린 순간, 찰리 베이츠가 뒤에서 노인의 몸에 부딪쳤다. 그 짧은 순간에 두 소년은 빛의 속도로 노인에게서 코담뱃갑, 지갑, 시계 고리, 시곗줄, 셔츠 핀, 손수건, 심지어 안경집까지 훔쳐냈다. 노신사는 어느 주머니에서든 손길을 느끼면 즉각 그 부위를 외쳤고, 게임은 처음부터 다시 시작되었다.

이 게임이 여러 차례 반복되었을 때 젊은 아가씨 둘이 젊은 신사들을 만나러 찾아왔다. 한 여자는 벳이라 불렸고 다른 여자는 낸시라 했다. 둘 다 숱이 많은 머리를 대충 뒤로 틀어 올렸고 구두와 양말도 별로 단정하지 못했다. 그다지 예쁘다고 할 순 없어도 혈색이 좋았고 꽤 포동포동한 데다 상냥해 보였다. 눈에 띄게 스스럼없고 사근사근한 그들의 태도에 올리버는 정말 좋은 여자들이라고 생각했고, 또한 사실이 그러했다.

손님들은 한참을 머물렀다. 한 아가씨가 한기가 느껴진다고 불평하자 술이 나왔고, 대화는 몹시 유쾌하고 화기애애하게 흘러갔다. 마침내 찰리 베이츠가 발바닥을 두드릴 때가 되었다는 의견을 냈다. 올리버는 그것이 나간다는 뜻의 프랑스식 표현일 거라 생각했다. 그 말과 함께 얌생이와 찰리, 아가씨 둘이 유대인 영감이 친절히 챙겨준 용돈을 받아 다 같이 나갔기 때문이다.

"자, 애야." 페이긴이 말했다. "참 즐거운 인생 아니니? 쟤들은 퇴근한 거야."

"오늘 일을 다 마친 거예요?" 올리버가 물었다.

"그래." 유대인이 말했다. "밖에서 뜻밖의 일거리를 만나지만 않는다면 말이다. 일거리를 만나면 절대 놓치는 법이 없지. 쟤들을 본받도록 해." 유대인은 본받으라는 말을 강조하려고 벽난로 바닥 위의 부삽을 톡톡 두드렸다. "쟤들이 시키는 건 뭐든 하고, 충고를 해주면 귀담아들어. 특히 얌생이가 하는 말은. 그 아이는 거물이 될 거야. 너도 그렇게 만들어줄 거야, 네가 그 아이를 본받는다면. 지금 내 손수건이 주머니 밖으로 삐져나와 있지?" 유대인이 동작을 멈추며 말했다.

"네." 올리버가 말했다.

"내가 느끼지 못하게 네가 이걸 빼낼 수 있는지 한번 보자꾸

나. 아침에 놀이할 때 개들이 하는 거 봤을 거야."

올리버는 얌생이가 하던 대로 한 손으로 주머니 아래를 받치면서 다른 손으로 손수건을 살살 잡아당겼다.

"뺀 거니?" 유대인이 소리쳤다.

"여기 있어요, 나리." 올리버가 손에 든 손수건을 보이며 말했다.

"똘똘한 녀석일세." 장난기 많은 노신사가 올리버의 머리를 쓰다듬으며 칭찬했다. "너보다 영리한 아이는 본 적이 없구나. 자, 1실링 받거라. 이런 식으로만 하면 넌 이 시대의 진정한 위인이 될 게다. 이리 오렴, 손수건에서 이름 뜯어내는 걸 가르쳐줄 테니."

올리버는 노신사의 주머니를 터는 장난과 위인이 되는 것이 무슨 상관이 있는지 이해가 가지 않았다. 하지만 이 유대인은 나이가 한참 많은 연장자이니 잘 알고 하는 말일 거라 생각하면서 조용히 노인을 따라 탁자로 가서 새로운 공부에 열중했다.

10장

올리버는 새 친구들의 명성을 알게 되고
호된 대가를 치르며 큰일을 겪는다,
짧지만 아주 중요한 장이다

여러 날 동안 올리버는 유대인의 방에 머물면서 무더기로 들어오는 손수건의 이름자를 뜯었다. 가끔은 앞서 이야기한 놀이에 참여하기도 했다. 두 소년과 유대인이 아침마다 꼬박꼬박 이 놀이를 했기 때문이다. 하지만 결국 올리버는 바깥 공기가 그리워졌고, 두 친구와 함께 일하러 나가게 해달라고 틈만 나면 노신사를 졸라댔다.

그간 지켜본 노신사의 좋은 평판과 엄격한 도덕성도 활약을 하고 싶다는 올리버의 욕구를 더욱 부채질했다. 얌생이나 찰리베이츠가 밤에 빈손으로 돌아올 때마다 노신사는 한가하고 게으른 습관이 초래하는 곤궁함에 대해 열변을 토했고 저녁밥 없이 잠자리에 들게 함으로써 근면한 삶의 필요성을 강조했다. 한번은 두 소년을 때려 계단 밑으로 굴러떨어지게 한 적이 있었지만, 이 것은 그의 고결한 계율이 극단으로 치우친 경우에 불과했다.

어느 날 아침 드디어 올리버는 간절히 바라던 허락을 얻었다. 작업할 손수건이 떨어진 지 이삼 일 정도 지나고 저녁밥이 시원 찮아진 시점이었다. 어쩌면 이런 이유로 노신사의 승낙이 떨어진 것일 수도 있지만, 이유야 어쨌든 노신사는 올리버에게 나가도 좋다고 말하고는 찰리 베이츠와 그의 친구 얌생이에게 공동으로 올리버를 감독하게 했다.

세 소년은 신나게 길을 나섰다. 얌생이는 평소처럼 외투 소매 를 걷어 올리고 모자를 비뚜름하게 쓰고 있었고, 베이츠 군은 주 머니에 손을 넣고 슬렁슬렁 걸었다. 올리버는 지금 어디로 가는 걸까, 어떤 분야의 제조 기술을 먼저 배우게 될까 궁금해하면서 둘 사이에서 걸었다.

그런데 그들의 걸음걸이가 워낙 늑장을 부리는 한가로운 모 양새였기 때문에 곧 올리버는 동료들이 노신사를 속이고 일하러 가지 않을 셈인가 의심하기 시작했다. 게다가 얌생이는 작은 사 내아이들의 모자를 벗겨 지층 아래 계단 밑으로 던져버리는 못 된 성향이 있었고, 찰리 베이츠는 배수로를 따라 늘어선 가판대 에서 갖가지 사과와 양파를 훔쳐 주머니에 넣는 것으로 대단히 모호한 재산권 개념을 자랑했다. 그 주머니라는 것이 어찌나 넓 은지 의복 전체가 주머니인 것만 같았다. 이 모든 것이 못마땅했 던 올리버는 최대한 좋은 말로 자기는 그만 돌아가겠다는 뜻을 밝히기로 했다. 하지만 그 순간 얌생이의 행동이 이상하게 돌변하면서 올리버의 생각도 다른 방향으로 틀어지고 말았다.

아직까지 '초록'이라는 이상한 명칭으로 불리는 클러큰웰 지역 인근의 좁은 마당을 막 빠져나오려는데 얌생이가 갑자기 걸음을 멈추고 입술에 손가락을 대더니 대단히 신중하고 용의주도하게 친구들을 뒤로 잡아끌었다.

"왜 그래?" 올리버가 물었다.

"쉿!" 얌생이가 대답했다. "책방 가판대 앞에 저 영감 보이냐?"

"저기 저 노신사 말이야?" 올리버가 말했다. "응, 보여."

"저거면 되겠어." 얌생이가 말했다.

"등치기 딱 좋아." 찰리 베이츠 군이 말했다.

올리버는 기가 막혀 두 친구를 번갈아 쳐다봤지만 질문할 틈도 없었다. 두 친구가 살금살금 길을 건너가 노신사 뒤로 바짝 접근했기 때문이다. 아까부터 주목한 그 노신사였다. 올리버는 놀라서 몇 걸음 따라가다가 계속 나아갈지 물러나야 할지 몰라 말없이 바라보기만 했다.

노신사는 머리에 분가루를 뿌리고 금테 안경을 쓴 대단히 점잖아 보이는 인사였다. 검정 벨벳 칼라가 달린 암녹색 외투에 흰 바지 차림이었고 멋들어진 대나무 지팡이를 겨드랑이에 끼고 있었는데, 판매대 앞에 서서 집어 든 책을 자기 집 서재 안락의자에 앉은 것처럼 열심히 읽고 있었다. 책 가판대도, 거리도, 소년들도, 말하자면 책 외에는 아무것도 안중에 없을 만큼 몰두한 모습을 보면 실제로 서재에 있다고 상상했을 가능성이 컸다. 그는 쭉쭉 진도를 나갔다. 페이지 하단에 다다르면 곧장 책장을 넘겨 다음 페이지의 첫 줄부터 흥미와 열의를 가지고 읽어나갔다.

몇 걸음 떨어진 곳에서 놀라고 겁먹은 올리버가 휘둥그레진 눈으로 지켜보고 있을 때 얌생이가 노신사의 주머니에 손을 넣어 손수건을 빼냈다! 얌생이는 그것을 찰리 베이츠에게 넘겨주었고, 둘이 함께 전속력으로 모퉁이를 돌아 달아났다!

손수건과 시계, 보석, 유대인에 대한 모든 수수께끼가 소년의 머릿속을 휘저었다. 아이는 온몸의 혈관을 질주하는 공포에 타오르는 불길 속에 있는 것만 같아서 잠시 우두커니 서 있다가 혼란스러우면서도 왈칵 겁이 나서 별안간 달아나기 시작했고, 발이 이끄는 대로 무작정 전속력으로 달아났다.

불과 1분도 안 되는 사이에 벌어진 일이었다. 올리버가 내빼기 시작한 순간, 노신사는 주머니에 손을 넣다가 손수건이 없어진 걸 발견하고 획 돌아섰고, 냅다 도망치는 사내아이를 보고는 그 아이의 소행이라는 자연스러운 결론에 도달해 목청껏 소리를 질렀다. "도둑 잡아라!" 그리고 고래고래 외치면서 책을 들고 올리버를 뒤쫓았다.

도둑을 잡으라고 외친 사람은 노신사만이 아니었다. 트인 길을 달려가면 이목을 끌 게 뻔했으므로 모퉁이를 돌자마자 있는 어느 집 문간에 숨어 있던 얌생이와 베이츠 군은 노신사의 외침이 들린 뒤 달아나는 올리버를 보자마자 돌아가는 상황을 정확히 간파하고는 지체 없이 밖으로 뛰쳐나가 "도둑 잡아라!" 하고 함께 외치면서 선량한 시민인 양 추격에 합류했다.

올리버는 철학자들의 손에 자랐으면서도 자기 방어가 자연의 으뜸 법칙이라는 아름다운 격언에 익숙하지 않았다. 만약 그랬다면 이런 일에 준비가 돼 있었겠지만, 그렇지 않았으므로 덜컥겁이 나 바람처럼 달아났고, 노신사와 두 소년은 우렁차게 고함을 지르며 올리버를 뒤쫓았다.

"도둑 잡아라! 도둑 잡아라!" 이 소리에는 마법이 담겨 있다. 장사꾼이 계산대를 떠나고 마부는 짐마차를 떠난다. 푸줏간 주인은 쟁반을 내던진다. 빵집 주인은 빵 바구니를, 우유 배달부는 우유 통을, 심부름꾼은 짐 꾸러미를, 남학생은 구슬을, 길 닦는 인부는 곡괭이를, 아이는 배틀도어[18] 채를 내던진다. 그대로 달려간다. 무턱대고. 허겁지겁. 부리나케. 냅다 뛰고, 고함을 지르고, 악을 쓰고, 모퉁이를 돌아 행인을 쓰러뜨리고, 자는 개들을 깨우고, 닭들을 놀래킨다. 거리고 광장이고 마당이고 온통 그 소리가 메아리친다.

"도둑 잡아라! 도둑 잡아라!" 수백 명이 그 소리를 합창하고, 모퉁이를 돌 때마다 군중은 증가한다. 나는 듯 달린다, 진흙물이 튀고 포장도로가 울리도록. 창문들이 열리고, 사람들이 뛰쳐나오고, 군중은 전진한다. 〈펀치와 주디〉[19]의 관객들이 가장 흥미

18 배드민턴의 전신.
19 당시 인기 있던 길거리 인형극. 펀치 씨와 그의 아내 주디의 이야기를 코믹하게 다루었다.

진진한 장면인데도 썰물처럼 빠져나와 인파에 합류하고, 함성에 가세하고, "도둑 잡아라! 도둑 잡아라!" 하는 합창에 활력을 더한다.

"도둑 잡아라! 도둑 잡아라!" 인간의 마음속에는 사냥 욕구가 깊이 뿌리내려 있다. 가련한 아이 하나가 녹초가 되어 숨넘어갈 듯 헐떡거린다. 얼굴에 공포가 가득하고, 눈에는 고통이 반짝인다. 얼굴에서 굵은 땀줄기가 줄줄 흐른다. 아이는 추격자들을 따돌리려 안간힘을 쓰지만, 추격자들은 시시각각 아이를 따라붙는다. 아이는 점점 힘이 빠지는데, 그들은 더 큰 함성을 내지르고 환호성을 올린다. "도둑 잡아라!" 아, 제발 그 아이를 잡아주길, 차라리 그것이 자비일 테니!

마침내 아이가 잡혔다! 회심의 일격으로. 아이는 포장도로에 쓰러지고, 군중은 열렬히 아이를 둘러싸며 모여든다. 새로 온 사람은 구경을 하려고 밀치며 몸싸움을 벌인다. "좀 비켜봐요!" "아이에게 숨 쉴 틈을 줘요!" "당치 않소! 그럴 자격이 없는 놈이오!" "그 신사 양반 어디 있소?" "여기, 거리를 내려오는 저 양반이오." "신사분에게 길을 좀 내줘요!" "얘가 그 아이 맞습니까?" "맞아요."

올리버는 진흙과 흙먼지를 뒤집어쓴 채 입에서 피를 흘리며 바닥에 누워 있었다. 아이가 자신을 둘러싼 무수한 얼굴들을 맹렬히 둘러보고 있을 때, 앞장섰던 추격자들이 청하지도 않았는데 그 노신사를 원 가운데로 떠밀고 끌어당겼다.

"맞아요." 신사가 말했다. "유감이지만 이 아이가 맞는 것 같소."

"유감이래!" 군중이 웅성거렸다. "농담도 참!"

"불쌍한 녀석!" 신사가 말했다. "다쳤구나."

"제가 해냈지요, 나리." 선원처럼 건장한 사내가 앞으로 나서며 말했다. "놈의 입에 주먹 관절을 정통으로 먹였지요. 제가 이놈을 잡았습니다."

사내는 수고에 대한 보상을 기대하는 것처럼 환히 웃으며 모자를 만졌다. 하지만 노신사는 못마땅한 얼굴로 사내를 바라보고는 내뺄 궁리를 하는 것처럼 초조하게 주위를 두리번거렸다. 노신사가 정말 내뺐다면 십중팔구 다른 추격전이 벌어졌을 테지만, 마침 경관(이런 경우 대개 맨 나중에 도착하는 사람)이 군중을 비집고 들어와 올리버의 먹살을 움켜잡았다.

"일어나라." 경관이 거칠게 말했다.

"제가 그런 거 아니에요, 나리. 정말이에요, 정말이에요, 다른 애들 둘이 그랬어요." 올리버는 양손을 열렬히 맞잡고 주위를 둘러보았다. "여기 어딘가에 걔들이 있을 거예요."

"아니, 그런 애들 없는데." 경관이 말했다. 그는 비꼬았지만 올리버의 말은 사실이었다. 얌생이와 찰리 베이츠는 근처에서 가장 먼저 눈에 띈 마당으로 도망쳐 숨어 있었기 때문이다. "어서 일어나!"

"아이가 다치지 않게 하시오." 노신사가 딱하다는 투로 말했다.

"물론이지요, 안 다치게 하고말고요." 경관은 아이의 상의가 등에서 반쯤 벗겨지도록 아이를 잡아당기는 것으로 그 말을 입증했다. "네놈 속셈 다 안다. 하지만 안 통해. 두 발로 썩 일어서지 못해, 이 발칙한 놈!"

올리버는 일어설 힘이 없었지만 간신히 두 발로 선 뒤 멱살을 잡혀 빠른 속도로 거리를 따라 질질 끌려갔다. 신사는 경찰 옆에서 함께 걸어갔고, 인파 중 많은 사람들이 조금씩 앞장서 가면서 때때로 올리버를 돌아보는 재주를 선보였다. 사내아이들은 환호성을 올렸고, 행진은 계속되었다.

11장

소소한 사례를 통해 치안판사 팽 씨가
법을 집행하는 방식을 보여준다

이 범행이 벌어진 곳에서 엎어지면 코 닿을 거리에 악명이 자자한 런던 경찰서가 있었다. 군중은 거리 두세 곳을 지나 머튼 힐까지 올리버를 따라오는 것으로 만족해야 했다. 올리버는 거기서 낮은 아치문 밑을 지나 더러운 마당을 올라간 뒤 뒷문을 통해 즉결 재판이 열리는 집행소로 끌려갔다. 포장된 작은 마당에 들어섰을 때 그들은 구레나룻이 무성한 퉁퉁한 사내와 마주쳤다. 사내는 손에 열쇠 꾸러미 다발을 들고 있었다.

"이번엔 또 뭐야?" 사내가 심드렁하게 말했다.

"꼬마 소매치기." 올리버를 체포한 경관이 대답했다.

"도둑맞은 사람이 선생이신가요?" 열쇠 가진 사내가 물었다.

"그렇소." 노신사가 대답했다. "하지만 이 아이가 정말 손수건을 훔쳤는지는 확실하지 않아요. 음…… 그래서 확실하게 주장할 생각은 없소."

"치안판사님께 가보세요." 사내가 대답했다. "판사님 용무가 곧 끝날 겁니다. 가자, 교수대!"

그는 그렇게 말하면서 올리버가 문 안으로 들어가도록 잠긴 문을 열었다. 그 문은 돌로 된 감방으로 통했다. 올리버는 그 자리에서 몸수색을 받고 나서 아무것도 발견되지 않았는데도 감방에 갇혔다.

감방은 침침한 것만 빼면 크기와 모양이 쪽방과 비슷했는데, 무엇보다 더럽기 짝이 없었다. 그날은 월요일 아침이었고, 술꾼 여섯이 토요일 밤부터 줄곧 갇혀 있었기 때문이다. 하지만 이 정도는 약과라고 봐야 한다. 우리네 경찰서 감방은 매일 밤 자질구레한 혐의로—주목할 만한 단어다—갇힌 남녀가 우글거리곤 하니 말이다. 정식 재판과 유죄 판결, 사형 선고를 받은 극악무도한 흉악범들이 머무는 뉴게이트 감옥은 그야말로 궁전일 정도다. 믿기지 않는 사람은 둘을 비교해 보시길.

열쇠가 자물쇠 안에서 딸깍거릴 때 노신사는 올리버만큼이나 속상한 것 같았다. 그는 한숨을 푹 내쉬며 이 소동을 유발한 애꿎은 책으로 눈길을 돌렸다.

"저 아이 얼굴에는 뭔가가 있어." 노신사는 그렇게 중얼거리면서 밖으로 걸어 나가서 골똘히 생각에 잠겨 책 표지로 턱을 톡톡 두드렸다. "왠지 뭉클하고 흥미로운 점이 있다니까. 혹시 아무런 죄가 없는 건 아닐까? 꼭 죄가 없는 아이처럼 보였어. 그나저나."
노신사는 황급히 걸음을 멈추고 하늘을 올려다보며 외쳤다. "그
것참! 그 표정 어디서 봤더라?"

노신사는 몇 분간 골똘히 생각에 잠겨 있다가 여전히 생각하
는 얼굴로 마당으로 통하는 뒤편 대기실로 걸어갔다. 그러고는
대기실 구석으로 물러가서 오랜 세월 암막 뒤에 가려졌던 무수
한 얼굴들을 차례로 불러냈다. "아니야." 노신사는 머리를 절레
절레 저으며 말했다. "내가 상상한 걸 거야."

그는 다시 기억을 더듬었다. 얼굴들을 눈앞에 떠올리려 애썼
지만 오랫동안 드리웠던 수의를 걷기란 쉬운 일이 아니었다. 친
구들의 얼굴도 있었고, 적들의 얼굴도 있었다. 적들의 얼굴 중에
는 군중 속에서 이쪽을 노려보는 낯선 얼굴들이 많았다. 이제는
노파가 되었을 젊고 꽃다운 여인들의 얼굴도 있었다. 무덤에 의
해 변해버린 사망한 얼굴들도 있었지만, 신사의 마음은 죽음의
힘을 이겨내고 그 얼굴들을 활기차고 아름다웠던 옛 모습으로
치장했고, 반짝이는 안광과 환한 미소, 육신 밖으로 스미는 찬란
한 영혼의 빛, 무덤을 초월하는 아름다운 속삭임을 다시 불러냈
다. 그것들은 죽었으나 더욱 고결해졌고, 지상을 떠났으나 천국
으로 가는 길목을 은은히 비추는 빛으로 격상된 것이다.

하지만 올리버와 닮은 얼굴은 통 기억이 나지 않았다. 그래서
노신사는 불러낸 얼굴들 위로 한숨을 내쉬고는 금세 잘 잊는 태
평한 노신사답게 퀴퀴한 책 속으로 그 얼굴들을 다시 파묻고 말

았다.

어깨를 건드리는 손길에 노신사는 정신을 차렸다. 열쇠 다발을 든 그 남자가 판사실로 따라오라고 했다. 노신사는 급히 책을 덮고 나서 그 유명한 팽 씨의 안전으로 곧장 안내되었다.

판사실은 건물 앞쪽 벽널을 댄 회의실이었다. 팽 씨는 안쪽 상단의 긴 탁자 뒤에 앉아 있었고, 문가에 놓인 나무 우리 안에는 가엾은 꼬마 올리버가 무서운 광경 앞에서 발발 떨며 대기 중이었다.

팽 씨는 깡마르고 등이 길며 목이 꼿꼿하고 몸집이 중간 정도인 남자였다. 머리털은 별로 많지 않았는데, 있는 머리카락이라 해봐야 뒤통수와 양옆에 조금 나 있을 뿐이었다. 얼굴은 딱딱하고 상당히 붉었다. 평소 건강에 좋은 정도를 넘어 다소 지나치게 과음하는 습관이 없었다면 자기 얼굴을 상대로 명예훼손죄를 걸어 상당한 보상을 받았을 것이다.

노신사는 정중하게 고개 숙여 인사하고 나서 판사의 책상 앞으로 나아가 지시받은 대로 말했다. "이것이 제 이름과 주소입니다." 그러고는 한두 걸음 물러나서 역시나 공손하고 신사답게 목례한 뒤 준비를 했다.

마침 팽 씨는 내무 장관에게 팽 씨의 최근 판결을 들먹이면서 팽 씨에게 이례적이고도 특별한 해고 처분을 내리라 350번째로 촉구하는 한 조간신문의 사설을 읽던 참이었다. 그는 부아가 치밀어 잔뜩 찌푸린 얼굴을 들었다.

"뉘시오?" 팽 씨가 물었다.

노신사는 조금 놀라 명함을 가리켰다.

"경관!" 팽 씨가 하찮다는 듯 신문으로 명함을 툭 치며 말했다. "이 양반 누군가?"

"제 이름은." 노신사가 신사답게 말했다. "제 이름은요, 판사님, 브라운로입니다. 판사의 신분을 이용해 괜히 불필요한 모욕을 점잖은 신사에게 행사하시는 치안판사님의 성함은 무엇인지 여쭈어도 될까요." 이렇게 말하면서 브라운로 씨는 원하는 정보를 알려줄 사람이 없는지 사무실을 쭉 둘러보았다.

"경관!" 팽 씨는 신문을 한쪽으로 던지며 말했다. "이 양반 혐의가 뭔가?"

"기소된 사람이 아닙니다, 판사님." 경관이 대답했다. "저 아이의 고소인입니다, 판사님."

판사는 그것을 잘 알고 있었지만 마침 신경질이 나는 참인데 안전한 화풀이 대상이 눈앞에 있었다.

"저 아이의 고소인으로 왔다고?" 팽은 하찮다는 듯 브라운로 씨를 머리끝에서 발끝까지 훑어보며 말했다. "선서나 시키게!"

"선서하기 전에 한마디 하게 허락해 주십시오." 브라운로 씨가 말했다. "무슨 말인가 하면, 제가 직접 겪지 않았다면 도저히 믿지 못할 이야기가—"

"입 다무시오, 선생!" 팽 씨가 으박질렀다.

"그렇게는 못 합니다, 판사님!" 노신사는 대답했다.

"당장 입 다물지 않으면 쫓겨날 줄 아시오!" 팽 씨가 말했다. "무례하고 막돼먹은 자로군. 감히 치안판사를 협박하다니!"

"뭐라고!" 노신사가 얼굴을 붉히며 소리쳤다.

"저 사람 선서시켜!" 팽이 서기에게 말했다. "한마디도 더 듣지 않겠다. 선서나 시켜."

브라운로 씨는 부아가 치밀었지만 분통을 터뜨렸다가는 아이만 다칠지 모른다는 생각이 들었는지 꾹 참고 즉시 선서했다.

"자." 팽이 말했다. "이 아이의 혐의가 뭔가? 할 말 있으면 해보시오, 선생!"

"저는 책방 앞에 서 있었습니다." 브라운로 씨가 운을 뗐다.

"입 다무시오, 선생." 팽 씨가 말했다. "경관! 경관 어딨나? 여기, 경관을 선서시키게. 자, 경관, 어떻게 된 일인가?"

경관은 적당히 굽신거리면서 어떻게 올리버를 체포하게 됐는지 설명하고는 몸을 수색했으나 아무것도 발견하지 못했으며 아는 건 그게 전부라고 진술했다.

"다른 증인은 있나?" 팽 씨가 물었다.

"없습니다, 판사님." 경관이 대답했다.

팽 씨는 몇 분간 잠자코 앉아 있다가 고소인을 홱 돌아보더니 언성을 높였다. "이 아이에게 무슨 불만이 있는지 진술할 거요, 말 거요? 선서까지 했잖소. 거기 서서 증거를 제시하지 못하면 법정 모독죄로 벌을 내리겠소. 내 기필코……."

기필코 무얼 어떻게 한다는 건지 아무도 알 수 없었다. 딱 그 순간에 서기와 간수가 아주 우렁찬 기침을 토해냈기 때문이다. 게다가 서기가 무거운 책까지 바닥에 떨어뜨리는 바람에 그 소리가 팽 씨의 말을 삼켜버렸는데, 물론 모두 우연의 일치였다.

브라운로 씨는 수차례 발언을 제지당하고 거듭 모욕을 당하면서 애써 사건을 설명해 나갔다. 깜짝 놀란 그 순간에 아이를 뒤쫓은 것은 아이가 도망치는 걸 보았기 때문이라고 설명했고, 또한 아이가 실제 도둑은 아닐지라도 도둑들과 관련이 있다는 것이 치안판사의 믿음이라면 법이 허용하는 범위 내에서 아이에게 최대한 관대한 처분을 내려달라는 희망도 피력했다.

"이 아이는 이미 다쳤습니다." 노신사가 마지막으로 덧붙였다. "또한 안타까운 것은." 그는 판사석을 바라보며 힘주어 말했다. "참으로 안타까운 것은, 아이가 병이 났다는 겁니다."

"하! 어련하겠어!" 팽 씨가 코웃음을 쳤다. "여기선 수작 부리지 마라, 떠돌이 녀석아. 안 통하니까. 네 이름이 뭐냐?"

올리버는 대답하려고 했지만 혀가 움직이지 않았다. 얼굴은 시체처럼 창백했고, 사방이 빙글빙글 도는 것 같았다.

"이름이 뭐냐니까, 이 모진 악당 놈아?" 팽 씨가 호통쳤다. "경관, 저놈 이름이 뭐야?"

판사석 옆에 선 줄무늬 조끼 차림의 화통한 늙은 남자에게 한 말이었다. 그가 올리버에게 허리를 굽히고 재차 물었다. 하지만 아이가 도저히 질문을 알아듣지 못하는 상태라 판단한 그는 묵묵부답은 판사의 화만 돋워 형만 더 가혹해질 뿐이라 생각하고 이름을 아무렇게나 둘러댔다.

"이름이 톰 화이트랍니다, 판사님." 마음씨 착한 경찰관이 말했다.

"큰 소리로 대답하지 못하겠다 이건가, 응?" 팽이 말했다. "좋아, 그렇단 말이지. 사는 곳은 어딘가?"

"사는 곳에 산답니다, 판사님." 경관은 이번에도 올리버에게 대답을 들은 것처럼 말했다.

"부모는 있고?" 팽 씨가 물었다.

"갓난아기였을 때 모두 죽었답니다, 판사님." 이런 경우 십중팔구 그러했으므로 경관은 그렇게 대답했다.

심문이 이 대목에 이르렀을 때 올리버는 고개를 들고 간청하는 눈빛으로 두리번거리며 희미한 목소리로 물 한 모금을 청했다.

"허튼소리 그만해!" 팽 씨가 말했다. "내가 바보인 줄 아느냐?"

"제 생각엔 아이가 정말 아픈 것 같습니다, 판사님." 경관이 바른말을 했다.

"모르는 소리." 팽 씨가 말했다.

"아이를 돌봐주시오, 경관." 노신사가 본능적으로 양손을 치켜들며 말했다. "저러다 쓰러지겠소."

"물러나게, 경관." 팽이 소리쳤다. "쓰러지고 싶음 그러라 해."

그 친절하신 허락에 힘입어 올리버는 실신하여 바닥에 쓰러졌다.

방 안의 관리들은 서로를 쳐다보았지만, 감히 도우려 나서는 사람은 없었다.

"꾀병 부리는 거 다 안다." 팽은 반박의 여지가 없는 사실이라도 되는 양 말했다. "누워 있게 내버려 둬. 금세 제풀에 지칠 테니."

"이 사건을 어떻게 처리하실 겁니까, 나리." 서기가 낮은 목소리로 물었다.

"즉결로 하겠다." 팽 씨가 대답했다. "징역 3개월에 처한다. 물론 중노동이다. 모두 물러가시오."

그래서 문이 열렸고, 두 남자가 기절한 아이를 감방으로 데려갈 준비를 했다. 바로 그때였다. 말끔하나 가난한 행색의 중년 남자가 낡은 검정 정장 차림으로 서둘러 판사실로 뛰어 들어와 판사석으로 다가갔다.

"잠깐, 잠깐! 애를 데려가지 마시오! 제발 좀 멈추시오!" 등장한 남자가 헐떡거리며 다급히 말했다.

비록 이런 램프의 요정 같은 재판장이 이런 법정에서 즉결 심판과 전횡을 휘둘러 여왕 폐하의 백성들, 특히 하층민의 자유, 명예, 평판, 심지어 생명까지도 쥐락펴락할지라도, 또한 법정 안에서 해괴한 농간들이 날마다 난무해 하늘의 천사들이 눈물을 펑펑 쏟을지라도 대중은 일간신문이 아니고서야 진실을 알 턱이 없다. 팽 씨는 불경스럽게 소란을 피우는 불청객을 보고 이만저만 격노한 게 아니었다.

"이거 뭐야? 이 사람 누구야? 쫓아내. 다들 물러가!" 팽 씨가 소리쳤다.

"할 말이 있습니다." 남자가 말했다. "그냥 쫓겨날 수는 없습니다. 제가 전부 지켜봤습니다. 제가 그 책방 주인이거든요. 선서하게 해주십시오. 기각하지 말아주십시오. 팽 판사님, 제 말을 들어보셔야 합니다. 거절하지 마십시오."

그의 말은 옳았다. 태도는 단호했다. 그냥 넘어가기에는 상황이 너무 심각하게 흐르고 있었다.

"선서하게 해." 팽 씨는 마지못해 툴툴거렸다. "자, 할 말이 뭔가?"

"그게 말이죠." 남자가 말했다. "제가 사내아이 셋을 봤습니다. 다른 두 명하고 여기 잡혀 온 아이하고요. 이 신사분이 책을 읽을 때, 그 세 녀석이 길 건너편에서 어슬렁댔지요. 도둑질은 다른 녀석이 했습니다. 제가 봤어요. 여기 이 녀석은 그걸 보고 완전히 놀라 넋이 나가더군요. 그것도 제가 봤습니다." 이 훌륭한 책방 주인은 그제야 한숨 돌렸다는 듯 조금 더 조리 있게 사건 당시의 정확한 상황을 진술했다.

"왜 진작에 오지 않았소?" 팽이 멈칫거리다 물었다.

"가게를 봐줄 사람이 없어서요." 남자가 대답했다. "도와줄 만한 사람은 죄다 추격대에 동참하는 바람에, 5분 전에 겨우 사람을 구해서 곧장 여기로 달려온 겁니다."

"고소인이 책을 읽고 있었다고?" 팽이 다시 멈칫하다 물었다.

"그렇습니다." 남자가 대답했다. "지금 손에 들고 있는 저 책입니다."

"아하, 저 책이라 이거지, 응?" 팽이 말했다. "책값은 냈고?"

"아뇨, 아직 안 냈습니다." 남자가 씩 웃으며 말했다.

"맙소사, 까맣게 잊고 있었군!" 노신사는 정신이 딴 데 팔려 있다가 천진하게 외쳤다.

"그러면서 불쌍한 아이를 고소하다니 참 훌륭한 사람이구먼!" 팽은 온정적인 척 말했지만 실소만 유발했다. "선생, 당신은 상당히 수상쩍고 불명예스러운 상황에서 그 책을 소유하게 되었군요. 그 책의 주인에게 고소당하지 않는 걸 다행으로 생각해요. 이번일을 교훈으로 삼으시오. 아니면 즉시 법의 심판이 내릴 것이오. 저 아이는 석방한다. 모두 물러들 가시오."

"이런 망할!" 노신사는 오랫동안 꾹꾹 눌러 참았던 분을 터뜨리며 소리쳤다. "이런 망할! 정말이지……."

"모두 물러가시오!" 치안판사가 말했다. "관리들, 내 말 들었나? 모두 물러가라고!"

명령은 이행되었다. 분노한 브라운로 씨는 한 손에는 책을, 다른 손에는 대나무 지팡이를 들고 밖으로 내몰렸다. 적개심과 반발심으로 눈이 뒤집힐 지경이었지만, 마당에 이르렀을 때 그의 격정은 한순간에 사라졌다. 어린 올리버 트위스트가 포장된 마당 바닥에 똑바로 누워 있었던 것이다. 셔츠 단추가 풀려 있고 관자놀이는 축축했다. 아이는 시체처럼 창백한 얼굴로 추워서 온몸을 부들부들 떨었다.

"가엾구나, 가엾어!" 브라운로 씨가 올리버를 굽어보며 말했다. "누가 마차 좀 불러주시오. 빨리!"

마차가 불려왔고, 올리버는 조심스럽게 마차 안에 눕혀졌다. 노신사는 마차에 올라탄 뒤 맞은편에 자리를 잡았다.

"저도 가도 되겠습니까?" 책방 주인이 마차 안을 들여다보며 말했다.

"아, 그럼요, 선생." 브라운로 씨가 얼른 말했다. "당신을 잊고 있었군요. 이런, 이런! 이 딱한 책을 계속 들고 말이지요! 올라타시오. 불쌍한 것! 지체할 시간이 없습니다."

책방 주인이 마차에 올라탔고, 그들은 그대로 달려갔다.

12장

올리버는 어느 때보다 살뜰한 보살핌을 받고,
후반부에는 유쾌한 노신사와
그의 젊은 친구들의 이야기가 이어진다

마차는 덜컹덜컹 나아갔다. 올리버가 앙생이와 함께 런던에 처음 들어와 지나온 곳들을 거의 그대로 달리다가 이즐링턴의 에 인절 여관에서 다른 곳으로 방향을 틀어 펜턴빌 인근으로 접어 든 다음 그늘이 드리운 조용한 거리의 한 단정한 집 앞에 멈춰 섰다. 침대가 즉시 마련되었고, 브라운로 씨가 지켜보는 가운데 그의 피고인은 조심스럽게 침대에 편히 눕혀졌다. 이후 올리버는 극진한 보살핌을 받았다.

하지만 여러 날 동안 올리버는 새 친구들이 쏟는 정성을 알지 못했다. 해가 뜨고 지고 또 뜨고 지기를 여러 번 반복했지만, 병 상의 아이는 진을 빼는 열병으로 점점 쇠약해졌다. 죽은 시체를 파먹는 구더기도 산 육체를 좀먹는 뭉근한 열기에 비하면 아무것도 아니다.

마침내 올리버는 허약하고 앙상하고 해쓱한 모습으로 기나긴 악몽과도 같은 잠에서 깨어났다. 아이는 맥없이 침대에서 몸을 일으킨 뒤 덜덜 떨리는 팔에 머리를 얹고는 불안하게 주변을 둘러보았다.

"이 방은 어디지? 어디로 옮겨진 걸까?" 올리버가 말했다. "여긴 내가 자던 곳이 아닌데."

아이가 맥없는 목소리로 아주 희미하고 연약하게 한 말이었지만 누군가가 이것을 즉시 알아들었는지 침대 머리맡의 커튼이 황급히 열렸다. 매우 단정하고 말끔한 옷차림의 너그러운 노부인이 바로 옆 안락의자에 앉아 뜨개질을 하다가 일어나며 커튼을 걷은 것이다.

"쉬이, 애야." 노부인이 상냥하게 말했다. "암말 말고 가만히 있거라. 안 그러면 다시 아플 거야. 너 많이 아팠어, 아주 심하게. 다시 누워. 얼른, 착하지!" 노부인은 그렇게 말하면서 올리버의 머리를 살며시 베개 위에 눕힌 다음 이마의 머리카락을 쓸어 넘겼다. 그리고 어쩌나 친절하고 다정한 눈길로 올리버의 얼굴을 바라보는지 올리버는 깡마른 고사리손을 노부인의 양손에 두었다가 노부인의 손을 잡아당겨 자기 목에 휘감지 않을 수 없었다.

"세상에!" 노부인이 눈물을 글썽이며 말했다. "고마워하는 것 좀 봐! 예쁘기도 하지! 애 엄마가 지금 나처럼 애 옆에 앉아 있었다면 어떤 심정이었을까!"

"아마 보고 계실 거예요." 올리버는 양손을 모으며 소곤거렸다. "아마 쭉 제 곁에 앉아 계셨을 거예요. 엄마가 옆에 계시는 것만 같아요."

"그건 열 때문에 그랬을 거야." 노부인이 다정하게 말했다.

"어쩌면요." 올리버가 대답했다. "천국은 아주 멀리 있으니까요. 거기선 너무 행복해서 저처럼 불쌍한 애의 침대 옆으로 내려올 리도 없을 테죠. 하지만 제가 아픈 걸 아셨다면 엄마는 분명 거기에서도 저를 가엾게 여기셨을 거예요. 엄마도 돌아가시기 전에 몹시 아프셨거든요. 엄마가 저에 대해 알 리가 없겠지만." 올리버는 멈칫하다가 덧붙였다. "그래도 제가 아파하는 걸 보셨다면 엄마는 슬퍼하셨을 거예요. 꿈속에서 본 엄마 얼굴은 항상 다정하고 행복해 보였어요."

이 말에 노부인은 대답 대신 눈가를 훔치고는 이불 위에 놓인 안경도 눈의 일부인 양 닦았다. 그러고 나서 올리버에게 시원한 음료수를 가져다준 뒤 올리버의 뺨을 다독이며 암말 말고 가만히 있어야 한다고, 안 그러면 다시 병이 날 거라고 말했다.

올리버는 꼼짝 않고 누워 있었다. 뭐든 친절한 노부인이 하라는 대로 하고 싶기도 했고, 말하는 사이에 기운이 다 빠졌기 때문이었다. 올리버는 금세 깜빡 잠이 들었다가 침대 옆으로 다가오는 촛불에 잠에서 깼다. 불빛에 째깍거리는 큰 금시계를 든 어떤 신사가 보였는데, 신사가 올리버의 맥박을 재더니 아이가 많이 좋아졌다고 말했다.

"많이 좋아졌구나, 응?" 신사가 말했다.

"네, 감사합니다, 나리." 올리버가 대답했다.

"그래, 내 보기에도 그렇구나." 신사가 말했다. "배도 고플 거야, 그렇지?"

"아뇨, 나리." 올리버가 대답했다.

"흠! 그래, 그렇구나. 나도 배는 안 고플 줄 알았어요, 베드윈 부인." 신사는 아주 현명한 양 말했다.

노부인은 의사가 아주 똑똑한 사람이라는 듯 공손하게 고개를 숙였고, 의사 본인도 자기를 그렇게 생각하는 듯했다.

"졸리지 않니, 애야?" 의사가 말했다.

"아뇨, 나리." 올리버가 대답했다.

"그래." 의사는 신속하게 판단하며 만족스러운 표정으로 말했다. "졸리지는 않구나. 목도 안 마르고, 그렇지?"

"아뇨, 나리, 목은 조금 말라요." 올리버가 대답했다.

"내가 예상한 대로군요, 베드윈 부인." 의사는 말했다. "목이 마른 건 아주 자연스러운 겁니다. 차는 좀 줘도 괜찮겠어요, 부인. 버터 바르지 않은 토스트도 괜찮고요. 아이가 너무 더워하지 않게 해주세요. 너무 추워도 안 됩니다, 부인. 유념해 주세요."

노부인은 무릎을 살짝 굽혀 인사했다. 의사는 시원한 음료수를 맛보고는 단서를 달며 허락하고 나서 서둘러 나갔다. 아래층으로 내려가는 그의 부츠 소리는 중요하고 부유한 인사의 행차임을 알렸다.

올리버는 다시 깜빡 졸다가 금세 잠에서 깼다. 자정이 다 된 시각이었다. 얼마 후 노부인은 올리버에게 다정히 밤 인사를 하고 나서 작은 꾸러미를 들고 막 들어온 뚱뚱한 노파와 교대했다. 꾸러미에는 작은 기도서 한 권과 큰 수면 모자가 들어 있었다. 노파는 수면 모자를 쓰고 기도서를 탁자에 올려놓고는 올리버에게 밤새 옆을 지킬 거라고 말하더니 의자를 불가로 바짝 끌어다 놓고 나서 이내 꾸벅꾸벅 졸기 시작했다. 별별 모양새로 푹푹 고꾸라지고 중얼중얼 컥컥대는 소리에 수면은 번번이 끊겼지만, 노파는 매번 코를 마구 비볐을 뿐 다시 잠이 들었다.

밤은 천천히 흘러갔다. 올리버는 한동안 말똥하게 누워 골풀 양초 불빛이 천장에 던져놓은 작고 동그란 불빛들을 세거나, 쇠약한 눈으로 벽지의 복잡한 무늬를 좇았다. 방을 감싼 어둠과 정적이 숙연함을 자아내자, 올리버는 여러 낮 여러 밤 그곳에 머물렀던 죽음을 떠올렸다. 그리고 음산하고 으스스한 죽음의 기운이 다시 찾아올 수 있다는 생각에 베개에 얼굴을 묻고 하늘에 간절한 기도를 올렸다.

점차 올리버는 고통에서 막 벗어날 때나 가능한 평온한 단잠에 빠져들었다. 깨어나고 싶지 않을 만큼 고요하고 평화로운 휴식이었다. 만약 죽음이 이런 거라면 어느 누가 인생의 역경과 혼란 속으로, 현재의 온갖 근심 속으로, 미래에 대한 불안 속으로, 무엇보다 과거의 힘겨운 기억 속으로 다시 깨어나고 싶겠는가!

날이 환히 밝은 지 여러 시간이 흐르고 나서야 올리버는 눈을 떴다. 활기차고 행복한 기분이었다. 고비는 넘긴 게 분명했다. 아이는 세상으로 돌아와 있었다. 그로부터 사흘 뒤 올리버는 베개를 받쳐주면 안락의자에도 앉을 수 있게 되었다. 아이가 아직 너무 허약해 걷는 게 무리였기 때문에 베드윈 부인은 자기가 쓰는 아래층 작은 방으로 아이를 옮겨놓도록 지시했다. 불가에 올리버를 앉힌 뒤 선량한 노부인도 옆에 자리를 잡았는데, 아이가 상당히 회복된 것을 보고는 너무나 감격한 나머지 격하게 엉엉 울기 시작했다.

"신경 쓰지 마라." 노부인이 말했다. "내가 원래 눈물이 많단다. 다 끝났구나. 아주 홀가분해졌어."

"부인은 정말, 정말 친절한 분이세요." 올리버가 말했다.

"이런, 신경 쓰지 마." 노부인은 말했다. "네게 수프 한 그릇 먹이는 게 뭐 대단한 거라고. 수프를 다 먹었어야 할 시간이야. 의사 선생님 말씀으론, 오늘 아침에 브라운로 씨께서 너를 보러 오실지도 모른대. 최상의 모습을 보여드리자. 최상의 모습을 보여드리면 브라운로 씨가 기뻐하실 거야." 그러면서 노부인은 수프가 가득한 작은 냄비를 데우는 데 집중했는데 그것이 어찌나 걸쭉한지 올리버는 구빈원 규정대로 그것을 묽게 만든다면 적어도 빈민 350명은 배불리 먹일 수 있겠다고 생각했다.

"그림 좋아하니?" 올리버가 맞은편 벽에 걸린 초상화를 빤히 바라보는 것을 보고 노부인이 물었다.

"잘 모르겠어요." 올리버가 그림에서 눈을 떼지 않고 말했다.

"그림은 본 적이 거의 없어서 잘 모르거든요. 저 여인의 얼굴은 정말 아름답고 온화한 것 같아요!"

"아!" 노부인이 말했다. "화가들은 늘 여인을 실물보다 더 예쁘게 그린단다, 아가. 아니면 손님들이 다 떨어지거든. 누군가 있는 그대로 그려내는 기계를 발명했다면 실패작이 될 걸 알았을 거야. 너무 정직해서. 너무 심하게 정직해서."

노부인은 자신의 예리한 통찰에 흐뭇한 웃음을 한바탕 터뜨렸다.

"저건…… 저건 실물과 똑같은가요?" 올리버가 말했다.

"그렇지." 노부인은 수프에서 잠깐 눈을 들어 올려다보며 말했다. "초상화니까."

"누구 초상화인데요?" 올리버가 물었다.

"글쎄다, 사실, 뭐, 나야 모르지." 노부인이 유쾌한 기분으로 대답했다. "너나 내가 아는 사람 같지는 않아. 넌 무슨 생각이 나나 보구나."

"정말 너무 예뻐요." 올리버가 대답했다.

"설마 저 그림이 무서운 건 아니겠지?" 감탄하며 그림을 바라보는 올리버의 얼굴에 놀란 빛이 어리자 노부인은 깜짝 놀라 물었다.

"아, 아니에요, 아니에요." 올리버는 얼른 대답했다. "하지만 눈이 너무 슬퍼 보여요. 제가 앉은 자리에서는 꼭 저를 물끄러미 바라보는 것만 같아서 가슴이 두근두근해요." 올리버가 낮은 목소리로 덧붙였다. "살아 있는 것 같기도 하고, 제게 말을 걸고 싶은데 못 하는 것 같기도 해요."

"맙소사!" 노부인이 기겁하며 외쳤다. "그런 말 말거라, 아가. 네가 병을 앓고 나서 몸과 마음이 허약해서 그런 거야. 네 의자를 반대쪽으로 돌려주마. 그럼 그림이 안 보일 거야. 됐다!" 노부인은 말을 행동에 옮기며 다시 말했다. "이제는 어떻게 해도 그림이 안 보이겠지."

올리버는 자리를 옮기지 않은 듯 마음의 눈으로 그 그림을 또렷이 볼 수 있었지만 친절한 노부인에게 걱정을 끼치지 않는 게 좋겠다는 생각이 들었다. 올리버는 자기를 바라보는 노부인에게 살며시 미소를 지었고, 베드윈 부인은 올리버의 기분이 나아졌다고 안심하고는 소금을 치랴, 빵 조각을 뜯어 수프에 넣으랴, 있는 대로 부산을 떨며 정성껏 식사를 준비했다. 올리버는 비범한 속도로 수프를 먹어치웠다. 마지막 한 입을 삼키려는데 방문을 똑똑 두드리는 소리가 들렸다. "들어오세요." 노부인이 말하자 브라운로 씨가 들어왔다.

노신사는 성큼성큼 안으로 들어왔다. 올리버를 자세히 들여다보려고 안경을 이마 위로 올리고 나서 양손을 실내복 자락 뒤로 돌려 뒷짐을 지자마자 노신사의 얼굴은 여러 가지 모양으로 묘하게 뒤틀렸다. 올리버는 병을 앓아 몹시 허약해 보였다. 아이는 은인에 대한 존경심에서 자리에서 일어서려 했지만 안락의자에 도로 주저앉고 말았다. 사실을 밝혀두자면, 보통 노신사 여섯 명의 심장과도 맞먹을 만큼 넉넉한 브라운로 씨의 심장이 우리의 지성으로는 도저히 설명할 수 없는 수압 과정을 통해 그의 눈으로 눈물을 밀어 올렸다.

"가엾구나, 가엾어!" 브라운로 씨는 헛기침을 하며 말했다. "오늘 아침은 목이 잠기는군요, 베드윈 부인. 감기에 걸린 모양이오."

"아닐 거예요, 나리." 베드윈 부인이 말했다. "나리가 사용하시는 것들은 모두 뽀송하게 잘 말리고 있거든요."

"글쎄요, 베드윈 부인. 난 잘 모르겠소." 브라운로 씨가 말했다. "어제 식사 때 냅킨은 축축했던 것 같은데. 그건 그렇다 치고, 넌 좀 어떠니, 애야?"

"아주 좋아요, 나리." 올리버는 대답했다. "베푸신 친절에 어떻게 감사드려야 할지 모르겠어요."

"착한 아이로구나." 브라운로 씨가 힘주어 말했다. "아이에게 뭐 좀 먹였나요, 베드윈 부인? 미음이라도?"

"방금 걸쭉한 수프 한 그릇 다 먹었어요." 베드윈 부인은 몸을 약간 세우고 수프라는 말을 강조하며 대답했다. 미음과 푸짐한 수프는 엄연히 다르다는 것을 암시하기 위해서였다.

"음!" 브라운로 씨가 몸을 살짝 떨면서 말했다. "포트와인 두어 잔이 훨씬 더 나았을 텐데. 안 그러냐, 톰 화이트, 응?"

"제 이름은 올리버인데요, 나리." 어린 환자가 몹시 놀라며 대답했다.

"올리버라." 브라운로 씨가 말했다. "올리버 뭐지? 올리버 화이트?"

"아니에요, 나리, 트위스트예요, 올리버 트위스트."

"희한한 이름이로구나!" 노신사는 말했다. "그럼 왜 치안판사한테는 네 이름이 화이트라고 한 거지?"

"그런 말 한 적 없는데요, 나리." 올리버는 어리둥절해하며 대답했다.

노신사는 그 말이 믿기지 않아서 조금 엄하게 올리버의 얼굴을 바라보았다. 이 아이를 의심하는 것은 불가능한 일이었다. 그 수척한 얼굴에는 어디에나 진실만이 자리하고 있었다.

"오해가 있었나 보구나." 브라운로 씨가 말했다. 이제는 올리버를 뜯어볼 이유가 없어졌는데도 올리버의 생김새와 어느 낯익은 얼굴이 서로 닮았다는 생각이 다시 드는 바람에 그는 눈을 뗄 수 없었다.

"저한테 화나신 건 아니시죠, 나리?" 올리버가 간절하게 쳐다보며 말했다.

"아니, 아니." 노신사는 대답했다. "세상에! 이럴 수가! 베드윈 부인, 저기 좀 보시오!"

그는 급히 소년의 머리 위에 걸린 그림과 소년의 얼굴을 차례로 가리켰다. 그림의 현신이 그곳에 앉아 있었다. 눈도, 머리도, 입도 생김새가 완전히 똑같았다. 그 순간 지은 표정마저 판박이 같아서 미세한 선 하나하나까지 정밀하게 그대로 복사한 듯 보였다.

올리버는 이 갑작스러운 소란의 원인을 알지 못하는 데다 아직 허약한 상태였기 때문에 그 충격을 이기지 못하고 실신하고 말았다. 올리버가 허약한 상태이니 잠시 독자들의 불안감을 덜어줄 겸 이쯤에서 앞서 나온 '유쾌한 노신사'의 두 제자에게로 말머리를 돌릴까 한다. 그 이야기는 이러하다.

앞서 설명한 대로 얌생이는 다재다능한 친구 베이츠 군과 함께 브라운로 씨의 사유물을 불법으로 탈취한 뒤 올리버를 뒤쫓는 추격대에 합류했는데, 이것은 실로 가상하고 정당한 자위적 행위였다고 봐야 한다. 진정한 영국인이라면 신민의 자유와 개인의 자유를 가장 큰 자랑이자 으뜸으로 삼아야 마땅하므로, 두 아이의 이러한 행동은 모든 공인들과 애국자들에게 높이 평가받아야 한다는 것을 굳이 필자가 독자에게 호소할 필요는 없으리라. 또한 그것은 그들이 신변의 보호와 안전을 갈구한다는 강력한 증거였으니, 해박하고 양식 있는 일부 철학자들이 만물의 운행을 유발하는 동인으로 규정한 작은 규칙과도 부합하는 것이다. 이 철학자들은 참 영특하게도 대자연 어머니의 현상을 준칙과 이론의 문제로 축소했으며, 그 여성의 고매한 지혜와 지성을 아주 세련되게 칭송함으로써 가슴, 즉 관대한 심성과 감성을 우리의 시야 밖으로 완전히 몰아내 버렸다. 평범한 여성들의 숱한 흠결과 약점을 초월한다고 널리 인정받는 대자연 어머니에게는 그러한 것들이 전혀 어울리지 않는다는 이유였다.

곤경에 처한 어린 신사 둘의 행태에서 이 엄격한 철학의 본질에 부합하는 면을 더 찾아본다면, 사람들의 관심이 올리버에게 집중되자 그들이 추격대에서 이탈해 가장 빠른 지름길을 통해 즉시 집으로 향했다는 사실을 (앞서 기술한바) 들 수 있겠다. 지름길을 통해 위대한 결론으로 직행하는 것이 저명하고 박식한 현자들의 습성이라 주장하려는 게 아니다. (오히려 이들은 술 취한 사람이 넘쳐나는 생각의 홍수 속에서 허우적대는 것처럼 갖가지 말 돌리기와 장광설로 그 경로를 지루하게 늘리는 편이다.) 필자가 하고 싶은 말은, 상당수의 위대한 철학자들이 이론을 전개할 때마다 자신의 이론에 영향을 끼칠 만한 모든 우발적 요소를 철저히 차단하는 데 대단한 지혜와 통찰력을 발휘한다는 것이다. 그러다 보니 대의를 위해 사소한 잘못은 묵인되고, 목적을 위해 수단이 정당화된다. 옳음의 정도와 그름의 정도 또는 그 둘 사이의 구분은 당사자인 철학자의 전권 아래에서, 철학자 본인의 특수한 경우에 한해, 명료하고 포괄적이며 공정한 관점에 의해 결정된다.

그나저나 두 소년은 복잡하기 짝이 없는 샛길과 마당의 미로를 요리조리 질주하며 두루 섭렵하다가 얕고 컴컴한 아치문 밑에서 용기를 내 걸음을 멈췄다. 베이츠 군은 한참을 말없이 헐떡거리다가 말할 기운이 나자 신나고 재미나 죽겠다는 탄성을 내지르고 와락 웃음보를 터뜨리고는 어느 집 현관에 쓰러져 데굴데굴 구르며 깔깔거렸다.

"왜 그래?" 얌생이가 물었다.

"하! 하! 하!" 찰리 베이츠가 웃어댔다.

"소리 낮춰." 얌생이가 나무라며 주변을 경계했다. "잡히고 싶냐, 멍청아?"

"못 참겠어." 찰리가 말했다. "못 참겠다고! 그 녀석이 정신없이 내빼는 꼴이 생각나서! 모퉁이를 돌다 기둥에 부딪치고도 제깐 놈이 그 기둥처럼 강철이라도 되는 양 다시 내달리는 게! 내가 손수건을 주머니에 넣고 뒤쫓으면서 소리친 것도, 정말 볼만했어!" 베이츠 군은 뛰어난 상상력이 당시의 장면을 눈앞에 생생히 재생시켜 주자 다시 현관 위를 뒹굴며 종전보다 더 크게 웃어댔다.

"페이긴이 뭐라고 할까?" 친구가 숨이 차서 잠시 웃음을 멈춘 틈을 타 얌생이가 심각한 질문을 던졌다.

"뭐라고?" 찰리 베이츠가 되물었다.

"아, 뭐래, 얘가?" 얌생이가 말했다.

"그러게, 뭐라고 할까?" 찰리가 돌연 즐거운 기색이 싹 가신 얼굴로 말했다. 얌생이의 분위기가 심상치 않았기 때문이다. "뭐라고 할까?"

도킨스 군은 2분쯤 휘파람을 불더니 모자를 벗고 머리를 긁고 나서 고개를 세 번 끄덕거렸다.

"무슨 뜻이야?" 찰리가 물었다.

"어쩌고저쩌고, 이러쿵저러쿵, 중얼중얼, 뭐라뭐라 하겠지." 얌생이는 영민한 얼굴에 슬며시 냉소를 머금고 말했다.

알 것도 같고 모를 것도 같았다. 베이츠 군은 알쏭달쏭해서 다시 물었다. "그래서 그게 무슨 뜻인데?"

얌생이는 대답하지 않고 모자를 다시 쓰고는 외투의 뒤꼬리 자락을 걷어 겨드랑이에 낀 뒤 혀로 볼을 볼록하게 하고 평소보다 더 보란 듯이 콧잔등을 대여섯 번 톡톡 두드리다가 발길을 돌려 마당 저편으로 슬슬 움직였다. 그 뒤를 베이츠 군이 골똘히 생각하는 표정으로 따라갔다.

이 대화가 있은 지 몇 분 뒤 유쾌한 유대인 노신사는 계단을 삐걱거리며 올라오는 발소리에 긴장했다. 왼손에는 소시지와 작은 빵 덩어리를, 오른손에는 주머니칼을 들고 불가에 앉아 있었다. 삼발이 위에는 양철 단지가 올려져 있었다. 고개를 돌리는 그의 허연 얼굴에는 야비한 미소가 떠올랐지만, 굵고 붉은 눈썹 아래 눈이 매섭게 작동하며 그는 문 쪽으로 귀를 바짝 세웠다.

"뭐야, 어떻게 된 거야?" 유대인이 안색을 바꾸며 중얼거렸다. "두 명뿐이네? 세 번째는 어디 간 거야? 말썽이 생긴 거면 안 되는데. 설마!"

발소리는 점점 다가와 층계참에 도달했다. 문이 천천히 열리고 얌생이와 찰리 베이츠가 들어와 문을 닫았다.

13장

지적인 독자에게 새 인물들을 소개하고
그 인물들에 관한 재밌는
여러 내용을 이 전기에 덧붙인다

"올리버는 어디 있냐?" 유대인이 험악한 얼굴로 일어서며 말했다. "꼬마 어디 있어?"

어린 도둑들은 두목의 포악함에 놀란 눈으로 두목을 바라보다가 불안한 눈길을 서로 주고받았다. 감히 대꾸는 하지 못했다.

"그 꼬마는 어찌 됐냐니까?" 유대인이 얌생이의 먹살을 와락 움켜잡고 지독한 욕지거리를 퍼부으며 위협했다. "말해, 목 졸라 죽여버리기 전에!"

페이긴 씨가 그러고도 남을 기세였기 때문에 매사 안전한 쪽에 서는 것이 능사라 여기는 찰리 베이츠는 두 번째로 목이 졸릴 대상은 본인이 될 가능성이 농후하다고 판단하고는 바닥에 털썩 주저앉아 고래고래 통곡을 해댔는데, 미친 황소 소리 같기도

하고 확성기 소리 같기도 했다.

"말하지 못해?" 유대인이 호통을 치며 얌생이를 마구 흔드는 통에 얌생이의 큰 외투가 벗겨지지 않은 것이 용해 보였다.

"그게, 잡혀갔어요. 그게 다예요." 얌생이가 투덜거렸다. "이제 그만 놔요, 놔!" 그러고는 몸을 획 흔들어 유대인의 손에 큰 외투만 남겨두고 단번에 빠져나온 뒤 구이용 포크를 낚아채 휘둘렀다. 포크는 유쾌한 노신사의 조끼를 아슬아슬 비껴 나갔는데, 그 일격이 제대로 통했다면 노신사의 유쾌함은 상당한 타격을 입어 쉽사리 회복되지 못했을 것이다.

유대인은 노쇠한 영감치고는 꽤 민첩하게 물러서며 위기를 넘긴 뒤 주전자를 집어 들어 선공을 감행한 적에게 던질 태세를 취했다. 그 순간 찰리 베이츠가 고래고래 악을 쓰며 울부짖는 소리로 주의를 끌었고, 유대인은 돌연 표적을 변경해 울부짖는 어린 신사를 향해 주전자를 힘껏 던졌다.

"뭐야, 웬 날벼락이야!" 저음의 목소리가 으르렁거렸다. "이거 나한테 던진 게 누구야? 주전자가 아니라 맥주에 맞았으니 망정이지. 아님 내가 손봐줬을 거야. 누군지 뻔하지. 독종에다 부자, 약탈꾼, 시끄러운 유대인 영감 말고 누가 물도 아닌 술을 버리겠어. 1년에 네 번 수도 회사도 등쳐먹으니 맹물도 그냥 버리는 게 아니지만. 대체 무슨 일이야, 페이긴? 젠장, 스카프에 맥주 얼룩 생기면 안 되는데! 들어와, 이 버러지 같은 놈아. 뭣 땜에 밖에 서 있는 거냐, 주인이 창피하기라도 한 거냐! 들어오라고!"

이렇게 을러댄 사람은 검은 벨벳 웃옷과 몹시 지저분한 담갈색 양모 반바지, 끈 반장화, 회색 면양말 차림의 서른다섯 살쯤된 다부진 체격의 사내였다. 양말에 감싸인 우람한 두 다리는 불룩한 종아리가 돋보였는데, 차림새가 그러하니 족쇄 한 쌍이 채워지지 않고는 뭔가 부족하고 불완전한 상태로 보이는 그런 종류의 다리였다. 머리에는 갈색 모자를 썼고 목에는 꼬질꼬질하고 얼룩덜룩한 무늬의 스카프를 두르고 있었다. 그는 말을 하면서 올이 풀린 스카프 끝으로 얼굴에 묻은 맥주를 닦아냈다. 맥주를 닦아내자 너부데데한 얼굴에 사흘은 자란 턱수염과 험악한 두 눈이 드러났고, 한쪽 눈가에는 최근에 얻어맞아 생긴 얼룩덜룩한 상처가 보였다.

"들어오라니까, 못 들었냐?" 흥미로운 불량배가 으르렁댔다.

얼굴이 스무 군데는 긁히고 찢긴 털북숭이 흰 개 한 마리가 방 안으로 슬렁슬렁 들어왔다.

"왜 안 들어오고 그래?" 남자가 말했다. "나랑 같이 다니기 싫다 이거야? 엎드려!"

그 명령과 함께 떨어진 발길질에 개는 방 저편으로 날아갔다. 녀석은 맞는 데 이골이 났는지 깽 소리 하나 안 내고 한쪽 구석에 조용히 웅크리고 앉아 못생긴 두 눈을 1분에 스무 번은 껌뻑거리며 방 안을 살펴보는 것 같았다.

"무슨 짓을 하려는 거야? 이제는 애들을 못살게 구나, 이 만족할 줄 모르고 욕심만 사나운 장물아비 영감태기야?" 사내는 경계하듯 의자에 앉으며 말했다. "애들이 왜 당신을 죽이지 않나 몰라! 나라면 그럴 텐데. 내가 당신 도제였으면 진작에 그랬을 거야. 그러고 나서…… 아니다, 시체는 못 팔았겠군. 영감은 추물의 표본으로 유리병에 담아 보존하는 것 외엔 아무 쓸모가 없는데, 그리 큰 유리병을 어떻게 만들겠어."

"쉿! 쉿! 사이크스 씨." 유대인이 벌벌 떨며 말했다. "큰 소리로 떠들지 좀 말게."

"존칭은 그만둬." 불량배가 대답했다. "뭔가 음흉한 속셈이 있을 때마다 꼭 저런다니까. 내 이름 잘 알잖아. 그걸 부르라고! 때가 되면 내 이름값 정도는 할 거니까."

"그래그래, 그러자고, 빌 사이크스." 유대인이 굽신거리며 말했다. "기분이 언짢은가 보구먼, 빌."

"그런 것 같기도 하고." 사이크스가 대꾸했다. "영감도 기분이 별론가 본데. 하기야 별 악의 없이 양철 주전자를 잘도 던지기는 하지, 별 악의 없이 밀고도 잘하고."

"미쳤나?" 유대인은 남자의 소매를 움켜잡고 아이들 쪽을 가리키며 말했다.

사이크스 씨는 자신의 왼쪽 귀밑께에서 상상의 올가미를 조이고는 머리를 오른쪽 어깨 쪽으로 홱 젖히는 시늉을 했다. 유대인은 이 무언극의 의미를 완전히 알아들은 듯했다. 사내는 그대로 옮겨 적어도 이해가 불가한 비속어를 늘어놓으며 술이나 한 잔 달라고 요구했다.

"독은 탈 필요 없어." 사이크스 씨는 모자를 탁자에 내려놓았다.

그는 농담으로 한 말이었지만, 찬장을 향해 돌아서는 유대인이 창백한 입술을 깨물며 음흉하게 웃는 걸 보았다면 그것이 괜한 경고는 아니었다는 걸, 유쾌한 노신사에게 독창적인 양조 기술을 선보이고 싶은 의향이 아주 없지는 않다는 걸 알게 되었을 것이다.

사이크스 씨는 술을 두세 잔 삼키고 나서야 어린 신사들에게 눈길을 주었다. 이 은혜는 대화로 이어졌고, 양생이는 본인에게 최대한 유리하도록 각색과 윤색을 더해 올리버가 잡혀간 자초지종을 상세히 고했다.

"걱정이야." 유대인이 말했다. "행여 그 녀석이 무슨 곤란한 말이라도 할까 봐."

"왜 아니겠어." 사이크스가 심통 사납게 씩 웃으며 대꾸했다. "이제 들통나게 생겼군, 페이긴."

"하나 더 걱정인 건 말이지." 유대인은 그 말에 아랑곳하지 않고 상대를 빤히 바라보며 말했다. "우리가 잡히면 다들 줄줄이 걸려들 수 있다는 거야. 그러면 나보다 자네가 더 고초를 겪지 않을까 하네만."

사내는 깜짝 놀라 유대인을 돌아보았지만 노신사는 어깨를 귀밑까지 추켜올리고는 멍하니 반대편 벽만 바라보았다.

긴 침묵이 이어졌다. 무리의 구성원들은 각자 골똘히 생각에 잠긴 것처럼 보였고, 개마저도 밖에 나가서 여자든 남자든 가장

처음 마주치는 다리를 물어뜯을 생각을 하는 것처럼 음흉하게
입맛을 쩍쩍 다셨다.

"경찰서에서 어떤 일이 벌어졌는지 누구든 알아봐야 해." 사이
크스 씨가 방에 들어온 이후 가장 나지막한 목소리로 말했다.

유대인이 고개를 끄덕여 동의했다.

"녀석이 불지 않고 수감된다면 나올 때까진 걱정하지 않아도
돼." 사이크스 씨가 말했다. "그 후에 손봐주면 되니까. 영감은 녀
석을 붙잡아 놓기만 해."

유대인이 다시 고개를 끄덕였다.

이것이 슬기로운 작전임은 분명했지만 불행히도 그것을 실행
하는 데는 대단히 강력한 장애물이 하나 있었다. 참 공교롭게도
얌생이, 찰리 베이츠, 페이긴, 윌리엄 사이크스 씨 모두 하나같이
갖가지 이유와 명분을 가지고 경찰서에 발걸음하는 것을 질색했
다는 것이다.

그들이 유쾌하지 않은 불확실함 속에서 얼마나 서로를 쳐다
보며 앉아 있었는지는 가늠하기 어려우나, 굳이 그것을 따질 필
요는 없겠다. 올리버가 본 적 있는 젊은 아가씨 두 명이 별안간
들이닥친 덕분에 대화가 재개되었기 때문이다.

"됐군!" 유대인이 말했다. "벳이 갈 거야. 갈 거지, 응?"

"어딜요?" 젊은 아가씨가 물었다.

"그냥 경찰서에 다녀오면 돼." 유대인이 꼬드겼다.

젊은 아가씨는 가지 않겠다고 말하면서 단호하면서도 세련

되게 그 요청을 거절했는데, 이로써 알 수 있는바, 매몰찬 거절로 동료의 마음을 아프게 하기에는 근본이 착한 아가씨라는 것을 밝혀둔다.

유대인의 안색이 어두워졌다. 영감은 그다지 근사한 차림새는 아니나 빨간 드레스에 초록색 부츠, 종이 롤로 돌돌 만 노란 머리의 명랑한 아가씨에게서 다른 아가씨에게로 고개를 돌렸다.

"낸시, 얘야." 유대인이 살살 구슬리며 말했다. "넌 어떠니?"

"어림없어요. 그러니 애쓰지 말아요, 페이긴." 낸시가 대답했다.

"그게 무슨 소리야?" 사이크스 씨가 못마땅하다는 식으로 쳐다보며 말했다.

"말한 그대로야, 빌." 아가씨가 차분하게 대답했다.

"네가 딱 적임자란 말이야." 사이크스 씨가 주장했다. "여기서 널 알 만한 사람은 없어."

"나도 사람들에게 알려지고 싶은 생각은 없어." 낸시가 여전히 차분하게 대답했다. "난 사양하겠어, 빌."

"낸시가 갈 거야, 페이긴." 사이크스가 말했다.

"아니, 안 가." 낸시가 소리쳤다.

"아니, 갈 거야, 페이긴." 사이크스가 말했다.

사이크스의 말이 맞았다. 잇따른 위협과 약속, 뇌물 공세에 시달린 끝에 문제의 매력적인 아가씨는 결국 그 임무를 떠맡게 됐다. 사실 그녀는 자신의 '쾌활한' 친구만큼이나 이 일에 적임자였다. 최근 교외의 외지고 고풍스러운 주택가 랫클리프에서 이곳필드 레인으로 이사 왔기 때문에 행여 그녀의 수많은 지인들이 그녀를 알아보는 일은 걱정하지 않아도 되었던 것이다.

그렇게 해서 낸시 양은 깨끗한 흰 앞치마를 드레스 위에 두르고 그녀의 종이 롤들은 밀짚 보닛 안에 넣어둔 다음―이 두 가지는 고갈되지 않는 유대인의 비축물에서 차출된 것들이었다―심부름 갈 준비를 마쳤다.

"잠깐만." 유대인이 보자기가 덮인 작은 바구니를 주며 말했다. "이걸 한 손에 들도록 해. 더 정숙해 보일 테니까."

"다른 손에는 현관 열쇠를 쥐여줘, 페이긴." 사이크스가 말했다. "그럼 그럴듯하고 진짜처럼 보일 거야."

"그래, 그래, 그렇게 하자꾸나." 유대인은 젊은 아가씨의 오른손 집게손가락에 큰 현관 열쇠를 걸어주었다. "됐다. 훌륭해! 아주 훌륭해!" 유대인은 양손을 비볐다.

"아, 내 동생! 불쌍하고 소중한 내 동생, 착하고 순진한 내 동생!" 낸시는 소리치며 눈물을 터뜨리더니 고통스럽게 작은 바구니와 현관 열쇠를 비틀어댔다. "그 아이는 어떻게 됐을까! 그 아이를 어디로 데려갔을까! 아, 부디 딱히 여기시고 내 소중한 동생이 어떻게 되었는지 말씀해 주세요, 신사분들! 제발요, 신사분들, 부탁입니다, 신사분들!"

낸시 양은 애간장이 녹고 가슴이 무너지는 어조로 이런 말들을 늘어놓으면서 청중에게 한껏 재미를 선사한 뒤 잠시 동작을 멈추고 친구들에게 윙크를 하고 나서 웃는 얼굴로 고갯짓을 하고는 사라졌다.

"아! 참으로 영리한 아가씨야!" 유대인은 어린 친구들을 돌아보며 방금 목격한 훌륭한 사례를 본받으라는 무언의 압력을 가하듯 근엄하게 고개를 절레절레 흔들어댔다.

"모든 여성의 명예지." 사이크스 씨는 잔을 채우고 나서 커다란 주먹으로 탁자를 쾅 내려치며 말했다. "그녀의 건강을 위해 건배. 그리고 모든 여자들이 그녀를 닮기를 바라면서 건배!"

그렇게 완벽한 낸시 양에게 무수한 찬사들이 쏟아지는 동안 당사자인 젊은 아가씨는 경찰서를 향해 길을 질러갔다. 홀로 보호자 없이 거리를 걷자니 자연스레 위축되긴 했지만 잠시 후에 무사히 경찰서에 도착했다.

그녀는 뒷문으로 들어가 열쇠로 어느 감방 문을 똑똑 두드리고 나서 귀를 기울였다. 안에서 아무 소리도 나지 않아 헛기침을 하고는 다시 귀를 기울였다. 여전히 아무 대답이 없어 이번에는 말을 걸었다.

"놀리?" 낸시는 다정하게 소곤거렸다. "놀리 있니?"

안에는 거리에서 피리를 불었다는 죄로 잡혀 온 맨발의 딱한 범죄자 외에 아무도 없었는데, 팽 판사는 그것이 반사회적 범행임이 입증되었다면서 아니나 다를까 그자에게 한 달 구류형을 선고하고, 숨이 그리 남아돈다면 악기보다는 쳇바퀴를 돌리는 데 남는 숨을 건전하게 사용하라는 적절하고도 재미있는 의견을 아끼지 않았다. 죄수는 대꾸하지 않았다. 피리를 지방 정부의 재산으로 빼앗긴 터라 정신적 충격에 넋을 놓고 있었기 때문이다. 그래서 낸시는 다음 감방으로 가서 문을 두드렸다.

"뭐야!" 희미하고 맥없는 목소리가 외쳤다.

"여기 사내아이 있나요?" 낸시는 울음부터 터뜨리고 나서 물었다.

"없어." 목소리가 대답했다. "그런 일은 없어야지."

이것은 예순다섯 살 된 부랑자가 한 말이었는데, 그는 피리를 불지 않았다는 죄로, 다시 말해 일을 해서 먹고살지 않고 거리에서 구걸만 했다는 죄로 수감될 예정이었다. 다음 감방에는 부랑자와 같은 감옥으로 갈 남자가 있었다. 그의 죄는 허가를 내지 않고 양철 냄비를 팔며 행상을 다닌 죄, 즉 인지국印紙局에 반항하면서 생계를 꾸린 죄였다. 하지만 범죄자들은 모두 올리버라는 이름에 대꾸하지도 않았고 올리버에 대해 전혀 알지 못했기 때문에 낸시는 곧장 줄무늬 조끼 차림의 화통한 관리에게 가서 애처롭게 눈물과 탄식을 쏟아내고 현관 열쇠와 작은 바구니를 신속하고 효과적으로 동원해 애처로운 면을 부각하면서 소중한 동생이 어디 있는지 물었다.

"그 아이는 여기 없어." 영감이 말했다.

"어디 있는데요?" 낸시는 정신이 나간 듯 소리쳤다.

"그게, 그 신사분이 데려갔어." 관리가 대답했다.

"어떤 신사요? 아 하느님! 어떤 신사요?" 낸시가 탄식했다.

두서없는 질문으로 그럴듯하게 연기하는 누이에게 늙은 관리가 대답하기를, 올리버는 경찰서에서 병이 났고, 도둑질은 올리버가 아니라 잡히지 않은 다른 소년이 저질렀음을 목격자가 증언해 주어 방면되었으며, 고소인이 의식 없는 아이를 그의 집으로 데려갔는데 그곳에 관한 정보는 신사가 마부에게 가는 길을 알려줄 때 펜턴빌 근처 어디라고 들은 기억이 전부라는 것이었다.

젊은 아가씨는 의혹과 불확실성에 힘겨워하며 대문을 향해 휘청대며 걸어갔지만 문을 나서자마자 비틀거리던 발걸음을 빠른 달리기로 바꾸어 가장 멀리 돌아가는 복잡한 길을 통해 유대인의 거처로 돌아갔다.

빌 사이크스 씨는 원정기를 듣자마자 황급히 모자를 쓰며 흰 개를 부르고는 친구들에게 인사 한마디 없이 훌쩍 가버렸다.

"녀석이 어디 있는지 반드시 알아내야 한다, 얘들아. 녀석을 반드시 찾아야 해." 유대인은 몹시 흥분해서 말했다. "찰리, 넌 녀석의 소식을 들을 때까지 아무것도 하지 말고 계속 돌아다니거라! 낸시, 나는 녀석을 꼭 찾아야 해. 나는 너를 믿는다. 너와 얌생이만 믿어! 가만, 가만." 유대인은 떨리는 손으로 잠긴 서랍을 열면서 덧붙였다. "돈 가져가거라, 얘들아. 오늘 밤부터 가게는 문 닫는다. 나를 찾으려면 어디로 와야 하는지 다들 알 거야! 여기엔 잠시도 머물지 마라. 당장 떠나, 얘들아!"

유대인은 그러면서 사람들을 밖으로 몰아내고는 찬찬히 문을 이중으로 잠그고 빗장까지 지르고 나서 올리버에게 뜻하지 않게 들켰던 상자를 비밀 장소에서 꺼냈다. 그리고 허겁지겁 시계와 보석을 옷 안쪽에 숨겼다.

문을 똑똑 두드리는 소리에 그는 기겁을 했다. "누구야?" 그가 버럭 소리를 질렀다.

"저예요!" 얌생이의 목소리가 열쇠 구멍 틈으로 대답했다.

"무슨 일인데?" 유대인이 발끈했다.

"녀석을 찾으면 다른 소굴로 납치해야 하냐고 낸시가 그러는데요?" 얌생이가 물었다.

"그래." 유대인이 대답했다. "어디에서든 잡기나 해. 녀석을 찾아내, 찾아내기만 하란 말이다! 그다음 일은 그때 가서 알게 될 테니 걱정 말고."

소년은 알았다고 중얼거리고 나서 동료들을 쫓아 서둘러 계단을 내려갔다.

"녀석이 아직은 불지 않았어." 유대인은 하던 일을 계속하며 말했다. "녀석이 새 친구들에게 우리 이야기를 나불댈 작정이라 해도 아직은 우리가 그 주둥아리를 틀어막을 수 있다는 얘기지."

14장

브라운로 씨 댁에서 지내는 올리버의 생활상과
올리버가 심부름 갈 때 그림위그 씨가 내놓은
흥미로운 예상에 관하여

브라운로 씨의 느닷없는 외침에 정신을 잃었던 올리버는 곧 깨
어났다. 이후 노신사와 베드윈 부인은 그 그림에 대한 이야기는
물론 올리버의 과거나 앞날에 대해서도 언급을 자제하고 아이를
자극하지 않을 만한 즐거운 화제에 한정해 대화를 나누었다. 올
리버는 아직 너무 허약해 아침 식사 시간에 맞춰 일어나지는 못
했다. 하지만 이튿날 아래층 가정부의 방으로 내려왔을 때 그 아
름다운 여인의 얼굴이 다시 보고 싶어 기대하는 눈으로 벽을 쳐
보았지만, 아이의 기대감은 실망으로 바뀌었다. 그림이 없어진
것이다.

"아!" 가정부는 올리버의 시선을 보고 말했다. "그건 이제 없
단다."

"그러네요, 부인." 올리버가 대답했다. "왜 없어진 거예요?"

"그게 널 불편하게 만드는 것 같다고 브라운로 씨가 말씀하셔서 치웠단다. 네가 건강을 회복하는 데 방해가 될 수 있다고 하셨어."

"아뇨, 그건 아니에요. 전혀 불편하지 않았어요. 오히려 보기에 좋았어요. 정말 좋았는걸요."

"그래, 그래!" 노부인이 살갑게 말했다. "한시라도 빨리 건강해지렴. 그러면 그림은 다시 걸릴 거야. 자자! 내 약속하마! 이제 다른 얘기 하자꾸나."

이것이 당시 올리버가 그림에 대해 들은 이야기의 전부다. 앓는 동안 노부인에게 정성껏 보살핌을 받았기 때문에 올리버는 그림 생각은 접어두고 노부인이 하는 이러저러한 많은 이야기들을 경청했다. 노부인의 쾌활하고 예쁜 딸은 쾌활하고 잘생긴 남자와 결혼해 시골에 살고 있었고, 아들은 상인의 서기로 서인도 제도에 있다고 했다. 아들 또한 훌륭한 젊은이였는데, 1년에 네 번 꼬박꼬박 편지를 보낸다는 대목에서 노부인은 눈시울을 붉혔다. 노부인이 자식들의 미덕에 대해 한참 이야기하고 나서 26년 전 세상을 떠난 선량한 남편의 덕행에 대해 상세히 이야기했을 때 차 마실 시간이 되었다. 차를 마시고 나서 노부인은 올리버에게 크리비지 카드게임을 가르쳐주었다. 올리버가 놀이법을 금세 익혔기 때문에 게임은 흥미진진하게 진행되었다. 어느덧 자러 갈 시각이 되어 환자는 따끈하게 희석한 포도주와 버터 바르지 않은 토스트 한 조각을 먹고 나서 아늑한 잠자리에 들었다.

올리버는 행복한 날들을 보내며 건강을 회복해 갔다. 모든 것들이 대단히 조용하고 깔끔하며 질서 정연했고, 사람들도 모두 친절하고 다정했다. 소란과 풍파가 끊이지 않던 삶을 보내고 맞이한 날들은 천국의 삶처럼 느껴졌다. 올리버가 평상복을 입을 수 있을 만큼 기운을 차리자마자 브라운로 씨는 새 양복과 새 모자, 새 신발을 마련해 주었다. 올리버는 원래 입던 옷은 마음대로 처분하라는 말을 듣고 자신에게 잘해준 하녀에게 그것을 내주면서 유대인에게 팔아버리고 돈은 가지라고 말했고, 하녀는 올리버의 말대로 했다. 올리버는 거실 창문 너머로 유대인이 헌 옷을 돌돌 말아 가방에 넣고 떠나는 것을 내다보면서 그것이 안전하게 처분되었으니 이제 다시는 입을 일이 없을 거라는 생각에 몹시 기뻤다. 명색이 옷이지 사실 그것은 남루한 누더기에 불과했고, 올리버는 이제껏 새 옷을 입은 적이 단 한 번도 없었다.

그림 사건 이후 일주일쯤 지난 어느 저녁에 올리버는 베드윈 부인과 함께 앉아 이야기를 나누다가 브라운로 씨의 전갈을 받았다. 올리버 트위스트의 건강만 괜찮다면 서재에서 만나 잠깐 이야기를 나누고 싶다는 말이었다.

"어머나! 어서 세수하고 오너라. 내가 가르마를 단정히 타줄 테니까, 아가." 베드윈 부인이 말했다. "이를 어쩐다! 나리가 부르실 줄 알았으면 진작에 칼라를 깨끗한 걸로 바꾸고 널 6펜스 동전처럼 말끔하게 단장시켰을 텐데!"

올리버는 노부인이 시키는 대로 했다. 노부인은 올리버의 셔츠 칼라 가장자리에 주름 장식을 댈 시간조차 없다고 아쉬워하면서도 올리버가 어찌나 세련되고 잘생겨 보이는지 아이의 준수한 용모가 핵심적 역할을 했음에도 불구하고 흡족한 표정으로 올리버를 머리끝에서 발끝까지 훑어보면서 진작에 전갈을 받았더라도 이보다 더 낫게 단장시키지는 못했을 거라고 말했다.

올리버는 그렇게 격려를 받고 나서 서재 문을 똑똑 두드렸다. 브라운로 씨가 안에서 들어오라고 소리쳤다. 안으로 들어가니 그곳은 책이 즐비하고 창문 너머로 작은 정원이 내다보이는 아담한 뒷방이었다. 창문 앞에 탁자가 하나 놓여 있었는데, 브라운로 씨는 거기에 앉아 책을 읽고 있었다. 그는 올리버를 보고 읽던 책을 밀어놓고는 올리버에게 가까이 와서 앉으라고 말했다. 올리버는 시키는 대로 했다. 세상을 더 지혜롭게 만들기 위해 이리 많은 책들이 쓰인 것도 놀라웠지만 이리 많은 책들을 읽는 사람이 세상에 있다는 것도 놀라웠다. 이것은 올리버 트위스트보다 경험이 더 많은 사람들도 날마다 놀라워하는 점이다.

"책이 정말 많지? 그렇지, 응?" 올리버가 바닥에서 천장까지 이어지는 책장을 호기심 어린 눈으로 살펴보는 걸 보고 브라운로 씨가 말했다.

"엄청 많아요, 나리." 올리버가 대답했다. "이렇게 많은 건 처음 봐요."

"착하게 굴면 너도 읽게 될 게다." 노신사는 상냥하게 말했다.

"구경만 하는 것보다 더 좋아하게 될 거야. 물론 일부만 그렇겠지만. 내용이 앞뒤 표지만도 못한 책들도 있거든."

"저기 무거운 책들이 그런 책들인가요, 나리?" 올리버가 금장金裝한 큰 4절판 책들을 가리키며 말했다.

"꼭 그런 건 아니야." 노신사는 웃는 얼굴로 올리버의 머리를 쓰다듬었다. "크기는 훨씬 작아도 저만큼 묵직한 책들도 있단다. 네가 현명한 어른으로 자라 책을 써보는 건 어떻겠니, 응?"

"저는 그냥 책을 읽는 편이 더 좋겠어요, 나리." 올리버가 대답했다.

"뭐라! 책을 쓰는 사람이 되고 싶진 않고?"

올리버는 잠시 생각에 잠겼다가 차라리 책을 파는 사람이 되는 게 훨씬 나을 것 같다고 말했고, 이에 노신사는 너털웃음을 웃고는 그거 아주 재치 있는 말이었다고 인정했다. 올리버는 뭐가 재치 있다는 건지 알 수 없었지만 어쨌든 기분은 좋았다.

"그래, 그래." 노신사는 웃음을 가라앉히며 말했다. "걱정 말아라! 널 작가로 만들진 않을 테니. 네가 배울 만한 정직한 직업이 있는 한 말이다. 벽돌공이 된들 어떻겠니."

"감사합니다, 나리."

올리버가 진지하게 대답하자 노신사는 다시 웃음을 터뜨렸다. 그러고는 진기한 소질이 이러저러하다는 말을 했는데, 올리버는 알아들을 수 없는 말이라 귓등으로 넘겼다.

"이제." 브라운로 씨는 몹시 친절하면서도 진지한 어조로 말했다. 그간 늘 친절했지만 이렇게 친절한 모습은 처음이었다. "이제부터 내가 하는 말 새겨듣기 바란다. 거리낌 없이 이야기하도록 하마. 넌 분명 나이 많은 사람들만큼이나 잘 알아들을 테니까."

"아, 나가라는 말씀만은 말아주세요, 나리, 제발요!" 올리버는 노신사가 진지하게 말을 꺼내자 깜짝 놀라 외쳤다. "저를 문밖으로 내쳐 다시 거리를 떠돌게 만들지 말아주세요! 여기 있게 해주세요. 하인으로 삼아주세요. 제가 있던 그 끔찍한 곳으로 돌려보내지 말아주세요. 불쌍한 아이에게 자비를 베풀어주세요, 나리!"

"애야." 노신사는 올리버의 갑작스럽고 열렬한 간청에 뭉클해져 말했다. "내가 널 쫓아낼 걱정일랑 말거라. 네가 그럴 만한 원인을 제공하지 않는 한 그런 일은 없을 거야."

"절대, 절대 그런 일은 없을 거예요, 나리." 올리버가 끼어들었다.

"나도 그러기를 바란다." 노신사가 대답했다. "그런 일은 절대 없을 거라고 생각한다만. 예전에 도와주려 애썼던 사람들에게 속은 적이 있는데, 그래도 너만은 꼭 믿고 싶구나. 그리고 네 편이 되어주고 싶어, 나 스스로도 납득이 잘 안 될 만큼. 내가 지극한 사랑을 쏟았던 사람들은 지금 무덤 안에 누워 있단다. 비록 내 삶의 행복과 기쁨도 거기에 함께 묻혀 있지만, 내 가슴까지 관으로 만들고 나의 으뜸가는 애정을 그 안에 넣어 영원히 봉인한 건 아니야. 극심한 고통은 애정을 더욱 벼리고 정화시켜 준단다."

노신사는 상대에게 말하기보다 혼잣말을 하듯 낮은 목소리로 말했다. 그러고 나서 잠시 말을 멈추었고, 올리버도 잠자코 앉아 있었다.

"그나저나!" 마침내 노신사가 더 쾌활한 목소리로 말했다. "내가 이런 말을 하는 것은, 네가 젊은 가슴을 지니고 있기 때문이야. 내가 큰 고통과 슬픔을 겪었다는 걸 알면 넌 내게 상처를 주지 않으려 더 신중할 거라는 생각이 들어서 말이다. 넌 세상에 친구 하나 없는 천애 고아라고 했지? 알아보니 정말이더구나. 네이야기를 해다오. 어디서 왔고, 누가 널 키웠는지, 내가 널 발견했을 때 그 패거리와는 어찌 얽히게 된 것인지. 사실대로 말해다오. 그러면 내가 살아 있는 한, 넌 더 이상 친구 없는 외톨이가 아닐 거야."

올리버는 몇 분간 말을 못 하고 흐느끼기만 했다. 그러다가 어떻게 보육원에서 자랐고 어떻게 범블 씨를 따라 구빈원으로 갔는지 막 이야기하려는데 유달리 조급하게 문을 두 번 두드리는 소리가 현관문 쪽에서 나더니 하인이 위층으로 달려 올라와 그림위그 씨의 방문을 알렸다.

"지금 올라오시는 중이냐?" 브라운로 씨가 물었다.

"예, 나리." 하인이 대답했다. "집에 머핀이 있냐고 물으셔서 있다고 말씀드렸더니 차 한잔하러 오신 거라고 하셨습니다."

브라운로 씨는 미소를 짓고는 올리버에게 그림위그 씨는 오랜 친구인데 심성은 선량한 사람이니 태도가 조금 거칠어도 신경 쓰지 말라고 일러두었다.

"저는 아래층으로 내려가 있을까요, 나리?" 올리버가 물었다.

"아니다." 브라운로 씨가 대답했다. "그냥 여기 있는 게 좋겠다."

그때 퉁퉁한 노신사가 굵은 지팡이를 짚으며 방으로 들어왔다. 한 다리를 약간 절었고, 파란 웃옷에 줄무늬 조끼, 담황색 면 반바지, 각반 차림이었는데, 챙이 넓은 하얀 모자는 양옆을 위로 젖혀 안쪽의 초록색이 드러나 보였다. 조끼 밖으로 셔츠의 촘촘한 프릴이 삐져나왔고, 끝에 열쇠가 달린 기다란 쇠 시곗줄이 밑으로 늘어져 달랑거렸다. 하얀 스카프는 양 끝을 뭉쳐 오렌지만하게 묶어놓았고, 갖가지 모양새로 뒤틀리는 얼굴 표정은 뭐라 형언하기 어려웠다. 말할 때는 머리를 한쪽으로 뱅뱅 돌리면서 이리저리 곁눈질하는 습관이 있었는데, 영락없이 앵무새를 연상시켰다. 그는 떡하니 버티고 서서 팔을 쭉 뻗어 오렌지 껍질을 내보이면서 불만이 가득한 목소리로 투덜거렸다.

"이것 좀 보게! 이거 보이나! 어느 집을 가도 계단에서 이 망할 의사의 친구 놈을 번번이 마주치니 참으로 놀랍고 기이한 일 아닌가? 이놈의 오렌지 껍질 때문에 다리를 절게 된 것도 모자라 결국은 세상 하직할 판이네. 아무렴. 오렌지 껍질 때문에 세상 하직할 판이라 이거야. 아니면 내 머리를 먹어버리겠네!"

자기 머리를 먹겠다는 말은 그림위그 씨가 자기 주장을 뒷받침하고 장담할 때마다 덧붙이는 너그러운 제안이었는데, 그의 경우는 참으로 묘한 사례라 하겠다. 과학의 발전에 힘입어 어떤 신사가 자기 주장의 관철을 위해 자기 머리를 먹기로 결단을 내리는 일이 있다손 치더라도, 그림위그 씨의 머리처럼 유달리 거대한 머리는 아무리 기세등등한 사람도 앉은자리에서 단번에 다 먹어치울 엄두를 내기 어려울 것이기 때문이다. 머리에 잔뜩 뿌린 분가루는 논외로 치겠다.

"내 머리를 먹어버리겠어." 그림위그 씨가 지팡이로 바닥을 치며 반복했다. "어라! 이건 또 뭐야!" 그는 올리버를 보고 한두 걸음 물러났다.

"일전에 이야기 나누었던 그 올리버 트위스트라는 아이네." 브라운로 씨가 말했다.

올리버가 고개를 숙여 인사했다.

"설마 열병을 앓았다는 그 아이는 아니겠지?" 그림위그 씨가 더 물러나며 말했다. "잠깐! 아무 말 말게! 가만……." 갑자기 그림위그 씨는 드디어 알아냈다는 승리감에 도취해 열병에 대한 두려움을 떨쳐내며 말을 이었다. "얘가 오렌지를 먹은 게로군! 얘가 오렌지를 까먹고 껍질을 계단에 내던진 게 아니라면, 내 머리만이 아니라 얘 머리까지 먹어주지."

"아니, 아니야. 이 아이는 오렌지를 먹지 않았네." 브라운로 씨가 웃음을 터뜨리며 말했다. "이리 오게! 모자는 내려놓고 내 어린 친구와 이야기 나눠보게."

"이 문제에 관해 다 짚이는 게 있네." 다혈질인 노신사가 장갑을 벗으며 말했다. "여기 거리에는 항상 오렌지 껍질이 있단 말이지. 모퉁이의 외과 병원에서 일하는 사내 녀석이 매번 던져놓는 게 틀림없다 이 말이지. 간밤에도 어떤 젊은 아가씨가 그 조각을 밟고 넘어지면서 우리 집 정원 난간에 부딪쳤지 뭔가. 지켜보자니, 그 아가씨는 일어나서 곧장 그 병원의 터무니없는 빨간 지옥불 등불을 쳐다보더라고. '그자에게 가지 마시오.' 내가 창문 너머로 소리쳤다네. '그자는 살인자요! 함정이란 말이오!' 사실일세. 만약 그게 아니라면." 이 대목에서 성미가 불같은 노신사는 지팡이로 바닥을 대차게 내리쳤는데, 그가 말을 대신해 행동으로 그 제안을 했다는 걸 그의 친구들이라면 알고 있었다. 노신사는 지팡이를 쥔 채 의자에 앉았다. 그러더니 넓적한 까만 리본에 매달린 안경을 펴서 쓰고는 올리버를 살펴보았다. 올리버는 관찰의 대상이 되었음을 의식하고 상기된 얼굴로 다시 고개를 숙여 인사했다.

"얘가 걔란 말이지, 응?" 그림위그 씨가 마침내 말했다.

"얘가 걔 맞다네." 브라운로 씨가 대답했다.

"몸은 좀 어떠니, 얘야?" 그림위그 씨가 말했다.

"많이 좋아졌어요. 감사합니다, 나리." 올리버가 대답했다.

브라운로 씨는 이 별난 친구가 거슬리는 말을 할까 걱정이 됐는지 올리버에게 아래층으로 내려가서 차를 마시러 가겠다는 말을 베드윈 부인에게 전하라 시켰다. 올리버는 방문객의 태도가 어쩐지 불편했던 참이라 기꺼운 마음으로 내려갔다.

"아주 잘생기지 않았나, 응?" 브라운로 씨가 물었다.

"난 모르겠네만." 그림위그 씨가 시큰둥하게 대답했다.

"모르겠다고?"

"응, 모르겠네. 사내 녀석들이 다 그렇지 뭐. 내가 아는 사내아이들은 딱 두 부류뿐일세. 허여멀거니 꺼칠한 녀석, 아니면 불그죽죽 통통한 녀석."

"올리버는 어느 쪽인가?"

"허여멀거니 꺼칠한 녀석. 내 친구의 아들놈은 불그죽죽 통통한 녀석이라네. 잘생겼다고들 하는데, 동그란 머리와 붉은 뺨, 눈이 초롱초롱하지. 지독한 놈일세. 팔다리와 몸통이 입고 있는 파란 옷의 솔기를 뚫고 나올 지경인 데다, 목소리는 수로 안내인저리 가라고, 먹성은 또 늑대 같다네. 얘도 뻔하지! 독종일걸!"

"이보게." 브라운로 씨가 말했다. "그건 어린 올리버 트위스트에게 해당되는 특징이 아니지 않나. 올리버에겐 자네 성미에 거슬릴 만한 점이 없네."

"그렇진 않지." 그림위그 씨가 대답했다. "하지만 더 지독한 놈일지도 모르지."

이 말에 브라운로 씨가 못 참고 헛기침을 하자 그림위그 씨는 격렬한 쾌감을 맛본 것 같았다.

"더 지독한 놈일지도 모른다 이 말이야." 그림위그 씨가 반복했다. "대체 어디서 온 아이인가? 누구란 말인가? 어떤 아이란 말인가? 열병을 앓았다니. 그게 뭐? 선한 사람만 열병에 걸리란 법 있나? 악한 사람도 열병을 앓는다네. 안 그런가, 응? 자메이카에서 주인을 살해해 교수형을 당한 놈을 알지. 그놈은 열병을 여섯 번이나 앓았는데, 그렇다고 그놈에게 자비를 베풀라는 청은 없었단 말일세. 푸하! 어림없지!"

사실은 그림위그 씨도 올리버의 생김새와 태도가 유달리 호감형이라는 걸 흔쾌히 인정할 마음이 저 깊은 가슴 한 켠에 있었지만, 워낙 강한 그의 반골 기질은 오렌지 껍질을 발견한 것 때문에 그날따라 단단히 벼려져 있었다. 그래서 사내아이가 잘생겼는지 아닌지 누구도 자기를 가르칠 수 없다고 내심 결정하고는 친구의 말에 무조건 엇나가기로 처음부터 작심하고 있었다. 브라운로 씨는 어떤 질문에도 명쾌히 해명할 수 없다는 것과 올리버의 과거에 대한 조사도 아이가 그것을 감당할 만큼 건강해질 때까지 미룬 상태임을 인정했다. 그림위그 씨는 짓궂게 킥킥 웃고는 매일 밤 가정부를 시켜 접시의 개수를 세어보라고 농담하듯 권했다. 어느 햇살 좋은 아침에 가정부가 숟가락 한두 개가 없어진 걸 알아채는 일이 없다면 내 머리를 어쩌고 하면서 또 뻔한 얘기를 덧붙였다.

브라운로 씨는 직선적 언행에선 결코 뒤지지 않으나 친구의 개성을 아는 터라 유쾌한 마음으로 받아넘겼고, 그림위그 씨도 차를 마실 때 머핀을 극찬하는 온정을 베풀었기 때문에 분위기는 화기애애하게 흘러갔다. 올리버도 사나운 노신사가 동석한 자리였지만 점점 더 마음 편히 차를 마실 수 있었다.

"올리버 트위스트의 생애와 모험에 대한 진상과 상세한 이야기는 언제 들을 셈인가?" 차를 다 마시고 나서 그림위그 씨가 올리버를 곁눈질하며 그 이야기를 다시 화제에 올렸다.

"내일 아침이 좋겠어." 브라운로 씨가 대답했다. "그때 아이하고 단둘이 있으려 하네. 내일 아침 10시에 내 방으로 올라오렴, 애야."

"네, 나리." 올리버는 뚫어져라 쳐다보는 그림위그 씨의 시선이 당황스러워 조금 머뭇거리며 대답했다.

"내 말 들어보게." 그림위그 씨는 브라운로 씨에게 속삭였다. "저 녀석 내일 아침에 올라오지 않을 거야. 녀석이 머뭇거렸어. 자네를 속이고 있는 거야, 이 친구야."

"맹세컨대 그럴 리 없어." 브라운로 씨가 발끈했다.

"만약 아니라면 내……." 그림위그 씨가 말하며 지팡이로 바닥을 내려쳤다.

"난 저 애가 진실하다는 데 내 목을 걸지!" 브라운로 씨는 탁자를 내려쳤다.

"난 저 애가 사기 치고 있다는 데 내 머리를 걸지!" 그림위그 씨도 탁자를 내려쳤다.

"두고 보자고." 브라운로 씨는 치미는 분노를 억누르며 말했다.

"좋아." 그림위그 씨는 도발적인 미소를 지으며 대답했다. "두고 보자고."

운명의 장난인지 마침 그 순간에 베드윈 부인이 작은 책 꾸러미를 가져왔다. 그날 아침 브라운로 씨가 이미 이 이야기에 등장한 바 있는 책방 주인에게 주문한 책이었다. 베드윈 부인은 꾸러미를 탁자에 내려놓고는 나가려고 돌아섰다.

"책방 아이 좀 붙잡아 둬요, 베드윈 부인!" 브라운로 씨가 말했다. "돌려보낼 게 있으니까."

"벌써 갔는데요, 나리." 베드윈 부인이 대답했다.

"불러 세워요." 브라운로 씨가 말했다. "소소한 일이오. 책방 주인은 가난한 사람인데 책값을 못 받았으니 말이오. 반납할 책들도 조금 있고."

현관문이 열렸다. 올리버는 이쪽으로, 하녀는 저쪽으로 달려갔다. 베드윈 부인은 층계에서 책방 아이를 소리쳐 불렀다. 하지만 책방 아이는 보이지 않았다. 올리버와 하녀는 숨을 몰아쉬며 돌아와 찾지 못했다고 고했다.

"그것참, 곤란하게 됐군." 브라운로 씨가 탄식했다. "이 책들은 오늘 밤까지 꼭 반납하고 싶었는데."

"올리버를 시켜 보내지 그러나." 그림위그 씨가 비꼬는 미소를 지으며 말했다. "저 애라면 분명 안전하게 전달할 텐데."

"네, 괜찮으시다면 저를 시켜주세요." 올리버가 말했다. "단숨에 달려갈게요, 나리."

노신사는 올리버에게 어떤 경우든 외출하지 말라고 말하려다가 그림위그 씨의 심술 사나운 헛기침 소리를 듣고 마음을 바꾸었다. 즉시 올리버를 심부름 보내 이 의심만큼은 벗겨주고 싶었기 때문이다.

"네가 다녀오너라." 노신사가 말했다. "책은 내 서재 탁자 옆 의자 위에 있다. 가지고 내려오렴."

올리버는 보탬이 된다는 것이 신이 나서 책들을 겨드랑이 밑에 끼고 요란스럽게 내려와 모자를 손에 쥐고 함께 가져갈 전갈을 기다렸다.

"이렇게 전하렴." 브라운로 씨는 그림위그 씨를 자꾸 흘끔거리면서 말했다. "책들을 반납하러 왔고, 미지불한 4파운드 10실링을 내러 왔다고 하거라. 여기 5파운드짜리 지폐 있다. 거스름돈 10실링을 받아 오렴."

"10분 내로 다녀올게요, 나리." 올리버는 씩씩하게 대답했다. 아이는 주머니에 지폐를 넣어둔 웃옷 단추를 채운 뒤 겨드랑이에 책들을 조심스레 끼고는 공손히 고개를 숙이고 나서 방을 나갔다. 베드윈 부인이 현관까지 따라 나와 가장 가까운 지름길이며 책방 주인의 이름, 책방이 위치한 거리의 이름을 일러주었고, 올리버는 전부 분명히 알아들었다고 말했다. 노부인은 추가로 이것저것 당부하면서 감기 안 걸리게 주의하라는 말까지 하고 나서야 올리버를 보내주었다.

"어쩜 저리 착한 얼굴이 다 있을까!" 노부인은 올리버의 뒷모습을 바라보며 말했다. "아이가 내 눈앞에서 사라지는 걸 차마 볼 수가 없네."

그 순간 올리버가 명랑하게 돌아보더니 고개를 이쪽으로 끄덕였다. 모퉁이를 돌기 직전이었다. 노부인은 미소로 아이의 인사에 화답하고는 문을 닫고 자기 방으로 돌아갔다.

"어디 보자. 늦어도 20분 후면 돌아올 테지." 브라운로 씨는 시계를 꺼내 탁자에 놓았다. "그때쯤엔 날이 저물었겠군."

"하! 정말 그 애가 돌아올 거라 기대하는군, 응?" 그림위그 씨가 물었다.

"자넨 아니고?" 브라운로 씨는 웃는 얼굴로 물었다.

그 순간 그림위그 씨의 반골 기질이 다시금 가슴속에서 격렬히 꿈틀댔고, 친구의 자신만만한 미소에 자극을 받아 더욱 요동쳤다.

"아니고말고." 그는 주먹으로 탁자를 내려쳤다. "나는 기대 안 하네. 그 녀석은 등엔 새 옷을 걸쳤고 겨드랑이엔 귀한 책들을 꼈다네. 주머니엔 5파운드 지폐가 들어 있지. 녀석은 옛 친구들, 그 도둑놈들에게 돌아가 자네를 비웃어댈 걸세. 녀석이 이 집으로 돌아온다면, 내 머리를 먹어버리겠네."

이 말과 함께 그는 의자를 탁자로 더 바짝 끌어당겼다. 그렇게 두 친구는 시계를 중간에 두고 앉아 잠자코 기다렸다.

여기서 한 가지 짚고 넘어갈 것은, 앞서 보았듯이 우리는 자신의 판단과 자존심에 큰 의미를 부여한 나머지 경솔하고 성급한 결론을 내린다는 사실이다. 마찬가지로 그림위그 씨는 결코 악인이 아니며 또한 경애하는 친구가 기만당하고 속는 것을 본다면 진정으로 애석해할 사람이었음에도 그 순간만큼은 진심으로 올리버가 돌아오지 않기를 온 마음으로 열렬히 소망했다.

날이 저물어 시계판의 숫자들이 거의 보이지 않았지만 두 노신사는 여전히 시계를 사이에 두고 말없이 앉아 기다렸다.

15장

유쾌한 유대인 영감과 낸시 양이
얼마나 올리버를 좋아하는지 다룬다

리틀 새프런 힐 인근의 가장 불결한 곳에 싸구려 펍이 하나 있었다. 그곳의 어둑한 객실에, 겨울에는 너울대는 가스등 불빛이 종일 타오르고 여름에도 햇빛 한 점 들지 않는 그 컴컴하고 음산한 소굴에 한 남자가 술 냄새 풀풀 나는 작은 양철 술병과 작은 유리잔을 앞에 두고 골똘히 생각에 잠겨 있었다. 불빛은 침침했지만 노련한 경찰 첩자라면 벨벳 웃옷과 담황색 양모 반바지, 반장화와 긴 양말 차림의 그 남자가 윌리엄 사이크스 씨라는 걸 단번에 알아보았을 것이다. 남자의 발치에는 털이 하얗고 눈이 빨간 개가 앉아 있었는데, 두 눈을 깜빡이며 제 주인을 흘끔흘끔 쳐다보랴, 최근 다퉈 생긴 것으로 보이는 주둥이 한쪽의 큰 상처를 핥으랴 분주했다.

"조용히 해, 이 버러지야! 조용히 하라고!" 별안간 사이크스 씨가 침묵을 깼다. 고민이 너무 큰 나머지 개가 눈을 깜빡이는 소리조차 거슬린 것인지, 아니면 어떤 생각 때문에 기분이 심히 상해 애꿎은 짐승이라도 걷어차서 화를 풀어야 했는지는 논쟁과 숙고가 필요한 문제다. 원인이 무엇이든 결과는 발길질과 욕설이 동시에 개를 덮쳤다는 것이다.

주인에게 얻어맞아도 앙갚음하지 않는 것이 일반적인 개들의 성향일진데, 사이크스 씨의 개는 주인을 닮아 성질이 불같은 데다 가뜩이나 상처가 나 속상하던 차에 왈칵 성질이 나 주저하지 않고 주인의 반장화에 이빨을 콱 박아버렸다. 그리고 반장화를 한바탕 세차게 흔들어대고는 으르렁거리며 장의자 밑으로 달아났는데, 그 와중에 사이크스 씨가 머리를 향해 던진 양철 술병을 아슬아슬 피하기도 했다.

"어쭈, 이게?" 사이크스는 한 손에 부지깽이를 들고 다른 손으로는 주머니에서 꺼낸 큰 주머니칼을 서서히 펴면서 말했다. "이리 와라, 악마 놈아! 이리 와! 안 들려?"

분명 듣고도 남았다. 사이크스 씨의 목소리가 보통 냉혹한 게 아니었기 때문이다. 하지만 개는 목이 잘리는 것에 대해 격한 반감을 품고 그 자리에서 더 맹렬히 으르렁거렸다. 그러다 부지깽이 끝을 콱 물고는 야수처럼 물어뜯었다.

사이크스 씨는 개의 반항에 더욱 격분해 무릎을 구부리고 앉아 맹렬히 개를 괴롭히기 시작했다. 개는 오른쪽에서 왼쪽으로,

왼쪽에서 오른쪽으로 펄쩍펄쩍 뛰면서 물고 으르렁거리고 짖어 댔고, 남자는 찌르고 욕하고 갈기고 불경한 발언을 해댔다. 싸움이 쌍방 모두에게 위태로운 지경에 다다랐을 때, 별안간 문이 벌컥 열렸다. 개는 열린 문 사이로 달아났고, 빌 사이크스는 부지깽이와 주머니칼을 들고 덩그러니 남겨졌다.

속담에도 있듯이 싸움이 되려면 상대가 있어야 한다. 개의 역할이 아쉬워진 사이크스 씨는 개가 맡았던 상대 역할을 막 들어온 사람에게 즉시 넘겼다.

"나랑 내 개 문제인데 대체 왜 끼어드는 거야?" 사이크스가 사나운 몸짓을 취하며 말했다.

"난 몰랐네, 몰랐어." 페이긴이 굽신대며 대답했다. 들어온 사람은 유대인 영감이었다.

"몰랐다고, 이 겁쟁이 도둑아?" 사이크스가 으르렁댔다. "그 소란을 떨었는데 못 들었다고?"

"못 들었어, 난 귀신이 아닐세, 빌." 유대인이 대답했다.

"그것참! 아무 소리도 못 들었대." 사이크스는 노골적으로 조롱했다. "그렇게 살그머니 다니니까 아무도 당신이 오는지 가는지 모르는 거 아냐! 당신이 방금 전 내 개가 아닌 게 참 아쉽군, 페이긴."

"왜지?" 유대인이 미소를 억지로 끌어내며 물었다.

"왜냐하면 이 나라는 배포가 똥개만큼도 못한 당신 같은 인간의 생명은 신경 쓰지만, 개는 죽임을 당하든 말든 상관하지 않거든." 사이크스는 대단히 의미심장한 표정을 지으면서 칼을 접었다. "그게 이유야."

유대인은 양손을 비비고 나서 탁자 앞에 앉아 친구의 농담에 웃음을 짜냈지만 불쾌한 기색이 역력했다.

"웃음이 나오나 보네." 사이크스는 부지깽이를 제자리에 놓고 경멸에 찬 시선을 유대인에게 던졌다. "웃음이 나오나 봐. 어디 영감이 날 비웃을 주제인가. 꿈속이라면 모를까. 내가 영감 머리 꼭대기에 있어, 페이긴. 빌어먹을, 그건 절대 변하지 않아. 이봐! 내가 가면 영감도 가는 거야. 그러니 알아서 잘 모셔."

"그래그래." 유대인이 말했다. "다 알고 있네. 우리는…… 우리는…… 서로 이익을 공유하는 관계지, 빌. 이익을 공유하는 관계."

"쳇." 사이크스는 그 이익이 자신보다는 유대인한테 더 많이 간다고 생각하는 듯 대꾸했다. "그래, 내게 할 말이 뭐야?"

"모두 세탁해서 안전하게 처리했네." 페이긴이 대답했다. "이건 자네 몫이야. 응당한 금액보다 더 후하게 쳤어. 자네가 언젠가는 그만한 몫을 하겠지. 그리고—"

"쓸데없는 소리 집어치워." 강도가 조급한 마음에 끼어들었다. "어디 있어? 이리 내놓기나 해!"

"알았네, 알았어, 빌. 잠깐만. 잠깐 있어봐." 유대인은 달래듯 대답했다. "여기 있네! 모두 무사해!"

그는 가슴에서 낡은 면 손수건을 꺼냈다! 그리고 한쪽 끝의 큰 매듭을 풀고 나서 갈색 종이로 싼 작은 꾸러미를 꺼냈다. 사이크스는 그것을 영감에게서 낚아채 서둘러 푼 다음 안에 든 금화를 세어나갔다.

"이게 전부야?" 사이크스가 물었다.

"전부야." 유대인이 대답했다.

"도중에 꾸러미를 풀고 한두 개 꿀꺽한 건 아니겠지, 응?" 사이크스가 의심스럽게 물었다. "억울하다는 얼굴 좀 하지 마. 그런 적 많잖아. 방울이나 당겨."

쉽게 말해 종을 울리라는 말이었다. 종을 울리자 다른 유대인이 들어왔는데, 페이긴보다 나이는 젊지만 비위가 상하고 혐오스러운 외모로 치자면 페이긴 못지않았다.

빌 사이크스는 그냥 빈 술병만 가리켰고, 유대인은 단번에 알아듣고 술병을 채우러 물러갔다. 그는 나가기 전 페이긴과 서로만 알게 눈짓을 주고받았는데, 페이긴은 이것을 예상한 듯 잠깐 시선을 들어 관찰력이 좋은 제삼자도 알아채기 어려울 만큼 아주 미세하게 고개를 살짝 흔들어 응답했다. 더구나 사이크스는 몸을 숙여 개가 찢어놓은 장화 끈을 묶느라 더더욱 눈치채지 못했는데, 만약 두 사람이 신호를 주고받는 걸 보았다면 불길한 조짐을 느꼈을지도 모른다.

"누가 왔나, 바니?" 이제는 사이크스가 주시하고 있었기 때문에 페이긴은 바닥을 계속 내려다보며 물었다.

"아무도 없써요." 바니가 대답했다. 그는 진담이든 아니든 늘 콧소리를 냈다.

"아무도 없어?" 페이긴이 놀란 투로 물었다. 사실대로 말해도 괜찮다는 뜻인 듯했다.

"냉시 양 말곤 업써요." 바니가 대답했다.

"낸시!" 사이크스가 외쳤다. "어디 있어? 내가 그 여자의 천부적 재주에 존경을 표하지 않거들랑 내 눈을 멀게 해도 좋아."

"빠에서 살믄 쇠고기 먹고 이써요." 바니가 대답했다.

"이리 들여보내." 사이크스가 잔에 술을 따르며 말했다. "이리 들여보내."

바니는 허락을 구하듯 소심하게 페이긴을 쳐다보았다. 유대인 영감은 바닥만 바라보며 잠자코 있었고, 바니는 물러갔다가 곧 돌아와 낸시를 들여보냈다. 낸시는 보닛과 앞치마, 바구니, 현관문 열쇠를 갖춘 완벽한 차림새였다.

"냄새 맡았구나, 그치, 낸시?" 사이크스가 술잔을 건네며 물었다.

"맞아, 빌." 아가씨가 술잔을 비우며 대답했다. "지겨워 죽는 줄 알았네. 그 애새끼가 병이 나서 내내 집 안에만 틀어박혀 있지 뭐야. 그런데—"

"아, 낸시!" 페이긴이 고개를 들며 말했다.

유대인은 붉은 눈썹을 팍 찌푸리면서 움푹 꺼진 두 눈을 반쯤 감았다. 그것이 낸시 양에게 너무 말이 많다고 경고하는 신호였는지 아닌지는 그다지 중요한 문제가 아니다. 다만, 우리가 주목해야 할 사실은 낸시 양이 별안간 말을 뚝 멈추고 사이크스 씨에게 생글생글 웃더니 다른 이야기로 말머리를 돌렸다는 점이다. 10분쯤 후 페이긴 씨가 별안간 기침 발작을 일으키자 낸시는 숄을 어깨 위로 올리며 그만 가보겠다고 말했다. 사이크스 씨는 가는 길이 낸시와 조금 겹치니 같이 가주겠다는 의향을 비쳤다. 그래서 두 사람은 함께 길을 나섰고, 얼마 후 사이크스 씨의 개가 주인이 사라지자마자 뒷마당에서 슬며시 기어 나와 약간의 거리를 두며 그들을 뒤쫓았다.

사이크스가 나가자 유대인은 방문 바깥으로 머리를 내밀고 어두운 길을 걸어가는 사이크스의 뒷모습을 내다보다가 불끈 쥔 주먹을 흔들어대며 심한 욕지거리를 내뱉었다. 그러고는 음흉하게 웃는 얼굴로 탁자 앞에 다시 앉았고, 이내 〈휴 앤드 크라이〉[20]의 흥미진진한 내용에 깊이 몰두했다.

한편, 올리버 트위스트는 유쾌한 노신사가 엎어지면 코 닿을 거리에 있다는 것을 까맣게 모른 채 책방을 향해 나아갔다. 클러큰웰에 접어들었을 때 아이는 원래 방향에서 약간 벗어난 샛길에 접어들었다. 그 길을 반쯤 걸어가고 나서야 길을 잘못 들었다는 걸 깨달았지만 어차피 방향은 맞으니 돌아가지 않기로 하고 겨드랑이에 책을 낀 채 걸음을 최대한 빨리 놀려 계속 나아갔다.

그렇게 걸어가자니 행복감과 만족감이 밀려왔다. 지금도 굶주림과 매질에 서럽게 울고 있을지 모르는 불쌍한 꼬마 딕을 한 번

---

20   발생한 범죄와 수배자를 게재하던 격주간 런던 경찰 신문.

만 볼 수 있다면 뭐든 하겠다는 생각이 들었을 때, 어떤 젊은 여자가 내지르는 고함 소리에 올리버는 깜짝 놀랐다. "어머, 내 동생!" 아이는 무슨 일인가 보려고 고개를 들려다가 두 팔이 와락 목을 휘감는 바람에 그대로 붙들리고 말았다.

"이러지 마요." 올리버가 몸부림치며 외쳤다. "놓아줘요. 누구예요? 왜 날 붙잡는 거예요?"

이에 대한 대답으로 돌아온 것은 오직 아이를 껴안은 젊은 여자가 큰 소리로 내뱉는 무수한 한탄뿐이었다. 여자는 한 손에 작은 바구니와 현관문 열쇠를 들고 있었다.

"어머, 세상에!" 젊은 여자가 말했다. "애를 찾았네! 아! 올리버! 올리버! 이 못된 녀석, 이리 사람 속을 태우다니! 집에 가자, 어서 가. 아, 애를 찾았어. 하느님, 감사합니다, 애를 찾았어!" 젊은 여자는 두서없이 탄식을 쏟아내다가 또다시 한바탕 울음을 터뜨렸다. 그러고는 심하게 히스테리 발작을 일으키는 바람에 마침 다가온 두 여자는 옆에서 같이 구경하던 푸줏간 집 어린 아들에게 얼른 뛰어가서 의사를 불러오는 게 낫지 않겠냐고 물었다. 소기름을 발라 머리가 반질반질한 데다 천성이 게으른 것은 아니나 느긋한 성품으로 보이는 푸줏간 집 아이는 그럴 필요는 없겠다고 대꾸했다.

"어머, 아니, 아니, 괜찮아요." 젊은 여자가 올리버의 손을 움켜잡으며 말했다. "이제 괜찮아졌어요. 당장 집에 가자, 이 못돼먹은 녀석! 가자!"

"무슨 일이에요, 아가씨?" 두 여자 중 하나가 물었다.

"아, 부인." 젊은 여자가 대답했다. "얘가 한 달 전쯤 근면하고 점잖으신 부모님을 두고 가출했지 뭐예요. 그러고는 도적과 무뢰배 패거리랑 어울리는 통에 우리 어머니 속이 문드러졌답니다."

"몹쓸 녀석!" 한 여자가 말했다.

"집에 가, 얼른, 요 망나니 녀석." 다른 여자가 말했다.

"아니에요." 올리버는 펄쩍 뛰며 대답했다. "난 이 사람 누군지 몰라요. 누나도, 아버지도, 어머니도 없다고요. 난 고아예요. 그리고 펜턴빌에 살아요."

"얘 말하는 것 좀 봐, 당돌하기가 짝이 없네!" 젊은 여자가 외쳤다.

"아니, 낸시잖아!" 올리버는 그제야 여자의 얼굴을 보고 기겁을 하면서 물러섰다.

"얘가 날 알아보네요!" 낸시는 구경꾼들에게 호소했다. "저도 어쩔 수 없겠죠. 이 녀석이 집에 가게 좀 도와주세요, 선량하신 여러분. 아님 얘 때문에 우리 어머니 아버지도, 나도 얘가 타 죽고 말 거예요!"

"이게 다 무슨 난리야?" 한 사내가 맥줏집에서 뛰어나오며 말했다. 흰 개가 남자를 바짝 뒤쫓았다. "꼬마 올리버! 네 불쌍한 어머니에게 돌아가, 이 발칙한 놈! 냉큼 집으로 가!"

"난 모르는 사람들이에요. 이 사람들 모른다고요. 도와줘요!

도와줘요!" 올리버는 사내의 억센 손아귀에 붙잡혀 몸부림쳤다.

"도와달라고!" 남자가 따라 했다. "그래, 내가 도와주마, 이 애물단지야! 이 책들은 또 뭐냐? 훔쳤군, 그렇지? 이리 내." 남자는 올리버에게서 그 책들을 빼앗고는 아이의 머리를 때렸다.

"잘했소!" 다락방 창문으로 내다보던 구경꾼이 소리쳤다. "그런 놈은 매가 약이지, 암!"

"아무렴!" 졸린 얼굴을 한 어떤 목수가 다락방 창문 안에서 거들었다.

"맞아도 싸지!" 두 여자가 말했다.

"이것도 먹어라!" 남자는 한 번 더 주먹질을 하고는 올리버의 멱살을 움켜잡았다. "가자, 이 꼬마 도둑아! 불스아이, 이놈 잘 지켜! 잘 지켜!"

얼마 전 병을 앓아 몸이 허약해진 데다 주먹질과 습격에 정신이 나가버린 불쌍한 아이가 사납게 으르렁거리는 개와 사내의 포악함에 덜컥 겁은 나지, 인정머리 없는 악동이라는 구경꾼들의 비난에 주눅이 든 상황에서 혼자 무얼 어찌하겠나! 날은 이미 저물었고, 험한 동네였으며, 도와줄 사람 하나 없었다. 저항해야 아무 소용 없었다. 소년은 미로처럼 펼쳐진 어둡고 비좁은 마당들속으로 끌려갔다. 끌려가면서 용기를 내 도와달라 몇 번 소리쳤지만 워낙 빠르게 끌려가다 보니 누구도 아이의 말을 알아듣지못했다. 알아듣고 아니고는 그다지 중요하지 않았다. 알아들었다고 해도 어차피 관여할 사람이 없었기 때문이다.

*

　거리의 가스등에 불이 들어왔다. 베드윈 부인은 걱정이 돼 열린 문간에서 기다렸고, 하인은 올리버의 모습이 보이는지 스무 번이나 길 위아래로 뛰어가 보았다. 그리고 두 노신사는 어두워진 거실에서 시계를 사이에 두고 끈기 있게 앉아 있었다.

16장

올리버가 낸시에게 잡혀간 뒤
일어난 일

마침내 비좁은 사잇길과 마당이 끝나고 널찍한 공터가 나왔다. 가축우리를 비롯해 그곳이 가축 시장임을 나타내는 여러 흔적들이 여기저기 널려 있었다. 사이크스가 걸음을 늦췄다. 내내 잰걸음으로 걸어왔는데 낸시가 더는 그 속도를 유지하기 힘들었기 때문이다. 사이크스는 올리버를 돌아보며 낸시의 손을 잡으라고 퉁명스럽게 지시했다.

"내 말 안 들려?" 사이크스가 멈칫하며 두리번거리는 올리버를 윽박질렀다.

그들은 사람들이 다니는 길에서 상당히 벗어난 어두운 구석에 와 있었다. 올리버는 반항해야 아무 소용이 없다는 너무나 자명한 생각이 들어 손을 내밀었고, 낸시는 소년의 손을 단단히 쥐었다.

"다른 손은 날 잡아." 사이크스는 올리버의 다른 손을 움켜잡았다. "어이, 불스아이!"

개가 위를 올려다보며 으르렁거렸다.

"여기를 봐!" 사이크스는 다른 손을 올리버의 목에 대더니 말했다. "이놈이 한마디라도 나불거리면 여길 물어버려! 명심해!"

개는 다시 으르렁거리더니 당장이라도 소년의 목에 덤벼들고 싶어 안달이 난 듯 입맛을 쩝쩝 다시며 올리버를 응시했다.

"고 녀석 참, 기독교도처럼 열렬하군. 아니라면 내 눈을 멀게 해도 좋아!" 사이크스는 음흉하고 포악하게 개를 두둔하며 바라보았다. "이제 주제 파악이 좀 되시나, 도련님. 어디 한번 소리쳐 봐, 개가 즉시 게임을 끝내줄 테니. 그렇게 해줘, 우리 강아지!"

불스아이는 사이크스가 웬일로 살갑게 던진 말에 꼬리를 흔들어 답한 뒤 올리버에게 한바탕 경고성 으름장을 놓고는 앞장서서 걸어갔다.

그들은 스미스필드를 가로질렀다. 스미스필드가 아니라 그로브너 스퀘어였다 해도 올리버에겐 마찬가지였을 것이다.[21] 어차피 두 곳 모두 모르는 곳이었기 때문이다. 안개가 짙은 어두운 밤이었다. 짙은 안개 너머로 가게의 불빛들이 희미하게 아른거렸

21   스미스필드는 19세기 중반까지 가축 시장과 고기 시장이 열리는 곳이었고 남쪽 인근에 자리한 뉴게이트 감옥 등 예로부터 공개 처형 장소로 유명한 반면, 그로브너 스퀘어는 템스 강 북부에 자리한 귀족들의 고급 주택가였다.

다. 안개가 시시각각 짙어지면서 길거리와 집들을 스산하게 뒤
덮자 올리버의 눈에 그렇지 않아도 생소한 곳들이 더욱 낯설게
비쳤고, 아이의 심란한 마음은 더 음침하고 우울한 빛을 띠었다.

그들이 황급히 몇 걸음 떼었을 때 은은한 교회 종소리가 시간
을 알리기 시작했다. 첫 종소리가 울리자마자 두 길잡이는 걸음
을 멈추고 종소리가 울리는 방향으로 고개를 돌렸다.

"8시야, 빌." 종소리가 그쳤을 때 낸시가 말했다.

"말하지 않아도 알아. 나 귀 안 먹었어!" 사이크스가 대꾸했다.

"그들도 저 소리가 들릴까 궁금해서." 낸시가 말했다.

"들리지 안 들리겠냐." 사이크스가 대답했다. "내가 빵에 간 게
성 바르톨로메오 축제 기간[22]이었어. 빽빽대는 구걸 트럼펫 소
리까지 안 들리는 소리가 없더라고. 밤에 감방 안에 갇혀 있으면
밖에서 와자지껄 웅성대는 소리가 고요한 감옥 안을 어찌나 쩌
렁쩌렁 울려대는지 머리를 철창에 콱 들이박고 죽고 싶었지."

"불쌍한 사내들!" 낸시는 종소리가 난 방향으로 계속 고개를
향하고 말했다. "아, 빌, 그들만큼 멋진 사내들이 또 있을까!"

"어련하실까, 여자들은 꼭 그런 생각만 하지." 사이크스가 대
꾸했다. "멋진 사내들이래! 어차피 죽을 목숨인데 그게 뭐 대수
라고."

이런 말로 위안을 삼으면서 사이크스는 질투심을 애써 누르

---

22 매년 9월 3일부터 나흘간 스미스필드에서 옷감을 비롯해 각종 상품이 거래되고 각종
   공연이 열렸던 거리 축제.

는 것 같더니 올리버의 손목을 더 단단히 움켜쥐고는 어서 가자고 다그쳤다.

"잠깐!" 여자가 말했다. "다음 8시 종이 울릴 때 끌려 나와 목매달릴 사람이 당신이라면, 빌, 나는 그냥 지나치지 않을 거야. 나라면 쓰러질 때까지 그곳을 돌고 또 돌 거야, 땅에 눈이 쌓이고 몸을 감쌀 숄이 없어도 말이야."

"그런다고 뭐가 달라져?" 감정이 메마른 사이크스가 물었다. "줄칼이랑 20미터짜리 튼튼한 밧줄이라도 던져주면 모를까, 80킬로미터 밖에서 걸어 다니든 말든 나한텐 아무 소용도 없다 이 말이야. 그만 가자, 거기 서서 설교나 하지 말고."

여자는 한 번 웃음을 터뜨리고는 숄을 단단히 여민 뒤 그들과 걸어갔다. 하지만 올리버는 여자의 손이 떨리는 것을 느꼈고 가스등을 지날 때 올려다보니 얼굴은 죽은 사람처럼 창백했다.

그들은 인적이 드문 더러운 길을 꼬박 30분쯤 걸었다. 어쩌다 마주치는 사람도 차림새로 보아 사회적 위치가 사이크스 씨와 별반 달라 보이지 않았다. 마침내 그들은 헌 옷 가게들이 즐비한 몹시 지저분하고 협소한 거리로 들어섰다. 개가 더는 보초를 서지 않아도 된다고 판단했는지 앞으로 달려가 아무도 살지 않는 폐업한 어느 가게 문 앞에 멈춰 섰다. 폐허나 다름없는 집이었는데 문에 세놓는다는 팻말이 못으로 박혀 있었지만 팻말이 걸린 지 여러 해가 지난 듯 보였다.

"다 왔네." 사이크스가 조심스레 두리번거리며 외쳤다.

낸시가 덧문 아래로 몸을 숙였고, 올리버는 종이 울리는 소리를 들었다. 그들은 길 반대편으로 건너가 몇 분간 가로등 밑에 서 있었다. 오르내리창이 살그머니 올라가는 소리가 난 뒤 곧바로 문이 빠끔 열렸다. 사이크스가 겁먹은 올리버의 멱살을 다짜고짜 잡고 나서 어느새 세 사람은 집 안에 들어와 있었다.

복도는 칠흑처럼 어두웠다. 문을 연 사람이 문에 사슬을 걸고 빗장을 채우는 동안 그들은 기다렸다.

"온 사람 있나?" 사이크스가 물었다.

"아뇨." 목소리가 대답했다. 올리버가 전에 들어본 목소리였다.

"영감은 있고?" 강도가 물었다.

"네." 목소리가 대답했다. "코가 잔뜩 빠졌어요. 영감이 아저씨를 보면 반가워하려나? 아니, 아닐걸!"

목소리만이 아니라 말투 역시 올리버의 귀에 익은 사람이었지만, 어둠 속이라 말하는 사람의 형체는 구분할 수는 없었다.

"거참 불 좀 켜." 사이크스가 말했다. "이러다 목이 부러지든가 개를 밟든가 하겠네. 개 밟으면 다리 조심해!"

"잠깐 서 있어요. 불 가져올게요." 목소리가 대답했다. 목소리의 소유자가 물러가는 발소리가 들리고 얼마 뒤 도킨스 군, 즉 꾀돌이 양생이가 모습을 드러냈다. 오른손에는 끝이 오목한 막대에 끼워진 수지 양초를 들고 있었다.

어린 신사는 올리버를 알아보고도 우스꽝스럽게 싱긋 웃었을 뿐 말을 걸지는 않았고, 돌아서서 방문자들에게 자기를 따라 계단을 내려오라고 손짓했다. 그들은 텅 빈 부엌을 지난 뒤 좁은 뒷마당에 지었는지 흙내가 나는 야트막한 방에 도달했다. 방문을 열자 안에서 와락 웃음소리가 터져 나왔다.

"이게 누구야, 이게 누구야!" 웃음소리의 주인공 찰리 베이츠 군이 외쳤다. "걔가 왔어요! 와, 웬일, 걔가 왔어! 와하, 페이긴, 쟤 좀 봐요! 페이긴, 쟤 좀 보라니까요! 아이고, 나 죽네. 너무 웃겨. 아이고, 나 죽네. 나 웃는 동안 누가 나 좀 붙잡아 줘."

베이츠 군은 웃음보를 와락 터뜨리며 바닥에 쓰러져 익살과 재미의 황홀경에 취해 5분간 발길질을 해댔다. 그러다 벌떡 일어나 얌생이에게서 끝이 오목한 막대를 빼앗은 뒤 올리버에게 다가가 빙글빙글 돌면서 올리버를 살펴보았고, 유대인은 수면 모자를 벗고는 당황한 올리버에게 몸을 낮춰 수없이 인사를 해댔다. 그러는 동안 본디 무뚝뚝하고 업무에 지장을 준다면 재미 따위는 안중에 없는 꾀돌이 얌생이는 차근차근 부지런히 올리버의 주머니를 수색했다.

"얘 옷 좀 봐요, 페이긴!" 찰리가 올리버의 새 재킷에 촛불을 불이 옮겨 붙을락 말락 하게 바짝 대며 말했다. "얘 옷 좀 봐! 엄청 고급 옷감에 최신 유행 재단이네! 와, 볼만한데! 책들도 그렇고! 신사분이 행차했네요, 페이긴!"

"이리 잘 차려입은 널 보니 기쁘구나, 얘야." 유대인은 정중히 고개를 숙이며 말했다. "얌생이가 다른 옷을 줄 게다. 그 외출복은 망치면 안 되잖니. 왜 편지로 온다는 걸 미리 알려주지 않았니? 따뜻한 저녁밥이라도 차려놨을 텐데."

이 말에 베이츠 군은 다시 너털웃음을 터뜨렸다. 그 웃음소리가 하도 요란해서 페이긴은 공세를 멈추었고 얌생이도 씩 미소를 지었다. 하지만 마침 그때 얌생이가 올리버의 주머니에서 5파운드 지폐를 꺼낸 참이라 얌생이를 웃음판으로 끌어낸 것이 농담인지 아니면 지폐인지는 애매했다.

"어라! 그건 뭐야?" 유대인이 지폐를 압수했을 때 사이크스가 나서며 물었다. "그거 내 거야, 페이긴."

"아니, 아니, 그건 아니지." 유대인이 말했다. "내 거야, 빌, 내 거라고. 자네는 책을 가져."

"그게 내 것이 아니라면!" 빌 사이크스는 단호한 동작으로 모자를 쓰면서 말했다. "나와 낸시의 것이 아니라면 이 아이를 다시 데려다주지."

유대인이 흠칫 놀랐다. 올리버도 전혀 다른 이유로 흠칫 놀랐는데, 이 다툼이 자신을 도로 데려다주는 것으로 끝날지 모른다는 희망이 생겼기 때문이다.

"얼른! 내놔!" 사이크스가 말했다.

"이건 공평하지 않아, 빌. 공평하지 않다고, 안 그래, 낸시?" 유대인이 물었다.

"공평하든 아니든." 사이크스가 쏘아붙였다. "내놓으란 말이야! 낸시와 내가 할 일이 없어서 귀중한 시간을 들여 당신 때문에 잡혀간 아이를 매번 수색하고 납치해 온 줄 알아? 이리 내, 탐욕스러운 해골 영감아. 이리 내!"

사이크스 씨는 이렇게 점잖게 항의를 하면서 유대인의 검지와 다른 손가락 사이에서 지폐를 낚아채고는 영감의 얼굴을 냉정하게 쏘아보면서 지폐를 작게 접어 스카프에 넣고 묶었다.

"이건 우리가 고생한 몫이야." 사이크스가 말했다. "성에 차지는 않지만 말이야. 독서를 좋아한다면 책은 당신이 가져. 싫음 팔든가."

"아주 훌륭해!" 찰리 베이츠가 여러 모양새로 인상을 써가면서 문제의 책 한 권을 읽는 시늉을 하며 말했다. "멋진 글이야, 그치, 올리버?" 재치가 흘러넘치는 베이츠 군은 경악하는 얼굴로 괴롭히는 자들을 쳐다보는 올리버를 보고 종전보다 더 활기찬 황홀경에 재차 빠져들었다.

"그건 노신사 어르신 거예요." 올리버는 양손을 부여잡고 말했다. "열이 나서 죽어가는 나를 집으로 데려가서 보살펴 주신 선량하고 친절하신 노신사 거라고요. 아, 부디 돌려주세요. 책과 돈을 그 어르신께 돌려주세요. 난 여기 평생 가둬두어도 좋지만, 부디, 부디 그것들은 돌려주세요. 그분은 내가 그것들을 훔쳤다고 생각할 거예요. 노부인도 그렇고, 내게 친절을 베푸신 모든 사람들이 내가 훔쳤다고 생각할 거예요. 아, 부디 자비를 베푸셔서 그것들은 돌려주세요!"

올리버는 비통하고 간절한 심정으로 애원하면서 유대인의 발밑에 무릎을 꿇고는 필사적으로 양손을 휘저으며 사정했다.

"맞는 말이야." 페이긴은 슬며시 주위를 돌아본 뒤 짙은 양 눈썹이 붙도록 눈살을 찌푸리며 말했다. "네 말이 맞아, 올리버, 네 말이 맞아. 그들은 네가 그걸 훔쳤다고 생각할 거야. 하! 하!" 유대인은 양손을 비비며 큭큭 웃었다. "일부러 꾸몄다고 해도 이보다 일이 잘 풀리진 않았을 거야!"

"두말하면 잔소리지." 사이크스가 대답했다. "이놈이 겨드랑이에 책을 끼고 클러큰웰에서 오는 걸 보자마자 딱 감이 오더라고. 아주 잘 풀렸어. 그 말랑말랑한 찬송가쟁이들. 그런 사람들이 아니었으면 애초에 애를 데려가지도 않았겠지. 애를 찾지도 않을걸, 행여 불가피하게 애를 고소해야 해서 애가 감옥에 갈까 봐. 이제 이 아이는 안전해."

올리버는 이런 말들이 오가는 동안 당황한 데다 영문을 모르겠다는 얼굴로 이쪽저쪽 두리번거렸다. 하지만 빌 사이크스가 말을 마치자마자 별안간 벌떡 일어나 방에서 뛰쳐나가면서 도와달라고 비명을 내질렀고, 그 소리는 텅 빈 낡은 집 안에 지붕까지 쩌렁쩌렁 울려 퍼졌다.

"개 잡아, 빌!" 낸시가 문 앞을 막고 문을 닫아버리며 말했다. 유대인과 그의 두 제자가 올리버를 뒤쫓아 밖으로 나간 뒤였다. "개 잡으라고. 안 그러면 개가 애를 갈가리 찢어놓을 거야."

"그래도 싼 놈이야!" 빌은 여자의 손을 뿌리치려 하면서 말했다. "썩 비켜, 네 머리통을 벽에 대고 쪼개기 전에."

"마음대로 해, 빌, 마음대로 하라고." 여자는 남자와 격렬히 몸싸움을 벌이며 악을 썼다. "개가 애를 물어뜯는 꼴은 못 봐. 차라리 날 먼저 죽여."

"그 꼴은 못 본다?" 사이크스가 이를 악물며 말했다. "비키지 않으면 너부터 그렇게 해주지!"

집털이범이 여자를 방 저편으로 내던졌을 때 유대인과 두 소년이 올리버를 잡아끌며 돌아왔다.

"여긴 또 무슨 일이야!" 페이긴이 주위를 둘러보며 말했다.

"저 여자가 미쳤나 봐." 사이크스가 사납게 말했다.

"아냐, 안 미쳤어." 낸시는 실랑이를 하느라 하얗게 질린 얼굴로 헐떡거리면서 말했다. "아냐, 미치지 않았어, 페이긴. 그런 생각은 마."

"그럼 입 다물어, 알겠어?" 유대인이 위협하는 표정으로 말했다.

"아니, 그렇게는 못 해." 낸시는 고래고래 고함을 질렀다. "자! 이제 어쩔 건데?"

페이긴 씨는 낸시가 속한 특정 족속의 행태와 습성이라면 알고도 남았기 때문에 이 상태로 계속 대화하다가는 온전치 못할 거라는 강한 예감이 들었다. 그래서 무리의 주의를 돌리려고 올리버에게 고개를 돌렸다.

"감히 도망치려 했겠다?" 유대인은 벽난로 구석에 놓여 있던 울퉁불퉁하고 옹이 진 몽둥이를 집어 들며 말했다. "엉?"

올리버는 대답하지 않고 그저 유대인의 움직임을 주시하며 가쁜 숨을 몰아쉬었다.

"도움을 얻고 싶었어? 경찰을 부르고 싶었어?" 유대인은 아이의 팔을 잡으며 비웃었다. "그 버르장머리 싹 고쳐드리지, 꼬마 도련님."

유대인은 몽둥이로 올리버의 어깨를 대차게 내리쳤다. 그가 두 번째 매질을 하려 몽둥이를 다시 쳐들었을 때 여자가 앞으로 달려와 그의 손에서 몽둥이를 비틀어 빼앗았다. 그리고 나서 그것을 불속으로 던져버렸는데, 그 기세에 벌건 석탄 몇 개가 방 안으로 굴러떨어졌다.

"너는 가만있지 않겠어, 페이긴." 여자가 소리쳤다. "애를 붙잡았으면 됐지 무얼 더 바라지? 애를 그냥 놔둬, 놔두란 말이야. 아님 내가 당신들 몇 명 꼰지를 거야. 그러다 교수대로 끌려가 명을 재촉하는 한이 있어도 하고 말 거야."

여자는 발로 바닥을 거칠게 구르면서 협박한 뒤 입을 앙다물고 주먹을 불끈 쥔 채 유대인과 도둑을 번갈아 노려보았다. 점차 끓어올라 폭발한 분노에 얼굴은 핏기가 전혀 없었다.

"이런, 낸시!" 유대인은 달래는 투로 말하고 나서 잠시 사이크스 씨와 눈길을 교환하며 당혹감을 감추지 못하다가 말을 이었다. "오늘 밤엔 유달리 똑똑하구나. 하! 하! 연기가 아주 훌륭해."

"그런가!" 여자가 말했다. "내가 너무 몰입하지 않게 조심해 줘. 안 그러면 당신 더 곤란해질 거야, 페이긴. 좋은 말로 할 때 나 건드리지 마."

발끈한 여자에게는 뭔가가 있다. 특히 온갖 격정에 사로잡힌 데다 궁지에 몰려 물불 안 가리는 여자라면 남자들은 감히 건드릴 엄두를 내지 못한다. 유대인은 낸시 양의 분노를 사실이 아닌 척 부인해 봐야 소용없다는 걸 깨달았다. 그래서 자기도 모르게 몇 걸음 물러서면서 반은 애원하고 반은 비겁한 눈길로 대화를 이어갈 최적의 인물은 당신이라고 암시하는 듯 사이크스를 바라보았다.

이 암묵적 호소에 사이크스 씨는 낸시 양에게 이성을 즉시 되찾아 주는 것이 자신의 자긍심 및 영향력과 연관이 있다고 느꼈는지 수십 가지 욕설과 협박을 퍼부었는데, 빠르게 쏟아지는 욕설과 협박은 그의 풍부한 창의력을 방증했다. 하지만 그것이 목표물에 아무런 가시적 효과를 내지 못하자 그는 본격적으로 말싸움을 걸었다.

"무슨 속셈으로 이러는 거야?" 사이크스는 말했다. 그러면서 인간의 이목구비 중 가장 아름다운 부위를 욕하는 흔해빠진 말로[23] 질문을 뒷받침했는데, 만약 하늘 아래 회자되는 이 저주를 저 위 천상에서 5만 번에 한 번 꼴로만 들어주어도 눈먼 장님이 홍역만큼이나 흔한 세상이 되었을 것이다. "무슨 속셈으로 이러는 거냐고? 환장하겠네! 넌 네가 누군지, 어떤 처지인지 알기나 해?"

"아, 물론 아주 잘 알지." 여자는 그렇게 대답하며 히스테릭한

---

23   "Damn your eyes!"로 추정된다.

웃음을 터뜨렸다. 그리고 고개를 이리저리 흔들면서 서툴게 무심함을 가장했다.

"그럼 입 다물고 조용히 있어." 사이크스는 평소 개한테 쓰는 말투로 응수했다. "영영 입 다물게 만들기 전에."

여자가 다시 웃었다. 이번에는 침착함이 조금 흔들리는 표정으로 사이크스를 한번 흘끔거리고는 고개를 옆으로 돌리더니 피가 날 정도로 입술을 꽉 깨물었다.

"착한 척하기는." 사이크스는 경멸하는 눈으로 여자를 훑어보며 말했다. "인간적인 척, 점잖은 척! 네가 애라 부르는 놈한테 예쁨이라도 받아서 애새끼랑 친구라도 되겠다는 거냐!"

"하늘이 도우사 그럴 거다 왜!" 여자가 맹렬히 소리쳤다. "오늘 밤 이 아이를 데려오는 걸 거드느니 차라리 길바닥에서 맞아 죽을 걸 그랬어. 차라리 오늘 밤 코앞을 지나온 감옥 안의 그들과 처지가 바뀌었으면 좋았을걸. 오늘 밤부터 이 아이는 도둑, 거짓말쟁이, 악동 등등 천하에 나쁜 놈으로 살아야 해. 그런데 저 영감태기는 그것도 모자라 매질까지 하네?"

"그래그래, 사이크스." 유대인은 달래는 투로 사이크스를 말리며 아이들 쪽을 가리켰다. 아이들은 돌아가는 상황을 열심히 지켜보고 있었다. "우리 좋게 말로 풀자고, 좋은 말로, 빌."

"좋은 말!" 여자는 보기에 무서울 정도로 광분해 소리쳤다. "좋은 말로 풀자고 했냐, 이 작자야! 그럼 내가 좋은 말 좀 해줄게. 당신은 그래도 싸니까. 나는 나이가 얘 절반도 안 됐을 때부터 당신을 위해 도둑질을 했어!" 그러고는 올리버를 가리켰다. "그 뒤로 12년간 똑같은 일, 똑같은 봉사를 해왔어. 그걸 모르진 않겠지? 말해봐! 설마 모르진 않겠지?"

"그래그래." 유대인이 달래려는 투로 대답했다. "그렇긴 해도 그렇게 먹고살잖니!"

"왜 아냐!" 여자가 대꾸했다. 말을 한다기보다 연달아 마구 악을 쓰듯 말을 줄줄이 쏟아냈다. "내 밥벌이지. 춥고 질척하고 더러운 길바닥은 내 집이고, 오래전에 나를 거기로 내몬 작자는 바로 당신이고, 나를 밤이고 낮이고 내가 죽을 때까지 길바닥에 잡아둘 작자도 당신이야!"

"한번 혼나볼 테냐!" 유대인이 원망하는 말에 들볶이다가 끼어들었다. "더 나불대다간 혼나는 걸로 끝나지 않을 거야!"

여자는 더는 말하지 않고 광기에 사로잡혀 자기 머리카락과 옷을 잡아 뜯다가 유대인에게 달려들었다. 때마침 사이크스에게 손목을 잡히지 않았다면 유대인의 몸에 복수의 표식을 남겼을 게 분명했지만 사이크스의 손에 붙잡혀 부질없이 몇 차례 저항하다 정신을 잃었다.

"이제야 얌전해졌군." 사이크스는 여자를 구석에 눕히면서 말했다. "이리 날뛸 때는 이 여자 팔 힘이 얼마나 센지 몰라."

유대인은 이마를 닦고 나서 소동이 끝나 다행이라는 듯이 미소를 지었다. 유대인도 사이크스도 개도 소년들도 일적으로 흔히 벌어지는 예삿일 이상으로 여기는 것 같지는 않았다.

"여자들이 끼면 이런 게 참 고약해." 유대인이 몽둥이를 제자리에 놓으며 말했다. "하지만 여자들은 영리해. 그래서 여자들 없이는 제대로 해나가기가 힘들어. 찰리, 올리버에게 침대를 알려줘."

"얘가 내일은 가장 좋은 옷을 입지 않는 게 좋겠죠, 페이긴, 그렇죠?" 찰리 베이츠가 물었다.

"물론이지." 유대인은 찰리가 환히 웃으며 던진 질문에 똑같이 환히 웃으며 대꾸했다.

베이츠 군은 그 임무를 맡아 신이 나는지 막대에 꽂힌 촛불을 들고 올리버를 옆의 부엌으로 데려갔다. 부엌에는 올리버가 예전에 쓰던 침대가 두세 개 있었다. 베이츠 군은 여기서도 못 참고 폭소를 연신 터뜨리면서 헌 옷을 꺼냈다. 그것은 다름 아닌 올리버가 브라운로 씨 집에서 통쾌하게 내버렸던 옷이었는데, 이 옷을 사 간 유대인이 우연히 이것을 페이긴에게 보여준 것이 올리버의 행방에 대한 첫째 단서가 되었던 것이다.

"그 멋쟁이 옷은 벗어버려." 찰리가 말했다. "페이긴에게 맡겨, 잘 보관할 테니까. 진짜 웃긴다!"

불쌍한 올리버는 마지못해 시키는 대로 했다. 베이츠 군은 새 옷을 돌돌 말아 겨드랑이에 끼고는 밖으로 나간 뒤 올리버를 어둠 속에 홀로 남겨두고 문을 잠갔다. 이후 찰리의 너털웃음 소리와 마침 들른 벳 양이 기절한 낸시를 깨우려고 물을 끼얹으랴 여러 여성스러운 조치를 취하랴 내는 목소리에 여러 사람들은 올리버보다 속 편한 입장이었음에도 잠을 이루지 못했지만, 워낙 허약하고 지쳐 있던 올리버는 곧장 깊은 잠에 곯아떨어졌다.

17장

올리버의 고난이 계속되면서
한 대단한 남자가 런던에 나타나
올리버의 평판에 오명을 더한다

훌륭한 잔혹 멜로드라마에서는 하얀 층과 붉은 층이 켜켜이 쌓인 두툼한 베이컨 옆면처럼 항상 참혹한 장면과 우스운 장면이 번갈아 반복된다. 남자 주인공이 속박과 불행의 무게에 시달리다가 지푸라기 침상에 풀썩 쓰러지고 나면 다음 장면에서는 그 사정을 까맣게 모르는 그의 충직한 친구인 대지주가 유쾌한 노래로 관객의 흥을 돋운다. 또한 거만하고 무자비한 남작에게 붙잡힌 여주인공이 절개와 목숨을 잃을 위기에서 목숨을 버리고라도 절개를 지키고자 단도를 꺼내 드는 장면을 두근대는 가슴으로 지켜보노라면, 불안감이 최고조에 도달하는 순간에 호루라기 소리와 함께 장면은 성채의 큰 홀로 바뀌고 반백의 사무관이 여러 부하들과 우스꽝스러운 노래를 합창한다. 이 부하들은 교회

지하 묘지에서 궁전에 이르기까지 두루 떼 지어 출몰해 명랑한 노래를 끊임없이 불러댄다.

이러한 변화는 얼핏 터무니없게 보이지만 알고 보면 생각만큼 그리 부자연스러운 일은 아니다. 현실에서도 진수성찬의 식탁이 임종의 침대로 바뀌고, 검은 상복이 나들이옷으로 전환되는 것은 그리 드문 일이 아니다. 다만, 현실에서는 우리가 수동적인 관객이 아니라 바쁜 배우라는 것이 큰 차이점이라 하겠다. 인생이란 연극 무대에서 급격한 반전이나, 정열과 감정의 갑작스러운 분출이 일어나면 관객의 눈에는 가당찮게 보일지라도 배우는 그것을 의식하지 못한다.

책에서는 돌발적인 장면 전환이나 시간과 공간의 급속한 변화가 오랫동안 허용돼 왔을 뿐 아니라 오히려 많은 이들에 의해 작가의 기량으로 간주돼 왔다. 평론가들은 작가가 등장인물을 딜레마에 빠뜨리면서 각 장을 마무리하는 솜씨를 보고 작가의 필력을 평가하기도 한다. 어쩌면 지금까지의 이야기는 불필요한 도입부에 불과한지도 모르겠다. 그렇다면 위의 내용은 이제부터 필자가 말머리를 올리버가 태어난 마을로 돌리겠다고 암시하는 세심한 예고였다고 보면 될 것이다. 아울러 독자들은 그곳으로 여정을 떠날 만한 합당한 이유가 있으며 그렇지 않으면 이 여정에 초대될 리 없다고 믿어주기 바란다.

범블 씨는 아침 일찍 구빈원 대문을 나와 위풍당당한 풍채와 걸음걸이로 하이 스트리트를 나아갔다. 교구 사무관의 원숙미와 자긍심이 넘쳐흘렀고, 삼각모와 외투는 아침 햇살에 반짝였으며, 지팡이를 움켜쥔 손에서는 완고함과 고집, 건강함과 힘이 엿보였다. 평소에도 빳빳했던 고개는 오늘따라 유달리 곧게 뻗어 있었다. 눈은 정신이 딴 데 팔린 듯 몽롱했고 전체적으로 고고한 분위기가 흘렀는데, 모르는 사람의 눈에는 형언하기 어려운 위대한 생각들이 교구 사무관의 머릿속에 빗발치고 있다는 경고로 비쳤을지 모르겠다.

범블 씨는 구멍가게 주인과 다른 사람들이 정중히 말을 건네도 걸음을 멈추지 않고 그냥 지나갔다. 그저 손을 한 번 내저어 인사에 답했을 뿐 당당한 걸음을 늦추지 않고 계속 전진해 맨 부인이 교구의 빈민 아이들을 맡아 돌보는 보육원에 도착했다.

"빌어먹을 교구 사무관 놈!" 맨 부인은 정원 문이 뒤흔들리는 익숙한 소리를 듣고 중얼거렸다. "아침 이 시간에 찾아올 인간은 저 작자 말곤 없지! 어머, 범블 씨, 그렇지 않아도 오실 때가 됐는데, 생각하던 참이에요! 아유, 반가워라, 반가워! 응접실로 들어오세요, 나리."

첫 말은 수전에게 한 말이었고 나중에 큰 소리로 반긴 것은 범블 씨에게 대문을 열어주고 공손한 태도로 집 안으로 안내하며 한 말이었다.

"맨 부인." 범블 씨는 경박한 필부처럼 덥석 앉거나 털썩 주저앉지 않고 의자 속으로 차츰차츰 천천히 몸을 낮추면서 말했다. "맨 부인, 안녕하시오."

"안녕하세요, 나리." 맨 부인은 환히 웃는 얼굴로 대답했다. "물론 나리께서도 잘 지내셨겠지요!"

"그냥저냥 지냅니다." 교구 사무관이 대답했다. "교구 생활이란 게 꽃길은 아니잖소, 맨 부인."

"아, 그건 그렇지요, 범블 씨." 부인이 맞장구를 쳤다. 그곳의 빈민 아이들이 들었더라면 깍듯하게 예의를 갖춰 같은 대답을 합창했을 것이다.

"교구 생활이란 게 그렇습니다, 맨 부인." 범블 씨는 지팡이로 탁자를 치며 말했다. "근심과 낭패와 불굴의 연속이지요. 그런데도 공직자들은 꼭 고초를 겪습니다."

맨 부인은 교구 사무관의 말이 아리송했지만 공감하는 얼굴로 양손을 치켜들고는 한숨을 내쉬었다.

"후! 한숨이 나올 만도 하지요, 맨 부인!" 교구 사무관이 말했다.

맨 부인은 자신의 처신이 적절했다는 걸 눈치채고는 다시 한숨을 내쉬었다. 공직자 나리는 그 반응에 흡족한 기색이 역력했지만, 터져 나오려는 흡족한 미소를 억누르며 삼각모를 근엄하게 바라보다 말을 이었다.

"맨 부인, 내가 이번에 런던에 가게 됐습니다."

"어마나, 범블 씨!" 맨 부인은 깜짝 놀라며 외쳤다.

"자그마치 런던이오, 부인." 완고한 교구 사무관이 말했다. "역마차를 타고, 빈민 둘을 대동하고 간다오, 맨 부인! 이번에 소재지에 관한 소송을 하게 됐는데, 우리 위원회가 클러큰웰의 사분기 법정[24]에서 이 건을 맡아 처리할 임무를 나한테, 바로 나한테 맡긴 겁니다, 맨 부인." 범블 씨는 몸을 곧추세우며 덧붙였다. "클러큰웰 법정은 재판이 끝나기도 전에 착오가 있었다는 걸 깨닫지 않곤 못 배길 게요."

"어머! 너무 심하게 몰아붙이진 마세요, 나리." 맨 부인이 달래듯 말했다.

"클러큰웰 법정이 다 자초한 겁니다, 부인." 범블 씨가 대답했다. "클러큰웰 법정이 뜻밖에 수세에 몰리게 된다면 그것 역시 본인들을 탓해야겠지요."

범블 씨가 워낙 결연한 의지와 투철한 목적의식을 담아 위협적으로 열변을 토했기 때문에 맨 부인은 경외감을 느끼는 듯 보였다. 그녀가 입을 열었다.

"역마차로 가신다고요, 나리? 빈민들은 수레에 태워 보내는 줄 알았는데요."

"그들이 아플 때만요, 맨 부인. 비가 오는 날에는 아픈 빈민들을 지붕 없는 수레에 태워 보내죠, 그자들한테 감기 옮으면 안 되니까요."

"아하!" 맨 부인이 말했다.

"이 둘의 돌아오는 마차 삯은 내지 않아도 될 테니 싸게 데려가는 셈이에요. 둘 다 목숨이 간당간당한 상태라 매장하는 것보

---

24 잉글랜드의 각 지방에서 1년에 네 번 정해진 기간에 열렸던 법정. 분기별로 힐러리, 이스터, 트리니티, 미클마스라 불렸다.

다 이송하는 편이 2파운드나 싸게 먹힌다는 결론이 났거든요. 말하자면 다른 교구에 내버리는 건데, 아마 가능할 겁니다, 그들이 도중에 죽어 딴지만 걸지 않는다면요. 하! 하! 하!" 범블 씨는 잠시 소리 내어 웃다가 눈길이 삼각모에 닿자 진지함을 되찾았다.

"할 일이 있는데 깜박했군요, 부인." 교구 사무관이 말했다. "이거 이번 달 교구 교부금이에요."

범블 씨는 지갑에서 종이에 싼 은화 몇 닢을 꺼내고 나서 영수증을 요구했고, 맨 부인은 영수증을 썼다.

"잉크 얼룩이 많이 번졌네요, 범블 나리." 보육원 원장이 말했다. "그래도 형식은 갖췄으니 괜찮겠지요. 고맙습니다, 범블 씨. 진심으로 감사 올립니다."

범블 씨는 맨 부인이 인사를 하자 덤덤하게 고개를 끄덕여 응답하고는 아이들의 안부를 물었다.

"우리 꼬맹이들!" 맨 부인이 감격해서 말했다. "더 바랄 게 없이 건강하답니다! 지난주에 두 아이가 죽긴 했지만요. 꼬맹이 딕도 안 좋아요."

"그 녀석은 차도가 안 보이오?" 범블 씨가 물었다.

맨 부인은 고개를 저었다.

"불량하고 막돼먹은 몹쓸 교구 고아 녀석." 범블 씨가 성난 목소리로 말했다. "이놈 지금 어디 있소?"

"1분 내로 데려오죠, 나리." 맨 부인이 대답했다. "딕, 이리 와 보렴!"

몇 번의 호출 끝에 딕은 발견되었다. 아이는 맨 부인의 손에 의해 얼굴을 펌프 아래에 댔다가 맨 부인의 드레스 자락으로 물기를 닦인 뒤 무서운 교구 사무관 범블 앞으로 끌려 나갔다. 아이는 안색이 창백하고 깡마른 데다, 뺨은 움푹 꺼졌고, 커다란 눈은 형형했다. 불행의 상징인 허름한 교구 옷은 연약한 몸 위에서 헐렁거렸고, 어린 팔다리는 늙은이처럼 시들어 있었다.

아이는 이런 모습으로 범블 씨의 눈앞에 서서 벌벌 떨었고, 바닥만 내려다보면서 교구 사무관의 목소리만 들어도 움츠러들었다.

"냉큼 나리를 쳐다보지 못하겠니, 이 쇠고집아?" 맨 부인이 말했다.

아이는 순순히 눈을 들어 범블 씨의 눈을 마주했다.

"넌 대체 뭐가 문제냐, 교구 소년 딕?" 범블 씨가 농담조로 물었다.

"문제 없습니다, 나리." 아이가 희미한 목소리로 대답했다.

"있을 리가 없지요." 맨 부인이 말했다. 물론 범블 씨의 농담에 실컷 호호거리고 나서 한 말이었다. "네가 부족한 게 뭐가 있겠니."

"있기는 한데요……." 아이가 더듬더듬 말했다.

"뭐야!" 맨 부인이 끼어들었다. "부족한 게 있다는 거냐, 지금? 이런, 망할 놈이―"

"그만, 맨 부인, 그만!" 교구 사무관은 손을 치켜들어 권위를 내보이며 말했다. "그게 뭐지, 응?"

"그게요……." 아이는 더듬더듬 말했다. "글을 쓸 줄 아는 사람이 저 대신 종이에 몇 마디 적어주었으면 좋겠어요. 그리고 그걸 접고 봉해서 저 대신 보관해 주면 좋겠어요, 제가 땅에 묻히고 나서도요."

"아니, 애가 무슨 소리를 하는 거지?" 범블 씨가 외쳤다. 이런 일에 이력이 난 그도 아이의 진심 어린 태도와 파리한 모습에 마음이 쓰였다. "무슨 소리를 하는 거니, 응?"

"알려주고 싶어서요." 아이가 말했다. "불쌍한 올리버 트위스트에게 제 사랑을 전해주고 싶어요. 그리고 의지할 사람 하나 없이 어두운 밤을 홀로 헤맬 그 애를 생각하면서 제가 얼마나 홀로 앉아 울었는지도요. 알려주고 싶은 게 또 있어요." 아이는 고사리손을 모아 맞잡고 열렬히 말했다. "저는 어려서 죽는 걸 차라리 다행으로 생각해요. 제가 어른이 되어 늙은이가 된다면, 하늘나라에 있는 제 누이동생은 저를 알아보지 못할 거예요. 저와 모습도 많이 다를 테고요. 우리 둘 다 거기서 아이로 만나는 게 훨씬 행복할 거예요."

범블 씨는 기가 막힌다는 눈초리로 아이를 머리에서 발끝까지 훑어보다가 옆의 동료에게 고개를 돌렸다. "이것들은 참 한결 같군요, 맨 부인. 그 맹랑한 올리버 녀석이 이것들을 모두 타락시켰어요!"

"믿을 수가 없네요, 나리!" 맨 부인은 양손을 치켜들고 딕을 표독스럽게 노려보며 말했다. "어린것이 이리 모진 건 처음 봐요!"

"그만 데려가시오, 부인!" 범블 씨가 거만하게 말했다. "이건 위원회에 알려야겠소, 맨 부인."

"저는 잘못이 없다는 걸 신사 나리들께서 이해하시겠지요?" 맨 부인이 애절하게 흐느끼며 말했다.

"이해하시고말고요, 부인. 내게서 이 사건의 진상을 소상히 보고받으실 테니까요." 범블 씨가 말했다. "이제 저 녀석을 데려가시오. 꼴도 보기 싫으니."

딕은 득달같이 끌려 나가 석탄 창고에 갇혔고, 얼마 후 범블 씨는 여행 준비를 하러 떠났다.

이튿날 아침 6시, 범블 씨는 삼각모 대신 빵모자를 쓰고 긴 파란색 망토를 걸친 다음 소재지 분쟁을 일으킨 두 범죄자를 데리고 역마차 외야석에 자리를 잡았다. 이후 때맞춰 런던에 도착했는데, 오는 길에 빈민 둘이 자꾸 덜덜 떨고 춥다고 투덜대면서 성가시게 군 것 외에 큰 고생은 하지 않았다. 범블 씨는 빈민들에게 당신들이 그리 부들부들 떨어대니 나까지 이가 딱딱 부딪혀 골이 울린다며 상당한 불만을 토로했다. 그 긴 망토를 두르고 있었으면서.

그날 밤 범블 씨는 악독한 두 놈은 자게 두고 역마차가 정차한 집에 앉아 스테이크와 굴 소스, 흑맥주만으로 소박하게 저녁을 먹었다. 그러고 나서 진을 탄 따끈한 물 잔을 벽난로 위 선반에 올려놓고는 의자를 불가로 끌어다 놓은 다음 도처에 만연한 불만과 불평이라는 죄에 대해 이리저리 도덕적 사색에 잠겨 있다가 마음을 다잡고 신문을 읽기 시작했다.

맨 처음 범블 씨의 눈에 띈 단락은 아래의 광고였다.

사례금 5기니

지난 목요일 저녁 올리버 트위스트라는 사내아이가 펜턴빌의 집에서 도주하였거나 유괴당한 이후 연락이 두절됨. 올리버 트위스트를 찾는 데 유용한 정보나, 광고주가 여러 이유로 큰 관심을 가진 이 아이의 지난 사연을 제공하는 자에게 상기한 사례금을 지급함.

이어서 올리버의 인상착의와 실종 당시의 상황, 브라운로 씨의 정식 성명과 소재지가 적혀 있었다.

범블 씨는 눈에 불을 켜고 광고를 차근차근 자세히 여러 번 읽었다. 그로부터 시간이 5분 남짓 지났을 때 그는 펜턴빌로 가는 중이었다. 흥분한 나머지 따끈한 진은 안중에도 없었다.

"브라운로 씨 집에 계신가?" 범블 씨가 문을 연 하녀에게 물었다.

이 물음에 하녀는 "잘 모르겠어요. 어디서 오셨어요?" 하고 평소에 잘 그러듯 얼버무렸다.

범블 씨가 찾아온 용건을 설명하면서 올리버의 이름을 거론하자마자 거실 문간에서 유심히 듣고 있던 베드윈 부인이 숨도 안 쉬고 서둘러 현관 복도로 나왔다.

"들어오세요, 들어오세요." 노부인이 말했다. "그 애 소식을 듣게 될 줄 알았어. 불쌍한 것! 이리 될 줄 알았지, 이리 될 줄 알았어! 그 아이에게 신의 은총이 있기를! 내가 줄곧 말한 대로야."

훌륭한 노부인은 그렇게 말하고는 서둘러 거실로 돌아가서 소파에 앉아 왈칵 눈물을 쏟았다. 반면 그다지 감성이 풍부하지 않은 하녀는 부리나케 위층에 올라갔다가 내려와서는 즉시 하녀를 따라 올라오라는 집주인의 말을 범블 씨에게 전했고, 범블 씨는 하녀를 따라갔다.

그가 안내되어 간 곳은 뒤편의 작은 서재였다. 그곳에는 브라운로 씨와 친구 그림위그 씨가 포도주가 담긴 유리병과 유리잔을 앞에 두고 앉아 있었는데, 그림위그 씨가 즉시 외쳤다.

"사무관이구먼! 교구 사무관! 아니면 내 머리를 먹어버리겠어!"

"제발 좀 잠자코 있어주게." 브라운로 씨가 말했다. "앉으시지요."

범블 씨는 그림위그 씨의 별스러운 태도에 당황하며 자리에 앉았다. 브라운로 씨는 교구 사무관의 얼굴이 잘 보이도록 등불을 옮겨놓고는 조금 조바심을 내며 말했다.

"광고를 보고 오신 거죠?"

"네, 그렇습니다." 범블 씨가 말했다.

"그리고 교구 사무관 맞지요, 응?" 그림위그 씨가 물었다.

"교구 사무관 맞습니다, 신사님들." 범블 씨가 자랑스레 답변했다.

"내가 뭐래." 그림위그 씨는 옆의 친구를 향해 말했다. "내 그럴 줄 알았지. 천생 교구 사무관이야!"

브라운로 씨는 친구에게 살짝 고개를 저어 잠자코 있으라는 신호를 보내고 나서 말을 계속했다.

"그 불쌍한 아이가 지금 어디 있는지 아시오?"

"전혀 모릅니다." 범블 씨가 대답했다.

"그럼 그 아이에 대해 무얼 알고 있지요?" 노신사가 물었다. "뭐든 할 말이 있으면 터놓고 말해봐요. 그 아이에 대해 무얼 알고 있소?"

"그 아이의 좋은 점을 아는 것 같진 않은데, 안 그렇소?" 그림위그 씨가 범블 씨의 용모를 찬찬히 뜯어보고 나서 예리하게 말했다.

범블 씨는 이 질문을 매우 신속히 받아서 거만하고 근엄하게 고개를 저어 동의를 표했다.

"봤지?" 그림위그 씨는 의기양양하게 브라운로 씨를 보며 말했다.

브라운로 씨는 입을 꾹 다문 범블 씨의 얼굴을 불안하게 쳐다보다 올리버에 대해 아는 것을 가능한 한 짧게 말해달라고 요청했다.

범블 씨는 모자를 내려놓고 외투 단추를 푼 다음 팔짱을 끼더니 기억을 더듬는 듯 고개를 갸웃거리면서 몇 분쯤 생각에 잠겼다가 이야기를 시작했다.

교구 관리의 말은 20분쯤 이어졌는데, 그것을 그대로 옮긴다면 지루한 장광설이 될 터이니 요약해 골자만 말하자면, 올리버는 비천하고 사악한 부모에게서 태어난 업둥이고, 태어난 이후 줄곧 보인 품성이라고는 배신, 배은망덕, 앙심뿐이었으며, 애꿏은 소년을 비겁하게 공격해 유혈 소동을 일으킨 후 주인집에서 야반도주함으로써 출생지에서의 짧은 역사를 끝냈다고 했다. 그러고는 자신이 믿을 만한 사람임을 입증하는 증거로 런던으로 가져온 서류들을 탁자에 꺼내놓고는 다시 팔짱을 끼고 브라운로 씨의 답변을 기다렸다.

"유감이지만 의심의 여지가 없는 사실이군!" 노신사는 서류를 훑어보고 나서 서글프게 말했다. "이건 약소하나마 당신이 제공한 정보의 대가요. 그 아이에 대한 호의적인 정보였다면 이것의 세 배라도 기꺼이 주었을 것을."

면담 초반부에 이것을 알았더라면 범블 씨는 올리버의 짧은 역사를 전혀 다른 양상으로 전했을 가능성이 높다. 하지만 그러기에는 이미 늦었으므로 범블 씨는 정색한 얼굴을 절레절레 젓고 나서 5기니를 주머니에 넣고 물러갔다.

브라운로 씨는 몇 분간 방 안을 서성였다. 교구 관리의 이야기를 듣고 심란한 기색이 역력해 그림위그 씨도 더는 도발하지 않았다.

마침내 브라운로 씨는 걸음을 멈추고 세차게 초인종을 울렸다.

"베드윈 부인." 가정부가 나타나자 그는 말했다. "그 아이, 올리버는 사기꾼이오."

"그럴 리 없습니다, 나리. 그럴 리 없어요." 노부인이 열렬히 말했다.

"사기꾼이 맞다니까요." 노신사가 응수했다. "그럴 리 없다니 무슨 소리요? 방금 전 그 아이가 태어난 이후 지금까지의 사연을 전부 들었는데, 시종일관 몹쓸 놈으로 살아온 아이요."

"그 말은 못 믿겠어요, 나리." 노부인이 딱 잘라 대답했다. "절대로!"

"당신네 늙은 여자들은 돌팔이 의사의 말이나 허황된 이야기책 외에는 도무지 믿지를 않는다니까!" 그림위그 씨가 투덜거렸다. "난 다 알고 있었소. 어째서 처음부터 내 조언을 듣지 않은 게요. 그놈이 열병에 걸리지 않았다면 귀담아들었으려나? 아님 걔가 흥미로워서? 흥미라! 쳇!" 그러고 나서 그림위그 씨는 난롯불을 마구 쑤셔댔다.

"그 앤 사랑스럽고 고마움을 아는 다정한 아이였다고요, 나리." 베드윈 부인은 발끈하며 응수했다. "저는 아이들을 잘 알아요, 나리. 지난 40년간 경험했으니까요. 그렇지 않은 사람들은 아이들에 대해 함부로 말할 수 없어요. 제 의견은 그렇습니다!"

이 말은 독신자인 그림위그 씨를 강타했지만 노신사는 그저 빙긋 웃을 뿐이었다. 노부인이 고개를 획 젖히더니 앞치마를 매만지며 한바탕 더 퍼부을 태세를 갖추자 브라운로 씨가 그녀를 막아섰다.

"조용!" 노신사는 본심을 속이고 짐짓 화난 척 말했다. "다시는 내 앞에서 그 아이 이름을 꺼내지 말아요. 그걸 일러두려고 부른 거요. 절대. 이유를 막론하고 절대 안 된다는 걸 명심해요! 그만 나가봐요, 베드윈 부인. 명심해요! 나 진심이니까."

그날 밤 브라운로 씨네 집에는 슬픔에 젖은 사람들이 있었다.

같은 시각 올리버도 선량하고 친절한 친구들이 생각나 마음이 무거웠다. 그로서는 그날 그들이 무슨 이야기를 들었는지 차라리 모르는 편이 나았다. 만약 알았다면 가슴이 산산이 무너졌을 테니 말이다.

18장

올리버는 명성이 자자한 친구들과
유익한 교제를 하며 생활한다

이튿날 정오 무렵 페이긴 씨는 얌생이와 베이츠 군이 으레 하는 일상 활동을 하러 나가고 없는 틈을 타 올리버에게 은혜를 모르는 중범죄에 대해 기나긴 설교를 늘어놓았다. 올리버가 자신을 걱정해 주는 친구들을 고의로 회피했다는 점과 큰 수고와 비용을 들여 자신을 데려온 친구들을 또다시 버리고 도망가려 시도한 점에서 올리버는 명백히 유죄라고 주장했다. 페이긴 씨는 자신의 적절한 도움이 아니었으면 굶어 죽었을 올리버를 자신이 받아주고 아껴주었다는 사실을 거듭 강조하고 나서 어떤 소년의 슬픈 이야기를 들려주었다. 본인은 자선 활동 차원에서 올리버와 비슷한 처지의 소년에게 적선을 베풀었으나, 그 소년은 신뢰를 저버리고 경찰과 내통하려 안타깝게도 어느 날 아침 올드 베일리[25]에서 목매달리고 말았다고 했다. 페이긴 씨는 이 참극에서 자신이 맡았던 역할을 숨기지 않았을 뿐 아니라, 소년이 저지른 오판과 배반 행위가 소년을 교수대로 보낸 증언을 이끌어냈다고 눈물을 글썽이며 탄식했다. 또한 그 증언은 엄밀히 진실은 아니었으나 페이긴 본인과 특정한 몇몇 친구들의 안전을 위해 불가피한 일이었다고 덧붙였다. 페이긴 씨는 목매달리는 고통이 어떤 것인지 다소 찝찝한 묘사로 설교를 마치고 나서 부득이하게 그런 불쾌한 작업을 올리버 트위스트에게 적용하는 일이 없기를 바란다는 간절한 희망을 대단히 상냥하고 정중한 태도로 피력했다.

어린 올리버는 유대인의 이야기를 들으면서 그 속에 담긴 무시무시한 협박의 뜻을 어렴풋이 알아채고 피가 얼어붙는 기분이었다. 결백한 자가 어쩌다 범죄자와 가까이 어울리는 경우 법도 결백한 자를 범죄자로 판결할 수 있다는 걸 올리버는 이미 알고 있었다. 또한 이 노신사와 사이크스 씨 사이에 벌어진 언쟁의 전반적인 내용을 돌이켜 보니, 유대인 영감이 지나치게 많이 아는 사람이나 지나치게 입이 가벼운 사람을 제거하는 치밀한 계획을 세우고 여러 차례 실행한다는 것이 전혀 무리는 아니라는 생각이 들었다. 그들이 나눈 이야기는 이전에 있었던 같은 종류의 모략과 관련이 있는 듯했기 때문이다. 소심하게 눈을 들어 유대인

25   런던 중심부에 있는 중앙형사재판소의 별칭.

의 탐색하는 시선과 마주쳤을 때, 올리버는 하얗게 질린 자신의 얼굴과 덜덜 떨리는 팔다리, 그리고 경계심이 강한 이 노신사가 그것을 포착하고 만족해한다는 걸 의식할 수 있었다.

유대인은 흉측하게 웃는 얼굴로 올리버의 머리를 쓰다듬고는 올리버가 조용히 지내면서 착실히 일만 하면 다들 좋은 친구가 되어줄 거라고 말했다. 그리고 나서 모자를 집어 들고 누덕누덕 하고 낡은 긴 외투를 두르더니 밖으로 나가서 방문을 잠갔다.

그렇게 해서 올리버는 그날 온종일, 그리고 이후 여러 날의 대부분을 이른 아침부터 자정까지 아무도 못 만나고 그 방에 갇혀 있었고, 홀로 남겨진 시간 내내 생각에 빠져 지냈다. 매번 친절한 친구들이 생각났지만 이미 오래전에 그 친구들의 인심을 잃었을 거라는 판단이 들어 슬픔이 밀려왔다.

일주일쯤 지났을 때 유대인은 방문을 잠그지 않고 열어두었고, 올리버는 마음대로 집 안을 돌아다닐 수 있었다.

몹시 지저분한 집이었다. 위층 방에는 크고 높다란 나무 벽난로 선반과 큰 방문, 판자벽, 돌림띠를 두른 천장이 있었다. 방치된 세월과 쌓인 흙먼지로 인해 모두 꺼멓게 변색됐으나 원래는 다양한 장식으로 치장된 것들이었다. 올리버는 그 증표들을 둘러보고 나서 먼 옛날, 유대인 영감이 태어나기 전 여기는 더 나은 사람들의 집이었고 대단히 화려하고 멋진 곳이었을 거라 결론지었다. 그에 비해 지금은 음산하고 황량해 보일 뿐이었다.

벽과 천장이 만나 꺾어지는 곳마다 거미들이 쳐놓은 거미줄이 있었고, 올리버가 방 안으로 살그머니 들어가면 가끔 생쥐들이 겁을 먹고 후다닥 바닥을 가로질러 쥐구멍으로 뛰어들기도 했다. 그럴 때가 아니면 생물체의 모습이나 기척은 없었다. 날이 저물 무렵 이 방에서 저 방으로 돌아다니다 지친 올리버는 살아 있는 사람들과 조금이라도 더 가까이 있고 싶어 현관문 옆 복도 구석에 웅크리고 있을 때가 많았는데, 그대로 거기서 유대인이나 다른 소년들이 돌아올 때까지 귀를 세운 채 시간을 세곤 했다.

모든 방의 창문에는 썩어가는 나무 덧창이 꽉 끼워져 있고 덧창에는 빗장이 단단히 걸려 있었다. 안으로 들어오는 빛은 꼭대기 층의 동그란 구멍들 속을 비집고 드는 빛이 전부라 방은 어두컴컴하고 이상한 그림자들로 가득했다. 뒤편 다락방에 덧창 없이 바깥쪽에 녹슨 쇠창살만 있는 창문이 하나 있었는데, 올리버는 구슬픈 얼굴로 몇 시간씩 그 창문 밖을 내다보았지만 보이는 건 주택 지붕과 시커먼 굴뚝, 뾰족지붕 모서리가 어지럽게 뒤엉킨 풍경뿐이었다. 때때로 아주 먼 어느 집 난간에서 사람의 머리가 이쪽을 쳐다보는 게 어렴풋이 보이기도 했지만 금세 사라졌다. 못질로 잠긴 데다 오랫동안 비바람과 연기에 시달려 칙칙해진 그 전망창에서는 창문 밖의 형체를 겨우 분간하는 정도이고 밖으로 모습을 내보이거나 목소리를 낼 수는 없었기 때문에 올리버는 세인트 폴 대성당의 지붕 아래 사는 것이나 다름없었다.

얌생이와 베이츠 군이 저녁 나들이 준비에 한창이던 어느 오후, 먼저 거론된 어린 신사, 즉 얌생이는 그날의 차림새가 영 못

마땅하다는 의견을 피력하고(이것은 결코 얌생이의 고질적인 약점은 아니라는 걸 밝혀둔다) 거들먹거리며 올리버에게 즉각 몸치장을 도우라는 명령을 내렸다.

올리버는 할 일이 생겼다는 것이 마냥 기뻤고, 아무리 악한 얼굴이라 해도 누군가의 얼굴을 볼 수 있다는 것이 그저 좋았다. 또한 정직한 일에 한해서라면 주변 사람들을 회유할 겸 뭐든 할 마음이 있었으므로 이 제안에 아무런 이의를 제기하지 않았다. 그래서 올리버는 순순히 바닥에 무릎을 꿇고 앉아 얌생이가 탁자 위에 걸터앉아 한쪽 발을 올리버의 무릎에 대고 있는 동안 도킨스 군이 '발 상자에 옻칠하기'라 명명한 일, 쉽게 말해 구두 닦는 일을 해나갔다.

이성을 지닌 동물이 파이프 담배를 피우며 탁자에 편히 걸터앉아 구두를 벗는 수고나 다시 신는 번거로움 없이 그저 신은 구두를 남의 손에 맡긴 채 한 다리를 내키는 대로 흔들어대면서 생각에 잠길 때 느끼는 홀가분함과 독립감 때문이었을까? 아니면 기분을 달래주는 담배 탓이었을까? 아니면 생각을 잠재우는 순한 맥주 탓이었을까? 얌생이는 잠시나마 평소와 다르게 마음이 풀어져서는 낭만적이고 열정적인 빛을 띠었다. 그러다 생각에 잠긴 얼굴로 잠시 올리버를 내려다보다가 고개를 들더니 한숨을 폭 내쉬고는 혼잣말로 중얼거리듯 베이츠 군에게 말했다.

"얘가 도선생이 아닌 게 참 안타까워!"

"에휴!" 찰리 베이츠 군이 말했다. "뭐가 자기한테 이로운지 통 모르는 애야."

얌생이는 다시 한숨을 내쉬고는 담뱃대를 물었고, 찰리 베이츠도 그리 했다. 그러고는 둘 다 몇 초간 잠자코 담배를 피웠다.

"너 도선생이 뭔지도 모르지?" 얌생이가 애석하다는 듯 말했다.

"알 것 같아." 올리버는 고개를 들고 대답했다. "그건 도둑……
네가 그거잖아, 아냐?" 올리버는 말을 멈추고 물었다.

"나 그거 맞아." 얌생이가 대답했다. "어차피 다른 건 사양이
야." 도킨스 군은 그렇게 선언한 뒤 모자를 한쪽으로 홱 젖히고
는 반박하고 싶거든 얼마든지 해보라는 투로 베이츠 군을 바라
보았다.

"나 그거 맞아." 얌생이가 반복했다. "찰리도 그래. 페이긴도
그래. 사이크스도 그래. 낸시도 그래. 벳도 그래. 우리 모두 그래,
사이크스의 개까지도. 근데 우리 중에 제일 민첩한 건 그 개야!"

"밀고는 절대 할 수 없는 놈이기도 하지." 찰리 베이츠가 거들
었다.

"녀석은 증인석에서 행여 말실수라도 할까 짖지도 않을 놈이
야. 보름 동안 증인석에 묶어놓고 물 한 모금 안 줘도 꿈쩍 안 할
걸." 얌생이가 말했다.

"그렇고말고." 찰리가 말했다.

"별난 개야. 낯선 남자가 옆에서 웃거나 노래를 불러도 사납게
굴지 않거든!" 얌생이가 말을 이었다. "바이올린 소리를 들어도
으르렁 소리 한 번 내지 않아! 자기랑 종이 다른 개들도 싫어하

지 않고! 전혀!"

"속속들이 기독교도인 거지." 찰리가 말했다.

이것은 개의 능력을 칭찬하는 뜻에서 한 말이었지만, 베이츠 군이 잘 몰랐을 뿐 어떤 측면에서는 적절한 말이기도 했다. 자칭 속속들이 기독교인이라 주장하는 신사 숙녀분들이 많은데, 그들과 사이크스 씨의 개 사이에는 절묘하고 강한 유사점이 존재하기 때문이다.

"자, 자." 얌생이는 딴 데로 흐른 화제를 원점으로 돌렸다. 직업상 가져야 하는 주의력은 그의 모든 행동에 영향을 끼쳤다. "그건 이 풋내기 꼬마 녀석에게는 해당이 안 돼."

"그렇긴 하지." 찰리가 말했다. "페이긴 밑으로 들어오지그래, 올리버?"

"그럼 떼돈 벌 수 있어." 얌생이가 환희 웃으며 거들었다.

"한 재산 챙긴 다음 은퇴해서 호강하며 살 수 있어. 난 그럴 생각이야, 돌아오는 다섯 번째 윤년의 삼위일체 주간 중 마흔두 번째 화요일이 오면." 찰리 베이츠가 말했다.

"나는 그런 거 별로야." 올리버가 소심하게 대답했다. "그냥 날 보내주면 좋겠어. 나는…… 나는…… 가고 싶어."

"페이긴이 널 가게 안 둘걸!" 찰리가 대답했다.

올리버는 그것을 너무 잘 알고 있었지만 속마음을 더 내보였다가는 위험하겠다 싶어 한숨만 내쉬고 나서 계속 구두를 닦았다.

"가겠다니!" 얌생이가 소리쳤다. "쳇, 배짱은 어디 팔아먹었냐? 긍지는 됐다 뭐에 쓰게? 그럼 그 친구들에게 가서 얹혀살겠단 소리야?"

"아, 집어치워!" 베이츠 군은 주머니에서 실크 손수건을 두세 장 꺼내 벽장에 던져 넣으면서 말했다. "그건 비열한 짓이야, 진짜."

"난 그렇게는 못 해." 얌생이는 역겹다는 듯 거만하게 말했다.

"너희들도 친구를 버리고 가잖아." 올리버가 웃음기를 띤 얼굴로 말했다. "너희들이 벌인 일 때문에 친구가 대신 벌을 받든 말든."

"그건 말이지." 얌생이는 파이프 담배를 흔들며 대답했다. "그건 페이긴을 배려해서 그런 거야. 짭새들이 우리가 함께 일한다는 걸 알고 있거든. 우리가 내빼지 않았으면 페이긴이 곤욕을 치렀을걸. 그건 그걸 막기 위한 수였어, 안 그러냐, 찰리?"

베이츠 군은 고개를 끄덕이고 나서 뭐라 말을 하려 입을 열다가 문득 도망치던 올리버의 모습을 떠올렸다. 그 바람에 들이마시던 담배 연기가 너털웃음과 뒤섞여 머릿속으로 올라갔다가 목구멍으로 내려왔고, 이후 베이츠 군이 한바탕 기침을 토해내며 발을 굴러대는 폭소가 5분간이나 계속됐다.

"이거 봐!" 얌생이는 실링 은화와 반 페니짜리 동전을 한 움큼 꺼내며 말했다. "이런 게 신나는 인생이야! 어디서 나든 무슨 상관이람! 이거 가져. 이런 건 가져온 데서 또 가져오면 돼. 안 받아? 안 받겠다고? 에라, 머저리야!"

"너 이러는 거 못된 짓이야, 알아, 올리버?" 찰리 베이츠가 말했다. "얘 목줄 감기 딱 좋은 애야, 그치?"

"무슨 소린지 모르겠어." 올리버가 대답했다.

"이런 거 말이야, 이 친구야." 베이츠 군은 그러면서 자기 목에 두른 스카프의 한쪽 끝을 잡아 허공에 치켜세우면서 고개를 어깨 위로 툭 떨구고 치아 사이로 괴성을 내질렀다. 목줄을 감는 것과 목매달리는 것이 같은 것임을 직접 무언극으로 시연한 것이다.

"바로 이런 뜻이라고." 찰리가 말했다. "저 녀석 멍하니 잭 쳐다보는 것 좀 봐! 얘처럼 같이 있으면 즐거운 놈은 난생처음이야. 정말이지 난 얘 때문에 죽고 말 거야. 정말 그러고 말 거야." 베이츠 군은 다시 한바탕 웃고 나서 눈물이 그렁그렁한 눈으로 파이프 담배를 다시 피웠다.

"너 이제까지 잘못 산 거야." 얌생이는 올리버가 닦아준 구두를 흡족하게 살펴보며 말했다. "페이긴이 어떻게든 널 물건으로 만들어내겠지만. 아니면 넌 영감의 아이들 중 최초로 무용지물이 되겠지. 당장 시작하는 게 좋을걸. 어느새 이 바닥에서 놀고 있을 테니까. 오래 생각해 봤자 시간 낭비야, 올리버."

베이츠 군은 도덕적인 측면에서 나름의 잡다한 질책을 동원해 얌생이의 조언을 뒷받침했다. 그러고 나서 질책하는 데 싫증을 느낀 베이츠 군과 그의 친구 도킨스 군은 자기들이 누리는 숱한 재미를 극찬하고 묘사하기 시작했다. 그러면서 한시라도 빨리 페이긴의 호감을 얻는 것이 최선의 길이며 자신들은 모종의 수단을 통해 그것을 이루었다는 다양한 암시를 간간이 끼워 넣었다.

"그리고 이걸 뼛속에 새겨둬, 놀리." 위쪽에서 유대인이 잠긴 문을 여는 소리가 들려올 때 얌생이가 말했다. "네가 비단이랑 째깍이를 슬쩍하지 않으면—"

"그렇게 말하면 어떡해?" 베이츠 군이 끼어들었다. "얘는 무슨 말인지 모르잖아."

"네가 비단 손수건과 시계를 슬쩍하지 않으면." 얌생이는 올리버의 이해력에 맞춰 쉽게 말했다. "다른 놈이 가져갈 거야. 그러니 잃어버린 사람은 여전히 손해고 너도 손해지. 아무도 동전 한 닢 이득을 못 보는 거야, 가져간 녀석만 빼고. 그리고 그걸 가져갈 권리는 그 녀석들에게나 너에게나 똑같이 있는 거야."

"아무렴, 아무렴!" 유대인이 올리버가 못 본 사이에 안으로 들어와 말했다. "한마디로 명쾌하게 요약했구나. 그게 핵심이지. 얌생이의 말을 믿으렴. 하! 하! 하! 얌생이는 직업윤리를 안다니까."

유대인 영감은 양손을 신나게 비벼대며 얌생이의 논리를 뒷받침하고 나서 능수능란한 제자의 모습이 만족스러워 킬킬 웃었다.

대화는 거기서 멈추었다. 유대인이 벳 양과 어떤 신사 한 사람을 데려왔기 때문이다. 올리버는 한 번도 본 적 없는 남자였는데, 얌생이는 그를 톰 치틀링이라고 부르며 말을 걸었다. 그는 계단에 한동안 머물며 아가씨에게 얼마간 정중한 관심을 보이고 나서야 모습을 드러냈다.

치틀링 씨는 얌생이보다 나이가 한참 위였다. 겨울을 족히 열여덟 해는 난 듯 보였으나 다소 존경심을 가지고 꼬마 신사를 대하는 것으로 보아 천재성과 업무 능력 측면에서 약간의 열등감을 느끼는 것 같았다. 눈은 작고 반짝였으며, 얼굴에 얽은 흉터가 있었고, 털모자와 짙은 색 코르덴 재킷, 꾀죄죄한 두툼한 능직 면바지, 앞치마 차림으로 남루한 행색이었다. 그는 불과 한 시간 전에 '복무'를 마쳤으며 지난 6주 동안 제복을 입고 지낸 탓에 사복에는 신경 쓸 여유가 전혀 없었다면서 사람들에게 양해를 구했다. 거기서는 훈증 소독이라는 새로운 방식으로 세탁을 하는데, 옷이 타서 구멍이 나도 주 당국에 구제를 요청할 길이 없으니 지긋지긋한 반헌법적 소행이 아닐 수 없다며 강한 짜증을 표출했다. 게다가 두발 규정 역시 같은 지경이라면서 명백한 불법이라는 의견을 냈다. 치틀링 씨는 42일이라는 긴 시간 동안 죽도록 고생만 했을 뿐 술이라곤 구경도 못 했으니 "몸이 바구니처럼 바싹 말라 있지 않다면 벼락을 맞겠다"는 말로 발언을 마쳤다.

"이 신사분이 어디서 오셨을 것 같니, 올리버?" 다른 아이들이 술병을 탁자 위에 차리는 동안 유대인이 싱글벙글한 얼굴로 물었다.

"잘…… 모르겠어요, 나리." 올리버가 대답했다.

"앤 누구예요?" 톰 치틀링이 업신여기는 눈초리로 올리버를 보며 물었다.

"내 꼬마 친구야." 유대인이 대답했다.

"그렇다면 운이 좋은 아이로군요." 청년은 심술궂은 표정을 지으며 페이긴에게 말했다. "내가 어디서 왔는지 알아내려 애쓰지 않아도 돼, 꼬마야. 너도 조만간 거기 가게 된다는 데 내 5실링 한 닢 걸지!"

그 익살에 소년들은 와하하 웃음을 터뜨렸다. 그러고 나서 같은 내용으로 계속 농담을 하다가 페이긴과 몇 마디 속닥거리더니 사라졌다.

이 남자와 페이긴은 따로 몇 마디 주고받고 나서 의자들을 불가로 끌어다 놓았다. 유대인은 올리버를 불러 옆에 앉히고는 최대한 청중의 구미를 자극할 만한 이야기로 대화를 이끌었다. 이쪽 일의 엄청난 장점들, 얌생이의 능수능란함, 찰리 베이츠의 넉살, 유대인 본인의 관대함 등.

마침내 화제가 바닥나 간다는 조짐이 보였고, 치틀링 씨도 기운이 바닥나 간다는 조짐을 보였다. 교도소라는 것이 한두 주일만 생활해도 몸이 축나기 마련이다. 그래서 벳 양은 사람들이 휴식을 취할 수 있게끔 물러갔다.

그 후로 올리버는 좀처럼 혼자 지내는 일 없이 거의 항상 두 소년들과 어울려 지내게 되었고, 두 소년은 유대인과 예전부터 하던 놀이를 날마다 꼬박꼬박 했다. 두 소년의 재주를 더욱 연마하려는 것이었는지 아니면 올리버를 훈련시키려는 것이었는지 이유는 페이긴이 가장 잘 알 것이다. 놀이를 하지 않을 때 영감은 자기가 젊은 시절에 벌였던 강도 사건들의 이야기를 아이들에게 들려주었다. 워낙 웃기고 신기한 이야기라 올리버는 께름칙했지만 진심에서 우러난 웃음을 터뜨릴 수밖에 없었다.

말하자면 능글맞은 유대인 영감이 올리버를 함정 안에 가둔 상황이었다. 우선 외로움과 우울감으로 소년의 마음을 뒤흔들어 그 쓸쓸한 집에서 슬픈 생각들을 벗삼아 홀로 지내느니 누구든 함께 있고 싶다는 마음을 끌어냈으니, 이제는 소년의 영혼을 영원히 검게 물들일 독극물을 서서히 주입하는 중이었다.

19장

한 가지 묘안을
의논하고 결정하다

쌀쌀하고 축축한데 바람마저 부는 밤, 유대인은 노쇠한 몸에 긴 외투를 두르고 단추를 채운 다음 하관이 완전히 가려질 만큼 외투 깃을 귓가로 바짝 세운 뒤 소굴 밖으로 모습을 드러냈다. 집 안에서 문이 잠기는 동안 잠시 계단에 서서 사내아이들이 단단히 문단속하는 소리를 가만 듣다가 그들의 발소리가 안으로 점차 멀어져 더 이상 들리지 않자 최대한 잰걸음으로 거리를 걸어갔다.

올리버가 끌려온 곳은 화이트채플[26] 근처였다. 유대인은 모퉁이 앞에서 걸음을 멈추고 경계하는 눈초리로 주변을 둘러본 뒤

---

26   하층민들이 밀집해 거주했던 런던 동부 지역.

길을 건너가서 스피탈필즈[27] 쪽으로 나아갔다.

진흙이 돌바닥을 두껍게 뒤덮었고 거리 위로는 검은 안개가 걸려 있었다. 빗방울이 추적추적 떨어졌다. 몸이 닿는 모든 것이 차갑고 축축했다. 유대인 영감 같은 사람이나 나다닐 법한 그런 밤이었다. 흉측한 노인이 담장과 문간 밑으로 숨어가며 슬금슬금 은밀히 나아가는 꼴은 물기와 어둠 속에서 태어난 혐오스러운 파충류가 밤을 틈타 배를 채울 기름진 내장을 찾아 기어 다니는 것처럼 보였다.

그는 구불구불 이어지는 비좁은 길을 계속 통과해 베스널 그린에 도달했고, 거기서 왼쪽으로 꺾어져 곧 더럽고 허름한 길들이 미로처럼 펼쳐진 곳으로 들어갔는데, 많은 사람들이 다닥다닥 붙어 사는 동네였다.

유대인은 그곳을 잘 아는지 어두운 밤인 데다 복잡한 길인데도 전혀 헤매는 기색 없이 지나갔다. 이후 몇몇 골목과 거리를 서둘러 지난 다음 길 반대쪽 끝에 가로등 하나만 덜렁 주변을 밝히는 어느 거리로 들어섰다. 그는 그 거리의 어느 집 문을 두드리고 나서 문을 연 사람과 몇 마디 나눈 뒤 위층으로 올라갔다.

그가 어느 방 문고리를 잡았을 때 개가 으르렁거렸고 한 남자의 목소리가 거기 누구냐고 물었다.

"나야, 빌. 나라고." 유대인이 방 안을 들여다보며 말했다.

---

27   당시 런던의 악명 높은 범죄 빈민가.

"그럼 들어와." 사이크스가 말했다. "앉아, 이 멍청한 녀석아! 긴 외투를 입었다고 사람도 못 알아보는 거야?"

개는 페이긴 씨의 외투 때문에 착각을 한 게 분명했다. 유대인이 단추를 풀고 외투를 벗어 의자 등받이에 걸쳐놓자 개는 꼬리를 흔들며 원래 앉아 있던 구석 자리로 돌아갔는데, 자기는 본디 낙천적인 성격이라는 듯 가면서 꼬리를 흔들어댔다.

"왔군!" 사이크스가 말했다.

"왔네." 유대인이 대답했다. "아! 낸시."

영감이 마지막에 건넨 인사는 상대가 인사를 받지 않을 거라 생각했는지 서먹한 느낌이 돌았다. 영감의 젊은 친구가 올리버의 역성을 들며 끼어든 후로 둘이 처음 대면하는 자리였기 때문이다. 하지만 그 문제에 대한 앙금은 아가씨의 행동에 의해 즉시 말끔히 해소되었다. 낸시는 벽난로 난간에서 발을 떼더니 앉아 있던 의자를 뒤로 밀고 나서 의자를 불가로 당겨 앉으라 페이긴에게 권했을 뿐 지난 이야기는 뻥긋도 하지 않았다. 워낙 지독히 추운 밤이었다.

"춥다 추워, 낸시야." 유대인은 깡마른 양손을 불에 대고 녹이면서 말했다. "뼛속까지 시리구나." 영감이 옆구리를 만지며 덧붙였다.

"이 영감의 심장을 파고들 정도면 그건 송곳인 거지." 사이크스 씨가 말했다. "영감에게 마실 것 좀 가져다줘, 낸시. 환장하겠네 정말, 냉큼 움직이라고! 저 송장처럼 비쩍 마른 영감이 무덤에서 막 나온 흉측한 유령처럼 저리 부들부들 떠는 꼴을 보고 있으면 멀쩡한 남자도 병이 날 참이야."

낸시는 얼른 찬장에서 술병을 하나 내왔다. 찬장에는 술병이 많았는데, 모양이 각양각색인 것으로 보아 다양한 종류의 술이 있는 것 같았다. 사이크스는 유대인에게 브랜디를 한 잔 따라주고는 얼른 마시라 권했다.

"이거면 됐네, 됐어, 고마워, 빌." 유대인은 입술에 술잔을 살짝 댔다가 내려놓으며 대답했다.

"뭐야! 우리가 당신 뒤통수라도 칠까 겁나서 그래, 응?" 사이크스는 유대인을 물끄러미 쳐다보며 물었다. "어휴!"

사이크스 씨는 경멸하는 투로 거칠게 불평하고는 술잔을 집어 남은 것을 재에 뿌렸다. 그는 이렇게 자기가 마실 것을 따르기 위한 사전 조치를 취한 뒤 곧바로 잔을 채웠다.

동료가 두 번째 잔을 비울 때 유대인은 방 안을 둘러보았다. 여러 번 본 적이 있는 곳이라 호기심 때문은 아니었다. 안절부절못하고 의심이 많은 습관, 몸에 밴 버릇 때문이었다. 가구랄 게 딱히 없는 집이었는데, 옷장 안에는 이 집 주인이 절대 평범한 노동자가 아님을 암시하는 내용물들이 들어 있었고, 구석에 세워진 몽둥이 두세 자루와 벽난로 선반 위에 걸린 철제 곤봉은 의심스럽기 짝이 없었다.

"자." 사이크스가 입맛을 다시며 말했다. "해봐."

"사업 이야기?" 유대인이 물었다.

"사업 이야기." 사이크스가 대답했다. "할 말이 있으면 해보시라고."

"처트시의 그 집 말이야, 빌." 유대인은 잔뜩 낮춘 목소리로 의자를 앞으로 당기며 말했다.

"응. 그게 뭐." 사이크스가 물었다.

"아! 무슨 말인지 다 알잖아." 유대인이 말했다. "이 친구 무슨 말인지 다 알면서 꼭 이런다니까, 낸시, 안 그래?"

"아니, 그 친구는 전혀 모른다는데." 사이크스가 비아냥거렸다. "알고 싶은 마음도 없고. 그게 그거지만. 영감 입으로 분명히 말해, 거기 이름을 똑바로 부르란 말이야. 그렇게 앉아서 찡긋찡긋 눈짓이나 보내고 내게 빙빙 돌려 말하면서 이번 강도 건을 처음 생각해 낸 게 영감이 아닌 척하지 말란 말이야! 할 말이 뭐냐고?"

"쉿, 빌, 쉿!" 유대인은 그렇게 말하면서 애썼지만 분출하는 분노를 막지 못했다. "누가 듣겠어. 누가 들으면 어쩌려고."

"들으라 해!" 사이크스가 말했다. "난 신경 안 써." 하지만 신경을 안 쓸 수가 없는 일이었으므로 사이크스 씨는 생각을 고쳐먹고 목소리를 낮추고 성질을 가라앉혔다.

"자, 자." 유대인이 꼬드기듯 말했다. "그냥 조심하자는 거야. 자, 이보게, 처트시의 그 집 말인데, 언제 할 건가, 빌, 응? 언제 할 거냐고? 엄청난 은식기가 있어, 엄청난 은식기!" 유대인은 양손을 비비면서 황홀한 기대감에 눈썹을 치켜떴다.

"난 생각 없는데." 사이크스가 무심히 대꾸했다.

"할 생각이 없다고!" 유대인은 의자로 몸을 기대며 따라 말했다.

"없어, 전혀 없어." 사이크스가 대꾸했다. "적어도 우리가 예상한 대로 미리 짜고 털진 못해."

"그럼 그간 일을 제대로 안 한 거로군." 유대인이 분노로 하얗게 질려 말했다. "그딴 말은 하지도 마!"

"할 거야." 사이크스가 응수했다. "당신이 뭔데 하라 마라야? 토비 크래킷이 보름간 거기를 얼쩡거렸지만 도대체 그 집 하인에게 줄을 댈 수가 있어야 말이지."

"그러니까 이런 거로군, 빌." 유대인은 열불을 내는 상대를 달래며 말했다. "그 집의 두 하인 중 한 놈도 끌어들이지 못했다?"

"맞아. 진짜야." 사이크스가 대답했다. "그 집 할마시가 놈들을 20년이나 데리고 있었다는군. 500파운드를 준대도 넘어오지 않을 놈들이야."

"그럼 이건 어떤가." 유대인이 항의했다. "거기 하녀도 하나 못 끌어들인단 말이야?"

"어림도 없어." 사이크스가 대꾸했다.

"살살이 토비 크래킷도 못 한다고?" 유대인이 못 믿겠다는 투로 말했다. "여자들이 어떤지 알잖아, 빌."

"안 돼. 살살이 토비 크래킷도 못 했어." 사이크스가 대꾸했다. "가짜 구레나룻에 카나리아 색 조끼 차림으로 내내 거기를 맴돌았는데 아무 소용이 없었다는군."

"콧수염과 군복 바지로 했더라면 어땠을까." 유대인이 말했다.

"그것도 해봤지." 사이크스가 대답했다. "다른 술책과 마찬가지로 아무 소용이 없었어."

유대인은 망연자실한 표정을 지었다. 그러고는 턱을 가슴께에 떨구고 골똘히 생각하다가 몇 분 뒤 고개를 들더니 깊은 한숨을 내쉬면서 살살이 토비 크래킷이 똑바로 보고한 것이라면 이번 건은 틀린 거라고 말했다.

"그것참." 영감은 양손을 무릎에 떨구면서 말했다. "찜한 횡재를 그냥 놓치다니 애석한 노릇이군."

"그러게 말이야." 사이크스가 말했다. "재수가 없는 거지 뭐!"

기나긴 침묵이 이어지는 동안 유대인은 주글주글한 얼굴에 악마나 다름없는 사악한 표정을 띠고 골똘히 생각에 잠겼다. 사이크스는 때때로 영감을 흘끔거렸고, 낸시는 행여 강도의 성미를 거스를까 두려운지 오가는 말을 전혀 못 들은 양 난롯불만 바라보며 앉아 있었다.

"페이긴." 사이크스가 별안간 침묵을 깨트리며 말했다. "그냥 우리끼리 안전하게 해낸다면 금화 다섯 닢 더 낼 의향 있나?"

"물론이지." 유대인이 별안간 활기를 띠며 말했다.

"그럼 그렇게 하기로 하는 거다?" 사이크스가 물었다.

"그래, 그렇게 하자고." 흥분한 유대인의 눈은 반짝거렸고 얼굴의 근육이란 근육은 모두 작동했다.

"그럼." 사이크스는 다소 업신여기는 빛으로 유대인의 손을 밀쳐내며 말했다. "영감이 원하는 대로 후딱 해치우지 뭐. 그저께 밤에 토비랑 같이 그 집 정원 담을 넘어 들어가서 문과 덧창을 살펴봤거든. 밤에는 감옥처럼 다 막아놓았지만, 딱 하나 안전하게 조용히 뚫고 들어갈 만한 데가 있더라고."

"그게 어딘데, 빌?" 유대인이 열띤 어조로 물었다.

"그게." 사이크스가 소곤거렸다. "잔디밭을 건너가서—"

"가서?" 유대인은 눈에 불을 켜고 고개를 앞으로 쑥 내밀었다.

"음!" 사이크스가 말을 뚝 멈추었다. 낸시가 고개는 거의 가만 두고 별안간 시선을 움직거리다가 유대인의 얼굴 쪽으로 휙 돌렸기 때문이다. "그것까진 신경 쓰지 마. 어차피 영감은 나 없이 못 하니까. 하지만 영감과 거래할 땐 매사 안전한 게 최고야."

"좋을 대로 하게, 좋을 대로 해." 유대인이 대답했다. "자네와 토비 둘이 할 건가? 안 도와줘도 되겠어?"

"필요 없어." 사이크스가 말했다. "송곳이랑 사내아이 하나만 있으면 돼. 송곳은 우리 둘 다 있고, 사내아이는 영감이 구해줘야 해."

"사내아이!" 유대인이 큰 소리로 말했다. "그럼 창문이로구나, 그치?"

"그건 상관 말라니까 그러네!" 사이크스가 대답했다 "사내아이가 필요해. 몸집이 큰 놈은 안 되는데. 으이그!" 사이크스 씨는 궁리하며 말했다. "굴뚝 청소부 네드의 아들놈이 딱인데 말이야! 네드는 아들놈을 일부러 못 크게 해서 이 작업에 빌려주곤 했었는데, 체포되고 말았어. 그 바람에 비행청소년협회인가 뭔가가 와서는 애한테서 돈 되는 일을 빼앗더니 글을 읽고 쓰는 법을 가르친다느니, 때가 되면 도제로 보낸다느니 난리잖아. 그 작자들 늘 그런 식이야." 사이크스 씨는 손해를 입었다는 생각에 울컥해서 말했다. "그 작자들 늘 그런 식이라고. 그자들에게 돈이 넉넉했다면(신의 뜻인지 그들의 자금은 충분하지 않았다) 이 바닥에서 일할 사내아이는 일이 년 만에 대여섯 명으로 줄어들 거야."

"그렇겠지." 유대인은 사이크스가 말하는 내내 다른 생각을 하다가 마지막 말만 알아듣고 동의했다. "빌!"

"또 뭐야?" 사이크스가 물었다.

유대인은 아까부터 불만 바라보는 낸시를 고갯짓으로 가리키고는 사이크스에게 낸시를 방에서 내보내라고 신호했다. 사이크스는 조심성이 지나치다는 듯 짜증스럽게 어깨를 한 번 올렸다 내렸지만, 그래도 유대인이 시키는 대로 낸시 양에게 맥주를 한 단지 가져오라고 말했다.

"맥주 마시고 싶은 거 아니잖아." 낸시는 팔짱을 낀 채 의자에 그대로 앉아 말했다.

"마시고 싶어!" 사이크스가 대꾸했다.

"헛소리." 여자가 차갑게 쏘아붙였다. "계속해, 페이긴. 영감이 무슨 말을 하려는지 뻔해, 빌. 내 눈치 볼 것 없다고 해줘."

유대인은 계속 망설였고 사이크스는 조금 놀란 얼굴로 두 사람을 번갈아 보았다.

"이런, 저 여자 눈치는 왜 보는 거야, 페이긴, 응?" 사이크스가 마침내 말했다. "이 정도로 오래 안 여자면 믿어도 되잖아. 아니면 마가 낀 거지. 입이 싼 여자는 아니야. 그렇지, 낸시?"

"아니지 그럼!" 아가씨는 의자를 탁자 쪽으로 끌어당긴 다음 팔꿈치를 탁자에 얹었다.

"아무렴, 아니고말고, 낸시야, 넌 그런 여자는 아니야." 유대인이 말했다. "그래도……." 영감은 또다시 망설였다.

"그래도 뭐?" 사이크스가 물었다.

"행여 낸시가 기분이 안 좋은 건 아닌가 해서, 그날 밤처럼 말이야." 유대인이 대답했다.

낸시 양은 솔직한 대답에 한바탕 요란하게 웃은 뒤, 브랜디 잔을 들이켜면서 반항하는 투로 고개를 절레절레 흔들고는 "게임을 계속하시지!" 혹은 "후퇴는 없다!" 같은 말들을 몇 마디 외쳤다. 그러자 두 신사는 마음을 놓은 듯했다. 유대인이 흡족하게 고개를 끄덕이며 자리에 다시 앉았고 사이크스도 그랬기 때문이다.

"자, 페이긴!" 낸시가 깔깔대며 말했다. "이제 그만 빌에게 말해, 올리버 얘기!"

"하! 영리하기도 하지. 너처럼 총명한 여자는 처음이야!" 유대인은 낸시의 목을 다독이며 말했다. "안 그래도 올리버 얘기를 하려던 참이었어. 하! 하! 하!"

"그 녀석이 왜?" 사이크스가 물었다.

"자네가 쓸 사내아이가 바로 그 녀석이야." 유대인이 쉰 목소리로 소곤거렸다. 그러면서 손가락을 코 옆에 갖다 대고 무시무시한 미소를 지었다.

"에에?" 사이크스가 외쳤다.

"걜 데려가, 빌!" 낸시가 말했다. "나라면 그러겠어. 그 아이는 다른 아이들만큼 잘하진 않지만 꼭 잘하지 않아도 되잖아. 당신한테 문만 열어주면 되니까. 걱정 붙들어 매, 안전한 아이니까, 빌."

"내 생각도 그래." 페이긴이 대답했다. "지난 몇 주 동안 충분히 훈련을 받았거든. 어차피 슬슬 자기 밥벌이를 할 때도 되었네. 게다가 다른 아이들은 덩치가 너무 커."

"뭐, 그 녀석이 딱 내가 원하는 몸집이긴 해." 사이크스 씨가 곰곰 따져보면서 말했다.

"게다가 그 녀석은 자네가 시키는 건 뭐든 다 할 거야, 빌." 유대인이 끼어들었다. "제까짓 놈이 별수 있나. 자네가 겁을 좀 주면 말 들을 거야."

"겁을 좀 주라고!" 사이크스가 따라 말했다. "난 공갈 같은 건 몰라. 일단 작업을 시작한 후에 놈이 조금이라도 수상쩍게 굴면, 곧장 감옥행이고 곧장 재판감이란 말이야. 그럼 그놈의 살아 있는 꼴은 다신 못 볼 줄 알아, 페이긴. 놈을 보내기 전에 잘 생각해. 내 말 명심하라고!" 그러더니 강도는 침대 밑에서 꺼낸 쇠지레를 들고 자세를 취했다.

"생각은 할 만큼 했어." 유대인이 열렬히 말했다. "그동안 내내.

그간 그 아이를 쭉 지켜봤거든, 유심히, 유심히 말이야. 한번 그 아이의 가슴속에 자기가 우리와 동패라는 느낌이 자리 잡게 되면, 그 아이 머릿속에 자기가 도둑이라는 생각이 자리 잡게 되면 그 아이는 우리 거야! 평생 우리 거라고. 오호! 그보다 더 좋은 일은 없는 거야!" 영감은 가슴에 팔짱을 끼고 머리와 어깨를 움츠려 말 그대로 자기 몸을 껴안으면서 기뻐했다.

"우리 거!" 사이크스가 말했다. "영감 거겠지."

"그렇다고 봐야 하나." 유대인은 우악스럽게 킬킬 웃었다. "정 그렇다면 내 거라고 해두지, 빌."

"대체 왜지?" 사이크스가 기분이 좋은 친구에게 험악하게 인상을 쓰며 말했다. "왜 얼굴 허연 꼬맹이 한 놈에게 그리 정성을 들이는 거야? 밤마다 코벤트 가든 시장에서 쪼그리고 자는 사내아이들이 쉰 명은 되니 거기에 골라잡으면 되는데."

"내 보기에 그 녀석들은 쓸모가 없어." 유대인은 조금 혼란스러워하며 대꾸했다. "데려올 가치가 없다고. 생김새가 딱 범죄자라 일이 틀어지면 바로 끝난단 말일세. 말짱 도루묵이지. 그런데 이 아이는 제대로 관리만 하면 녀석들 스무 명으로도 못 할 일을 할 수 있거든. 게다가……" 유대인은 평정심을 되찾으며 말했다. "이 아이가 다시 달아나는 날엔 우린 끝장이란 말이야. 그러니 이 아이가 우리와 한배를 타게 만들어야 해. 어떤 식으로 한배를 타느냐는 상관없어. 녀석이 강도질을 했다는 것만으로도 녀석을 좌지우지하는 데 충분하거든. 내가 원하는 건 그것뿐이야.

이것이 불쌍한 어린애를 제거하는 것보다야 훨씬 낫지 않나? 어린애를 제거하는 건 위험한 데다 손해 보는 일이기도 해."

"언제 작업할 건데?" 사이크스 씨가 페이긴의 위선적인 인간미에 대한 혐오감과 격렬한 비난을 쏟아내자 낸시가 끼어들어 물었다.

"아, 그렇지." 유대인이 말했다. "작업 언제 할 건가, 빌?"

"토비와 계획한 건 모레 밤이야." 사이크스는 부루퉁하게 대꾸했다. "내가 별다른 연락을 주지 않으면 그날 하는 줄 알아."

"좋아." 유대인이 말했다. "달도 없겠다 딱이로군."

"맞아." 사이크스가 대답했다.

"물건 가져올 방법도 마련해 놨겠지, 응?" 유대인이 물었다.

사이크스가 고개를 끄덕였다.

"이건 어떤가—"

"거참, 다 계획이 있다니까 그러네." 사이크스가 영감의 말을 끊었다. "자세한 건 맡겨둬. 영감은 내일 밤 그 녀석이나 데려와. 동 트고 한 시간 뒤에는 길 떠날 거니까. 영감은 입 다물고 도가니나 마련해 두라고. 영감이 할 일은 그것뿐이야."

세 사람 모두 활발히 토론을 벌인 결과 이튿날 날이 저무는 대로 낸시가 유대인의 집에 가서 올리버를 데려오기로 했다. 페이긴은 올리버가 이 일을 거부할 수 있지만 얼마 전 열렬히 편을 들어준 낸시라면 다른 사람보다 따라나설 가능성이 높다는 걸 간파했다. 또한 계획된 출장을 위해서 불쌍한 올리버의 보호와 관리 권한은 윌리엄 사이크스 씨에게 전적으로 일임된다는 것과, 상기한 사이크스는 필요에 따라 임의대로 올리버를 처리해도 좋다는 엄숙한 합의가 이루어졌다. 유대인은 올리버에게 어떤 불운이나 재앙이 일어나도, 필요에 따라 징벌이 내려져도 아무런 책임을 묻지 않겠지만 이 협정이 효력을 지니기 위해서는 사이크스 씨가 돌아와 설명하는 모든 중요한 세부 사항들이 살살이 토비 크래킷의 증언에 부합되고 확인이 되어야 한다는 합의도 이루어졌다.

이렇게 사전 합의가 이루어진 뒤 사이크스 씨는 맹렬한 속도로 브랜디를 들이켜고 쇠지레를 위협적으로 휘둘러 대면서 음정과 박자가 엉망인 노래들을 욕지거리를 섞어가며 목청껏 불러댔다. 그러다 직업적 열정이 발동해 본인의 집털이 도구함을 보여주겠다고 나섰다. 하지만 도구함을 들고 비틀비틀 들어와 안에 든 다양한 도구들의 쓰임새와 특징, 독특하고 아름다운 모양새를 설명하겠다더니 뚜껑을 열자마자 바닥에 놓인 상자 위로 고꾸라져 그대로 잠이 들었다.

"잘 자라, 낸시." 유대인은 들어올 때처럼 몸을 감싸며 말했다.

"잘 자요."

두 사람의 눈이 마주쳤을 때 유대인은 실눈을 뜨고 여자를 뜯어보았다. 그녀는 움찔하는 빛이 전혀 없었고 토비 크래킷만큼이나 진실하고 진지해 보였다.

유대인은 다시 낸시에게 인사를 건네고 나서 낸시가 등을 돌렸을 때 엎어진 사이크스 씨를 슬쩍 발로 차고는 더듬더듬 층계를 내려갔다.

"참 한결같구먼!" 유대인은 집 쪽으로 방향을 틀면서 중얼거렸다. "이 여자들이 참 고약한 건 아주 사소한 일에 잊고 있던 케케묵은 감정을 끄집어낸다는 거야. 그 감정이 오래가지 않는다는 건 참 좋은 점이긴 하지만. 하! 하! 황금 자루를 놓고 어른 남자가 어린아이와 다투는 꼴이지 뭐야!"

페이긴 씨는 이런저런 재미난 생각에 잠겨 질퍽질퍽한 진창을 뚫고 음산한 집을 향해 슬슬 나아갔다. 집에 도착하니 얌생이가 자지 않고 이제나저제나 영감이 귀가하기를 기다리고 있었다.

"올리버는 잠자리에 들었니? 그 아이와 할 이야기가 있는데." 둘이 함께 계단을 내려갈 때 영감이 대뜸 첫마디에 그리 말했다.

"한참 전에요." 얌생이는 문을 열며 대답했다. "여기 있네요!"

아이는 바닥에 놓인 남루한 침대에 곤히 잠들어 있었는데, 근심과 슬픔, 갇혀 지내는 답답함 때문에 얼굴이 어찌나 창백한지 죽음의 그림자마저 아른거렸다. 그것은 수의와 관 속에 드리운 죽음의 그림자가 아니라 생명이 막 꺼진 피부에서 보이는 죽음의 그림자, 즉 어리고 상냥한 영혼이 막 천국으로 날아가고 속세의 오염된 공기가 영혼이 자리했던 흙먼지에 미처 닿기 전 보이는 죽음의 그림자였다.

"지금은 안 되겠군." 유대인은 살그머니 돌아섰다. "내일. 내일 하지 뭐."

20장

올리버는 윌리엄 사이크스 씨에게
넘겨진다

이튿날 아침 올리버는 잠에서 깼을 때 침대 옆에서 밑창이 튼튼하고 두툼한 새 신발을 발견하고 상당히 놀랐다. 원래 신던 낡은 신발은 치워지고 없었다. 새 신발을 처음 보았을 땐 밖으로 풀려나려나 싶어 기대감에 부풀었지만 유대인과 함께 아침 식탁에 앉자마자 유쾌한 기분이 싹 사라졌다. 유대인이 올리버에게 위협적인 말투와 태도로 오늘 밤 빌 사이크스의 집으로 갈 거라고 말했기 때문이다.

"거, 거기서 살라고요?" 올리버가 불안하게 물었다.

"아니, 아니. 거기서 사는 건 아니야." 유대인이 대답했다. "너를 잃을 수야 없지. 걱정하지 마라, 올리버. 다시 우리에게 돌아올 테니까. 하! 하! 하! 너를 보내버릴 만큼 우리는 그리 잔인하지 않

아. 아, 아니고말고!"

불 위로 몸을 굽히고 빵을 굽던 영감은 고개를 돌려 올리버에게 농담을 하고는, 넌 틈만 나면 달아나고 싶은 마음이 굴뚝같겠지, 다 안다 하는 투로 킬킬 웃었다.

"내 생각에는 말이다." 유대인은 올리버를 빤히 보며 말했다. "빌네 집에 왜 가는지 너도 궁금할 거야. 그치, 응?"

올리버는 늙은 도둑에게 속을 읽힌 것만 같아 자기도 모르게 얼굴을 붉혔지만, 그렇다고, 알고 싶다고 과감히 대꾸했다.

"왜 간다고 생각하니?" 페이긴은 대답하기를 피하며 물었다.

"저는 정말 모르겠어요." 올리버가 대답했다.

"푸!" 유대인은 소년의 얼굴을 뜯어보다가 실망한 얼굴을 돌리며 말했다. "그럼 빌이 말해줄 때까지 기다리거라."

유대인은 올리버가 딱히 호기심을 보이지 않는다는 생각에 짜증이 난 것 같았지만 사실 올리버는 몹시 초조했다. 하지만 페이긴의 얼굴에 진지하고 교활한 표정이 어린 데다 나름대로 이리저리 추측하느라 바빴기 때문에 더는 물어볼 수 없었다. 질문할 기회는 두 번 다시 오지 않았다. 유대인이 내내 뚱하니 입을 꾹 다물고 있다가 밤이 되자 외출할 준비를 했기 때문이다.

"촛불 켜도 된다." 유대인은 탁자에 양초를 놓으며 말했다. "그들이 데리러 올 때까지 이 책 읽고 있거라. 나 간다!"

"다녀오세요!" 올리버는 나지막이 대답했다.

유대인은 문 쪽으로 갔다. 가면서 어깨 너머로 올리버를 돌아보고는 별안간 걸음을 멈추더니 올리버의 이름을 불렀다.

올리버는 고개를 들었고, 유대인은 초를 가리키며 불을 켜라는 시늉을 했다. 올리버는 시키는 대로 초에 불을 붙였다. 그리고 초를 탁자에 내려놓다가 유대인이 저편에서 눈살을 찌푸린 채 이쪽을 물끄러미 바라보는 것을 발견했다.

"조심해라, 올리버! 조심해!" 노인은 내민 오른손을 흔들며 경고했다. "그자는 거친 인간이라 피가 끓으면 피 보는 걸 대수롭지 않게 여긴단다. 어떤 경우라도 아무 말 마라. 그냥 그자가 시키는 대로 해. 명심하거라!" 노인은 힘주어 마지막 말을 하고 나서 표정을 천천히 풀면서 섬뜩한 미소를 끌어내더니 고개를 끄덕여주고는 방을 나갔다.

노인이 나가자 올리버는 두근거리는 가슴으로 턱을 받치고 방금 노인이 한 말을 곱씹어 보았다. 유대인의 당부는 생각할수록 어떤 의도에서 어떤 뜻으로 한 말인지 헷갈렸다. 대체 자기를 사이크스에게 보내 얻는 사악한 이득이 뭘까 생각해 보았지만 딱히 짚이는 데가 없었고, 페이긴이 자기를 데리고 있을 때 얻는 이득도 아리송했다. 한참 생각한 끝에 올리버는 더 마땅한 아이가 생길 때까지 이런저런 잡일을 하는 강도의 조수로 선택되었다는 결론을 내렸다. 고생이라면 이골이 난 데다 여기서도 할 만큼 하고 있는 처지라 더 급격한 변화를 예감하며 슬퍼할 겨를이 없었다. 올리버는 몇 분쯤 생각에 잠겨 있다가 한숨을 내쉬면서 까맣게 탄 촛불의 심지를 잘라낸 뒤 유대인이 준 책을 집어 읽기 시작했다.

올리버는 책장들을 휘릭휘릭 넘겼다. 처음에는 무심히 넘기다가 관심을 끄는 구절을 발견하고 이내 책에 몰두했다. 그것은 유명한 범죄자들의 삶과 재판을 다룬 역사책이었는데, 오염과 손때가 묻어 지저분했다. 소년은 참혹한 범죄 이야기를 읽고 피가 얼어붙는 것 같았다. 한적한 노상에서 남몰래 저질러진 살인, 남의 이목을 피해 깊은 구덩이나 우물 속에 숨겨진 시체. 그 시체들은 여러 해가 지나면 결국 솟아올라 모습을 드러냈고, 살인자들은 그 광경에 넋을 놓고 공포에 사로잡혀서 죄를 자백한 뒤 어서 교수대에 보내 고통을 끝내달라고 고함을 질러댔다. 또한 오밤중에 침대에 누워 있다가 (그들의 표현에 의하면) 문득 나쁜 생각에 미혹되어 참혹한 유혈극을 벌였다는 내용은 다시 생각해도 소름이 돋고 팔다리가 덜덜 떨리는 이야기였다. 그 잔혹한 묘사가 어찌나 사실적이고 생생한지 누런 책장이 붉게 물드는 것 같았고 그 위에 쓰인 글자들은 망자의 혼령이 귀에 대고 웅얼거리는 공허한 속삭임 같았다.

올리버는 폭풍 같은 두려움에 사로잡혀 책을 덮고 멀찍이 밀어버렸다. 그리고 무릎을 꿇고 이런 범행을 저지르지 않게 해달라고, 자신에게 그 두렵고 참혹한 범행이 예정돼 있다면 차라리 당장 죽여달라고 하늘에 기도했다. 그러다 차츰 마음을 가라앉힌 뒤 나직하고 갈라진 목소리로 현재 처한 위험에서 구해달라 간청했다. 우정도 가족애도 모르는 딱한 외톨이에게 만에 하나

도움의 손길이 예비돼 있다면 지금 당장 내려달라고, 사악함과 죄악의 한가운데 홀로 서 있는 외롭고 막막한 지금 이 순간에 내려달라 빌었다.

올리버는 기도를 마쳤지만 계속 손으로 머리를 감싸고 움직이지 않다가 주변에서 기척이 나 고개를 들었다.

"뭐지!" 깜짝 놀라 외쳤을 때 올리버는 문가에 서 있는 형체를 발견했다. "거기 누구세요?"

"나야. 나라고." 떨리는 목소리가 대꾸했다.

올리버는 촛불을 머리 위로 들고 문 쪽을 쳐다보았다. 낸시였다.

"촛불 내려." 낸시는 고개를 돌리며 말했다. "눈이 부시잖니."

올리버는 낸시의 창백한 얼굴을 보고 어디 아프냐고 다정하게 물었다. 낸시는 의자에 털썩 주저앉더니 올리버를 등진 채 양손을 맞잡고 비틀 뿐 대답하지 않았다.

"하느님, 저를 용서해 주세요!" 잠시 후 그녀가 외쳤다. "저는 이렇게 될 줄 몰랐어요."

"무슨 일 있어요?" 올리버가 물었다. "제가 도움이 될까요? 도울 수 있다면 도와드릴게요. 정말 그럴게요."

낸시는 몸을 앞뒤로 흔들어대다가 자기 목을 움켜쥐더니 숨넘어가는 소리를 내며 헐떡였다.

"낸시!" 올리버가 소리쳤다. "왜 그래요?"

낸시는 손으로 무릎을 내려치고 발로 바닥을 구르다가 별안간 멈추고 몸에 두른 숄을 바짝 여몄다. 그리고 추워서 부들부들 몸을 떨었다.

올리버는 난롯불을 뒤적였다. 낸시는 의자를 불 쪽으로 당겨 놓고 잠시 잠자코 앉아 있다가 고개를 들어 주위를 둘러보았다.

"가끔 뭔가에 씌일 때가 있어." 그녀는 옷매무새를 매만지느라 바쁜 척 말했다. "여기가 너무 지저분하고 축축해서 그랬나 봐. 자, 놀리, 준비됐니?"

"낸시랑 같이 갈 준비 말이죠?" 올리버가 물었다.

"그래. 나 빌 심부름으로 왔어." 여자가 대답했다. "너 나랑 같이 가야 해."

"왜 가는 거예요?" 올리버가 움찔하며 물었다.

"왜 가는 거냐고?" 여자는 눈을 들며 되묻고는 올리버의 얼굴에 시선이 닿자마자 다시 시선을 돌렸다. "음! 해로울 일은 아니야."

"그 말은 못 믿겠어요." 올리버는 여자의 얼굴을 자세히 살피면서 말했다.

"마음대로 생각해." 여자가 부러 깔깔 웃으며 대꾸했다. "그럼 좋은 일은 아니라고 해두자."

낸시의 선한 마음을 끌어낼 힘이 자기에게 있음을 의식한 올리버는 그녀의 동정심에 자신의 무기력한 처지를 호소해 볼까 잠시 생각해 보았다. 하지만 이제 막 11시가 된 시각이라 아직 많은 사람들이 거리에 있을 테니 그중에 몇 명은 그의 이야기를 믿어줄 것도 같았다. 그런 생각에 올리버는 앞으로 나서면서 갈 준비가 됐다고 선뜻 말했다.

올리버의 생각과 속셈은 동행자에게 고스란히 간파되었다. 낸시는 올리버가 말하는 동안 줄곧 실눈을 뜨고 살피다가 올리버의 머릿속에 무슨 생각이 오갔는지 다 안다는 듯한 표정을 지었다.

"쉿!" 여자는 올리버에게 몸을 숙이면서 말하고 나서 신중히 두리번거리다 문 쪽을 가리켰다. "그래 봤자 안 돼. 나도 너를 위해 무던 애를 썼지만 아무 소용 없었어. 넌 단단히 포위돼 있어. 네가 여기서 도망칠 수 있다고 해도 지금은 때가 아냐."

올리버는 낸시의 열렬한 기세에 충격을 받아 그녀의 얼굴을 올려다보았다. 진실을 말하는 것 같았다. 안색은 하얗게 질려 심란해 보였고 진짜로 몸을 덜덜 떨고 있었다.

"예전에 내가 맞을 뻔한 널 구해준 적 있었지. 앞으로도 그럴 거고 지금도 그러고 있는 거야." 그녀는 큰 소리로 말을 계속했다. "만약 나 대신 다른 사람이 왔다면 지금보다 훨씬 더 힘들었을 거야. 네가 얌전히 잠자코 올 거라고 내가 장담해 두었거든. 만약 그렇지 않으면 너는 물론이고 나마저도 해를 입게 될 거야. 어쩌면 나는 죽을지도 몰라. 이걸 보렴! 네 편을 들다 이렇게 된 거야. 하느님이 지켜보셨듯이 기필코 사실이야."

그녀는 목과 팔의 시퍼런 멍 자국을 서둘러 가리키고 나서 아주 빠르게 말을 쏟아냈다.

"이것들을 기억해 주렴! 그리고 지금은 너 때문에 더 고통당하지 않게 해줘. 널 도울 수만 있다면 돕겠지만 지금 난 그럴 힘이 없단다. 그들이 널 해치려는 건 아니야. 그들이 네게 무얼 시키든 그건 네 잘못이 아니야. 쉿! 네가 말할 때마다 내 가슴은 무너진단다. 손 이리 내. 얼른! 손!"

올리버가 얼결에 손을 낸시의 양손 위에 얹자 그녀는 아이의 손을 잡고 촛불을 훅 불어 끈 뒤 아이를 이끌고 계단을 올라갔다. 문은 어둠에 싸인 형체에 의해 휙 열린 다음 그들이 밖으로 나가자마자 다시 휙 닫혔다. 말 한 필이 끄는 이륜마차 한 대가 대기 중이었다. 낸시는 올리버에게 말을 쏟아낼 때처럼 맹렬한 기세로 올리버를 잡아끌어 함께 마차에 올라타고는 커튼을 내렸다. 아무런 지시도 없었지만 마부는 지체 없이 전속력으로 말을 몰았다.

여자는 올리버의 손을 계속 부여잡고 떠나기 전에 해두었던 당부와 약속을 줄곧 아이의 귀에 쏟아냈다. 마차가 어제 저녁 유대인이 걸음했던 집 앞에 멈췄을 때 모든 것이 너무 빠르고 급박히 흘러온 터라 아이는 거기가 어디인지, 어떻게 거기에 오게 됐는지 가늠할 정신이 없었다.

올리버는 한순간 텅 빈 거리를 훑어보았다. 도와달라는 비명 소리가 입안을 맴돌았다. 하지만 제발 사정을 봐달라고 애원하는 여자의 고통스러운 목소리가 귓가에 울려 퍼져 차마 소리를 지를 수가 없었다. 망설이는 사이 기회는 사라졌다. 어느새 아이는 집 안에 있었고 문은 굳게 닫혀 있었다.

"이쪽이야." 여자는 내내 잡고 있던 손을 그제야 놓으며 말했다. "빌!"

"어서 와!" 사이크스가 촛불을 들고 계단 꼭대기에 나타나 응답했다. "오호! 실력은 인정해 줘야겠네. 올라와!"

사이크스 같은 성격의 인간에게서 좀체 나오기 어려운 극찬이었을 뿐만 아니라 진심 어린 환영이었다. 그래서 낸시는 흡족한 표정으로 남자에게 상냥하게 인사를 했다.

"불스아이는 톰에게 보냈어." 사이크스가 두 사람에게 불을 비추며 말했다. "그 녀석은 방해만 될 테니까."

"맞아." 낸시가 대꾸했다.

"그래 아이를 데려왔단 말이지." 다 같이 방에 들어왔을 때 사이크스가 말하면서 문을 닫았다.

"응, 데려왔어." 낸시가 대답했다.

"잠자코 따라왔나?" 사이크스가 물었다.

"양처럼." 낸시가 대꾸했다.

"다행이로군." 사이크스가 험악한 눈초리로 올리버를 쳐다보며 말했다. "안 그랬으면 꼬마 놈의 송장을 치우느라 고생깨나 했을 거야. 이리 와, 꼬마. 몇 가지 당부할 게 있으니 듣고 즉시 따르도록 해."

사이크스 씨는 새 제자에게 그렇게 말하면서 제자의 모자를 벗겨 구석으로 던졌다. 그러고는 올리버의 어깨를 붙잡으면서 탁자 옆에 앉고는 아이를 자기 앞에 세웠다.

"자, 첫째, 이게 뭔지 아니?" 사이크스는 탁자에 놓여 있던 권총을 집으면서 물었다.

올리버는 안다고 대답했다.

"그럼 잘 봐." 사이크스가 말을 계속했다. "이건 화약이고 총알은 저기 있어. 그리고 이건 장전할 때 쓰는 낡은 모자 조각이다."

올리버는 언급된 물건들이 각각 무엇인지 이해했다는 뜻으로 응얼거렸고, 사이크스는 대단히 꼼꼼하고 신중하게 권총을 장전했다.

"장전됐어." 사이크스 씨는 작업을 마치고 말했다.

"네, 봤어요." 올리버가 대답했다.

"좋아." 강도는 올리버의 손목을 움켜쥐면서 아이의 관자놀이에 총구를 딱 들이댔다. 아이는 소스라치게 놀라지 않을 수 없었다. "집 밖에서 내가 말을 안 시켰는데 네놈이 입을 놀리면 경고 없이 이 총알이 네놈 머리에 박힐 거야. 그러니 허락 없이 말하기로 결심했다면 기도부터 올려."

사이크스 씨는 협박 대상을 향해 인상을 꽉 구겨서 협박의 효과를 높인 다음 말을 이었다. "내가 아는 한, 네깟 놈 하나 없어진다 해도 특별히 널 찾을 사람은 세상천지에 없다. 그러니까 내가 굳이 하지 않아도 되는 이 망할 놈의 수고를 해가면서 네게 설명을 해주는 건 순전히 널 위해서야. 알겠냐?"

"그러니까 당신 말의 요점은 이거네?" 낸시가 힘주어 말했다.

그러면서 사이크스의 진지한 의도를 납득시키려는 듯 올리버에게 얼굴을 살짝 찌푸렸다. "이번 작업을 하는 도중에 이 아이에게 방해를 받았다간 아이 머리에 총알을 박아서 아이의 입을 영원히 닫아버리겠다, 목이 매달릴 위험도 감수하겠다, 뭐 그런 말이잖아. 평생 매달 일하면서 수없이 그랬던 것처럼."

"정답이야!" 사이크스가 칭찬했다. "여자들은 항상 아주 간단히 표현할 줄 안단 말이야. 분통을 터뜨릴 땐 주절주절 말을 늘어놓지만. 이제 녀석이 잘 알아먹었을 테니까 저녁 먹고 출발하기 전에 눈 좀 붙이자."

그의 요구에 낸시는 얼른 식탁보를 깔고 나서 몇 분쯤 사라졌다가 흑맥주 단지와 양 머리 고기 접시를 가지고 돌아왔다. 양 머리 고기는 사이크스에게서 약간의 유쾌한 익살을 끌어냈는데, 구운 양 머리 고기를 뜻하는 '제미'라는 말은 공교롭게도 도둑들이 흔히 쓰는, 사이크스도 작업 시 애용하는 훌륭한 도구를 일컫는 은어이기도 했기 때문이다.[28] 훌륭하신 도선생은 곧 있을 활약에 대한 기대감에 사기가 올랐는지 기분이 매우 좋아 한껏 익살을 부렸다. 그 증거라면, 그가 우스꽝스럽게 맥주를 단숨에 들이켰다는 것과 식사하는 동안 내뱉은 욕설의 횟수가 어림잡아 여든 번을 넘지 않았다는 것을 들 수 있겠다.

사이크스 씨는 저녁을 먹고 나서—알다시피 올리버는 식욕

---

28 '제미jemmy'는 원래 구운 양의 머리 고기를 뜻하는 말이었으나 쇠지레를 뜻하는 jimmy와 유사해 도둑들 사이에 쇠지레를 뜻하는 말로 통했다.

이 있을 리 없었다—물 탄 술을 두 잔 들이켠 뒤 침대에 털썩 몸
을 던지고는 낸시에게 지시를 어길 경우 가만두지 않겠다는 취
지의 욕설을 곁들여 5시 정각에 반드시 깨우라 일렀다. 올리버는
같은 지휘자의 명령에 따라 옷을 입은 채로 바닥의 매트리스 위
에 누웠고, 낸시는 난롯불을 키워놓고 정한 시간에 그들을 깨우
려 불가에 앉아 대기했다.

올리버는 오랫동안 말똥한 정신으로 누워 있었다. 낸시가 기
회를 봐서 조용히 몇 마디 조언을 해줄지 모른다는 생각이 들었
지만 낸시는 어쩌다 한 번 촛불 심지를 자를 때 말고는 불 앞에
웅크리고 앉아 꼼짝하지 않고 내내 생각에 잠겨 있었다. 올리버
는 마음을 졸이며 지켜보다 지쳐 잠이 들었다.

올리버가 잠에서 깨었을 때 탁자에 다기들이 여기저기 놓여
있었고 사이크스는 의자 등받이에 걸린 긴 외투에 갖가지 도구
들을 넣고 있었다. 낸시는 아침밥을 준비하느라 바빴다. 촛불이
아직 타오르고 바깥이 꽤 어둑한 것으로 보아 아직 날이 밝지 않
은 시각이었는데, 세찬 빗방울이 유리창을 타닥타닥 때렸고 검
은 하늘에 구름이 끼어 있었다.

"어이!" 올리버가 잠에서 화들짝 깼을 때 사이크스가 윽박질
렀다. "5시 반이야! 서둘러, 아님 아침밥 없을 줄 알아. 이미 늦
었어."

올리버는 외출 준비에 오래 걸리지 않았다. 아침을 조금 먹고
나서 사이크스의 통명스러운 질문에 준비가 됐다고 대답했다.

낸시는 올리버에게 거의 눈길을 주지 않고 목에 두르라고 아이에게 손수건을 던져주었고, 사이크스는 아이에게 어깨 단추로 고정하는 큼직하고 거칠한 망토를 내주었다. 올리버는 외출 복장을 갖추고 나서 강도에게 손을 내밀었다. 강도는 잠시 서서 외투의 옆주머니에 그때 그 권총이 들었다는 손짓으로 위협을 가하고는 올리버의 손을 움켜쥔 뒤 낸시와 인사를 나눈 다음 올리버를 데리고 길을 나섰다.

　올리버는 문간에서 낸시와 눈이 마주칠까 싶어 뒤를 돌아보았지만 낸시는 불가의 원래 자리를 다시 차지하고 앉아 꼼짝도 하지 않았다.

21장
원정

거리로 나오니 음산한 아침이었다. 비바람이 거세게 몰아쳤다. 폭풍우를 머금은 우중충한 먹구름이 떠 있었다. 간밤에 내린 비로 길 여기저기에 큰 물웅덩이가 생겨났고 도랑에는 물이 넘쳐 흘렀다. 날이 밝느라 하늘에 희미한 빛이 어른거렸지만 스산한 풍경을 덜어주기는커녕 강조할 뿐이었다. 침침한 새벽빛은 기껏해야 희미한 가로등 불빛 정도라 젖은 지붕이나 황량한 거리에 온기나 환한 빛을 더하지는 못했다. 일어나서 활동하는 사람 하나 없는지 모든 창문들이 꽁꽁 닫혀 있었다. 그들은 아무런 소리도 들리지 않는 텅 빈 거리들을 지났다.

베스널 그린 로드에 들어설 무렵 환히 동이 트기 시작했다. 이제 가로등들은 대부분 꺼져 있었고, 시골에서 올라온 짐마차 몇

대가 런던 쪽으로 천천히 덜컹덜컹 나아갔다. 때때로 흙투성이 역마차가 덜컹거리며 질주해 지나갔는데, 역마차 마부는 역에 조금이라도 늦게 도착하면 짐을 잔뜩 싣고 반대편에서 다가오는 저 짐마차 탓이라는 생각에 경고조로 짐마차꾼에게 채찍을 휘둘러 댔다. 펍들은 이미 안에 가스등을 켜고 문을 연 상태였다. 다른 가게들도 하나둘 문을 열기 시작했고, 사람들도 드문드문 나타났다. 이후 일터로 향하는 일꾼 무리와 생선 광주리를 인 남녀들, 채소를 실은 당나귀 수레, 살아 있는 가축이나 도축한 고기를 가득 싣고 가는 일두마차, 우유 통을 배달하는 여자들 등등 갖가지 물품을 가지고 런던의 동쪽 교외를 향해 느릿느릿 나아가는 행렬이 줄줄이 이어졌다. 도심에 접근할수록 소음과 교통량이 차츰 늘어났고, 쇼어디치와 스미스필드 사이의 길을 걸어갈 때는 웅성웅성 시끌벅적한 소리가 커졌다. 이제 날이 훤히 밝아 다시 밤이 올 때까지 낮이 계속될 것이었다. 런던 인구의 절반이 바쁜 아침을 보내고 있었다.

사이크스 씨는 선 스트리트와 크라운 스트리트를 내려가다가 핀스버리 스퀘어를 가로지른 뒤 치스웰 스트리트를 거쳐 바비컨으로 들어간 다음 거기서 롱 레인을 거쳐 스미스필드로 들어갔다. 시끄럽고 거슬리는 소음에 올리버는 정신이 쏙 빠졌다.

장이 서는 아침이었다. 오물과 진흙 범벅인 땅은 발목까지 푹푹 빠졌고, 냄새 나는 가축들의 몸뚱이에서 짙은 김이 모락모락 올라와 굴뚝 꼭대기에 상주하는 안개와 뒤섞여 공중에 무겁게 걸려 있었다. 널찍한 시장 중앙에 자리한 여러 가축우리와 공터에 밀집한 임시 우리마다 양들이 가득했고, 황소 같은 큰 가축들은 말뚝에 묶여 도랑을 따라 서너 겹으로 늘어서 있었다. 시골 농부, 푸줏간 주인, 몰이꾼, 행상, 사내아이, 도둑, 한량, 온갖 밑바닥 떠돌이가 한데 뒤섞여 북새통을 이루었다. 목동은 휘파람을 불어댔고, 개는 짖어댔으며, 소는 우짖고 펄떡거렸다. 양은 매애 울고 돼지는 꿀꿀 꽥꽥거렸다. 그 밖에 행상이 외치는 소리, 고함 소리, 욕설, 사방에서 다투는 소리, 펍에서 들려오는 딸랑거리는 종소리와 웅성대는 목소리, 몰려다니고 밀치고 몰고 지나가고 때리고 환호하고 빽빽거리는 소리, 거슬리는 불협화음이 시장 어디를 가나 울려 퍼졌고, 세수도 면도도 하지 않은 추레한 형체들이 이리저리 뛰어다니거나 불쑥불쑥 인파 안팎으로 출몰했으니, 이 어수선한 풍경은 사람의 혼을 빼놓기에 충분했다.

사이크스 씨는 올리버를 이끌고 팔꿈치로 밀치면서 인파가 가장 붐비는 곳을 헤치고 나아갔다. 소년이 그곳의 광경과 소리에 수없이 깜짝깜짝 놀라는 동안에도 그는 내내 무덤덤했고, 두세 번쯤 지나치는 친구에게 고개를 끄덕여 한잔하자는 제안을 물리치면서 꾸준히 전진했다. 드디어 그들은 난장판을 빠져나와 호저 레인을 통과해 홀번으로 향했다.

"어이, 꼬마!" 사이크스는 세인트 앤드루 성당의 탑시계를 올려다보며 말했다. "곧 7시야! 부지런히 걸어. 어서, 뒤처지지 말고, 게을러터진 녀석아!"

사이크스 씨는 그렇게 말하며 꼬마 동행의 손목을 홱 당겼다. 올리버는 뛰다시피 걸음을 더 놀려서 성큼성큼 빠르게 걷는 강도를 애써 따라갔다.

그들은 그 속도로 나아가다가 하이드파크 모퉁이를 지나 켄싱턴으로 향했다. 사이크스 씨는 켄싱턴에서 걸음을 늦추더니 약간 뒤쪽에서 다가오는 빈 짐마차를 기다렸다. 그리고 그 짐마차에 적힌 "하운슬로"[29]라는 글자를 보더니 마부에게 아이슬워스까지 태워줄 수 있겠느냐고 최대한 공손하게 물었다.

"올라타슈." 마부가 말했다. "갠 아들이오?"

"예, 아들놈이에요." 사이크스는 매서운 눈으로 올리버를 쳐다보면서 손을 권총이 든 주머니에 쓱 넣었다.

"아버지 걸음이 네 걸음에 비해 좀 빠른가 보구나, 그치, 애야?" 마부가 숨이 턱에 찬 올리버를 보고 물었다.

"일없어요." 사이크스가 말을 가로챘다. "이 녀석에겐 익숙한 일이라. 자, 내 손 잡아라, 네드 올라와!"

사이크스는 그렇게 말하며 올리버가 짐마차에 타는 것을 도와주고 나서 마부가 자루 더미를 가리키자 올리버에게 거기에 누우라고 말하고는 본인도 누웠다.

그들은 이정표를 여러 번 지나쳤다. 올리버는 대체 사이크스가 자기를 어디로 데려가는 것인지 갈수록 더 궁금해졌다. 켄싱

---

29 런던의 서부 지역.

턴, 해머스미스, 치즈윅, 큐 브리지, 브렌트퍼드를 모두 지나쳤지만 여정의 초반부인 양 그들은 꾸준히 나아갔다. 마침내 '코치 앤 호스'라는 펍에 이르렀는데, 조금 앞에 꺾어지는 길이 나 있었다. 짐마차는 그곳에서 멈추었다.

사이크스는 올리버의 손을 그대로 잡고 느닷없이 짐마차에서 펄쩍 뛰어내리더니 아이에게 눈을 부라린 채 아이를 들어 땅에 내려놓고는 주먹으로 의미심장하게 옆주머니를 툭툭 쳤다.

"잘 가라, 얘야." 마부가 말했다.

"이 녀석이 골이 났나 봅니다." 사이크스가 마부와 악수하며 대꾸했다. "골이 났어요. 못된 놈! 이놈은 신경 쓰지 말아요."

"신경은 무슨!" 마부는 짐마차에 타며 대꾸했다. "날씨가 이리 좋은데." 마부는 짐마차를 몰고 사라졌다.

사이크스는 마부가 멀찌감치 사라지기를 기다렸다가 올리버에게 주변을 둘러봐도 괜찮다고 말한 뒤 다시 아이를 데리고 길을 떠났다.

그들은 펍을 조금 지나서 왼쪽으로 꺾어 나아가다가 오른쪽 도로를 따라 한참을 걸어갔다. 도로 양쪽으로 널찍한 정원과 신사들의 주택이 줄줄이 나타났다. 도중에 약간의 맥주로 목을 축일 때를 빼고는 쉬지 않고 나아가 시내에 도착했다. 올리버는 어느 집 담장에 쓰인 "햄프턴"[30]이라는 큰 글자를 보았다. 그들은

30   템스 강 북부 강변에 자리한 주택지.

몇 시간 동안 들판을 서성이다가 시내로 돌아가서 간판이 훼손된 낡은 펍에 들어가 식당의 불가 자리에 앉아 식사를 주문했다.

식당은 천장이 낮고 큰 대들보가 천장 가운데를 가로지르는 낡은 방이었다. 등받이가 높은 장의자들이 난롯가에 놓여 있었는데, 거친 사내 몇 명이 스목프록[31] 차림으로 장의자에 앉아 술을 마시고 담배를 피웠다. 그들은 올리버에겐 눈길조차 주지 않았고 사이크스에게도 크게 주의를 기울이지 않았다. 사이크스도 그들에게 별로 신경을 쓰지 않았다. 사이크스와 그의 꼬마 동행은 구석 자리에 앉아 주변의 방해를 받지 않고 시간을 보냈다.

그들은 점심으로 냉육 요리를 조금 먹고 나서 오랫동안 자리에 앉아 있었다. 사이크스가 파이프 담배를 서너 번 연거푸 피우자 올리버는 더는 길을 떠나지 않겠구나 하는 생각이 들었다. 아이는 도보 여행으로 무척 노곤한 데다 새벽같이 일어난 터라 꾸벅꾸벅 졸다가 피로와 담배 연기를 못 이기고 곯아떨어졌다.

올리버는 툭 치는 사이크스의 손길에 잠에서 깼다. 날이 저물어 상당히 어두웠다. 잠에서 완전히 깨어 똑바로 앉아 주위를 둘러보니 그 훌륭한 양반은 1파인트 맥주잔을 앞에 두고 어느 일꾼과 긴히 대화를 나누는 중이었다.

"그럼 형씨는 로워 핼리퍼드까지 가는 길이라 이거요, 응?" 사이크스가 물었다.

31   거친 리넨이나 양모로 만든 헐렁한 긴 겉옷. 18~19세기 도시 노동자들이 주로 입었다.

"그렇소." 사내가 대답했다. 얼큰히 취한 터라 술을 더 못 마실 것 같기도 하고 더 퍼마실 것 같기도 했다. "천천히 가진 않을 거요. 내 말은 아침과 다르게 집으로 돌아갈 땐 짐이 없거든. 그러니 오래 걸릴 수가 없지. 내 말을 위해 건배! 와하! 참으로 훌륭한 말이지요!"

"그럼 아들놈과 나를 거기까지 태워다 줄 수 있겠소?" 사이크스는 맥주를 새 친구 쪽으로 쭉 밀면서 물었다.

"거기로 곧장 가는 거라면 얼마든지." 사내는 맥주 단지 너머로 바라보며 말했다. "핼리퍼드로 가오?"

"셰퍼턴으로 갑니다." 사이크스가 대답했다.

"가는 데까지 태워드리리다." 남자가 대답했다. "값을 다 치렀다고, 베키?"

"네, 저 신사분이 다 내셨어요." 여자가 대답했다.

"그것참!" 사내가 얼큰히 취해 정색한 얼굴로 말했다. "그럼 안 되는데."

"왜 안 되오?" 사이크스가 대꾸했다. "형씨는 우리를 태워주는 데 답례로 내가 맥주 1파인트도 못 산단 말이오?"

낯선 이는 대단히 진지한 얼굴로 이 견해차를 곰곰 생각하고 나서 사이크스의 손을 잡더니 당신 참 좋은 사람이구려, 하고 선언했다. 사이크스 씨는 농담도 참, 하며 대꾸했는데, 맑은 정신이었다면 상대방도 당연히 농담이라 인정할 만한 이유가 충분했기 때문이다.

그들은 칭찬을 몇 마디 더 주고받고 나서 펍 안 사람들과 작별 인사를 나눈 뒤 밖으로 나갔다. 그동안 여자는 술단지와 잔을 모아 한 아름 들고 그들이 출발하는 것을 보려고 문간으로 슬렁슬렁 나갔다.

있지도 않은 자리에서 건배의 영광을 차지했던 일꾼의 말은 짐마차에 묶인 채 밖에 서 있었다. 올리버와 사이크스는 더 이상 체면치레 없이 짐마차에 올라탔다. 말 주인은 말의 사기를 "북돋워주기 위해" 자기 말을 따라올 말은 세상천지에 없다고 마구간지기와 온 세상을 향해 주장하느라 잠시 꾸물거린 뒤 마구간지기에게 말의 머리를 풀어주라고 말했다. 말은 머리가 풀리자 방자하게도 머리를 공중으로 휙 처들며 경멸감을 드러내더니 맞은편 펍의 응접실 창문을 향해 돌진했다. 그렇게 한바탕 재주를 부리더니 잠시 뒷다리를 딛고 벌떡 일어섰다가 엄청난 속도로 출발해 씩씩하게 시내를 빠져나갔다.

몹시 캄캄한 밤이었다. 축축한 물안개가 강과 인근 습지에서 피어올라 황량한 들판 위로 퍼져나갔다. 살을 에는 듯 추운 데다 모든 것이 을씨년스럽고 어두웠다. 아무도 입을 열지 않았다. 마부는 이미 졸고 있었고 사이크스도 대화를 이어갈 기분이 아니었다. 올리버는 두려움과 불안감이 요동치는 심란한 마음으로 마차 구석에 웅크리고 앉아 있었는데, 이 황량한 풍경에 환호하고 기뻐하듯 잔가지를 으스스하게 이리저리 뒤흔드는 깡마른 나무들 뒤로 이상한 형상들이 보였다.

선버리 교회를 지날 때 교회 시계가 7시를 알렸다. 맞은편 선 착장 건물 창문에서 길 이쪽으로 흘러나온 한 줄기 불빛이 교회 무덤들 위로 우뚝 선 검은 주목나무에 더욱 음산한 그림자를 던 졌다. 멀지 않은 곳에서 아련히 들려오는 낙수 소리와 늙은 주목 의 이파리들이 밤바람에 살랑살랑 흔들리는 소리는 망자들의 영 면을 위한 조용한 음악 같았다.

그들은 선버리를 통과해 한적한 길로 다시 들어섰다. 그렇게 4~5킬로미터쯤 가서 짐마차는 멈추었다. 사이크스는 짐마차에 서 내려와 올리버의 손을 잡았고, 그들은 다시 걸어갔다.

셰퍼턴에서는 어떤 집에도 들어가지 않았다. 사이크스는 지 친 아이의 기대를 저버리고 진창과 어둠 속을 계속 걸어갔다. 스 산한 오솔길과 쌀쌀한 황무지를 통과하자 멀지 않은 마을의 불 빛들이 시야에 들어왔다. 올리버는 앞쪽을 주시하다가 바로 아 래에 물이 있고 그들이 다리 어귀를 향해 가고 있다는 걸 알아차 렸다.

사이크스는 계속 나아갔고, 그들은 다리 앞에 도달했다. 사이 크스가 갑자기 방향을 꺾어 왼쪽 둑 밑으로 내려갔다.

'물!' 올리버는 생각했다. 두려워 정신을 잃을 것 같았다. '나를 살해하려 여기 외진 데로 데려왔구나!'

땅바닥에 몸을 던지고 어린 목숨을 부지할 방도를 찾아볼까 생각한 순간, 올리버는 그들 앞에 서 있는 썩어가고 망가진 외딴 집을 보았다. 부서진 출입구 양옆과 위층에 창문이 하나씩 있었지만 불빛은 전혀 보이지 않았다. 컴컴한 데다 허물어진 상태였고 어디로 보나 사람이 사는 집 같지 않았다.

사이크스는 여전히 올리버의 손을 움켜쥐고 아래층 포치로 살그머니 다가가서 빗장을 들어 올렸다. 문이 약간의 압력에 열렸고, 그들은 함께 안으로 들어갔다.

22장

도둑질

"뭐야!" 그들이 복도에 발을 들여놓자마자 누군가가 우렁차고 걸걸한 목소리로 외쳤다.

"소란 떨 것 없어." 사이크스가 문에 빗장을 지르며 말했다. "불이나 켜, 토비."

"아! 내 동료!" 같은 목소리가 외쳤다. "불 켜, 바니, 불! 내 동료를 안으로 안내해, 바니. 우선 잠부터 깨고, 제발 좀."

말하는 사람은 잠에 취한 상대를 깨우려고 부츠 벗는 데 쓰는 도구를 던진 모양이었다. 나무로 된 물건이 요란하게 바닥에 떨어지는 소리가 나더니 비몽사몽 중에 뭐라 구시렁거리는 소리가 들려왔기 때문이다.

"내 말 들리냐?" 같은 목소리가 외쳤다. "지금 빌 사이크스가

복도에 있는데 맞이하는 사람이 아무도 없단 말이다. 넌 밤에 로
다넘[32]이라도 타서 먹었나, 잘도 자고 있구나. 좀 정신이 드냐, 아
님 내가 쇠 촛대로 정신이 번쩍 들게 해줄까?"

이렇게 핀잔이 쏟아지는 와중에 허접한 신발 한 쌍이 서둘러
맨 바닥을 건너갔고, 오른쪽 문에서 희미한 촛불이 먼저 나타난
다음 사람의 형체가 나타났는데, 예전에 콧소리를 남발하면서
새프런 힐의 펍에서 시중드는 종업원으로 등장한 바 있는 그 사
내였다.

"사이크스 띠!" 바니는 진심인지 가식인지 애매한 기쁨을 표하
며 외쳤다. "드디오세요, 드디오세요."

"이쪽으로! 앞장서." 사이크스는 올리버를 앞세우며 말했다.
"빨리 가! 아님 나한테 뒤꿈치 밟힐 줄 알아."

사이크스는 느려터진 놈이라고 욕을 해대며 올리버를 앞으로
떠밀었다. 그들은 천장이 낮고 어두운 방으로 들어갔다. 난롯불
에서 연기가 풀풀 피어올랐고 부서진 의자 두세 개, 탁자 하나,
낡디낡은 소파가 하나 있었다. 소파에는 한 남자가 다리를 머리
보다 높게 올리고 쭉 뻗고 누워 긴 도자기 파이프로 담배를 피우
고 있었다. 남자는 큼직한 놋쇠 단추가 달린 멋진 갈색 외투, 주
황색 스카프, 거칠한 질감의 요란한 무늬의 조끼, 담갈색 양모 반
바지 차림이었다. 크래킷 씨(이 사람이 바로 그 남자였다)는 머

32　아편을 알코올로 삼출하여 액체 상태로 만든 아편 팅크로, 19세기까지 만병통치약으
로 널리 쓰인 약물.

리에도 얼굴에도 털이 별로 없었는데, 그나마 있는 터럭은 붉은 빛이 돌고 긴 나선형으로 돌돌 말려 있었다. 가끔씩 그는 큼직한 싸구려 반지들로 치장한 몹시 지저분한 손가락을 터럭들 사이로 넣었다. 체구는 약간 큰 편이었지만 다리는 확실히 약해 보였다. 그럼에도 불구하고 부츠를 찬미하는 마음은 여전했는지 다리를 치켜든 채 몹시 흐뭇하게 부츠를 감상하고 있었다.

"빌, 이 친구야!" 남자가 문 쪽으로 고개를 돌리며 말했다. "얼굴 보니 반갑네. 자네가 이 일을 포기했나 싶어서 나 혼자 나서려던 참이었지 뭔가. 뭐야!" 시선이 올리버에 가닿았을 때 토비 크래킷 씨는 깜짝 놀라 외치면서 일어나 앉더니 누구냐고 물었다.

"그 아이야, 그 아이!" 사이크스는 의자를 난롯가로 끌면서 대꾸했다.

"페이기 띠네 애구나." 바니가 환히 웃으며 소리쳤다.

"페이긴네 애라고!" 토비가 올리버를 쳐다보며 외쳤다. "고 녀석 물건인데. 교회 할망구들 주머니 터는 데 그만이겠어! 면상이 참 걸작이네."

"됐어, 됐어." 사이크스가 못 참고 끼어들더니 누워 있는 친구에게 몸을 숙여 귀엣말로 몇 마디 속삭였고, 크래킷 씨는 한바탕 웃어젖히고는 놀란 눈초리로 올리버를 오랫동안 응시하는 영광을 베풀었다.

"자." 사이크스는 자기 자리로 돌아갔다. "기다리는 동안 먹고 마실 걸 좀 내준다면 활력이 돌 것 같은데 말이지. 나만이라도.

불가에 앉아 좀 쉬어라, 꼬마야. 아주 멀리는 아니지만 오늘 밤 다시 우리랑 나가야 하니까."

올리버는 겁도 나고 놀라기도 해서 말없이 사이크스를 쳐다보다가 등받이 없는 의자를 불가로 끌어다 놓고 앉아 아픈 머리를 양손으로 감쌌다. 여기가 어디인지, 지금 무슨 일이 벌어지고 있는지 통 알 수가 없었다.

유대인 청년이 음식 찌끼 조금과 술병 하나를 탁자에 놓았을 때 토비가 말했다. "자, 이번 털이 작업의 성공을 위하여!" 그는 건배하려고 자리에서 일어난 뒤 빈 파이프 담배를 구석에 조심스럽게 내려놓고는 탁자로 가서 술을 유리잔에 가득 따라 쭉 들이켰다. 사이크스 씨도 똑같이 했다.

"이 녀석도 한 잔 해야지." 토비가 와인 잔을 반쯤 채우며 말했다. "쭉 들이켜라, 애송아."

"그게요……." 올리버는 그 남자의 얼굴을 애처롭게 올려다보며 말했다. "그게요, 저는……."

"쭉 들이켜!" 토비가 반복했다. "너한테 뭐가 이로운지 내가 분간 못 하겠냐? 이놈에게 마시라고 해, 빌."

"마시는 게 좋을 거야!" 사이크스가 주머니를 툭툭 치며 말했다. "환장하겠네, 얌생이네 아이들을 몽땅 합친 것보다 저놈 하나가 더 애를 먹이니! 마셔, 이 청개구리 악마 놈아, 마시라고!"

올리버는 두 사내의 위협적인 태도에 덜컥 겁이 나서 유리잔에 든 것을 얼른 삼켰다가 곧바로 격렬한 기침 발작을 일으켰다. 이 광경은 토비와 바니에게 큰 즐거움을 선사했고 심술궂은 사이크스 씨한테서 미소를 끌어냈다.

그렇게 한바탕 웃고 나서 사이크스는 허기를 달랬다. (올리버는 그들이 허락한 빵 부스러기 말고는 먹은 게 없었다.) 두 남자는 의자에 앉아 쪽잠을 잤다. 올리버는 불가 의자에 그대로 앉아 있었고, 바니는 몸에 담요를 둘둘 말고 난로 난간 옆 바닥에 쭉 뻗고 누웠다.

얼마 동안 그들은 잠을 잤다. 적어도 잠든 것 같았다. 바니가 한두 번 일어나 난로에 석탄을 던져 넣은 것 외에는 아무도 꼼짝하지 않았다. 올리버는 굶아떨어져 음산한 거리를 헤매거나 어두운 교회 묘지를 배회하는 꿈을 꾸었다. 그날 본 이런저런 장면들이 꿈에 등장했을 때 토비 크래킷이 벌떡 일어나 1시 반이라고 말하는 소리에 잠에서 깼다.

다른 두 사람도 즉시 일어났고, 모두들 준비를 하느라 바빴다. 사이크스와 그의 동료는 목과 턱에 크고 검은 숄을 둘둘 감은 다음 긴 외투를 걸쳤다. 바니가 찬장을 열고 몇 가지 물건들을 꺼내 주머니에 급히 쑤셔 넣었다.

"폭죽 가져와, 바니." 토비 크래킷이 말했다.

"여기요." 바니가 대답하며 권총 두 자루를 주었다. "촉알은 이미 들어 있더요."

"좋아!" 토비는 권총들을 챙겼다. "몽둥이는?"

"내가 챙겼어." 사이크스가 대답했다.

"복면, 열쇠, 송곳, 랜턴…… 잊은 거 없겠지?" 토비는 외투 밑자락의 안쪽 고리에 쇠지레를 걸면서 물었다.

"다 됐어." 동료가 대답했다. "막대기들 이리 줘, 바니. 출근할 시간이야."

그는 그렇게 말하며 바니의 손에서 굵직한 지팡이를 하나 받았다. 바니는 토비에게도 지팡이를 하나 건네고 나서 서둘러 올리버의 망토를 여몄다.

"이리 내!" 사이크스가 손을 내밀며 말했다. 올리버는 생소한 행동들과 분위기, 억지로 마신 술로 인해 얼떨떨한 상태로 사이크스가 내민 손 안으로 얼결에 손을 넣었다.

"녀석의 다른 손을 잡아, 토비." 사이크스가 말했다. "넌 밖을 살펴보고 와, 바니."

바니가 문으로 나갔다가 돌아와 모든 것이 조용하다고 말했다. 두 강도는 올리버를 사이에 끼고 나아갔다. 바니는 문단속을 단단히 하고 나서 이전처럼 몸에 담요를 두른 다음 이내 다시 잠이 들었다.

칠흑 같은 밤이었다. 안개는 밤이 시작될 무렵보다 훨씬 더 짙었다. 공기가 워낙 습해서 비가 안 오는데도 집을 떠난 지 단 몇 분 만에 올리버의 머리카락과 눈썹은 공중을 맴도는 반쯤 언 습기에 뻣뻣해졌다. 그들은 다리를 건너 전에 보아둔 불빛들을 향해 계속 나아갔다. 불빛들은 그다지 멀지 않았다. 그들은 잰걸음으로 이내 처트시에 도착했다.

"마을을 질러가자." 사이크스가 속삭였다. "오늘 같은 밤에 누가 우릴 보겠냐."

토비가 동의해서 그들은 작은 마을의 큰길을 서둘러 통과했다. 늦은 시각이라 거리는 텅 비어 있었다. 드문드문 침실 창문에서 희미한 불빛이 비치고 가끔씩 개 짖는 소리가 밤의 적막을 깼지만 돌아다니는 사람은 없었다. 교회 종이 2시를 쳤을 때 그들은 마을을 완전히 빠져나왔다.

그들은 걸음을 더 빨리 놀려 왼쪽 길로 올라가다가 400미터쯤 왔을 때 외따로 담장에 둘러싸인 주택 앞에 멈춰 섰다. 토비 크래킷은 숨도 한 번 안 돌리고 순식간에 담장 꼭대기로 기어올랐다.

"다음은 꼬마야." 토비가 말했다. "애를 들어 올려. 내가 끌어당길게."

사이크스는 올리버가 두리번거릴 틈도 없이 아이의 겨드랑이를 받쳐 아이를 들어 올렸고, 불과 몇 초 만에 올리버와 토비는 담장 반대편 잔디밭에 누워 있었다. 사이크스도 금세 합류했다. 그들은 살금살금 집으로 접근했다.

올리버는 이 여정의 목적이 살인이 아니라 주거 침입과 도둑질이라는 걸 그제야 깨닫고는 슬픔과 공포로 미칠 것 같았다. 아이는 두려움에 사로잡혀 양손을 부여잡고 자기도 모르게 비명을 내질렀다. 눈앞이 아득해지고 납빛이 된 얼굴에 식은땀이 맺혔다. 올리버는 팔다리에 힘이 풀리는 바람에 그대로 주저앉고 말았다.

"일어나!" 사이크스가 목소리를 낮춰 말했다. 분노로 부들부들 떨리는 몸으로 권총을 주머니에서 꺼내 들었다. "일어나! 잔디밭에 네놈 골수를 흩뿌리기 전에!"

"아! 제발 보내주세요!" 올리버가 소리쳤다. "그냥 달아나 들판에서 죽을게요. 런던에는 얼씬도 안 할게요. 절대! 절대! 아, 부디 자비를 베푸셔서 도둑질은 시키지 말아주세요. 하늘에 계신 빛나는 천사님들을 위해서라도 제게 자비를 베풀어주세요!"

간청을 받은 상대는 지독한 욕설을 퍼붓더니 권총의 공이치기를 젖혔다. 토비가 사이크스의 손에서 총을 빼앗은 뒤 아이의 입을 틀어막고 아이를 집 쪽으로 끌고 갔다.

"쉿!" 토비가 소리쳤다. "여기서 그런 건 안 통해. 한마디만 더 지껄여봐라, 내 손수 대갈통을 쪼개서 네놈을 끝장낼 테니. 그 편이 시끄럽지도 않고 확실하면서 더 손쉬우니까. 빌, 이제 덧창을 열어. 이제 이놈은 고분고분해, 내가 요리할게. 원래 이 또래들은 경험이 더 많은 애들도 추운 밤이면 잠깐 이런 식으로 말썽을 부리곤 해."

사이크스는 올리버를 보낸 페이긴의 머리 위에 끔찍한 저주가 내리기를 빌면서 거의 아무런 소리를 내지 않고 쇠지레를 맹렬히 놀리기 시작했다. 얼마간 시간이 지난 뒤 토비도 거든 끝에 토비가 말한 덧창은 경첩에 매달려 열렸다.

건물 뒤쪽에 지면에서 160센티미터쯤 올라간 곳에 작은 격자창이 하나 나 있었는데, 복도 끝 부엌 쪽방이나 술 빚는 방에 나 있는 창이었다. 워낙 작은 창이라 그 집 사람들은 확실히 막아둘 필요가 없다고 생각한 모양이었지만, 올리버만 한 아이가 드나들기에는 충분히 컸다. 사이크스 씨가 잠깐 재주를 부리자 격자창은 잠금장치가 간단히 풀리면서 활짝 열렸다.

"잘 들어, 이 쥐콩만 한 녀석." 사이크스는 주머니에서 랜턴을 꺼내 올리버의 얼굴을 환히 비추며 속삭였다. "내가 널 저기로 넣어줄 거야. 이 불 받아. 곧장 앞에 난 계단을 가만가만 올라가서 작은 복도를 따라 현관문으로 간 다음 문을 열고 우리를 안으로 들이면 돼."

"문 맨 위에 빗장이 하나 있을 텐데, 거긴 손이 닿지 않을 거야." 토비가 끼어들었다. "현관 의자 위에 올라가. 거기 의자가 세 개 있어, 빌. 엄청 큰 파란색 유니콘과 황금 쇠스랑이 수놓인 의자인데, 안주인네 문장이야."

"조용히 좀 해!" 사이크스가 험상궂은 얼굴로 대꾸했다. "방문은 열려 있나?"

"활짝." 토비는 집 안을 들여다보고는 만족해서 대답했다. "재밌는 게, 이 집 사람들은 늘 문을 열어두고 걸쇠만 걸어두거든. 이 집 개가 집 안에서 잠을 자는데 잠이 안 올 때 복도를 돌아다니게 하려고 그런대. 하! 하! 오늘 밤은 바니가 그 녀석을 대접해줬지. 아주 극진히!"

크래킷 씨는 간신히 들리는 목소리로 말하고는 소리 없이 웃었지만 사이크스는 닥치고 일어나 하라고 다그쳤다. 토비는 순순히 랜턴을 꺼내 땅에 놓고 나서 창문 아래 벽에 머리를 대고 서서는 양손으로 무릎을 짚어 등이 발판이 되도록 단단히 자세를 취했다. 그러자마자 사이크스는 토비를 밟고 올라가서 올리버를 발부터 창 안으로 살며시 차츰차츰 밀어 넣은 뒤 목깃을 붙잡고 올리버를 안쪽 바닥에 안전하게 내려놓았다.

"이 랜턴 가져가." 사이크스는 방 안쪽을 들여다보며 말했다. "앞에 있는 계단 보이지?"

올리버는 산송장처럼 "네" 하는 말을 간신히 짜냈다. 사이크스는 총구로 현관문 쪽을 가리키며 아이에게 사정거리 안에 있으니 꾸물거리면 즉시 뒈질 줄 알라고 간단히 경고했다.

"1분이면 끝나." 사이크스는 여전히 낮춘 목소리로 속삭였다. "내가 놓자마자 바로 행동 개시해. 잠깐!"

"무슨 소리지?" 다른 남자가 속삭였다.

그들은 귀를 바짝 세웠다.

"아무것도 아냐." 사이크스는 올리버를 놓아주며 말했다. "지금이야!"

올리버는 그 짧은 순간에 정신을 바짝 차리면서 죽는 한이 있어도 복도에서 층계를 뛰어 올라가 이 집 사람들을 깨워보기로 결심했다. 아이는 그 생각만 하면서 즉시 살금살금 나아갔다.

"돌아와!" 사이크스가 느닷없이 고함을 질렀다. "돌아와! 돌아오라고!"

올리버는 별안간 집 안의 정적이 깨진 데다 뒤따라 터져 나온 큰 고함 소리에 겁을 먹고는 들고 있던 랜턴을 떨어뜨렸다. 계속 전진해야 할지 달아나야 할지 알 수 없었다.

고함 소리는 계속되었고—등불이 나타났다—계단 꼭대기에 옷을 반쯤 걸친 채 겁을 먹은 두 남자의 형체가 시야에 들어오더니 불빛이 번쩍거리고 굉음이 나면서 연기가 났다. 올리버는 어딘가에 부딪쳤지만 어딘지 알 수 없어서 비틀비틀 물러섰다.

사이크스는 잠시 사라졌다가 다시 나타나 연기가 다 걷히기 전에 올리버의 목덜미를 움켜잡았다. 그는 물러나고 있는 두 남자를 향해 총을 쏘고는 소년을 끌어올렸다.

"두 팔을 더 오므려!" 사이크스가 아이를 창문 밖으로 끌어내며 말했다. "숄 좀 줘. 놈들이 녀석을 쐈어. 빨리! 아이가 피를 흘리고 있어!"

요란한 벨 소리며 총소리, 고함 소리가 뒤섞여 들려왔고, 누군가의 손에 들려 울퉁불퉁한 땅 위를 질주하는 느낌이 들었다. 시끄러운 소리가 점차 멀어지고 차가운 죽음의 기운이 소년의 심장을 파고들자 소년은 더 이상 아무것도 보거나 듣지 못했다.

23장

범블 씨와 어느 부인이 나누는
환담을 통해 교구 사무관도 때로는
감수성이 발동한다는 것을 보여준다

추위가 매서운 밤이었다. 땅에 내린 눈은 두꺼운 껍질처럼 단단히 얼어붙어서 통로와 모퉁이로 흘러든 눈 더미만 윙윙 우짖는 칼바람에 시달렸다. 바람은 울분을 퍼부을 분풀이 대상을 찾은 것처럼 눈 뭉치를 그악스럽게 잡아채 구름처럼 띄운 다음 안개 같은 소용돌이 수천 개로 빙빙 돌리다가 공중에 산산이 흩뿌렸다. 스산하고 어둡고 뼛속까지 시린 밤이었으니, 집과 음식을 가진 자들은 환한 불가에 둘러앉아 집에 있는 것을 신께 감사드렸고, 집이 없고 배곯은 딱한 자들은 쓰러져 죽어가는 밤이었다. 이런 밤에는 굶주림에 지친 많은 외톨이들이 길바닥에서 눈을 감기 마련인데 그들이 무슨 죄를 저질렀든 이보다 더 혹독한 세상에서 다시 눈을 뜨는 일은 아마 없을 것이다.

문밖의 상황이 이러할 때 올리버 트위스트의 출생지로 앞서 소개된 적 있는 구빈원의 총무 코니 부인은 작은 방의 활발한 난롯불 앞에 앉아 꽤 태평한 기분으로 작은 원탁을 바라보았다. 탁자 위에 놓인 비슷한 크기의 쟁반에는 평소 총무들이 감사히 식사할 때 동원되는 식기들이 빠짐없이 갖춰져 있었다. 코니 부인은 느긋하게 차 한 잔 하며 기분을 풀 참이었다. 탁자에서 벽난로로 시선을 돌리니 세상에서 가장 작은 주전자가 작은 목소리로 작은 노래를 흥얼거리고 있었는데, 그 노랫소리에 그녀의 만족감은 치솟았다. 어찌나 흡족한지 코니 부인은 미소까지 짓고 말았다.

　"그래!" 총무는 팔꿈치로 탁자를 짚고 물끄러미 불길을 바라보며 중얼거렸다. "우리 모두 감사해야 할 것들이 참 많지! 알고 보면 참 많아. 아!"

　코니 부인은 이걸 모르는 빈민들의 무지가 안타깝다는 듯 고개를 절레절레 흔들고는 (개인 소장품인) 은수저를 60그램짜리 양철 차 통 속에 깊이 넣어가며 찻상을 차렸다.

　우리의 연약한 마음은 아주 사소한 일에도 참으로 쉽게 평정을 잃고 만다! 코니 부인은 교훈적인 상념에 사로잡혀, 몹시 작아 금세 물이 차는 검은 찻주전자에 물을 따르다가 흘러넘친 뜨거운 물에 손을 살짝 데고 말았다.

　"이 망할 찻주전자!" 귀하신 총무는 벽난로 선반에 주전자를 얼른 놓으며 말했다. "이 쥐방울만 한 멍청이는 끽해야 차 두 잔이 다지! 이따위 걸 누가 쓴담!" 코니 부인은 잠시 멈췄다가 덧붙였다. "나처럼 가엾고 외로운 사람이나 쓰지. 후!"

총무는 그렇게 말하며 의자에 주저앉아 다시 탁자에 팔꿈치를 대고는 자신의 고독한 운명을 생각했다. 작은 찻주전자와 덩그러니 놓인 찻잔 하나가 (사망한 지 25년이 안 된) 코니 씨에 대한 슬픈 기억을 끄집어내는 바람에 그녀는 기운이 빠졌다.

"다신 갖지 못하겠지!" 코니 부인은 시무룩한 목소리로 말했다. "다신 갖지 못할 거야…… 그런 건!"

남편을 말하는 것인지 아니면 찻주전자를 말하는 것인지는 확실하지 않지만 아마도 후자일 것이다. 코니 부인이 그 말을 할 때 찻주전자를 쳐다보고는 집어 들었기 때문이다.

첫째 잔을 들어 막 차 맛을 음미했을 때 방문을 부드럽게 두드리는 노크 소리가 끼어들었다.

"아, 들어와요!" 코니 부인이 쏘아붙였다. "할멈 하나가 또 세상을 뜨나 보네. 내가 뭣 좀 먹으려 하면 꼭 세상을 뜬다고 난리지. 그렇게 서 있지 마, 찬바람 들어오잖아. 무슨 일이야?"

"별일 아니오, 부인, 별일 아닙니다." 남자 목소리가 대답했다.

"어머나!" 총무는 훨씬 나긋한 목소리로 소리쳤다. "범블 씨세요?"

"접니다, 부인." 범블 씨는 잠시 밖에 서서 신을 문지르고 외투의 눈을 털고 나서 삼각모와 보따리를 양손에 하나씩 들고 등장했다. "문 닫을까요, 부인?"

부인은 문을 닫고 범블 씨와 대화하는 것이 부적절한 것은 아닐까 우려되어 정숙하게 대답을 망설였다. 범블 씨는 워낙 추웠기 때문에 그녀가 주저하는 사이 허락을 받지 않고 문을 닫았다.

"지독한 날씨네요, 범블 씨." 총무가 말했다.

"지독하다마다요, 부인." 교구 사무관이 대답했다. "날씨가 교구를 등진 꼴이지 뭐요, 부인. 우리가 말이오, 코니 부인, 이 복된 오늘 오후에 빵 스무 덩이랑 치즈 한 조각 반을 나눠 줬소. 그런데 저 빈민들은 만족할 줄을 몰라요."

"그럴 리 없지요. 그자들이 언제 만족하던가요, 범블 씨?" 총무는 차를 홀짝이며 말했다.

"없지요, 부인!" 범블 씨가 대답했다. "어떤 남자 이야기를 해 드리죠. 그자에게 딸린 마누라와 대식구를 고려해서 4파운드짜리 빵 한 덩이랑 1파운드 치즈 한 덩이를 고스란히 배급해 줬지요. 과연 그자가 감사했을까요, 부인? 감사했을까요? 어림 반 푼어치도 없지요. 그자가 어떻게 나왔냐면요, 부인, 석탄을 조금 달랍디다. 손수건에 싸서 조금만 달라고, 석탄을! 그자가 석탄으로 무얼 할까요? 치즈를 굽느라 홀랑 써버리고는 다시 와서 더 달라고 하겠지요. 이 인간들 늘 그런 식이에요, 부인. 앞치마에 석탄을 가득 싸서 줘보세요. 그럼 모레 다시 와서 더 달라고 할 테니까. 얼굴에 철판을 깔았는지 원."

총무가 이 쉬운 비유에 절절한 공감을 표시하자 교구 사무관이 말을 이었다.

"참 나." 범블 씨가 말했다. "아주 갈수록 가관이에요. 그저께는 어떤 남자가, 부인은 결혼한 적이 있으니 그냥 말해도 될 거라고 봅니다만, 글쎄 어떤 남자가 등에 실오라기 하나 안 걸치고 (이 대목에서 코니 부인은 바닥을 내려다보았다) 우리 감독관님 댁에 왔답니다. 점심을 드시러 오신 손님들과 함께 계실 때였는데, 그자가 적선을 베풀라고 하더랍니다, 코니 부인. 그자가 버티고 안 가면서 손님들을 기함하게 만드는 통에 감독관 나리께서 감자 1파운드와 귀리죽 1파인트를 내리셨죠. 그런데 그 감사할 줄 모르는 작자가 말하길, '아이고 세상에! 대체 이런 게 내게 무슨 쓸모가 있습니까? 쇠테 안경 정도라면 모를까!' 이랬답니다. 그래서 감독관님이 내준 것을 도로 뺏으면서 말씀하셨지요. '알았네. 여기선 이것 말고는 더 얻을 게 없을 거야.' 그러니까 부랑자가 지껄이는 말이, '그냥 길바닥에서 콱 죽어버릴랍니다!' 하더래요. 감독관님은 '아니, 자넨 안 죽어' 하고 말씀하셨지요."

"하! 하! 아주 잘하셨네요! 참 그래닛 씨다워요, 그렇지요?" 총무가 끼어들었다. "그래서요, 범블 씨?"

"그래서 말이오, 부인." 교구 사무관이 대답했다. "그 작자가 그대로 가버렸는데 길바닥에서 정말 죽었다 이겁니다. 고집쟁이 빈민의 사례지요!"

"정말 믿기지가 않네요." 총무가 힘주어 말했다. "하지만 원외 구제는 아주 나쁜 것 아닌가요, 범블 씨? 사무관님은 경험이 많으시니 잘 아실 테지요. 어서요."

"코니 부인." 교구 사무관은 우월한 지식을 의식하는 미소를 지으며 말했다. "원외 구제란 게, 적절히 관리만 되면, 적절히 관리만 되면 말이오, 부인, 교구의 보호 장치가 되지요. 원외 구제의 대원칙은, 빈민들에게 그들이 원하지 않는 걸 정확히 줘서 그들이 지쳐 찾아오지 않게 유도하는 겁니다."

"어머나!" 코니 부인이 외쳤다. "그것도 참 좋네요!"

"좋고말고요. 이건 우리끼리 하는 이야기입니다만, 부인." 범블 씨가 대답했다. "그것이 대원칙이고, 천박한 신문만 펼치면 치즈 조각이 병든 가족에게 구제품으로 지급됐다는 기사가 눈에 띄는 이유이기도 하지요. 그게 원칙이에요, 코니 부인. 이 나라 어디를 가도 그렇습니다. 하지만요." 교구 사무관은 보따리를 푸느라 잠시 멈추었다가 말을 계속했다. "이런 얘기는 공무상의 비밀이니 발설하시면 안 됩니다, 부인, 우리 같은 교구 관리들끼리는 괜찮지만요. 이거 포트와인이에요, 부인. 위원회에서 의무실용으로 주문한 건데, 진짜배기, 신선한 진품 포트와인이지요. 오늘 오전에 통에서 꺼냈는데 맑디맑고 불순물도 없어요!"

범블 씨는 와인 병을 집어 불빛에 대고 잘 흔들어 그것의 훌륭함을 증명한 뒤 두 병 모두 서랍장 위에 올려놓고는 병을 쌌던 손수건을 접어 주머니에 고이 넣고 나서 가려는 것처럼 모자를 집었다.

"추위에 떨면서 걸어가시겠네요, 범블 씨." 총무가 말했다.

"바람이 부니까요, 부인." 범블 씨는 외투 깃을 추켜세우며 말했다. "귀가 떨어져 나가는 것 같지요."

총무가 시선을 작은 주전자에서 교구 사무관 쪽으로 돌렸을 때 교구 사무관은 문 쪽으로 움직였다. 그가 작별 인사를 하려고 헛기침을 하자 총무는 차라도 한잔하실래요, 하고 수줍게 물었다.

범블 씨는 말이 끝나기 무섭게 외투 깃을 내리고 모자와 지팡이를 의자 위에 올려놓고는 다른 의자를 탁자로 끌어왔다. 그러고는 천천히 의자에 앉으면서 숙녀를 바라보았다. 그녀는 작은 찻주전자만 빤히 보았다. 범블 씨는 다시 헛기침을 하고는 슬며시 미소를 지었다.

코니 부인은 찬장에서 찻잔과 잔받침을 더 내오려고 자리에서 일어섰다. 다시 자리에 앉을 때 눈이 점잖은 교구 사무관과 다시 마주치자 얼굴을 붉히며 차를 탔다. 범블 씨는 이전보다 더 크게 다시 헛기침을 했다.

"달게 드시나요? 범블 씨?" 총무는 설탕 그릇을 들고 물었다.

"아주 달콤하게요, 부인." 범블 씨가 대답했다. 그는 코니 부인에게 눈을 고정하고 말을 했는데, 이 세상에 만에 하나 부드러운 교구 사무관이 존재한다면 이 순간의 범블 씨는 그렇다고 할 만했다.

차와 간식이 침묵 속에 차려졌다. 범블 씨는 근사한 반바지가 빵 부스러기에 더러워지지 않도록 무릎 위에 손수건을 깔고 나서 먹고 마시기 시작했는데, 가끔씩 깊은 한숨을 푹푹 내쉬어 색

다른 재미를 가미했다. 한숨은 식욕을 떨어뜨리는 게 아니라 차와 토스트의 해체 작업을 더욱 부채질하는 것 같았다.

"고양이를 키우시네요, 부인." 범블 씨는 새끼들에 둘러싸여 불을 쬐는 고양이를 흘끔 보면서 말했다. "새끼 고양이들도 있네요!"

"제가 얼마나 고양이를 좋아하는지 모르실 거예요, 범블 씨." 총무가 대답했다. "고양이들은 참으로 행복하고, 참으로 잘 놀고, 참으로 쾌활해서 꽤 좋은 벗이랍니다."

"아주 좋은 동물이죠, 부인." 범블 씨는 긍정적으로 대답했다. "길들이기도 무척 쉽고요."

"아, 그러니까요!" 총무가 열렬히 대답했다. "자기가 사는 집도 아주 좋아하니 정말로 즐거운 일이 아닐 수 없죠."

"코니 부인." 범블 씨는 찻숟가락을 톡톡 두드리며 천천히 말했다. "내 진심으로 한마디 하지요, 부인. 고양이든 고양이 새끼든, 당신과 함께 사는 이상 어찌 집을 좋아하지 않겠습니까. 멍텅구리라면 모를까."

"아이참, 범블 씨도!" 코니 부인이 그건 아니라는 투로 말했다.

"사실이 숨긴다고 숨겨지나요, 부인." 범블 씨가 그렇게 말하며 애정과 위엄을 담아 천천히 찻숟가락을 흔드는 모습은 곱절로 강한 인상을 주었다. "그런 놈은 내가 기꺼이 물에 빠뜨려 죽일 생각이오."

"그렇다면 범블 씨는 잔인한 사람이로군요." 총무는 교구 사무관의 잔을 받으려고 손을 내밀며 명랑하게 말했다. "정말 무심하기도 하고요."

"무심하다고요, 부인?" 범블 씨가 말했다. "무심?" 범블 씨는 잠자코 찻잔을 넘겨주고는 잔을 받은 코니 부인의 새끼손가락을 지그시 쥐었다. 그러고는 레이스로 장식된 조끼를 손바닥으로 두 번 톡톡 두드리면서 한숨을 푹 내쉬고 나서 의자를 불가 반대쪽으로 아주 조금 당겨 앉았다.

코니 부인과 범블 씨는 원탁을 사이에 두고 마주 앉아 있었고 둘 사이의 거리는 그리 멀지 않았다. 그들은 불가에 앉아 있었기 때문에 범블 씨가 난롯불에서 물러났지만 여전히 탁자에 붙어 있다는 것은 코니 부인과의 거리를 늘렸다고 봐야 한다. 양식 있는 몇몇 독자들은 범블 씨의 이 행동을 칭송하고 영웅적 행위로 간주할 게 분명하다. 범블 씨에게는 남녀 간의 정담을 나눌 절호의 기회였기 때문이다. 물론 남녀 간의 정담이란 경박하고 무분별한 자들이나 입에 담는 말이지 이 땅의 재판관, 국회의원, 장관, 시장 같은 훌륭한 공직자들에겐 품위에 어긋나는 소행이며, 특히 그중에서도 가장 근엄하고 가장 엄격해야 하는 (잘 알려진 대로) 교구 사무관에게는 채신머리없는 짓이었다.

하지만 범블 씨의 의도가 무엇이었든, 또한 그것이 선의였다는 것은 의심의 여지가 없지만, 앞서 두 번 언급되었듯 탁자가 하필 원형이었기 때문에 범블 씨는 슬금슬금 의자를 움직여 곧 총무와의 거리를 줄이기 시작했고, 둥근 가장자리를 따라 총무가 앉아 있는 의자 쪽으로 바짝 붙다 못해 두 의자가 서로 맞닿고 나서야 여정을 멈추었다.

이제 총무는 의자를 오른쪽으로 움직이면 난롯불에 그을릴 수밖에 없었고 왼쪽으로 움직이면 범블 씨의 품에 안길 수밖에 없었다. 그래서 그 자리에 그대로 앉아(조신한 총무는 그 결과가 무엇일지 단번에 눈치챘으므로) 범블 씨에게 차를 한 잔 더 건넸다.

"무심하다고요, 코니 부인?" 범블 씨는 차를 저으면서 눈을 들어 총무의 얼굴을 바라보며 말했다. "당신은 무심한가요, 코니 부인? 당신은 무정한 사람인가요?"

"어머나!" 총무가 외쳤다. "독신 남성의 질문치고 참 묘하네요. 대체 그건 왜 알고 싶으신 거죠, 범블 씨?"

교구 사무관은 차를 마지막 한 방울까지 모두 마시고 토스트도 모두 삼키고 나서 무릎에서 빵 부스러기를 털어낸 뒤 입술을 닦고는 총무에게 대놓고 키스를 했다.

"범블 씨!" 조신한 숙녀가 목소리를 낮춰 외쳤다. 어찌나 놀랐는지 목소리가 잘 나오지도 않았다. "범블 씨, 소리 지를 거예요!" 범블 씨는 대답하지 않고 위엄을 보이며 천천히 팔로 총무의 허리를 감싸 안았다.

숙녀는 소리를 지르겠다는 의사도 밝힌 터라 이 대담한 추가 행동에 소리를 지르고도 남았지만 다급히 문을 두드리는 소리가 그녀의 수고를 덜어주었다. 노크 소리가 들리자마자 범블 씨는 와인 병 쪽으로 잽싸게 움직여 몹시 격렬한 동작으로 병의 먼지를 닦기 시작했다. 그사이 총무는 거기 누구냐고 매섭게 물었다. 그녀가 딱딱하고 사무적인 말투를 상당히 회복했다는 것은 뜻밖의 상황에서 느끼는 놀라움이 극도의 공포를 상쇄하는 데 효과적임을 보여주는 흥미로운 사례라 하겠다.

"괜찮으시다면, 마님." 늙어빠진 데다 흉측하게 생긴 빈민 노파 하나가 문가에서 안으로 머리를 디밀더니 말했다. "샐리 할멈이 세상을 뜨려나 봅니다."

"아니, 그게 나랑 무슨 상관이지?" 총무가 발끈하며 다그쳤다. "내가 그 할멈을 살려낼 순 없잖아, 아냐?"

"네, 네, 마님." 노파는 대답했다. "그건 아무도 못 하지요. 그 할멈은 이미 가망이 없으니까요. 갓난아기부터 건장한 남정네까지 사람들이 죽는 걸 수없이 지켜봐서 잘 알아요. 곧 초상을 치르게 될 거예요. 그런데 그 할멈이 마음에 걸리는 게 있는지, 발작을 안 일으킬 때면 할 말이 있다고 자꾸 그러네요. 마님이 꼭 들으셔야 한다고요. 곧 숨이 끊어질 처지라 자주 그러진 않지만요. 마님이 오시기 전엔 절대 죽을 수가 없다네요."

귀하신 코니 부인은 이 이야기를 듣고 나서 윗사람들을 애먹이지 않으면 죽지도 못하는 할멈들을 향해 별별 욕을 중얼거렸고, 되는대로 집어 든 두꺼운 숄을 걸치면서 어떤 일이 생길지 모르니 돌아올 때까지 기다려달라고 범블 씨에게 짧게 말했다. 그녀는 부르러 온 할멈에게 빨리빨리 걸어라, 계단 하나 올라가는

데 밤새울 거냐, 있는 대로 심술을 부리면서 방을 나가 노파를
따라갔고, 가는 내내 면박을 주었다.

　혼자 남게 된 범블 씨는 다소 이해하기 힘든 행동을 하기 시작
했다. 찬장을 열어 찻숟가락의 개수를 세고, 각설탕 집게의 무게
를 헤아리고, 은제 우유병을 뜯어보며 정말 은으로 만들었는지
가늠하다가 궁금증이 풀리자 삼각모를 비스듬히 쓰고는 위엄을
갖춘 춤을 추며 탁자를 정확히 네 번 돌았다. 그렇게 아주 색다
른 공연을 펼치고 나서 삼각모를 다시 벗더니 불을 등진 채 불가
에 앉아 몸을 쭉 폈는데, 이번에는 보유한 가구의 현황을 파악하
는 데 몰두하는 것 같았다.

24장

아주 딱한 내용을 다룬다,
짧지만 이 이야기에서 중요한 부분이
될 수도 있는 내용이다

총무의 방을 찾아와 정적을 깬 노파는 죽음의 전령에 어울릴 법한 몰골이었다. 세월의 무게에 짓눌려 고부라진 몸, 중풍을 맞아 달달 떨리는 팔다리, 중얼거리며 히죽댈 때마다 일그러지는 얼굴은 자연의 솜씨라기보다 연필이 거칠게 그려놓은 기괴한 형상을 더 닮아 있었다.

하! 자연이 빚은 아름다운 모습 그대로 기쁨을 주는 얼굴은 얼마나 희귀한가! 세간의 근심과 슬픔과 굶주림은 인간의 마음뿐 아니라 얼굴마저 바꿔버린다. 그 감정들이 잠들어 영영 기세가 꺾여야 근심의 먹구름이 물러가고 갠 하늘이 드러난다. 죽은 자의 얼굴이 뻣뻣하게 굳은 뒤에도 오랫동안 묻혀 있던 잠자는 갓난아기의 표정으로 온화해지다가 결국 어린 시절의 표정을 띠는 것은 흔히 있는 일이다. 그 얼굴이 하도 고요하고 평화로워서 망자의 행복한 어린 시절을 아는 사람들은 경외감에 휩싸여 관 옆에 무릎을 꿇고 지상에 강림한 천사를 목도한다.

노파는 동행자의 타박에 중얼중얼 대꾸하면서 비틀비틀 복도를 지나 계단을 오른 뒤 숨이 턱까지 차서 마지못해 걸음을 멈추고는 등불을 동행자의 손에 넘겨주고 동행자를 먼저 보냈다. 노파가 뒤처져 있는 동안 몸이 더 민첩한 상관은 아픈 여자가 누워 있는 방으로 향했다.

그곳은 한쪽 구석에 희미한 등불 하나만 타 들어갈 뿐 아무것도 없는 다락방이었다. 다른 노파가 침대 옆을 지키고 있었고, 교구 약사의 도제가 불가에 서서 깃촉으로 이쑤시개를 만들고 있었다.

"밤이 춥네요, 코니 부인." 총무가 들어오자 젊은 신사가 말했다.

"너무 추워요, 선생님." 총무는 한껏 정중한 말투로 대꾸하며 무릎을 살짝 굽혀 예의를 표했다.

"석탄은 더 좋은 걸로 들이셔야 해요." 약사의 조수는 녹슨 부지깽이로 불 꼭대기의 덩어리 하나를 부수며 말했다. "추운 밤에 이런 건 때나 마나예요."

"그런 일은 위원회에서 정한답니다." 총무가 대꾸했다. "최소한 따뜻하게 지내게는 해줘야지 이래서야 되겠어요, 가뜩이나 지내기 힘든 곳인데."

대화는 아픈 여자의 신음 소리에 의해 중단되었다.

"아!" 청년은 환자를 까맣게 잊고 있었던 것처럼 침대 쪽으로 고개를 돌리며 말했다. "저긴 영 가망이 없어요, 코니 부인."

"아무래도 그렇겠지요?"

"두어 시간 더 산다고 해도 의외일 겁니다." 약사의 도제는 열심히 이쑤시개를 만들면서 말했다. "신체 조직이 완전히 망가졌어요. 병자는 잠들었소, 할멈?"

환자를 돌보는 노파가 침대 위로 몸을 굽혀 확인하고 나서 그렇다고 고개를 끄덕였다.

"그럼 이대로 숨이 끊어지겠군요, 당신들이 소란만 떨지 않는다면." 청년이 말했다. "등불은 바닥에 놓으세요. 거기 두면 환자에게 보이지 않을 거예요."

간호하는 노파는 시키는 대로 했지만 고개를 절레절레 흔들어 이 할멈은 그리 쉽게 죽지는 않을 거라는 뜻을 내비쳤다. 그러고는 돌아온 다른 노파 옆에 다시 자리를 잡고 앉았다. 책임자는 조바심이 나는 표정으로 숄을 두르고는 침대 발치에 앉았다.

이쑤시개를 완성한 약사의 도제는 벽난로 앞에 자리를 잡고 앉아 10분쯤 이쑤시개를 써먹었다. 그러다 슬슬 지루하다는 기색을 비치며 코니 부인에게 용무 잘 보시라 말하고는 까치발로 자리를 떴다.

두 노파는 한동안 묵묵히 침대 옆에 앉아 있다가 자리에서 일어나 불 위로 몸을 옹송그리고 시든 손을 내밀어 불을 쬐었다.

그들의 쪼글쪼글한 얼굴에 드리운 유령 같은 난로 불빛에 그렇지 않아도 추한 몰골이 더욱 꼴사나워진 상태로 두 노파는 두런두런 이야기를 나누기 시작했다.

"나 없는 동안 이 할멈이 또 무슨 말 하진 않았어, 애니?" 총무를 불러온 노파가 물었다.

"아니." 다른 노파가 대답했다. "잠깐 자기 팔을 꼬집고 뜯더니 내가 손을 붙잡으니까 곧 곯아떨어졌어. 워낙 기운이 빠진 상태라 쉽게 얌전해지더라고. 또 내가 할망구치곤 비실대진 않잖아, 교구의 구제를 받는 신세긴 해도. 아니지, 암!"

"할멈이 의사가 주라던 따뜻한 포도주는 먹었고?" 첫 번째 노파가 물었다.

"내가 먹이려 했지." 다른 노파가 대답했다. "근데 이 할멈이 이를 앙다물고 컵을 꽉 움켜쥐는 바람에 컵을 도로 뺏는 수밖에 없었어. 그냥 내가 마셔버렸지 뭐. 나만 좋았지 뭐야!"

쭈그렁 할망구 둘은 조심스레 주위를 둘러보며 듣는 사람이 없는지 확인하고 나서 불 쪽으로 더 가까이 몸을 웅송그리고는 마음 놓고 킬킬거렸다.

"그러고 보니 말이야." 먼저 말을 건 노파가 말했다. "예전에 이 할멈도 똑같은 짓을 하고 나서 그걸 가지고 가끔 농담하곤 했었어."

"음, 그랬었지." 다른 노파가 대답했다. "활달한 여자였어. 이 할멈이 예쁘게 단장해 준 시체들이 수도 없었지, 밀랍 인형처럼 깔끔하게 말이야. 내 늙은 두 눈으로 똑똑히 봤어. 음, 이 늙은 손으로 만지기도 했고. 이 할멈을 도운 게 수십 번도 넘으니까."

노파는 그렇게 말하면서 달달 떨리는 손가락들을 쭉 내밀더니 얼굴 앞에 대고 의기양양하게 흔들었다. 그러고 나서 주머니를 뒤적거려 오래되어 변색된 양철 코담뱃갑을 꺼내 친구의 손바닥 위에 담배 가루를 조금 덜어주고 자기 손에도 조금 덜었다. 그들이 이렇게 딴 데 정신이 팔려 있을 때 죽어가는 여자가 혼수상태에서 깨어나기를 이제나저제나 기다리던 총무는 난롯가의 그들에게 다가가 대체 언제까지 기다려야 하느냐고 표독스럽게 물었다.

"오래 걸리지 않을 거예요, 마님." 두 번째 노파가 총무의 얼굴을 올려다보며 대꾸했다. "우리 중 누구도 죽음을 오래 기다리진 않잖아요. 참고 기다리세요, 참고 기다리세요! 어느새 죽음이 우리 모두에게 들이닥칠 테니까요."

"닥쳐, 이 망령 난 할망구!" 총무가 딱딱거렸다. "이봐, 마사, 할멈이 말해봐. 저 할망구 전에도 이런 적 있어?"

"자주 그랬지요." 첫 번째 노파가 대답했다.

"하지만 이제 다시는 이러지 못할 거예요." 두 번째 노파가 거들었다. "다시는 못 깨어날 테니까요, 마지막으로 한 번 깨어나겠지만. 그리고, 마님, 깨어나도 아주 잠깐일걸요."

"잠깐이든 오래든 간에." 총무가 딱딱거렸다. "저 할망구가 깨어날 때 난 여기 없을 거야. 명심해, 둘 다, 다시는 별것 아닌 일로 날 들볶지 마. 이 구빈원의 할망구들이 죽을 때마다 매번 지켜보는 게 내 일은 아니니까. 어림없지. 해도 너무하잖아. 잘 들어, 이 극성맞은 인간들. 두 번 다시 날 놀렸단 봐라, 즉시 뜨거운 맛을 보여줄 테니까. 반드시!"

총무는 후딱 자리를 뜨려다가 침대 쪽을 돌아본 두 노파가 내지른 소리에 고개를 돌렸다. 환자가 똑바로 일어나 앉아 양팔을 그들에게 내밀고 있었다.

"거기 누구야?" 환자가 공허한 목소리로 외쳤다.

"쉬잇, 쉬잇!" 한 노파가 환자에게 몸을 숙이며 말했다. "누워, 누워!"

"살아서는 다시 눕지 못할 거야!" 환자가 몸부림치며 말했다. "저 여자에게 할 말이 있어! 이리 와! 더 가까이! 귀엣말로 하고 싶어!"

노파는 총무의 팔을 움켜잡아 침대 옆 의자에 끌어 앉히더니 무슨 말을 하려다 말고 주변을 둘러보고는 몸을 앞으로 내밀고 귀를 쫑긋 세운 두 노파를 발견했다.

"저들은 내보내." 노파가 나른하게 말했다. "얼른! 얼른!"

두 노파는 한목소리로 가엾은 할망구가 이젠 가장 친한 친구들조차 못 알아보는 지경이 되었다고 안타까운 탄식을 줄줄 쏟아냈다. 그러고는 절대 친구 곁을 떠나지 않겠다고 주절주절 이의를 제기했지만, 상관은 그들을 방에서 밀어낸 뒤 문을 닫고 침대 옆으로 돌아왔다. 방에서 쫓겨나자 할망구들은 열쇠 구멍에 대고 싹 달라진 말투로 샐리 할멈이 술에 취한 게 분명하다고 목청을 높였다. 아주 터무니없는 말도 아니었다. 샐리 할멈은 약사가 처방한 소량의 아편 외에도 이 고귀하신 노부인들이 온정을 발휘해 몰래 먹인 물 탄 진에 얼큰히 취해 있었기 때문이다.

"잘 들어봐." 죽어가는 노파는 남아 있는 기운을 짜내려고 안간힘을 쓰는 듯 큰 소리로 말했다. "이 방에서, 바로 이 침대였어, 예전에 어떤 예쁘고 젊은 여자를 간호한 적이 있었어. 그 여자는 오래 걸어서 찢기고 멍들고 흙과 피로 뒤덮인 발로 구빈원에 실려 와서 사내아이를 낳고 죽었지. 보자, 그게 몇 년도였더라!"

"몇 년도든 상관없잖아." 듣고 있는 여자가 조바심이 나서 말했다. "그 여자가 어쨌다는 거야?"

"에휴." 병든 여자는 중얼거리는 동안 다시 정신이 흐려졌다. "그 여자가 어쨌느냐고? 어쨌더라…… 그래!" 그러고는 소리치며 몸을 벌떡 일으켰다. 얼굴은 붉게 달아올랐고 눈은 튀어나올 듯했다. "내가 그 여자 걸 빼앗았어, 내가 그랬어! 그 여자 몸이 식지도 않았을 때…… 그 여자 몸이 아직 식지도 않았는데 내가 그걸 훔쳤어!"

"대체 뭘 훔쳤다는 거야?" 총무는 누가 좀 도와달라고 소리칠 듯한 몸짓으로 소리쳤다.

"그거!" 여자는 손으로 상대방의 입을 막으며 대꾸했다. "그 여자가 간직했던 유일한 물건. 그 여자는 제대로 입지도 먹지도 못했지만 그걸 고이 간직하고 있었어. 앞가슴 안에. 금붙이였어,

진짜야! 그걸로 목숨을 부지할 수도 있었을 만큼 값비싼 황금이었어!"

"황금!" 총무는 되뇌이며 쓰러지는 노파 위로 열렬히 몸을 숙였다. "계속해, 계속해, 그래, 그래서 어떻게 됐지? 산모는 누구였어? 그게 언제야?"

"그 여자가 그걸 나한테 맡겼어." 노파는 신음을 토하며 대꾸했다. "주위에 여자가 나뿐이라 맡긴 거야. 그 여자가 목에 건 그걸 보여주는 순간 난 이미 마음으로 그걸 훔쳤어. 어쩌면 그 여자가 죽은 것도 나 때문일지 몰라! 사람들이 모든 걸 알았다면 그 아이에게 더 잘해줬을 텐데!"

"뭘 알아?" 총무가 말했다. "말해!"

"사내아이가 자랄수록 제 어미를 쏙 빼닮더라고." 노파는 질문에 아랑곳하지 않고 딴소리를 지껄였다. "그 아이의 얼굴을 볼 때면 그걸 잊을 수가 없었어. 불쌍한 여자! 불쌍한 여자! 새파랗게 젊은 여자였는데! 양처럼 유순한 순둥이! 기다려! 할 말이 더 남았어. 내 말 아직 안 끝났어, 아냐?"

"그래, 그래!" 죽어가는 여자의 말이 더 희미해졌기 때문에 총무는 말을 놓치지 않으려 고개를 기울이며 대꾸했다. "빨리 해, 너무 늦기 전에!"

"산모가." 여자는 이전보다 더 용을 쓰며 말했다. "죽음의 고통이 처음 들이닥쳤을 때, 산모가 내 귀에 속삭였어, 자기 아이가 살아서 태어나 무사히 자라면 젊어서 죽은 가여운 자기 엄마의 이름을 듣고도 큰 수치로 여기지 않을 날이 올지 모른다고. 그러고는 '아, 자비로운 하느님!' 하고 깡마른 두 손을 모으고 말했어. '아들이든 딸이든, 이 험난한 세상을 살아갈 아기에게 친구들을 내려주시고, 홀로 쓸쓸할 아이를 가엽게 여겨주세요!'"

"사내아이 이름이 뭐지?" 총무가 물었다.

"사람들이 올리버라고 불렀어." 여자가 맥없이 대꾸했다. "내가 훔친 황금은……."

"그래, 그래, 뭐라고?" 상대방이 소리쳤다.

총무는 대답을 들으려고 노파 쪽으로 몸을 열심히 숙이고 있다가 노파가 천천히, 뻣뻣하게 다시 몸을 일으켜 앉자 본능적으로 몸을 뺐다. 노파는 양손으로 이불을 움켜쥐며 불분명한 소리를 목 안에서 그르렁거리다 침대에 쓰러져 축 늘어졌다.

*

"진짜로 죽었네!" 문이 열리자마자 한 노파가 얼른 들어와서 말했다.

"결국 이렇다 할 이야기도 없었어." 총무는 대답한 뒤 심드렁하게 걸어 나갔다.

대꾸할 겨를도 없이 고된 작업 준비로 바빠 보이는 두 노파만 방에 남아 시체 주변을 맴돌았다.

25장
페이긴 일당 이야기로 돌아간다

지방 구빈원에서 이런 일들이 일어나고 있을 때 페이긴 씨는 오랜 소굴─올리버가 여자의 손에 이끌려 나온 곳─의 불가에서 골똘히 생각에 잠겨 있었다. 연기만 풀풀 나고 불길이 시원치 않았다. 불을 지피는 중이었는지 풀무를 무릎에 올려두고 있었지만 생각에 깊이 빠진 것 같았다. 양팔은 접어 풀무 위에 얹고 양엄지손가락으로는 턱을 받친 채 멍하니 벽난로 난간만 바라보았다.

그의 뒤쪽으로는 꾀돌이 얌생이, 찰리 베이츠 군, 치틀링 씨가 탁자에 둘러앉아 휘스트 카드게임에 열중하고 있었다. 첫 번째로 거론된 신사 얌생이는 혼자 베이츠 군과 치틀링 씨를 상대했는데, 게임을 면밀히 주시하면서 치틀링 씨의 패를 읽어내느라 늘상 영리해 보이는 얼굴에 흥미진진한 빛을 띠고 있었다. 틈만 나면 어떻게든 치틀링 씨의 패를 열심히 흘끔거려 가면서, 말하자면 옆 사람의 카드를 훔쳐본 결과를 바탕으로 영리하게 게임을 요리해 나갔다. 추운 밤이라 얌생이는 습관대로 실내에서도 모자를 쓰고 있었고, 이로 물고 있던 도자기 담뱃대를 간간이 입에서 빼고 탁자 위에 놓인 단지 안의 것을 들이켜 원기를 충전하곤 했다. 탁자 위의 단지 안에는 물을 탄 진이 가득했다.

베이츠 군 역시 게임에 몰두했다. 하지만 능수능란한 친구보다 흥분을 잘하는 성격인지라 물을 탄 진에 더 자주 의지했다. 게다가 과학적인 삼판양승제 카드놀이에서 수시로 농담과 딴소리에 정신이 팔리는 것은 대단히 부적절한 처사였다. 실제로 얌생이는 돈독한 둘의 관계를 고려해 이러한 부적절함을 한 번 이상 진지하게 지적했지만 베이츠 군은 그 불평을 매번 절묘한 말로 받아넘겼다. 웃기지 말라는 둥 쥐구멍이라도 찾아보라는 둥 재치 있게 척척 받아쳤는데, 그 유쾌한 응수에 치틀링 씨는 내심 감탄을 금치 못했다. 주목할 만한 것은 치틀링 씨와 그의 짝이 판판이 깨졌다는 점이다. 그런데도 베이츠 군은 화를 내기는커녕 한껏 즐거워하는 모습으로 판이 끝날 때마다 요란한 웃음을 터뜨리면서 이리 즐거운 게임은 처음이라고 말했다.

"더블로 두 번이나 당하다니, 낭패로군." 치틀링 씨는 풀이 죽은 얼굴로 조끼 주머니에서 반 크라운을 꺼내며 말했다. "내가 너 같은 놈은 처음 본다, 잭. 어찌 그리 매번 이기냐. 찰리와 나는

패가 좋아도 써먹지를 못하겠어."

그 말의 내용 때문인지 아니면 몹시 불만스러운 말투 때문인지 찰리 베이츠는 꽤나 즐거워하면서 한바탕 웃음을 터뜨렸고, 그 소리에 생각에 잠겼던 유대인이 퍼뜩 정신을 차리고 무슨 일이냐고 물었다.

"무슨 일이냐뇨, 페이긴!" 찰리가 소리쳤다. "이번 판을 구경했어야지요. 토미 치틀링은 1점도 못 땄어요. 나랑 편먹고 꾀돌이랑 대결했는데."

"아하, 아하!" 유대인은 환히 웃는 것으로 보아 그 이유를 알고도 남는 것 같았다. "다시 해보게, 톰, 다시 해봐."

"난 됐어요, 사양할게요, 페이긴." 치틀링 씨는 대답했다. "할 만큼 했어. 얌생이 녀석이 어찌나 재수가 좋은지 당할 재간이 있어야 말이지."

"하! 하! 이보게." 유대인이 대답했다. "얌생이를 이기려면 아침에 아주 일찍 일어나야 할걸."

"아침은 무슨!" 찰리 베이츠가 말했다. "전날 밤부터 신발을 신고, 눈에는 망원경을 대고, 어깨엔 오페라 쌍안경도 걸어야 할걸요, 얌생이를 이기고 싶다면!"

도킨스 씨는 이 극찬을 아주 의젓하게 받아들인 뒤 먼저 그림 카드를 뒤집는 사람이 1실링을 따는 내기를 하자고 신사들에게 제안했다. 하지만 아무도 도전을 받아주지 않는 데다 마침 파이프 담뱃불도 꺼진 참이라 게임 점수를 계산하는 데 썼던 분필 조각으로 탁자 위에 뉴게이트 감옥의 평면도를 그리며 혼자 놀기 시작했고, 내내 독특한 고음의 휘파람을 불어댔다.

"넌 정말 지루한 인간이야, 토미!" 긴 침묵이 흐른 후 얌생이가 별안간 동작을 멈추더니 치틀링 씨에게 말했다. "토미가 지금 무슨 생각 하는 것 같아요, 페이긴?"

"내가 그걸 어찌 아누?" 유대인은 풀무질을 하는 와중에 뒤를 돌아보며 말했다. "잃은 돈 생각을 하겠지. 아니면 얼마 전까지 지내던 시골의 그 작은 집? 하! 하! 그 생각 하나, 응?"

"퍽이나요." 화제에 오른 치틀링 씨가 대답을 하려는데 얌생이가 끼어들어 말했다. "넌 어떻게 생각하냐, 찰리?"

"내 생각엔 말이지." 베이츠 군이 활짝 웃으며 대답했다. "이 인간이 벳한테 유달리 다정한 것 같거든. 저 얼굴 빨개지는 것 좀 봐! 와, 어이가 없네! 아이고, 두야! 토미 치틀링이 사랑에 빠졌네! 와, 페이긴, 페이긴! 여기 경사 났어요!"

베이츠 군은 치틀링 씨가 사랑의 열병에 걸렸다는 걸 알고 너무 기가 막혀 의자 뒤로 힘껏 몸을 기대다가 균형을 잃고 바닥으로 자빠지고 말았는데(이 사고도 그의 즐거움을 약화시키지는 못했다) 그대로 대자로 뻗어 웃어대다가 의자에 다시 앉은 뒤에도 계속 실실 웃어댔다.

"쟨 신경 쓰지 말게." 유대인은 도킨스 씨에게 눈짓을 하고 나서 풀무 주둥이로 베이츠 군을 톡 때려 나무라고는 말했다. "벳시는 좋은 여자야. 꼭 잡아, 톰. 꼭 잡아."

"나는 말이지요, 페이긴." 치틀링 씨는 시뻘게진 얼굴로 대꾸했다. "그건 여기 있는 누구와도 상관없는 일이라 말해주고 싶어요."

유대인이 대꾸했다. "이젠 찰리도 더는 말하지 않을 거야. 잰 신경 쓰지 말게. 신경 쓰지 마. 벳시는 좋은 여자야. 걔가 시키는 대로 해, 톰. 그럼 돈깨나 만지게 될 거야."

"그렇지 않아도 걔가 시키는 대로 하고 있어요." 치틀링 씨가 대답했다. "걔가 그러라고 하지 않았으면 빵에도 안 갔을 텐데. 하지만 영감한텐 잘된 일이었어요, 안 그래요, 페이긴! 6주가 뭐 대수인가? 언제 닥쳐도 닥칠 일이었어. 어차피 겨울엔 밖에 돌아다니고 싶지 않으니까 한번 다녀오는 것도 좋지, 안 그래요, 페이긴?"

"아, 그럼그럼." 유대인이 대답했다.

"또 다녀와도 괜찮다는 얘기야, 톰?" 얌생이가 찰리와 유대인에게 눈짓을 하면서 물었다. "벳이 그러라고 하면?"

"난 정말 상관없어." 톰이 성난 어조로 대꾸했다. "아! 이렇게 말할 수 있는 사람이 과연 있을까요, 페이긴?"

"없지." 유대인이 대답했다. "한 놈도 없어, 톰. 너 말고 내가 아는 놈들 중에 그럴 수 있는 놈은 없어. 없고말고."

"벳시를 꼰질렀으면 난 풀려났을 거야. 안 그래요, 페이긴?" 모자란 가엾은 호구가 발끈해서 말했다. "내 말 한마디면 그리 될 수 있었어, 그렇죠, 페이긴?"

"그럼그럼." 페이긴이 대답했다.

"하지만 난 불지 않았어, 그렇죠, 페이긴?" 톰은 질문에 질문을 줄줄 쏟아냈다.

"아니지, 아니고말고." 유대인이 대답했다. "그러기에 넌 너무 배짱이 두둑해. 정말 너무 배짱이 두둑하지!"

"내가 그런 사람이야." 톰은 주변을 둘러보며 대답했다. "그런 나를 무엇 때문에 그리 비웃는 거지, 페이긴?"

유대인은 치틀링 씨가 감정이 몹시 상했다는 걸 눈치채고 아무도 웃고 있지 않다고 그를 달랬다. 그리고 모인 사람들의 진중함을 입증하려고 이 사태의 주범인 베이츠 군에게 도움을 요청했다. 하지만 찰리는 평생 이보다 더 진지한 적은 없었다고 대답하려 입을 열었다가 안타깝게도 터져 나오는 폭소를 못 참고 격렬한 웃음을 터뜨리고 말았고, 재차 당한 치틀링 씨는 사전 절차를 싹 생략하고 방 건너편으로 돌진해 가해자에게 주먹을 날렸다. 하지만 피하는 데 도통한 가해자는 고개를 움츠려 주먹을 피했고, 타이밍이 워낙 절묘해 주먹은 유쾌한 노신사의 가슴을 강타했다. 얻어맞은 노신사는 휘청휘청 벽 쪽으로 가서 컥컥대며 숨을 몰아쉬었고, 치틀링 씨는 기가 막혀 그 꼴을 바라보았다.

"잠깐!" 그 순간 얌생이가 소리쳤다. "딸랑이 소리가 들렸어." 그러고는 등불을 들고 살금살금 위층으로 올라갔다.

사람들이 어둠 속에서 가만 기다리고 있을 때 조급하게 딸랑 거리는 소리가 다시 들렸다. 얼마 뒤 얌생이가 다시 나타나 페이긴에게 뭐라고 속삭였다.

"뭐!" 유대인이 소리쳤다. "혼자라고?"

얌생이는 그렇다고 고개를 끄덕이고는 손으로 촛불의 불꽃을 가리더니 찰리 베이츠에게 이제부터 장난은 그만두는 게 좋을 거라고 몸짓으로 넌지시 일렀다. 얌생이는 그렇게 의리를 지키고 나서 시선을 유대인의 얼굴에 고정하고 지시를 기다렸다.

노인은 누런 손가락을 물어뜯으며 잠시 생각에 잠겼다. 뭔가가 두려운 것처럼, 최악의 사태가 일어날까 동요하는 얼굴이었다. 마침내 노인은 고개를 들었다.

"그 사람 지금 어디 있지?" 영감이 물었다.

얌생이는 위층을 가리키고 나서 방을 나가는 몸짓을 해 보였다.

"그래." 유대인은 무언의 질문에 대답했다. "이리 데려와. 쉬잇! 조용히 해, 찰리! 가만있어, 톰! 잠자코 있어, 잠자코!"

찰리 베이츠와 그의 적수는 이 단순한 지시를 즉시 받아들여 순순히 따랐다. 얌생이가 촛불을 들고 계단을 내려왔을 때 두 사람은 어디 있는지도 모르게 잠잠했다. 거칠한 스목프록 차림의 남자가 뒤따라 내려와 방 안을 쓱 둘러보더니 하관을 가린 큰 복면을 벗어버리고 얼굴을 드러냈다. 세수도 면도도 하지 않은 초췌한 얼굴의 주인공은 살살이 토비 크래킷이었다.

"안녕하신가, 페이긴?" 사내가 유대인에게 고개를 끄덕여 인사했다. "얌생이, 내 숄 좀 내 털모자 안에 넣어둬, 갈 때 쉽게 찾을 수 있게. 척척 잘도 하는군! 넌 꼭 저 교활한 영감을 능가하는 위대한 젊은 도둑이 될 거야."

이렇게 말하며 그는 스목프록 자락을 허리께로 올리더니 의자를 불가로 끌어와 앉고 나서 두 다리를 난로 난간에 얹었다.

"여기 좀 봐, 페이긴." 그는 신은 부츠를 슬프게 가리키며 말했다. "구두약을 바른 게 언제인지 기억도 안 나. 구두약 거품 하나 못 발랐어. 그렇다고 그런 눈으로 쳐다보지 마, 영감. 다 때가 있는 것이니. 먹고 마시기 전엔 일 이야기 못 해. 그러니 먹을 걸 좀 내와. 사흘 만에 처음으로 조용히 식사 좀 하자고!"

유대인은 얌생이에게 먹을 만한 걸 탁자에 내오라고 손짓한 뒤 맞은편에 앉아 집털이범이 한숨 돌리기를 기다렸다.

토비는 서둘러 대화를 개시할 마음이 전혀 없어 보였다. 유대인은 꾹 참고 남자의 안색을 살피는 것에 만족해야 했다. 남자의 표정에서 그가 어떤 소식을 가져왔는지 단서를 얻어보려 했지만 허사였다. 남자는 지치고 기진맥진한 듯 보였으나 얼굴에 늘 어려 있는 자족하는 표정은 여전했다. 때가 묻고 턱수염과 구레나룻에 뒤덮인 살살이 토비 크래킷의 얼굴에는 자족적이고 능글맞은 미소가 걸려 있었다. 유대인은 애가 타서 토비가 음식을 입에 넣는 동작 하나하나를 지켜보다가 흥분을 참지 못해 방을 이리저리 서성였다. 모두 다 허사였다. 토비는 천연덕스럽게 계속 먹기만 했다. 배가 부를 대로 부르고 나서야 그는 얌생이를 방에서 내보내고 문을 닫은 다음 독주에 물을 타서 마실 술을 한 잔 만든 뒤 말문을 열었다.

"우선 말이지, 페이긴." 토비가 말했다.

"그래, 그래!" 유대인은 의자를 끌어당기며 끼어들었다.

크래킷 씨는 말을 멈추고 물을 탄 독주를 한 모금 홀짝이더니 진이 훌륭하다고 말했다. 그런 다음 부츠가 눈높이에 오도록 두 다리를 벽난로 아래쪽 선반에 얹고는 조용히 말을 이었다.

"우선 말이지, 페이긴." 집털이범이 말했다. "빌은 좀 어때?"

"뭐라고!" 유대인이 의자에서 펄쩍 뛰며 빽 소리를 질렀다.

"아니, 그 말은 설마……." 토비가 얼굴이 하얗게 질리며 말을 시작했다.

"뭐가 설마야!" 유대인은 소리치며 발로 바닥을 굴러댔다 "그들 어디 있어? 사이크스와 꼬마! 어디 있냐고? 그동안 어디 있었어? 지금은 어디 숨어 있는 거야? 왜 여기로 안 왔어?"

"작업은 실패했어." 토비가 맥없이 말했다.

"나도 알아." 유대인이 주머니에서 신문을 잡아채 가리키며 대답했다. "그래서 어떻게 되었냐고?"

"놈들이 총을 쐈고 애가 맞았어. 둘이 집 뒤편 들판으로 뛰었지. 애를 사이에 끼고, 앞으로 쭉 나아가서 울타리랑 도랑을 통과했어. 놈들이 쫓아왔어. 젠장! 온 마을이 깨어났고, 개들이 우리를 쫓아왔어."

"꼬마는?" 유대인은 간신히 말을 짜냈다.

"빌이 애를 업고 바람처럼 달렸어. 그러다 멈춰서 둘이 나눠 들었는데, 애 머리가 축 늘어진 데다 몸도 차갑더라고. 놈들이 바짝 따라붙는 바람에 각자도생했지 뭐, 아니면 교수대행이니까! 그렇게 흩어졌어, 꼬맹이는 도랑에 눕혀놓고. 애가 살았는지 죽었는지는 몰라, 내가 아는 건 그게 다야."

유대인은 더는 듣지 않고 비명을 고래고래 지르고 머리카락을 쥐어뜯으면서 방을 뛰쳐나가 그대로 집 밖으로 달려 나갔다.

26장

수상한 인물이 등장하고 이 이야기와
밀접한 일들이 다수 일어난다

유대인 영감은 길모퉁이에 도달해서야 토비 크래킷이 전한 소식
의 충격에서 겨우 벗어나기 시작했다. 평소와 달리 내내 빠르고
거칠고 산만한 걸음새로 걸어온 참이었고, 별안간 마차 한 대가
돌진했을 때는 그에게 닥친 위험을 본 행인들이 내지른 소리를
듣고 인도 위로 물러서기도 했다. 이제 그는 되도록 큰길을 피하
고 샛길과 골목으로만 숨어들면서 나아가다가 마침내 스노 힐
에 도착했다. 거기서부터 걸음을 더욱 재촉해 잠시도 쉬지 않고
걸어간 끝에 어느 공동마당으로 접어들었고, 그제야 격이 맞는
동족들 틈에 있다는 걸 의식한 듯 평소의 느긋한 걸음새로 걸었
고 호흡도 더 자유로워 보였다.

　스노 힐과 홀번 힐이 만나는 부근의 한 지점에서 시티를 벗어

나면 오른쪽에 새프런 힐로 이어지는 비좁고 음침한 골목이 하나 나온다. 거기 지저분한 가게들에 가면 각양각색의 중고 실크 손수건들이 무더기로 쌓여 팔리고 있다. 그곳이 바로 소매치기로부터 손수건을 사들이는 장사꾼들의 본거지이기 때문이다. 손수건 수백 장이 창문 밖의 나무못에 걸려 있거나 문설주에 매달려 살랑거리고 가게 안 선반에도 무더기로 쌓여 있다. 이른바 필드 레인은 자체 이발소와 커피숍, 맥줏집, 생선튀김 가게까지 갖추고 있다. 좀도둑들의 거래처로서 하나의 상권이 형성된 것이다. 이른 아침과 해 질 녘에 과묵한 상인들이 어두운 안쪽 응접실로 들어왔다가 올 때처럼 수상쩍게 떠나곤 한다. 이곳의 헌 옷장수와 신발 수리공, 넝마주이들이 진열해 놓은 상품은 좀도둑을 위한 간판이고, 이곳의 오랜 쇠붙이와 뼈, 흰곰팡이가 핀 모직물과 리넨 옷감들은 지저분한 창고에서 녹슬거나 썩어간다.

유대인은 이곳으로 들어갔다. 물건을 매매하러 동태를 살피던 사람들이 지나가는 그에게 스스럼없이 고개를 끄덕여 인사하는 것으로 보아 그는 이 거리의 사람들과 안면이 있는 게 분명했다. 유대인은 같은 식으로 인사에 답했지만 더 친근하게 알은체하지 않고 계속 나아갔고 거리 끝에 도달해서야 걸음을 멈추고 몸집이 작은 한 장사꾼에게 말을 걸었다. 아동용 의자에 몸을 우겨넣고 앉아 창고 문 옆에서 파이프 담배를 피우는 남자였다.

"그게, 페이긴 씨, 당신을 봤으니 이제 다래끼가 싹 낫겠지!" 유대인이 안부를 묻자 상인이 고맙다는 듯 말했다.

"동네가 좀 시끄러웠다면서, 라이블리." 페이긴은 눈썹을 치켜 올리고 양손을 자기 어깨에 얹으며 말했다.

"글쎄, 그런 불평은 전에도 한두 번 듣긴 했지." 장사꾼이 대꾸했다. "하지만 곧 다시 잠잠해져. 지금은 잠잠하잖아?"

페이긴은 그렇다고 고개를 끄덕였다. 그는 새프런 힐 쪽을 가리키면서 오늘 밤 저기에 온 사람이 있냐고 물었다.

"'절름발이' 술집 말인가?" 사내가 물었다.

유대인이 고개를 끄덕였다.

"어디 보자." 상인은 기억을 더듬으며 말했다. "있지, 지금 거기 대여섯 명이 있긴 한데, 죄다 내가 아는 사람들이야. 당신 친구는 있는 것 같지 않아."

"사이크스도 없나?" 유대인이 실망한 얼굴로 물었다.

"변호사들이 하는 말로, '소재불명'인 게지." 작은 사내는 그렇게 말하면서 고개를 절레절레 저었는데 대단히 음흉해 보였다. "오늘 밤 내 물건은 가져왔나?"

"오늘 밤엔 없어." 유대인은 돌아서서 자리를 뜨며 말했다.

"'절름발이'로 건너가는 건가, 페이긴?" 작은 사내가 영감의 뒤에 대고 소리쳤다. "기다려! 나랑 같이 가서 한잔하자고!"

하지만 유대인은 돌아보면서 혼자 있겠다는 뜻으로 손을 흔들었다. 어차피 작은 사내는 의자에서 몸을 쉽사리 일으킬 수 없었기 때문에 절름발이 술집의 간판이 라이블리 씨를 맞이할 기회는 사라지고 말았다. 라이블리 씨가 두 다리로 일어섰을 때 유대인은 이미 사라지고 없었다. 라이블리 씨는 혹시나 유대인이 보이지 않나 까치발을 디뎠다가 작은 의자에 다시 몸을 우겨 넣고는 맞은편 가게 여주인과 고개를 절레절레 흔들어 의심과 불신이 역력한 고갯짓을 주고받고 나서 심각한 빛으로 파이프 담배를 다시 피웠다.

'세 절름발이' 혹은 '절름발이'라 불리는 이름처럼 세 절름발이가 그려진 간판이 단골들에게 친숙한 그곳은 예전에 사이크스 씨와 그의 개가 등장한 바 있는 그 펍이었다. 페이긴은 바에 있는 남자에게 신호를 한 번 보낸 뒤 곧장 위층으로 올라가 어느 방문을 열고 안으로 살그머니 들어갔다. 그리고 특정한 사람을 찾는 것처럼 눈에 손그늘을 만들어 열심히 주변을 둘러보았다.

방에는 가스등이 두 개 켜져 있었는데, 그 눈부신 불빛은 꽁꽁닫아 건 덧창과 빼곡히 드리워진 빛바랜 붉은 커튼에 막혀 밖에서는 보이지 않았다. 천장은 어차피 너울거리는 가스등 불꽃에 변색될 터라 검게 칠해놓은 데다 담배 연기까지 자욱해 처음에는 거의 아무것도 구분되지 않았다. 하지만 열린 문틈으로 연기가 조금씩 빠져나가자 그곳에 모인 여러 머리들의 형체가 어렴풋이 드러나고 왁자지껄한 소음이 귀에 들어왔다. 눈이 방 안의 풍경에 갈수록 적응하면서 점차 많은 사람들을 포착해 냈다. 남자와 여자 여러 명이 기다란 탁자에 둘러앉아 있었는데, 탁자 끄트머리에 무리의 대장이 의사봉을 손에 들고 앉아 있었고, 저 멀리 구석에는 코에 푸른빛이 돌고 치통 탓에 얼굴을 싸맨 음악가 양반이 피아노 앞에 앉아 건반을 두드렸다.

페이긴이 슬그머니 방 안으로 들어섰을 때, 연주자 양반이 전주곡을 연주해 좌중에게서 노래 신청을 끌어냈다. 사람들의 목소리가 잦아들고 아가씨 한 명이 네 악절 가요 한 곡을 불러 군중에게 즐거움을 선사했는데, 반주자는 악절 사이마다 멜로디를 최대한 크게 연주했다. 노래가 끝나고 대장이 소감을 말한 뒤 대장의 좌우에 앉은 가수 둘이 이중창을 자청해 큰 박수갈채 속에 노래를 불렀다.

무리 가운데 도드라진 몇몇 얼굴은 흥미로운 구경거리였다. (이 팹의 주인인) 대장은 투박하고 거칠며 몸집이 큰 남자였는데, 노래가 불리는 동안 눈을 사방으로 희번덕거렸다. 한껏 흥에 취한 것 같으면서도 눈과 귀를 활짝 열고 지켜보지 않는 것이 없었고 듣지 않는 말이 없었다. 그의 옆에 있는 가수들은 무심하면서도 넉살 좋게 청중의 찬사를 받아들이는가 하면, 더 적극적인 찬미자들이 건네는 물 탄 독주를 열 잔 넘게 돌아가면서 마셨다. 이들의 얼굴에는 모든 단계의 악덕이 총망라되어 있었으니, 그것은 혐오감을 유발하며 보는 이의 시선을 끌었다. 또한 모든 수준의 간교함, 포악함, 취기가 가장 강렬한 양상으로 발현돼 있었다. 여자들도 예외는 아니어서 몇몇은 사그라드는 청춘의 마지막 생기가 아직 어른거렸지만 언제 사라질지 몰랐고, 나머지 여자들은 철저히 파괴된 여성성의 잔해와, 방탕과 죄악이 남긴 역한 공허함만 발산할 뿐이었다. 몇몇은 아직 소녀였고 나머지도 젊은 아가씨들뿐이라 모두들 한창때였음에도 그 음울한 풍경화의 가장 어둡고 가장 슬픈 부분을 이루고 있었다.

이 일들이 일어나는 동안 페이긴은 동요하지 않고 그 얼굴들을 하나하나 열심히 살펴보았다. 하지만 찾는 얼굴은 보이지 않는 것 같았다. 우두머리 남자와 눈이 마주쳤을 때 영감은 슬쩍 수신호를 보내고는 들어올 때처럼 살그머니 방을 나갔다.

"뭘 도와드릴까, 페이긴 씨?" 남자가 층계참으로 따라 나와 물었다. "왜 같이 앉지 않고? 모두들 좋아할 텐데."

유대인은 조바심을 내며 고개를 젓고는 속삭였다. "그자 여기 있나?"

"아니." 남자가 대답했다.

"바니 소식은?" 페이긴이 물었다.

"전혀." 절름발이의 주인장이 대답했다. 이자가 여기 주인장이었다. "바니는 완전히 안전해질 때까지 꼼짝도 안 할걸. 놈들이 지금 냄새를 맡고 쫓아오고 있을 테니까. 바니가 지금 움직였다간 즉시 다 같이 들통날 거야. 바니는, 잘 있어. 아니면 내가 소식을 들었겠지. 분명 알아서 잘하고 있는 거야. 그냥 맡겨둬."

"그자가 오늘 밤 여기 오나?" 유대인은 이번에도 그자라는 단어를 강조하며 물었다.

"몽크스 말이오?" 펍 주인이 머뭇거리며 물었다.

"쉿!" 유대인이 말했다. "응."

"물론." 남자는 줄에 매달린 금시계를 꺼내며 대답했다. "벌써 나타날 때가 지났지. 10분만 기다리면…….”

“아냐, 아냐.” 유대인이 서둘러 말했다. 문제의 인물을 애타게 만나고 싶기는 하지만 그가 지금 없어서 안심한 듯했다. “내가 만나러 왔었다고 전해줘. 오늘 밤에 반드시 찾아오라고. 아니, 내일 오라고 해. 그자가 지금 여기 없다면, 내일 오라고 전해줘.”

“그러지!” 남자가 말했다. “더 할 말은?”

“없어.” 유대인이 계단을 내려가며 말했다.

“그나저나.” 남자가 층계 난간 너머로 낮고 걸걸한 목소리로 말했다. “지금이 뭐든 팔아먹을 절호의 기회야! 필 바커가 와 있는데, 고주망태가 되어서 꼬마의 손에도 잡힐 지경이거든.”

“아하! 하지만 아직은 필 바커를 손볼 때가 아닐세.” 유대인이 올려다보며 말했다. “그자와 작별하기 전에 아직 그자가 해줘야 할 일이 있거든. 그러니 자네는 무리로 돌아가서 신나게 살라는 말이나 해줘, 아직 살아 있는 동안에. 하! 하! 하!”

펍 주인은 영감을 따라 웃다가 손님들에게 돌아갔다. 유대인은 혼자 남겨지자마자 근심과 생각이 많은 이전의 얼굴로 돌아갔다. 그렇게 잠시 생각에 잠겼다가 마차를 불러 올라타고는 마부에게 베스널 그린 쪽으로 가자고 했다. 그는 사이크스 씨의 집에서 채 400미터가 안 되는 곳에서 마차를 보낸 뒤 얼마 안 되는 짧은 거리를 걸어 그 집으로 갔다.

“두고 봐.” 유대인이 문을 두드리면서 중얼거렸다. “뭔가 수작을 부리는 거라면 내게 털어놓게 될 거다, 여자야, 네가 아무리

영악하다 해도."

그 여자는 방에 있다고 했다. 페이긴은 살금살금 위층으로 올라가 기척하지 않고 방으로 들어갔다. 그녀는 머리카락을 산발한 채 혼자 탁자에 엎드려 있었다.

'술을 마셨구먼.' 유대인이 담담히 생각했다. '아니면 속상해서 이러나.'

유대인 영감이 이런 생각을 하며 방문을 닫으려 돌아서는 소리에 여자가 깼다. 그녀는 그의 노회한 얼굴을 뜯어보면서 무슨 소식이 없는지 묻고 나서 토비 크래킷의 이야기를 전해 들었다. 노인의 말이 끝났을 때 그녀는 이전의 자세로 다시 무너졌고 한마디도 하지 않았다. 성마르게 촛불을 홱 밀치더니 한두 번 격하게 자세를 바꾸고 발을 바닥에 끈 것이 다였다.

그렇게 침묵이 흐르는 동안 유대인은 사이크스가 몰래 돌아온 기미는 없는지 확인하려는 듯 초조하게 방 안을 둘러보았다. 둘러본 다음 만족한 기색으로 두세 번 헛기침을 하고는 여러 차례 대화를 시작하려 했지만, 여자는 그를 돌처럼 취급하며 무관심으로 일관했다. 그는 방법을 바꿔 양손을 비비면서 최대한 달래는 투로 대화를 시도했다.

"그나저나 빌은 지금 어디에 있는 것 같니, 응?"

여자는 신음 소리 같은 알아들을 수 없는 말을 웅얼거렸는데, 모르겠다는 말 같았다. 흐느끼는지 끅끅거리는 소리도 냈다.

"그 아이는 또 어쩐다니." 유대인은 그녀의 얼굴을 살피려고 눈에 힘을 주면서 말했다. "어린 것이 가엾기도 하지! 도랑에 버려졌다는구나, 낸시야. 그 생각만 하면 참!"

"그 아이는." 여자가 별안간 고개를 들더니 말했다. "그냥 거기 있는 게 나아, 우리랑 있는 것보다는. 빌에게 지장만 없다면, 난 그 아이가 그 도랑에서 죽었으면, 그 어린 뼈가 거기서 썩었으면 좋겠어."

"뭐라고!" 유대인이 소스라치며 외쳤다.

"아, 진심이에요." 여자는 그의 눈을 똑바로 보며 대꾸했다. "난 걔가 내 눈앞에서 사라졌으면 좋겠어. 최악의 상황이 끝났다는 걸 알고 싶다고. 걔가 내 주변에 있는 걸 못 참겠어. 그 아이를 보면 자꾸 나답지 않게 굴고 당신들 모두에게 엇나가게 된다고."

"하!" 유대인은 코웃음을 쳤다. "취했구먼."

"내가?" 여자가 쓸쓸하게 외쳤다. "영감 당신이 잘못만 안 해도 내가 취할 일이 있겠어! 나는 맨 정신일 날이 없을 거야, 다 영감 뜻대로 된다면. 지금은 영감 뜻대로 안 되었지만. 영감은 이 농담이 마음에 안 드나 보네, 그치?"

"그래!" 유대인은 발끈하며 대꾸했다. "마음에 안 들어."

"그럼 바꿔!" 여자가 깔깔 웃으며 대꾸했다.

"바꾸라고!" 유대인은 그렇지 않아도 애가 타 죽겠는데 동료가 뜻밖에 고집을 피우자 분통이 터져 고함을 질렀다. "내가 바꿔주지! 잘 들어, 이 잡것아! 내가 말 여섯 마디로 사이크스의 목을 매달 수 있는 사람이야, 불스아이의 목을 지금 당장 내 손가락으로 졸라버릴 수 있는 것처럼. 만약 그놈이 아이를 버리고 혼자 덜렁 돌아온다거나, 죽었든 살았든 이대로 쏙 빠져나가 그 아이를 나에게 돌려주지 않았단 봐라. 그럴 바엔 차라리 네 손으로 그놈을 죽여. 아니면 놈은 교수형 집행인의 손에 넘어갈 테니. 놈이 이 방에 발을 들이는 즉시 해치워. 아니면 너무 늦을 테니까!"

"그게 다 무슨 소리예요?" 여자가 엉겁결에 소리쳤다.

"무슨 소리냐고?" 페이긴은 독이 바짝 올라 말했다. "그 아이는 내게 수백 파운드짜리인데, 그런 횡재를 말 한마디면 처치할 수 있는 주정뱅이 강도 놈들의 변덕으로 놓쳐야 쓰겠냐고! 게다가 천생 악질인 놈에게 코를 꿰게 생겼다고. 그놈은 제멋대로인 데다 힘도 있어서, 있어서……."

노인은 숨이 차서 말을 못 잇고 더듬다가 순식간에 분노의 불길을 억누르고 태도를 싹 바꿨다. 방금 전까지 주먹을 불끈 쥐고, 눈을 부릅뜨고, 울컥해 안색이 잿빛이던 사람이 지금은 의자에 주저앉아 움츠러들더니 꽁꽁 숨겼던 자신의 만행을 발설했다는 두려움에 벌벌 떨었다. 그는 잠시 침묵하다가 여자를 돌아보았다. 처음처럼 흥분한 상태가 아니라 풀이 죽어 있는 여자를 보고 조금 안심을 했다.

"낸시, 애야!" 유대인은 평소의 말투로 말했다. "내가 말이 좀 심했지?"

"내 걱정은 말아요, 페이긴!" 여자가 나른하게 고개를 들며 대꾸했다. "이번 일은 글렀지만, 빌이 다음번에 꼭 해낼 거예요. 그간 영감을 위해 수없이 일을 해냈으니 앞으로도 할 수 있는 한 많이 해내겠죠. 안 될 땐 못 하겠지만. 그러니 그 얘긴 이제 그만 해요."

"그 아이는 어쩌고, 응?" 유대인은 초조하게 두 손바닥을 비비며 말했다.

"그 아이도 여느 사람들처럼 운명을 따라야지요." 낸시가 얼른 끼어들었다. "거듭 말하지만, 난 그 애가 죽었으면 좋겠어요. 그래서 더는 고생하지 않고 당신의 손에서도 벗어났으면 좋겠어, 빌에게 지장만 없다면. 그리고 토비가 빠져나왔다면 분명 빌도 안전할 거예요. 빌은 늘 두 사람 몫은 하니까."

"그나저나 방금 내가 한 말은 어떻게 생각하니, 응?" 유대인은 번뜩이는 눈을 여자에게 고정하고 물었다.

"할 말 있으면 처음부터 다시 말해요." 낸시가 대답했다. "그리고 할 거면 내일 하는 게 낫겠어요. 영감이 날 깨워 잠시 정신이 들긴 했는데 다시 멍텅구리가 됐거든요."

페이긴은 자기가 무심코 발설한 정보에서 여자가 무슨 눈치를 챘는지 확인할 요량으로 몇 가지 더 캐물었다. 하지만 여자가 거침없이 대답하는 데다 그의 파고드는 시선에도 전혀 동요하지 않자 그는 여자가 술에 취했다는 애초의 판단을 그대로 굳혔다. 이러한 결점은 유대인 영감의 여제자들이 흔히 보이는 현상이었는데, 낸시도 예외는 아니었다. 일찍이 어릴 때부터 이러한 면이 억제되기보다 오히려 권장된 결과였다. 여자의 흐트러진 모습과

방 안에 진동하는 네덜란드산 진 냄새가 유대인의 추정을 강하게 뒷받침했다. 낸시는 앞서 언급한 대로 일시적으로 과격함을 보였지만 둔감한 상태로 축 늘어져 다시 복잡한 심경에 빠져들었다. 그렇게 심란한 마음으로 잠시 눈물을 줄줄 흘리다가 "절대 죽는다는 말은 하지 마!" 같은 말을 내뱉더니 신사든 숙녀든 행복하면 되지 따질 게 뭐냐는 취지의 이야기를 늘어놓았다. 이런 일이라면 이골이 난 페이긴 씨는 여자가 단단히 취해 제정신이 아니라고 보고 흡족해했다.

여자가 취했다는 것을 확인하고 마음이 가벼워진 페이긴 씨는 그날 밤 들은 이야기를 여자에게 전하고 사이크스가 돌아오지 않은 것을 직접 확인하는 이중의 목적을 달성한 터라 탁자에 엎드려 잠든 젊은 친구를 놔두고 다시 집으로 향했다.

자정까지는 한 시간도 남지 않은 시각이었고 혹독하게 추운 날씨라 꾸물거릴 여유가 없었다. 거리를 휘젓는 칼바람이 먼지와 진흙은 물론이고 행인까지도 쓸어버린 것처럼 돌아다니는 사람은 거의 없었고 그나마 보이는 사람들도 집으로 걸음을 재촉하는 듯했다. 하지만 마침 바람의 방향이 그가 가는 방향과 같은 덕분에 유대인은 바람을 등지고 나아가다가 가끔 돌풍이 몰아칠 때마다 몸을 부들부들 떨었다.

페이긴이 집이 있는 거리 모퉁이에 도달해 벌써부터 현관 열쇠를 찾느라 주머니를 뒤지고 있을 때, 검은 형체 하나가 그늘이 짙게 드리운 돌출한 출입구에서 불쑥 나타나 길을 건너더니 유대인에게 다가왔다.

"페이긴!" 목소리가 유대인의 귀에 바짝 대고 속삭였다.

"어!" 유대인은 재빨리 돌아보며 말했다. "혹시……."

"맞아!" 낯선 사람이 거칠게 말을 끊었다. "여기에서 두 시간이나 서성였어. 대체 어디 갔었나?"

"자네 일로 나갔었지." 유대인은 상대를 흘끔거리고 발걸음을 늦추며 말했다. "자네 일로 밤중까지 내내 돌아다녔단 말일세."

"아, 왜 아니겠어!" 낯선 사람이 냉소적으로 말했다. "그래, 성과는 좀 있었나?"

"시원찮아." 유대인이 말했다.

"건진 게 전혀 없다는 거야?" 낯선 사람은 걸음을 뚝 멈추고 놀란 얼굴로 상대방을 쳐다보며 말했다.

유대인이 고개를 저으며 대꾸하려는데 낯선 사람이 말을 끊고 집을 가리켰다. 유대인의 집 앞에 막 도달한 참이었다. 낯선 사람은 너무 오랫동안 밖에 서 있었더니 피가 다 꽁꽁 언 것 같고 바람이 몸속에 스미는 것 같다면서 할 말이 있으면 안에 들어가서 하는 게 좋겠다고 말했다.

페이긴은 부적절한 시각에 손님을 들이고 싶지 않아 어떻게든 핑계를 대고 싶은 눈치였다. 실제로 영감은 집 안에 불을 피우지 않았다는 말을 중얼거렸으나 상대방이 위압적인 어조로 거듭 요청하는 바람에 문을 열고 나서 등불을 가져올 테니 문을 살짝 닫으라고 상대에게 말했다.

"무덤 속처럼 아주 깜깜하군." 사내가 더듬더듬 몇 발짝 나아가며 말했다. "서둘러!"

"문 닫게." 페이긴이 복도 끝에서 속닥거렸다. 영감이 말하는데 문이 쾅 닫혔다.

"내가 닫은 게 아니야." 상대가 더듬거리면서 말했다. "바람에 닫혔든지, 아니면 저절로 닫혔든지 둘 중 하나라고. 빨랑빨랑 불이나 가져와. 자칫하다간 이 망할 놈의 굴속 어딘가에 부딪쳐 머리가 깨질 판이니까."

페이긴은 살그머니 부엌 계단을 내려갔다. 그는 잠시 사라졌다가 불붙은 양초를 가지고 돌아와서 아래층 뒷방에는 토비 크래킷이, 앞방에는 사내아이들이 자고 있다고 말했다. 그러고는 남자에게 따라오라고 손짓한 뒤 앞장서서 위층으로 올라갔다.

"할 말이 있으면 여기서 몇 마디 나누지." 유대인이 2층 방문을 홱 열면서 말했다. "덧창에 구멍도 났고, 우린 이웃에게 불빛을 보여주지도 않으니 촛불은 계단에다 놓아둘게. 됐군!"

유대인은 그렇게 말하면서 몸을 숙여 방문 바로 맞은편 위쪽 계단에 촛불을 놓았다. 그러고는 앞장서서 방 안으로 들어갔는데, 방 안에는 망가진 팔걸이의자 하나와 문 뒤에 놓인 일인용 같기도 하고 다인용 같기도 한 커버 없는 낡은 소파 외에는 아무것도 없었다. 낯선 사람은 노곤했는지 그 소파에 털썩 주저앉았고, 유대인은 팔걸이의자를 맞은편에 끌어다 놓았다. 그들은 얼굴을 마주 보고 앉았다. 방은 그리 어둡지 않았다. 약간 열린 문틈으로 바깥의 촛불이 반대편 벽에 희미한 빛을 던졌기 때문이다.

그들은 잠시 소곤소곤 대화를 나누었다. 간간이 들리는 토막 난 말들 외에 대화의 내용은 전혀 알아들을 수 없었지만 페이긴은 낯선 사람의 말에 변명을 늘어놓았고 낯선 사람은 상당히 언짢아하는 듯했다. 그렇게 15분쯤 이야기를 나누었을 때 몽크스—유대인은 대화 도중 낯선 남자를 몇 번이나 그렇게 불렀다—가 조금 높아진 언성으로 말했다.

"다시 말하지만 애초에 잘못된 계획이었어. 왜 그 아이를 여기 다른 아이들과 같이 데리고 있으면서 의뭉하고 징징대는 소매치기로 빨리 만들지 않았나?"

"턱도 없는 소리!" 유대인이 어깨를 으쓱거리면서 외쳤다.

"아니, 그리 하려 했어도 뜻대로 안 됐을 거라는 말인가?" 몽크스가 따져 물었다. "이제껏 다른 아이들은 수없이 그리 만든 거 아니었어? 길어야 열두 달만 참았으면 그 아이를 범죄자로 만들었을 거 아냐? 그랬으면 종신형을 받게 해서 나라 밖으로 무사히 쫓아낼 수 있었잖아?"

"그럴 경우 누가 이득을 보았을까, 응?" 유대인이 덤덤히 물었다.

"나지."

"나는 아니야." 유대인이 유순하게 말했다. "그 아이는 나도 요긴하게 써먹을 수 있었어. 거래에는 양쪽 당사자가 있기 마련이고, 쌍방의 이해가 고려되어야 하는 게 당연하지 않나, 안 그런가, 이 친구야?"

"그래서 뭐?" 몽크스가 물었다.

"보아하니 그 아이는 소매치기로 훈련시키는 게 쉽지 않더란 말이지." 유대인이 대답했다. "같은 처지의 다른 아이들과 달랐어."

"그 망할 놈이 그렇다니까!" 사내가 내뱉었다. "될 거면 이미 오래전에 됐겠지."

"그 아이를 더럽힐 확실한 방도가 마땅치 않았어." 유대인은 동료의 안색을 초조하게 살피며 말을 계속했다. "아이가 아직 발을 담그지 않은 상태였거든. 그래서 아이를 겁줄 만한 거리가 없었어. 초반에는 그런 게 꼭 있어야 해, 아니면 헛물만 켜기 십상이지. 내가 뭘 어쩌겠어? 얌생이와 찰리랑 같이 내보내? 그건 이미 해봤지. 그 바람에 모두들 식겁해서 얼마나 떨었는지 몰라."

"그건 내 알 바 아니고." 몽크스가 말했다.

"아니지, 아니지, 그럼." 유대인은 말했다. "그걸 가지고 다툴 생각은 없어. 그 일이 없었다면, 자네가 우연히 그 아이를 발견하고 그 아이가 자네가 찾던 아이라는 걸 알지 못했을 테니까 말일세. 그런데 말이야! 내가 자네를 위해서 그 아이를 다시 찾아왔잖나, 그 여자를 시켜서. 그런데 그 여자가 그 아이를 아끼기 시작했어."

"그 여자는 목을 졸라버려!" 몽크스가 조바심을 내며 말했다.

"지금은 그럴 겨를이 없어." 유대인이 미소를 지으며 말했다. "그런 처리 방식은 우리 식도 아니고. 나야 기꺼이 그럴 용의는 있지만서도. 나는 이 여자들이 어떤 인간들인지 잘 알아, 몽크스. 일단 아이가 때만 묻으면 말이지, 그 여자는 즉시 나무토막 보듯 아이에게 아무 신경도 안 쓸걸. 자네는 그 아이를 도둑으로 만들고 싶어 하잖아. 만약 아이가 살아 있다면 이번만큼은 반드시 그 아이를 그리 만들 수 있어. 그리고 만약에…… 만약에." 유대인은 상대에게 몸을 더 기울이며 말했다. "그럴 리는 없겠지만, 만에 하나 상황이 최악으로 치닫고 그 아이가 죽었다면—"

"그 아이가 죽어도 내 책임은 아니야!" 사내는 겁먹은 얼굴로 끼어들더니 덜덜 떨리는 양손으로 유대인의 팔을 움켜쥐었다. "명심해, 페이긴! 나는 그 일과 무관한 거야. 뭘 해도 좋지만 그 녀석을 죽이지는 말라고 난 처음부터 영감에게 밝혔어. 피를 보는 건 싫단 말이야. 피를 보면 결국은 일이 밝혀지는 데다 내내 들러붙어 못살게 군단 말이야. 녀석이 총에 맞아 죽었어도 그건 내 탓이 아니야. 알아듣겠어? 이 망할 놈의 이 지옥 소굴! 저건 뭐지?"

"뭐?" 유대인이 벌떡 일어서는 겁먹은 상대를 두 팔로 붙들며 외쳤다. "어디 말이야?"

"저기!" 남자는 맞은편 벽을 응시하면서 대답했다. "그림자! 망토와 보닛 차림의 여자 그림자가 저 징두리벽을 순식간에 지나갔어!"

유대인은 손을 놓았고, 그들은 방 밖으로 우당탕 뛰쳐나갔다. 촛불은 찬바람에 가냘프게 흔들릴 뿐 원래 놓아둔 자리에 그대로 있었다. 불빛에 보이는 것은 텅 빈 계단과 그들의 창백한 얼굴밖에 없었다. 두 사람은 귀를 바짝 세웠다. 온 집 안에 정적이 감돌았다.

"헛것을 봤구먼." 유대인은 촛불을 들고 동료를 돌아보며 말했다.

"맹세컨대 똑똑히 봤어!" 몽크스가 부르르 떨며 대답했다. "처음엔 몸을 앞으로 내밀고 있다가 내가 말하니까 후다닥 사라졌다니까."

유대인은 어이없다는 얼굴로 동료의 창백한 얼굴을 흘끔거리고는 원하면 따라오라고 말한 뒤 계단을 올랐다. 그들은 방들을 하나하나 살폈다. 하나같이 싸늘하고 휑뎅그렁하고 아무도 없었다. 그들은 복도로 내려간 뒤 아래 지하 창고들로 들어갔다. 벽 아래쪽에 초록빛 얼룩이 나 있고 달팽이가 지나간 흔적이 촛불에 번들거릴 뿐 모든 게 쥐 죽은 듯 고요했다.

"이제 좀 어떤가?" 다시 복도로 올라왔을 때 유대인이 말했다. "이 집엔 우리 둘 외에 토비와 사내아이들뿐인데, 걔네들은 안심해도 좋네. 이것 좀 보게!"

유대인은 주머니에서 열쇠를 두 개 꺼내 그 근거를 제시했다. 그리고 그가 처음 아래층으로 내려갔을 때 둘의 회담에 누가 끼어드는 일이 없도록 방문을 잠가버렸다고 설명했다.

이렇듯 증언들이 차츰 쌓여가며 몽크스 씨를 강하게 반박했다. 수색이 잇따라 아무런 성과를 내지 못하자 몽크스는 완강하던 주장을 차츰 굽히더니 급기야 음울한 너털웃음을 몇 차례 터뜨리고는 너무 흥분해서 허깨비를 본 모양이라고 물러섰다. 하지만 1시가 넘은 시각임을 깨닫고 더 이상의 대화는 사양했다. 그래서 정다운 두 사람은 거기서 헤어졌다.

27장

숙녀를 불손하게 방치했던
앞 장의 무례함을 만회한다

일개 미천한 작가가 감히 교구 사무관 같은 유력 인사를 하염없이 기다리게 할 수는 없는 노릇이다. 아무리 난롯불을 등지고 외투 자락을 걷어 양팔에 끼고 앉아 기다리는 것이 지루하기보다는 그 양반 마음에 흡족한 일이라 해도 말이다. 교구 사무관이 애정이 담긴 다정한 눈길로 바라보고 달콤한 말을 속삭인 숙녀에게도 이것은 해당되니, 그녀를 방치하는 것 역시 교구 사무관의 체면을 구기고 그가 보인 가상한 용기를 저버리는 짓일 것이다. 사실 그런 인사가 그런 말을 했다면 아가씨든 마나님이든 신분을 막론하고 가슴이 설레지 않을 여자는 없을 것이다. 지금 이 글을 적는 필자는—자기 분수를 잘 알며, 또한 고귀하고 중대한 권위를 부여받은 지상의 대리인들을 받들어야 마땅하다 믿는다―그 양반들에게 그 지위에 합당한 존경을 표하는 바이며, 더불어 그들의 존귀한 신분과 (그 결과물인) 훌륭한 덕목에 합당한 격식을 갖춰 그들을 예우할 것이다. 이 목적을 달성하기 위해 필자는 교구 사무관의 신성한 권한을 다룬 논문과 교구 사무관은 틀릴 수 없다는 견해를 본 장에서 밝히기로 계획하였다. 분명 이것은 올바른 양식의 독자들에게 재미와 유익함을 제공했을 터이지만, 안타깝게도 시간과 지면이 부족한 관계로 부득이 연기하는 바이다. 더 편리하고 적절한 기회가 주어진다면, 필자는 정식으로 임명된 교구 사무관, 다시 말해 교구 구빈원 소속으로 공무를 수행하면서 교구 교회에 복무하는 교구 사무관은 직분상 권한과 도덕성 차원에서 어떤 인간보다 탁월할 뿐만 아니라 최고의 자질을 지녔다는 점과, 그들의 탁월함은 일반 회사의 사무관이나 법원의 사무관, 공소성당의 사무관(공소성당의 말단 직급 사무관은 제외한다)에 비할 바가 아니라는 점을 보여줄 것이다.

어쨌든, 범블 씨는 찻숟가락을 다시 세어보고 각설탕 집게의 무게도 다시 가늠하고 우유병도 더 자세히 뜯어본 다음 말총으로 된 의자 시트까지 가구들의 정확한 상태를 꼼꼼히 확인했다. 확인 과정을 여섯 번씩 반복했을 때 코니 부인이 돌아올 시간이 됐다는 생각이 슬슬 들기 시작했다. 생각은 생각을 부른다. 코니 부인이 돌아오는 기척이 없자 범블 씨는 시간을 때울 순수하고도 고결한 방안을 한 가지 떠올렸다. 다름 아니라, 코니 부인의 서랍장 안을 눈대중으로 훑어봄으로써 호기심을 충족하자는 것이었다. 범블 씨는 열쇠 구멍으로 방에 접근하는 사람이 없다는 걸 확인한 후 기다란 서랍 세 개 안의 내용물을 맨 아래 칸부터 구경하는 과정에 돌입했다. 서랍 안에는 스타일이 멋지고 감촉이 좋은 갖가지 옷들이 말린 라벤더를 끼운 낡은 신문지 두 층 사이에 고이고이 보관되어 있었으니, 그 광경은 범블 씨에게 큰 만족감을 안기는 듯했다. 범블 씨는 오른쪽 서랍에서(안에 열쇠가 있었다) 맹꽁이자물쇠가 달린 작은 상자를 발견했다. 상자를 흔들어보니 안에서 동전이 짤랑거리는 듯한 유쾌한 소리가 났다. 범블 씨는 당당한 걸음으로 벽난로로 돌아와 종전의 자세를 취하더니 진지하고 단호하게 말했다. "해야겠어!" 그렇게 놀라운 선언을 하고 나서 10분간 익살스럽게 머리를 절레절레 흔들었는데, 명랑한 개처럼 구는 자신을 꾸짖는 것처럼 보였다. 그러고 나서 그는 몹시 뿌듯하고 흥미로운 기색으로 자기 다리의 옆모습을 감상했다.

그가 태평하게 다리 감상에 몰두하고 있을 때 코니 부인이 잰걸음으로 방 안으로 들어와 헐떡거리면서 불가의 의자에 몸을 던졌다. 그러고는 한 손으로는 눈을 가리고 다른 손은 가슴에 올리더니 가쁜 숨을 골랐다.

"코니 부인." 범블 씨는 총무에게 몸을 숙이며 말했다. "왜 그러시오, 부인? 무슨 일이 있었소, 부인? 대답 좀 해봐요. 이것 참⋯⋯ 참⋯⋯." 범블 씨는 놀란 마음에 '애간장이 탄다'는 말이 얼른 떠오르지 않아 그만 "위장이 타네요"라고 말했다.

"아, 범블 씨!" 부인이 외쳤다. "얼마나 곤욕을 치렀는지 몰라요!"

"곤욕을 치렀다고요, 부인?" 범블 씨가 탄식했다. "감히 누가……? 알 만하군!" 범블 씨는 타고난 위엄을 발산하면서 자제하는 투로 말했다. "그놈들, 그 몹쓸 빈민들이 또!"

"생각만 해도 끔찍해요!" 부인은 몸서리를 치며 말했다.

"그럼 생각하지 말아요, 부인." 범블 씨가 대답했다.

"자꾸 그 생각이 나요." 숙녀는 흐느꼈다.

"그럼 뭐라도 마셔봐요, 부인." 범블 씨가 달래듯 말했다. "포도주 조금 어때요?"

"어머머, 안 돼요!" 코니 부인이 대답했다. "그럴 수 없어요. 아! 오른쪽 구석 찬장 맨 위 선반에…… 아!" 훌륭하신 부인은 그리 말하면서 심란한 기색으로 손가락으로 찬장을 가리키고는 발작이라도 났는지 경련을 일으켰다. 범블 씨는 찬장으로 달려가서는 두서없이 언급된 초록빛 1파인트짜리 병을 선반에서 잡아채서 안에 든 것을 찻잔에 가득 따라 부인의 입술 쪽으로 들어 올렸다.

"이제 좀 살겠네요!" 코니 부인은 그것을 절반 정도 마시고 나서 몸을 뒤로 기대면서 말했다.

범블 씨는 감사를 올리는 마음으로 눈을 들어 경건하게 천장을 바라보다가 눈길을 돌려 찻잔의 테두리 쪽을 내려다보고는 찻잔을 들어 코끝에 댔다.

"페퍼민트예요." 코니 부인은 가냘프게 탄식하면서 교구 사무관에게 싱긋 미소를 지었다. "마셔보세요! 조금…… 조금 다른 것도 섞었어요."

범블 씨는 미심쩍다는 표정으로 약을 맛보더니 입맛을 다시고 나서 다시 맛을 본 다음 빈 잔을 내려놓았다.

"기분이 한결 나아져요." 코니 부인이 말했다.

"정말 그렇군요, 부인." 교구 사무관이 말했다. 그는 그렇게 말하면서 의자를 총무 옆으로 끌어당긴 뒤 무슨 일로 마음고생을 했냐고 다정하게 물어보았다.

"아무 일도 아니에요." 코니 부인이 대답했다. "저는 어리석고 성격이 불같은 데다 심약한 존재랍니다."

"심약하다뇨, 부인." 범블 씨는 의자를 더 가까이 끌어당기며 대꾸했다. "당신이 심약한 존재라고요, 코니 부인?"

"우리 모두 심약한 존재지요." 코니 부인이 일반론을 꺼냈다.

"그야 그렇지요." 교구 사무관이 말했다.

잠시 양쪽 모두 잠자코 있었다. 침묵이 깨지기 직전 범블 씨는 그 일반론에 대한 자신의 입장을 몸으로 보여주었는데, 코니 부인의 의자 등받이에 올렸던 왼팔을 움직여 그녀의 앞치마 끈을 손에 감고 비비 꼬았던 것이다.

"우리는 모두 심약한 존재지요." 범블 씨가 말했다.

코니 부인이 한숨을 푹 내쉬었다.

"한숨 쉬지 말아요, 코니 부인." 범블 씨가 말했다.

"안 쉴 수가 없네요." 코니 부인이 말했다. 그러고는 또 한숨을 폭 내쉬었다.

"방이 참 아늑하네요, 부인." 범블 씨가 방 안을 둘러보며 말했다. "이 방에 방이 하나만 더 있으면, 부인, 더할 나위 없겠어요."

"한 사람이 쓰기에는 너무 과할 거예요." 숙녀가 중얼거렸다.

"두 사람이 쓰면 과하지 않겠지요." 범블 씨는 상냥한 말투로 대꾸했다. "그렇지요, 코니 부인?"

교구 사무관이 이 말을 했을 때 코니 부인은 고개를 떨구었다. 교구 사무관은 코니 부인의 얼굴을 보려고 같이 고개를 숙였다. 코니 부인은 예절에 맞게 고개를 돌리고는 손수건을 잡으려고 손을 뺐다가 얼떨결에 범블 씨의 손 안에 다시 놓았다.

"위원회가 석탄은 대주겠네요, 그렇죠, 코니 부인?" 교구 사무관은 부인의 손을 다정하게 꼭 쥐면서 물었다.

"양초도 줘요." 코니 부인이 답례로 범블 씨의 손을 살짝 쥐며 대답했다.

"석탄, 양초, 공짜 집까지." 범블 씨가 말했다. "아, 코니 부인, 정말 천사가 따로 없구려!"

숙녀는 이 감정의 분출을 거부하지 않았다. 그녀는 범블 씨의 품에 안겼고, 신사는 마음이 동해 그녀의 순수한 코에 열정적으로 키스했다.

"교구인들끼리의 완벽한 결합이로다!" 범블 씨가 황홀해 외쳤다. "오늘 밤 슬라우트 씨의 상태가 악화된 걸 알고 있지요, 나의 귀염둥이?"

"네." 코니 부인이 수줍게 대답했다.

"의사 양반이 일주일을 못 넘길 거라 하더이다." 범블 씨가 말했다. "현재 구빈원 원장인 그 양반이 죽으면 그 자리는 공석이 될 터인데, 공석은 채워지기 마련이지요. 아, 코니 부인, 모처럼 온 절호의 기회요! 두 마음과 두 살림이 하나 될 기회!"

코니 부인이 흐느꼈다.

"그 말 한마디만 해주겠소?" 범블 씨는 부끄러워하는 미녀에게 몸을 숙이며 말했다. "그 말 한마디, 딱 한마디 말이오, 복된 나의 코니?"

"조, 조, 좋아요!" 총무가 한숨을 쉬듯 말을 토해냈다.

"하나 더." 교구 사무관이 말했다. "그대의 다정한 감정을 가라앉히고 하나만 더 대답해 봐요. 대망의 그날은 언제가 좋겠소?"

코니 부인은 말을 하려고 두 번 시도했지만 두 번 다 실패했다. 그녀는 용기를 끌어내 팔을 범블 씨의 목에 감고는 최대한 빨리 좋을 대로 날을 잡으라고 말한 뒤 "못 말리는 양반"이라고 덧붙였다.

이렇듯 원만하고 만족스러운 합의가 도출된 다음 추가 페퍼민트 음료를 한 잔 더 주고받는 것으로 계약은 엄숙히 성사되었다. 숙녀의 펄떡거리고 어지러운 가슴 때문에라도 더욱 필요한 과정이었다. 이런 일들이 진행되는 와중에 그녀는 범블 씨에게 노파가 사망한 소식을 전해주었다.

"그랬군요." 신사가 페퍼민트 음료를 홀짝거리며 말했다. "집에 가는 길에 소어베리네 들러 내일 아침에 오라고 해야겠소. 당신이 겁을 먹은 이유가 그거였소, 내 사랑?"

"딱히 그랬던 건 아니었어요." 부인이 얼버무렸다.

"딱히 그랬던 것 같은데요, 내 사랑." 범블 씨가 추궁했다. "그대의 이 범블에게 말해보지 않겠소?"

"지금은 안 돼요." 부인이 대꾸했다. "조만간 때를 봐서. 우리가 결혼한 뒤에요."

"우리가 결혼한 뒤라!" 범블 씨가 외쳤다. "설마 구빈원 빈민한 놈이 뻔뻔하게 무슨—"

"아뇨, 아뇨, 내 사랑!" 숙녀가 얼른 끼어들었다.

"그런 생각만 해도 난." 범블 씨가 말했다. "그놈들의 그 상스러운 눈길이 이 아름다운 얼굴에 닿는 생각만 해도 난……."

"어림도 없지요, 내 사랑." 부인이 응답했다.

"그놈들 그러지 않는 게 신상에 좋을 거요!" 범블 씨가 주먹을 그러쥐며 말했다. "교구 안에서든 밖에서든 그러는 놈이 있거든 내게 데려와요. 두 번 다시 그런 일 없게 혼쭐을 내줄 테니까!"

그의 말은 거친 몸짓을 동반하지 않았다면 자칫 숙녀의 매력을 극찬하는 말로 들리지 않을 소지가 있었지만, 범블 씨가 위협을 하면서 호전적인 여러 몸짓을 보였기 때문에 코니 부인은 그의 헌신적 마음의 증표에 크게 감명을 받아 참으로 비둘기 같은 남자라고 감탄했다.

비둘기 사내는 외투 깃을 세우고 삼각모를 쓰고 나서 미래의 반려자와 다정한 포옹을 한참 나눈 뒤에 다시 차가운 밤바람 속으로 과감히 나아갔다. 다만, 중간에 남자 빈민들의 거처에 들러 몇 분간 그들을 조금 괴롭혔는데, 구빈원장의 직책을 맡을 만한 혹독한 자질이 있음을 확인하고 만족하기 위해서였다. 범블 씨는 자격이 충분하다는 자신감이 들어 가벼워진 마음으로 건물을 나와 승진에 대한 장밋빛 기대감을 가슴에 품고 장의사의 가게에 도착했다.

가게 문을 닫을 때가 훨씬 지난 시각이었지만 문은 아직 열려 있었다. 소어베리 부부는 다과와 저녁을 먹으러 외출하고 없었고, 노아 클레이폴은 먹고 마시는 두 가지 일의 손쉬운 수행보다 더 힘을 쓰는 신체 활동은 좀체 하는 법이 없었기 때문이다. 범블 씨는 지팡이로 계산대를 몇 번 두드렸지만 아무런 응답이 없었다. 가게 뒤편 작은 거실의 유리창으로 불빛이 새어 나오는 것을 본 그는 직접 안을 들여다보고 무슨 일이 벌어지고 있는지 확인하기로 결단한 뒤 실제로 그 안의 광경을 보고는 몹시 놀라고 말았다.

저녁상을 위한 식탁보가 깔려 있었고, 버터 바른 빵, 접시와 유리잔, 흑맥주 병과 포도주 병이 탁자 위에 즐비했다. 식탁 상석에는 노아 클레이폴 군이 팔걸이의자 안에 늘어져 있었는데, 두 다리를 한쪽 팔걸이에 걸치고 한 손에는 펴진 접는 칼을, 다른 손에는 버터 바른 빵 덩어리를 들고 있었다. 샬럿은 바로 옆에 서서 통에서 꺼낸 굴을 까 주었고, 클레이폴 군은 주는 족족 게걸스럽게 받아먹었다. 코 부위가 평상시보다 더 빨갛고 오른쪽 눈은 내내 감긴 것으로 보아 젊은 신사는 술에 알근히 취한 상태임이 분명했다. 굴을 받아먹는 그의 식탐도 그 추정을 뒷받침했다. 술에 취해 열기가 뻗치는 바람에 성질이 찬 굴이 몹시 당겼을 거라는 설명이 가능하기 때문이다.

"이건 통통하고 맛좋은 놈이다, 노아!" 샬럿이 말했다. "먹어 봐. 이건 꼭 먹어."

"굴은 참 맛있어!" 클레이폴 군이 그 굴을 삼키고 나서 말했다. "아쉬운 건, 너무 많이 먹으면 속이 거북하다는 거지. 안 그래, 샬럿?"

"참 속상한 일이지." 샬럿이 말했다.

"그러니까." 클레이폴 군이 동의했다. "넌 굴 안 좋아해?"

"많이 좋아하진 않아." 샬럿이 대답했다. "내가 먹는 것보다 네가 먹는 걸 보는 게 더 좋아, 노아."

"오호!" 노아가 생각에 잠기며 말했다. "이상한데!"

"하나 더 먹어." 샬럿이 말했다. "이건 예쁘고 섬세한 털이 난 놈이야!"

"더는 못 먹겠어." 노아가 말했다. "정말 미안해. 이리 와, 샬럿, 내가 키스해 줄게."

"뭐!" 범블 씨가 방 안으로 와락 뛰어들며 말했다. "어디 다시

350

말해봐라."

샬럿은 비명을 지르고는 앞치마로 얼굴을 가렸다. 클레이폴 군은 두 발을 바닥에 내려놓았을 뿐 더는 자세를 바꾸지 않고 술에 취한 상태로 겁을 먹고 교구 사무관을 바라보았다.

"다시 말해봐라, 이 사악하고 발랑 까진 놈아!" 범블 씨가 말했다. "어찌 감히 그런 말을 입에 담는단 말이냐, 엉! 그리고 넌 어찌 감히 남자를 부추기냐, 이 당돌한 계집애야! 키스를 해?" 범블 씨가 격분해 외쳤다. "에라이!"

"진심으로 한 말은 아니었어요!" 노아가 흐느끼며 말했다. "샬럿이 늘 먼저 저한테 키스한단 말이에요, 제가 좋아하든 말든."

"어머, 노아." 샬럿이 원망하는 투로 소리쳤다.

"맞잖아! 너 정말 그러잖아!" 노아가 응수했다. "앤 늘 그런 짓을 해요, 범블 씨, 나리, 얘가 제 턱을 어루만져요, 정말이에요, 나리, 자꾸 애정 표현을 한다고요!"

"조용히 해!" 범블 씨가 호통을 쳤다. "넌 아래층으로 내려가, 이 아가씨야. 노아, 넌 가게 문을 닫고 주인어른이 돌아올 때까지 입도 벙긋하지 마라, 혼나고 싶지 않으면. 주인어른이 돌아오시거든 범블 씨가 내일 아침 식사 후에 노파가 쓸 관을 보내라 말했다고 전해. 알아들었냐? 키스라니 원!" 범블 씨가 양손을 치켜들며 소리쳤다. "이 교구 아랫것들의 죄악과 부정은 참으로 끔찍하구먼! 의회가 이들의 가증스러운 세태를 주목하지 않는다면 이 나라는 망하고 촌사람들의 품위는 영원히 실종되고 말 거야!"

교구 사무관은 그렇게 말하면서 고매하고 엄숙한 태도로 장의사의 가게에서 성큼성큼 걸어 나갔다.

이만하면 범블 씨의 귀갓길은 충분히 동행했고 노파의 장례식 준비도 할 만큼 했으니 이쯤에서 어린 올리버 트위스트가 어떻게 됐는지, 토비 크래킷이 버려둔 그 도랑에 여전히 누워 있는지 확인하기로 하자.

28장

올리버의 상황을 살피고
그의 모험을 계속 따라간다

"늑대한테 목덜미를 찢길 놈들!" 사이크스는 이를 악물며 중얼거렸다. "내 손으로 몇 놈 상대해 주고 싶네. 그럼 더 크게 울부짖게 될 거다, 이놈들."

사이크스는 본성이 허락하는 한 있는 대로 그악스럽게 필사적으로 저주를 퍼부으며 구부린 무릎 위에 다친 아이의 몸을 눕힌 뒤 고개를 돌려 잠시 추격자들 쪽을 돌아보았다.

사방에 안개와 어둠이 깔려 있어 거의 아무것도 구분되지 않았으나 사내들의 고함 소리가 대기를 흔들었고 동네 개들이 종소리에 흥분해 짖어대는 소리가 사방에 울려 퍼졌다.

"멈춰, 겁쟁이 자식아!" 강도는 토비 크래킷의 등에 대고 소리쳤다. 토비는 긴 다리를 최대한 활용해 벌써부터 저만치 앞서가고 있었다. "멈춰!"

멈추라는 말이 반복되자 토비는 급히 멈춰 섰다. 권총의 사정거리 밖에 있는지 확신이 들지 않는 데다 사이크스가 조금도 봐줄 기세가 아니었기 때문이다.

"같이 애 좀 나르란 말이야." 사이크스가 공범에게 격렬하게 손짓하며 외쳤다. "돌아와!"

토비는 돌아가겠다는 몸짓을 보이면서도 낮은 목소리로 느릿느릿 걸으면서 숨이 가쁘니 숨 좀 돌리자는 식으로 몹시 내키지 않는다는 뜻을 비쳤다.

"빨리!" 사이크스가 소리치면서 마른 도랑 바닥 위 발치에 아이를 내려놓고 나서 주머니에서 권총을 꺼냈다. "수작 부리지 마."

그때 소음이 더 크게 들려왔다. 사이크스가 다시 돌아보니 추격대 남자들이 한창 들판 울타리 출입구를 기어오르고 있었고 몇 걸음 앞에는 개 두 마리가 있었다.

"틀렸어, 빌!" 토비가 소리쳤다. "애는 버리고 도망쳐." 크래킷 씨는 적에게 확실히 잡히느니 동료의 총에 맞는 가능성을 선택하고 그렇게 작별을 고한 뒤 꽁무니를 빼다가 전속력으로 달아났다. 사이크스는 이를 악물고 주위를 한번 둘러보고 나서 망토에 둘둘 말린 채 정신을 잃은 올리버의 몸을 던져버리고는 뒤에 있는 사람들이 올리버가 누워 있는 곳을 모르게 교란할 요량으로 산울타리를 따라 내달렸다. 그리고 직각으로 만나는 다른 산울타리 앞에서 한 박자 멈췄다가 권총을 공중 높이 던져 넘긴 뒤 산울타리를 단번에 뛰어넘어 사라졌다.

"워리, 워리, 어이!" 뒤쪽에서 발발 떨리는 목소리가 외쳤다. "핀처! 넵튠! 이리 와, 이리 와!"

개들도 주인들처럼 이 활동에 별 흥미가 없었는지 즉시 명령에 복종했다. 들판으로 얼마간 전진했던 사내 셋은 상의를 하려고 걸음을 멈추었다.

"내 조언은 이렇소. 명령이라고 해도 좋아." 추격대 중 가장 뚱뚱한 남자가 말했다. "당장 집으로 돌아갑시다."

"자일스 씨가 그렇다면 저도 좋습니다." 키가 더 작은 남자가 말했다. 몸놀림이 결코 민첩하지 않은 데다 얼굴이 몹시 창백하고 태도가 상당히 정중한 것이 겁먹은 남자의 전형이었다.

"저도 신사분들께 무례를 범할 순 없지요." 세 번째 남자, 개들을 불러 세운 자가 말했다. "자일스 씨가 어련히 잘 아실라고요."

"그럼요." 키 작은 남자가 대답했다. "우리는 자일스 씨의 말씀에 반대할 입장이 못 됩니다. 그럼요, 그럼요, 저는 제 처지를 잘 압니다! 천만다행으로 제 처지를 잘 알아요." 이 키 작은 남자는 자신의 입장을 잘 알 뿐만 아니라 말할 때 이가 덜그럭덜그럭 부딪치는 것으로 보아 이것이 결코 우호적인 상황이 아니라는 것도 절감하는 듯했다.

"자네 겁을 먹었군, 브리틀스." 자일스 씨가 말했다.

"그런 거 아닙니다." 브리틀스가 말했다.

"아니긴." 자일스가 말했다.

"괜한 소리 마세요, 자일스 씨." 브리틀스가 말했다.

"거짓말 그만 하게, 브리틀스." 자일스 씨가 말했다.

옥신각신 서로를 반박하는 네 번의 말들은 자일스 씨의 조롱에서 비롯된 것이고, 자일스 씨의 조롱은 칭찬을 빙자해 집으로 돌아가는 책임을 자기에게 떠넘기는 데 대한 분노에서 비롯된 것이었다. 세 번째 남자가 끼어들어 대단히 지성적으로 언쟁을 끝냈다.

"제가 한 말씀 드리지요, 신사님들. 겁이 나기는 우리 모두 마찬가지예요."

"당신 입장만 말하시오, 선생." 일행 중 가장 창백한 자일스 씨가 말했다.

"지금 그러고 있습니다." 사내가 대답했다. "이런 상황에서 겁이 나는 건 자연스럽고 당연한 일이지요. 저는 그렇습니다."

"저도 그렇습니다." 브리틀스가 말했다. "다만, 겁을 낸다고 사람을 너무 닦아세울 필요는 없다는 겁니다."

솔직히 인정하는 말에 자일스 씨는 마음이 누그러져서 자기도 겁이 난다고 털어놓았다. 그 말이 떨어지기 무섭게 세 사람은 방향을 바꾸어 한마음 한뜻으로 집을 향해 달렸다. 그러다가 (일행 중 가장 숨이 가쁜 데다 거추장스러운 쇠스랑을 휴대한) 자일스 씨가 종전에 보인 경솔한 언사를 사과하겠다면서 잠깐 멈추자고 점잖게 주장했다.

"하지만 놀라운 면도 있네." 자일스 씨가 설명을 하고 나서 덧붙었다. "피가 끓어오르면 남자는 어떤 짓도 할 수 있으니 말이야. 나는 살인도 불사했을 거야, 정말이네, 만약 강도 놈을 하나라도 잡았다면 말일세."

다른 두 남자는 비슷한 기분을 느낀 데다 자일스 씨처럼 펄펄 끓던 피가 싸늘히 식어버렸기 때문에 무엇이 이리 급격한 기분의 변화를 가져왔는가에 대한 논의가 이어졌다.

"난 무엇 때문인지 알겠어." 자일스 씨가 말했다. "들판 출입구 때문이야."

"일리 있네요." 브리틀스는 그렇게 외치며 그 생각에 동의했다.

"신빙성 있어." 자일스가 말했다. "그 출입구에 혈기의 흐름이 가로막힌 거라고. 출입구를 기어오를 때 별안간 모든 혈기가 싹 사라지는 느낌이었네."

공교롭게도 다른 두 남자 역시 그 순간에 똑같은 불쾌감을 느낀 관계로 원인은 출입구라는 것으로 결론이 났다. 특히 변화가 일어난 시점에 대해서는 의문의 여지가 없었다. 정확히 그 순간에 세 사람 모두 강도들의 눈에 띄었다는 것을 세 사람 모두 기억하고 있었기 때문이다.

이 대화는 침입자들을 놀래켜 쫓아낸 두 남자와 바깥채에서 자다가 일어나 자기 개 두 마리를 데리고 추격에 가세한 떠돌이 땜장이가 나눈 것이었다. 자일스 씨는 이 저택에서 노마님의 집사 겸 청지기 노릇을 하는 남자였고, 브리틀스는 꼬마 때부터 그 집에서 일한 잡일꾼이었는데, 서른을 넘긴 나이였지만 여전히 전도유망한 청년 취급을 받고 있었다.

이들은 이런 대화로 서로를 격려했지만 내내 서로 바짝 붙어 떨어지지 않았고 돌풍이 와락 일어나 나뭇가지들을 뒤흔들 때마다 불안하게 주위를 살폈다. 세 남자는 랜턴을 숨겨둔 나무로 서둘러 돌아갔다. 랜턴을 그대로 두었다가는 도둑들에게 사격 방향을 알려줄 위험이 있었다. 그들은 랜턴을 집어 들고 최대한 가까운 경로를 밟아 집을 향해 종종걸음을 쳤다. 그들의 칙칙한 형체는 차츰 분간이 안 되었지만 그 후에도 한참 동안 불빛은 반짝거리며 춤을 추었는데, 아득히 먼 곳에서 가물거리는 그 불빛은 축축하고 침침한 대기 속에서 증기가 확 피어오르며 불빛이 반짝 태어나는 것처럼 보였다.

공기는 갈수록 차가워졌다. 날이 서서히 밝아오면서 안개가 땅을 따라 짙은 연기처럼 밀려왔다. 풀잎은 축축했고, 길과 낮은 땅은 진창이거나 물이 흥건했다. 몸에 해로운 습한 바람이 헛헛한 신음을 내뱉으며 맥없이 지나갔다. 올리버는 사이크스가 버리고 간 곳에 그대로 정신을 잃고 미동도 없이 누워 있었다.

아침이 성큼 다가왔다. 공기가 더 매섭게 뼛속을 파고들 때 낮의 탄생이 아니라 밤의 죽음에 가까운 첫 여명이 하늘에 아른거렸다. 어둠 속에서 어렴풋이 섬찟하게만 보이던 사물들이 점점 분간되면서 차츰 익숙한 형태를 띠어갔다. 비가 내렸다. 굵고 세찬 빗줄기가 잎사귀 없는 숲속에 요란하게 쏟아졌다. 빗줄기가 거세게 때리는데도 올리버는 아무것도 느끼지 못하는 듯 흙바닥

위에 의식 없이 축 늘어져 있었다.

마침내 끙끙거리는 나지막한 신음 소리가 주변의 정적을 깨뜨렸다. 소년은 신음을 토해내며 깨어났다. 숄에 둘둘 감긴 왼팔은 옆구리께 무력하게 축 늘어져 있었고 숄은 피에 젖어 있었다. 소년은 기운이 없어 몸을 일으키기가 힘들었지만 간신히 일어나 앉아 도움을 청하려 맥없이 주위를 둘러보고는 고통스러워 신음을 토해냈다. 그리고 일어서려고 추위와 탈진으로 덜덜 떨리는 몸을 일으켰지만 머리부터 발끝까지 부들부들 떨다가 땅바닥에 풀썩 쓰러졌다.

올리버는 오랫동안 정신을 잃었다가 잠시 깨어난 뒤 다시 까무러쳤다가 잠시 뒤에 다시 깨어났다. 이대로 계속 누워 있다간 필시 죽겠구나 하는 위기감이 들어 아이는 간신히 두 발로 일어서서 걸음을 뗐다. 머리가 어질어질하고 술 취한 사람처럼 몸이 이리저리 흔들렸지만, 머리를 맥없이 가슴께로 떨군 채 비틀비틀 계속 나아갔다. 어디로 가야 할지 알 수 없었다.

두서없고 혼란스러운 생각들이 머릿속을 어지럽게 휘저었다. 열띤 다툼을 벌이는 사이크스와 크래킷 사이에서 여전히 걷고 있는 것처럼 그들의 말소리가 귓전을 맴돌았다.

넘어지지 않으려 안간힘을 쓰다 보니 어느새 그들과 말을 하고 있었다. 전날처럼 사이크스와 단둘이 터덜터덜 걷는 것도 같았다. 그림자 같은 사람들이 스쳐 지나갈 때 사이크스가 그의 손목을 꽉 움켜쥐는 느낌이 들었다. 별안간 터져 나온 총성에 소년은 소스라치게 놀라 물러섰다. 고성과 고함 소리가 공중에 울려 퍼지고 불빛들이 눈앞에서 번쩍거렸다. 사방이 소란스럽고 어수선한 중에 보이지 않는 손이 아이를 서둘러 다른 데로 이끌었다. 빠른 환영의 흐름 속에서 규정할 수 없는 불쾌하고 고통스러운 의식이 몰아치면서 내내 아이의 기운을 빼고 괴롭혔다.

소년은 그렇게 비척대며 계속 걸었다. 앞에 나타나는 출입구 가로대 틈과 산울타리 출입구를 통과해 계속 나아가다가 도로에 이르렀을 때 비가 쏟아지기 시작했다. 강한 빗줄기에 정신이 맑아졌다.

주변을 둘러보니 멀지 않은 곳에 집이 한 채 있었다. 거기까지는 갈 수 있을 것 같았다. 그 집 사람들이 딱히 여겨 온정을 베풀 수도 있지 않을까. 설령 그러지 않더라도 허허벌판에서 외롭게 죽느니 차라리 사람들 옆에서 죽는 게 더 낫다는 생각이 들었다. 소년은 마지막으로 온 힘을 끌어모아 그 집을 향해 후들거리는 걸음을 옮겼다.

그 집에 다가갈수록 전에 본 적이 있다는 느낌이 들었다. 세세한 부분은 전혀 기억나지 않았지만 건물의 형태와 모양새가 눈에 익었다.

저 정원 담장! 간밤에 무릎 꿇고 두 남자에게 간청했던 그 잔디밭. 여기는 그들이 털려 했던 집이었다. 그 집을 알아본 순간 올리버는 너무 두려워 부상당한 고통마저 잠시 잊고 도망칠 생각뿐이었다. 도망이라니! 서 있는 것도 어려운 지경에. 설령 그 가냘프고 어린 몸에 기운이 펄펄 넘쳤다 한들 어디로 도망친단 말인가? 올리버는 정원 문을 밀었다. 잠겨 있지 않은 문이 경첩에 매달려 열렸다. 아이는 잔디밭을 건너가서 계단을 기어올라 문을 작게 두드린 다음 기진맥진해 작은 현관 기둥에 기대 쓰러졌다.

그때 자일스 씨와 브리틀스, 땜장이는 고되고 두려운 밤을 보낸 후 부엌에서 차와 간식을 들면서 기운을 차리던 중이었다. 그렇다고 해서 자일스 씨가 평소 낮은 지위의 하인들과 친하게 지낸 것은 아니었고, 오히려 오만한 듯 상냥하게 굴어 그들의 호감을 사면서도 자신의 우월한 사회적 지위를 그들에게 일깨우는 편이었다. 그러나 죽음과 화재와 강도는 모든 사람을 동등하게 만들기 마련이니, 자일스 씨는 부엌 난롯가에 두 다리를 쭉 뻗고 앉아 왼팔은 탁자에 기대고 오른팔로는 손짓을 해가면서 강도가 들어왔을 때의 정황을 들려주었고, 청중은 (특히 요리사와 하녀는) 그 이야기를 숨죽여 경청했다.

"2시 30분경이었어." 자일스 씨가 말했다. "잠이 깨서 평소처럼 침대에서 뒤척이고 있었으니 3시가 다 된 시각이라 봐도 좋을 거야." (여기서 자일스 씨는 의자에서 몸을 돌려 식탁보 귀퉁이를 이불인 양 끌어당겨 덮는 시늉을 했다.) "그때 소리가 들렸지."

이 대목에서 요리사는 얼굴이 하얗게 질려서는 하녀에게 문을 닫아달라 부탁했고, 하녀는 브리틀스에게 부탁했고, 브리틀스는 땜장이에게 부탁했고, 땜장이는 못 들은 척했다.

"분명 무슨 소리가 들리더라고." 자일스 씨가 말을 이었다. "처

음엔 혼잣말을 했다네. '이건 환청이야.' 그리고 까무룩 잠이 들
려는데, 그 소리가 또 분명히 들리더란 말이지."

"어떤 종류의 소리였는데요?" 요리사가 물었다.

"뭔가 부서지는 소리였어." 자일스 씨가 주변을 쭉 둘러보며
대답했다.

"그보다는 육두구 강판에 철봉을 갈아대는 소리 같지 않았어
요?" 브리틀스가 한마디 했다.

"자네는 그렇게 들었나 보군." 자일스 씨가 대꾸했다. "하지만
내가 들었을 땐 부서지는 소리였어. 나는 이불을 걷고는." 자일
스 씨가 식탁보를 치우며 계속했다. "일어나 앉아 귀를 세웠지."

요리사와 하녀는 동시에 "어머나!" 하고 소리친 뒤 의자를 끌
어당겨 서로 바짝 붙었다.

"이제는 소리가 제법 또렷하게 들리더란 말이지." 자일스 씨가
말을 이었다. "나는 중얼거렸지. '누가 문이나 창문으로 침입하려
는 거야. 어쩌지? 불쌍한 브리틀스를 깨워야겠군. 녀석이 침대에
서 살해당하지 않게. 아니면 누구도 모르게 오른쪽 귀에서 왼쪽
귀까지 목이 잘릴 수도 있어.'"

모든 사람의 시선이 브리틀스에게 쏠렸는데, 브리틀스는 자일
스 씨에게 시선을 고정한 채 말하는 사람을 멍하니 바라보고 있
었다. 입은 딱 벌어졌고 얼굴에는 지극한 공포가 가득했다.

"나는 이불을 걷고." 자일스 씨가 식탁보를 내던지더니 요리사
와 하녀를 열띤 눈으로 바라보며 말했다. "침대에서 살그머니 벗

어나, 집어 들었네, 내—"

"숙녀들이 있는 자리예요, 자일스 씨." 땜장이가 중얼거렸다.

"신발 말이오, 선생." 자일스 씨는 땜장이를 향해 신발이라는 말을 힘주어 말했다. "그리고 위층에 올라올 때 늘 식기 바구니랑 같이 가져오는 장전된 권총을 집어 들고 까치발로 걸어 브리틀스의 방으로 갔지. 그리고 '브리틀스' 하고 말했어. 그런 뒤 브리틀스가 잠에서 깼을 때 말했지. '겁먹지 말게!'"

"그리 말씀하셨지요." 브리틀스가 낮은 목소리로 말했다.

"그러곤 이렇게 말했다네. '브리틀스, 우리는 죽은 목숨이네.'" 자일스 씨는 말을 계속했다. "하지만 겁먹지 말게'라고 말이야."

"브리틀스가 겁을 먹었나요?" 요리사가 물었다.

"웬걸." 자일스 씨가 대답했다. "끄떡없었지. 아! 거의 나만큼 끄떡없었어."

"나라면 그 자리에서 죽고 말았을 거야." 하녀가 말했다.

"넌 여자잖아." 브리틀스가 약간 우쭐대며 면박을 주었다.

"브리틀스 말이 맞아." 자일스 씨가 그렇다는 뜻으로 고개를 끄덕이며 말했다. "여자들한테 그 이상 기대해서는 안 되지. 어쨌거나 우리 남자들은 브리틀스 방 벽난로 선반에 놓인 랜턴을 들고 칠흑 같은 어둠 속을 더듬어가며 아래층으로 내려갔어…… 아마 그랬을 거야."

자리에서 일어난 자일스 씨는 설명에 적절한 몸짓을 곁들이려고 눈을 감은 채 두 걸음 내딛다가 소스라치게 놀랐다. 놀라기는 다른 사람들도 마찬가지였다. 그는 서둘러 의자로 돌아갔고, 요리사와 하녀는 비명을 내질렀다.

"문 두드리는 소리가 났어." 자일스 씨가 짐짓 태연하게 말했다. "누가 문 좀 열어보게."

아무도 옴짝하지 않았다.

"이런 아침 시간에 문 두드리는 소리라니 이상하구먼." 자일스 씨는 자신을 빙 둘러싼 창백한 얼굴들을 돌아보며 말했다. 본인도 얼이 빠진 표정이었다. "하지만 문은 열어줘야 하잖아. 내 말들은 사람, 누구 없나?"

자일스 씨는 그리 말하면서 브리틀스를 쳐다보았다. 하지만 천성이 겸손한 그 젊은이는 나설 주제가 안 된다고 생각했는지 본인은 자일스 씨의 질문에 해당되지 않는다고 여기는 것 같았다. 좌우간 그는 대답하지 않았다. 자일스 씨는 부탁하는 눈으로 땜장이를 쳐다보았지만, 그자는 어느새 잠들어 있었다. 여자들은 논외 대상이었다.

"브리틀스가 지켜보는 눈이 여럿 있어야 문을 열겠다면." 잠시 침묵이 흐른 뒤 자일스 씨가 말했다. "내 기꺼이 지켜보는 눈이 되어주겠네."

"저도 동참하지요." 땜장이가 잠들 때처럼 느닷없이 깨어나 말했다.

브리틀스는 마지못해 이 조건을 수용했다. 그들은 날이 훤히 밝았다는 것을 알고(덧창을 열고 안 사실이었다) 얼마간 마음을 놓으며 위층으로 올라갔다. 개들이 앞장을 섰다. 여자들도 아래층에 있는 게 겁이 나 뒤쫓아 갔다. 그들은 자일스 씨의 조언에 따라 저마다 크게 떠들어서 밖의 흉심을 품은 인간에게 그들의 수적 우세를 과시했다. 복도에서는 그 천재적 신사 양반의 머리에서 나온 기발한 묘안에 따라 꼬리를 꼬집힌 개들이 맹렬히 짖어대기도 했다.

자일스 씨는 이런 예방책들을 실행한 뒤 땜장이의 팔을 단단히 움켜쥐고는(땜장이의 도주를 막으려는 조처라고 그는 유쾌하게 말했다) 문을 열라는 지시를 내렸고, 브리틀스는 지시를 받들었다. 모두들 소심하게 서로의 어깨 너머로 내다보니 보이는 거라고는 무시무시한 상대가 아니라 말없이 탈진한, 무거운 눈꺼풀을 들어 올려 온정을 구하는 가엾은 어린 올리버 트위스트뿐이었다.

"사내아이잖아!" 자일스 씨가 용맹하게 땜장이를 뒤쪽으로 밀어젖히면서 소리쳤다. "이게 다 무슨 일이야. 어라? 이런, 브리틀스, 여기 좀 보게, 모르겠나?"

문 뒤에 숨어 문을 열었던 브리틀스는 올리버를 보자마자 크게 탄성을 내질렀다. 자일스 씨는 아이의 한 다리와 한 팔(다행히 부상당하지 않은 팔)을 잡아 아이를 복도 안쪽으로 끌고 와 놓았다. 아이는 바닥에 쭉 뻗고 널브러졌다.

"여기 놈이 있습니다!" 자일스가 잔뜩 흥분해 계단 위를 향해 고래고래 외쳤다. "그 도둑 패거리 중 한 놈이 있습니다, 마님! 도둑놈이 있다고요, 아가씨! 부상을 당했어요, 아가씨! 제가 쏜 놈입니다, 아가씨. 브리틀스는 불을 비췄습니다."

"랜턴이었어요, 아가씨." 브리틀스는 목소리가 더 잘 전달되도록 한 손을 입가에 대고 외쳤다.

두 하녀는 자일스 씨가 강도를 잡았다는 소식을 가지고 위층으로 달려 올라갔고, 땜장이는 올리버가 교수형을 당하기도 전에 죽어버릴까 봐 아이를 깨우려 애썼다. 이런 소동이 한창일 때 한 여성의 곱상한 목소리가 들려와 즉시 소란을 잠재웠다.

"자일스!" 계단 꼭대기에서 그 목소리가 소곤거렸다.

"저 여기 있습니다, 아가씨." 자일스 씨가 대답했다. "두려워 마세요, 아가씨. 저는 별로 다치지 않았습니다. 놈은 극렬히 저항하진 않았어요, 아가씨! 저한테 상대가 되지 않았거든요."

"쉿!" 젊은 아가씨가 대답했다. "당신들이나 도둑들이나 이모님을 놀라게 하는 건 마찬가지예요. 그 딱한 사람은 많이 다쳤나요?"

"치명상을 입었습니다, 아가씨." 자일스는 말로 다 못 할 만큼 뿌듯해하며 대답했다.

"골로 갈 듯합니다, 아가씨." 브리틀스가 종전과 같은 모양새로 우렁차게 외쳤다. "내려와서 놈을 구경하시지요, 아가씨, 놈이 골로 갈지도 모르거든요."

"쉿, 제발요, 부탁할게요!" 아가씨가 대답했다. "잠시 조용히 기다려봐요, 내가 이모님께 말씀드릴 테니까."

목소리의 주인공은 목소리만큼이나 나긋하고 부드러운 발걸음으로 경쾌하게 사라졌다. 그녀는 금세 돌아와 부상당한 사람을 위층 자일스 씨 방으로 조심히 옮길 것과 브리틀스는 조랑말을 타고 즉시 처트시로 가서 신속히 경관과 의사를 불러오라는 지시를 내렸다.

"그나저나 도둑놈 한번 보지 않으실래요, 아가씨?" 자일스 씨는 마치 올리버가 깃털이 희귀한 새이고 본인이 그것을 용케 쏴서 떨어뜨린 것인 양 몹시 뿌듯한 말투로 물었다. "살짝 구경해 보시죠, 아가씨?"

"지금은 무리예요, 도저히." 젊은 아가씨는 대답했다. "가엾은 사람 같으니! 아! 그 사람에게 잘해줘요, 자일스, 제발!"

늙은 하인은 그리 말하면서 돌아서서 가버리는 아가씨를 자기 자식을 보듯 뿌듯하고 감탄하는 눈길로 올려다보았다. 그러고는 올리버에게 몸을 숙여 여자 못지않은 정성과 배려심을 발휘해 아이를 위층으로 옮기는 것을 도왔다.

29장

올리버가 도움을 청한 집에
사는 사람들을 소개한다

멋진 방이었다. 현대적인 우아미보다 예스러운 편안함이 돋보이는 가구들 사이로 두 숙녀가 잘 차려진 아침 식탁에 앉아 있었다. 자일스 씨는 꼼꼼하게 차려입은 검은색 정장 차림으로 숙녀분들의 시중을 들었다. 내갈 음식이 담긴 보조 탁자와 아침 식탁 사이가 그의 자리였다. 그는 몸은 한껏 곧추세우고 고개는 아주 살짝 옆으로 기울여 뒤로 젖힌 채 왼쪽 다리를 앞으로 내밀고 있었다. 오른손은 조끼 속에 찔러 넣고 왼손은 옆으로 내려뜨려 쟁반을 들고 있었는데, 자신의 가치와 중요성을 흡족하게 의식하면서 봉사하는 사람처럼 보였다.

두 숙녀 중 한 사람은 나이가 지긋했지만 앉아 있는 등받이 높은 참나무 의자보다 더 꼿꼿했다. 지극히 세심하고 한 치도 어굿남이 없는 차림새는 구식 의상에 신식 취향이 조금 가미되어 독특한 분위기를 풍겼는데, 신식 취향은 구식 스타일을 해치기보다 고풍스러운 매력을 강조했다. 노부인은 두 손을 앞으로 모아 식탁 위에 포개어 놓고 고상한 품새로 앉아 있었고, (세월에 흐려졌으나 총기가 여전한) 눈을 어린 벗한테서 떼지 않았다.

젊은 숙녀는 아름답게 피어난 한창때의 여성이었다. 만약 하느님의 선한 의도에 의해 인간의 몸으로 현신한 천사들이 있다면 그녀의 몸에 깃들었다 해도 불경스럽지 않을 그런 나이였다.

숙녀는 아직 열일곱 살이 안 된 나이였다. 몹시 가녀리고 세련된 외모는 대단히 온화하고 나긋하며 지극히 순수하고 아름다워서 지상은 그녀가 속한 세상이 아닌 듯하고 지상의 투박한 존재들은 그녀의 벗이 아닌 듯했다. 또래에서는 찾아볼 수 없는, 아니 이 세상 것이 아닌 듯한 지성이 깊고 푸른 눈에서 반짝이고 고상한 이마 위에 또렷이 새겨진 반면, 다채로운 표정은 상냥함과 유쾌함을 발산했고, 얼굴에 어린 무수한 빛은 그늘 한 점 남기지 않았다. 무엇보다 미소는, 그 명랑하고 행복한 미소는 '가정'과 난롯가의 평온과 행복을 위해 만들어진 것이었다.

젊은 숙녀는 식탁에서 이리저리 바지런을 떨다가 이쪽을 바라보는 노부인과 눈이 마주치자 이마 위로 단정히 땋은 머리카락을 장난스럽게 뒤로 넘겼다. 그러고는 그 찬란한 얼굴에 어찌나 꾸밈없이 사랑스럽고 다정한 표정을 지었는지 복된 영령들이 보았다면 미소를 지었을 것이다.

"브리틀스가 올라간 지 한 시간쯤 됐지, 그렇지?" 노부인이 잠시 뒤 물었다.

"한 시간 12분 됐습니다, 마님." 자일스 씨가 검은 끈에 매달린 은시계를 꺼내 쳐다보며 대답했다.

"브리틀스는 늘 느려." 노부인이 말했다.

"브리틀스는 늘 느린 아이지요, 마님." 집사가 대답했다. 브리틀스는 30년 내내 쭉 느린 아이였다는 점을 고려하면 앞으로도 빠른 남자가 될 가능성은 희박해 보였다.

"나아지기는 고사하고 더 나빠지는 것 같아." 노부인이 말했다.

"만약 중간에 다른 남자들과 노느라 꾸물거린 거라면 변명의 여지가 없는 거예요." 젊은 숙녀가 미소를 지으며 말했다.

자일스 씨는 정중한 미소가 이 상황에서 적절한지 고민하는 것이 분명했다. 그때 이륜마차 한 대가 정원 문 앞에 와 서더니 마차에서 어떤 뚱뚱한 신사가 뛰어내렸다. 그는 곧장 문으로 달려와 어떻게 들어왔는지 금세 집 안으로 들어와서는 곧장 방으로 뛰어드는 바람에 자일스 씨도, 아침 식탁도 뒤집어질 뻔했다.

"이런 일은 처음 들어봅니다!" 뚱뚱한 신사가 외쳤다. "친애하는 메일리 부인, 아이고 놀래라, 그것도 고요한 밤중에. 이런 일은 처음 들어봐요!"

뚱뚱한 신사는 이렇게 심심한 위로를 건네면서 두 숙녀와 악수하고 나서 의자를 당기면서 괜찮으시냐고 물었다.

"까무러칠 일이지요. 놀라 까무러칠 법한 일입니다." 뚱뚱한 신사가 말했다. "왜 전갈을 보내지 않았습니까? 하이고, 우리 집 하인이 득달같이 달려왔을 테고 저 또한 달려왔을 겁니다. 내 조수도 기꺼이 그랬을 거고요. 그런 상황이라면 누구든 그랬겠지요. 이런, 이런! 정말 뜻밖의 일이에요! 그것도 고요한 밤중에!"

의사는 한밤중에 느닷없이 도둑이 들었다는 사실이 황당한 듯했다. 집털이 범행도 신사들의 확립된 범절에 맞게 하루 이틀 전에 미리 우편으로 약속을 잡고 한낮에 감행하는 것이 당연하다는 투였다.

"그리고 아가씨, 로즈 양." 의사는 젊은 숙녀를 돌아보며 말했다. "내가—"

"아! 그럼요, 그럼요." 로즈가 그의 말을 막았다. "그나저나 위층에 딱한 사람이 있어요. 이모님은 선생님께서 좀 봐주셨으면 하세요."

"아! 얼마든지요." 의사가 대답했다. "그건 그렇고, 자네 솜씨라고 들었네만, 자일스?"

자일스 씨는 열심히 찻잔들을 제자리에 놓다가 얼굴을 붉히며 그저 명예를 지킨 것뿐이라고 말했다.

"명예라고 했나, 응?" 의사가 말했다. "나는 모르겠네. 부엌 뒷방에서 도둑을 쏜 것이 열두 걸음 밖에서 상대를 쏜 것만큼이나 명예로운 일인지. 그자는 허공에 총을 쐈고 자네는 결투를 치렀다고 생각하게, 자일스."

자신의 명예를 깎아내리려 사태를 이리 가볍게 취급하는 것은 부당한 처사라고 생각한 자일스 씨는 자기가 판단할 입장은 못 되지만 상대방도 절대 장난은 아니었을 거라 생각한다고 공손히 대답했다.

"그렇다면 다행이고!" 의사가 말했다. "그자는 어디 있나? 안내하게. 제가 내려가면서 다시 들여다보겠습니다, 메일리 부인. 저것이 놈이 들어왔다는 그 작은 창문인가, 응? 이런, 믿을 수가 없구먼!"

의사는 내내 이야기를 하면서 자일스 씨를 따라 위층으로 올라갔다. 그가 계단을 오르는 동안 참고로 한마디 해두자면, 로스번 씨는 근방 15킬로미터 내에서 '의사 선생'으로 통하는 동네 외과 의사이며 그가 뚱뚱해진 것은 유복한 생활을 해서라기보다 낙천적인 성격 때문이다. 이 양반처럼 친절하고 활달하면서도 별스러운 독신남을 찾아내려면 탐험가를 동원해 다섯 배는 더 넓은 지역을 뒤져야 할 것이다.

의사 선생은 그 자신이나 숙녀들이 예상한 것보다 훨씬 더 오랫동안 모습을 보이지 않았다. 크고 납작한 상자 하나가 마차에서 집 안으로 배달되었고, 침실 초인종이 자주 울렸다. 하인들은 끊임없이 계단을 오르내렸다. 이러한 정황상 위층에서 중대한 일이 벌어지고 있는 것이 분명했다. 마침내 의사가 돌아왔다. 환자에 대해 묻는 질문 세례에 그는 묘한 표정으로 방문을 조심스레 닫았다.

"참 흔치 않은 일이군요, 메일리 부인." 의사는 문을 꼭 닫으려는 듯 문을 등지고 서서 말했다.

"환자가 위독한 건 아니겠지요?" 노부인이 말했다.

"글쎄요, 그렇지 않다면 오히려 흔치 않은 일이 되겠지요." 의사가 대답했다. "하지만 위독하진 않은 것 같습니다. 부인께서는 도둑을 보셨습니까?"

"아뇨." 노부인이 대답했다.

"그렇다면 환자에 대해 전해 들으신 말이라도?"

"없어요."

"죄송합니다만, 마님." 자일스 씨가 끼어들었다. "그렇지 않아도 로스번 선생님이 도착하셨을 때 그것에 대해 말씀을 드리려던 참이었습니다."

자일스 씨가 처음부터 밝히지 않은 사실이 있었으니, 그것은 그가 쏜 것이 사내아이라는 점이었다. 그의 용기에 대한 칭송이 쏟아지는 바람에 그로서는 되도록 그 설명을 미뤄 그 짜릿한 시간을, 즉 의연한 용사로서 누리는 짧은 인기의 절정을 연장할 수밖에 없었던 것이다.

"로즈는 보러 가겠다고 했지요." 메일리 부인이 말했다. "그런데 내가 말렸어요."

"흠!" 의사가 대꾸했다 "겉으론 놀랄 만한 점이 전혀 없습니다. 저와 같이 가서 보시는 것도 내키지 않으십니까?"

"필요한 일이라면." 노부인이 대답했다. "가야지요."

"필요한 일이라고 봐야지요." 의사가 말했다. "어찌 됐든 부인

께서 가 보시는 걸 미루신다면 분명 크게 후회하실 겁니다. 환자
는 더없이 차분하고 편안한 상태입니다. 가시죠. 로즈 양, 같이
가실까요? 전혀 겁먹을 것 없습니다. 제 명예를 걸지요!"

30장

올리버를 처음 만난 사람들의
소감을 다룬다

의사 양반은 범인을 만나보면 깜짝 놀랄 즐거운 반전이 있을 거라고 호언장담하면서 한참 수다를 늘어놓은 뒤 젊은 숙녀의 팔을 당겨 한 팔에 끼고 나머지 한 손은 메일리 부인에게 내밀어 격식을 갖추고는 당당하게 그들을 위층으로 안내했다.

"자." 의사가 침실의 문손잡이를 가만히 돌리며 소곤거렸다. "이제 여러분의 소감을 들어봅시다. 환자는 최근에 면도는 안 했지만 그럼에도 전혀 사나워 보이지 않습니다. 잠깐, 멈춰요! 면회해도 좋은지 제가 먼저 확인해 보죠."

그는 먼저 방으로 들어가 안을 살펴본 뒤 그들에게 들어오라고 손짓하고 나서 그들이 안으로 들어오자 방문을 닫고 침대 커튼을 살그머니 들추었다. 그들은 우락부락하고 시커먼 얼굴의 악당을 기대했으나 침대에는 웬 아이 하나가 고통과 피로에 탈진해 곤히 잠들어 있었다. 부상당한 팔은 부목을 대고 붕대에 감겨 가슴 위에 얹혀 있었고, 머리를 받친 다른 팔은 베개 위로 흘러내린 긴 머리카락에 반쯤 가려져 있었다.

정직한 신사는 아무 말 없이 커튼 자락을 잡고 1분 정도 유심히 살폈다. 그가 환자를 살펴보는 동안 젊은 숙녀는 살그머니 그를 지나 침대 옆 의자에 앉고는 올리버의 얼굴을 덮은 머리카락을 넘겨주었다. 그녀가 아이의 위로 몸을 숙일 때 눈물이 아이의 이마에 떨어졌다.

이 연민과 온정의 표현이 한 번도 겪지 못한 사랑과 애정의 달콤한 꿈을 소년에게 선사한 것처럼 소년은 뒤척이다 잠결에 미소를 지었다. 때때로 음악의 감미로운 선율이나 고즈넉한 곳에 이는 잔물결, 혹은 꽃향기나 귀에 익은 단어 같은 것들을 접한 순간 현세에 결코 없었던 희미한 장면들이 추억처럼 문득 되살아났다가 숨결처럼 사라지는 때가 있다. 이러한 순간들은 오래전에 사라진 더 행복했던 삶에 대한 짧은 기억으로 깨어나곤 하지만 의식의 자발적인 작용으로는 소환되지 않는다.

"이게 어찌 된 일이랍니까?" 노부인이 외쳤다. "이 불쌍한 아이가 강도들의 부하일 리 없잖아요!"

"악이란 것은." 의사는 한숨을 내쉬며 커튼을 놓았다. "다양한 신전에 머무는 법이지요. 아름다운 외모는 악을 품지 않는다고 누가 장담할 수 있을까요?"

"하지만 그러기엔 나이가 너무 어리잖아요!" 로즈가 주장했다.

"친애하는 젊은 아가씨." 의사는 서글프게 고개를 가로저으며 대답했다. "범죄도 죽음처럼 쇠약한 늙은이에게만 국한된 것이 아닙니다. 아주 어리고 아름다운 사람이 범죄의 희생양으로 선택되는 일은 흔하디흔한 일이지요."

"하지만 선생님, 아! 선생님은 정말 이 가녀린 소년이 이 사회의 가장 악질적인 무뢰배와 자발적으로 한패가 되었다고 믿으세요?" 로즈가 말했다.

의사는 고개를 가로저었지만 유감스럽게도 그것이 얼마든지 가능한 일이라고 생각하는 눈치였다. 그는 환자를 깨울 수 있다고 하면서 그들을 옆방으로 데려갔다.

"이 아이가 못된 아이라 해도요." 로즈가 말이 이었다. "이 아이가 얼마나 어린지 생각해 주세요. 엄마의 사랑이나 가정의 안락함을 모르고 살았을지도 몰라요. 학대받거나 매질을 당해서 혹은 배가 고파서 죄를 지으라 강요하는 사람들과 어울리게 된 건지도 몰라요. 이모님, 소중한 이모님, 이 아픈 아이를 감옥에 보내기 전에 부디 이런 점들을 생각해 주세요. 분명 감옥은 아이가 거듭날 기회를 빼앗고 말 거예요. 아! 이모님은 저를 사랑하시니 잘 아실 거예요. 저는 부모님이 안 계시지만 이모님의 친절과 애정 덕분에 부족함을 느낀 적이 없다는 걸요. 그렇지 않았다면 저 역시 이 가엾은 아이처럼 무기력하고 보호받지 못했을 테니, 너무 늦기 전에 아이에게 인정을 베풀어주세요!"

"사랑하는 조카야." 노부인은 눈물을 흘리는 소녀를 품에 감싸 안으며 말했다. "넌 내가 저 아이의 머리카락 한 올이라도 해칠 것 같으냐?"

"아, 아뇨!" 로즈는 열렬히 대답했다.

"아니고말고." 노부인이 말했다. "난 살날이 얼마 남지 않았어. 자비는 남에게 베푼 만큼 돌아오는 게 아니겠니! 어떡해야 저 아이를 구할 수 있나요, 선생님?"

"생각해 보겠습니다, 부인." 의사가 말했다. "생각해 보죠."

로스번 씨는 손을 주머니에 찔러 넣고 방을 왔다 갔다 서성였고, 자주 걸음을 멈추고 까치발을 딛고 험상궂게 인상을 썼다. "그러면 되겠군" 혹은 "아냐, 그건 안 돼" 같은 말들을 외치면서 걷고 인상 쓰기를 반복하다가 걸음을 별안간 멈추고 다음과 같이 말했다.

"제게 전권을 주시면, 사람 좋은 자일스와 꼬맹이 브리틀스는 제가 요리할 수 있을 겁니다. 자일스는 충직한 친구고 오래된 하인이지만 그 친구에게 보상할 방법은 얼마든지 있겠지요. 명중시킨 것에 대한 상을 내리시는 것도 좋겠어요. 반대 안 하시지요?"

"아이를 보호할 다른 방도가 없다면 그래야지요." 메일리 부인이 대답했다.

"다른 방도는 없습니다." 의사가 말했다. "다른 방도는 없어요, 제 말 믿으세요."

"그렇다면 이모님께서 전권을 주실 거예요." 로즈는 눈물에 젖은 얼굴에 미소를 띠며 말했다. "하지만 필요 이상으로 그 불쌍한 사람들을 너무 심하게 다루진 말아주세요."

"로즈 양은." 의사가 응수했다. "오늘날 모든 사람들이 냉혈한이라 생각하는 것 같군요. 한창때의 남성 세대를 위해서라도 첫 신랑감이 당신의 마음을 얻으려 애쓸 때 당신이 지금처럼 여리고 다정다감하기를 바랄 뿐이오. 나도 젊은이라면 좋겠군요. 그럼 지금 같은 호기를 잡을 수 있을 텐데요."

"선생님도 참, 딱한 브리틀스만큼이나 아이 같으세요." 로즈가 얼굴을 붉히며 대답했다.

"어쨌거나." 의사가 너털웃음을 웃으며 말했다. "그건 그리 어려운 문제는 아닙니다. 아이 문제로 돌아가죠. 우리가 합의할 큰 문제가 또 있습니다. 한 시간 정도 후에 아이가 깨어날 겁니다. 아래층에 있는 저 둔한 경관 양반에겐 아이가 위독해 움직이지도 말을 걸 수도 없다고 말해두었지만, 우리가 아이와 몇 마디 나누어도 아이에겐 지장이 없을 듯합니다. 단, 조건이 있습니다. 제가 숙녀분 앞에서 아이를 조사하겠습니다. 만약 아이가 하는 말로 미루어 정말 악당이라는 판단이 들고(그럴 가능성이 농후합니다만) 숙녀분들의 냉철한 이성을 끌어낼 수 있다면, 저로서는 아이를 운에 맡기고 어떤 경우에든 더 이상 개입하지 않겠습니다."

"어머 안 돼요, 이모님!" 로즈는 애원했다.

"아니, 그래야 합니다, 이모님!" 의사가 말했다. "동의하십니까?"

"저 아이가 냉혈한 악당일 리 없어요." 로즈가 말했다. "그건 불가능해요."

"그러면 더 좋지요." 의사가 응수했다. "오히려 아가씨가 제 제안에 흔쾌히 동의할 이유가 되니까요."

마침내 협정은 체결됐고, 협정 양측은 앉아서 올리버가 깨어나기를 초조하게 기다렸다.

두 숙녀는 로스번 씨의 예상보다 오랫동안 인내심을 발휘해야 했다. 시간이 지나고 또 지나도 올리버는 곤히 잠들어 있었다. 심성 착한 의사가 드디어 아이가 이야기를 나눌 만큼 회복되었다는 소식을 그들에게 전한 것은 저녁이 지나서였다. 그는 아이가 병이 깊고 출혈로 약해진 상태지만 뭔가를 밝히고 싶은 열망에 너무도 괴로워하는지라 웬만하면 내일 아침까지 기다리게 했을 테지만 차라리 지금 말할 기회를 주는 게 나으리라 판단했다고 말했다.

만남은 오래도록 계속됐다. 올리버는 그들에게 그간 살아온 이야기를 모두 들려주었다. 통증이 심하고 힘이 없어 자주 말을 멈춰야 했다. 침침한 방에서 아픈 아이의 가녀린 목소리로 무뢰한들이 그 아이에게 가한 몹쓸 짓과 시련을 하나하나 듣다 보면 마음이 무거워진다. 아! 같은 인간을 억압하고 괴롭히면 그 사악한 증거들이 짙은 먹구름처럼 굼뜨지만 어김없이 하늘로 올라갔다가 훗날 복수의 비로 우리 머리에 다시 내린다는 것을 한 번만이라도 생각한다면 얼마나 좋겠는가. 만약 우리가 어떤 권력도 죽이지 못하고 어떤 우월함도 입막음하지 못하는 망자의 진실한 증언을 한순간이라도, 상상에서라도 듣는다면 날마다 자행되는 상처와 불의, 고통, 빈곤, 잔인함, 악행이 이 세상 어디에도 발붙일 수 없을 것이다!

그날 밤 부드러운 손길이 올리버의 베개를 매만졌고, 사랑스럽고 선한 눈길이 잠자는 아이를 지켜보았다. 아이는 평온하고 행복함을 느꼈고, 잠꼬대를 하지 않았다면 죽은 것처럼 보일 만큼 곤히 잤다.

중요한 면담이 끝나고 올리버가 다시 잠들자마자 의사는 별안간 눈이 나빠진 모양이라며 눈가를 훔치고는 자일스 씨를 상대하러 아래층으로 내려갔다. 거실에 아무도 없는 것을 발견한 그는 부엌에서 감행하는 것이 더 효과적일 수 있다는 생각이 들어 부엌으로 들어갔다.

가정 국회 내 하원 회의장에는 여자 하인들과 브리틀스 씨, 자일스 씨, 땜장이(그는 봉사한 대가로 그날 하루 융숭한 대접을 받았다), 경관이 모여 있었다. 경관은 가진 몽둥이도 컸고 머리도 컸고 이목구비도 컸고 신고 있는 반장화도 컸다. 맥주 또한 그 도량에 걸맞게 넉넉히 마신 듯 보였는데 실제로 그러했다.

화제는 여전히 간밤의 모험담이었다. 의사가 들어갔을 때 자일스 씨는 자기가 얼마나 침착했는지 자세히 설명하던 중이었고, 브리틀스는 맥주잔을 손에 들고 상관이 이야기를 시작하기도 전에 모든 것이 사실이라고 장담했다.

"그냥 앉아들 있게!" 의사가 손을 저으며 말했다.

"감사합니다, 선생님." 자일스 씨가 말했다. "주인마님과 아가씨께서 맥주를 내주셨는데, 작은 제 방에 있을 기분도 아니고 사람들과 어울리고 싶기도 해서 다 같이 마시는 중입니다."

브리틀스가 낮게 중얼거리자 그 자리의 남녀 모두 덩달아 중얼거렸다. 자일스 씨가 내려와 줘서 고맙다는 뜻 같았다. 자일스 씨는 그들이 올바르게 처신하는 한 절대 그들을 버리지 않겠다고 말하는 것처럼 우쭐한 모양새로 주위를 둘러보았다.

"환자는 좀 어떻습니까, 선생님?" 자일스 씨가 물었다.

"그냥저냥 그렇소." 의사가 대답했다. "그로 인해 집사 양반이 난처해졌으니 유감이로군요, 자일스."

"진담은 아니시겠지요, 선생님." 자일스 씨가 떨면서 말했다. "설마 그 아이 죽는 겁니까? 그건 생각만 해도 마음이 무거워집니다. 어린애의 목숨을 빼앗을 생각 따윈 결코 없습니다. 전혀. 브리틀스도 마찬가지고요. 이 고장의 은식기를 몽땅 준다고 해도 그렇습니다."

"그건 중요하지 않소." 의사가 묘하게 말했다. "자일스 씨, 당신은 기독교인이오?"

"예, 선생님, 그렇기를 바랍니다." 자일스 씨가 몹시 창백해진 얼굴로 더듬더듬 말했다.

"그럼 자네는 어떤가, 응?" 의사는 브리틀스에게 재빨리 고개를 돌려 말했다.

"아이고, 선생님!" 브리틀스가 화들짝 놀라며 대꾸했다. "저는, 저도 자일스 씨와 같습니다, 선생님."

"그렇다면 한번 말해보시오." 의사가 말했다. "둘 다, 둘 다 말이오! 당신들은 위층에 있는 저 아이가 간밤에 작은 창문을 통과한 그 아이라고 맹세할 수 있소? 솔직히 말해보시게! 어서! 들을 준비가 돼 있으니!"

사람 좋기로는 세상 누구에게도 뒤지지 않는다 알려진 이 의사 양반이 이렇게 화난 말투로 무섭게 다그치자 맥주와 흥분감에 둔감해진 자일스와 브리틀스는 넋 놓고 서로를 쳐다보았다.

"이들의 대답을 경청해 주세요, 경관님, 아시겠죠?" 의사는 정신을 바짝 차리라고 요구하듯 집게손가락을 위엄 있게 흔든 뒤 콧등을 톡톡 두드렸다. "머지않아 뭔가가 드러날지도 모릅니다."

지혜로운 사람처럼 보이는 경관이 굴뚝 쪽 구석에 기대어져 있던 몽둥이를 집었다.

"그저 사람만 확인하면 충분하지요." 의사가 말했다.

"그렇지요, 선생." 경관은 대답을 하다가 격렬히 기침을 했다. 급히 맥주를 마저 들이켜다가 사레가 들렸기 때문이다.

"여기 강도가 든 집이 있습니다." 의사가 말했다. "두 남자가 얼핏 한 소년을 보았지요. 화약 연기가 자욱했고, 놀란 데다 캄캄해서 정신이 없었지요. 이튿날 아침 어떤 소년이 그 집을 찾아왔는데, 공교롭게도 아이가 한 팔에 부목을 대고 있어 두 남자는 아이를 난폭하게 다루고—그 바람에 아이가 위독해졌지요—그 아이가 도둑이라고 장담했습니다. 자, 이제 문제는, 그것이 사실이라 해도 이 사내들이 정당화될 수 있느냐는 것이지요. 만약 아니라면, 또 이들은 어떻게 처신해야 맞는 걸까요?"

경관은 확실히 고개를 끄덕였다. 그러고는 그게 법이 아니라면 무엇이 법인지 알고 싶다고 말했다.

"다시 묻지요." 의사가 호통을 쳤다. "그 소년을 알아볼 수 있다고 엄숙히 맹세할 수 있겠소?"

브리틀스는 자신 없게 자일스 씨를 쳐다보았고, 자일스 씨도 자신 없게 브리틀스를 쳐다보았다. 경관은 대답을 들으려 손을 귓가에 댔고, 두 여자와 땜장이도 경청하려 몸을 앞으로 내밀었다. 의사는 예리하게 주변을 둘러보았다. 그 순간 대문에서 초인종 소리가 들렸고 동시에 바퀴 소리가 났다.

"경찰대예요!" 브리틀스가 몹시 안도하는 빛으로 소리쳤다.

"뭐요?" 이번에는 의사가 소스라치게 놀라며 외쳤다.

"보 스트리트 경찰대[33]요, 선생님." 브리틀스가 촛불을 들며 대답했다. "오늘 아침에 저와 자일스 씨가 그쪽에 사람을 보냈거든요."

"뭐요?" 의사가 소리쳤다.

---

[33] 1749년 치안판사 헨리 필딩에 의해 조직되어 1839년까지 존속했던 별도의 런던 경찰대. 보 스트리트에 근거지를 두고 전국으로 출장을 다니면서 범죄자들을 잡아들였다.

"그렇다니까요." 브리틀스가 대답했다. "제가 마차 마부 편에 전갈을 보냈으니 그들이 아니면 누구겠습니까, 선생님."

"자네가 그랬단 말이지? 빌어먹을…… 느려터진 마차 같으니. 그럼 난 이만." 의사가 자리를 떴다.

31장
위태로운 지경에 처하다

"거기 누구시오?" 브리틀스가 쇠사슬을 걸어둔 채 문을 빠끔 열고 나서 손으로 촛불을 가리고 밖을 내다보며 물었다.

"문 여시오." 밖에서 어떤 남자가 대답했다. "전갈을 받고 온 보 스트리트 경찰들이오."

브리틀스는 그 당당한 말에 안도하고 문을 활짝 열어젖히고는 긴 외투 차림의 통통한 남자를 마주했다. 남자는 아무 말 않고 안으로 들어와 제 집인 양 아무렇지 않게 매트에 신발을 털었다.

"사람을 내보내 내 동료를 좀 도와주겠소, 젊은이?" 경찰이 말했다. "지금 내 동료가 마차 안에서 말을 잡고 있거든. 5분에서 10분 정도 마차를 넣어둘 마차 보관소가 여기 있소?"

브리틀스는 그렇다고 대답하며 건물을 가리켰고, 퉁퉁한 남자는 정원 쪽 문으로 돌아가 동료를 도와 마차를 넣었다. 그동안 브리틀스는 존경심을 한껏 품고 그들에게 불을 비춰주었다. 경찰들은 일을 마치고 집으로 돌아왔고, 거실로 안내되어 긴 외투와 모자를 벗고 본모습을 드러냈다.

문을 두드린 사람은 중키에 퉁퉁한 몸집, 나이는 오십 줄이었다. 바짝 친 검은 머리는 반들반들 윤이 나고 구레나룻을 반쯤 길렀으며 얼굴은 둥글고 눈매는 매서웠다. 다른 남자는 빨간 머리와 깡마른 몸매, 장화 차림이었는데, 이목구비는 못생긴 편으로 특히 들창코는 불길한 인상을 주었다.

"주인어른께 블래더스와 더프가 왔다고 전해주겠나?" 퉁퉁한 남자가 그렇게 말하며 머리카락을 매만지고는 수갑을 탁자에 놓았다. "아! 안녕하시오, 선생. 선생과 단둘이 몇 마디 이야기 좀 나눌 수 있을까요?"

이것은 그곳에 나타난 로스번 씨에게 건넨 말이었다. 로스번 씨는 브리틀스에게 물러가라 손짓하며 두 숙녀를 데려온 뒤 문을 닫았다.

"이분이 주인마님이십니다." 로스번 씨는 메일리 부인을 가리키며 말했다.

블래더스 씨는 고개 숙여 인사했다. 앉으라는 권유에 그는 모자를 바닥에 내려놓은 뒤 의자에 앉으면서 더프에게 앉으라 손짓했다. 나중에 언급된 신사는 사교가 익숙하지 않거나 꽤 불편

한 모양인지―둘 중 하나였다―팔다리 근육을 몇 차례 움직거
리고 나서 자리에 앉더니 쑥스러운 기색으로 경찰봉의 끝을 입
안에 넣었다.

"이제 이 집에 든 강도에 대해 말씀해 보시죠, 선생." 블래더스
가 말했다. "어떤 상황이었습니까?"

로스번 씨는 시간을 끌고 싶은지 장황하고 우회적으로 설명
해 나갔다. 블래더스 씨와 더프 씨는 알 만하다는 표정으로 때때
로 서로에게 고개를 끄덕였다.

"물론 현장을 보기 전엔 뭐라 장담하기 어렵습니다만." 블래더
스가 말했다. "얼핏 드는 생각으로는, 의견 정도는 괜찮겠지요,
얼치기 짓은 아닌 것 같습니다. 그렇지, 더프?"

"그럼그럼." 더프가 대답했다.

"숙녀분들을 위해 얼치기가 뭔지 풀어드리자면, 경찰 양반의
말씀은 이 사건이 촌뜨기 짓은 아니다 이거죠?" 로스번 씨가 웃
는 얼굴로 말했다.

"그렇소, 선생." 블래더스가 대답했다. "이 강도 사건에 대해 하
실 말씀은 다 하셨습니까?"

"그렇습니다." 의사가 대답했다.

"그럼 하인들이 말한 이 사내아이는 뭐지요?" 블래더스가 말
했다.

"별일 아닙니다." 의사가 대답했다. "겁먹은 하인 하나가 이 집
에 침입한 강도와 그 애가 관련이 있을 거라 상상한 모양인데, 어

이없는 억측이지요. 터무니없는 말입니다."

"그렇다면 쉽게 처리해도 될 문제로군." 더프가 말했다.

"내가 봐도 그래." 블래더스는 그 말을 확인해 주듯 고개를 끄덕이면서 수갑을 캐스터네츠인 양 아무렇게나 만지작거렸다. "그 아이는 누굽니까? 자기를 어떻게 설명하던가요? 어디서 온 아이지요? 하늘에서 뚝 떨어졌을 리는 없고, 안 그래요, 선생?"

"물론 그렇습니다." 의사는 초조하게 두 숙녀를 흘끔 보며 대답했다. "제가 그 아이의 사연을 알고 있습니다만, 그건 곧 말씀드리죠. 우선 도둑들이 침입했던 곳을 보시는 게 어떨까요?"

"그러죠." 블래더스가 대답했다. "그곳을 먼저 살펴보고 하인들은 나중에 조사하는 게 좋겠군요. 보통 일 처리를 그렇게 합니다."

등불이 마련되자 블래더스 씨와 더프 씨는 지역 경관을 대동하고 브리틀스와 자일스를 비롯해 모든 사람들을 데리고 복도 끝의 작은 방으로 가서 창문 앞에서 밖을 내다보았다. 그리고는 밖으로 나가 잔디밭을 경유해 돌아가서 그 창문 앞에서 안을 들여다보았다. 그런 다음 촛불을 건네받아 덧창을 조사한 뒤 랜턴을 받아 발자국을 따라갔다. 그리고 나서 쇠스랑으로 덤불을 들쑤셨다. 그들은 숨죽인 구경꾼들의 흥미로운 시선 앞에서 모든 일을 마친 뒤 집 안으로 다시 들어왔다. 자일스 씨와 브리틀스는 간밤의 모험에서 각자 선보였던 활약상을 멜로드라마식으로 설명했다. 여섯 번 이상 되풀이된 그들의 연기는 중요한 대목에서 서로 상충되기도 했는데, 초연 때 한두 가지에 불과하던 이견은 마지막 공연에서 십수 가지로 늘어났다. 조사가 끝났을 때 블래더스와 더프는 방에서 사람들을 내보낸 뒤 오랫동안 단둘이 상의를 했는데, 위대한 의사들이 가장 풀기 어려운 의학적 문제를 놓고 벌이는 토론은 그저 애들 장난에 불과할 만큼 이들의 논의는 은밀하고 엄숙한 것이었다.

그동안 의사는 옆방에서 몹시 초조하게 방 안을 왔다 갔다 했고, 메일리 부인과 로즈는 근심하는 얼굴로 잠자코 지켜보았다.

"그것참." 의사가 여러 번 방향을 획획 바꾸다가 문득 멈춰 서더니 말했다. "대체 무얼 어떡해야 할지 난감하군."

"제 생각에는요." 로즈가 말했다. "가엾은 아이의 사정을 충실히 들려준다면 저들도 분명 책임을 면해줄 거예요."

"그건 아닐 겁니다, 친애하는 아가씨." 의사는 고개를 절레절레 저으며 말했다. "그렇게 한다고 해서 저들이나 더 높은 법관들이 아이의 책임을 면해주진 않을 거예요. 오히려 그 아이가 누구냐고 하겠죠. 도망친 아이 아니냐고 말입니다. 세간의 시각이나 개연성으로 판단하자면 이 아이의 이야기는 신빙성이 떨어집니다."

"선생님은 믿지요, 그렇지요?" 로즈가 끼어들었다.

"믿어요, 이상한 이야기이긴 하지만. 어쩌면 내가 어리석은 늙은이라 그런지도 모르죠." 의사가 대답했다. "그렇긴 해도 노련한 경찰에게 먹힐 이야기는 아니지요."

"왜 아닌데요?" 로즈가 물었다.

"왜냐하면요, 반론하는 우리 예쁜 아가씨." 의사가 대답했다. "그들의 시각에서는 석연찮은 부분들이 많기 때문입니다. 그 아이가 증명할 수 있는 건 나빠 보이는 부분뿐이고 좋게 보이는 부분은 전혀 증명할 수 없어요. 그 망할 작자들은 이유와 연유를 들먹일 테니 아무것도 그냥 넘어가지 않을 겁니다. 본인 스스로 밝혔듯이 그 아이는 한동안 도둑들의 일원이었어요. 또 어떤 신사를 소매치기한 혐의로 경찰서에 끌려간 적도 있고요. 게다가 그 신사의 집에서 설명할 수도 없고 위치를 지정할 수도 없는 곳으로 끌려가 상상도 못 한 상황에 처하게 됐어요. 그러고 나서 본인의 의사와 상관없이 흉심을 품은 남자들의 손에 이끌려 처트시까지 내려왔지요. 그리고 집을 털려는 자들의 손에 창문 안으로 떠밀려 들어온 뒤 이 집 사람들에게 그것을 알려서 잘못을 만회하려는 순간 잡종개 같은 칠푼이 집사가 뛰어들어 아이를 총으로 쏜 거지요! 그냥 뒀다면 아이에게 유리하게 흘러갔을 상황을 고의로 방해한 꼴이지 뭐요! 이런 건 전혀 보이지 않습니까?"

"물론 보여요." 로즈는 의사의 격렬한 언행에 미소를 지으며 대꾸했다. "그럼에도 불구하고 이 가엾은 아이에게 죄를 물을 만한 것도 전혀 보이지 않는걸요."

"아무렴." 의사가 대답했다. "왜 아니겠소! 여자들의 그 반짝이는 눈에 축복이 있으라! 여자들은 어떤 문제든 오로지 한쪽 측면만, 좋게 혹은 나쁘게만 바라보니 원. 그것도 맨 처음 드러난 측면으로만 보거든."

의사는 경험에서 우러난 의견을 피력하고 나서 양손을 주머니에 넣고는 아까보다 훨씬 더 빠른 걸음으로 방 안을 왔다 갔다 걸어 다녔다.

"생각하면 할수록 그렇습니다." 의사가 말했다. "저 남자들에게 아이의 사연을 있는 그대로 털어놓았다가는 곤경과 시련의 끝없는 연속일 거라는 확신이 드는군요. 분명 아이의 이야기는 진실로 받아들여지지 않을 겁니다. 결국 그들이 아이를 방면한다 해도 그때까지 펼쳐질 지루한 상황과 제기되는 의심들이 아이를 불행에서 구해내려는 숙녀분들의 자애로운 계획을 방해하고 말 겁니다."

"아! 어떡해야 하지요?" 로즈가 외쳤다. "어떡해, 어떡해! 아니, 이 사람들은 대체 왜 부른 거지?"

"그러게 말이다!" 메일리 부인이 탄식했다. "나라면 절대 그들을 부르지 않았을 거야."

"이것만은 알겠습니다." 로스번 씨는 간절함에 차분해진 기색으로 자리에 앉으면서 마침내 말했다. "그래도 한번 해봐야 한다는 겁니다. 또한 담대히 추진해야지요. 어디까지나 선의에 의한 행동이니 우리의 명분은 충분합니다. 아이가 열병 증상이 심한 데다 더는 대화를 나눌 상태가 아니라는 게 그나마 다행입니다. 우리는 그것을 최대한 이용해야 합니다. 악행이 최선인 경우에 그것이 우리 잘못은 아니지요. 들어오세요!"

"저기, 선생." 블래더스가 방으로 들어오며 말했다. 그는 동료가 뒤따라 들어오자 문을 단단히 닫고 나서 덧붙였다. "이건 짜고 치기가 아닙니다."

"대체 짜고 치기가 뭐죠?" 의사가 조바심을 내며 캐물었다.

"우리는 그런 걸 '짜고 치는 강도질'이라고 부릅니다, 숙녀분들." 블래더스는 숙녀들의 무지는 이해해도 의사의 무지는 경멸한다는 듯 숙녀들을 돌아보며 말했다. "하인들이 가담한 경우를 그렇게 부르죠."

"이번 일로 그들을 의심하는 사람은 아무도 없어요." 메일리 부인이 말했다.

"그런 것 같습니다, 부인." 블래더스가 대답했다. "하지만 그럼에도 불구하고 그들이 연루됐을 가능성도 있습니다."

"그럴 가능성이 농후하죠." 더프가 말했다.

"어쨌든 이번 사건은 도시 쪽 놈들의 소행입니다." 블래더스는 보고를 계속했다. "작업 방식이 일급이기 때문입니다."

"정말이지 대단합니다." 더프가 나지막이 말했다.

"범인은 둘입니다." 블래더스가 계속했다. "그리고 아이를 하나 데리고 있었죠. 그건 창문 크기로 보아 확실합니다. 현재로선 여기까지 말씀드릴 수 있습니다. 괜찮으시다면, 위층에 데리고 있다는 그 사내아이를 당장 보고 싶은데요."

"먼저 마실 걸 좀 대접하는 게 어떨까요, 메일리 부인?" 의사가 새로운 생각이 떠오른 것처럼 밝은 안색으로 말했다.

"아! 물론이지요!" 로즈가 열렬히 외쳤다. "원하신다면 당장 내오도록 하죠."

"감사합니다, 아가씨!" 블래더스는 외투 소맷부리로 입가를 훔치면서 말했다. "이런 일을 하다 보면 목이 마르지요. 아무거나 편한 걸로 주세요, 아가씨. 우리 때문에 번거롭게 애쓰지는 마시고요."

"무얼로 드실랍니까?" 의사가 아가씨를 따라 찬장 쪽으로 가면서 물었다.

"독주 약간이면 됩니다, 선생. 어차피 마찬가지라면요." 블래더스가 대답했다. "런던에서 오는 내내 추웠거든요, 부인. 독주는 늘 마음에 온기를 더하지요."

이 흥미로운 발언은 메일리 부인을 향한 것이었는데, 부인은 아주 우아하게 대거리를 해주었다. 부인이 대화를 나누는 동안 의사는 슬쩍 방을 빠져나갔다.

"아!" 블래더스는 와인 잔의 잘록한 부분을 잡지 않고 넓은 밑바닥을 왼손의 엄지와 검지로 잡아 가슴께에 들고 말했다. "이런 일들을 평생 숱하게 겪었습니다, 숙녀님들."

"에드먼턴 뒷골목에서 일어난 집털이 사건 말이야, 블래더스." 더프는 동료의 추억담을 거들었다.

"그 건이 이번 사건과 비슷했어, 안 그래?" 블래더스 씨가 대답했다. "콩키 칙위드'의 소행이었지."

"자넨 꼭 그 사건을 그놈 짓으로 몰더군." 더프가 대꾸했다. "내 분명히 말하지만, 그건 도둑놈 짓이었어. 콩키는 나만큼이나 아무런 관련이 없단 말이야."

"집어치워!" 블래더스가 반박했다. "내가 더 잘 알아. 콩키 그 작자가 돈을 털렸던 시각을 고려해야 할 거 아닌가, 응? 정말 놀라 자빠질 일이었지! 내가 본 어떤 소설책보다 절묘했어!"

"무슨 사건이었는데요?" 로즈는 반갑지 않은 손님들의 기분을 맞춰주고 싶어 물었다.

"강도 사건이었어요, 아가씨. 하마터면 아무도 해결하지 못할 뻔했지요." 블래더스가 말했다. "이 콩키 칙위드란 놈으로 말할 것 같으면—"

"콩키라는 말은 참견쟁이라는 뜻입니다, 아가씨." 더프가 끼어들었다.

"그건 숙녀분도 아실걸, 안 그래?" 블래더스가 물었다. "동료, 자네야말로 늘 참견이로군! 이 콩키 칙위드란 자로 말할 것 같으면요, 아가씨, 배틀브리지 쪽에서 펍을 운영했었습니다. 많은 청년 귀족들이 닭싸움이니 오소리 싸움[34] 같은 걸 보러 거기 지하실을 찾곤 했지요. 내가 종종 가서 보니, 경기 방식이 아주 지능적이더군요. 당시만 해도 그자는 도둑 패거리가 아니었지만, 어느 밤 327기니가 든 캔버스천 가방을 도둑맞고 말았습니다. 한

---

34   오소리를 상자 안에 넣어두고 개와 싸움을 붙이는 놀이.

밤중에 침실에 도둑이 든 겁니다. 눈에 검은 안대를 한 키 큰 남자가 침대 밑에 숨어 있다가 돈을 훔쳐 창문 밖으로 펄쩍 뛰어내린 거지요. 2층밖에 안 되는 높이였거든요. 놈은 행동이 몹시 재빨랐지만 콩키도 빨랐습니다. 소리를 듣고 잠에서 깨어나 침대를 박차고 나와서는 도둑놈에게 나팔총을 쏘았거든요. 그 바람에 동네 사람들이 깼고요. 사람들이 곧장 추격대를 구성하고 주변을 수색하다가 콩키가 쏜 총에 도둑이 맞았다는 걸 알게 됐습니다. 핏자국이 상당히 떨어진 말뚝 울타리까지 나 있었기 때문입니다. 하지만 핏자국은 거기서 끊겼지요. 범인은 돈을 가지고 그대로 달아났고, 그 결과 관보官報 파산자 공고란에 '허가받은 주류 판매업자 칙위드 씨'라는 이름이 올라가게 되었습니다. 그 뒤에 온갖 종류의 기부금과 정기 후원금을 비롯해 별별 돈이 이 딱한 남자를 위해 모금되었습니다. 돈을 잃어버려 크게 상심한 나머지 사나흘간 머리카락을 쥐어뜯으며 길거리를 돌아다니는 그자의 꼴이 어찌나 딱했는지 저러다 스스로 목숨을 끊을까 많은 사람들이 걱정했지요. 그러던 어느 날 그자가 허겁지겁 경찰서로 달려와 치안판사와 은밀히 면담을 했습니다. 치안판사는 그렇게 한참 이야기를 나누고 나서 종을 울려 현역 경찰인 젬 스파이어스를 부르더니 칙위드 씨를 도와 그의 집을 턴 도둑을 체포하라는 지시를 내렸습니다. '제가 놈을 봤어요, 스파이어스.' 칙위드가 말했지요. '어제 아침 놈이 내 집을 지나갔어요.' 스파이어스가 '왜 당장 가서 놈을 붙잡지 않았나?' 하고 말하니,

그 가엾은 남자가 말했지요. '하도 넋이 나가 있다 보니 누가 이 쑤시개로 찔러도 골이 부서질 지경이라……. 하지만 꼭 놈을 잡을 수 있을 겁니다. 밤 10시에서 11시 사이에 놈이 다시 지나갔거든요.' 스파이어스는 그 말을 듣자마자 하루나 이틀 잠복근무할 경우를 대비해 깨끗한 수건과 빗을 주머니에 넣은 뒤 출발했습니다. 그리고 펍 안의 빨갛고 작은 커튼이 달린 창가에 자리를 잡고 앉아 모자를 눌러쓴 채 언제라도 뛰쳐나갈 태세를 갖추었지요. 밤늦은 시각 그가 파이프 담배를 피우고 있을 때, 느닷없이 칙위드가 '그놈이다! 도둑 잡아라! 살인자다!' 하고 소리를 질렀지요. 젬 스파이어스가 달려 나가 보니 칙위드가 고래고래 소리를 지르면서 거리를 따라 내달리는 것이 보였습니다. 스파이어스는 내달렸고 칙위드도 계속 내달렸지요. 사람들은 그들을 돌아보았고, 모두들 '도둑 잡아라' 하고 소리쳤어요. 칙위드 본인은 줄기차게 미친 듯이 소리를 질러댔습니다. 스파이어스는 모퉁이를 돌았을 때 칙위드의 모습이 보이지 않아 이리저리 뛰어다니다 작은 무리를 보고 무리 안으로 뛰어들어 물었습니다. '어느 쪽이 범인이오?' 그러니 칙위드가 말했지요. '젠장, 놈을 또 놓쳤어!' 참 희한한 일이었지만, 범인은 어디에도 보이지 않았지요. 그래서 그들은 펍으로 돌아왔습니다. 이튿날 아침 스파이어스는 같은 자리에 앉아 커튼 뒤에서 밖을 내다보며 눈에 불을 켜고 안대를 한 키 큰 남자를 찾았습니다. 그러다 눈이 아파 어쩔 수 없이 잠깐 눈을 감으려는데, '그놈이다!' 하고 외치는 칙위드의 고함 소리가 들렸습니다. 스파이어스는 즉시 달려 나갔지요. 칙위드는 반쯤 앞서서 거리를 내달리고 있었습니다. 한데, 전날보다 곱절이나 멀리 쫓았는데도 범인이 또다시 사라진 겁니다! 그 뒤로 이런 일은 한두 번 더 반복되었고, 급기야 동네 사람들의 절반은 칙위드 씨가 악마한테 도둑질을 당한 것이고 그래서 악마가 그에게 농간을 부리는 거라고 말했고, 나머지 절반은 가엾은 칙위드 씨가 슬픔에 겨워 미친 거라고 했습니다."

"젬 스파이어스는 뭐라고 했습니까?" 이야기가 시작된 지 얼마 안 돼 방으로 돌아온 의사가 물었다.

"젬 스파이어스는." 경관은 말을 계속했다. "오랫동안 아무 말도 하지 않았어요. 그리고 티를 내지 않고 모든 걸 귀담아들었습니다. 모름지기 형사란 그래야 한다는 걸 이해하고 있었던 거죠. 그러다가 어느 날 아침 그 술집으로 들어가서 코담뱃갑을 꺼내며 이렇게 말했지요. '칙위드, 누가 도둑질을 했는지 알아냈어.' 그러자 칙위드가 이렇게 대꾸했지요. '그래요? 아, 친애하는 스파이어스, 그저 복수만 하게 해줘요. 그럼 죽어도 여한이 없을 겁니다! 아, 친애하는 스파이어스, 그 악당 어디 있어요?' 스파이어스가 코담배를 조금 집어 그자에게 건네며 덧붙였습니다. '참 나! 개소리 작작해! 당신이 꾸민 일이잖아.' 사실이었습니다. 게다가 그자는 그걸 이용해 많은 돈을 벌었던 겁니다. 그자가 너무 애써 연기를 하지만 않았어도 아무도 알아내지 못했을 텐데 말입니다!" 블래더스는 그렇게 말하며 와인 잔을 내려놓고는 수갑을 절그럭절그럭 흔들어댔다.

"대단히 흥미로운 이야기군요." 의사가 말했다. "자, 괜찮으시면, 위층으로 올라가셔도 좋습니다만."

"선생이 괜찮으시다면 그러죠." 블래더스가 대답했다. 두 형사는 로스번 씨를 바짝 뒤쫓아 올리버의 침실로 올라갔다. 자일스 씨가 촛불을 들고 앞장서서 길을 안내했다.

올리버는 자고 있었지만 상태가 더 악화된 듯했고 종전보다 열이 더 끓었다. 아이는 의사의 부축을 받아 몸을 일으킨 다음 간신히 침대에 앉아 있었지만 뭐가 어떻게 돌아가는 것인지 전혀 모르고 낯선 사람들을 쳐다보았다. 지금 있는 곳이 어디인지, 무슨 일을 겪은 것인지 기억하지 못하는 듯했다.

"이 아이입니다." 로스번 씨는 상냥하지만 열렬한 투로 말했다. "장난을 치느라 저쪽 아무개 씨 땅에 들어갔다가 용수철 총에 다쳤지요. 오늘 아침에 도움을 청하러 이 집으로 왔는데, 촛불을 든 저 상상력 풍부한 양반이 얼른 붙잡아 막 다루고 말았지요. 그 바람에 아이가 위독해졌다는 것이 의사로서의 내 소견입니다."

관심이 자일스 씨에게 쏠리자 블래더스 씨와 더프 씨는 자일스 씨를 쳐다보았다. 당황한 집사는 두려움과 당혹감이 섞인 참으로 우스꽝스러운 표정으로 시선을 형사들한테서 올리버에게 돌렸다가 다시 로스번 씨에게 돌렸다.

"그걸 부인하진 않겠지요?" 의사는 올리버를 살며시 도로 눕히면서 말했다.

"저는 그게…… 잘해보려 그런 건데요, 선생님?" 자일스가 대답했다. "얘가 분명 그 사내아이라는 생각이 들어 그만. 아님 이아이 일에 나서지 않았겠지요. 저는 몰인정한 놈이 아닙니다, 선생님."

"그 사내아이라 생각했다니, 어떤 사내아이 말입니까?" 선임형사가 물었다.

"털이범의 사내아이 말입니다, 형사님!" 자일스가 대답했다. "놈들은…… 놈들은 분명 사내아이를 데리고 있었거든요."

"그래요? 지금도 그렇게 생각하시오?" 블래더스가 물었다.

"무슨 생각 말입니까?" 자일스는 멍하니 질문한 사람을 보며 대꾸했다.

"얘가 그 사내아이라고 생각하느냐 말이오, 어리바리하기는." 블래더스가 조급하게 응수했다.

"모르겠습니다. 정말 모르겠어요." 자일스는 후회 막심한 얼굴로 말했다. "이 아이가 분명하다고 장담할 수는 없습니다."

"그럼 어떻게 생각하시오?" 블래더스가 물었다.

"어떻게 생각해야 할지 모르겠네요." 가엾은 자일스가 대답했다. "얘가 그 사내아이는 아닌 것 같습니다. 아닐 거라 거의 확신합니다. 설마 그 애일 리가 없지요."

"혹시 이 사람 술 마셨습니까, 선생?" 블래더스가 의사를 돌아보며 물었다.

"이런 어리바리한 양반을 보았나!" 더프는 우쭐대며 한심하다는 투로 자일스 씨에게 말했다.

이 짧은 대화가 지속되는 동안 로스번 씨는 환자의 맥박을 짚어보고는 침대 옆 의자에서 일어나 더 의심스러운 점이 있으면 옆방으로 가서 브리틀스를 만나보라고 형사들에게 권했다.

이 제안에 따라 그들은 옆방으로 이동했다. 그곳으로 불려온 브리틀스 씨는 엇갈리는 진술과 불가능한 모순의 또 다른 놀라운 미궁 속으로 존경하는 윗사람을 끌고 함께 들어갔는데, 그것은 그의 극도로 혼란스러운 정신 상태만 극명히 드러냈을 뿐 아무것도 새롭게 조명하지 못했다. 그는 지금 당장 문제의 그 아이가 눈앞에 나타난다 해도 알아보지 못할 거라고, 올리버가 그 아이라고 생각한 것은 자일스 씨가 그렇다고 말했기 때문이라고 말했다. 또한 불과 5분 전 부엌에서 자일스 씨가 유감스럽게도 자신이 너무 성급하지 않았나 하는 생각이 점점 든다는 말을 했다고도 전했다.

희한한 별별 추측이 난무하던 중 자일스 씨가 누구를 총으로 맞힌 게 맞느냐는 의문이 제기되었다. 그가 발사한 총을 조사해보니 안에 화약과 갈색 점화지 외에 실탄은 전혀 없는 것으로 밝혀졌다. 이 발견은 모든 사람에게 강한 인상을 남겼지만 의사만은 제외였으니, 다름 아닌 의사가 10분 전쯤 그 탄환을 빼놓았기 때문이었다. 그러나 이 새로운 사실에 누구보다 강한 인상을 받은 사람은 자일스 씨였다. 그는 같은 인간을 해쳐 위독하게 만들었다는 두려움에 몇 시간 동안 애를 태웠던 터라 이 새로운 의견을 선뜻 받아들여 열렬히 지지했다. 마침내 형사들은 올리버에 대한 의심을 거두고 처트시의 경관을 그 집에 남겨둔 채 시내에서 밤을 보내러 떠나면서 이튿날 아침에 돌아오겠다고 약속했다.

이튿날 아침, 간밤에 남자 둘과 아이 하나가 수상쩍은 상황에서 체포되어 킹스턴 감옥에 갇혀 있다는 소문이 돌았다. 블래더스 씨와 더프 씨는 킹스턴 경찰서로 갔다. 하지만 조사 결과 그 수상쩍은 상황이라는 것이 그들이 건초 더미 안에서 잠을 자다가 발각되었다는 사실로 밝혀졌다. 그것은 비록 큰 잘못이긴 하였으나 구류형 외에 딱히 벌할 수 없는 데다 영국 법의 자애로운 시선과 국왕의 백성들이 지닌 관용적인 사랑 아래서 다른 증거가 부재한 경우이므로 건초 속에서 잠을 잔 자 혹은 잠을 잔 자들이 폭력을 동반한 강도질을 저질렀으며 따라서 극형에 처해져야 마땅하다는 명백한 근거가 없는 건이었다. 블래더스 씨와 더프 씨는 갈 때와 다름없는 상태로 아무런 성과 없이 돌아왔다.

이후의 이야기는 간단히 요약하면 이렇다. 몇 가지 추가 조사와 많은 추가 면담이 이루어진 뒤 관할 치안판사는 필요할 경우 올리버를 출두시키겠다는 메일리 부인과 로스번 씨의 공동 보증을 선뜻 받아들였다. 블래더스와 더프는 2기니를 받아 들고 런던으로 돌아갔는데 이번 원정 수사에 대한 두 사람의 의견은 서로 엇갈렸다. 후자의 신사는 모든 상황을 곰곰이 따져본 뒤 이 강도 사건이 전문 도둑이 벌인 짓이라는 심증을 굳혔고, 전자의 신사는 그 능수능란함으로 보아 위대한 콩키 칙워드의 소행이라는 쪽으로 기울었던 것이다.

그러는 동안 올리버는 메일리 부인과 로즈, 마음씨 착한 로스번 씨가 함께 보살핀 덕에 점차 기력을 되찾았다. 감사함이 가득한 마음에서 샘솟는 열렬한 기도가 하늘에 닿는다고 한다면─그런 기도가 닿지 않는다면 대체 어느 기도가 닿는단 말인가─고아 소년이 그들에게 기원한 축복은 진실로 그들의 영혼에 스며들어 평온과 행복을 가져왔다.

32장

올리버는 친절한 친구들과 함께
행복한 삶을 영위하기 시작한다

올리버의 병증은 가볍지도 간단지도 않았다. 팔이 부러진 고통은 물론이고 치료가 늦어진 데다 습하고 싸늘한 공기를 쐰 탓에 아이는 몇 주씩 열과 오한에 시달리며 몹시 쇠약해져 갔다. 하지만 결국 차츰 차도를 보이기 시작했고, 가끔씩 울먹이면서 몇 마디씩 할 수 있게 되었다. 아이는 다정한 두 숙녀의 선행에 얼마나 감복했는지, 다시 건강해지면 어떤 식으로든 보답하고 싶은 마음이 얼마나 간절한지, 무슨 일이든 해서 가슴에 가득한 애정과 의무감을 보여주고 싶다고 말했다. 그리고 그들이 베푼 친절이 헛되지 않았음을 입증할 수 있다면, 그들의 은혜 덕에 불행과 죽음의 구렁텅이에서 구출된 가엾은 소년이 성심을 다해 은인들을 받들 길이 있다면 아무리 하찮은 일이라도 하고 싶다고 했다.

"가엾어라!" 어느 날 올리버가 파리한 입술에 걸린 감사의 말을 내뱉느라 애를 쓰고 있을 때 로즈가 말했다. "너만 좋다면 네가 우리를 도울 기회는 얼마든지 있을 거야. 우리는 시골로 갈 건데, 너도 같이 갔으면 하는 게 이모님의 뜻이란다. 조용한 곳과 맑은 공기, 봄날의 즐거움과 아름다움이 며칠 못 가 널 회복시킬 거야. 네가 수고를 할 수 있을 만큼 기력을 회복하면 네게 많은 일을 맡길 생각이야."

"수고라고요!" 올리버가 외쳤다. "아! 다정하신 아가씨, 제가 아가씨를 위해 일할 수만 있다면 얼마나 좋을까요. 아가씨가 기뻐하신다면, 저는 아가씨의 꽃에 물을 줄 수도 있고, 아가씨의 새를 돌볼 수도 있고, 종일 뛰어다닐 수 있어요. 그것이 아가씨를 행복하게 만든다면요. 뭐든 다 드릴게요!"

"그럴 것 없단다." 메일리 양이 미소를 지으며 말했다. "아까도 말했듯이 우리가 오만 가지 방식으로 네게 일을 시킬 거야. 네가 우리를 기쁘게 하겠다는 지금 약속의 반만큼만 수고하면 우리는 정말 행복할 거야."

"행복이라니요, 아가씨!" 올리버가 외쳤다. "그렇게 말씀해 주시니 정말 친절하세요!"

"난 너로 인해 이루 말할 수 없이 행복할 거야." 젊은 숙녀가 대답했다. "네가 들려준 그런 가슴 아픈 불행에서 누군가를 구하는 데 우리 선량한 이모님이 일조했다 생각하면 형언하지 못할 기쁨을 느끼게 된단다. 더군다나 당사자가 이모님의 친절과 온정을 진심으로 감사하고 애착을 가진다면 상상 이상으로 기쁠 테지. 내 말 이해하겠니?" 그녀는 생각에 잠긴 올리버의 얼굴을 바라보며 물었다.

"아, 그럼요, 아가씨, 그럼요!" 올리버는 열렬히 대답했다. "하지만 저는 지금 제가 은인을 저버린 게 아닌가 하는 생각을 하고 있었어요."

"은인이라니 누구?" 젊은 숙녀가 물었다.

"예전에 절 아주 잘 보살펴 주셨던 친절한 신사분과 다정한 보모 할머니요." 올리버가 대답했다. "만약 그분들이 지금 제가 얼마나 행복한지 아신다면 분명 기뻐하실 거예요."

"물론이지." 올리버의 후원자 아가씨가 대답했다. "그리고 로스번 씨가 이미 친절히 약속해 주셨어, 네가 여행할 만큼 건강해지면 널 그분들께 데려가 주시겠다고."

"정말이에요, 아가씨?" 올리버는 기뻐 환해진 얼굴로 외쳤다. "그분들의 친절한 얼굴을 다시 보게 된다면 정말 좋아서 어쩔 줄 모를 거예요!"

얼마 후 올리버는 여행의 피로가 부담이 되지 않을 정도로 회복되었다. 그래서 어느 날 아침 올리버와 로스번 씨는 메일리 부인의 작은 마차를 타고 길을 나섰다. 처트시 다리에 이르렀을 때 올리버는 얼굴이 하얗게 질려 고함을 내질렀다.

"얘가 왜 이러지?" 로스번 씨는 평소처럼 법석을 피우며 외쳤다. "무얼 본 거냐, 무슨 소릴 들은 거야? 무슨 이상한 느낌이 드는 거냐, 응?"

"저거요." 올리버는 마차 창밖을 가리키며 소리쳤다. "저 집!"

"그래, 그게 어쨌다는 거니? 마차를 멈추게, 마부. 여기 세우라고." 의사가 소리쳤다. "저 집이 어쨌다는 거니, 아가, 응?"

"도둑들…… 그들이 저를 잡아갔던 집이에요!" 올리버가 소곤거렸다.

"야단났군!" 의사가 소리쳤다. "이봐, 거기! 나 좀 내려주시오!"

하지만 마부가 마부석에서 내려오기도 전에 의사는 어느새 마차에서 허겁지겁 내려와서 인기척이 없는 그 건물로 쭉 달려가 미친 사람처럼 문을 걷어차기 시작했다.

"뭐야?" 못생긴 작은 꼽추 사내가 말했다. 그가 느닷없이 문을 확 열어젖히는 바람에 의사는 마지막 발길질의 관성에 이끌려 복도 안으로 고꾸라지듯 돌진했다. "무슨 문제요?"

"무슨 문제?" 상대는 다짜고짜 꼽추의 멱살을 잡으며 소리쳤다. "중대한 문제다 왜. 강도 사건으로 왔어."

"살인 사건도 나게 될 거다." 꼽추 사내가 싸늘하게 응수했다. "당신이 이 손을 안 놓으면. 알아들어?"

"알아듣고말고." 의사는 붙잡은 사람을 마구 흔들대면서 말했다. "어딨냐, 그 망할 놈. 그 몹쓸, 이름이 뭐더라, 사이크스, 그거였어, 사이크스 어딨냐고, 이 도둑놈아?"

꼽추는 기겁을 하면서도 격노한 눈으로 노려보다가 능숙하게 몸을 비틀어 의사의 손아귀에서 벗어난 뒤 지독한 욕설을 한

바탕 퍼붓고는 집 안으로 들어갔다. 하지만 꼽추가 문을 닫기 전 의사는 아무런 상의 없이 응접실로 밀고 들어갔다. 의사는 초조하게 안을 둘러보았는데, 가구 하나, 생물체든 무생물체든, 하다못해 찬장의 위치까지도 올리버의 이야기와 일치하는 게 아무것도 없었다!

"어디를!" 꼽추 사내는 눈에 불을 켜고 지켜보다가 말했다. "이리 거칠게 멋대로 내 집에 들어오다니 대체 무슨 생각이야? 날 털겠다는 건가? 아니면 죽이려고? 어느 쪽이야?"

"말 두 필이 끄는 마차를 타고 그 짓을 하는 사람 봤나, 이 아둔한 늙은 흡혈귀야?" 분노한 의사가 말했다.

"그럼 원하는 게 뭐야?" 꼽추가 다그쳤다. "망신당하기 전에 그냥 꺼지시지? 이 망할 놈아!"

"때 되면 즉시 나갈 거야." 로스번 씨는 그렇게 말하면서 다른 거실도 들여다봤는데, 거기도 올리버의 설명과는 전혀 닮은 점이 없었다. "내 손으로 정체를 까발릴 테니 두고 봐, 이 친구야."

"그래?" 추한 꼽추가 비웃으며 말했다. "덤빌 테면 덤벼. 여기서 25년간 미친놈처럼 혼자 산 내가 너 따위에게 겁먹겠냐. 대가를 꼭 치르게 해주마. 대가를 꼭 치르게 해주겠어." 그러면서 사악한 작은 추물은 고래고래 악을 쓰고 바닥을 쾅쾅 굴러대며 격분해 미쳐 날뛰었다.

"이거 꼴만 우습게 됐군." 의사는 혼잣말로 중얼거렸다. "애가 잘못 본 모양이야. 자! 이거 주머니에 넣어두고 입 다물어." 그는 꼽추에게 동전 한 닢을 던져주고는 마차로 돌아갔다.

꼽추는 마차 문까지 따라오면서 내내 험하기 짝이 없는 독설과 저주를 퍼부었다. 그러다 로스번 씨가 마부와 이야기하느라 돌아섰을 때 꼽추는 마차 안을 들여다보다가 얼핏 올리버를 쳐다보았는데, 그 후로 여러 달 동안 잠자든 깨어 있든 올리버의 뇌리에서 절대 잊히지 않을 만큼 지독히 날카롭고 매서우면서도 분노와 앙심에 활활 타는 눈길이었다. 꼽추는 마부가 다시 자리에 앉을 때까지 무시무시한 욕설을 줄기차게 퍼부었다. 그들은 다시 출발하고 나서 진짜인지 연기인지 분을 못 이기고 발로 땅을 구르고 머리카락을 뜯는 그의 모습을 멀리서 볼 수 있었다.

"내가 머저리지!" 의사는 한참 입을 다물고 있다가 말했다. "넌 그걸 진작 알고 있었지, 올리버?"

"아뇨, 선생님."

"그럼 다시는 그걸 잊지 말도록 해."

"이런 머저리." 의사는 몇 분간 잠자코 있다가 다시 말했다. "설령 거기가 그곳이 맞고 그놈들이 거기 있었다 해도 나 혼자 뭘 어쩔 수 있었겠나? 설령 도움을 받았다 한들 그간 이 일을 쉬쉬했던 내 행각을 스스로 폭로하는 꼴이 되었을 뿐 좋을 게 뭐냔 말이지. 나는 당해도 싸. 늘 충동적으로 행동해서 곤경을 자초한단 말이야. 언제 정신 차릴까."

그것은 사실이었다. 이 훌륭한 의사는 평생 충동적 행동을 일삼으며 살아왔는데, 그가 이제껏 이렇다 할 곤경이나 불행을 겪은 적이 없고 오히려 모든 지인들로부터 가장 열렬한 존경과 존중을 받아왔다는 사실로 미루어 볼 때 그를 지배하는 충동적 기질이 반드시 나쁘다고만 할 수 없었다. 그는 올리버의 이야기를 입증할 첫 기회를 맞아 증거를 확보하지 못한 실망감에 잠시 씩씩거렸지만 금세 화를 풀었다. 그리고 그가 묻는 질문에 올리버가 늘 그랬듯 명백하게 진지하고 진실한 태도로 한결같이 정직하고 일관된 대답을 하자 앞으로는 아이의 말을 전적으로 믿기로 결심했다.

브라운로 씨가 사는 거리의 이름을 올리버가 알고 있었으므로 그들은 그곳으로 곧장 달릴 수 있었다. 마차가 그 거리에 접어들자 올리버는 가슴이 두근거려 숨을 제대로 쉬기가 어려웠다.

"애, 어느 집이니?" 로스번 씨가 물었다.

"저기! 저기요!" 올리버가 창밖을 열렬히 가리키며 대답했다. "저 하얀 집이에요. 아! 서둘러주세요! 제발 서둘러주세요! 죽을 것만 같아요. 몸이 다 떨려요."

"이런, 이런." 선량한 의사는 아이의 어깨를 토닥이며 말했다. "곧 그분들을 만나게 될 거야. 그분들도 무사히 잘 있는 널 보면 크게 기뻐하실 거다."

"아! 그랬으면 좋겠어요!" 올리버가 소리쳤다. "그분들은 제게 참 잘해주셨어요. 아주아주 잘해주셨어요."

마차는 계속 나아가다 멈춰 섰다. 아니었다. 거기가 아니라 다음 집이었다. 마차는 얼마간 나아가다 다시 멈췄다. 올리버는 설레는 마음으로 행복한 눈물을 흘리며 그 집 창문을 올려다보았다.

아아! 그 하얀 집은 빈집이었고, 창문에 "세놓음"이라는 안내문이 붙어 있었다.

"옆집을 두드려보자!" 로스번 씨는 올리버와 팔짱을 끼면서 외쳤다. "옆집에 살던 브라운로 씨가 어떻게 됐는지 아십니까?"

하녀는 자기는 아는 바가 없으니 가서 물어보고 오겠다고 했다. 얼마 후 하녀가 돌아와 브라운로 씨는 전 재산을 정리해 6주 전 서인도 제도로 떠났다고 했다. 올리버는 두 손을 부여잡고 맥없이 뒤로 주저앉았다.

"가정부도 함께 갔는가?" 로스번 씨는 잠시 주저하다 물었다.

"그렇습니다, 나리." 하녀가 대답했다 "노신사분과 가정부, 브라운로 씨의 친구이신 다른 신사분이 함께 떠나셨답니다."

"그만 집으로 돌아가지." 로스번 씨는 마부에게 말했다. "이 빌어먹을 런던에서 벗어날 때까지 말먹이도 주지 말고 계속 달리게!"

"서점 주인은요, 선생님?" 올리버가 말했다. "거기 가는 길을 알아요. 그분을 보러 가요, 부탁이에요, 선생님! 그분을 보러 가요!"

"딱한 아이야, 오늘 하루 실망은 이걸로 족하단다." 의사가 말했다. "우리 둘 다 실망할 만큼 했잖니. 서점 주인을 보러 가면 이번엔 그가 죽었다거나 자기 집에 불을 질렀다거나 도주했다는 말만 들을 게 뻔해. 그만 됐다. 집으로 곧장 가자!" 그렇게 의사의 충동적 결정에 따라 그들은 집으로 갔다.

올리버는 행복한 와중에도 이 쓰디쓴 실망감에 큰 슬픔과 안타까움을 느꼈다. 아파 누워 있는 동안 브라운로 씨와 베드윈 부인이 무슨 말을 할까, 밤이고 낮이고 그분들이 베푸신 은혜에 감사하고 잔인하게 헤어진 일을 마음 아파하면서 보냈다는 것을 말해주면 얼마나 즐거울까 생각하면서 위안을 얻곤 했었기 때문이다. 마침내 그들의 오해를 풀게 됐다는, 즉 어떻게 끌려갔는지 해명할 수 있으리라는 희망은 최근 고초를 겪는 동안 큰 버팀목이 되었는데, 그들이 머나먼 곳으로 가버렸으니 평생 그들의 기억 속에 사기꾼에다 도둑으로, 죽는 날까지 그대로 쭉 남겠구나 하는 생각이 들어 견디기 힘들었다.

이러한 상황에서도 은인들의 행동은 달라지지 않았다. 보름 후 포근하고 화창한 날씨가 시작되었다. 모든 나무에서 어린잎이 돋아나고 꽃들이 만개할 때 그들은 몇 달간 처트시의 집을 떠나 있을 채비를 했다. 페이긴의 탐욕을 자극했던 은식기들은 은행에 위탁하고 자일스와 다른 하인 한 명에게 집을 맡긴 뒤 올리버를 데리고 조금 떨어진 시골의 농가를 향해 출발했다.

그 허약한 소년이 내륙 마을의 포근한 공기와 푸르른 언덕, 울창한 숲을 접하고 느낀 상쾌함과 기쁨, 마음의 평화와 아련한 평온을 무슨 말로 표현할 수 있을까! 평화로운 풍경과 고즈넉함이 답답하고 소란한 곳에서 찌들어 사는 사람들의 가슴을 파고들어 그들의 고단한 마음에 원기를 깊이 불어넣는 것을 무슨 말로 설명할 수 있으랴! 번잡하고 갑갑한 거리에서 힘겨운 일상을 살아가는 사람들, 기분 전환 같은 것은 바란 적도 없는 사람들, 관습이 제2의 천성으로 굳어진 사람들, 날마다 돌아다니는 비좁은 영역 안의 벽돌과 돌멩이 하나하나에 정이 든 사람들, 이런 사람들마저도 죽음의 손길이 다가오면 결국은 잠시라도 좋으니 자연의 얼굴을 몹시 그리워한다고 한다. 그래서 해묵은 희로애락을 뒤로하고 멀리 떠나오면 즉시 새로운 마음이 든다. 햇볕이 쨍쨍하고 녹음이 우거진 곳을 날마다 찾아가면 하늘, 언덕과 들판, 반짝거리는 물에 추억들이 속속 되살아나고, 미리 엿보는 그 천상의 모습은 빠르게 쇠락하는 그들을 위로해 준다. 그렇게 그들은 불과 몇 시간 전 흐릿하고 침침한 눈으로 외로운 방 창문에서 지켜보았던 석양만큼이나 평화롭게 무덤으로 침잠하는 것이다! 평화로운 시골 풍경이 일으키는 기억은 이 세상 것이 아니다. 이 세상의 생각도, 희망도 아니다. 어쩌면 그 기억은 사랑한 사람의 무덤가에 놓을 화환을 어떻게 엮어야 하는지 우리에게 넌지시 가르쳐주고, 우리의 생각을 정화하며, 오랜 원한과 증오를 쫓아내는지도 모른다. 하지만 이 모든 것의 밑바닥에는, 아무리 사색과 담쌓은 사람이라도, 아득한 옛날 느낀 적 있는 감정이라는 어렴풋하고 모호한 의식이 아른거리는데, 이 의식은 먼 앞날에 대한 숙연한 생각을 불러일으키면서 오만과 속된 마음을 물리친다.

그들이 찾아간 곳은 수려한 곳이었다. 그간 불결한 사람들 틈에서 소란과 소동에 둘러싸여 살아온 올리버는 새로운 세상에 들어온 것만 같았다. 장미와 인동덩굴이 농가 담장에 매달려 있고, 담쟁이넝쿨이 나무줄기를 휘돌아 올라갔다. 공기는 정원의 꽃들이 내뿜는 향기로 싱그러웠다. 인근의 교회 묘지에는 꼴사나운 높다란 비석들이 즐비한 것이 아니라 싱싱한 잔디와 이끼로 뒤덮인 소박한 무덤들이 가득했는데, 무덤 아래에는 이 마을의 노인들이 영면하고 있었다. 종종 올리버는 그곳을 돌아다니다가 어머니가 누워 있을 비참한 무덤이 떠올라 주저앉아 몰래 훌쩍훌쩍 울었다. 하지만 눈을 들어 머리 위 높은 하늘을 보면 어머니가 땅속에 누워 있다는 생각이 가시는지라 어머니를 위해 슬프지만 비통하지 않은 눈물을 흘렸다.

행복한 시간이었다. 낮은 평화롭고 고즈넉했고, 밤은 두려움이나 근심을 몰고 오지 않았다. 끔찍한 곳에 갇히는 일도, 끔찍한 사람들과 엮이는 일도 없었고, 즐겁고 행복한 생각들뿐이었다. 올리버는 매일 아침 작은 교회 옆에 사는 백발의 노신사에게 갔고, 노신사는 아이에게 읽고 쓰는 법을 가르쳐주었다. 노신사가 워낙 친절한 말씨로 열과 성을 다했기 때문에 올리버는 노신사를 기쁘게 만드는 일이라면 아무리 노력해도 지나치지 않다고 생각했다. 공부를 마치고 나서는 메일리 부인이랑 로즈와 산책하면서 그들이 나누는 책 이야기를 듣거나 나란히 그늘에 앉아 로즈가 책 읽는 소리에 귀 기울였다. 올리버는 날이 너무 저물어 글자가 보이지 않을 때까지 언제까지나 그렇게 있고 싶었다. 그 후에는 다음 날 할 공부를 예습했다. 그렇게 정원이 내려다보이는 작은 방에서 열심히 공부하다 보면 차츰 저녁이 찾아왔고, 숙녀분들이 다시 산책을 나가면 같이 산책하면서 그들이 나누는 이야기를 즐겁게 귀담아들었다. 그들이 원하는 꽃이 있거나 깜빡하고 가져오지 않은 것이 있으면 기꺼이 번개처럼 기어 올라가 꽃을 꺾어 오고 달려가 깜빡한 것을 가져왔다. 날이 컴컴하게 저물어 집에 돌아오면 젊은 숙녀는 피아노 앞에 앉아 유쾌한 곡을 연주하거나 나직하고 감미로운 목소리로 이모가 즐겨 듣는 옛 노래를 불렀고, 올리버는 촛불을 켜지 않은 창가에 앉아 감미로운 음악을 감상하며 황홀경에 취하곤 했다.

일요일이 되면 여태 보낸 적 없는 전혀 다른 날이 펼쳐졌다! 아주 행복한 날, 다른 날들처럼 지극히 행복한 시간이었다! 일요일 아침 작은 교회의 창가에는 파릇한 나뭇잎이 팔랑거리고 새들이 노래를 불렀다. 낮은 현관으로 향긋한 공기가 스며 들어와 그 아늑한 건물은 향기로 가득했다. 가난한 사람들이 대단히 단정하고 깨끗한 차림으로 무릎을 꿇고 경건하게 기도를 올리는 것으로 보아 지루한 의무감이 아니라 좋아서 모인 것 같았다. 비록 찬송은 투박할지 모르나 진실한 것이었고 예전에 교회에서 들었던 어떤 찬송가보다 듣기에 좋았다. (적어도 올리버의 귀에는 그러했다.) 그 후에는 여느 때처럼 산책을 했고, 일꾼들의 청결한 집을 여러 군데 방문했다. 밤이 되면 올리버는 성경을 한두 장章 읽었다. 주중에 공부한 내용이었는데, 자랑스럽고 기쁘게 의무를 수행하는 모습은 목사라고 해도 과언이 아닐 정도였다.

올리버는 아침 6시쯤 온 들판을 돌아다니고 산울타리까지 뒤져 야생화 다발을 한가득 안고 집에 돌아왔다. 그리고 그것으로 정성을 다해 아침 식탁을 한껏 장식했다. 마침 그쪽 방면에 관해 그 마을 학자에게 훌륭한 개인 교습을 받고 있었기 때문에 메일리 양의 새들을 위해 신선한 개쑥갓도 따 와 누가 봐도 멋지게 새장을 꾸몄다. 새들을 말쑥하게 단장해 주고 나면 작은 심부름을 하러 마을에 갔다. 대개는 남을 돕는 일이었다. 심부름이 없는 날엔 드물게 풀밭에서 크리켓 경기가 열렸다. 그마저 없는 날엔 정원에서 뭔가 일을 찾아 하거나 화초를 돌보았는데(올리버는 생업이 정원사인 같은 스승의 지도 아래 이 분야도 공부했다) 진정한 호의를 가지고 열심히 몰두하다 보면 어느덧 로즈 양이 나타나 올리버가 한 모든 일을 일일이 칭찬해 주었다.

그렇게 석 달이 흘러갔다. 이 석 달은 사랑을 듬뿍 받으며 살아가는 가장 복된 사람에게도 순수한 행복이었을 테니, 올리버에게는 실로 지극한 행복이었다. 한쪽은 지극히 순수하고 다정다감한 관용을 베풀었고, 다른 쪽은 진심에서 비롯된 참되고 뜨거운 고마움을 느꼈다. 얼마 안 되는 그 기간이 끝날 무렵 올리버 트위스트가 노부인과 그 조카딸에게 가족 같은 존재가 된 것은 당연한 일이라 하겠다. 또한 소년의 어리고 섬세한 가슴에서 우러난 열렬한 애정은 소년을 자랑스러워하고 아끼는 마음으로 보답을 받았다.

33장

올리버와 친구들의 행복이
갑자기 중단된다

봄은 금세 가버리고 여름이 왔다. 아름답기만 하던 마을은 풍요의 절정에서 찬란히 빛을 발했다. 몇 달 전까지만 해도 쪼그라들고 헐벗었던 큰 나무들이 강한 생명력을 분출하며 목마른 땅 위로 초록빛 팔들을 뻗으면, 아래의 휑하고 벌거벗었던 땅은 그늘이 짙고 시원하며 전망이 훌륭한 명당으로 변해갔고, 그 아래로는 햇빛이 쨍쨍한 광활한 풍경이 펼쳐졌다. 지구는 가장 선명한 초록빛 덮개를 쓰고 가장 풍부한 향기를 멀리까지 퍼뜨렸다. 한 해의 전성기이자 연중 가장 왕성한 시기였고, 만물은 기뻐하며 번성했다.

작은 농가의 삶은 여전히 조용히 흘러갔고, 그 집 사람들 사이에는 발랄한 평온이 여전히 감돌았다. 올리버는 튼튼하고 건강해진 지 오래되었지만, 많은 사람들의 경우와 다르게, 주변 사람들을 생각하는 그의 따스한 마음은 건강할 때나 아플 때나 변함이 없었다. 고통과 고난으로 쇠잔했을 때, 간호하는 사람에게 작은 관심과 위안을 구해야 했던 때와 다를 바 없이 여전히 상냥하고 다정다감하고 사랑이 많은 아이였다.

어느 아름다운 밤 그들은 평소보다 오래 산책을 했다. 그날 낮에 워낙 더웠기 때문에 환한 달이 뜨고 산들바람이 불자 유달리 상쾌했기 때문이다. 로즈도 몹시 기분이 좋았다. 그들은 즐거운 담소를 나누며 거닐다가 평소 나가는 범위를 훨씬 지나치고 말았다. 메일리 부인이 피로를 느껴 그들은 천천히 걸어 집으로 돌아왔다. 젊은 숙녀는 검소한 보닛을 벗어 던지고 평소처럼 피아노 앞에 앉았다. 몇 분간 손이 가는 대로 건반을 누르다가 저음의 몹시 엄숙한 곡을 연주하기 시작했는데, 피아노 소리와 함께 그녀가 흐느끼는 소리가 들려왔다.

"로즈, 얘야!" 노부인이 말했다.

로즈는 그 말에 고통스러운 생각에서 깨어난 것처럼 아무런 대답도 하지 않고 더 빨리 연주했다.

"로즈, 우리 아가!" 메일리 부인은 외치며 서둘러 일어서서 조카에게 몸을 숙였다. "무슨 일이냐? 눈물을 흘리다니! 우리 아가, 힘든 일이라도 있는 거야?"

"아뇨, 이모님. 아니에요." 젊은 숙녀가 대답했다. "왜 그런지 잘 모르겠어요. 뭐라 설명할 수가 없지만 기분이……."

"어디 아픈 건 아니고?" 메일리 부인이 끼어들었다.

"아뇨, 아니에요. 오, 아픈 거 아니에요!" 로즈는 그렇게 대답했지만 어떤 극심한 오한이 이는 것처럼 몸을 부르르 떨며 말을 이었다. "곧 괜찮아지겠죠. 창문 좀 닫아주세요!"

올리버는 로즈의 바람대로 얼른 창문을 닫았다. 젊은 숙녀는 애써 쾌활함을 끌어내려 더 활기찬 곡을 연주하기 시작했지만 손가락은 맥없이 건반 위에서 멈추었다. 그녀는 양손으로 얼굴을 가리고 소파에 쓰러지더니 더는 참지 못하고 눈물을 터뜨렸다.

"아가!" 노부인은 로즈를 안아주며 말했다. "얘가 이러는 건 처음 보네."

"이모님이 놀라시는 건 원치 않았는데." 로즈가 대답했다. "참아보려 애를 써도 어쩔 수가 없네요. 아무래도 저 병이 났나 봐요, 이모님."

그 말이 맞았다. 촛불을 가져와 보니, 집으로 돌아온 이후 얼마 안 되는 사이에 로즈의 안색이 대리석처럼 창백해져 있었다. 표정은 여전히 아름다웠으나 분명 달라져 있었고, 그 다정한 얼굴에 전에 없던 불안하고 초췌한 빛이 돌았다. 곧 얼굴이 붉게 달아오르면서 또렷한 광기가 연파란색 눈을 덮치는가 싶더니 흘러가는 구름의 그림자처럼 금세 사라지고 얼굴은 또다시 납빛이 되었다.

올리버는 노부인을 걱정스럽게 지켜보다가 노부인이 로즈의 증상에 놀라는 것을 보았다. 올리버도 놀랐지만 노부인이 애써 의연하게 처신하는 것을 보고 자기도 그렇게 대처하려 노력했다. 두 사람이 성공적으로 대처한 덕에 로즈는 그만 잠자리에 들라는 노부인의 권유에 따랐고 기분이 한결 나아진 것 같았다. 심지어 기운도 나는지 아침에 일어나면 말끔히 나을 거라고 두 사람을 안심시켰다.

메일리 부인이 돌아왔을 때 올리버가 말했다. "별일 아니겠지요? 오늘 밤 아가씨가 몸이 안 좋아 보이긴 하지만……."

노부인은 아이에게 아무 말 말라고 손짓하고는 어두운 구석쪽 자리에 앉아 한동안 잠자코 있다가 떨리는 목소리로 말했다.

"별일 아니었으면 좋겠구나, 올리버. 지난 몇 해 동안 그 아이랑 참 행복하게 지냈어. 어쩌면 너무 행복했던 모양이다. 이제 불행과 만날 때가 됐나 싶구나. 이번은 아니길 바라지만."

"네?" 올리버가 물었다.

"큰 타격이 될 거야." 노부인이 말했다. "오랫동안 내게 위안과 행복이 되어준 그 소중한 아이를 잃는다면 말이야."

"아! 맙소사, 안 돼요!" 올리버가 다급히 외쳤다.

"나도 아니기를 바란다만!" 노부인은 양손을 부여잡고 말했다.

"설마 그런 끔찍한 일이 일어날 리 없어요." 올리버가 말했다. "두 시간 전만 해도 아가씨는 멀쩡했잖아요."

"지금은 많이 아파." 메일리 부인이 대답했다. "그리고 분명 더 나빠질 거야. 소중하고 소중한 나의 로즈! 그 아이 없이 난 어떡하지?"

노부인이 크나큰 슬픔에 무너지자 올리버는 울컥하는 마음을 자제하면서 노부인에게 무너져서는 안 된다고 용감히 말하고는 소중한 아가씨를 위해서라도 부디 마음을 추스르고 진정해야 한다고 간곡히 부탁했다.

"그리고 이걸 생각해 보세요, 마님." 올리버가 말했다. 아무리 참아도 눈물이 눈으로 솟구쳤다. "아, 생각해 보세요! 아가씨가 얼마나 어리고 선량한지 생각해 보세요. 주변 사람들에게 얼마나 큰 즐거움과 위안을 주는지도요. 저는 알아요…… 확신해요…… 아주 확신해요…… 너무나 선량하신 마님을 위해서, 그리고 아가씨 본인을 위해서, 그리고 아가씨 덕에 너무나 행복한 모든 이들을 위해서라도 아가씨는 절대 죽지 않을 거예요. 하늘이 무심하게 아가씨가 이리 어린 나이에 죽도록 놔두지 않을 거예요."

"쉿!" 메일리 부인은 올리버의 머리에 손을 얹으며 말했다. "참 아이다운 생각이로구나, 딱한 아이야. 그래도 내 의무가 무엇인지 네가 가르쳐주었어. 잠시 그걸 깜빡했구나, 올리버. 하지만 늙은이라 그런 것이니 이해하렴. 그간 질병과 죽음을 수없이 겪어 사랑하는 이와 헤어지는 고통을 잘 알기 때문이기도 하지. 겪어 보니 그렇더구나, 젊고 선량하다고 해서 반드시 사랑하는 사람들 곁에 남는 건 아니야. 하지만 슬픔 중에도 위안은 있단다. 하늘은 공정하니까. 그런 것들은 현세보다 더 밝은 세상이 있고 거기에 다다르는 길은 빠르다는 걸 분명히 가르쳐주지. 하느님의 뜻은 이루어질 거야! 난 그 아이를 사랑한다. 내가 얼마나 그 아이를 사랑하는지 하느님은 아셔!"

올리버는 메일리 부인이 이렇게 말하면서 단번에 비통함을 억누르는 걸 보고 놀랐다. 노부인은 몸을 똑바로 펴고 차분히 마음을 다잡았다. 그리고 굳센 모습을 유지했다. 차후 병자를 보살피고 지켜보는 동안에도 노부인의 태도는 늘 신속하고 침착했는데, 자기가 해야 할 모든 일을 쾌활하게 보일 정도로 일관되게 해냈다. 하지만 올리버는 아직 어렸기 때문에 강인한 정신력이 시련 속에서 어떤 능력을 발휘할 수 있는지 알지 못했다. 하긴, 당사자들도 잘 모르는데 그 아이가 어찌 알았겠는가!

불안한 밤들이 계속됐다. 아침이 밝으면 메일리 부인의 예상은 어김없이 들어맞았다. 로즈는 열이 펄펄 끓는 위독한 상태의 초입에 있었다.

"행동을 취해야 할 때다, 올리버. 무용한 슬픔에 굴복해선 안 돼." 메일리 부인은 올리버의 얼굴을 바라보면서 손가락을 자기 입술에 대고 말했다. "이 편지를 어떻게든 로스번 씨에게 전달해야 해. 장터가 있는 시내로 가거라. 들판을 가로지르는 오솔길로 가면 6킬로미터쯤 될 거야. 거기서 이 편지를 마부 편에 처트시로 곧장 배달되는 속달로 부치거라. 여관 사람들이 알아서 처리해 줄 거야. 네가 이 일을 해내리라 난 믿는다."

올리버는 뭐라 대답할 수가 없어 당장 출발하고 싶은 표정만 지었다.

"편지가 한 통 더 있다." 메일리 부인은 머뭇거리며 생각하다가 말했다. "이걸 지금 보내야 할지, 아니면 로즈의 상태를 더 두고 봐야 할지 잘 모르겠구나. 최악의 경우가 걱정되지만 않아도 보내지 않을 텐데."

"그것도 처트시로 보내는 편지인가요, 마님?" 올리버는 임무를 수행하고 싶어 조바심이 나서 어서 편지를 받으려고 떨리는 손을 내밀며 물었다.

"아니." 노부인은 편지를 올리버에게 건네며 대답했다. 올리버가 얼핏 보니 수신인은 어느 지방의 대지주 해리 메일리였는데, 잘 모르는 사람이었다.

"이것도 보낼까요, 마님?" 올리버는 조바심이 나 올려다보며 물었다.

"안 보내는 게 좋겠어." 메일리 부인은 편지를 다시 가져가며 말했다. "내일까지 기다려보자."

노부인은 그렇게 말하며 올리버에게 지갑을 주었고, 올리버는 즉시 출발해 걸음이 허락하는 한 가장 빠르게 내달렸다.

아이는 바람처럼 들판을 가로질렀다. 들판을 가르는 오솔길은 양쪽에 자라난 키 큰 옥수수에 가려 보이지 않다가 일꾼들이 바삐 풀을 베고 건초를 만드는 탁 트인 들판으로 뻗어나갔다. 숨이 차서 어쩌다 한 번씩 몇 초간 멈춘 것을 빼고는 쉬지 않고 내처 달린 끝에 한껏 달아오르고 먼지를 뒤집어쓴 꼴로 시내의 작은 장터에 도달했다.

올리버는 잠시 멈춰 서서 여관을 찾아보았다. 하얀 은행, 빨간 양조장, 노란 시청이 있었고, 길모퉁이에 온통 초록빛으로 칠한 큰 목조 주택이 있었는데, 앞쪽에 "조지 여관"이라는 간판이 붙어 있었다. 올리버는 그것을 발견하자마자 곧장 거기로 갔다.

올리버는 대문 밑에서 졸고 있는 집배원에게 말을 걸었다. 집배원은 올리버의 용건을 듣더니 올리버를 마부에게 보냈고, 마부는 올리버의 용건을 듣고 여관 주인에게 보냈다. 여관 주인은 파란 스카프와 하얀 모자, 담갈색 양모 반바지, 반바지와 색깔을 맞춘 부츠 차림의 키가 큰 신사였고 마구간 문 옆 펌프에 기댄채 은제 이쑤시개로 이를 쑤시고 있었다.

주인 남자는 청구서를 작성하려 상당히 느릿느릿한 걸음걸이로 바 안으로 들어가 한참 동안 청구서를 작성했다. 청구서 작성이 끝나고 삯을 치른 뒤에도 배달부가 말에 안장을 얹는 등 여장을 갖추느라 족히 10분은 더 걸렸다. 그동안 올리버는 조바심과 걱정으로 애가 바짝바짝 타서 직접 말에 올라타고 전속력으로 다음 역참까지 내처 달리고 싶은 심정이었다. 마침내 모든 준비가 끝났다. 올리버는 작은 편지 꾸러미를 건네면서 신속히 배달해 줄 것을 수차례 간곡히 부탁했다. 배달부는 말에 박차를 가하며 출발해 장터의 울퉁불퉁한 포장도로를 총총 달려 시내를 빠져나간 뒤 이삼 분 만에 유료 도로를 따라 질주했다.

도와줄 사람도 요청했겠다 허비한 시간도 없었기 때문에 올리버는 조금은 가벼워진 마음으로 서둘러 여관 마당을 올라갔다. 막 대문을 빠져나왔을 때 올리버는 여관 문에서 나오던 망토 두른 키 큰 남자와 실수로 부딪치고 말았다.

"이런!" 남자가 올리버를 빤히 쳐다보다가 별안간 움찔하면서 외쳤다. "이게 무슨 날벼락이야?"

"죄송합니다, 나리." 올리버가 말했다. "서둘러 집으로 가느라 나리가 나오시는 걸 못 봤어요."

"이 죽일 놈!" 남자가 크고 검은 눈으로 아이를 노려보며 지껄였다. "이런 일이 있을 줄이야! 갈아버려도 시원찮을 놈! 석관에 들어가서도 일어나 내 앞길에 끼어들 놈!"

"죄송해요." 올리버는 낯선 남자의 과격한 언사에 당황해 말을 더듬었다. "어디 다치신 데 없으셨으면 좋겠어요!"

"이 썩을 놈아!" 남자는 무시무시한 격정에 휩싸여 이를 악물고 중얼거렸다. "그때 결단할 용기만 있었어도 하룻밤 사이에 네 놈한테서 해방될 수 있었을 텐데. 저주가 네놈 머리에 쏟아지기를, 지독한 죽음이 네놈 가슴을 덮치기를. 이 악귀! 대체 여기서 뭘 하는 거야?"

그 남자는 이렇게 횡설수설하면서 주먹을 흔들어댔다. 그리고 주먹질할 기세로 올리버에게 다가서다 갑자기 땅바닥에 풀썩 쓰러지더니 입에 거품을 물고 몸부림을 치면서 발작을 일으켰다.

올리버는 그 미친 남자가(아이의 눈엔 그렇게 보였다) 버둥거리는 것을 잠시 바라보다가 여관 안으로 뛰어 들어가 도움을 요청했다. 그리고 그 남자가 무사히 여관 안으로 실려 가는 것을 확인한 뒤 집을 향해 돌아섰다. 허비한 시간을 만회하려 최대한 빠르게 내달리는데 방금 헤어진 남자의 유별난 행동이 떠올라 몹시 놀랍기도 하고 조금은 두렵기도 했다.

하지만 이 일은 올리버의 기억 속에 오래 머물지 않았다. 집에 도착했을 때 마음을 쓸 일이 한두 가지가 아니라 자기 신변에 대한 생각은 싹 잊고 말았기 때문이다.

로즈 메일리의 병세는 급격히 악화되었고 한밤중이 되기 전에는 의식이 혼미해져 헛소리까지 했다. 근방의 의사가 머물면서 내내 환자를 돌보았다. 환자를 처음 진찰했을 때는 메일리 부인을 따로 불러 로즈의 병세가 아주 위중하다고 말했다. "사실은 말입니다." 그가 말했다. "만약 회복된다면 기적이나 다름없다고 봐야겠지요."

그날 밤 올리버는 몇 번이고 침대에서 일어나 소리 없이 살금살금 계단으로 나가서 환자의 방에서 나는 작은 소리라도 들으려 귀를 세웠다! 별안간 쿵쾅거리는 발소리가 들려올 때는 생각조차 하기 싫은 끔찍한 일이 일어났나 싶어 진저리를 쳤고, 이마에는 식은땀이 맺혔다! 깊은 무덤가를 위태롭게 걷고 있는 그 상냥한 사람을 살려달라고, 낫게 해달라고 열렬히 올리는 지금의 비통한 기도에 비하면 이전의 기도는 얼마나 미온적인 것이었나!

아, 사랑하는 사람이 생사를 넘나드는 동안 두 손 놓고 가슴을 졸여야 하는 두렵고 애타는 심정이란! 아, 머릿속을 헤집는 여러 가지 생각들 때문에 가슴은 맹렬히 뛰고, 눈앞에 속속 떠오르는 거센 이미지들에 숨은 가빠진다! 뭐라도 해서 어떻게든 고통을 덜거나 위험을 피하고 싶지만 속수무책이고, 자신이 무기력하다는 서글픈 자각에 영혼과 사기는 무너진다. 어떤 고문이 이에 필적하고, 어떤 생각과 노력이 기세등등한 이것들을 꺾을 수 있겠는가!

아침이 왔다. 작은 농가는 쓸쓸하고 적막했다. 사람들은 숨죽여 이야기했고, 수심에 젖은 얼굴들이 때때로 대문에 나타났다. 여자들과 아이들은 울면서 발길을 돌렸다. 올리버는 낮은 물론이고 어두워지고 나서도 한참 동안 정원을 가만히 이리저리 거닐었다. 그러면서 수시로 환자의 방을 올려다보았는데, 어두운 그 방 창문을 보고는 그 안에 죽음이 도사리고 있는 것 같아 진저리를 쳤다. 늦은 밤 로스번 씨가 도착했다. "참담한 일이오." 선량한 의사가 고개를 돌린 채 말했다. "새파랗게 젊은 나이에, 그토록 사랑받는 사람인데, 가망이 거의 없다니요."

다시 아침이 밝았다. 태양은 불행이나 근심을 모르는 양 찬란히 빛났고, 나뭇잎과 꽃이 지천으로 만개했다. 어디를 봐도 활력과 생기, 기쁨의 소리와 풍경뿐인데, 아름다운 젊은이는 몸져누워 빠르게 숨이 꺼져갔다. 올리버는 오래된 교회 묘지를 몰래 찾아가 어느 초록빛 봉분에 앉아 그녀를 위해 조용히 눈물을 흘리며 기도했다.

주변은 평화롭고 아름답기 그지없었다. 햇빛이 비치는 땅에는 밝음과 즐거움이 가득했고, 여름새들의 노랫소리는 쾌활한 음악 같았으며, 머리 위로 잽싸게 날아가는 떼까마귀의 비행에는 자유로움이 넘쳤다. 만물에 생명력과 기쁨이 넘쳐흘렀다. 소년은 비통한 눈을 들어 주변을 둘러보고는 본능적으로 지금은 죽을 때가 아니라고 생각했다. 더 하찮은 것들도 저마다 마냥 기뻐하고 즐거워하는 때에 로즈만 죽을 리가 없다고, 무덤은 춥고 우중충한 겨울에나 맞는 것이지 햇빛과 향기에는 가당찮다고 생각했다. 수의는 늙고 쇠약한 자들에게 맞는 것이니 그 으스스한 천으로 젊고 우아한 몸을 쌀 수는 없는 노릇이란 생각도 들었다.

이 천진한 생각은 애도를 표하는 교회 종소리에 무참히 깨졌다. 다시 종이 울렸다! 또다시! 장례식을 알리는 종소리였다. 검소한 차림의 추모객들이 무리를 지어 묘지 대문 안으로 들어섰다. 망자가 아이라 모두들 하얀 상장喪章을 달고 있었다. 그들은 모자를 벗고 무덤가에 서 있었는데, 눈물을 흘리는 행렬 속에 어머니가, 한때 어머니였던 여자가 있었다. 하지만 태양은 환히 빛났고 새들은 계속 노래했다.

올리버는 아가씨가 잘해준 일들을 생각하면서 집으로 향했다. 그런 시간이 다시 올 수 있기를, 그래서 감사하는 마음과 애정을 언제까지나 표현할 수 있기를 바랐다. 워낙 아가씨에게 정성을 다했기 때문에 소홀했다거나 생각이 부족했다고 자책할 이유가 없는데도 더 열심히, 더 진심으로 임했어야 했다고 후회되는 소소한 일들이 수없이 떠올랐다. 우리는 주변 사람들을 대할 때 신중해야 한다. 언제나 죽음은 남겨진 소수의 사람들에게 놓쳐버린 많은 일들, 하지 않은 일들, 깜빡한 일들, 할 수 있는데도 고치지 않은 일들을 일깨우기 때문이다! 돌이킬 수 없을 때 드는 후회만큼 가슴 아픈 것도 없다. 그러한 고통을 피하려면 너무 늦지 않게 이것을 명심해야 한다.

올리버가 집에 도착했을 때 작은 응접실에 메일리 부인이 앉아 있었다. 올리버는 노부인을 보고 가슴이 철렁 내려앉았다. 그간 노부인은 조카딸의 침대 곁을 떠난 적이 없었기 때문이다. 올리버는 노부인이 무슨 일로 방에서 나왔을까 싶어 덜컥 겁이 났다. 로즈는 깊은 잠을 자고 있으며, 잠에서 깨어나 건강을 회복하느냐, 그들에게 작별을 고하고 죽느냐의 기로에 있다고 했다.

그들은 오랫동안 가만히 앉아 귀 기울였다. 겁이 나서 말조차 나오지 않았다. 입맛이 없어 저녁상도 물리고 정신이 딴 데 팔린 모습으로 지는 해를 바라보았다. 태양은 점차 가라앉았다가 작별을 고하는 찬란한 색채를 하늘과 땅에 흩뿌렸다. 두 사람이 다가오는 발소리를 즉시 듣고 반사적으로 문가로 달려갔을 때 로스번 씨가 안으로 들어왔다.

"로즈는요?" 노부인이 소리쳤다. "얼른 말해봐요! 감당할 수 있으니까. 가슴을 졸이느니 그게 나아! 아, 말해봐요! 하느님!"

"진정하세요." 의사가 노부인을 부축하며 말했다. "마음을 가라앉히세요, 부인, 제발."

"이거 놔요, 제발! 우리 아가! 그 아이가 죽었구나! 그 아이는 죽는 거야!"

"아닙니다!" 의사가 열렬히 소리쳤다. "하느님은 선하고 자비로우시니, 아가씨는 앞으로 오래오래 살아서 우리 모두를 축복할 겁니다."

노부인은 주저앉아 양손을 모으려 했지만, 오랫동안 의지했던 힘이 첫 감사의 말과 함께 하늘로 올라가 버리자 자신을 향해 뻗어 나온 다정한 두 팔 안으로 무너지고 말았다.

34장

젊은 신사가 처음 등장하고
올리버는 새로운 모험에 나선다

감당하기 어려운 행복감이 밀려왔다. 뜻밖의 소식에 올리버는 머리가 멍해지고 얼이 빠졌다. 눈물도 안 나오고 말도 안 나오고 마음이 놓이지도 않았다. 뭐가 어떻게 돌아가는 것인지 파악할 힘이 없어 어리둥절해하다가 조용한 저녁 공기 속을 한참 쏘다니고 나서야 별안간 울음이 터졌다. 그제야 기쁜 변화가 일어났고 가슴을 짓눌렀던 버거운 고통이 사라졌다는 것이 실감났다.

어둠이 빠르게 밀려올 때 올리버는 환자의 방을 장식하려 정성을 다해 모은 꽃다발을 안고 집으로 향했다. 성큼성큼 길을 따라 걷는데 뒤쪽에서 맹렬한 속도로 질주해 다가오는 마차 소리가 들려왔다. 돌아보니 빠른 속도로 달려오는 사륜 역마차가 보였다. 말들이 질주하고 있었고 길이 비좁았기 때문에 올리버는 마차가 지나갈 때까지 어느 집 대문에 기대어 섰다.

마차가 질주해 지나갈 때 올리버는 하얀 수면 모자를 쓴 남자를 보았다. 얼핏 본 것이라 정확히 알아볼 순 없었지만 어쩐지 낯익은 얼굴이었다. 일이 초쯤 지났을까. 수면 모자가 마차 창문 밖으로 쑥 나오더니 우렁찬 목소리로 마부에게 멈추라고 소리쳤고, 마부는 즉시 고삐를 당겨 마차를 세웠다. 수면 모자가 다시 나타나더니 아까 그 목소리가 올리버의 이름을 불렀다.

"어이!" 목소리가 외쳤다. "올리버, 무슨 소식 없나? 로즈 양 말이야! 올리버 군!"

"자일스 씨예요?" 올리버는 마차 문 쪽으로 달려가며 소리쳤다.

자일스가 대답을 하려고 수면 모자를 다시 밖으로 내민 순간, 마차 안 다른 구석에 있던 젊은 신사가 별안간 자일스를 안으로 홱 끌어당긴 뒤 나서서 무슨 소식 없냐고 다급하게 물었다.

"한마디로 말해라!" 신사가 소리쳤다. "좋아졌냐, 나빠졌냐?"

"좋아졌어요, 훨씬!" 올리버가 얼른 대답했다.

"하느님, 감사합니다!" 신사가 외쳤다. "확실해?"

"확실해요, 나리." 올리버가 대답했다. "좋아지기 시작한 지 몇 시간밖에 안 됐어요. 그래도 위험한 고비는 넘겼다고 로스번 선생님이 그러셨어요."

젊은 신사는 아무 말 없이 마차 문을 열고 뛰어나와 올리버의 팔을 덥석 잡더니 한쪽으로 데리고 갔다.

"정말 확실한 거냐? 네가 잘못 알고 있을 가능성은 없는 거겠지, 응?" 신사가 떨리는 목소리로 물었다. "헛된 희망을 일깨워 날 속이지 마라."

"그렇지 않아요, 나리." 올리버가 대답했다. "제 말 믿으셔도 좋아요. 아가씨는 앞으로 오래오래 살아서 우리 모두를 축복할 거라고 로스번 선생님이 말씀하셨어요. 제가 똑똑히 들었는걸요."

올리버는 크나큰 행복이 안겨준 기억이 다시 떠올라 눈물을 글썽였고, 신사는 고개를 돌려 외면한 채 잠시 잠자코 있었다. 올리버는 남자가 흐느끼는 소리를 한 번 이상 들은 것 같지만 그를 방해하고 싶지 않아서—그의 심정을 공감했기 때문에—아무 말 하지 않고 그저 떨어져 서서 꽃다발에 정신이 팔린 척했다.

그동안 자일스 씨는 하얀 수면 모자를 쓴 채 마차 발판에 걸터앉아 무릎에 두 팔꿈치를 대고 하얀 점무늬가 있는 파란 면 손수건으로 눈가를 훔쳤다. 이 정직한 사람이 감정을 위장하고 있지 않다는 것은 그의 빨개진 눈이 증명해 주었다. 그는 충혈된 눈으로 돌아서서 말을 거는 젊은 신사를 바라보았다.

"당신이 먼저 마차를 타고 어머니 집으로 가는 게 좋겠어요, 자일스." 신사가 말했다. "나는 천천히 걸어가면서 어머니를 만나기 전에 혼자 시간을 조금 가져야겠으니까. 내가 간다고 말씀드려도 돼요."

"죄송합니다만, 해리 도련님." 자일스는 손수건으로 주름진 얼굴을 마지막으로 닦으며 말했다. "그 전갈은 마부에게 맡겨주시면 고맙겠습니다. 이런 꼴을 하녀들에게 보이는 건 적절치 않거든요. 이런 꼴로 나섰다간 하녀들에게 더는 면이 서지 않을 겁니다."

"정 그렇다면." 해리 메일리는 웃는 얼굴로 대답했다. "좋을 대로 해요. 원한다면 짐도 마부에게 맡겨 먼저 보내고 같이 따라가도록 합시다. 우선 그 수면 모자는 더 적당한 걸로 바꿔 쓰죠. 아니면 미친 사람 취급받기 딱 좋잖아요."

자일스 씨는 부적절한 복장을 지적받고 수면 모자를 얼른 벗어서 주머니에 쑤셔 넣고는 점잖은 모양새의 모자를 마차에서 꺼내 썼다. 마부는 마차를 몰아 떠나고 자일스, 메일리 씨, 올리버는 마차를 따라 천천히 걸어갔다.

올리버는 함께 걸어가면서 강한 관심과 호기심이 발동해 새로 등장한 남자를 때때로 흘끔거렸다. 나이는 스물다섯 살쯤 되어 보였고 중간 정도 되는 키에 솔직하고 잘생긴 얼굴, 서글서글하고 매력적인 태도의 남자였다. 젊은이와 노인이라는 차이가 있었지만 그 남자는 노부인과 워낙 흡사한지라 그가 노부인을 어머니라 칭하지 않았더라도 올리버는 그들의 관계를 그리 어렵지 않게 짐작했을 것이다.

그가 농가에 도착했을 때 메일리 부인은 아들이 오기만을 이제나저제나 기다리고 있었다. 어머니와 아들이 만났으니 가슴이 뭉클해질 수밖에 없었다.

"어머니!" 젊은이가 나지막이 말했다. "왜 진작 편지를 보내지 않으셨어요?"

"편지야 썼지." 메일리 부인이 말했다. "그런데 다시 생각해 보니 로스번 씨의 의견을 들을 때까지 기다리는 게 더 좋을 것 같아서."

"하마터면……." 젊은이가 말했다. "하마터면 일이 터질 뻔했는데, 정말 그랬으면 어쩔 뻔했어요? 만약 로즈가……. 그 말은 차마 입에 담지도 못하겠네요. 만약 로즈의 병이 다른 식으로 결말을 맺었다면 과연 어머니는 자신을 용서하실 수 있었을까요! 저 또한 행복이라는 걸 다시 알 수 있었을까요!"

"만약 그랬다면 말이다, 해리." 메일리 부인이 말했다. "유감스럽게도 네 행복은 짓밟히고 말았겠지. 그리고 하루 빠르든 늦든 네가 여기 오는 건 거의, 거의 아무런 의미가 없었을 게다."

"만약 그렇다 해도 그게 놀랄 일인가요, 어머니?" 젊은이가 대답했다. "내가 왜 '만약'이라고 말하는 거지? 실제로 그렇게 됐잖아요, 그렇게 됐다고요, 어머니도 아시잖아요, 잘 아시면서!"

"내가 아는 건 그 아이가 한 남자가 진심으로 바치는 가장 순수한 사랑, 최고의 사랑을 받을 자격이 있다는 거야." 메일리 부인이 말했다. "그 아이가 보이는 그런 헌신과 애정은 평범하게 보답받아선 안 돼. 제대로 오래도록 지속되어야 하지. 그걸 몰랐다면 말이다, 또한 그 아이의 연인이 변심하면 그 아이의 가슴이 무너질 걸 몰랐다면, 내가 진 의무의 이행이 이토록 어렵게 느껴지지도 않았을 테고, 그 의무의 엄격한 방침을 지키느라 수많은 갈등을 겪지도 않았을 게다."

"너무하신 말씀이세요, 어머니." 해리가 말했다. "어머니는 여전히 저를 자기 마음도 모르고 자기 영혼의 소리도 못 알아듣는 철부지라고 생각하시는 거예요?"

"내 생각엔 말이다, 사랑하는 아들아." 메일리 부인은 그의 어깨에 손을 얹으며 대답했다. "젊은이들에겐 지속되지 않는 충동들이 많고, 그중에 어떤 것들은 충족되면 오히려 더 쉽게 흘러가 버린단다. 무엇보다 말이지." 부인은 시선을 아들의 얼굴에 고정하고 말했다. "야심이 많고 혈기 왕성한 남자가 오명을 입은 여자를 아내로 맞이하면, 비록 그것이 그 여자의 잘못이 아니라 해도 냉정하고 야비한 사람들은 그 여자와 그 자식들에게 오명을 씌우곤 하지. 그리고 남자가 세상에서 거둔 성공과 정비례하여 그것은 비난거리가 되고 그를 조롱할 구실이 될 거야. 아무리 천성이 관대하고 선량한 남자라 해도 언젠가는 젊을 때 맺은 그 인연을 후회하게 된단다. 아내도 남편이 그러는 걸 알고 가슴이 아플 테고."

"어머니." 젊은 신사가 참지 못하고 말했다. "그렇게 행동하는 남자는 이기적인 짐승일 뿐이에요. 남자라 할 수도 없고 말씀하신 그런 여자의 남편이 될 자격도 없어요."

"그건 지금의 생각일 뿐이다, 해리." 메일리 부인이 말했다.

"그 생각은 영원히 변하지 않을 겁니다." 해리가 대답했다. "지난 이틀 동안 고민을 하고 나니 제 마음에 품은 열정을 어머니께

맹세하지 않을 수 없군요. 이 열정은 어머니도 아시다시피 어제 오늘 생긴 것도, 함부로 품은 가벼운 것도 아닙니다. 제 마음은 로즈에게, 그 사랑스럽고 상냥한 여인에게 이미 고정되었습니다. 세상 어떤 남자도 여자에게 이리 굳건히 마음을 정할 수는 없겠지요. 그녀가 없다면 제 인생에는 아무런 생각도 전망도 희망도 없습니다. 만약 어머니께서 이런 중대한 결심을 반대하신다면 저의 평화와 행복을 빼앗아 바람에 날려버리는 것과 같습니다. 어머니, 다시 생각해 주세요. 저를 다시 봐주세요. 어머니에게 그 행복은 대수롭지 않겠지만, 제발 그 행복을 묵살하지 말아주세요."

"해리." 메일리 부인이 말했다. "나는 오히려 그 따뜻하고 섬세한 마음을 너무나 중시하기 때문에 그것을 보호하려는 거야. 하지만 이 문제는 이미 충분히, 그 이상으로 이야기했으니 이제 그만하자꾸나."

"그럼 로즈에게 맡겨주세요." 해리가 끼어들었다. "어머니의 과도한 의견을 주입해서 저를 방해하지는 않으실 거죠?"

"그러지 않으마." 메일리 부인이 말했다. "하지만 네가 생각해야 할 게……."

"생각은 할 만큼 했어요!" 해리가 못 참고 대꾸했다. "어머니, 생각한 지 벌써 몇 년이나 됐어요. 진지한 생각을 할 수 있게 된 이후 줄곧 생각해 왔다고요. 제 감정은 변함없이 그대로이고, 앞으로도 변하지 않을 텐데, 왜 제 감정을 알리지 못하고 미루는 고통을 겪어야 하죠? 그래서 얻는 이득이 대체 무엇인가요? 없어요! 제가 이 집을 떠나기 전에 로즈는 제 마음을 알게 될 겁니다."

"그렇게 되겠지." 메일리 부인이 말했다.

"어쩐지 어머니 말씀은 로즈가 제 말에 냉담하게 반응할 거라 예상하는 것처럼 들리네요." 젊은이가 말했다.

"냉담하지는 않을 거야." 노부인이 대답했다. "그럴 리 없어."

"그럼요?" 젊은이가 다그쳤다. "설마 다른 사람을 마음에 둔 건 아니겠죠?"

"아니, 그건 아니야." 어머니가 대답했다. "내가 잘못 본 게 아니라면 넌 이미 그 아이의 애정을 단단히 사로잡고 있어. 내가 하려는 말은 이거야." 노부인은 아들이 말하려 하자 막으면서 말을 이었다. "이번 기회에 네 모든 걸 걸기 전에, 사랑하는 아들아, 희망에 한껏 부풀기 전에 잠깐이라도 로즈의 집안 내력에 대해 고려해 보라는 거야. 그리고 그 아이의 미심쩍은 출생에 대한 인식이 그 아이의 결정에 어떤 영향을 미칠지 고려해 보라는 말이야. 그 고귀한 마음을 모두 쏟아 우리에게 헌신하고 중요하든 사소하든 매사에 자신을 전적으로 희생하는 것이 그 아이의 성격이라는 걸 말이다."

"무슨 뜻이에요?"

"무슨 뜻인지는 스스로 알아내도록 해." 메일리 부인은 대답했다. "난 이만 그 아이에게 가봐야 해. 하느님의 은총이 네게 있기를!"

"오늘 밤에 또 뵐 수 있을까요?" 젊은이가 열렬히 물었다.

"오래 걸리지 않을 거야." 부인이 대답했다. "로즈를 보고 오마."

"제가 와 있다고 말씀하실 건가요?"

"물론이지."

"그럼 제가 얼마나 걱정했는지, 얼마나 힘들어했고 얼마나 보고 싶어 했는지도 말씀해 주세요. 이 말은 마다하지 않고 전해주실 거죠, 어머니?"

"그러마." 노부인이 대답했다. "모두 전해주마." 그러고는 애정을 담아 아들의 손을 꼭 쥐고 나서 서둘러 방에서 나갔다.

이 대화가 급히 오가는 동안 로스번 씨와 올리버는 방 한쪽 구석에 남아 있었다. 로스번 씨는 해리 메일리에게 손을 내밀었고, 두 사람 사이에 정다운 인사가 오갔다. 젊은 친구가 던지는 갖가지 질문에 의사는 환자의 상태를 정확히 설명해 주었는데, 올리버의 말에 희망이 생겼듯이 이번에도 큰 위안과 희망을 얻었다. 자일스 씨는 여행 짐을 나르느라 바쁜 척했지만 사실 귀를 바짝 세우고 그 설명을 모두 듣고 있었다.

"근래엔 총을 쏜 적 없소, 자일스?" 의사는 설명을 마치고 나서 물었다.

"딱히 없습니다, 선생님." 자일스 씨는 눈 밑까지 얼굴을 붉히며 대답했다.

"도둑을 잡았거나 집털이범을 알아낸 것도 없고요?" 의사가 말했다.

"전혀 없습니다, 선생님." 자일스 씨는 점잔을 빼며 대꾸했다.

"그렇군요." 의사가 말했다. "유감이로군. 당신은 그런 일을 참 잘하는데 말이오. 그나저나, 브리틀스는 어떻게 지내오?"

"그 녀석은 잘 지내고 있습니다, 선생님." 자일스 씨는 평소 집사의 말투로 돌아와 말했다. "선생님께 정중히 인사를 전해달라 했습니다."

"잘 알겠소." 의사가 말했다. "자일스, 당신을 보니 마침 생각이 나는데, 내 급히 연락받고 떠나오기 전날 그 댁의 선량하신 안주인의 요청으로 당신을 위한 작은 일을 처리했다오. 잠깐 이쪽 구석으로 오겠소?"

자일스 씨는 우쭐하면서도 조금 어리둥절한 마음으로 구석으로 가서 의사 양반과 은밀히 몇 마디 나누는 영광을 누렸다. 이야기가 끝나자 그는 여러 번 고개를 숙여 인사를 하고는 유난히 당당한 발걸음으로 물러갔다. 그 대화의 내용은 응접실에서는 알려지지 않았지만 부엌에서 즉시 밝혀졌다. 자일스 씨가 곧장 부엌으로 가서 맥주 한 잔을 청하며 스스로 밝혔기 때문이다. 그는 효과적인 위풍당당한 태도로 마님께서 강도가 들었을 때 그가 보인 용감한 행동을 가상히 여겨 25파운드를 순전히 그를 위해 지역 은행에 예치해 두었음을 알렸다. 이 말에 두 하녀는 양손을 치켜들고 올려다보면서 이제 자일스 씨는 아주 거만해지겠구나 넘겨짚었지만, 자일스 씨는 셔츠 주름 장식을 당겨 펴면서 "아니, 아니"라고 말했다. 그러고는 만약 자기가 아랫사람들에게 조금이라도 오만하게 굴거든 알려주면 고맙겠노라고 말하고 나서 자신의 겸손함을 증명하는 말들을 줄줄이 늘어놓자 역시나 환영과 박수갈채를 받았는데, 그것은 훌륭한 사람들의 언사가 흔히 그렇듯 독창적이면서도 적절한 발언이었다.

그날 저녁은 위층에서도 흥겹게 흘러갔다. 의사 양반의 기분이 좋았기 때문이다. 해리 메일리는 처음에는 피곤하거나 생각이 많은 듯 보였지만 훌륭한 의사의 유쾌한 분위기에 넘어가지 않을 수 없었다. 의사의 쾌활한 기분은 갖가지 재치 있는 농담과 직업상의 경험담, 다양한 재담을 통해 발산되었다. 올리버는 그렇게 재미난 이야기는 처음 듣는지라 배를 잡고 실컷 웃었다. 그럴 때마다 의사는 흡족하게 자조적인 웃음을 터뜨렸고, 그 모습에 해리 메일리도 덩달아 한바탕 따라 웃지 않을 수 없었다. 그들은 도를 넘지 않는 범위 내에서 최대한 즐겁게 어울리다 밤이 깊어서야 한결 가볍고 감사하는 마음으로 잠을 청했다. 최근까지 근심하고 애를 태운 터라 필요한 시간을 가진 셈이었다.

이튿날 아침 올리버는 가뿐하게 일어나 실로 오랜만에 긍정적이고 즐거운 마음으로 평소 아침마다 하는 일들을 하면서 돌아다녔다. 노래를 부르라고 로즈 양의 새들을 원래 자리에 다시 걸었고, 로즈를 기쁘게 할 아름답고 향기로운 야생화들도 다시 모았다. 아름다운 것들도 슬프게만 보일 만큼 지난 며칠간 근심하는 소년의 슬픈 눈에 드리웠던 수심도 마법처럼 사라졌다. 이슬은 초록빛 나뭇잎 위에서 더 눈부시게 반짝이는 듯했고, 바람은 나뭇잎 사이에서 더 청아하게 살랑대는 것 같았다. 하늘도 더 푸르고 화창해 보였다. 이렇듯 우리 마음에 자리한 생각은 외부 사물의 모습에도 지대한 영향을 끼친다. 사람들은 자연과 다른 인간들을 바라보면서 모든 것이 어둡고 우울하다 외치지만, 일견 옳은 점도 없지는 않으나 그 암울한 빛깔은 다름 아닌 자기 자신의 변색된 눈과 마음이 개입된 것이다. 진정한 빛깔은 섬세한 것이니 더 맑은 시선이 필요하다.

한 가지 주목할 만한 점이 있다. 당시 올리버도 모를 수 없던 사실인데, 아침 나들이는 더 이상 올리버만의 행사가 아니었다. 첫날 아침 꽃다발을 안고 집으로 돌아오는 올리버와 마주친 이후 해리 메일리가 돌연 꽃에 대한 열정을 활활 태우면서 어린 친구를 저만치 따돌리고 꽃꽂이에 남다른 실력을 발휘하기 시작한 것이다. 하지만 올리버는 꽃꽂이 실력에서는 뒤질지라도 가장 아름다운 꽃을 어디에서 찾을 수 있는지 훤히 꿰고 있었다. 두 사람은 아침마다 산과 들을 함께 돌아다니면서 활짝 피어난 가장 아름다운 꽃들을 집으로 가져왔다. 이제 아가씨의 방 창문은 열려 있었다. 진한 여름 공기가 흘러들면 그 신선함에 활력이 돌아 아가씨가 좋아했기 때문이다. 아침이면 그 격자창 바로 안쪽에 정성껏 만든 특별한 작은 꽃다발 하나가 물에 담겨 있었다. 그 작은 꽃병의 꽃들은 정기적으로 바뀌어도 시든 꽃들이 버려지는 일은 없다는 걸 올리버는 알게 되었다. 또한 의사 양반이 아침 산책을 나가는 길에 정원에 나와서는 매번 그 창문의 구석 자리를 올려다보며 의미심장하게 고개를 끄덕거린다는 것도 알게 되었다. 이런 것들을 알게 되는 사이 날들은 지나갔고, 로즈는 급속도로 건강을 회복했다.

아가씨는 어쩌다 한 번씩 메일리 부인과 가까운 곳까지 거동하는 것 외에는 방에서만 지내고 저녁 산책은 전혀 하지 않았다. 그렇다고 해서 올리버가 게으름을 피운 것은 아니었다. 백발 노신사의 가르침에 오히려 더 열성적으로 임했고, 더 열심히 노력해 스스로 놀랄 만한 성과를 거두었다. 이렇듯 공부에 매진하던 올리버에게 경악할 만한 뜻밖의 사건이 일어났다.

집 뒤편 1층에 올리버가 평소 앉아 열심히 책을 읽는 작은 방이 있었다. 격자창이 하나 있는 농가의 방이었다. 창 주변으로 무성한 재스민과 인동덩굴이 창턱 안쪽까지 넘어 들어와 방 안에 향긋한 내음이 가득했다. 방에서 정원이 내려다보였는데, 정원에 난 쪽문은 말을 매어두는 작은 풀밭으로 이어졌고, 그 너머로는 멋진 초원과 숲뿐이었다. 그쪽 방향으로는 인근에 다른 집은 없고 광활한 풍광이 펼쳐졌다.

어느 아름다운 저녁, 첫 석양빛이 땅 위로 내려오기 시작했을 때 올리버는 그 방 창가에 앉아 책에 열중했다. 그렇게 아이는 한동안 독서에 몰두하다 서서히 잠이 들었는데, 유난히 더운 날이었던 데다 독서에 힘을 쏟은 탓이니 아이가 읽던 책의 저자들이 모욕감을 느낄 필요는 전혀 없겠다.

가끔 도둑처럼 찾아오는 잠이 있다. 이런 잠은 우리의 몸을 꼼짝 못 하게 구속하지만 정신은 주변 상황을 인식하도록 풀어둔

다. 감당할 수 없는 무게감, 완전히 빠진 힘, 생각과 동작의 통제 불능을 잠이 든 것이라 한다면 이것도 잠은 잠이다. 그런데 이런 수면 상태에서는 주변에서 일어나는 모든 것을 의식하기 때문에 꿈을 꾸어도 그 순간 들리는 실제의 말소리나 소리가 꿈속 장면에 맞춰 놀라울 정도로 그럴싸하게 녹아들고, 현실과 상상이 하도 기묘하게 뒤섞여 둘을 구분하는 것은 거의 불가능해진다. 하지만 이런 상태의 수면에서 나타나는 가장 놀라운 현상은 촉각과 시각은 잠시 죽어 있지만 수면 중에 일어나는 생각과 눈앞을 지나는 시각적 장면은 조용히 존재하는 외부 대상의 영향을 실제로 받는다는 사실이다. 그 외부 대상은 눈꺼풀이 감기는 순간 주위에 없었을 수도 있고, 깨어 있는 동안 주위에 있다는 걸 의식 못 한 존재일 수도 있다.

올리버는 자신이 작은 방에 있다는 걸 또렷이 의식하고 있었다. 탁자 위 앞에 놓여 있는 책들도, 밖의 덩굴식물들 사이에서 맴도는 향긋한 내음도 의식하고 있었다. 하지만 아이는 잠들어 있었다. 그런데 돌연 장면이 바뀌더니 공기가 갑갑해지고 숨이 턱 막혔다. 올리버는 유대인의 집으로 돌아간 듯한 생각이 들어 두려움에 사로잡혔다. 그 사특한 영감이 늘 앉는 구석 자리에 앉아 올리버를 가리키면서 얼굴을 저편으로 돌린 채 옆에 앉아 있는 다른 남자에게 소곤대고 있었다.

"쉬잇, 조용!" 올리버는 유대인의 말소리를 들었다. "그 아이가 분명해. 이제 그만 가자고!"

"그 아이!" 다른 사내가 대답하는 것 같았다. "내가 잘못 봤을 거라 생각한 거요? 유령들이 단체로 이놈과 똑같이 둔갑하고 이놈이 그중에 섞여 있다 해도 이놈에게는 내가 알아볼 수밖에 없는 뭔가가 있단 말이지. 이놈을 땅속 15미터 밑에 파묻어 놓고 나를 데리고 놈의 무덤 옆을 지나가 보라지. 무덤 위에 표시 하나 없어도 놈이 거기 묻혔다는 걸 내가 모를 것 같나?"

그 남자가 어찌나 무시무시한 증오심을 담아 그 말을 하는지 올리버는 소스라치게 놀라며 잠에서 깨어났다.

맙소사! 대체 무엇이 올리버의 피를 심장으로 몰아치고 목소리와 움직일 힘을 앗아 간 것일까? 거기, 거기 창문에, 코앞에, 너무나 가까운 곳에, 놀라서 펄쩍 물러서지 않으면 손이 닿을 듯한 아주 가까운 거리에 유대인 영감이 서 있었다! 방 안을 빤히 들여다보던 영감은 올리버와 눈이 마주쳤다! 그리고 그 옆에는 분노 때문인지 공포 때문인지, 아니면 둘 다 때문인지 창백한 얼굴을 잔뜩 찌푸린 남자가 있었는데, 여관 마당에서 막말을 했던 그 남자였다.

어느새 그들은 눈 깜짝할 새에 빛의 속도로 아이의 눈앞에서 사라져버렸다. 하지만 그들은 올리버를 알아보았고 올리버도 그들을 알아보았다. 그들의 표정은 돌에 새겨지듯 또렷이 태어날 때부터 있었던 기억처럼 아이의 기억에 각인되었다. 올리버는 일시적으로 얼어붙어 가만히 서 있다가 창문을 넘어 정원으로 뛰어내린 뒤 큰 소리로 도와달라 소리쳤다.

35장
올리버의 모험은 성과 없이 끝나고
해리 메일리와 로즈는 중요한 대화를 나눈다

그 집 사람들은 올리버의 비명 소리에 이끌려 소리가 나는 곳으로 서둘러 달려갔다. 하얗게 질린 올리버가 혼란에 휩싸여 집 뒤편 초원 쪽을 가리키면서 간신히 "유대인! 유대인!"이라고만 외치고 있었다.

자일스 씨는 왜 소리를 지르는 것인지 영문을 몰라 어쩔 줄 몰라 했지만 눈치가 더 빠르고 어머니에게 올리버의 사연을 들은 적 있는 해리 메일리는 무슨 말인지 즉시 간파했다.

"놈이 어느 방향으로 갔지?" 해리는 구석에 있는 굵은 막대기를 집어 들며 물었다.

"저쪽이요." 올리버가 유대인이 간 방향을 가리키며 대답했다. "순식간에 눈앞에서 사라졌어요."

"그럼 도랑 안에 있을 거야!" 해리가 말했다. "따라와! 내게 바짝 붙어서." 그는 그렇게 말하며 산울타리를 뛰어넘더니 남들이 도저히 따라갈 수 없는 속도로 내달렸다.

자일스는 전력을 다해 잘 쫓아갔고, 올리버도 뒤쫓아 갔다. 산책에서 막 돌아온 로스번 씨는 일이 분쯤 후 그들을 뒤쫓아 산울타리를 넘다가 넘어졌지만 생각보다 민첩하게 일어나 무시 못 할 속도로 같은 방향으로 달려갔는데, 내내 우렁찬 목소리로 대체 무슨 일이냐고 소리를 질러댔다.

모두들 숨 한 번 돌리지 않고 내쳐 달렸다. 선두 추격자가 올리버가 가리킨 들판 끄트머리에 도달해 걸음을 멈추고 도랑과 인근의 산울타리를 샅샅이 뒤지기 시작했다. 그제야 나머지 추격자들이 그와 합류했고, 올리버는 로스번 씨에게 격렬한 추격전을 유발하게 된 상황을 설명할 수 있었다.

수색은 아무런 성과 없이 끝났다. 갓 생긴 발자국 하나 보이지 않았다. 그들은 사방 5~6킬로미터까지 주변 들판이 훤히 내려다보이는 얕은 언덕바지에 올라섰다. 왼편으로는 분지 안에 자리한 마을이 있었는데, 놈들이 올리버가 가리킨 쪽으로 갔다가 그 마을로 가려면 그리 단시간에 넓은 들판을 빙 돌아가지는 못했을 게 분명했다. 다른 방향으로는 울창한 숲이 초원을 둘러싸고 있었지만 그 숲에 도달해 숨기에는 시간이 너무 촉박했다.

"꿈을 꾼 모양이구나, 올리버." 해리 메일리가 말했다.

"아, 아니에요, 절대 아니에요, 나리." 올리버는 늙은 악당의 얼

447

굴이 떠올라 부르르 진저리를 치며 대답했다 "꿈치고는 너무 또 렷했어요. 지금 나리를 보고 있는 것만큼이나 똑똑히 그 둘을 봤 다고요."

"다른 사람은 누구더냐?" 해리와 로스번 씨가 동시에 물었다.

"말씀드렸던 그 남자요. 여관에서 우연히 마주쳤던 그 남자였 어요." 올리버가 말했다. "아까 그 남자와 눈이 마주쳤어요. 맹세 코 그 남자였어요."

"놈들이 이쪽으로 간 건 맞니?" 해리가 물었다. "확실해?"

"제가 여기 있는 것만큼 그들이 창가에 있었다는 건 확실해 요." 올리버는 그렇게 대답하고는 그들의 농가 정원과 초원을 가 르는 산울타리를 가리키며 말했다. "키 큰 남자는 저기에서 뛰어 넘었고, 유대인은 오른쪽으로 몇 걸음 뛰다가 저 틈으로 기어 들 어갔어요."

두 신사는 올리버가 말하는 동안 아이의 진지한 얼굴을 바라 보다가 서로를 보았는데, 올리버의 말을 사실로 믿는 듯 보였다. 하지만 사람이 급히 달아나며 남긴 발자취는 어느 방향에도 없 었다. 풀은 길게 나 있었지만, 딱히 밟혀 쓰러진 데도 없었고 모 두 추격자들이 밟은 곳뿐이었다. 도랑의 양옆과 끄트머리는 진 창이었지만 사람의 발자국은 고사하고 지난 몇 시간 동안 짐승 의 발이 디딘 듯한 작은 흔적 하나 발견되지 않았다.

"거참 이상하네!" 해리가 말했다.

"이상하다고?" 의사가 되풀이했다. "블래더스와 더프도 별수 없었을 걸세."

수색이 헛수고로 끝날 게 뻔했음에도 그들은 밤이 되어 수색이 불가능해지고 나서야 수색을 멈추었고, 멈추면서도 선뜻 단념하지 못했다. 자일스는 올리버가 그 낯선 자들에 대해 최대한 상세히 묘사한 인상착의를 가지고 마을의 여러 맥줏집을 돌아다니며 수소문을 하러 떠났다. 두 남자 중에 적어도 유대인은 술을 마셨거나 근처를 배회한 적이 있다면 사람들의 기억에 충분히 남았을 가능성이 높았지만, 자일스는 이 난제를 해결하거나 단서가 될 만한 어떤 정보도 얻지 못하고 돌아왔다.

이튿날 수색과 탐문은 재개됐지만 이렇다 할 성과는 없었다. 그다음 날 올리버와 메일리 씨는 그들을 보거나 정보를 얻을까 싶어 장터가 있는 마을로 나갔지만 그 노력도 수포로 돌아갔다. 며칠이 지나자 대부분의 사건이 그렇듯 이 일도 잊히기 시작했다. 호기심이란 그것을 뒷받침하는 새로운 먹잇감이 없으면 저절로 사그라들기 마련이다.

한편 로즈는 빠르게 회복되었다. 이제는 방에서 나와 바깥출입도 할 수 있었고 가족들과 다시 어울려 모두의 가슴에 기쁨을 선사했다. 이 행복한 변화가 얼마 안 되는 이 집 사람들에게 두드러진 효과를 내고 쾌활한 목소리와 즐거운 웃음소리가 다시 농가 안에 울려 퍼졌지만, 전에 없이 거북한 분위기가 몇몇 사람들에게 돌 때가 있었고 로즈도 예외는 아니어서 올리버도 눈치채지 않을 수 없었다. 메일리 부인과 그 아들이 단둘이 오랫동안 방 안에 머무는 일이 빈번했고, 로즈가 눈물 자국이 있는 얼굴로 나타난 것이 한두 번이 아니었다. 이런 분위기는 로스번 씨가 처트시로 돌아갈 날짜가 정해지고 나자 더욱 강해졌다. 젊은 아가씨와 다른 누군가의 평온을 흔드는 일이 일어나고 있는 게 분명했다.

그러던 어느 날 아침, 로즈가 혼자 거실에서 아침을 먹고 있을 때 해리 메일리가 들어와 머뭇거리더니 잠시 이야기를 나눠도 되겠느냐고 물었다.

"잠깐, 아주 잠깐이면 돼, 로즈." 젊은이는 의자를 그녀 쪽으로 당기며 말했다. "내가 지금 무슨 말을 하려는지 로즈 네 마음은 이미 알고 있겠지. 내 가슴이 품은 가장 소중한 희망을 너도 모르진 않을 테니까. 내 입으로 직접 들은 적은 없겠지만."

로즈는 그가 들어올 때부터 이미 창백해져 있었는데, 최근에 치른 병치레 때문일 수도 있었다. 그녀는 고개를 살짝 끄덕이고는 근처에 있는 식물 위로 고개를 숙이고 그의 말을 잠자코 기다렸다.

"난…… 난 진작에 떠났어야 했어." 해리가 말했다.

"응, 그랬어야 해." 로즈가 대답했다. "이런 말 하는 거 미안하지만, 난 네가 떠나기를 바랐어."

"내가 여기 온 건 말도 못 하게 끔찍하고 고통스러운 두려움 때문이었어." 청년이 말했다. "내 마음이 바라고 희망하는 유일한 존재를 잃을지 모른다는 두려움. 넌 죽어가고 있었어, 이승과 저승 사이를 오가면서. 알다시피, 젊고 아름다우며 선량한 인간이 병에 걸리면 그 순수한 영혼은 찬란한 영원의 안식처로 서서히 이끌리게 되지. 하느님, 우리를 굽어살피소서! 가장 아름다운 최고의 인간이 활짝 피어나다가 시드는 일이 너무 잦지."

그동안 다정한 아가씨의 눈에 눈물이 차올랐다. 눈물 한 방울이 그녀가 내려다보고 있는 꽃 위로 뚝 떨어져 봉오리 안에서 영롱하게 반짝거리자 꽃이 더욱 아름답게 보였다. 흘러넘친 그녀의 순수하고 젊은 마음이 세상의 가장 사랑스러운 존재들과 같은 부류임을 선포하는 듯했다.

"한 존재가." 청년은 열렬히 말을 이었다. "하느님의 천사처럼 아름답고 순진무구한 한 존재가 삶과 죽음 사이에서 몸부림친 거야. 아! 그녀와 닮은 그 나라가 그녀 앞에 반쯤 펼쳐져 있는데 그 누가 그녀를 이승의 슬픔과 재앙 속으로 다시 돌아오게 해달라 바랄 수 있을까! 로즈, 로즈, 천상의 빛이 땅 위에 드리운 연약한 그림자처럼 네가 사라지고 있다고 생각했어. 네가 여기 머무는 사람들 곁에 남겨질 희망이 없다고, 그럴 이유가 별로 없다고 생각했지. 너는 가장 아름다운 인간들이 일찍이 날아가 버린 그 찬란한 세상에 속한 것만 같았어. 그런 생각으로 위안을 삼으면서도 너를 사랑하는 사람들에게 너를 돌려달라 기도했어. 그 모든 것들이 견디기 어려운 번민이었다. 낮이고 밤이고 내 머릿속엔 이런 생각들뿐이었고, 그 생각들과 함께, 네가 죽으면 어쩌나, 그래서 내가 얼마나 너를 간절히 사랑하는지 영영 모르게 되면 어쩌나 하는 두려움과 걱정, 이기적인 후회가 미친 듯이 날뛰는 바람에 내 분별력과 이성은 무용지물이 됐어. 그리고 너는 건강을 되찾았지. 하루가 다르게, 아니 시간이 갈수록 원기가 다시 새록새록 솟아나 네 몸을 맥없이 돌던 빈곤하고 허약한 기운과 뒤섞여 높이 돌진하는 파도처럼 왕성해졌지. 나는 간절함과 깊은 애정에 멀어버린 눈으로 네가 죽음의 문턱까지 갔다가 살아 돌아오는 걸 지켜보았어. 그러니 내게 차라리 그 모든 걸 잃는 편이 더 나았으리라는 말은 하지 말아줘. 이번 일로 내 마음엔 전 인류에 대한 관용이 생겼으니 말이야."

"내 말은 그런 뜻이 아니었어." 로즈가 눈물을 흘리며 말했다. "나는 네가 여기를 떠나 고귀한 일, 네 격에 맞는 일들에 관심 두기를 바란 거야."

"네 마음을 얻으려 애쓰는 일보다 내 격에 더 맞고 세상에 더 고귀한 일은 없어." 청년은 그녀의 손을 잡으며 말했다. "로즈, 내 소중한 로즈! 오래전부터…… 오래전부터 너를 사랑해 왔어. 명성을 얻고 당당히 집으로 돌아와 오직 너와 함께 누리려고 이룬 성취라고 말하고 싶었어. 그리고 그 행복한 순간에, 예전에 내가 한 소년의 애정을 네게 바치며 너에게 주었던 무언의 징표를 일깨우고 우리 둘이 남몰래 나누었던 무언의 다짐을 지키고자 네 손을 잡는 나를 연이어 상상했지! 비록 그날은 아직 오지 않았지만, 아직 명성은 얻지 못했지만, 어릴 적 이상은 이루지 못했지만, 나는 지금 이 자리에서 이미 오래전 네 것이 된 마음을 네게 바치고 내 마음에 대한 네 답변에 내 모든 것을 걸려고 해."

"네 행동은 늘 친절하고 고귀했어." 로즈는 감정의 동요를 애써 억누르며 말했다. "내가 무심하지도 고마움도 모르는 사람이 아니라는 걸 알 테니 내 대답도 들어줘."

"그 말은, 내가 너와 함께하기 위해 노력해도 된다는 뜻인가? 그래, 나의 로즈?"

"내 말은." 로즈가 대답했다. "나를 잊으려 노력해야 한다는 뜻이야. 사랑하는 대상으로서는 잊으라는 거야. 너의 애틋한 오랜 친구로서는 남겨둬. 네가 그것마저 잊는다면 난 정말 속상할 거야. 세상을 둘러봐. 네가 사로잡을 수 있는 마음은 얼마든지 많잖아. 원한다면, 내게 다른 열정은 털어놓아도 좋아. 내가 너의 가장 진실되고 따뜻하고 충실한 친구가 되어줄게."

잠시 침묵이 흘렀다. 한 손으로 얼굴을 가리고 있던 로즈는 침묵이 흐르는 동안 눈물을 줄줄 쏟아냈고, 해리는 그녀의 다른 손을 계속 잡고 있었다.

"이유가 뭐지, 로즈?" 마침내 그가 낮은 목소리로 말했다. "이렇게 결정한 이유가 뭐야?"

"네겐 알 권리가 있어." 로즈가 대답했다. "하지만 어떤 말로도 내 결정을 바꾸진 못할 거야. 내가 반드시 지켜야 하는 의무이니까. 난 다른 사람들에게도 나 자신에게도 그 의무를 지켜야 해."

"네 자신에게?"

"그래, 해리. 네 친구들이 아무런 연고도 지참금도 없이 불명예

만 안은 내가 너의 설익은 열정을 덥석 받아들여 앞날이 창창한
네게 걸림돌이 되는 게 아닌가 의심하게 할 순 없어. 이것이 내가
나 자신에게 진 의무야. 천성이 관대한 너는 큰 장애물이 네 출셋
길을 막는다 해도 피하지 않을 테니, 내가 그만둘 수밖에. 이건
내가 너와 네 가족들에게 진 의무고."

"만약 네 감정이 그 의무감과 일치한다면……." 해리가 말을
시작했다.

"그건 아니야." 로즈는 얼굴을 새빨갛게 붉히며 대답했다.

"그러면서 내 사랑을 거부하는 거야?" 해리가 말했다. "말해
줘, 사랑하는 로즈. 말해줘. 이 혹독한 실망의 고통을 덜어줘!"

"사랑하는 남자에게 큰 폐를 끼치지 않고 사랑할 수 있다면
어쩌면 나도……."

"이 고백을 전혀 다르게 받아들였겠지? 적어도 나한텐 숨기지
말고 말해봐, 로즈."

"아마도." 로즈가 말했다. "잠깐만!" 그녀는 그에게서 손을 빼
며 덧붙였다. "어째서 이렇게 괴로운 대화를 계속해야 하지? 내
겐 참으로 괴로운 대화인데. 한편으론 영원한 행복을 주기는 하
지, 훗날 내가 너의 최대 관심사였다는 걸 생각하면 행복할 테니
까. 네가 거두는 성공 역시 내게 새로운 용기와 의지가 되어 활력
을 더해주겠지. 잘 가, 해리! 오늘 같은 만남으론 더 이상 만나지
말자. 하지만 이런 대화가 끌어내는 관계만 아니면 우린 오래오
래 행복하게 어울리며 살아갈 수 있을 거야. 진실하고 열렬한 기

도가 진리와 진실의 근원에게 바랄 만한 모든 축복이 너를 응원하고 번영으로 인도하길 바랄게!"

"다시 말해봐, 로즈." 해리가 말했다. "진짜 이유를, 네 생각을 말해. 네 입으로 직접 듣고 싶어!"

"너에겐 밝은 앞날이 있어." 로즈는 힘주어 대답했다. "훌륭한 재능과 유력한 인맥을 갖추었으니 공적인 삶의 영광이 보장돼 있지. 하지만 그 인맥은 자부심이 강한데, 나는 나를 낳아주신 어머니를 비웃을지 모르는 사람들과 더불어 살아갈 마음이 없어. 너무나 훌륭히 내 어머니 역할을 해주신 분의 아들에게 불명예나 실패를 안길 마음도 없고. 한마디로 말해서." 젊은 아가씨는 잠시 유지했던 의연함을 잃고 고개를 돌리며 말했다. "세상이 무고한 사람에게도 휘두르는 낙인이 내 이름에 찍혀 있으니까. 나는 그 낙인을 그 누구에게도 전하지 않고 나 혼자 안고 갈 생각이야. 그러면 비난은 오롯이 내게만 머물게 되겠지."

"한마디만 더, 로즈. 더없이 사랑하는 로즈! 한마디만 더!" 해리는 몸으로 그녀를 막아서며 외쳤다. "만약 내가…… 이른바 신분이 더 낮았다면, 눈에 띄지 않고 평온하게 살아갈 운명이었다면, 가난하고 병약하고 무기력한 사람이었다면, 그래도 넌 내게 등을 돌렸을까? 네가 양심의 가책을 느끼는 건 내가 부와 명예를 얻을 가능성 때문인 거지?"

"대답을 강요하지 말아줘." 로즈가 대답했다. "그런 가정은 생각한 적도 없고 앞으로도 하지 않을 거야. 그런 걸 묻는 건 부당하고 가혹해."

"만약 네 대답이 감히 내 희망과 같다면, 내 외로운 길에 희미한 행복의 단서를 던지고 내 앞길을 밝혀줄 텐데. 몇 마디 간단한 말로 세상 무엇보다 너를 사랑하는 사람에게 그리 많은 걸 해줄 수 있다면 그건 하찮은 일은 아닐 거야. 아, 로즈! 간절하고 영원한 내 사랑을 봐서라도, 내가 널 위해 겪은 모든 고통과 너로 인해 앞으로 겪게 될 모든 고통을 봐서라도 이것만은 대답해 줘!"

"만일 네 운명이 지금과 달랐다면, 네가 나보다 그리 월등하지 않고 조금만 나은 입장이었다면, 만일 내가 야심차고 화려한 사람들 속의 오명과 흠결이 아니라 평온하고 한가하고 소박한 풍경 속에서 너에게 도움과 위안이 될 수 있었다면, 이런 시련은 없었겠지. 이제 나는 지극히 행복할 이유가 차고 넘치지만, 만일 그랬더라면, 해리, 더 행복했을 거야."

이처럼 고백하는 동안 로즈의 마음속에는 오래전 소녀로서 품었던 옛 희망들이 속속 떠올랐는데, 늘 그렇듯 이번에도 시들어버린 옛 희망이 되살아나 눈물을 끌어내고 그녀를 다독였다.

"어쩔 수 없이 약한 모습을 보이고 마네. 그래도 결심은 더욱 확고해졌어." 로즈는 손을 내밀며 말했다. "이제 정말 가봐야 해."

"한 가지만 약속해 줘." 해리가 말했다. "하나만, 하나만 더. 어쩌면 1년 내로, 그보다 더 빠를 수도 있지만…… 마지막으로 한 번 더 너와 이 문제를 이야기하게 해줘."

"내 올바른 결심을 바꾸라 압박하려는 거라면 싫어." 로즈는 서글픈 미소를 지으며 대답했다. "그건 소용없는 짓일 테니까."

"그건 아니야." 해리가 말했다. "너한테서 똑같은 말을 들으려는 거야, 네가 원한다면. 마지막으로 다시 들으려는 거야! 그때 지위든 재산이든 내가 가진 걸 모두 네 발밑에 펼쳐놓을 생각이야. 그런데도 네가 현재의 결심을 고수한다면 말이든 행동이든 그걸 바꾸려는 시도는 하지 않을게."

"그럼 그렇게 해." 로즈가 대답했다. "어차피 한 번의 가슴앓이로 끝날 테고 그때쯤이면 더 잘 버틸 수 있겠지."

그녀는 다시 손을 내밀었다. 하지만 청년은 그녀를 가슴에 끌어안고 아름다운 이마에 입 맞춘 뒤 서둘러 방을 나갔다.

36장

아주 짧고 언뜻 중요하지 않은 듯 보이지만 앞 장의 후일담이자 나중에 때가 되면 이어질 내용에 대한 열쇠로서 꼭 읽어야 할 장이다

"정말 오늘 아침 나 떠날 때 자네도 같이 갈 셈인가?" 의사와 올리버가 앉아 있는 아침 식탁에 해리 메일리가 합석했을 때 의사가 물었다. "자네의 생각과 의지는 손바닥 뒤집히듯 뒤집히는구먼!"

"조만간 선생님께선 제게 전혀 다른 말씀을 하시게 될 겁니다." 해리는 그러면서 딱히 짐작이 가지 않는 이유로 얼굴을 붉혔다.

"나도 그렇게 되기를 바라네." 로스번 씨가 대답했다. "솔직히 그럴 것 같지는 않네만. 어제 아침에 자네는 여기 남아 충실한 아들로서 어머니를 모시고 바닷가에 가겠다고 성급히 결심을 하더니만, 정오도 되기 전에 나를 따라 런던으로 올라가겠다고 선언하지 않았나. 그러다 밤이 되니까 숙녀분들이 기상하기 전에 일찌갑치 길을 떠나자고 참으로 뜬금없이 나를 재촉했지. 그래서 지금 어린 올리버가 이 아침 식탁에 붙들려 있게 됐다네. 안 그랬으면 한창 들판을 쏘다니며 온갖 식물들을 찾아다닐 시간인데 말이야. 딱하게 됐구나, 그렇지, 올리버?"

"제가 집에 없을 때 의사 선생님과 메일리 씨가 떠나셨다면 많이 아쉬웠을 거예요." 올리버가 대답했다.

"착한 아이로구나." 의사가 말했다. "돌아오면 날 찾아오너라. 그나저나, 해리, 이건 진담이네만, 혹시 그 유력 인사들에게 연락을 받아 이리 갑자기 떠나려 안달하는 건가?"

"말씀하신 그 유력 인사들에, 강력한 실세이신 제 삼촌도 포함된 듯한데, 전 여기에 온 뒤로 삼촌과는 연락한 적 없습니다. 또한 이맘때는 제가 그분들과 긴히 회동해야 할 급한 용무도 거의 없고요."

"이런, 이런." 의사가 말했다. "별난 친구를 다 보겠군. 당연히 자네가 이번 크리스마스 전 선거에서 의회에 진출하도록 그들이 밀어줄 테니, 이런 느닷없는 반전과 변화도 정계 입문을 위한 준비 차원에서 나쁘진 않아. 다 중요한 의미가 있겠지. 지위든, 우승컵이든, 내기 경마든 제대로 된 훈련은 언제나 바람직하니 말이야."

해리 메일리는 로스번 씨의 주장에 상당한 타격을 입히며 이 짧은 대화에 덧붙일 만한 말이 한두 마디쯤 있는 듯했지만 그저 "두고 보면 알겠지요" 하는 말로 만족하고는 더는 이 문제를 거론하지 않았다. 얼마 뒤 마차가 바깥문에 당도했고 자일스가 짐을 가지러 들어왔다. 의사는 짐 싣는 걸 보려고 서둘러 밖으로 나갔다.

"올리버." 해리 메일리가 낮은 목소리로 말했다. "나랑 잠깐 이야기 좀 하자꾸나."

메일리 씨가 퇴창 안쪽으로 손짓하며 부르자 올리버는 그의 전반적인 몸짓에 어린 진한 슬픔과 기백에 상당히 놀라면서 그에게 갔다.

"너 이제 글 잘 쓰지?" 해리가 올리버의 팔에 손을 얹으며 말했다.

"그랬으면 좋겠어요." 올리버가 대답했다.

"이제 난 집에 오지 못할 거야, 한동안은. 네가 내게 편지를 써줬으면 해, 보름에 한 번꼴로. 한 주 걸러 월요일에 보내도 좋아, 런던 중앙 우체국으로. 그래 주겠니?"

"아! 기꺼이 할게요. 그렇게 된다면 뿌듯할 거예요." 올리버는 임무가 생긴 것이 무척이나 기뻐 소리쳤다.

"어머니와 메일리 양이 어떻게 지내는지 알고 싶구나." 젊은이가 말했다. "그러니 글을 써서 내게 알려다오. 그들이 어떻게 산책을 나가는지, 무슨 이야기를 하는지, 그녀가…… 내 말은, 그들이…… 행복하고 건강한지. 무슨 말인지 알아듣겠니?"

"아! 그럼요, 그럼요." 올리버가 대답했다.

"두 사람에게는 말하지 않는 게 좋겠다." 해리는 말을 서둘러 쏟아냈다. "어머니가 알면 내게 더 자주 편지를 쓰려 하실 테니 어머니에게 일거리와 걱정만 안겨드릴 거야. 너와 나만의 비밀로 해두자꾸나. 반드시 모든 걸 다 말해야 한다! 나는 너만 믿는다."

올리버는 중요한 사람이 된 것만 같아 우쭐하기도 하고 영광스럽기도 해서 몰래 편지로 모든 걸 알려주겠다고 진심으로 약속했다. 메일리 씨는 관심과 보호를 아끼지 않겠다고 여러 번 다짐하고 나서 아이를 두고 나갔다.

의사는 마차 안에 있었고, 자일스는 뒤에 남아 있으라는 명에 따라 문을 붙잡아 열고 있었다. 하녀들은 구경을 하느라 정원에 나와 있었다. 해리는 격자창을 흘끔 올려다보고는 마차에 훌쩍 뛰어올랐다

"달리게!" 그가 소리쳤다. "힘차게, 빠르게, 전속력으로! 오늘은 날아가듯 가야 기분이 풀리겠다."

"어이쿠!" 의사는 서둘러 앞 유리창을 내리며 외치더니 왼쪽 기수에게 소리쳤다. "내 기분엔 기어가듯 가야 맞다네. 알아들었나?"

마차는 짤랑짤랑 덜컹덜컹 나아갔다. 이내 소리는 사라지고 빠르게 나아가는 모습만 보이면서 먼지구름에 뒤덮이다시피 구불구불한 길을 따라 나아갔는데, 언뜻 완전히 사라졌나 싶다가도 중간에 있는 물체나 복잡한 길이 허락할 때마다 다시 나타나곤 했다. 먼지구름마저 더 이상 보이지 않자 지켜보던 사람들도 흩어졌다.

하지만 마차가 이미 수 킬로미터 밖으로 멀어지고 나서도 마차가 사라진 지점에 눈을 고정하고 물끄러미 바라보는 사람이 있었다. 해리가 눈을 들어 격자창을 쳐다보았을 때 그의 눈을 피해 하얀 커튼 뒤로 몸을 숨겼던 로즈가 거기 앉아 있었다.

"그이는 활기차고 행복한 것 같네." 마침내 그녀가 말했다. "행여 그렇지 않을까 봐 한동안 걱정했는데. 내가 잘못 생각했나 봐. 정말, 정말 잘됐어."

눈물은 슬픔뿐 아니라 기쁨의 표시이기도 하다. 하지만 창가에 앉아 같은 방향만 하염없이 바라보며 생각에 잠긴 로즈의 얼굴에 흐르는 눈물은 기쁨보다는 슬픔에 더 가까운 듯했다.

37장

이번 장의 내용은 독자에겐 반전이겠으나 부부 사이에는 드물지 않은 일이다

범블 씨는 구빈원 응접실에 앉아 우울한 눈으로 불이 꺼진 난로의 쇠살대를 바라보았다. 여름철이라 넌더리 나는 햇살이 차갑고 반짝이는 쇠살대 표면에 부딪혀 반사될 뿐 그보다 더 밝은 불꽃은 없었다. 때때로 그는 눈을 들어 천장에 매달린 파리 끈끈이를 올려다보며 우울한 생각에 사로잡혔다. 부주의한 파리들이 요란한 색깔의 끈끈이 주변을 맴도는 동안 범블 씨는 깊은 한숨을 내쉬었고 안색은 갈수록 어두워졌다. 파리들이 힘겨운 지난날을 불러일으켰는지 범블 씨는 깊은 생각에 잠겨 있었다.

범블 씨의 의기소침한 모습은 보는 사람의 가슴에 절절한 애수만 자아낸 것이 아니었다. 부족함이 없어 보이는 그의 차림새는 그의 신상에 큰 변화가 일어났음을 말해주었다. 레이스 달린 외투와 삼각모. 그것들은 어디 갔을까? 여전히 반바지를 입고 짙은 색 긴 면양말을 신고 있었지만 예전의 그 반바지는 아니었다. 외투도 옷자락이 넓은 점은 예전과 같았으나 그 외엔 전혀 달랐다! 위풍당당한 삼각모 역시 평범한 둥근 모자로 바뀌어 있었다. 범블 씨는 더 이상 교구 사무관이 아니었다.

세간의 승진은 물질적인 보상과는 별개로 그 직위에 걸맞은 외투나 조끼를 통해 독특한 가치와 위엄을 당사자에게 부여하기도 한다. 육군 원수는 제복을, 주교는 실크 앞자락을, 법률가는 실크 법복을, 교구 사무관은 삼각모를 갖는다. 주교에게서 실크 앞자락을 벗기고, 교구 사무관에게서 삼각모와 레이스를 벗겨보라. 어찌 될까? 인간. 한낱 인간일 뿐이다. 때로는 위엄과 거룩함마저도 상상 이상으로 외투와 조끼 차원의 문제일 뿐이다.

범블 씨는 코니 부인과 결혼해 구빈원장이 되어 있었다. 교구 사무관의 권력은 다른 사람에게 넘어갔다. 삼각모와 금빛 레이스 외투, 지팡이, 이 세 가지 모두 양도되었다.

"내일이면 두 달이 되는군!" 범블 씨가 한숨을 쉬며 말했다. "까마득한 옛일 같구나."

그 말은 범블 씨가 8주라는 짧은 기간에 갖가지 행복을 집중적으로 누렸다는 뜻일 수도 있었으나 그 한숨은 대단히 의미심장한 것이었다.

"스스로 나 자신을 팔아넘기다니." 범블 씨는 내내 같은 생각에 잠겨 말했다. "고작 찻숟가락 여섯 개, 각설탕 집게 하나, 우유

병 하나, 중고 가구 몇 점과 현금 20파운드를 받자고. 꽤 괜찮은 나를. 싸게, 헐값에 넘겼어!"

"헐값!" 날카로운 목소리가 범블 씨의 귀를 때렸다. "가격이 얼마였든 당신을 사는 건 바가지나 다름없었어. 내가 당신을 사느라 얼마나 바가지를 썼는지 하느님은 아실걸!"

범블 씨는 고개를 돌려 흥미로운 배우자의 얼굴과 마주했다. 그의 배우자는 남편의 불평을 몇 마디 엿듣고 과감히 대거리한 참이었다.

"이봐요, 범블 부인!" 범블 씨가 감정을 실어 엄중히 말했다.

"왜요!" 부인이 되받아쳤다.

"나 좀 봐봐요." 범블 씨는 시선을 아내에게 고정하고 말했다. (범블 씨는 속으로 생각했다. '이런 시선을 버텨낸다면 이 여자는 뭐든 버텨낼 거야. 이건 극빈자들에게 한 번도 실패한 적 없는 시선이니까. 이게 마누라에게 안 통하면 내 권위는 끝장난 거야.')

눈을 아주 살짝만 부리려도 극빈자들을 단번에 제압하던 그였건만, 그때는 극빈자들이 부실한 식생활로 버틸 여력이 없어서 그랬던 것인지, 아니면 코니 부인으로 불리던 여인이 독수리처럼 매서운 시선에 유난히 강해서 이리 된 것인지는 각자의 의견에 맡기겠다. 구빈원 총무는 범블 씨가 인상을 써도 제압당하기는 커녕 큰 경멸로 받아쳤고 그것도 모자라 웃음마저 터뜨렸으니, 진심에서 우러나는 웃음소리로 들렸다.

범블 씨는 전혀 뜻밖의 웃음소리를 듣고 믿기지 않는다는 표정과 놀랍다는 표정을 차례로 지었다. 그러고는 방금 전의 상태로 빠져들었다가 아내의 목소리에 퍼뜩 정신을 차렸다.

"그렇게 퍼질러 앉아서 코나 골 거예요, 온종일?" 범블 부인이 물었다.

"있고 싶을 때까지 여기 앉아 있을 생각이오만, 부인." 범블 씨가 대답했다. "또한 결코 코를 골진 않았지만, 코를 골든 입을 벌리든 재채기를 하든 웃든 울든 기분 내키는 대로 할 거요. 그건 내 특권이니까."

"당신 특권!" 범블 부인이 같잖다는 듯 한껏 비웃으며 말했다.

"내 분명 그리 말했소, 부인." 범블 씨가 말했다. "남자의 특권이란 명령하는 것이오."

"그럼 대체 여자의 특권은 뭐지?" 코니 씨의 미망인이 소리쳤다.

"복종하는 것이지." 범블 씨가 호통쳤다. "당신의 작고한 불운한 남편이 당신에게 그걸 가르쳤어야 했는데. 그랬더라면 그는 지금 살아 있었을지도 모르지. 그랬으면 얼마나 좋아, 딱한 양반 같으니!"

범블 부인은 마침내 결정의 순간이 왔다는 걸, 그래서 주도권이 어디에 있는지 가름할 결정타가 필요하다는 걸 단번에 직감하고 세상을 뜬 고인이 거론되자마자 그대로 의자에 주저앉아 범블 씨에게 비정한 짐승이라고 고래고래 악을 쓰면서 한바탕 눈물을 흘렸다.

하지만 눈물은 범블 씨의 영혼에 닿지 못했다. 그의 심장은 방수성이 좋았다. 물세탁이 가능한 비버 털모자처럼 그의 마음은 쏟아지는 눈물에 더 견고해지고 모질어졌다. 눈물은 약함의 징표이자 그의 힘을 인정하는 암묵적 항복이었으므로 흐뭇하고 우쭐한 기분마저 들었다. 그는 흡족한 얼굴로 기특한 아내를 쳐다보면서 우는 것은 건강에 대단히 이롭다는 것이 의사들의 소견이니 실컷 울라고 적극 추천했다.

"눈물은 폐부를 열어주고 얼굴을 씻어주며 눈을 운동하게 하고 화를 누그러뜨리지." 범블 씨가 말했다. "그러니 마음껏 울어요."

범블 씨는 그렇게 떠들어대면서 자신의 우월함을 적절히 확인시켰다고 느끼는 사람이 그렇듯 벽의 못에서 모자를 벗겨 비스듬히 쓰고 양손을 주머니에 찔러 넣고는 여유와 익살을 온몸으로 발산하며 문을 향해 슬슬 걸어갔다.

더 수월하다는 이유로 손을 쓰기보다 눈물 공격을 시도한 예전의 코니 부인은 이제 손을 쓰기로 마음먹었고, 범블 씨는 곧장 그 사실을 알게 되었다.

그 사실의 첫 번째 증거는 탁 하고 방을 울리는 소리와 함께 범블 씨에게 전달되었고, 연이어 그의 모자가 느닷없이 방 반대편으로 날아갔다. 노련한 숙녀는 이렇게 예비 조치를 취한 다음 한 손으로 그의 목덜미를 움켜잡고 다른 손으로는 힘과 요령이 실린 주먹세례를 그의 머리에 퍼부었다. 그러다 주먹질을 멈추고는 얼굴을 할퀴고 머리카락을 쥐어뜯어 약간의 변칙을 가미해 죄에 합당하다 여기는 만큼 한참 동안 벌을 준 뒤 마침 적당한 위치에서 대기 중인 의자 위로 그를 떠밀고 나서 특권이니 뭐니 어디 다시 지껄여보라고 을러댔다.

"일어나!" 범블 부인이 명령조로 말했다. "여기서 꺼져, 진짜 비장의 손맛을 봬주기 전에."

범블 씨는 비장의 손맛이란 뭘까 몹시 궁금해하면서 후회 막심한 얼굴로 일어났다. 그는 모자를 집어 들고 문을 바라보았다.

"안 가?" 범블 부인이 다그쳤다.

"가요, 여보, 간다니까." 범블 씨는 문 쪽으로 더 재빨리 움직이며 말했다. "그럴 생각은 없었지만, 간다니까, 여보! 당신이 그리 사나우니 나는 정말이지—"

그 순간 범블 부인은 실랑이 와중에 걷어차인 카펫을 제자리에 놓으려고 앞으로 후다닥 나갔다. 범블 씨는 못 다 한 말을 싹 잊고 잽싸게 방 밖으로 달아났고, 이로써 전장은 예전 코니 부인의 수중에 떨어졌다.

범블 씨는 불시에 기습당해 완패했다. 천성이 남을 괴롭히기 좋아하는 그는 소소하게 모진 행동을 일삼아 상당히 큰 쾌감을 얻곤 했다는 점에서 영락없이 겁쟁이일 수밖에 없었다. 이것은 그의 인격을 깎아내리고자 하는 말이 결코 아니다. 존경받는 높은 위치에 있는 많은 공직자들이 비슷한 약점에 휘둘리기 때문이다. 오히려 그가 공직에 어울리는 사람이라는 인상을 독자에게 심어주려는 의도에서 하는 칭찬일 뿐이다.

하지만 그의 추락은 여기서 끝난 게 아니었다. 구빈원을 한 바퀴 돌아보았을 때, 그는 구빈법이 사람들에게 너무 가혹하다고, 아내를 교구에게 떠넘기고 도망친 남자들은 벌을 받아서는 안 되고 오히려 지독한 고초를 겪은 장한 인사로서 상을 받아야 마 땅하다는 생각을 난생처음 하게 되었다. 여자 극빈자들 몇 명이 교구 리넨을 세탁하는 방에 이르렀을 때 두런두런 이야기를 나 누는 소리가 들려왔다.

"에헴!" 범블 씨는 위엄을 있는 대로 끌어모으며 말했다. "그래 도 이 여자들은 내 특권을 계속 존중해 주겠지. 어이! 어이, 거기! 왜 이리 시끄러워, 이 여편네들아?"

범블 씨는 그 말과 함께 벌컥 문을 열고 기세등등하게 쳐들어 갔지만 즉시 풀이 죽어 움츠러들고 말았다. 어찌 된 일인지 마눌 님의 형상이 눈에 들어왔던 것이다.

"여보." 범블 씨가 말했다. "당신이 여기 있을 줄은 몰랐구려."

"내가 여기 있을 줄은 몰랐다고!" 범블 부인이 되뇌었다. "그러 는 당신은 여기서 뭐 하는 거지?"

"나는 이 여자들이 너무 수다를 떠느라 일을 제대로 안 하는 줄 알았지 뭐요, 여보."

범블 씨는 심란한 기색으로 빨래 통 앞의 두 노파를 흘끔거리 며 말했다. 노파들은 굴욕당하는 구빈원장을 보고 감탄하며 의 견을 주고받고 있었다.

"이 여자들이 너무 수다를 떨었다고?" 범블 부인이 말했다. "그게 당신하고 무슨 상관인데?"

"아니, 여보⋯⋯." 범블 씨가 굽실거렸다.

"그게 당신하고 무슨 상관이냐고?" 범블 부인이 재차 따졌다.

"지당하오, 당신이 여기 총무니까, 여보." 범블 씨가 물러섰다. "나는 당신이 나설 줄 모르고 그런 거요."

"잘 들어요, 범블 씨." 그의 아내가 대꾸했다. "우린 당신이 끼어드는 거 원치 않아요. 당신이 그렇게 아무 상관 없는 일에 참견하는 걸 너무 좋아하니까 돌아서자마자 모든 구빈원 사람들에게 비웃음을 사는 거야. 그래서 온종일 매 순간 바보처럼 보이는 거라고. 꺼져요, 당장."

범블 씨는 극빈자 할멈 둘이 킥킥거리며 고소해하는 것을 괴로운 마음으로 보면서 잠시 망설였다. 참고 기다리는 법이 없는 범블 부인은 비누 거품을 한 대접 푸더니 범블 씨에게 문 쪽을 가리키면서 그 통통한 몸이 비눗물을 뒤집어쓰기 전에 썩 물러가라고 명령했다.

범블 씨가 달리 어찌할 수 있었겠나? 맥없이 주위를 둘러보고는 슬슬 물러갈 수밖에. 그가 문에 이르렀을 때 할멈들의 킥킥대던 웃음소리가 속이 후련하다는 폭소로 바뀌어 터져 나왔다. 이것으로 충분했다. 그는 그들의 면전에서 몰락하고 만 것이다. 다름 아닌 극빈자들 면전에서 계급과 지위를 상실한 것이다. 그는 높고 화려한 교구 사무관의 신분에서 천하의 천덕꾸러기 공처가라는 밑바닥으로 추락했다.

"겨우 두 달 만에 이리 되다니!" 범블 씨는 울적한 생각에 휩싸여 말했다. "두 달 만에! 두 달 전만 해도 나 자신의 주인일 뿐 아니라 교구 구빈원에 관한 한 모든 이들의 주인이었던 내가, 지금은!"

이럴 수는 없었다. 범블 씨는 그를 위해 대문을 열어준(생각에 잠겨 걷다 보니 어느새 대문 앞이었다) 사내아이의 귀싸대기를 올려붙이고는 심란한 심정으로 거리로 나섰다.

길거리를 이리저리 오르내리며 걷다 보니 울컥 치솟던 슬픔이 잦아들었다. 기분이 전환되자 갈증이 났다. 그는 펍을 여럿 지나친 끝에 어느 골목 안에 있는 펍 앞에 멈춰 섰다. 창문 가림막 너머로 얼핏 들여다보니 손님은 한 명뿐이고 객실이 텅 비어 있었다. 그 순간 장대비가 쏟아지기 시작하자 그는 결정을 내렸다. 범블 씨는 안으로 들어가 바를 지나면서 마실 것을 주문하고는 거리에서 들여다보았던 객실로 들어갔다.

앉아 있는 남자는 키가 컸고 검은 머리에 큰 망토 차림이었다. 외지인의 분위기가 나는 데다 조금 여윈 외모와 옷에 묻은 흙먼지로 보아 꽤 먼 길을 여행한 듯했다. 남자는 범블이 들어왔을 때 곁눈질을 했을 뿐 그가 인사를 건네도 고개를 숙여 답례조차 하지 않았다.

어차피 범블 씨는 위엄에 관한 한 둘째가라면 서러워할 위인이었으므로 낯선 남자가 더 살갑게 굴었어도 상황은 마찬가지였을 것이다. 그는 말없이 물 탄 진을 마시면서 거드름을 피우며 신문을 읽었다.

하지만 남자끼리 한자리에 있을 때 흔히 그렇듯 범블 씨도 낯선 이를 훔쳐보고 싶은 강한 충동을 이기지 못하고 낯선 이를 때때로 훔쳐보았고, 그럴 때마다 낯선 이도 이쪽을 몰래 흘끔거린다는 걸 알고는 당황해 눈길을 돌렸다. 낯선 이의 유별난 눈빛에 범블 씨는 더욱 거북함을 느꼈다. 형형한 사내의 눈에는 불신과 의심의 험한 그림자가 어른거렸는데, 그것은 평생 본 적이 없는, 보고 있기에는 너무나 혐오스러운 눈이었다.

이렇게 흘끔흘끔 서로의 시선이 몇 차례 마주쳤을 때 낯선 이가 거친 저음의 목소리로 침묵을 깼다.

"혹시 나를 찾은 거요?" 그가 말했다. "아까 창가에서 안을 들여다봤을 때 말이오."

"내가 아는 한 그건 아닌 듯하오만, 혹시 댁 이름이……." 범블 씨는 말꼬리를 흐렸다. 낯선 이의 이름이 궁금해 상대가 못 참고 스스로 이름을 대주기를 바랐기 때문이다.

"그건 아니었나 보군." 낯선 남자가 말했다. 그의 입가에 가만히 비꼬는 표정이 떠올랐다. "나를 찾았다면 내 이름을 알고 있었을 테니까. 당신은 내 이름을 모르는군. 그렇다면 묻지 않는 편이 좋을 거요."

"해를 끼칠 의도는 없었소, 젊은이." 범블 씨가 점잖게 말했다.

"해는 무슨." 낯선 남자가 말했다.

짧은 대화가 끝나고 다시 침묵이 흘렀지만 낯선 남자가 다시 침묵을 깼다.

"예전에 본 적이 있는 것 같은데?" 남자가 말했다. "그때 댁은 옷차림이 지금과 달랐고, 길에서 딱 한 번 지나쳤을 뿐이지만, 당신이었소. 여기 교구 사무관이었지 아마?"

"맞소." 범블 씨는 조금 놀라며 말했다. "교구 사무관이었소."

"그럼 그렇지." 상대방이 고개를 끄덕이며 대꾸했다. "그때 내가 봤을 때는 그런 모습이었어. 지금은 뭐요?"

"구빈원 원장이오." 범블 씨는 낯선 이가 과도하게 친근함을 표시할까 봐 거리를 두려고 부러 천천히 힘주어 대꾸했다. "구빈원 원장, 젊은이!"

"자기한테 이익이 되는지 따지는 건 여전하겠지, 안 그렇소?" 낯선 남자는 범블 씨가 그 질문에 놀라 눈을 올려 뜨는 걸 주시하다 계속했다. "주저 말고 편하게 말해보지. 나는 당신을 잘 알아, 보시다시피."

"내 생각에는 말이오." 범블 씨는 당황한 기색으로 손그늘을 만들어 낯선 남자를 머리끝에서 발끝까지 뜯어보며 대답했다. "결혼한 남자든 독신남이든 정직한 돈벌이는 마다하지 않아요. 교구 관리들은 벌이가 변변치 못해 정당한 방식에 의한 약간의 부수입을 거절할 형편이 아니오."

낯선 남자는 자기가 사람을 잘못 보지 않았다고 말하는 것처럼 미소를 짓고 나서 다시 고개를 끄덕이고는 종을 울렸다.

"이 잔 좀 다시 채워요." 그는 범블 씨의 빈 잔을 주인장에게 건네며 말했다. "독하고 뜨거운 걸로. 그게 좋겠지?"

"너무 독하지 않게." 범블 씨가 살짝 헛기침을 하며 대꾸했다.

"무슨 말인지 알겠지, 주인장!" 낯선 남자가 덤덤하게 말했다.

주인장은 씩 웃더니 사라졌다가 금세 김이 올라오는 큰 잔을 가지고 돌아왔고, 범블 씨는 그것을 한 모금 들이켜더니 눈빛이 촉촉해졌다.

"내 말 잘 들어요." 낯선 남자는 방문과 창문을 닫고 나서 말했다. "오늘 나는 당신을 찾아 여기로 내려온 거요. 그런데 악마가 자기 친구들에게 곧잘 던져주는 그런 뜻밖의 우연으로, 당신이 제 발로 내가 앉아 있는 방으로 들어온 거요. 내 머릿속에 온통 당신 생각뿐인 그 순간에. 당신에게 얻고 싶은 정보가 있소. 공짜로 달라는 건 아니오. 큰돈은 아니오만. 우선 이거 넣어둬요."

그는 그렇게 말하면서 금화 두 닢을 상대방을 향해 탁자 저편으로 쭉 밀었는데, 조심스러운 동작으로 보아 동전이 짤랑대는 소리가 나는 걸 원치 않는 모양이었다. 범블 씨가 진짜 금화인지 꼼꼼하게 확인한 다음 만족스럽게 금화를 조끼 주머니에 넣었을 때 남자가 말을 이었다.

"기억을 거슬러 돌아가 보시오. 그러니까…… 15년 전 겨울로."

"아주 오래전이군." 범블 씨가 말했다. "그러죠. 그때로 돌아갔소."

"장소는 구빈원."

"기억나요!"

"때는 밤이오."

"기억해요."

"장소는, 어디가 됐든, 끔찍한 방구석이지, 비참한 매춘부들이 떳떳하지 못한 생명체를 세상에 내놓는. 교구에게 길러달라 찡찡거리는 새끼를 떡하니 낳아놓고 수치심 때문에 무덤으로 숨어버리지, 썩을 것들!"

"분만실 말이오?" 범블 씨는 낯선 남자가 흥분해 설명한 말을 완전히 이해하지 못해 물었다.

"맞소." 낯선 남자가 말했다. "거기서 사내아이가 하나 태어났지."

"그런 사내아이들은 부지기수라오." 범블 씨는 실망해 고개를 저으며 대꾸했다.

"그 악마의 자식들 중에 염병할 놈이 하나 있었소!" 낯선 남자가 소리쳤다. "한 놈 말이오. 순하게 보이고 얼굴이 하얀 녀석인데, 여기 관 짜는 사람에게 도제로 갔지. 그자가 녀석의 관을 짜서 녀석을 관에 넣고 못으로 박아버렸으면 좋았을 텐데. 나중에 녀석은 런던으로 도망친 모양이오."

"이런, 올리버 말이로군! 꼬마 트위스트!" 범블 씨가 말했다. "그놈 기억하고말고. 그놈보다 더 똥고집인 애새끼는 없을 거요."

"그놈에 대한 이야기를 듣고 싶은 게 아니야. 그놈 이야기는 들을 만큼 들었어." 범블 씨는 불쌍한 올리버의 악행에 대해 주절주절 장광설을 늘어놓으려 했지만 낯선 남자가 범블 씨의 말을 막았다. "내가 알고 싶은 건 어떤 여자야, 그놈 어미를 간호했던 쭈그렁이. 그 할망구 지금 어디 있소?"

"그 할망구 지금 어디 있냐고?" 물 탄 진을 마셔 장난기가 발동한 범블 씨가 말했다. "그건 알기 어렵지요. 그 할망구가 어디로 갔든 거긴 산파가 없으니 백수 신세일 테지."

"무슨 소리요?" 낯선 남자가 딱딱거렸다.

"그 할망구 지난겨울에 죽었거든." 범블 씨가 대꾸했다.

범블 씨가 이 정보를 말해주자 남자는 범블 씨를 물끄러미 바라보았다. 그렇게 한참 동안 시선을 거두지 않았지만 시선이 점차 멍해지면서 생각에 잠긴 듯했다. 그렇게 한동안 안도해야 할지 실망해야 할지 갈등하는 듯하더니 더 홀가분하게 숨을 폭 내쉬고는 시선을 돌리며 별일 아니라고 말했다. 그러면서 그는 떠나려는 듯 일어섰다.

하지만 범블 씨는 약삭빠른 사람이라 자신의 배우자가 아는 비밀을 팔아 한몫 단단히 챙길 기회가 열렸음을 직감했다. 샐리 할멈이 죽던 날 밤이라면 똑똑히 기억하고 있었다. 그날은 그가 코니 부인에게 청혼한 날이었기 때문이다. 아내가 그날 밤 거기서 혼자 보고 들은 이야기를 그에게 자세히 털어놓은 적은 없지만, 할멈이 구빈원 보모로 올리버 트위스트의 젊은 생모를 돌볼 때 일어났던 일과 관련된 것이라는 정도는 들어 알고 있었다. 그는 그 일을 재빨리 떠올리면서, 그 노파가 죽기 직전 어떤 여자와 단둘이 있었으니 그 여자라면 그의 의문을 풀어줄 수 있을 거라 믿는다고 낯선 이에게 오묘한 태도로 말했다.

"그 여자 어떻게 찾을 수 있지?" 낯선 남자가 한 대 얻어맞은 듯 그 사실이 끌어낸 온갖 두려움을 (그것이 무엇이든) 새로이 드러내며 말했다.

"나를 통해야 찾을 수 있소." 범블 씨가 대답했다.

"언제?" 사내가 다급히 소리쳤다.

"내일." 범블 씨가 대답했다.

"저녁 9시." 낯선 남자는 그렇게 말하며 종이를 꺼내 그 위에 심란한 마음을 드러내는 필체로 잘 알려져 있지 않은 강변의 어느 주소를 적었다. "저녁 9시에 그 여자를 여기 내게 데려오시오. 비밀에 부치란 말은 굳이 할 필요가 없겠지. 그것이 당신에게도 유리할 테니까."

사내는 먼저 일어나 술값을 치르고 나서 문에 도달했고, 서로 가는 길이 다르다고 간단히 말하고는 이튿날 밤 만날 약속 시간을 다시 힘주어 되풀이했을 뿐 인사도 없이 가버렸다.

교구 관료는 주소가 적힌 종이를 보고 이름이 없다는 걸 발견했다. 낯선 이는 아직 멀리 가지 않은 터라 그는 이름을 물어보려 뒤쫓아 갔다.

"무슨 일이지?" 범블이 팔을 건드리자 그 남자가 획 돌아서며 소리쳤다. "왜 따라와?"

"물어볼 게 있어서." 상대방이 쪽지를 가리키며 말했다. "어떤 이름을 찾아야 하는 거요?"

"몽크스!" 남자는 그리 대답하고는 횡하니 성큼성큼 떠나갔다.

38장

범블 씨 부부와 몽크스 씨가
밤중에 만나 나눈 이야기

칙칙하고 후텁지근한 구름 낀 여름 저녁이었다. 온종일 험악하던 먹구름이 굵은 빗방울을 떨구며 앞으로 몰아칠 격렬한 폭풍우의 서막을 올렸을 때, 범블 씨 부부는 중심가를 벗어나 폐가가 즐비한 작은 마을을 향해 나아갔다. 2.5킬로미터쯤 떨어진 강가 저지대의 불건전한 늪지대에 자리한 마을이었다.

두 사람이 몸에 두른 오래되고 남루한 옷들은 비를 막고 남들의 시선을 피하려는 이중 목적에 잘 부합하는 것 같았다. 남편은 불을 켜지 않은 랜턴을 들고 몇 걸음 앞장서서 걸었는데 길이 지저분하니 미리 뚜렷한 발자국을 찍어 아내가 그대로 밟고 따라오도록 하려는 것 같았다. 그들은 정적 속을 걸어갔다. 가끔씩 범블 씨는 걸음을 늦추고 아내가 잘 따라오는지 확인하려는 듯 고개를 뒤로 돌려 아내가 바짝 따라오고 있다는 걸 확인한 뒤 걸음을 재촉하여 목적지를 향해 나아갔다.

거기가 어떤 곳인지는 의심의 여지가 없었다. 이런저런 노동을 해 먹고사는 듯 위장했지만 주로 약탈과 범죄를 통해 생계를 꾸리는 저열한 무뢰배의 집성촌으로 진작에 알려진 곳이었기 때문이다. 돌아다니는 벽돌로 대충 쌓았거나 벌레 먹은 낡은 선박 목재로 지은 오두막들이 어떤 질서나 배치 없이 되는대로 모여 있었는데, 대부분 강둑에서 1~2미터 안쪽에 있었다. 물이 새는 배 몇 척이 진창 위로 끌어올려져 주위를 둘러싼 낮은 담장에 단단히 묶여 있었고, 노와 밧줄 뭉치가 여기저기 널려 있었다. 지나다가 그것들을 보면 여기 허름한 오두막 주민들이 강에서 물질을 하는구나 하는 생각이 언뜻 들다가도 그것들이 부서지고 쓸모없는 상태임을 발견하고는 실제 사용되는 게 아니라 전시용이라는 걸 어렵지 않게 추측할 수 있었다.

이렇게 강가를 따라 모인 오두막들 한가운데 위층이 강물 위로 돌출한 큰 건물이 한 채 있었다. 한때 공장으로 사용되던 건물이라 한창때는 인근 주민들에게 일자리를 제공했겠지만 이미 폐가가 된 지 오래였다. 건물을 받치는 기둥들은 쥐와 벌레, 습기의 작용에 약화되어 부패했고, 상당 부분이 물속에 잠긴 데다 나머지 부분도 옛 동료를 따라 동일한 최후를 맞이할 절호의 기회를 노리는 듯 검은 강물을 위태롭게 굽어보았다.

이 쓰러져가는 건물 앞에 중요 인사인 범블 부부가 걸음을 멈추었을 때 멀리서 첫 천둥소리가 공중에 울려 퍼지더니 거센 비가 쏟아지기 시작했다.

"이 근처가 분명한데." 범블 씨가 손에 쥔 쪽지를 살피며 말했다.

"여봐, 거기!" 위쪽에서 어떤 목소리가 소리쳤다.

소리가 난 쪽으로 고개를 들었을 때 범블 씨는 그 건물 3층에서 가슴 높이의 창문 너머로 밖을 내다보는 남자를 발견했다.

"거기 그대로 있어요." 목소리가 외쳤다. "내가 곧 갈 테니." 그 말과 함께 머리는 사라졌고 창문이 닫혔다.

"저 이가 그 남자예요?" 범블 씨의 훌륭한 부인이 물었다.

범블 씨는 그렇다고 고개를 끄덕였다.

"그럼, 내가 한 말 명심해요." 총무가 말했다. "그리고 말을 최대한 아껴요. 아니면 당신 때문에 우리 의중이 단번에 읽힐 거예요."

범블 씨는 후회막심한 눈초리로 건물을 바라보다가 과연 이 거래를 계속하는 게 맞는 것인지 회의감을 표현하려는 순간 몽크스가 나타나는 바람에 말문이 막혔다. 몽크스가 두 사람이 서 있는 곳 옆의 작은 문을 열더니 그들에게 들어오라고 손짓했다.

"들어오라고!" 그는 조급증이 나 발로 땅을 구르면서 소리쳤다. "날 여기 세워둘 셈인가!"

처음에 주저하던 여자는 더 들어오라는 청이 없는데도 대담하게 안으로 들어갔다. 범블 씨는 뒤에 남는 것이 창피했는지 아니면 무서웠는지 곧장 따라 들어갔는데, 몹시 불안한 기색이 역력했고 평소 주특기였던 등등한 위엄도 거의 찾아볼 수 없었다.

"대체 왜 빗속에서 그러고 꾸물거렸던 거요?" 그들이 들어온 뒤 몽크스가 문을 닫고 빗장을 걸고 나서 돌아서서 범블을 향해 말했다.

"우, 우린 그냥 열기를 식히느라." 범블이 불안하게 주변을 둘러보며 더듬더듬 말했다.

"열기를 식혔다고!" 몽크스가 응수했다. "지금까지 내린 비와 앞으로 내릴 비를 다 합해보시지, 지옥불을 끌 수가 있나, 인간이 지옥불을 몰고 다니는데. 당신도 쉽게 열기를 식힐 순 없을 테니 그런 건 생각도 마시오!"

몽크스는 이렇게 그럴 듯한 말을 하면서 총무에게로 몸을 돌려 시선을 던졌고, 그녀는 평소 쉽사리 겁먹지 않는 성격이었음에도 얼른 시선을 거두어 바닥에 떨구었다.

"이 사람이 그 여자요?" 몽크스가 물었다.

"흠! 이 사람이 그 여자요." 범블 씨는 아내의 경고를 떠올리며 대답했다.

"댁은 여자들이 절대 비밀을 지킬 수 없다고 생각하나 봐요?" 총무는 몽크스의 살피는 시선을 마주한 채 말을 받았다.

"여자들은 탄로 나지 않는 한 한 가지 비밀은 반드시 지키지." 몽크스가 말했다.

"그게 뭔데요?" 총무가 물었다.

"밝혀지면 오명을 쓰게 될 비밀." 몽크스가 대답했다. "같은 맥락에서 여자들은 교수형이나 유배형에 처해질 비밀도 발설하지 않지. 난 그런 염려는 하지 않소! 알아듣겠소, 부인?"

"아뇨." 총무는 얼굴을 살짝 붉히며 대꾸했다.

"알아들을 턱이 있나!" 몽크스가 말했다. "당신이 어떻게 알겠어?"

그는 두 상대방을 향해 미소를 짓는 것 같기도 하고 인상을 찌푸리는 것 같기도 한 묘한 표정을 짓더니 따라오라는 손짓을 다시 하면서 천장은 낮지만 꽤 널찍한 방을 서둘러 가로질렀다. 그가 사다리에 가까운 가파른 층계에 도달해 다른 창고들이 있는 위층으로 올라가려는 순간, 계단 구멍 아래로 눈부신 번갯불이 번쩍거린 뒤 천둥이 꽝 치면서 위태로운 건물을 뒤흔들었다.

"들어봐!" 그가 움찔 물러나며 소리쳤다. "들어봐! 악마들이 숨어 있는 수천 개의 동굴을 쩌렁쩌렁 울리듯 쾅쾅거리는 저 소리를! 망할 놈의 저 소리! 난 저 소리가 싫어!"

그는 한동안 가만히 있다가 돌연 얼굴에서 양손을 뗐다. 황당해 말문이 막힌 범블 씨에게 몹시 뒤틀리고 낯색이 변한 그의 얼굴이 드러났다.

"난 가끔 이런 발작을 일으키곤 하오." 몽크스는 범블 씨가 놀란 것을 보고 말했다. "천둥소리에 발작이 일어나기도 하지. 이제 신경 쓰지 마시오. 이번 건 지나갔으니."

그는 앞장서서 사다리를 타고 위층으로 올라간 뒤 방의 덧창들을 서둘러 닫고는 천장의 육중한 대들보에 걸린 도르래 밧줄을 당겨 밧줄 끝에 매달린 랜턴을 내렸다. 랜턴의 희미한 불빛에 아래 놓인 낡은 탁자 하나와 의자 세 개가 드러났다.

"자." 세 사람 모두 자리에 앉았을 때 몽크스가 말했다. "곧장 본론에 들어갈수록 우리 모두에게 좋겠지. 이 여자도 다 알고 있겠지?"

이것은 범블에게 던진 질문이었지만, 그의 아내가 선수를 쳐 잘 알고 있다고 먼저 대답했다.

"이 남자의 말로는, 그 할멈이 죽던 날 밤 당신이 그 자리에 있었고 그 할멈이 당신에게 무슨 말을 했다던데."

"당신이 말한 사내아이의 어미에 관한 이야기였죠." 총무가 끼어들어 대꾸했다. "맞아요."

"첫 번째 질문은 그 할멈과 무슨 이야기를 나눴느냐는 거요." 몽크스가 말했다.

"그건 두 번째 질문이고요." 여자가 조심조심 신중하게 말했다. "우선 그 대화의 가치부터 물어야겠지요."

"대체 그걸 누가 안단 말이오, 무슨 내용인지도 모르는 판에?" 몽크스가 물었다.

"당신보다 더 잘 알 사람이 있을라고요." 범블 부인이 대담하게 대꾸했다. 그녀가 여간해선 주눅 들지 않는다는 것은 그녀의 배우자가 얼마든지 증언할 수 있었다.

"하!" 몽크스가 몹시 궁금한 얼굴로 의미심장하게 말했다. "돈 값을 할 거다 이거요?"

"그럼요." 범블 부인이 침착하게 대답했다.

"그 여자한테 받은 게 있을 텐데." 몽크스가 말했다. "그 여자가 가지고 있던 거. 뭔가……."

"흥정부터 하시죠." 범블 부인이 끼어들었다. "이야기할 상대가 당신이란 건 이미 들어 알고 있어요."

범블 씨는 그 비밀에 대해 원래 알던 내용 외에는 배우자에게 더 자세히 들은 바가 없었으므로 목을 길게 빼고 휘둥그레진 눈으로 아내와 몽크스를 번갈아 바라보며 대화를 경청했다. 얼마에 비밀을 넘기겠냐고 몽크스가 딱딱하게 물었을 때는 그렇지 않아도 놀란 안색이 더욱 놀란 빛을 띠었다.

"당신에게는 얼마의 가치가 있지요?" 여자가 여전히 침착하게 물었다.

"무가치할 수도 있고, 20파운드쯤 나갈 수도 있겠지." 몽크스가 대답했다. "말해봐요, 어느 쪽인지 알 수 있게."

"방금 부른 금액에 5파운드 더해 25파운드 내요, 금화로." 여자가 말했다. "그럼 아는 걸 모두 털어놓죠. 그 이하로는 어림없어요."

"25파운드!" 몽크스가 몸을 빼며 외쳤다.

"최대한 깎아준 거예요." 범블 부인이 대답했다. "별로 거액도 아니고."

"막상 듣고 나면 아무것도 아닐지 모르는 시시한 비밀에 거액이 아니라니!" 몽크스가 짜증스럽게 외쳤다. "게다가 12년이 넘도록 묻혀 있던 이야기를!"

"그런 건 잘만 보존하면 좋은 와인처럼 시간이 흐르면서 종종 가치가 두 배로 뛰곤 하죠." 총무가 여전히 단호하고 심드렁한 태도로 응수했다. "그리고 '묻혀 있다'는 얘기가 나왔으니 말인데, 1만2천 년이든 1천2백만 년이든 죽어 묻혀 있다가도 결국은 이상한 이야기를 해줄 사람들은 반드시 있다고요!"

"만약 내가 아무것도 아닌 것에 값을 치른 거라면?" 몽크스가 주저하며 물었다.

"돈은 쉽게 돌려받을 수 있을 거예요. 난 여자에 불과한 데다 여기 혼자 무방비 상태로 있잖아요."

"혼자는 무슨, 여보, 무방비 상태도 아니오." 범블 씨가 두려워 떨리는 목소리로 말했다. "내가 여기 있잖소, 여보." 범블 씨가 이를 딱딱 부딪쳤다. "몽크스 씨 같은 신사가 교구 직원에게 폭력을 쓸 리 없잖소, 여보. 게다가 내가 청년이 아닌 것도, 말하자면 한창때를 살짝 넘겼다는 것도 아는데. 이분도 들었을 거요. 몽크스 씨는 분명 들었을 거요, 여보, 내가 매우 단호한 관리이고, 성질을 건드리면 비범한 괴력을 발휘한다는 걸. 조금만 성질을 건드려도 그리 되니까."

범블 씨는 그렇게 말하면서 랜턴을 격렬하고 단호히 움켜쥐는 어설픈 시도를 했지만 얼굴 곳곳에 어린 두려운 표정은 극빈자나 그에게 굽신거리는 데 길들여진 사람이라면 모를까, 어지간히 성미를 건드려서는 그에게서 전투력을 끌어낼 수 없다는 걸 증명할 뿐이었다.

"이 바보 양반아." 범블 부인이 대신 대꾸했다. "당신은 입 다물고 있어요."

"이자는 몸을 낮추어 말하지 못할 바엔 여기 오기 전에 혀를 잘라버리는 게 좋았을걸." 몽크스가 험한 말을 했다. "그래! 이자가 당신 남편이오?"

"남편이긴 하죠!" 총무가 킥킥 웃으며 질문을 어물쩍 넘겼다.

"당신들 들어올 때 딱 알아봤지." 몽크스가 성난 눈초리로 배우자를 쏘아보는 여자를 보고 말했다. "오히려 더 잘됐군. 두 사람이 일심동체면 내 망설임도 줄어드니까. 이건 진심이오. 자, 이거!"

그는 손을 옆 주머니에 넣어 캔버스천으로 된 주머니를 꺼내 금화 25파운드를 세어 탁자 위에 놓고는 여자에게 쭉 밀었다.

"자." 그가 말했다. "넣어둬요. 저 빌어먹을 천둥이 곧 지붕 위를 때릴 테니, 그 후에 당신 이야기를 들어봅시다."

천둥이 훨씬 더 가까운 곳에서 머리 바로 위를 때리는 듯 천지를 뒤흔들다 잦아들었을 때 몽크스는 탁자에서 고개를 들고 여자가 하는 말을 들으려고 몸을 앞으로 내밀었다. 두 남자는 귀 담아들을 욕심에 작은 탁자 위로 몸을 내밀었고, 여자도 속삭이는 말소리가 들리도록 몸을 앞으로 내밀었기 때문에 세 사람의 얼굴은 닿다시피 했다. 공중에 매달린 랜턴의 창백한 불빛이 지극히 짙은 그늘과 어둠에 둘러싸인 그들에게 곧장 쏟아져 그들의 파리하고 불안한 낯색을 강조했기 때문에 유령의 형상이 따로 없었다.

"우리가 샐리 할멈이라고 부르던 이 여자가 죽을 때 말이에요." 총무가 이야기를 시작했다. "그 할멈과 나 단둘이 있었어요."

"아무도 없었다고?" 몽크스가 여전히 울리는 목소리로 속삭이며 물었다. "다른 침대에 병든 놈팡이나 얼간이 하나 없었단 말이오? 엿들을 만한 사람이 하나도 없었다고?"

"전혀." 여자가 대답했다. "우리 둘뿐이었어요. 죽음이 들이닥친 그 몸뚱이 옆엔 나만 홀로 서 있었지요."

"좋소." 몽크스가 그녀를 면밀히 살피면서 말했다. "계속해요."

"할멈이 어느 젊은 여자 얘기를 했어요. 몇 해 전 아기를 낳은 여자였어요. 할멈이 누워 죽어가던 바로 그 침대, 그 방에서요."

"뭐?" 몽크스는 떨리는 입술로 말하면서 자기 어깨 너머를 흘끔 돌아보았다. "망할! 그렇게 된 거로군!"

"간밤에 댁이 이이에게 이름을 말했던 그 아이가 바로 이 아이예요." 총무가 고갯짓으로 남편을 대충 가리키며 말했다. "그 여자를 보살피던 할멈이 그 여자 물건을 훔친 거죠."

"그 여자가 살아 있을 때?" 몽크스가 물었다.

"죽고 나서." 여자는 대답하면서 부르르 떠는 것 같았다. "그 할멈이 시체의 물건을 훔친 거예요. 아기 엄마가 숨을 거두면서 자기 젖먹이를 위해 잘 맡아달라고 부탁한 걸 아기 엄마의 몸이 굳기도 전에 훔친 거죠."

"할멈이 그걸 팔아먹었겠네?" 몽크스가 간절한 마음으로 열렬히 소리쳤다. "그걸 팔았지? 어디서? 언제? 누구에게? 얼마나 오래전에?"

"할멈은 그 이야기를 간신히 털어놨어요." 총무가 말했다. "그러고는 쓰러져 죽어버렸지요."

"다른 말 없이?" 몽크스가 소리쳤다. 그의 목소리는 잔뜩 억눌려 있다가 터져 나온 터라 더욱 격분한 것처럼 들렸다. "거짓말! 장난치지 마! 분명 더 말했을 거야. 당신들 둘 모두 찢어발기는 한이 있어도 그게 뭔지 알아내고 말겠어."

"한마디도 안 했어요." 여자는 낯선 남자가 험악하게 구는데도 (범블 씨와는 딴판으로) 전혀 흔들리지 않고 말했다. "할멈이 한 손으로 내 옷자락을 격렬히 움켜쥐고 있었는데 그 손이 반쯤 벌어져 있었어요. 할멈이 죽은 걸 보고 그 손을 억지로 떼어냈더니 그 손에 꼬질한 쪽지 하나가 들어 있더라고요."

"뭐가 쓰여 있었나?" 몽크스가 몸을 내밀며 끼어들었다.

"아무것도." 여자가 대답했다. "그건 전당포 보관증이었어요."

"무얼 맡겼지?" 몽크스가 물었다.

"말해드리죠." 여자가 말했다. "내 판단으로는 할멈이 그 싸구려 장신구를 더 요긴하게 써먹을 요량으로 얼마간 가지고 있다가 나중에 전당포에 맡긴 거 같아요. 그 후엔 저금했거나 변통한 돈으로 해마다 이자를 지불해 물건이 넘어가지 않게 막았겠지요. 만약 그걸 써먹을 일이 생기면 다시 찾을 수 있게. 그런데 그걸 써먹을 일이 일어나지 않은 거예요. 그러다가 이미 말한 대로 할멈은 닳고 닳아 너덜너덜해진 쪽지만 손에 달랑 쥐고 죽어버린 거죠. 이틀 뒤가 만기일이었는데, 나도 언젠가 그걸 써먹을 일이 있지 않을까 하는 생각이 들어서 잡힌 물건을 찾아왔어요."

"그거 지금 어디 있소?" 몽크스가 재빨리 물었다.

"여기." 여자가 대답했다. 그러고는 홀가분하다는 듯 프랑스제 시계가 간신히 들어갈 만한 크기의 작은 염소 가죽 주머니를 탁자 위에 얼른 던졌다. 몽크스는 그걸 우악스럽게 낚아채 떨리는 손으로 주머니를 열었다. 안에 작은 황금 펜던트 목걸이가 들어 있었는데, 펜던트 안에는 머리카락 두 터럭과 금으로 된 간소한 결혼반지 하나가 들어 있었다.

"안쪽에 '애그니스'라는 말이 새겨져 있어요." 여자가 말했다. "성씨가 들어갈 공간은 비어 있고 이후에 날짜가 있는데, 따져보니 아이가 태어난 날에서 1년이 채 되지 않은 때였어요."

"이게 전부요?" 몽크스는 작은 펜던트 안의 내용물을 꼼꼼하게 살펴보고 나서 말했다.

"전부예요." 여자가 대답했다.

범블 씨는 이야기가 끝났지만 25파운드를 되돌려 달라는 말이 없자 안심이 됐는지 숨을 길게 푹 내쉬었다. 그리고 대화가 진행되는 내내 콧등으로 흘러내려도 그냥 두었던 땀을 그제야 용기 내 닦았다.

"이 이야기에 관해 내가 아는 건 모두 추측일 뿐이에요." 잠시 침묵이 흐른 뒤에 여자가 몽크스에게 말했다. "알고 싶지도 않고요. 모르는 게 더 안전하니까. 하지만 두 가지 문제를 물어봐도 될까요?"

"물어보든가." 몽크스가 조금 놀라는 티를 내며 말했다. "내가 대답하고 안 하고는 별개 문제지만."

"그로써 문제는 세 개가 되는군." 범블 씨가 농담을 던졌다.

"그것이 바라던 물건이 맞나요?" 총무가 물었다.

"맞소." 몽크스가 대답했다. "다른 질문은?"

"그걸 어떻게 할 셈이에요? 그것 때문에 내가 곤란해지는 일은 없겠죠?"

"그런 일은 결코 없을 거요." 몽크스가 대답했다. "나한테 불리하게 사용될 일도 없을 거고. 자, 여길 보시오! 하지만 한 발자국도 앞으로 나서지 마시오. 안 그랬다간 당신네 목숨은 갈대만도 못한 것이 되고 말 테니까."

그는 갑자기 탁자를 옆으로 밀치고 바닥 판자에 달린 쇠고리를 잡아당겨 커다란 뚜껑 문을 휙 들어 올렸다. 문은 범블 씨의 발치 바로 가까이에서 열렸는데, 그 바람에 이 신사는 몇 걸음 뒤로 아주 황급히 물러서야 했다.

"밑을 내려다보시오." 몽크스가 랜턴을 깊은 구멍 속으로 내리면서 말했다. "날 두려워할 필요는 없소. 그럴 마음이 있었다면 당신들이 그 위에 앉아 있을 때 충분히 소리 없이 떨어뜨려 버렸을 테니까."

총무는 안심시키는 말을 듣고 구멍의 가장자리로 다가섰다. 심지어 범블 씨조차도 호기심에 이끌려 똑같이 행동하는 용감함을 보였다. 구멍 아래에서 폭우로 불어난 혼탁한 물살이 빠르게 흘러가고 있었다. 퍼런 이끼가 낀 진흙투성이 말뚝 기둥들을 때리며 소용돌이치는 물소리가 다른 소리를 모두 삼켜버렸다. 썩은 말뚝을 비롯해 예전에 그 밑에 있던 물레방아의 잔해 주위로 물살이 세차게 부딪치며 거품을 일으켰다. 물살은 헛되이 앞길을 가로막는 장애물들을 벗어난 뒤 더욱 탄력을 받아 거세게 앞으로 돌진하는 듯했다.

"저 아래로 사람의 몸을 내던지면 내일 아침에 어디쯤 가 있을 것 같소?" 몽크스가 랜턴을 우물처럼 컴컴한 구멍 속으로 이리저리 흔들며 말했다.

"강을 따라 20킬로미터쯤 떠내려가고, 게다가 갈가리 찢겨 있겠지." 범블이 대답하고는 그 생각에 움츠러들었다.

몽크스는 품 안에 급히 쑤셔 넣었던 작은 꾸러미를 꺼냈다. 그러고는 그것을 바닥에 굴러다니는 납덩어리, 도르래의 부속품에 묶어 강물 속에 떨어뜨려 버렸다. 그것은 곧장 수직으로 쭉 떨어지더니, 거의 들리지도 않을 만큼 작게 철썩 소리를 내며 물살을 갈랐다. 그리고 사라져버렸다.

세 사람은 한결 홀가분한 기색으로 서로를 바라보았다.

"자!" 몽크스는 뚜껑 문을 닫으며 말했다. 문이 육중한 소리를 내며 원래의 위치로 떨어졌다. "책에서 그러지 않소, 행여 바다가 죽은 자들을 토해낸다 해도 금은붙이들은 그대로 바다 밑에 남는다고. 그러니까 저 쓰레기도 그것들 중에 있을 거요. 더 이상할 얘기가 없으니 이 즐거운 모임은 그만 해산하도록 하지."

"두말하면 잔소리죠." 범블 씨가 매우 신속하게 대답했다.

"당신, 혀를 머리통 안에 조용히 처박아 놓을 거지?" 몽크스가 위협하는 표정으로 말했다. "당신 부인은 걱정 안 해."

"날 믿어도 돼요, 젊은이." 범블 씨가 목례를 하고 사다리 쪽으로 조금씩 움직이며 지극히 정중하게 대답했다. "우리 모두를 위한 거니까, 젊은이. 물론 나 자신을 위해서기도 하고 말이오, 몽크스 씨."

"당신, 내 이름을 잊는 연습부터 하는 게 좋겠어, 알겠소?" 범블 씨의 말에 몽크스가 말했다.

"충분히 알아들었소." 범블 씨가 여전히 사다리 쪽으로 물러나며 대답했다.

"그리고 혹시 어디서든 우리가 다시 만나더라도 서로 아는 체할 이유가 전혀 없는 거요. 알아듣겠소?" 몽크스가 얼굴을 찡그리며 말했다.

"어떤 경우에도 당신한테 말을 걸거나 당신에 관해 입을 여는 일은 없을 테니 걱정 마시오, 젊은이." 범블 씨가 말했다.

"당신을 위해서라도 그 말을 들으니 다행이오." 몽크스가 말을 덧붙였다. "등불에 불을 밝히시오! 그리고 최대한 서둘러 이곳을 떠나시오."

그것으로 대화가 끝났기에 망정이지, 범블 씨는 사다리에서 15센티미터도 채 안 되는 곳에서 고개를 숙이고 있다가 하마터면 그대로 곤두박질치며 아래층 방으로 떨어질 뻔했다. 그는 몽크스가 밧줄에서 떼어내 들고 있던 등불에서 불을 옮겨 붙이고는 대화를 시도하지 않고 말없이 아래로 내려갔고, 그의 아내도 뒤를 따랐다. 몽크스는 계단에 멈춰 서서 떨어지는 빗방울 소리와 흐르는 물소리 말고 밖에서 아무 소리도 들리지 않는다는 것을 확인한 다음 맨 마지막에 내려왔다.

그들은 아래층 방을 천천히 아주 조심스럽게 가로질러 갔다. 몽크스는 그림자가 나타날 때마다 깜짝깜짝 놀랐고, 범블 씨는 바닥에서 30센티미터도 안 되는 높이로 등불을 든 채 숨겨진 뚜껑 문이 없는지 초조하게 주변을 살피면서 놀라울 정도로 조심스러울 뿐 아니라 덩치가 무색할 만큼 대단히 가벼운 발걸음으로 느릿느릿 걸었기 때문이다. 몽크스는 그들이 들어왔던 현관문의 빗장을 살며시 풀고 문을 열었다. 범블 씨 부부는 수수께끼 같은 밀회자와 고개만 한 번 끄덕여 인사를 나눈 뒤 비가 내리는 캄캄한 밖으로 나갔다.

그들이 가자마자 몽크스는 혼자 남은 것이 못 견디게 싫었는지 아래층 어딘가에 숨어 있던 아이 하나를 소리쳐 불러냈다. 그러고는 등불을 든 아이를 앞세워 조금 전까지 있던 방으로 돌아갔다.

39장

독자가 이미 아는 주요 인사들을 소개하고
몽크스와 유대인이 어떻게 그들의
잘난 머리를 맞댔는지 보여준다

바로 앞 장에서 이야기한 대로 세 사람이 작은 거래를 끝낸 날
저녁, 윌리엄 사이크스 씨는 잠에서 깨어나 지금이 밤 몇 시나 됐
냐고 졸린 목소리로 퉁명스럽게 물었다.

사이크스 씨의 질문이 울려 퍼진 방은 그가 처트시 원정을 떠
나기 전 머물던 여러 셋집 중 하나는 아니었지만 같은 동네에
예전 숙소와 그리 멀지 않은 곳에 있었다. 보아하니 허름한 데
다 세간살이가 빈약하고 비좁은 단칸방이라 이전 숙소처럼 그
리 바람직한 거처는 아닌 듯했다. 빛은 비탈진 천장의 작은 창문
으로 들어오는 것이 전부였고, 지저분한 막다른 길과 붙어 있었
다. 이 신사 양반의 곤궁한 처지를 나타내는 징후는 이것만이 아
니었다. 가구라고는 거의 없고 안락한 분위기는 찾아볼 수 없는

데다 여분의 옷이나 식탁보 같은 잡다한 물건마저 전무한 상황
은 극도로 쪼들리는 형편을 대변했다. 무엇보다 사이크스 씨 본
인의 변변찮고 쇠약한 몸 상태가 이런 징후들을 뒷받침하고도
남았다.

집털이 강도는 하얀 외투를 가운처럼 몸에 칭칭 감고 침대에
누워 있었는데, 병색이 완연한 얼굴에 꼬질꼬질한 수면 모자, 일
주일은 족히 자란 검고 뻣뻣한 턱수염까지 더해 몰골이 말이 아
니었다. 개는 침대 옆에 앉아서 아쉬운 눈초리로 주인을 바라보
는가 하면, 거리나 아래층에서 소음이 들려올 때마다 귀를 쫑긋
세우고 낮게 으르렁거리며 바짝 경계했다. 창가에는 어떤 여자
가 앉아 강도가 평소에 입는 낡은 조끼를 부지런히 깁고 있었다.
궁핍한 생활을 하며 병자를 간호한 탓에 파리하고 수척해진 그
녀는 앞서 등장한 낸시라고 보기에 어려웠지만 사이크스 씨가
묻는 말에 대답하는 목소리로 보아 낸시가 맞았다.

"7시 조금 지났어." 여자가 말했다. "오늘 밤은 좀 어때, 빌?"

"통 맥을 못 추겠어." 사이크스 씨는 자기 눈과 팔다리에 대고
욕을 지껄이며 대꾸했다. "여기, 나 좀 부축해, 이 요란한 침대에
서 벗어나게 해줘."

사이크스 씨는 몸져누운 와중에도 성미가 조금도 누그러지지
않았으니, 여자가 그를 일으켜 의자로 데려다주었을 때 그것 하
나 제대로 못 한다면서 온갖 욕설을 퍼부으며 여자를 때렸다.

"이젠 질질 짜기까지 하냐?" 사이크스가 말했다. "하! 거기 서

서 칭얼대지 좀 마. 그 정도밖에 못 할 거면 다 집어치워! 알아들어?"

"들었어." 여자는 얼굴을 한쪽으로 돌리고 웃음을 짜내며 대꾸했다. "이번엔 또 무슨 생각을 하는 거야?"

"하! 뚝 못 그치겠냐, 엉?" 사이크스는 그녀의 눈에서 바르르 떨리는 눈물을 주목하며 으르렁댔다. "뚝 그치는 게 신상에 좋을 거야."

"설마 오늘 밤 날 들들 볶기로 작정한 건 아니지?" 여자는 그의 어깨에 손을 얹으며 말했다.

"아니!" 사이크스 씨가 소리쳤다. "근데 그럼 안 되냐?"

"생각해 봐." 여자의 손길에 어린 여성스러운 부드러움이 그녀의 목소리로 전염되어 다정한 느낌을 발산했다. "얼마나 많은 밤들을 내가 당신 곁에서 참고 버텼는지 생각해 보라고. 아기를 돌보듯 내가 당신을 간호하고 보살폈잖아. 이제 겨우 당신다운 당신을 보게 된 참이야. 그걸 생각한다면 지금처럼 이리 날 대우하진 못해, 아니야? 얼른 말해. 안 그러겠다고 말해."

"그래." 사이크스가 대꾸했다. "안 그럴게. 참 나, 이 여자가 또 질질 짜고 난리네!"

"내가 뭘." 여자는 의자에 주저앉으며 말했다. "난 신경 쓰지 마. 곧 끝날 거야."

"뭐가 끝나?" 사이크스 씨가 사나운 목소리로 물었다. "또 무슨 바보짓을 꾸미고 있어? 일어나 부지런히 움직여. 여자들의 그

허튼수작으로 날 속일 생각일랑 말고."

다른 때 같으면 이런 불평과 말투가 원하는 효과를 냈을 테지만, 비슷한 상황에서 으레 사이크스 씨가 위협에 양념 삼아 더하는 적절한 욕설을 몇 마디 지껄이기도 전에 여자는 기진맥진해 의자등받이 뒤로 머리를 떨구고는 기절하고 말았다. 그는 이 흔치 않은 비상 상황에서 무얼 어떻게 해야 할지 몰라 난감했다. 낸시 양의 발작은 격렬했지만 대개는 별 도움 없이 환자 혼자 애쓰다 보면 잦아드는 것이었기 때문이다. 사이크스 씨는 불경한 욕설을 내뱉다가 평소의 대처 방식이 전혀 효과가 없다는 걸 깨닫고는 도와달라고 외쳤다.

"무슨 일이야?" 페이긴이 안을 들여다보며 말했다.

"이 여자 좀 도와주지?" 사이크스가 다급하게 대답했다. "거기 서서 주절대면서 나한테 웃지 좀 말고!"

페이긴이 놀라 소리치면서 여자를 도우러 급히 들어왔고, 그러는 동안 잭 도킨스(꾀돌이 양생이)는 신망 있는 친구를 따라 방으로 들어와 들고 있던 보따리를 서둘러 바닥에 내려놓고는 곧장 뒤따라 들어온 찰리 베이츠의 손에서 병을 낚아채 순식간에 이로 코르크 마개를 뽑고 안에 든 것을 환자의 목구멍 속에 조금 부었다. 그 전에 실수를 방지하는 차원에서 한 모금 본인이 먼저 맛을 보는 것도 빼먹지 않았다.

"풀무로 신선한 바람을 불어줘, 찰리." 도킨스 군이 말했다. "당신은 낸시의 손등을 때려봐요, 페이긴. 빌은 페티코트를 좀 풀어주고."

공을 들인 합동 조치는 즉시 바라던 효과를 낳았다. 특히 베이츠 군이 일생에 다시없을 재미난 놀이를 만난 것처럼 맡은 역할을 충실히 해낸 것이 한몫했다. 여자는 차츰 정신을 차리고 침대 옆 의자로 비틀대며 걸어가 베개에 얼굴을 묻었고, 들어온 사람들을 마주한 사이크스 씨는 그제야 그들의 예고 없는 방문에 당황한 기색이었다.

"아니, 무슨 몹쓸 바람이 불어 행차를 하셨나?" 그가 페이긴에게 물었다.

"몹쓸 바람이라니 당치 않아. 몹쓸 바람은 누구에게도 좋게 불지 않지만, 난 좋은 것을 가져왔거든, 자네가 보면 좋아할 것으로. 얌생아, 꾸러미를 풀고 오늘 아침 우리가 돈을 몽땅 털어서 산 물건들을 빌한테 보여줘라."

얌생이는 페이긴 씨가 시키는 대로 꾸러미를 풀었다. 그것은 낡은 식탁보로 싼 큰 꾸러미였다. 얌생이는 안에 든 물건들을 하나씩 찰리 베이츠에게 건넸고, 찰리는 그것들을 탁자에 놓으면서 그 희소성과 탁월함을 강조하는 칭찬을 늘어놓았다.

"엄청난 토끼 고기 파야, 빌." 어린 신사는 커다란 파이를 보여주며 감탄했다. "엄청 맛있는 거야, 빌, 다리가 엄청 연해서 뼈까지 입에서 살살 녹아 발라내지 않아도 돼. 7실링 6펜스짜리 녹차 반 파운드도 있어. 얼마나 진한지 끓는 물을 부으면 찻주전자 뚜껑이 들썩일 정도야. 이건 검둥이들이 이 맛을 실컷 보기 전엔 일손을 잡지 않았다는 촉촉한 설탕 1.5파운드. 이럴 수가 있나! 2파운드짜리 밀기울 빵 두 덩이, 최상품 버터 1파운드, 더블 글로스터 치즈 한 조각, 마지막으로 더없이 풍미가 좋은 술까지!"

베이츠 군은 마지막 찬사와 함께 그의 큼직한 주머니에서 코르크 마개로 단단히 봉한 큰 포도주 병을 하나 꺼냈다. 그동안 도킨스 군은 들고 있던 병에서 독주 원액을 포도주 잔에 가득 따랐고, 환자는 한시도 망설이지 않고 그것을 단숨에 삼켰다.

"아!" 페이긴은 흡족하게 양손을 비비며 말했다. "됐어, 빌, 이제 됐어."

"되긴 뭐가 돼!" 사이크스 씨가 외쳤다. "이제껏 내가 죽을 고비를 넘긴 게 스무 번도 넘는데. 그동안 영감은 날 돕기는커녕 손 놓고 있었어. 3주 넘게 사람을 이 지경으로 내팽개치다니 무슨 속셈이야, 이 떠돌이 사기꾼아!"

"이 친구 말하는 것 좀 봐라, 얘들아!" 페이긴은 어깨를 으쓱거리면서 말했다. "이리 맛난 걸 가져온 우리한테 말이다."

"이것들은 그런대로 괜찮긴 해." 사이크스 씨는 조금 누그러진 기색으로 탁자 위를 훑어보았다. "하지만 어디 한번 변명해 봐, 왜 나를 여기 팽개쳐 두는지. 사기도, 기력도, 돈도, 모든 게 떨어진 나를 말이야. 이 죽느냐 사느냐 하는 판국에 영감은 나를 거들떠보지도 않고 저 개만도 못하게 취급했어. 저놈 좀 진정시켜, 찰리."

"이렇게 활발한 개는 처음 봐." 베이츠 군이 시키는 대로 하면서 소리쳤다. "장보는 할머니처럼 이리저리 코를 디밀고 냄새를 맡네! 이 녀석 무대에 서면 떼돈 벌겠어. 연극의 부흥을 가져올 놈이야."

"시끄러워!" 개가 여전히 화가 나 으르렁거리면서 침대 밑으로 물러날 때 사이크스가 소리쳤다. "어디 한번 변명해 봐, 이 말라깽이 장물아비 영감아?"

"일주일 넘게 런던을 떠나 있었어, 장물 문제로." 유대인이 대답했다.

"나머지 2주는 어떻게 된 거야?" 사이크스가 캐물었다. "나머지 2주 동안 쥐구멍 안의 병든 쥐처럼 나를 여기 팽개친 건?"

"어쩔 수 없었어, 빌. 사람들 앞에서 길게 설명할 수 없지만, 내 명예를 걸고 말하지, 나도 어쩔 수 없었어."

"당신의 뭘 걸어?" 사이크스가 혐오감을 노골적으로 드러내며 으르렁거렸다. "야! 누구든 그 파이 한 조각만 잘라줘, 입맛을 씻어내야겠어, 숨 막혀 죽기 전에."

"화내지 말게." 페이긴이 살살 달랬다. "난 자네를 잊은 적이 없어. 한시도."

"아무렴! 어련하시겠어." 사이크스가 쓴웃음을 지으며 대꾸했다. "내가 여기 누워 부들부들 떨고 열이 펄펄 끓는 내내 영감은 머리를 굴리고 계략을 짜고 있었겠지. 빌은 이 일을 할 수 있을 거야, 빌은 저 일도 할 수 있을 거야, 회복되는 대로 모두 할 수 있을 거야, 헐값으로, 내가 시키는 건 뭐든 할 만큼 쪼들릴 테니까. 저 여자가 아니었으면 난 죽었을지도 몰라."

"말 한번 잘했네, 빌." 페이긴이 말꼬리를 잡으며 응수했다. "저 여자가 아니었으면! 이 불쌍한 페이긴 영감 외에 자네 곁에 그 쓸모 있는 여자를 붙여줄 인사가 또 누가 있지?"

"영감이 옳은 소리를 다 하네!" 낸시가 얼른 나서면서 말했다. "계속해, 계속해."

낸시의 출현은 대화를 새로운 방향으로 이끌었다. 소년들이 조심성 많은 유대인 영감의 교활한 눈짓을 받고 그녀에게 술을 먹이기 시작한 것이다. 하지만 낸시는 아주 절제하며 받아 마셨다. 그동안 페이긴은 평소와 달리 활기찬 모습을 유지하면서 사이크스의 위협을 유쾌하고 가벼운 농담으로 받아넘기고 사이크스가 술병을 연거푸 들이켠 뒤 선심을 써서 한두 번 던진 거친 농담에 한바탕 너털웃음을 터뜨림으로써 사이크스 씨의 마음을 차츰 풀어주었다.

"좋아, 좋아." 사이크스 씨가 말했다. "그래도 오늘 밤엔 영감한테서 돈을 좀 뜯어내야겠어."

"지금은 동전 한 푼 가진 게 없다네." 유대인이 대답했다.

"그럼 집에 엄청 많겠네." 사이크스가 반박했다. "거기서 가져다줘."

"엄청이라니!" 페이긴이 양손을 쳐들며 소리쳤다. "보기보다 난 그리 가진 게—"

"영감이 얼마나 가졌는지는 모르지만 영감도 그걸 모른다는 건 알아. 그걸 다 세려면 시간이 한참 걸릴 테니까." 사이크스가 말했다. "난 오늘 밤 돈을 받아야겠어. 더는 긴말 안 해."

"그래, 그래." 페이긴이 한숨을 내쉬며 말했다. "그럼 내 얼른 꾀돌이를 보내지."

"그렇게는 안 되지." 사이크스 씨가 대꾸했다. "꾀돌이 녀석은 하도 꾀가 많아서 오는 걸 깜빡했네, 길을 잃었네, 짭새를 피해 도망쳤네 요리조리 핑계를 댈 거야, 영감이 시키기만 하면. 낸시가 집으로 가서 받아 오면 확실해. 낸시가 없는 동안 나는 눈 좀 붙여야겠어."

한참을 옥신각신 실랑이를 벌인 끝에 페이긴은 요구된 선불금을 5파운드에서 3파운드 4실링 6펜스로 깎았는데, 이제 수중에 생활비가 달랑 18펜스만 남았다고 여러 번 불평을 해댔다. 사이크스 씨는 더 받지 못할 거면 그 정도로 만족해야겠다고 볼멘소리로 말했고, 낸시는 페이긴을 따라 영감의 집으로 갈 채비를 했다. 그동안 얌생이와 베이츠 군은 음식을 찬장에 넣었다. 유대인은 다정한 친구와 작별 인사를 나눈 다음 낸시와 아이들을 대동하고 집으로 돌아갔다. 그동안 사이크스 씨는 침대에 몸을 던지고는 아가씨가 돌아올 때까지 마음을 가라앉히고 잠을 청했다.

얼마 후 그들은 페이긴의 거처에 도착했다. 토비 크래킷과 톰 치틀링이 열다섯 판째 크리비지 카드놀이에 열중하고 있었는데,

치틀링 씨가 연전연패한 것은 물론이고 열다섯 번째 게임마저 수세에 몰려 수중에 남은 마지막 6펜스까지 탈탈 털릴 판국이라 젊은 친구들에게 큰 즐거움을 선사했음은 물론이다. 크래킷 씨는 서열이나 능력 면에서 한참 떨어지는 신사와 어울리는 걸 남에게 보인 것이 조금 창피했는지 하품을 하더니 사이크스의 안부를 묻고는 가려고 모자를 집어 들었다.

"누구 온 사람 없었지, 토비?" 페이긴이 물었다.

"사기꾼 한 놈 얼씬하지 않았어." 크래킷 씨가 옷깃을 올려 세우며 대꾸했다. "싸구려 맥주처럼 어찌나 지루하던지. 내가 이리 오랫동안 집을 봐주었으니 한턱 단단히 내쇼, 페이긴. 망할, 배심원처럼 따분했단 말이오. 내가 이 젊은 친구하고 놀아줄 정도로 천성이 착했기에 망정이지 아님 뉴게이트 감옥처럼 쿨쿨 곤히 잠들었을 거요. 따분해 죽는 줄 알았네, 진짜!"

토비 크래킷 씨는 이런 식의 말들을 더 늘어놓으면서 딴 돈을 모아 조끼 주머니에 쑤셔 넣었는데, 이런 은화 쪼가리들은 자기 같은 명사에겐 푼돈이라는 듯이 거들먹거리는 모양새였다. 그러고는 어찌나 우아하고 고상하게 방에서 걸어 나가는지 치틀링 씨는 크래킷 씨의 다리와 부츠에 감탄하는 눈길을 수차례 던지다가 크래킷 씨가 시야에서 완전히 사라지자 저런 사람과 안면을 트는 데 6펜스 동전 열다섯 개면 싼 거라고, 오늘 돈을 잃은 것은 새끼손가락 한 번 튕긴 거나 진배없이 별일 아니라고 사람들에게 단언했다.

"넌 참 이상한 인간이야, 톰!" 베이츠 군이 몹시 즐거워하며 말했다.

"말도 안 돼." 치틀링 씨가 대답했다. "내가 정말 그래?"

"아주 똑똑한 친구지." 페이긴이 그의 어깨를 두드리고 다른 제자들에게 윙크를 하면서 말했다.

"크래킷 씨는 거물이야. 안 그래, 페이긴?" 톰이 물었다.

"두말하면 잔소리지."

"그럼 그 사람과 안면을 트는 건 바람직한 일이잖아, 안 그래, 페이긴?" 톰이 주장을 고수했다.

"그렇고말고. 쟤들이 샘이 나서 그러는 거야, 톰, 자기들은 상대해 주지 않으니까."

"아하!" 톰이 의기양양하게 외쳤다. "그게 진짜 이유였구나! 그 사람에게 돈을 모두 털렸지만, 돈이야 원할 때 나가서 더 벌면 되니까. 안 그래, 페이긴?"

"물론이지. 행동은 빠를수록 좋아, 톰. 손해 본 건 만회할 수 있으니 더는 꾸물거리지 마. 얌생이! 찰리! 한탕 할 시간이야. 어서! 벌써 10시가 다 되어가는데, 아무것도 하지 않았구나."

소년들은 말귀를 알아듣고 낸시에게 고개를 끄덕인 뒤 모자를 집어 들고 방을 나갔다. 얌생이와 그의 쾌활한 친구는 나가면서 치틀링 씨를 대상으로 농담을 즐겼다. 그의 품행에는 그다지 특출나거나 독특하게 볼 만한 점이 없다는 게 정당한 평가다. 훌륭한 인맥과 연결되는 대가로 치틀링 씨보다 더 많은 돈을 지불

할 화통한 젊은이들이 그 도시에 널렸다는 점과 살살이 토비 크래킷과 같은 토대에서 명성을 쌓는 훌륭한 신사들(앞서 언급된 훌륭한 인맥의 구성원들)도 많다는 점을 고려하면 그렇다.

"자." 그들이 방을 나갔을 때 페이긴이 말했다. "내가 가서 현금을 가져올게, 낸시. 이건 애들이 가져온 희한한 물건들을 보관하는 작은 서랍장 열쇠야. 돈은 잠가두질 않아, 잠가둘 만한 돈이 없거든. 하! 하! 하! 잠가둘 게 없어. 이건 밑지는 장사야, 낸시, 달갑지 않지. 하지만 난 젊은이들을 곁에 두는 게 좋아. 그래서 감내하는 거야, 감내하는 거라고. 쉿!" 그는 얼른 열쇠를 가슴팍에 감추며 말했다. "저거 누구야? 들어봐!"

낸시는 가슴에 팔짱을 끼고 탁자 앞에 앉아 누가 오든 말든 전혀 관심이 없는 것 같았다. 그렇게 그 사람이 누구든, 오든 가든 아랑곳하지 않았다. 그러다가 어떤 남자가 중얼거리는 목소리가 들려왔는데, 그 소리를 듣자마자 보닛과 숄을 번개처럼 집어 들어 탁자 밑으로 던졌다. 낸시가 숄을 던진 직후 유대인이 돌아섰고, 낸시는 상당히 신속하고 맹렬했던 동작과는 영 딴판으로 꽤나 나른하면서도 꽤나 또렷한 말투로 덥다고 투덜댔다. 하지만 방금 전 페이긴은 그녀를 등지고 있었기 때문에 그녀의 민첩한 행동은 보지 못했다.

"쳇!" 영감이 방해받아 짜증이 난 듯 중얼거렸다. "그자가 올 줄 알았어. 지금 계단을 내려오고 있구먼. 그자가 여기 있는 동안엔 돈 얘긴 입도 뻥긋하지 마라, 낸시. 오래 머물지 않을 테니까.

10분을 넘기지 않을 거야."

유대인이 깡마른 집게손가락을 입술에 댄 채 촛불을 들고 문가로 갈 때, 계단에서 어떤 남자의 발소리가 들려왔다. 영감이 문가로 나가자마자 방문객은 서둘러 방 안으로 들어와 자기도 모르게 낸시 옆에 섰다.

몽크스였다.

"내 아이들 중 하나요." 페이긴이 몽크스가 낯선 사람을 발견하고 물러나는 것을 보고 말했다. "움직이지 마, 낸시."

여자는 탁자 쪽으로 더 가까이 붙어 무심히 몽크스를 슬쩍 쳐다보고는 눈길을 거두어들였지만, 남자가 시선을 페이긴에게 돌리는 순간 다시 남자를 훔쳐보았다. 목적의식이 담긴 열렬하고 탐색하는 시선이었기 때문에 누가 옆에서 그 변화를 보았다면 두 시선이 같은 사람의 것이라고는 믿기 어려웠을 것이다.

"무슨 소식이라도?" 페이긴이 물었다.

"엄청난 게 있지."

"조, 좋은 소식인가?" 페이긴은 너무 낙관적인 말로 남자의 성미를 건드리고 싶지 않은 듯 자제하며 물었다.

"그리 나쁜 소식은 아니야." 몽크스가 미소를 지으며 대답했다. "이번엔 내가 빨리 손을 썼거든. 이야기 좀 나누고 싶은데."

여자는 몽크스가 자신을 가리키고 있다는 걸 보면서도 탁자로 더 가까이 붙으면서 방을 나가겠다는 의사를 비치지 않았다. 유대인은 몽크스가 낸시를 내보내려 하는 와중에 낸시가 돈 애기를 큰 소리로 꺼낼까 두려워 위층을 가리키고는 몽크스를 데리고 방을 나갔다.

"설마 예전의 그 지옥 구덩이는 아니겠지." 낸시는 그들이 위층으로 올라갈 때 남자가 말하는 소리를 들었다. 페이긴은 웃음을 터뜨리고 나서 계단이 삐걱거리는 소리에 겹쳐 알아들을 수 없는 말로 뭐라 대꾸하면서 일행을 3층으로 데려갔다.

집 안에 메아리치는 그들의 발소리가 사라지기 전, 낸시는 신발을 벗고 가운을 머리 위로 살짝 덮어서 두 팔을 가운 안에 감춘 모습으로 문가에 서서 숨 막히는 호기심에 귀를 바짝 세웠다. 소리가 사라지자마자 그녀는 방을 살그머니 나가 놀라우리만치 유연하고 조용하게 계단을 올라가서 위층의 그늘 속으로 모습을 감추었다.

방은 15분쯤 텅 비어 있었다. 낸시는 유령 같은 발걸음으로 살그머니 돌아왔고, 곧바로 두 남자가 계단을 내려오는 소리가 들려왔다. 몽크스는 곧장 거리로 나갔고, 유대인은 돈을 가지러 다시 계단을 올라갔다. 영감이 돌아왔을 때, 낸시는 떠날 준비를 하는 것처럼 숄과 보닛의 매무새를 다듬고 있었다.

"이런, 낸시." 유대인은 촛불을 내려놓다가 깜짝 놀라면서 외쳤다. "너 얼굴이 창백하구나!"

"창백하다고!" 여자는 영감을 찬찬히 보려는 듯 두 손으로 눈가에 손그늘을 만들었다.

"얼굴이 엉망이야. 무슨 일이라도 벌인 거야?"

"일은 무슨. 그런 일 없어. 영문도 모르고 이 답답한 방에 앉아 있었어." 여자가 되는대로 대답했다. "이제 줘요! 그만 가게. 아, 고되다."

페이긴은 그녀의 손에 돈을 한 닢 한 닢 건넬 때마다 한숨을 내쉬었다. 그들은 잘 자라는 인사를 주고받았을 뿐 더 이상 대화 없이 헤어졌다.

낸시는 거리로 나왔을 때 현관 계단에 걸터앉았다. 한동안 정신이 나가 어디로 가야 할지 갈피를 잡지 못하는 것 같았다. 그러다 별안간 일어서서 그녀가 돌아오기를 기다리는 사이크스의 집과는 정반대 방향으로 나아갔고, 걸음을 재촉하다가 점점 내달리기 시작했지만 힘이 빠져 한숨 돌리려 걸음을 멈추었다가 갑자기 정신이 번쩍 든 것처럼 마음먹은 일 하나 제대로 못 하는 무능함을 자책하며 두 손을 부여잡고 눈물을 쏟았다.

눈물을 쏟고 속이 후련해진 탓인지, 아니면 희망이 없는 처지를 의식해서인지 그녀는 발길을 돌렸다. 그리고 반대 방향을 향해 엄청난 속도로 돌아갔다. 흘려버린 시간을 만회하고 싶은 마음도 있었고, 몰아치는 생각들에 이끌린 탓이기도 했다. 얼마 후 그녀는 집털이범을 두고 나왔던 집에 도착했다.

그녀가 심란한 마음으로 나타났을 때 사이크스 씨는 아무런 낌새도 눈치채지 못했다. 그저 돈을 가져왔느냐 묻고, 긍정적인 대답을 듣고 나서 흡족한 마음에 감탄사를 내뱉더니 베개에 머리를 뉘이고 그녀의 기척에 깬 잠을 다시 자기 시작했다.

사이크스는 수중에 돈이 생기자 이튿날부터 먹고 마시는 데 전념했다. 낸시에게는 다행한 일이 아닐 수 없었다. 그로 인해 그의 성질머리가 유해지는 유익한 효과가 났으니, 그는 그녀의 태도와 행동거지에 대해 이러쿵저러쿵 타박할 마음도 시간도 없었다. 낸시는 비범한 결단이 요구되는 대담하고 위험한 결행을 앞둔 사람처럼 산만하고 초조한 분위기가 돌았는데, 눈썰미가 좋은 페이긴이었다면 단번에 알아챘겠지만, 사이크스 씨는 원래 미묘한 차이를 구분하는 눈치가 부족한 사람인 데다 미세한 의혹을 따질 겨를도, 따지고 드는 동안 모두에게 고집스럽고 거친 태도를 보일 여유도 없었다. 더구나 언급한 대로 그는 유달리 기분이 좋은 상태였다. 이런 연유로 낸시의 태도에서 심상치 않은 낌새를 알아채지 못한 사이크스가 낸시에게 큰 관심을 두지 않았기 때문에 평소보다 심란한 기색이 역력했음에도 낸시가 사이크스의 의심을 살 가능성은 매우 희박했다.

날이 저물수록 낸시의 흥분은 커져갔다. 밤이 되었을 때 그녀는 집털이범 옆에 앉아 그가 술에 취해 곯아떨어지기를 기다렸지만, 그는 그녀의 유달리 창백한 뺨과 번뜩이는 눈빛을 처음 알아채고 깜짝 놀랐다.

열증으로 약해진 사이크스는 침대에 누워 염증을 달래려고 진을 탄 뜨거운 물을 마시는 중이었는데, 낸시에게 잔을 채워달라서너 번째 잔을 내밀었을 때 심상치 않은 증상들을 알아챘다.

"이런, 환장하겠네!" 남자는 두 손을 짚고 몸을 일으키면서 여자의 얼굴을 빤히 쳐다보았다. "왜 얼굴이 다시 살아난 시체 같냐? 무슨 일이야?"

"일은 무슨!" 여자가 대꾸했다. "아무 일도 없어. 왜 그리 빤히 쳐다봐?"

"또 무슨 수작질일까?" 사이크스는 그녀의 팔을 움켜잡더니 거칠게 흔들어대며 캐물었다. "뭐야? 무슨 속셈이야? 무슨 생각을 하는 거야?"

"생각이야 많지, 빌." 여자는 몸을 떨고 양손으로 눈을 누르며 대답했다. "참 나! 그게 뭐 잘못됐어?"

쾌활한 척 억지로 꾸민 듯한 마지막 말투가 사이크스에게 종전의 거칠고 딱딱한 표정보다 더 깊은 인상을 준 모양이었다.

"내 말 잘 들어." 사이크스가 말했다. "네가 지금 열병에 걸려 열이 끓는 게 아니라면, 뭔가 심상치 않은 위험한 일이 있는 거야. 설마 그건 아니겠지…… 아냐, 젠장! 그건 아닐 거야!"

"뭐가 아니야?" 여자가 물었다.

"아닐 거야." 사이크스는 그녀에게 눈을 고정하고 혼잣말을 하듯 중얼거렸다. "이 여자보다 더 믿음직한 여자는 없어. 그렇지 않았으면 석 달 전에 목을 따버렸을 거야. 이 여자가 지금 열이 나나 봐. 그래서 그런 거야."

사이크스는 이런 확신으로 스스로를 안심시키면서 술잔 바닥이 보일 때까지 술을 쭉 들이켜고 나서 욕설을 웅얼거리며 물약을 달라고 말했다. 여자는 발딱 일어나 얼른 물약을 따랐지만 그를 등지고 있었다. 그러고는 그가 약을 모두 마실 때까지 그릇을 그의 입술에 대주었다.

"자." 강도가 말했다. "이리 와서 옆에 앉아. 그리고 원래 표정을 짓도록 해. 그 표정을 짓고 싶어도 짓지 못하게 내가 손수 바꿔버리기 전에."

여자는 시키는 대로 했다. 사이크스는 그녀의 손을 움켜쥐고 베개에 드러누워 시선을 그녀의 얼굴로 돌렸다. 눈이 감겼다. 다시 떠졌다. 다시 감겼다가 다시 떠졌다. 그는 끊임없이 뒤척이다가 이삼 분쯤 깜빡깜빡 졸더니 별안간 겁에 질린 표정으로 벌떡 일어나 멍하니 주변을 두리번거리며 일어날 것처럼 굴다가 깊은 잠에 곯아떨어졌다. 손에서 스르륵 힘이 풀리면서 팔이 옆으로 툭 떨어졌다. 그는 최면에 빠진 사람처럼 누워 있었다.

"드디어 로다넘이 효과를 내는구나." 여자가 침대 옆에서 일어서며 중얼거렸다. "지금도 너무 늦었을지 몰라."

낸시는 허겁지겁 보닛을 쓰고 숄을 둘렀는데, 수면제를 먹였지만 사이크스의 육중한 손이 언제 그녀의 어깨를 붙잡을지 모른다는 듯 때때로 두려운 눈초리로 돌아보았다. 그녀는 침대 위로 몸을 살짝 굽혀 강도의 입술에 입 맞추고 나서 소리 없이 방문을 열었다가 닫은 다음 서둘러 집을 나섰다.

큰길로 나가려면 지나야 하는 컴컴한 통로 저편에서 야경꾼이 9시 반이라고 외쳤다.

"9시 반이 지난 지 한참 됐나요?" 여자가 물었다.

"15분 후에 10시가 될 거요." 남자는 그렇게 말하며 그녀의 얼굴을 향해 등불을 들었다.

"거긴 한 시간 내에 못 갈 텐데." 낸시는 중얼거리며 남자를 후딱 지나 재빨리 길을 따라 내려갔다.

지나는 뒷골목과 거리마다 많은 가게들이 벌써 문을 닫고 있었다. 그녀는 스피탈필즈에서 런던의 웨스트엔드 쪽으로 나아갔다. 시계가 10시를 알리며 그녀의 조바심을 자극했다. 그녀는 팔꿈치로 행인들을 이리저리 밀치면서 좁은 보도를 따라 내달렸다. 말의 머리 밑으로 질주하는가 하면, 사람들이 건널 기회를 엿보며 몰려 있는 혼잡한 거리를 건너기도 했다.

"저 여자가 미쳤군!" 사람들이 내달리며 지나가는 그녀의 뒷모습을 쳐다보고 말했다.

더 부유한 동네에 도달하자 거리는 상대적으로 한산했다. 쌩하니 내달리는 그녀는 지나치는 행인들의 호기심을 크게 부채질했다. 어디를 가길래 저리 비범한 속도로 서두르는지 알아보려는 것처럼 부리나케 쫓아오는 사람도 있었고, 일부 남자들은 그녀를 앞질러 가서 줄어들지 않는 그녀의 속도를 보고 놀라기도 했다. 하지만 사람들은 하나둘 떨어져 나갔고, 목적지에 도착할 무렵 주위에 아무도 없었다.

그곳은 하이드파크 근처의 조용하고 멋진 거리에 자리한 가족용 호텔이었다. 호텔 문 앞의 환한 램프 불빛이 그녀를 그곳으로 인도했을 때 시계가 11시를 쳤다. 그녀는 결정을 내리지 못한 것처럼 몇 걸음 배회하다가 시계 소리에 들어가기로 마음을 굳히고 현관 안으로 들어갔다. 문지기 자리는 비어 있었다. 그녀는 불안한 듯 두리번거리다가 층계를 향해 나아갔다.

"저기, 아가씨!" 뒤쪽에서 말끔한 차림의 여자가 문밖을 내다보며 말했다. "누구 찾아요?"

"여기 묵는 숙녀분이요." 낸시가 대답했다.

"숙녀분!" 그 대답은 멸시하는 표정을 동반했다. "무슨 숙녀!"

"메일리 양이요." 낸시가 말했다.

벌써부터 낸시의 차림새를 훑어본 젊은 여자는 우월감과 혐오감이 가득한 표정으로 대답을 대신한 뒤 어떤 남자를 불러 응대를 맡겼다. 낸시는 남자에게 용건을 반복했다.

"이름이 어떻게 되죠?" 사환이 물었다.

"이름을 말해봐야 소용없어요." 낸시가 대답했다.

"용건을 말해도요?" 남자가 말했다.

"네, 그것도 소용없어요." 여자가 대답했다. "그 숙녀분을 직접 만나야만 해요."

"이런!" 남자는 그녀를 문 쪽으로 떠밀면서 말했다. "그만하고 어서 썩 꺼져."

"끌려 나가기 전에는 못 나가!" 여자가 사납게 말했다. "나 당신들 두 명쯤은 곤란하게 할 수 있어. 여기 누구 없어요?" 여자는 주변을 둘러보며 말했다. "나 같은 불쌍한 여자를 위해 간단한 말 하나 전해줄 사람 없냐고요?"

이 호소는 얼굴이 호인처럼 보이는 남자 요리사에게 효과를 발휘했다. 그는 다른 하인 몇 명과 함께 구경을 하다가 앞으로 나섰다.

"이 여자 말 좀 전해주지, 조?" 요리사가 말했다.

"소용없을 텐데?" 사환이 대답했다. "그 아가씨가 이런 여자를 만나줄 거라 생각해?"

낸시의 의심스러운 신분을 암시하는 이 말은 하녀 넷의 가슴에 순결한 분노의 불꽃을 활활 지폈다. 그들은 저런 건 여성의 수치라고 거세게 지적하고는 가차 없이 시궁창에 처박아야 한다고 강력히 주장했다.

"날 어찌하든 좋아." 낸시는 다시 남자들을 향해 말했다. "하지만 내 부탁부터 들어줘요. 전능하신 하느님을 봐서라도 제발 말좀 전해달라고요."

마음씨 좋은 요리사가 몇 마디 더 거들자 처음에 나타난 그 사환이 말을 전해주기로 했다.

"전할 말이 뭔데?" 남자가 한 발을 층계에 올리고 말했다.

"한 젊은 여자가 간절히 메일리 양과 단둘이 이야기하고 싶어 한다고." 낸시가 말했다. "그리고 그 여자의 첫 마디를 듣는 순간 용건을 더 들어야 할지 사기꾼이니 문밖으로 쫓아내야 할지 알게 될 거라고."

"아무래도 부풀려 말하는 거 같은데!" 사내가 말했다.

"그냥 전해줘요." 여자가 딱 잘라 말했다. "그리고 대답을 알려

쥐요."

남자가 위층으로 달려 올라갔다. 낸시는 그 자리에서 남아 하얗게 질린 채 숨을 몰아쉬면서 순결한 하녀들이 다 들리도록 쏟아내는 멸시의 말들을 입술을 떨며 듣고만 있었다. 그들의 야유는 남자가 돌아와서 낸시에게 올라가 보라고 말했을 때 더욱 거세졌다.

"똑바로 살아봤자 아무 소용 없는 세상이라니까." 첫 번째 하녀가 말했다.

"불을 견딜 땐 황금보다야 놋쇠가 더 낫지." 두 번째 하녀가 말했다.

세 번째 하녀는 "무슨 숙녀들이 저럴까" 하면서 스스로를 위로했고, 네 번째 하녀가 첫 번째 하녀의 말을 반복하는 것으로 디아나[35] 넷의 "창피한 줄 알아야지!" 사중창은 끝이 났다.

낸시는 전혀 아랑곳하지 않았다. 더 시급한 문제를 가지고 있었기 때문이다. 낸시는 팔다리를 덜덜 떨면서 남자를 따라서 천장의 램프가 켜진 작은 곁방으로 갔다. 남자는 그녀를 두고 방을 나갔다.

---

35   로마 신화에 나오는, 여성의 수호신이자 수렵의 신.

40장

앞 장에서 이어지는 이상한 면담

런던의 가장 지독한 매음굴과 범죄 소굴을 비롯해 길바닥을 전 전하며 살아온 낸시지만, 아직 그녀 안에는 미미하나마 여자로 서의 본성이 조금 남아 있었다. 그래서 맞은편 문 저편에서 이쪽 으로 다가오는 가벼운 발소리를 들었을 때, 이제 곧 그 작은 방 에서 펼쳐질 극명한 대조적 풍경을 상상하고는 깊은 자괴감에 사로잡혔고, 자청한 면담임에도 못 견디게 부담스러운 존재와 면담을 앞둔 것처럼 움츠러들었다.

하지만 이러한 더 고차원적인 감정들은 자존심의 저항에 부딪 혔다. 자존심은 자신만만한 고귀한 존재든, 가장 저열한 천덕꾸 러기든 누구나 가진 약점이다. 이 미천한 여자는 도둑들과 깡패 들의 가련한 동료이자 밑바닥 소굴로 몰락한 외톨이였고 교수형이 예정된 감방과 감옥선 버러지들의 친구였으나, 그 알량한 자존심 때문에 여성스러운 연약한 감성을 내보이지 않았다. 그녀는 여성성을 약점으로 여겼으나 여성성이야말로 그녀가 어릴 때부터 황폐한 삶을 살아오다 잃어버린 인간성과 그녀 자신을 연결하는 유일한 접점이었다.

낸시는 눈을 살짝 들어 앞에 나타난 인물이 날씬하고 아름다운 아가씨라는 것을 확인하고는 다시 눈을 바닥으로 내리깔았다가 아무렇지 않은 척 고개를 홱 들고는 말했다.

"정말이지 만나기 어려운 분이네요, 아가씨. 만약 내가 화가 나서 가버렸다면, 많은 사람들이 그랬을 테지만, 그랬다면 훗날 아가씬 분명 후회했을 거예요. 그럴 만한 충분한 이유가 있거든요."

"심하게 군 사람이 있었다면 정말 미안해요." 로즈가 대답했다. "그건 잊어주세요. 이제 왜 나를 만나려 했는지 말해봐요. 당신이 만나기를 청한 사람이 나니까요."

친절하게 대답하는 말투, 상냥한 목소리, 다정한 태도, 뽐내거나 불쾌한 억양이 전혀 없는 언행에 낸시는 깜짝 놀라 눈물을 터뜨렸다.

"아, 아가씨, 아가씨!" 낸시는 양손을 얼굴 앞에서 열렬히 부여잡고 말했다. "아가씨 같은 사람이 많아진다면 나 같은 사람은 줄어들 테죠, 정말로…… 정말로!"

"앉으세요." 로즈가 진심으로 말했다. "궁하거나 곤란한 지경에 있다면 내가 성심껏 도와줄게요. 꼭 그럴게요. 앉아요."

"그냥 서 있을게요, 아가씨." 낸시는 계속 눈물을 흘리며 말했다. "그리고 내게 그리 친절히 말하지 말아요, 나를 더 잘 알게 될 때까지. 밤이 깊어가네요. 저, 저 문은 닫힌 건가요?"

"네." 로즈는 요청이 필요할 경우에 대비해 문에 더 가까이 있으려는 것처럼 몇 걸음 뒤로 물러서며 말했다. "왜요?"

"왜냐하면." 낸시가 말했다. "이제 내 목숨과 다른 사람들의 목숨을 아가씨 손에 맡길 거거든요. 꼬마 올리버가 펜턴빌의 집에서 나온 날 밤 개를 페이긴 영감의 집으로 끌고 간 여자가 바로 나예요."

"당신이!" 로즈 메일리가 말했다.

"그래요, 나예요, 아가씨!" 여자가 대답했다. "아가씨가 들은 적 있는 그 악명 높은 인간이 바로 나라고요. 나는 도둑들 틈에서 살아요. 내 눈과 감각이 런던의 거리를 처음 접한 순간부터 그보다 더 나은 삶은 알지 못하고 살았어요. 그들이 하는 말보다 더 친절한 말도 들어본 적 없고요. 그러니 하느님, 도와주소서! 나를 노골적으로 멀리한다 해도 괜찮아요, 아가씨. 난 아가씨가 생각하는 것보다 더 어리지만 그런 일들엔 아주 익숙해요. 혼잡한 인도를 걷다 보면 가장 가난한 여자들도 나를 피한답니다."

"어찌 그리 끔찍한 일이!" 로즈는 자기도 모르게 낯선 이로부터 물러서며 말했다.

"무릎 꿇고 하늘에 감사드리세요, 아가씨." 낸시가 외쳤다. "아가씨에겐 어릴 때부터 아가씨를 아껴주고 돌봐줄 친구들이 있었고, 그래서 추위, 굶주림, 폭력, 술판, 또…… 또…… 최악 중의 최악 한가운데 있지 않았다는 걸요. 난 요람에 있을 때부터 그랬답니다. 요람이라고 말했지만, 골목과 도랑이 내 요람이었어요, 숨을 거둘 자리 또한 거기가 되겠지만."

"가엾어라!" 로즈가 갈라진 목소리로 말했다. "당신 말을 들으니 가슴이 찢어지는 것 같아요!"

"선량한 아가씨에게 하늘의 축복이 있기를!" 여자가 대답했다. "가끔 내가 어떤 인간이 되는지 안다면 당신은 진심으로 날 가엾게 여길 거예요. 오늘 내가 여기 온 걸 알면 날 죽이고도 남을 사람들을 피해 내가 여기 온 건, 아가씨에게 내가 엿들은 걸 말해주기 위해서예요. 몽크스라는 남자를 아세요?"

"아뇨." 로즈가 말했다.

"그 남자는 아가씨를 알던데요." 낸시가 대답했다. "아가씨가 여기에 있는 것도 알아요. 그 남자가 여기 얘기를 하는 걸 듣고 아가씨를 찾아올 수 있었어요."

"들어본 적 없는 이름이에요." 로즈가 말했다.

"그럼 그 남자는 우리들 사이에서 가명을 쓰는 거네요." 낸시가 대답했다. "그럴 거라 생각은 했어요. 얼마 전, 그러니까 아가씨 집을 털기 위해 밤중에 올리버가 강제로 아가씨 집에 들어갔던 일이 있은 지 얼마 뒤에 나는 이 남자가 수상쩍어서 이자와 페이긴이 어둠 속에서 나누는 대화를 엿들었어요. 그들의 이야기를 듣고 알아낸 사실은, 몽크스가, 아가씨께 말씀드리고 있는 그 남자가……."

"네." 로즈가 말했다. "알아요."

"우리가 올리버를 처음 잃어버린 날, 그 몽크스라는 자가 우리 아이들 둘과 함께 있는 올리버를 우연히 보게 되었는데, 보자마자 자기가 찾던 아이가 올리버라는 걸 알았대요. 그 이유는 못 들었지만. 그자는 페이긴과 계약을 했어요, 올리버를 되찾아 오면 얼마간의 돈을 주기로. 아이를 도둑으로 만들면 더 많이 주겠다고 했죠. 이 몽크스라는 자는 그럴 만한 목적을 가지고 있었어요."

"무슨 목적이요?" 로즈가 물었다.

"그걸 알아내려 듣고 있었는데 그자가 벽에 비친 내 그림자를 봤지 뭐예요." 여자가 말했다. "그때 발각되지 않고 그들을 피해 달아날 수 있었을 사람은 나 말고 별로 없었을 거예요. 하지만 나는 해냈죠. 그리고 나서 쭉 못 보다가 어젯밤 그 남자를 다시 봤어요."

"그래서요, 어떻게 되었죠?"

"얘기해 드리죠, 아가씨. 어젯밤에 그자가 다시 왔어요. 그들은 다시 위층으로 올라갔고, 나는 내 그림자를 들켜 발각되지 않게 몸을 감싼 뒤 이번에도 문가에서 귀를 세웠죠. 처음 들은 몽크스의 말은 이거였어요. '아이의 신분을 밝혀줄 유일한 증거는 강바닥에 가라앉았고, 아이 어미에게 그걸 넘겨받았던 할멈은 관 속에서 썩고 있지.' 그들은 와하하 웃더니 그자가 해냈다고 말했어요. 몽크스는 아이 이야기를 할 때 몹시 흥분했는데, 이제 그 어린 악마의 돈을 안전하게 손에 넣게 됐다면서 다른 방식으로 성공했더라면 더 좋았을 거라고 하더군요. 아이를 조종해 도시의 감옥을 전전하게 만들다가 페이긴이 손쉽게 꾸며낼 수 있는 중죄를 아이에게 걸어 목매달리게 만들면, 그래서 아버지의 오만한 유언을 보기 좋게 무너뜨렸으면 얼마나 통쾌했겠느냐고. 그 와중에 페이긴은 아이를 이용해 목돈을 두둑이 챙겼을 거라고도 했어요."

"이게 다 무슨 이야기예요!" 로즈가 말했다.

"사실이에요, 아가씨. 내 입에서 나온 말이긴 하지만." 낸시가 대답했다. "그러고 나서 몽크스는 내 귀엔 익숙하지만 아가씨에겐 생소할 그런 욕설을 지껄이면서 말하길, 목매달릴 위험만 없다면 그 아이의 숨통을 끊어 분을 풀고 싶다, 하지만 그럴 수 없으니 살면서 언제 어느 때 그 아이와 만날 수 있으니 경계하겠다, 그 아이의 출생과 과거를 이용하면 아직 그 아이한테 해코지할 수 있다고 했어요. 그러면서 '간단히 말해서 페이긴, 당신이 아무리 유대인이라 해도 내가 내 동생 올리버에게 놓을 올가미는 상상조차 한 적 없을 거요'라고 말했어요."

"그자의 동생!" 로즈가 외쳤다.

"그자가 그렇게 말했어요." 낸시는 불안하게 두리번거리며 말했는데, 사이크스의 환영이 자꾸 어른거려 이야기를 시작한 이후 두리번거리기를 멈춘 적이 없었다. "그게 전부가 아니랍니다. 그자는 아가씨와 다른 숙녀분에 대해 이야기했는데, 올리버가 아가씨의 수중에 들어간 것이 자기를 방해하려는 하늘 혹은 악마의 농간 같다고 하고는 와하하 웃더니, 두 분께서 그 두 발로 걷는 스패니얼 개가 누구인지 알 수 있다면 억만금인들 안 내놓겠냐면서 그것이 그나마 위안이 된다고 했어요."

"설마." 로즈는 하얗게 질리면서 말했다. "이 모든 게 진담은 아니겠지요?"

"그자는 분노하며 냉혹하고 진지하게 말했어요, 그 누구보다 더." 여자가 고개를 저으며 대답했다. "분노가 끓어오를 때 가장 진지해지는 인간이거든요. 이보다 더 나쁜 짓을 하는 사람들을 많이 알지만, 몽크스가 하는 말을 한 번 듣느니 그 사람들이 하는 말을 한꺼번에 열두 번 듣겠어요. 밤이 깊어가고 있어요. 집에 돌아갔을 때 이런 일을 하고 왔다는 의심을 받아선 안 돼요. 얼른 돌아가야겠어요."

"하지만 내가 뭘 할 수 있겠어요?" 로즈가 말했다. "당신 없이 내가 이 대화를 어떻게 활용할 수 있겠어요? 돌아가다뇨! 스스로 끔찍하다고 표현한 자들에게 왜 돌아가겠다는 거예요? 금방이라도 여기로 부를 수 있는 옆방 신사분에게 이 이야기를 해주면 당신은 반 시간도 안 돼 안전한 곳으로 갈 수 있어요."

"돌아가고 싶어요." 낸시가 말했다. "돌아가야만 해요. 왜냐하면…… 당신처럼 순진한 아가씨에게 그걸 어떻게 설명해야 할까요? 왜냐하면 아까 말한 사람들 중에 어떤 남자가 있거든요. 가장 가망이 없는 남자인데 나는 그이를 떠날 수 없어요. 아뇨, 지금 내 생활에서 벗어날 수 있다고 해도 그것만은 못 해요."

"당신은 예전에도 이 사랑스러운 아이를 위해 나선 적 있어요." 로즈가 말했다. "이번에도 큰 위험을 무릅쓰고 들은 이야기를 해주러 여기 왔고요. 당신의 태도에서 당신의 말이 진실임을 확신할 수 있어요. 당신이 명백히 뉘우치고 부끄러워한다는 것도. 이 모든 것에서 나는 당신이 아직 새출발할 수 있다고 믿어요. 아!" 진실한 아가씨가 두 손을 모으며 말했다. 그녀가 두 손을 모을 때 눈물이 뺨을 타고 흘러내렸다. "같은 여자로서 하는 이 애원을 부디 흘려듣지 말아요. 동정과 연민의 목소리로 당신에게 간청하는 사람은 내가 처음…… 처음일 거라고 믿어요. 내 말을 귀담아듣고 당신이 더 나은 삶을 살 수 있게 당신을 구하게 해줘요."

"아가씨." 낸시가 무릎을 대고 주저앉으며 외쳤다. "소중하고 다정한 천사 아가씨, 이런 말로 나를 칭찬한 사람은 아가씨가 처음이에요. 이런 말을 몇 해 전에만 들었어도 죄악과 슬픔의 삶을 등졌겠지만, 이미 늦었어요. 너무 늦었어요!"

"너무 늦는 건 없어요." 로즈가 말했다. "뉘우침과 속죄에 관해서는요."

"늦을 때도 있어요." 낸시가 심적 고통으로 몸을 뒤틀며 외쳤다. "지금은 그 남자를 떠날 수 없어요! 나 좋자고 그 사람을 죽게 둬서는 안 돼요."

"왜 꼭 당신이어야 하죠?" 로즈가 물었다.

"그 무엇도 그이를 구할 수 없거든요." 낸시가 외쳤다. "아가씨에게 한 이야기를 다른 사람들에게도 한다면 그들은 붙잡힐 테고, 그렇게 되면 그 남자는 분명 죽게 되겠죠. 그 남자는 가장 대담한 데다 그간 몹시 잔인하게 굴었거든요!"

"어떻게 그게 가능하죠?" 로즈가 외쳤다. "그런 남자를 위해 앞날의 모든 희망과 현재의 확실한 구원을 포기하다니요? 그건 미친 짓이에요."

"그게 뭔지는 나도 몰라요." 여자가 대답했다. "그렇다는 것만 알 뿐. 나만 그런 게 아니라 나처럼 이렇게 형편없고 몹쓸 여자들은 수백 명도 넘어요. 난 돌아가야 해요. 그간 내가 저지른 죄에 대한 하늘의 분노인지 모르겠지만, 온갖 고통과 학대 속에서도 이 남자에게 다시 끌리곤 해요. 결국은 그이의 손에 죽게 된다는 걸 알더라도 분명 난 또 그럴 거예요."

"내가 뭘 해야 하죠?" 로즈가 말했다. "당신을 이렇게 보내서는 안 되는데."

"보내줘야 해요, 아가씨. 날 보내줘야 해요." 낸시가 일어서며 대답했다. "내가 가는 걸 막아선 안 돼요. 아가씨의 선량함을 믿은 나를, 요구할 수 있었지만 약속을 요구하지 않은 나를 봐서라도."

"그렇다면 당신과 나눈 대화는 무슨 소용이죠?" 로즈가 말했다. "이 의문의 사건은 조사해야 마땅해요. 그렇지 않으면 당신이 밝힌 이 이야기가 당신이 도우려 애쓰는 올리버에게 어찌 도움이 되겠어요?"

"이 비밀을 듣고 어떻게 해야 할지 조언해 줄 친절한 신사분들이 분명 아가씨 주변에 있을 거예요." 여자가 대답했다.

"하지만 필요한 경우 당신을 어디서 찾을 수 있나요?" 로즈가 물었다. "이 무시무시한 사람들이 어디 사는지 알고 싶진 않지만, 당신이 특정한 시간에 어디를 걷거나 지나다니는지 알고 싶어요."

"내 비밀을 반드시 지키겠다고, 아가씨 혼자 오거나 비밀을 아는 사람과 함께 오겠다고 약속해 줄래요? 그리고 내가 감시나 미행당하는 일은 없을 거라고 약속할 수 있어요?" 낸시가 물었다.

"엄숙히 약속해요." 로즈가 대답했다.

"매주 일요일 밤 11시부터 시계가 12시 종을 칠 때까지." 낸시가 주저하지 않고 말했다. "런던 다리 위를 걷고 있을게요, 살아 있다면."

"잠깐 있어봐요." 낸시가 서둘러 문 쪽으로 움직이자 로즈가 붙잡으며 말했다. "당신의 처지를 다시 한번 생각해 봐요. 당신이 거기서 탈출할 기회가 있다는 것도. 당신은 내게 그걸 요구할 권리가 있어요. 이 정보를 스스로 가져온 사람이기도 하고, 거의 돌이킬 수 없을 만큼 많은 걸 잃은 여자이기도 하니까요. 말 한마디면 구제받을 수 있는데 그 강도단과 그 남자에게 돌아갈 거예요? 무엇에 홀렸길래 악독하고 비참한 삶에 이토록 매달리는 거죠? 아! 당신의 마음을 움직일 길이 정말 없을까요! 이 참혹한 애정을 물리칠 만한 것이 전혀 남아 있지 않단 말인가요!"

"아가씨처럼 젊고 선량하고 아름다운 숙녀분들도 마음을 주곤 하잖아요." 낸시가 차분하게 대답했다. "사랑은 무슨 일이든 하게 만들죠. 아가씨처럼 집과 친구, 숭배자 같은 마음을 채울 온갖 것들이 있는 사람도 예외는 아니죠. 나처럼 관 뚜껑 외엔 견고한 지붕 하나 없고 아프거나 죽을 때 만나는 병원 보모 외엔 친구 하나 없는 여자가 타락한 마음이나마 어떤 남자에게 내어주고, 그래서 그 남자의 비천한 텅 빈 인생이 채워졌는데, 어느 누가 그것을 바로잡으려 나설 수 있나요? 우리에게 남은 건 여자로서의 감정뿐인데, 엄중한 심판이 그것을 위안과 자긍심에서 폭력과 고통의 새로운 방편으로 바꿔버렸으니, 아가씨, 부디 우리를 가엾게 여겨주세요……."

로즈는 잠시 머뭇거리다가 말했다. "정 그렇다면 돈이라도 좀 받아요. 그러면 부정직한 일을 하지 않고도 살아갈 수 있을 거예요. 우리가 다시 만날 때까지만이라도?"

"한 푼도 받을 수 없어요." 낸시는 손을 저으며 대답했다.

"당신을 도우려는 나의 성의를 외면하지 말아줘요." 로즈가 살며시 앞으로 나서며 말했다. "당신을 진심으로 돕고 싶어요."

낸시는 양손을 부여잡고 대답했다. "나를 돕는 최선의 길은, 아가씨, 여기서 당장 나를 죽여주는 거예요. 왜냐하면 오늘 밤 내가 어떤 사람인가를 생각하니 그 어느 때보다 큰 슬픔이 느껴지거든요. 게다가 이제껏 살아온 지옥에서 죽지 않는 것만으로도 의미가 있겠지요. 하느님이 당신을 축복하시길, 상냥한 아가씨. 그리고 내 스스로 내 머리 위에 가져온 부끄러움만큼 당신의 머리에 행복을 내려주시기를!"

불행한 여자는 크게 흐느끼면서 돌아섰고, 로즈 메일리는 이 심상치 않은 면담을 치르고 진이 빠져 의자에 주저앉았다. 실제로 이야기를 나눈 게 아니라 짧은 꿈을 꾼 것만 같았다. 그녀는 그렇게 앉아 어지러운 생각들을 정리하려 애썼다.

41장

새로운 사실들이 발견되는 가운데
불행이 늘 그렇듯 놀라운 일들은
혼자 일어나지 않는다

로즈가 처한 상황은 결코 평범한 어려움이나 난관이 아니었다. 그녀는 올리버의 과거를 둘러싼 비밀을 알아내고 싶은 마음이 간절했으나 방금 대화를 나눈 불행한 여자가 로즈 자신을 젊고 정직한 여인으로 대하며 보여준 신뢰를 소중히 여기지 않을 수 없었다. 그 여자의 말과 태도는 로즈 메일리의 마음에 감동으로 남아 어린 피후견인에 대한 사랑과 어우러졌고, 이 외로운 여자에게 회개와 희망의 길을 찾아주고 싶은 간절한 바람이 어린 피후견인에 대한 사랑만큼이나 진실되고 강렬하게 솟아났다.

그들은 런던에서 사흘간 지내다가 먼 바닷가 지역에서 몇 주 정도 머물 예정이었다. 이제 그 사흘 중 첫날이 거의 지나가고 한밤중이 되었다. 그녀가 48시간 내에 결단을 내려 취할 수 있는 행동은 무엇이 있을까? 어떻게 의심을 사지 않고 여행을 연기할 수 있을까?

로스번 씨가 그들과 함께 있었고 남은 이틀도 함께할 예정이었지만, 로즈는 그 훌륭한 신사의 충동성을 잘 알고 있었다. 노련한 사람의 지원이 부재한 상황에서 로스번 씨에게 그 여자를 대신해 이 이야기를 전한다면, 로스번 씨는 올리버가 납치될 때 가담한 사람이라며 그 여자에게 분노부터 터뜨릴 것이 불 보듯 뻔했으므로 그에게는 믿고 비밀을 털어놓을 수 없었다. 같은 이유로 메일리 부인에게도 이 일을 알리는 문제에 대해 극도로 조심하고 신중에 신중을 기할 수밖에 없었는데, 메일리 부인은 이 문제에 대해 우선 의사 양반과 상의부터 하려 들 것이 분명했기 때문이다. 법률 자문을 구하는 것 역시 그 방법을 안다고 해도 동일한 이유로 고려할 만한 것이 아니었다. 해리에게 지원을 요청해 볼까 하는 생각이 언뜻 들긴 했지만 그들이 마지막으로 헤어질 때의 기억만 되살렸다. 이제는 그녀를 잊고 더 행복하게 지낼지도 모르는 그에게—이런 생각들이 속속 떠오를 때 그녀의 눈에 눈물이 차올랐다—다시 연락하는 것은 적절하지 않은 처신 같았다.

로즈는 이런 여러 가지 생각들로 머릿속이 복잡했다. 이런저런 생각들이 연이어 떠올랐고, 매번 마음이 이리저리 기울었다가 결국은 모두 포기하기를 반복하느라 밤새 잠을 이루지 못했다. 이튿날 로즈는 꼬박 하루를 더 고민한 뒤 어쩔 수 없이 해리와 상의해 보자는 결론을 내렸다.

그녀는 생각했다. '여기로 돌아오는 게 그이에게 고통스러운 일이라면 나한테는 또 얼마나 큰 고통일까! 하지만 그이는 오지 않을지도 몰라. 그냥 편지만 보내거나 오더라도 나와 만나는 걸 피할지도 모르지. 저번에 갈 때 그랬던 것처럼. 그이가 그럴 줄은 몰랐는데. 그것이 우리 둘 모두에게 더 나은 일일지도 모르지만.' 그 순간 로즈는 펜을 떨어뜨리고는 그녀의 메시지가 담길 그 종이에 눈물의 흔적을 남겨서는 안 된다는 듯 고개를 돌렸다.

그녀가 쉰 번쯤 펜을 들었다가 놓기를 반복하면서 첫 문장을 어떻게 시작할까 고민에 고민을 거듭하느라 한마디도 쓰지 못하고 있을 때, 자일스 씨를 보호자로 대동하고 산책을 나갔던 올리버가 몹시 흥분한 상태로 헐레벌떡 방으로 들어왔다. 뭔가 놀라운 일이 생긴 모양이었다.

"무슨 일인데 그리 어쩔 줄 모르는 거니?" 로즈가 앞으로 나가 아이를 맞으며 물었다.

"어떻게 해야 할지 잘 모르겠어요. 숨이 막혀 죽을 것만 같아요." 소년이 대답했다. "아, 세상에! 드디어 그분을 만나게 됐어요! 이젠 제가 말씀드린 이야기가 모두 진실이라는 걸 아가씨도 알게 될 거예요!"

"네 이야기가 진실이 아니라고 생각한 적은 없었어." 로즈가 아이를 달래며 말했다. "그런데 왜 그러는 거야? 누구 얘기를 하는 거니?"

"그 신사분을 봤어요." 올리버가 간신히 대답했다. "저에게 너무나 잘해주셨던 신사분이요. 함께 자주 이야기했던 그 브라운로 씨요."

"어디서?" 로즈가 물었다.

"마차에서 나오시는 걸 봤어요." 올리버가 기쁨의 눈물을 흘리며 대답했다. "그리고 어떤 집으로 들어가셨어요. 말을 걸지는 못했어요. 말을 걸 수가 없었어요, 그분이 저를 못 본 데다 저도 하도 떨려서 그분 쪽으로 다가갈 수가 없었거든요. 하지만 자일스가 저 대신 그분이 거기 사시는지 물어보았는데, 사람들 말이 거기 사신대요. 이거 보세요." 올리버가 쪽지를 펴면서 말했다. "여기 있어요. 여기가 그분이 사시는 곳이에요. 곧바로 거기 가볼래요! 아, 세상에, 세상에! 다시 그분을 만나고 그분의 말씀을 듣게 되면 어떻게 해야 할까요?"

이 말과 함께 횡설수설 기뻐하는 탄성이 들려왔지만 로즈는 조금도 동요하지 않고 그 주소를 읽어보았다. 스트랜드의 크레이븐 스트리트였다. 그녀는 이 새로운 정보를 활용하기로 즉각 결정했다.

"서둘러!" 그녀가 말했다. "넌 전세 마차를 부르라고 이르고 나랑 같이 외출할 준비를 하렴. 조금도 지체하지 않고 곧장 널 거기로 데려다줄게. 이모님께는 한 시간 정도 외출할 거라고 말씀드릴 테니 최대한 빨리 준비해."

올리버를 굳이 재촉할 필요는 없었다. 5분이 채 지나지 않아 그들은 크레이븐 스트리트로 가는 중이었다. 그곳에 도착했을 때 로즈는 노신사에게 올리버를 맞이할 여유를 줘야 한다는 핑계로 올리버를 마차에 붙들어 두고는 하인을 통해 그녀의 명함을 올려 보내면서 급한 용건으로 브라운로 씨와의 면담을 요청했다. 하인이 곧 돌아와 위층으로 올라가시라 말했고, 메일리 양은 하인을 따라 위층으로 올라가 암녹색 외투를 입은 인자한 인상의 노신사에게 안내되었다. 그 노신사와 그리 멀지 않은 곳에 무명 반바지와 각반 차림의 다른 노신사가 앉아 있었는데, 특별히 인자해 보이지는 않았고 양손으로 굵직한 지팡이 머리를 움켜쥔 채 그것으로 턱을 괴고 있었다.

"아, 이런." 암녹색 외투의 노신사가 대단히 예의 바르게 급히 일어서며 말했다. "사과를 드려야겠군요, 아가씨. 난 또 성가신 사람이 왔나 했지요. 양해해 주세요. 앉으세요."

"브라운로 씨 맞으시죠?" 로즈는 다른 신사를 흘끔거리고 나서 방금 말을 한 신사에게로 시선을 돌리며 말했다.

"제 이름 맞습니다." 노신사가 말했다. "이 사람은 제 친구 그림위그 씨입니다. 그림위그, 몇 분만 자리 좀 비켜주겠나?"

"제 생각에는." 메일리 양이 끼어들었다. "저 신사분께서 우리를 위해 굳이 자리를 비켜주지 않으셔도 될 듯합니다. 제가 맞게 들었다면 이제부터 제가 언급할 일에 대해 저분도 알고 계실 테니까요."

브라운로 씨가 고개를 기울였다. 그림위그 씨는 상당히 뻣뻣하게 고개를 까딱 숙이고는 의자에서 일어났다가 다시 한번 상당히 뻣뻣하게 고개를 숙인 다음 다시 의자에 털썩 앉았다.

"이제부터 선생님께서 깜짝 놀랄 만한 이야기를 말씀드리려 합니다." 로즈가 자연스레 수줍어하며 말했다. "하지만 선생님께서는 저의 아주 소중한 어린 친구에게 큰 아량과 선행을 베푸신 적 있으시니 분명 그 아이에 대한 이야기를 다시 듣고 싶어 하실 것으로 확신해요."

"물론이오!" 브라운로 씨가 말했다.

"올리버 트위스트라고 알고 계신 아이 이야기예요." 로즈가 대답했다.

그녀의 입에서 그 말이 나오자마자 탁자에 놓인 큼직한 책을 열심히 읽는 척하던 그림위그 씨는 쾅하고 책을 떨어뜨리더니 의자에 등을 기댔다. 그의 얼굴에서 모든 표정이 싹 사라지고 경악하는 표정만 남았다. 그는 한참을 넋을 놓고 있다가 감정을 너무 많이 드러낸 것이 부끄러운지 얼른 이전의 자세로 돌아갔다. 그러고는 앞을 똑바로 바라보면서 저음의 휘파람을 길게 불었는데, 휘파람 소리가 허공으로 날아가는 것이 아니라 그의 몸속 가장 구석진 자리로 사그라드는 것처럼 들렸다.

브라운로 씨도 못지않게 놀랐지만 놀란 마음을 똑같은 기괴한 방식으로 표출하지는 않았다. 그는 의자를 메일리 양 쪽으로 더 가까이 끌어놓고 말문을 열었다.

"부탁입니다만, 아가씨, 아까 말한 그 선행과 아량은 완전히 빼고 말해주세요. 어차피 아무도 모르는 일입니다. 그리고 한때 나는 그 불쌍한 아이에게 부정적인 의견을 가질 수밖에 없었는데, 혹시 그 견해를 바꿀 만한 증거가 아가씨 수중에 있다면 꼭 좀 내게 알려주세요."

"나쁜 놈! 그 녀석이 나쁜 놈이 아니면 내 머리를 먹어버리겠어." 그림위그 씨가 으르렁거렸다. 복화술을 하는 것처럼 얼굴 근육 하나 움직이지 않았다.

"그 아이는 고상한 성품과 따뜻한 마음씨를 지닌 아이예요." 로즈가 얼굴을 붉히며 말했다. "하느님이 뜻하신 바가 있어 나이에 비해 지나친 시련을 그 아이에게 주었지만, 그 아이보다 여섯 배는 더 나이를 먹은 사람들도 경의를 표할 만한 애정과 감성을 그 아이의 가슴에 심어주시기도 했죠."

"내가 올해로 예순한 살인데 말이오." 그림위그 씨가 여전히 경직된 얼굴로 말했다. "악마가 농간을 부린 게 아니라면 이 올리버 놈이 적어도 열두 살쯤 됐을 텐데, 나는 그 사람들에 해당되지 않는구려."

"내 친구에겐 신경 쓰지 말아요, 메일리 양." 브라운로 씨가 말했다. "진심으로 하는 말이 아닙니다."

"아니, 진심이오." 그림위그 씨가 으르렁거렸다.

"아니, 진심이 아닙니다." 브라운로 씨가 말했다. 말을 하면서 점점 부아가 치미는 기색이 역력했다.

"만약 진심이 아니라면 내 머리를 먹어버리겠소." 그림위그 씨가 으르렁거렸다.

"만약 그게 진심이면 머리가 박살나도 싸지." 브라운로 씨가 말했다.

"어디 내 머리를 박살내겠다 나설 자가 있는지 보고 싶군." 그림위그 씨가 지팡이로 바닥을 치면서 응수했다.

두 노신사는 그쯤에서 코담배를 깊게 들이마신 뒤 변하지 않는 관례에 따라 악수를 나누었다.

"자, 메일리 양." 브라운로 씨가 말했다. "당신의 마음속에 지대한 관심사로 자리 잡은 문제로 돌아가 보죠. 그 불쌍한 아이에 대해 어떤 정보를 가지고 있는지 말해주겠소? 우선, 내가 그 아이를 찾으려 백방으로 노력했다는 것과, 그 아이가 내게 사기를 쳤다는 생각, 옛 동료들의 꼬임에 넘어가 내 돈을 훔쳤다는 나의 첫인상은 이 나라를 떠나 있는 동안 상당히 희미해졌다는 걸 미리 말해두겠소."

로즈는 생각을 정리할 시간을 가진 덕분에 올리버가 브라운로 씨의 집을 떠난 이후 벌어진 일들을 몇 마디 자연스러운 말로 설명할 수 있었다. 낸시에 대한 정보는 브라운로 씨에게만 알려 줄 생각으로 말하지 않았고, 옛 은인이자 친구인 브라운로 씨를 만날 수 없는 것이 지난 몇 달간 올리버의 유일한 슬픔이었다는 것을 강조하면서 말을 마쳤다.

"천만다행이오!" 노신사가 말했다. "참으로 행복한 일이군요. 정말 행복한 일이에요. 하지만 지금 그 아이가 어디 있는지는 아직 말하지 않았어요, 메일리 양. 미안하지만 아가씨를 탓할 수밖에 없군요. 왜 그 아이를 데려오지 않았지요?"

"그 아이는 지금 집 앞에 서 있는 마차 안에서 기다리고 있어요." 로즈가 대답했다.

"집 앞!" 노신사는 소리치면서 서둘러 방을 나갔고 계단을 내려가 아무 말 없이 마차 발판을 딛고 마차 안으로 들어갔다.

브라운로 씨가 나가고 방문이 닫혔을 때 그림위그 씨는 고개를 들고 의자 뒷다리 하나를 중심축 삼아 지팡이와 탁자에 의지해 세 번 빙글빙글 돌았다. 내내 의자에 앉은 채였다. 그는 이 묘기를 선보이고 나서 의자에서 일어나 절룩거리며 최대한 빠르게 방 안을 이리저리 왔다 갔다 했다. 그렇게 적어도 10여 차례 걸어 다니다가 별안간 로즈 앞에서 걸음을 멈추더니 다짜고짜 그녀에게 입을 맞추었다.

"쉿!" 이 의외의 상황에 젊은 숙녀가 놀라 일어서자 그가 말했다. "겁먹지 말아요. 나는 아가씨의 할아버지뻘 되는 사람이니까. 당신은 착한 아가씨요. 맘에 들어요. 그들이 오는구먼!"

그가 단 한 번의 동작으로 능숙하게 몸을 던져 원래의 자리로 돌아갔을 때 브라운로 씨가 올리버를 데리고 돌아왔다. 그림위그 씨는 아주 품위 있게 올리버를 맞이했다. 그 순간 로즈 메일리가 느낀 기쁨은 이것이 그간 올리버를 위해 걱정하고 애쓴 데 대한 유일한 보상이라 해도 충분한 것이다.

"그나저나 간과해선 안 될 사람이 있지." 브라운로 씨가 종을 울리며 말했다. "베드윈 부인을 올려 보내주게."

늙은 가정부는 호출에 따라 신속히 응했고 문 앞에서 무릎을 굽혀 인사하고는 지시를 기다렸다.

"이런, 당신 눈은 날로 침침해지나 봅니다, 베드윈." 브라운로 씨가 다소 퉁명스럽게 말했다.

"그게 뭐, 그렇지요, 나리." 노파가 대답했다. "제 나이쯤 되면 눈이란 게 해가 갈수록 나아지진 않으니까요, 나리."

"그건 내게도 해당되는 일이지요." 브라운로 씨가 대답했다. "그래도 안경을 좀 써봐요, 당신이 여기로 오게 된 용건이 뭔지 알게 될 테니."

노파는 안경을 찾으려 주머니를 뒤지기 시작했다. 하지만 올리버의 안내심은 이 새로운 시련을 견디지 못하고 첫 충동에 굴복하고 말았다. 아이는 베드윈 부인의 품으로 뛰어들었다.

"하늘이 도우셨구나!" 노파는 아이를 끌어안으며 소리쳤다. "내 결백한 아이가 왔어!"

"사랑하는 유모 할머니!" 올리버가 외쳤다.

"돌아올 줄 알았어, 돌아올 줄 알았어." 노파가 아이를 안고 말했다. "이리 건강해 보이다니. 게다가 다시 신사의 아들처럼 차려입었구나! 그 길고 긴 시간 동안 어디 있었던 거니? 아! 여전히 착한 얼굴이지만 창백하지 않고, 여전히 상냥한 눈이지만 슬프진 않아. 난 한시도 이것을, 이 아이의 조용한 미소를 잊은 적이 없어. 잊기는커녕 날마다 젊었을 때 죽어 떠나간 내 아이들과 나란히 보이곤 했지." 이 선량한 노부인은 그렇게 말하면서 올리버가 얼마나 컸는지 가늠하려고 아이를 품에서 떼어놓았다가 다시 끌어안고 아이의 머리카락을 다정히 쓰다듬으며 올리버의 목에 대고 웃고 울기를 반복했다.

브라운로 씨는 그들이 느긋하게 이야기를 나누도록 놔두고 앞장서서 다른 방으로 들어갔고, 거기서 로즈에게 낸시를 만나 나눈 이야기를 모두 듣고는 상당히 놀라고 당황했다. 로즈는 친구인 로스번 씨에게 먼저 털어놓지 않은 이유도 설명했다. 노신사는 그녀가 신중하게 행동했다고 생각하고 기꺼이 그 의사와 진지하게 의논하는 일을 맡아주었다. 이 계획을 조기에 실행하기 위해 그는 그날 저녁 8시에 호텔을 방문하기로 했고, 그사이 메일리 부인에게는 그간의 사정을 신중하게 알려주기로 했다. 사전 조치가 끝났을 때 로즈와 올리버는 집으로 돌아왔다.

로즈가 선량한 의사의 분노를 과대평가한 것은 절대 아니었다. 그는 낸시가 한 짓에 대한 이야기를 듣자마자 위협과 저주의 말을 쏟아내면서 그 여자를 블래더스와 더프의 탁월한 합동 수사에 첫 제물로 바치겠다고 별렀는데, 실제로 모자를 쓰더니 그 형사들의 지원을 받으러 길을 떠나려 했다. 만약 브라운로 씨가 제지하지 않았다면 그는 앞뒤 가리지 않고 처음 흥분했을 때 마음먹은 대로 실행했을 것이다. 브라운로 씨는 본인도 불같은 성격인지라 그 못지않게 격렬히 맞서면서 최선으로 보이는 주장과 설명으로 울컥한 의사를 말렸다.

"그렇다면 대체 어떻게 해야 한단 말이오?" 두 숙녀가 있는 곳으로 왔을 때 격분한 의사가 말했다. "올리버에게 친절을 베풀어줘서 고맙다고 그 남녀 부랑자들에게 사례라도 하자는 거요? 작은 존경의 의미이자 감사의 표시로 일인당 100파운드씩 받아달라 간청이라도 하자고요?"

"그건 아닙니다." 브라운로 씨가 웃으면서 대답했다. "하지만 은밀히, 그리고 대단히 신중하게 일을 진행해야죠."

"은밀하고 신중하게!" 의사가 외쳤다. "나라면 한 놈 한 놈 모조리……."

"어디로 보내느냐는 중요하지 않아요." 브라운로 씨가 끼어들어 말했다. "하지만 그들을 어딘가로 보내는 것이 우리가 바라는 목적을 달성할 길인지는 생각해 봐야죠."

"무슨 목적 말이오?" 의사가 물었다.

"간단히 말하자면, 올리버의 부모를 밝혀내고 아이의 유산을 되찾는 것이지요. 이 이야기가 사실이라면 아이가 부당하게 유산을 빼앗긴 것이니까요."

"아하!" 로스번 씨가 손수건으로 화를 가라앉히며 말했다. "그걸 잊을 뻔했군."

"아시다시피." 브라운로 씨가 말을 계속했다. "이 불쌍한 여자는 다른 방법이 없습니다. 더구나 그 여자의 안전을 지키면서 이 무뢰배들을 심판대에 세우는 게 가능하다 해도 그것이 우리에게 무슨 득이 될까요?"

"적어도 몇 놈은 얼마든지 목매달 수 있겠지요." 의사가 주장했다. "나머지는 유형 보낼 수 있을 테고요."

"그거 좋지요." 브라운로 씨가 미소를 지으며 대답했다. "하지만 때가 무르익으면 놈들 스스로 그걸 자초할 텐데 굳이 우리가 끼어든다는 건 내 생각엔 대단히 돈키호테적인 행동일 뿐 아니라 우리 자신의 이익에, 적어도 올리버의 이익에, 그거나 저거나 마찬가지만 어쨌든, 위배된다고 해야겠지요."

"어째서요?" 의사가 물었다.

"왜냐하면요, 이 몽크스라는 작자를 굴복시키지 않고서야 이 비밀을 끝까지 파헤치기가 지극히 어려우니 말이지요. 술책을 통해서, 그리고 이 패거리와는 무관하게 별개로 그자를 붙잡아야 굴복시킬 수 있어요. 지금은 그자가 체포되어도 우리에겐 그자에게 불리한 증거가 없기 때문입니다. 그자는 이 패거리의 강도 사건과 아무 상관이 없어요. (우리가 아는 한 그렇고, 사실이 그런 것 같습니다.) 설령 그자가 석방되지 않는다 해도 부랑자나 떠돌이로 수감되는 것 이상으로 처벌받을 가능성은 아주 낮습니다. 그 뒤에는 그자의 입이 굳게 닫힐 것이 불 보듯 뻔한데, 그럼 우리의 목적에 비추어 그자는 귀머거리에 벙어리, 장님, 바보나 다름없게 되는 겁니다."

"그렇다면요." 의사가 성급하게 말했다. "선생에게 다시 지적하지 않을 수 없군요. 선생은 그 여자와의 약속이 지켜지는 것이 옳다고 보십니까? 가장 선하고 친절한 의도로 이루어진 약속이긴 하지만⋯⋯."

로즈가 입을 열려 하자 브라운로 씨가 그녀를 제지하며 말했다. "그 점은 따지지 말아요, 친애하는 아가씨. 약속은 지켜질 겁니다. 그것이 우리 일에 방해가 되지는 않을 테니까요. 하지만 정확한 행동 방침을 결정하기 전에 우리가 그 여자를 만나볼 필요는 있습니다. 그자를 법이 아니라 우리 손으로 처리할 경우 그 여자가 이 몽크스를 지목해 줄 것인지 그 여자에게 확답을 받아야하니까요. 그 여자가 그걸 꺼리거나 그러지 못한다면 우리끼리 그자를 구분할 수 있게 그 여자한테서 그자가 자주 나타나는 장소나 그자의 신상 정보를 확보해야 해요. 그 여자는 다음 주 일요일 밤에나 만날 수 있는데 오늘은 화요일입니다. 그때까지 아주 조용히 지낼 것과 올리버에게도 이 문제를 비밀에 부치자고 제안하고 싶습니다."

로스번 씨는 결행을 닷새나 미루자는 제안에 마구 인상을 썼지만 당장은 더 나은 방안이 없다는 걸 순순히 인정했다. 로즈와 메일리 부인이 브라운로 씨를 강력히 지지했기 때문에 브라운로 씨의 제안은 만장일치로 통과되었다.

브라운로 씨가 말했다. "제 친구 그림위그에게 도움을 요청할까 합니다. 이상한 면이 있긴 해도 명석한 사람이라 우리에게 실질적인 도움이 될 겁니다. 변호사 교육을 받았는데, 20년 동안 맡은 사건이 단순한 사건 하나뿐이라 넌더리가 나서 변호사를 때려치우긴 했지만요. 이 추천을 수용할지는 각자 판단하셔야 합니다."

"선생이 친구분을 부르는 데 반대하지 않겠습니다, 나도 내 친구를 부른다면요." 의사가 말했다.

"그건 투표에 부치기로 하죠." 브라운로 씨가 말했다. "그분이 누구죠?"

"이 마나님의 아드님이자 이 아가씨의…… 오랜 친구입니다." 의사는 메일리 부인을 가리키고는 부인의 조카딸을 의미심장하게 흘끔거리며 말을 끝냈다.

로즈는 얼굴을 빨갛게 붉혔지만 이 제안에 소리 내어 반대를 표하지는 않았다. (본인이 권한이 없는 어린 나이인 점을 의식한 듯하다.) 그래서 해리 메일리와 그림위그 씨가 위원회에 추가되었다.

"우리는 런던에 머물 생각이에요." 메일리 부인이 말했다. "이 조사가 성공할 가능성이 조금이라도 있다면 말이지요. 우리 모두가 지대한 관심을 쏟고 있는 그 대상을 위해서라면 수고도 비용도 아끼지 않을 겁니다. 희망이 있다는 확신만 저에게 주시면 저는 여기 열두 달이라도 머무를 생각이에요."

"좋습니다!" 브라운로 씨가 대답했다. "그나저나 여러분의 얼굴을 보니, 제가 어떤 연유로 올리버의 이야기를 확인해 줄 만한 곳에 없었는지, 돌연 영국을 떠나는 일이 일어났는지 몹시 궁금한 듯하군요. 때가 되면 스스로 제 사정을 말씀드릴 테니 그때까지 아무것도 묻지 말아 주십시오. 저를 믿어주세요, 그럴 만한 이유가 있어 이렇게 부탁을 드리는 것이니까요. 그렇지 않을 경우 자칫 부질없는 희망만 들쑤시고 그러지 않아도 차고 넘치는 어려움과 실망만 더할 것입니다. 자! 저녁 식사가 준비되었다고 하는군요. 옆방에 쭉 홀로 남겨진 어린 올리버는 우리가 그 아이에게 싫증이 나서 그 아이를 세상 밖으로 내치려는 작당모의를 꾸미는 게 아닌가 생각하겠네요."

노신사는 이렇게 말하면서 메일리 부인에게 손을 내밀어 부인을 식당으로 안내했다. 로스번 씨는 로즈를 안내했다. 그렇게 해서 위원회는 사실상 임시 해산되었다.

42장

올리버의 옛 지인이 천재적 재능을 유감없이
발휘해 대도시에서 유명인사가 된다

낸시가 사이크스 씨를 달래 잠들게 한 뒤 스스로 짊어진 임무를
띠고 로즈 메일리에게 서둘러 가던 날 밤, 런던을 향해 그레이트
노스 로드[36]를 걷는 두 사람이 있었으니, 편의상 말머리를 돌려
이들을 조금 살펴보는 것이 좋겠다.

그들은 한 쌍의 남자와 여자였다. 그저 남녀라고 표현하는 것
이 더 나을지 모르겠다. 남자는 팔다리가 긴 안짱다리로 어기적
어기적 걷는 말라깽이였는데 정확한 나이를 가늠하기 어려웠기
때문이다. 생김새가 소년이라고 하기엔 아직 미성숙한 남자처럼
보였고, 남자라고 하기엔 웃자란 소년처럼 보였다. 여자는 어렸

---

36   런던과 에든버러를 연결하던 도로로, 주로 역마차가 오갔다.

지만 무거운 꾸러미를 끈으로 매달아 등에 진 것으로 보아 튼튼하고 다부졌다. 그녀의 길동무는 별다른 짐 없이 작은 꾸러미 하나만 달랑거리는 작대기를 어깨에 걸치고 있었는데, 흔한 손수건으로 대충 싼 가벼운 꾸러미였다. 상황이 이런 데다 유달리 다리가 긴 그는 늘 길동무보다 대여섯 걸음 앞서가게 되는지라, 느려터진 여자를 나무라고 바짝 힘을 내라 재촉하는 것처럼 그녀를 향해 고개를 짜증스럽게 확확 돌리곤 했다.

그들은 도심 쪽에서 달려오는 우편 마차들에게 길을 내주려 옆으로 비켜설 때를 빼고는 시야에 어떤 물체가 들어오든 아랑곳하지 않고 흙먼지 날리는 길을 걸어 하이게이트[37] 아치문에 도달했다. 아치문 아래를 통과할 때 앞서가던 나그네가 걸음을 멈추고 길동무에게 짜증을 퍼부었다.

"빨랑빨랑 못 오냐? 넌 게을러터졌어, 샬럿."

"짐이 무거워서 그래." 여자가 고단해서 숨을 헐떡이며 말했다.

"무겁대! 무슨 소리 하는 거야? 이럴 때 아니면 널 어디 써먹게?" 남자 나그네가 작은 보따리를 반대쪽 어깨로 옮기며 대꾸했다. "어라, 그럼 그렇지, 또 쉬는군! 사람의 인내심을 너처럼 시험하는 인간이 또 있을까 싶다!"

"아직 멀었어?" 여자는 두둑에 기대어 땀이 줄줄 흐르는 얼굴로 올려다보며 물었다.

<hr/>

37 런던 북부의 교외 지역.

"아직 멀었냐니! 거의 다 왔어." 다리가 긴 나그네가 앞쪽을 가리키며 말했다. "저기 봐! 저게 런던의 불빛들이야."

"족히 3킬로미터는 남았겠네." 여자가 풀이 죽어 말했다.

"3킬로미터든 30킬로미터든 무슨 상관이냐." 노아 클레이폴이 말했다. 그 남자는 바로 노아 클레이폴이었다. "발딱 일어나. 얼른 가게. 아니면 걷어차고 버리고 갈 거야."

노아의 빨간 코는 분노로 더 빨개졌다. 그가 그렇게 말하면서 위협을 실행에 옮길 태세로 길을 건너자 여자는 군말 없이 일어나 그의 옆에서 터벅터벅 걸었다.

"오늘 밤 어디서 묵을 생각이야, 노아?" 몇백 미터 걸었을 때 여자가 물었다.

"그걸 어찌 알겠어?" 걷느라고 잔뜩 골이 난 노아가 대답했다.

"가까운 곳이면 좋겠는데." 샬럿이 말했다.

"아니, 가까운 데는 안 돼." 클레이폴 군이 대답했다. "야! 가까운 데는 안 돼. 꿈도 꾸지 마."

"왜 안 돼?"

"내가 안 하겠다고 하면 안 하는 거야, 이유 불문하고." 클레이폴 군이 권위적으로 말했다.

"그렇게 발끈할 필요는 없잖아." 그의 길동무가 말했다.

"도시 외곽의 첫 번째 펍에서 묵다가 소어베리가 뒤쫓아 와 그 늙은 코를 들이밀면 참 꼴좋겠구나, 분명 수갑 차고 마차에 태워져 도로 끌려갈 테니." 클레이폴 군이 조롱하는 투로 말했다. "천만에! 난 가장 비좁은 거리 사이로 들어가서 종적을 감출 거야. 그리고 가장 눈에 안 띄는 집을 찾을 때까지 멈추지 않겠어. 하! 네가 나를 똑똑하다 생각해도 이상할 건 없어. 만약 우리가 처음에 일부러 엉뚱한 길로 갔다가 시골을 건너 돌아오지 않았다면 넌 이미 일주일 전에 갇힌 몸이 됐겠지, 아가씨. 넌 바보니 그래도 싸지만."

"내가 너만큼 똑똑하지 않다는 건 알아." 샬럿이 대답했다. "그렇다고 모든 책임을 나한테 돌리고 갇혀야 할 사람이 나라는 말은 하지 마. 내가 갇히면 너도 갇혔을 거야."

"금고에서 돈을 훔친 건 너야, 너도 알다시피." 클레이폴 군이 말했다.

"널 위해 그런 거야, 노아." 샬럿이 대답했다.

"내가 그 돈을 가진 적 있나?" 클레이폴 군이 물었다.

"아니, 날 믿고 내게 맡겼지, 연인처럼. 사실이 그렇기도 하고." 아가씨는 그의 턱 아래를 쓰다듬고는 그의 팔에 팔짱을 꼈다.

그것은 사실이었다. 하지만 클레이폴 군은 바보처럼 누구를 맹목적으로 믿는 사람이 아니었다. 따라서 그가 샬럿을 이 정도로 믿은 것은 추격대에 붙잡힐 경우 돈이 여자의 손에서 발견되어야 자기는 도둑질을 안 했다고 발뺌할 수 있으리라는 계산 때문이었다는 점을 이 신사분에게 지적하지 않을 수 없다. 물론 그는 이러한 동기를 발설하지 않았고, 그들은 아주 다정히 함께 걸어갔다.

클레이폴 군은 신중한 계획에 따라 멈추지 않고 나아가다가 이즐링턴의 에인절 여관에 이르렀다. 그는 지나가는 행인의 규모와 마차의 숫자를 보고 이제부터 본격적으로 런던이로구나 하고 올바르게 판단했다. 그리고 잠시 멈춰 서서 어느 거리가 가장 붐비는지, 즉 가장 피해야 할 거리가 어디인지 탐색한 다음 세인트존스 로드로 들어가서 이내 그레이스 인 레인과 스미스필드 사이의 복잡하고 더러운 길들의 미로 속으로 깊이깊이 들어갔다. 그곳은 런던 중심부 중에서도 가장 저급한 최악의 미개발 지역 중 하나였다.

노아 클레이폴은 샬럿을 이끌고 이런 거리들을 통과해 걸어갔다. 도랑 안으로 들어가 작은 펍의 외관을 훑어보는가 하면, 그럴싸한 외관이 너무 대중적이라 적절하지 않다는 생각에 종종걸음으로 지나치기도 했다. 마침내 그는 외관이 추레하고 이제껏 본 어느 펍보다 지저분한 펍 앞에서 걸음을 멈추었다. 길을 건너가서 반대쪽 인도에서 그곳을 훑어보고는 은혜롭게도 그날 밤은 여기서 묵겠다는 의향을 표했다.

"이제 그 보따리 이리 줘." 노아는 여자의 어깨에서 그것을 풀어 자기 어깨에 멨다. "그리고 나랑 말할 때 아니면 말하지 마. 이 집 이름이 뭐라는 거야? 세…… 세, 뭐?"

"절름발이." 샬럿이 말했다.

"세 절름발이." 노아가 따라 했다. "간판도 끝내주는군. 자, 이제! 내 뒤에 바짝 붙어 따라와." 그는 지시하면서 어깨로 삐걱거리는 문을 밀어 펍 안으로 들어갔고, 동료가 그 뒤를 따랐다.

바에는 두 팔꿈치로 카운터를 짚고 꼬질한 신문을 읽는 젊은 유대인 외에 아무도 없었다. 그자는 노아를 빤히 쳐다보았고, 노아도 그자를 빤히 쳐다보았다.

노아가 자선학교 교복 차림이었다면 유대인의 눈이 번쩍 뜨일 법도 했지만 노아는 학교 외투와 배지를 버리고 가죽 바지에 짧은 프록코트를 입고 있었기 때문에 그의 차림새가 펍에서 크게 주목을 끌 만한 이유는 딱히 없었다.

"여기가 세 절름발이인가요?" 노아가 물었다.

"이 집 이듬 마자요." 유대인이 대꾸했다.

"시골에서 올라오는 길에 만난 어떤 신사분이 여길 추천해 주셨어요." 노아가 말하면서 샬럿을 쿡 찔렀다. 참 기발한 발상 아니냐, 하며 그녀에게 생색을 내는 동시에 놀라는 티를 내지 말라는 경고인 듯했다. "오늘 밤 여기서 묵고 싶은데요."

"그거는 잘 모드겠네요." 거기서 심부름하는 바니가 말했다. "그대도 무더보고 오께요."

"우선 자리로 안내하고, 물어보는 동안 차가운 고기 요리 조금하고 맥주 한 잔 줘요. 알겠죠?" 노아가 말했다.

바니는 순순히 그들을 작은 뒷방으로 안내하고 요구한 음식을 그들 앞에 차렸다. 그러고 나서 여행자들에게 그날 밤 숙박이 가능하다고 말해주고는 다정한 두 사람이 식사를 하게 자리를 떴다.

이 뒷방은 바 바로 뒤 몇 계단 밑에 있었고 뒷방 벽에는 바닥에서 1미터 50센티미터 올라간 곳에 커튼에 가려진 단칸 유리창이 나 있었기 때문에 이 집에 관계된 사람이라면 누구든 그 유리창의 커튼을 걷고 들킬 위험 없이 얼마든지 뒷방 손님들을 내려다볼 수 있었을 뿐 아니라(유리창은 벽과 큰 기둥 사이 어두운 구석에 나 있었기 때문에 엿보려면 그 사이로 들어가야 했다) 벽에 귀를 대면 대화 내용도 대충 알아들을 수 있었다. 펍의 주인장이 5분째 이 관찰 장소에서 눈길을 떼지 않고 있을 때, 그리고 바니가 위에서 언급된 것처럼 손님들과 말을 주고받고 막 돌아왔을 때, 페이긴이 저녁 업무차 어린 제자들의 안부를 묻기 위해 펍 안으로 들어왔다.

"쉿!" 바니가 말했다. "옆방에 나썬 사람드리 이써요."

"낯선 사람들!" 유대인 영감이 목소리를 낮춰 반복했다.

"네! 그디고 이상해요." 바니가 덧붙였다. "시고레서 와따는데 영감이당 같은 부류 가타요, 내가 잘못 봉 게 아니라면."

페이긴은 지대한 관심을 가지고 이 말을 열심히 듣는 것 같았다. 영감이 등받이 없는 의자에 올라가 유리창에 눈을 조심스럽게 대고 은밀히 들여다보자 안이 보였다. 클레이폴은 접시의 찬 쇠고기를 먹고 통에 든 흑맥주를 마시면서 샬럿에게 동종 요법을 시행하듯 음식을 조금씩 나눠 주었고, 샬럿은 그 옆에 진득하게 앉아 그의 뜻대로 먹고 마셨다.

"아하!" 페이긴이 바니를 돌아보더니 소곤거렸다. "저 녀석 생김새가 아주 딱이야. 쓸모가 있겠어. 벌써 여자 길들이는 법을 알잖아. 찍소리도 내지 마, 쟤네들 이야기 좀 들어보게. 어디 좀 들어보자."

그는 다시 유리창에 눈을 대고 귀는 벽 쪽으로 돌리고는 열심히 경청했는데, 늙은 도깨비나 지을 법한 교활하고 열띤 표정을 지었다.

"그래서 난 신사가 될 거야." 클레이폴 군이 두 다리를 쭉 뻗으며 이야기를 계속했다. 페이긴은 나중에 온 터라 이야기를 앞부분은 듣지 못했다. "이제 우리 정든 관들과는 영영 안녕이야, 샬럿. 내겐 신사의 삶이 맞아. 원한다면 너도 숙녀로 만들어줄게."

"나도 그러고 싶긴 하지, 자기야." 샬럿이 대답했다. "하지만 날마다 금고를 털 순 없잖아, 매번 무사히 도망칠 수도 없는 노릇이고."

"금고 얘긴 집어치워!" 클레이폴 군이 말했다. "털 건 금고 말고도 널렸어."

"무슨 소리야?" 그의 짝이 물었다.

"주머니, 여자들 손가방, 집, 역마차, 은행!" 클레이폴 군이 흑맥주에 흥이 올라 말했다.

"하지만 그걸 다 할 순 없잖아, 자기야."

"그런 일을 하는 사람들과 어울릴 기회를 최대한 노리면 돼." 노아가 대답했다. "어떤 식으로든 그들한테서 먹고살 길이 열릴 거야. 너도 여자 50명 몫은 너끈히 하잖아. 내가 시키면 넌 천하에 둘도 없는 교활하고 간사한 애가 된다니까."

"어머, 너한테서 그런 말을 들으니 정말 기분 좋다!" 샬럿은 그렇게 외치며 그의 못생긴 얼굴에 입을 맞추었다.

"거기까지. 그만해. 내가 너한테 화나 있을 땐 너무 다정하게 굴지 마." 노아는 정색을 하면서 그녀에게서 떨어졌다. "난 무리의 우두머리가 되어서 장물을 나눠 갖고 부하들 뒤를 몰래 밟을 거야. 벌이만 쏠쏠하다면 내겐 딱 맞는 일이지. 이쪽 바닥의 신사들에게 줄을 댈 수만 있다면, 네 수중의 그 20파운드 지폐를 다 내줘도 싼 거야. 특히 그걸 어떻게 처분해야 할지 잘 모르는 지금 상황에서는 더 그렇지."

클레이폴 군은 이렇게 의견을 내고 나서 대단히 슬기롭게 흑맥주 통 안을 들여다보고는 내용물을 잘 흔들고 나서 샬럿을 향해 거만하게 고개를 끄덕인 후 한 모금 들이켜더니 부쩍 힘이 나는 것처럼 보였다. 그가 한 모금 더 마실까 생각하고 있는데 문이 벌컥 열리며 낯선 사람이 나타나 그를 방해했다.

낯선 사람은 페이긴 씨였다. 그는 아주 상냥한 얼굴로 몸을 바짝 낮춰 인사한 뒤 다가와서 가장 가까운 자리에 앉아 환히 웃는 바니에게 마실 것을 주문했다.

"상쾌한 밤이오. 요맘때치곤 쌀쌀하기는 하지만." 페이긴이 양손을 비비면서 말했다. "보아하니 시골에서 왔구먼, 그렇지?"

"어떻게 아셨어요?" 노아 클레이폴이 물었다.

"런던에는 그렇게 먼지가 많지 않거든." 페이긴은 노아의 신발과 샬럿의 신발, 보따리 두 개를 차례차례 가리키며 말했다.

"예리한 양반이네." 노아가 말했다. "하! 하! 들었냐, 샬럿!"

"그게, 이 도시에선 예리할 필요가 있다네." 유대인이 목소리를 낮추어 은밀히 속삭이며 대꾸했다. "사실이 그렇지."

그러고 나서 페이긴이 오른쪽 집게손가락으로 코의 옆쪽을 톡톡 두드리자 노아는 그것을 따라 하려 했으나 그의 코가 그 목적에 부합할 만큼 크지 않았으므로 완벽하게 따라 하지는 못했다. 하지만 페이긴 씨는 그것을 깊이 공감한 것으로 이해했는지 바니가 내온 독주를 아주 다정하게 따라주었다.

"좋은 물건이네요." 클레이폴 군이 입맛을 다시며 말했다.

"좋고말고!" 페이긴이 말했다. "남자라면 늘 금고나 주머니, 여자 손가방, 집, 역마차, 은행을 털어야 해, 이런 걸 정기적으로 마시려면 말이야."

클레이폴 군은 자기가 한 말을 그대로 인용한 말을 듣자마자 의자에 등을 기대고는 잔뜩 겁먹고 사색이 된 얼굴로 유대인에게서 샬럿에게로 시선을 옮겼다.

"그 말은 신경 쓰지 마." 페이긴이 의자를 더 가까이 당기며 말했다. "하! 하! 다행히 자네 말을 우연히 들은 건 나뿐이었지 뭔가. 나뿐이어서 천만다행이야."

"내가 안 훔쳤어요." 노아가 말을 더듬으면서 당당한 신사처럼 쭉 뻗고 있던 두 다리를 얼른 감아 의자 밑으로 넣었다. "전부 저 여자가 그랬어요. 지금도 그거 네가 가지고 있잖아, 샬럿, 알

다시피."

"누가 가지고 있든 누가 그랬든 무슨 상관인가!" 페이긴은 그렇게 대꾸하면서도 매의 눈으로 여자와 보따리 두 개를 흘끔거렸다. "나도 그 바닥에 있다네. 그래서 자네가 맘에 들어."

"그 바닥이요?" 클레이폴 군이 조금 마음을 놓으며 물었다.

"나도 그런 쪽 일을 한단 말일세." 페이긴이 대답했다. "이 집 사람들도 그렇고. 자네가 제대로 찾아온 거야. 자네에겐 최고로 안전한 곳이지. 이 도시를 통틀어 절름발이보다 더 안전한 곳은 없다네. 내가 나서야 그렇긴 하지만. 난 자네와 저 아가씨가 맘에 들어. 내가 그리 말했으니 자네들은 마음 놓아도 돼."

안심시키는 말에 노아 클레이폴은 마음은 편해졌으나 몸은 그렇지 않은 모양이었다. 몸을 움직거리고 이리저리 뒤틀어 온갖 상스러운 자세를 취하면서 두려움과 불신이 어린 눈으로 새 친구를 주목했기 때문이다.

"내 더 말해주지." 페이긴은 다정한 고갯짓과 격려하는 말로 여자를 안심시킨 뒤 말했다. "자네의 소중한 바람을 이루어줄 친구를 내가 알고 있어. 자네에게 가장 맞는 방향으로 자네가 이 바닥에서 자리를 잡도록 제대로 이끌어주고 다른 모든 것들도 가르쳐줄 사람이야."

"진심으로 하는 말 같긴 하군요." 노아가 대답했다.

"진심이 아니면 나한테 무슨 득이 되겠는가?" 페이긴이 어깨를 으쓱거리며 물었다. "자! 나랑 나가서 이야기 좀 하세."

"뭐 하러 우리가 귀찮게 움직입니까." 노아는 그렇게 말하면서 슬슬 두 다리를 다시 뻗었다. "이 여자더러 짐을 위층으로 옮기라고 하면 되는데요. 샬럿, 꾸러미 좀 치워!"

상당히 권위적으로 하달된 명령에 샬럿은 군말 없이 순순히 복종했다. 샬럿이 짐을 들고 최선을 다해 나가는 동안 노아는 문을 열어두고 그녀가 나가는 것을 바라보았다.

"제법 고분고분하죠, 그쵸?" 그는 다시 자리에 앉으면서 야생 동물을 길들인 주인 같은 말투로 물었다.

"그만하면 완벽해." 페이긴이 어깨를 다독이며 대답했다. "천재로군, 자네."

"뭐, 천재가 아니었다면 지금 여기 있지도 않겠지요." 노아가 대꾸했다. "그나저나, 저기, 시간을 낭비하다가는 그 여자가 돌아올 거예요."

"자, 어떻게 생각하나?" 페이긴이 말했다. "내 친구가 싫지만 않다면, 자네에게 그와 함께 일하는 것보다 더 좋은 일은 없지 않겠나?"

"그 사람 사업은 잘되고 있나요? 그게 관건이죠!" 노아가 작은 한쪽 눈을 찡긋거리며 대꾸했다.

"최고 중의 최고지. 수하들도 많고 업계 최고의 인맥을 거느리고 있다네."

"보통 도시 출신들인가요?" 클레이폴 군이 물었다.

"시골 출신은 전혀 없어. 다행히 요즘 조수가 부족한 편이야.

그렇지 않았으면 아무리 내 추천이라도 그 사람이 자넬 받아주지 않았을 거야." 페이긴이 대답했다.

"이걸 넘겨야 할까요?" 노아는 자기 바지 주머니를 두드리며 말했다.

"그러지 않으면 성사되기 어려울 거야." 페이긴이 더없이 단호한 태도로 대답했다.

"아무리 그래도 20파운드나 되는데요. 큰돈이라고요!"

"자네가 처분할 수 없는 수표라면 그렇지 않아." 페이긴이 대꾸했다. "번호와 날짜가 기록된 것일 거야, 그치? 은행에서 지불이 정지된 거잖아? 저런! 그 친구에게도 별 가치가 없겠구먼. 외국이라면 모를까. 시장에서 팔아도 얼마 못 받을 걸세."

"그 사람 언제 만날 수 있어요?" 노아가 의심하며 물었다.

"내일 아침."

"어디서?"

"여기서."

"흠!" 노아가 말했다. "보수는 얼마나 되죠?"

"신사처럼 살 수 있게 해주지. 먹을 것과 잠자리, 담배와 술이 무료야. 자네가 버는 것의 절반과 그 아가씨가 버는 것의 절반을 가져갈 수 있어." 페이긴이 대답했다.

노아 클레이폴은 욕심이 하늘을 찌르는 자였으므로 만약 완전히 자유로운 처지였다면 이 후한 조건에도 동의했을 가능성이 극히 낮았지만, 이것을 거절할 경우 새 지인의 손에 즉시 법의 심판대에 서리라는 (게다가 어떤 예상 밖의 일들이 일어날지 모른다는) 생각에 차츰 기세가 꺾여 그거면 되겠다고 말했다.

"그런데 아시다시피." 노아가 덧붙였다. "그 여자가 일을 엄청 많이 할 수 있으니 나는 아주 손쉬운 일을 하고 싶어요."

"조금 고급스러운 일 말이지?"

"아! 그런 부류 맞아요." 노아가 대답했다. "내게 어울릴 만한 일이 뭐가 있을까요? 너무 힘에 부치지도 않으면서 너무 위험하지도 않은 그런 종류의 일!"

"이보게, 아까 들으니 자네가 염탐하겠다 어쩐다 하는 말을 하던데." 페이긴이 말했다. "내 친구는 그런 일에 능한 사람을 원하거든. 꼭 필요하대."

"그게, 그런 말을 하긴 했죠. 가끔이라면 그런 일도 마다하진 않아요." 클레이폴 군이 느릿느릿 대답했다. "하지만 그게 큰돈이 되진 않잖아요."

"그렇긴 하지!" 유대인은 생각에 잠겨, 혹은 생각에 잠긴 척하며 말했다. "그래, 큰돈은 안 되지."

"그럼 뭐가 좋을까요?" 노아가 걱정스럽게 유대인을 바라보며 물었다. "은밀하면서도 확실한데 집에 있는 거나 다름없이 위험하지 않은 그런 일?"

"늙은 여자들은 어떤가?" 페이긴이 물었다. "그들의 가방이나 짐을 낚아채서 길모퉁이 돌아 도망치면 상당히 큰돈을 벌 수 있어."

"그 여자들은 고함을 질러대고 가끔 할퀴기도 하잖아요?" 노아가 고개를 절레절레 흔들며 물었다. "그건 내게 안 맞는 것 같아요. 다른 쪽으론 뭐 없을까요?"

"가만!" 페이긴이 노아의 무릎에 손을 얹으며 말했다. "코찔찔이 픽치기."

"그게 뭔데요?" 클레이폴 씨가 물었다.

"코찔찔이란 말이야." 페이긴이 말했다. "엄마에게 받은 6펜스나 1실링 동전을 가지고 심부름 가는 아이들이야. 픽치기란 걔들 돈을 빼앗는 거고. 그런 아이들은 늘 손에 돈을 들고 있거든. 돈을 뺏고 나선 고놈들을 도랑에 떨어뜨린 다음 아이가 제 발로 떨어져서 다친 양 천연덕스럽게 유유히 그곳을 떠나면 돼. 하! 하! 하!"

"하! 하!" 클레이폴 군이 환희에 휩싸여 발을 올려 차면서 너털웃음을 웃었다. "와! 바로 그거예요!"

"딱 좋아." 페이긴이 대답했다. "자네는 챔든 타운이나 배틀 브리지 같은 동네에서 좋은 몫을 차지할 수 있을 거야. 거긴 아이들이 늘 심부름을 다니는 곳이니까. 코찔찔이들은 하루 중 수시로 몇 명이라도 자빠뜨릴 수 있지. 하! 하! 하!"

이 말과 함께 페이긴은 클레이폴 군의 옆구리를 찔렀고, 두 사람은 한바탕 왁자지껄 웃어댔다.

"아, 진짜 좋은데요!" 노아가 웃음을 그치고 말했을 때 샬럿이 돌아왔다. "내일 언제가 좋을까요?"

"10시 어떤가?" 클레이폴 군이 고개를 끄덕여 동의를 표하자 페이긴이 덧붙여 물었다. "내 훌륭한 친구에게 자네 이름을 뭐라고 하면 되지?"

"볼터 씨." 이런 불시의 상황을 예견하고 미리 대비한 노아가 대답했다. "모리스 볼터. 이쪽은 볼터 부인이고요."

"앞으로 볼터 부인을 잘 모시도록 하지요." 페이긴은 고개를 숙이며 이상할 정도로 정중하게 말했다. "부인과 더욱 친밀해질 날이 속히 오길 바랍니다."

"이 신사분 말씀 들었냐, 샬럿?" 클레이폴 군이 호통쳤다.

"응, 노아, 자기야!" 볼터 부인이 손을 내밀며 대답했다.

"이 여자는 일종의 애칭으로 나를 노아라 불러요." 클레이폴이었던 모리스 볼터 씨가 페이긴을 향해 말했다. "이해하시죠?"

"오, 그럼, 이해하고말고." 페이긴은 그렇게 대답했는데, 이번만큼은 진담이었다. "잘 자게! 잘 자!"

페이긴은 갖가지 작별 인사를 늘어놓고는 자리를 떴다. 노아 클레이폴은 새댁의 주의를 환기하더니 그가 이루어낸 협의 내용을 그녀에게 알려주기 시작했는데, 그의 도도한 기세와 우월감은 더 냉철한 남성의 한 사람이자 런던 및 주변 지역의 코찔찔이 픽처기 담당자로 임명되어 그 위엄을 의식한 신사로서도 어울리는 것이었다.

43장

꾀돌이 얌생이가 곤경에 빠진다

"그러니까 당신 친구란 사람은 바로 당신이었네요, 그쵸?" 클레이폴 군, 일명 볼터가 그들 사이에 성사된 합의에 따라 이튿날 페이긴의 집으로 갔을 때 물었다. "참 나, 어쩐지 어젯밤부터 그런 것 같더라니!"

"누구나 자기 자신을 친구로 두고 있지 않나." 페이긴이 특유의 의뭉한 미소가 활짝 피어난 얼굴로 응답했다. "자기 자신만큼 좋은 친구는 세상 어디에도 없지."

"예외도 있어요." 모리스 볼터가 백전노장 같은 투로 대답했다. "남이 아닌 본인의 적이기를 자처하는 사람들도 있으니까요."

"그런 말은 믿지 말게." 페이긴이 말했다. "자신의 적이 되는 건, 자기 자신과 너무 친해졌기 때문이지, 다른 사람은 죄다 좋아하면서 자기 자신은 싫어해서 그런 건 아니야. 하! 쳇! 세상에 그런 게 어딨나."

"있다고 해도 그래선 안 되겠죠." 볼터가 대답했다.

"일리 있는 말이야. 어떤 마술사는 3이 승리의 숫자라고 하고 어떤 마술사는 7이라고 해. 둘 다 아니야, 이 친구야, 둘 다 아니야. 그건 1이야."

"하! 하!" 볼터가 외쳤다. "1이여 영원하라."

"우리 같은 작은 공동체에선 말이지." 페이긴은 단서를 달 필요가 있다고 느껴 말했다. "1은 모두에게 적용된다네. 말하자면 나나 다른 모든 젊은이들을 자네 자신과 동일하게 1번으로 여기지 않는다면 자네 자신을 1번으로 생각할 수 없다는 뜻이야."

"와, 헛소리!" 볼터 씨가 외쳤다.

"이보게." 페이긴이 끼어든 볼터를 무시하며 말을 계속했다. "우리는 워낙 서로 끈끈하고 이해관계가 일치하다 보니 그럴 수밖에 없어. 예를 들어 자네의 목적은 1번, 즉 자네 자신을 위하는 것이겠지."

"당연하죠." 볼터 씨가 대답했다. "제대로 짚었네요."

"그런데! 자네는 1번인 나를 위하지 않으면 1번인 자네 자신도 위할 수 없다 이 말이야."

"영감은 2번이죠." 이기적인 기질이 다분한 볼터 씨가 말했다.

"아니, 그렇지 않아." 페이긴이 반박했다. "자네 자신이 자네에게 중요한 만큼 나도 자네에게 똑같이 중요해."

"내 생각에는요." 볼터 씨가 불쑥 끼어들었다. "영감은 무척이나 친절한 사람이고 나도 영감을 참 좋아하긴 하지만, 우리가 그 정도로 친하진 않은 것 같은데요."

"상상해 보게." 페이긴이 어깨를 으쓱거리더니 양손을 앞으로 뻗으며 말했다. "한번 가정해 보자고. 자네가 아주 멋진 일, 내 마음에 쏙 드는 일을 했다고 말이야. 하지만 자네는 그것 때문에 목에 넥타이를 매게 될 수도 있어. 매기는 아주 쉬운데 풀기는 아주 어려운 넥타이, 쉬운 말로는 교수대 밧줄이라고도 하지."

볼터 씨는 스카프가 꽉 조여 불편한 것처럼 스카프에 손을 대고는 못마땅한 투로 인정하는 말을 뭐라뭐라 웅얼거렸다.

"교수대는 말이야." 페이긴이 말을 이었다. "교수대는 아주 짧고 급격한 전환점이 있음을 알리는 이정표라네. 탄탄대로를 달리던 많은 대장부들이 거기서 막혀버렸지. 편한 길로 계속 가면서 그것과는 늘 먼 거리를 유지하는 것이 자네의 1번 목적일 거야."

"물론 그렇지요." 볼터 씨가 대답했다. "그런데 이런 얘기는 왜 하는 거예요?"

"자네에게 내 뜻을 확실히 전달하기 위해서야." 유대인은 두 눈썹을 추켜올리며 말했다. "목적을 이루려면 자네는 내게 의지해야 해. 나도 내 작은 사업을 탈 없이 지키려면 자네에게 의지해야 하고. 첫 번째 경우가 자네의 1번이고, 두 번째 경우는 나의 1번이야. 자넨 자네의 1번을 귀중히 여기는 만큼 나의 1번도 소중히 여겨야 해. 그러니 결국 내가 처음에 한 말로 돌아오게 되는 거야. 1번에 대한 배려가 우리 모두를 지탱해 주니 다 같이 무너질 생각이 아니라면 반드시 그래야 한다 이 말이야."

"그렇긴 하죠." 볼터 씨가 생각하며 대답했다. "하! 참으로 교활한 영감이네!"

페이긴은 자신의 권력을 인정하는 찬사를 기쁘게 받아들였다. 그에게 그것은 단순한 칭찬이 아니라 간교한 천재성을 발휘해 신입 단원에게 몹시 강한 인상을 주었다는 신호였는데, 서로 알아가는 초반에 그런 천재성을 발휘하는 것은 페이긴에게 몹시 중요한 일이었다. 그는 그 기세를 몰아 바람직하고 유용한 일이라는 인상을 강화하려고 목적에 가장 부합하는 방향으로 사실과 허구를 적절히 혼합해 사업의 규모와 범위에 대해 몇 가지 자세한 내용을 볼터에게 말해주었다. 사실과 허구가 워낙 절묘하게 어우러진 터라 볼터 씨의 존경심은 현저히 증가했을 뿐 아니라 경외감마저 가미되어 순화되었으니, 페이긴에게는 대단히 바람직한 현상이 아닐 수 없었다.

"내가 크나큰 손실을 입어도 위안을 얻을 수 있는 건 우리가 서로에게 가지는 이 상호 신뢰 덕분일세." 페이긴이 말했다. "최고 일꾼이 내게서 떠나갔네, 어제 아침에."

"설마 죽었다는 말은 아니죠?" 볼터 씨가 외쳤다.

"아니, 아니." 페이긴이 대답했다. "그 정도로 나쁜 일은 아니야. 그렇게까지 나쁘진 않아."

"에이, 난 또 그 사람이—"

"수배자였네." 페이긴이 끼어들었다. "그래, 수배자였어."

"큰 죄인가요?" 볼터 씨가 물었다.

"아니. 큰 죄는 아니야. 죄목은 소매치기 미수지. 은제 코담뱃 갑을 지니고 있다가 걸렸거든. 그건 원래 그 녀석 거야, 그 녀석 거. 코담배를 들이마시곤 했어, 워낙 좋아하니까. 그자들은 담뱃 갑의 주인이 누군지 안다고 생각하고 오늘도 그 녀석을 잡아두 고 있어. 아, 갠 담뱃갑 쉰 개 값어치는 하는 녀석이라 녀석을 되 찾을 수 있다면 얼마가 됐든 값을 치를 생각이야. 자네가 우리 얌생이를 몰라 안타깝구먼, 자네가 얌생이를 몰라 안타까워."

"뭐, 알고 싶긴 하죠. 알게 되지 않을까요?" 볼터 씨가 말했다.

"그건 장담 못 해." 페이긴이 한숨을 내쉬며 대답했다. "새로운 증거가 나오지 않으면 그냥 즉결 심판에 넘겨질 테니 6주쯤 뒤 에 돌아오겠지만 새로운 증거가 나오면 유배가 될 거야. 그자들 은 애가 얼마나 똑똑한지 아니까 무기형을 때리겠지. 꾀돌이에게 무기형보다 낮은 걸 때리진 않을 거야."

"유배니 무기형이니 다 무슨 소리예요?" 볼터 씨가 물었다. "나한테 그런 식으로 말하면 어떡합니까? 내가 알아들을 만한 말로 좀 해요."

페이긴은 이 알쏭달쏭한 표현들을 쉬운 말로 바꿔주려 했다. 그랬다면 볼터 씨가 이 말들이 '종신 유배형'이라는 것을 이해했 을 테지만, 대화는 베이츠 군의 등장으로 중단되었다. 베이츠 군 은 양손을 바지 주머니에 넣고 있었고 우거지상이 된 얼굴은 조금 우스꽝스럽게 보였다.

"끝장났어요, 페이긴." 찰리는 새로 온 동료와 인사를 나눈 뒤 말했다.

"무슨 소리냐?"

"그들이 담뱃갑 주인을 찾아냈어요. 걔를 지목할 사람이 두셋 더 있다니까 얌생이는 꼼짝없이 감옥행이에요." 베이츠 군이 대답했다. "띠 두른 모자와 상복을 갖추고 그 애를 보러 가야겠어요, 페이긴, 녀석이 길을 떠나기 전에요. 생각해 봐요, 잭 도킨스가, 그 똘똘한 잭이, 얌생이가, 꾀돌이 얌생이가 고작 흔해빠진 2.5페니 코담배 상자 때문에 끌려가다뇨! 걔라면 적어도 시곗줄과 인장 달린 금시계는 되어야죠. 에휴, 부유한 노신사를 몽땅 벗겨먹고 신사답게 퇴장했어야 했어요, 명예도 영광도 없는 평범한 좀도둑이 아니라!"

베이츠 군은 불운한 친구에게 이런 감정을 토로하면서 원통하고 안타까운 심정으로 가장 가까운 의자에 앉았다.

"어째서 그 애에게 명예도 영광도 없다는 말이냐?" 페이긴이 성난 눈초리로 제자를 노려보며 외쳤다. "걘 항상 너희들 중 최고였어! 너희들 중에 걔 발뒤꿈치라도 따라갈 놈이 있다냐! 엉?"

"없죠." 베이츠 군이 안타까운 마음에 잠긴 목소리로 대답했다. "없어요."

"그럼 왜 그런 말을 지껄여?" 페이긴이 화를 내며 대답했다. "왜 그리 징징 우는 소리를 하냐고?"

"그런 건 기록에 남지 않잖아요?" 찰리는 안타까운 마음을 못 이겨 존경해 마지않던 친구에게 대들고 말았다. "그런 건 기소장에도 안 나오고, 아무도 개에 대해서 절반도 모를 테니까요.《뉴게이트 감옥 소식지》에는 어떻게 기록될까요? 거기에도 안 실릴지도 몰라요. 아, 이럴 수가, 이럴 수가, 이건 정말 충격이야!"

"하! 하!" 페이긴은 오른손을 내밀며 볼터 씨에게 고개를 돌리더니 중풍 발작을 일으킨 것처럼 몸을 흔들면서 낄낄거렸다. "얘들이 얼마나 자기 직업에 큰 자부심을 가졌는지 좀 보게나. 아름답지 않은가?"

볼터 씨는 고개를 끄덕여 동의했고, 페이긴은 잠시 찰리 베이츠의 슬픔을 흐뭇하게 바라보다가 어린 신사에게 다가가 어깨를 다독였다.

"걱정 마, 찰리." 페이긴이 달랬다. "다 알려질 테니까. 틀림없이 다 알려질 거야. 그 애가 얼마나 영리한 친구였는지 모두들 알게 될 거야. 그 애 스스로 증명해서 옛 동료와 스승의 얼굴에 먹칠하진 않겠지만, 개가 아직 얼마나 어린지 생각해 보렴! 그 어린 나이에 평생 무기형을 살게 된다면, 찰리, 이 얼마나 뛰어난 업적이냐!"

"뭐, 명예로운 일이긴 하죠!" 찰리가 약간 위로를 받은 듯 말했다.

"그 아이는 원하는 건 다 누리게 될 거야." 유대인이 말했다. "빵간에서 신사처럼 지내게 될 거야. 신사처럼! 날마다 맥주를 마시고 주머니엔 돈도 있어서 쓸 순 없어도 동전 따먹기는 할 수 있겠지."

"에이, 설마, 정말요?" 찰리 베이츠가 소리쳤다.

"응, 정말이야." 페이긴이 대답했다. "게다가 큰 가발[38]도 하나 구할 거야, 찰리, 막강한 입담으로 그 아이를 변호할 사람. 그 아이가 원한다면 직접 변호할 수 있게도 해주고. 우리 모두 이런 신문 기사를 읽게 될걸. '꾀돌이 얌생이…… 폭소가 터졌다…… 법정이 뒤집어졌다.' 어떠냐, 찰리, 어때?"

"하! 하!" 베이츠 군이 웃었다. "아주 배꼽 빠지겠는데요, 페이긴? 얌생이 때문에 다들 애깨나 먹겠네, 그쵸?"

"그럼!" 페이긴이 소리쳤다. "그렇고말고. 그 녀석이니까!"

"아, 그러고도 남을 녀석이죠." 찰리는 양손을 비비며 따라 했다.

"녀석이 눈에 선하구나." 유대인이 제자를 굽어보며 탄식했다.

"나도 그래요." 찰리 베이츠가 소리쳤다. "하! 하! 하! 나도 그래요. 모든 게 눈앞에 그려져요, 내 영혼을 걸어도 좋아요, 페이긴. 볼만하겠어! 진짜 볼만할 거야! 큰 가발들이 점잔을 빼고 있는데 잭 도킨스가 만찬 뒤에 연설하는 판사의 아들처럼 그들에게 친근하고 느긋하게 발언하는 모습이요. 하! 하! 하!"

페이긴 씨가 이 별난 어린 신사의 비위를 워낙 잘 맞춰주었기

38　당시 '가발big wig'은 치안판사를 뜻하는 속어였으나 여기서는 법조인들을 뜻한다.

때문에 처음엔 수감된 얌생이를 희생양으로 보았던 베이츠 군은 이제 얌생이를 몹시 우스꽝스럽고 정교한 장면의 주연 배우쯤으로 여기게 되었고, 옛 동료가 능력을 유감없이 발휘하는 날이 하루빨리 오기를 고대하게 됐다.

"오늘 녀석이 어떻게 되는지 알아봐야 해. 쉬운 방법이 없을까." 페이긴이 말했다. "생각 좀 해보자."

"내가 가볼까요?" 찰리가 물었다.

"절대 안 돼." 페이긴이 대답했다. "너 미쳤냐? 단단히 미치지 않고서야 네 발로 거기로 들어가겠다니. 거긴…… 안 된다, 찰리, 안 돼. 한 번에 하나를 잃는 것으로 충분해."

"설마 영감이 직접 갈 생각은 아니죠?" 찰리가 농담 삼아 웃으며 말했다.

"그것도 적절하진 않지." 페이긴이 고개를 저으며 대답했다.

"그럼 이 신참을 보내는 건 어때요?" 베이츠 군이 노아의 팔에 손을 얹으며 물었다. "이 친군 아무도 모르잖아요."

"본인이 마다하지만 않으면 뭐." 페이긴이 말했다.

"마다하다뇨!" 찰리가 끼어들며 말했다. "왜 마다하겠어요?"

"그럴 이유가 없긴 하지." 페이긴이 볼터 씨를 향해 말했다. "마다할 이유가 전혀 없어."

"어, 그 점에 대해선 말이죠." 노아가 문 쪽으로 물러나면서 정신이 번쩍 든 것처럼 고개를 절레절레 흔들며 말했다. "아뇨, 아뇨. 그건 안 돼요. 그건 내 전문이 아니에요, 아니고말고요."

"이 친구 전문이 뭔데요, 페이긴?" 베이츠 군이 노아의 홀쭉한 몸을 역겹다는 눈초리로 훑어보며 물었다. "일이 틀어지면 줄행랑, 일이 잘 풀릴 땐 전부 먹어치우기가 이 사람 특기인가?"

"신경 꺼." 볼터 씨가 응수했다. "그리고 네 상전에게 까불지 마라, 꼬마야, 지독한 감빵에 확 처넣기 전에."

이 거창한 협박에 베이츠 군이 어찌나 격렬히 웃어대는지 페이긴은 한참 후에야 끼어들어 경찰서에 가도 위험한 일은 없을 거라고 볼터 씨에게 설명할 수 있었다. 그의 말인즉슨, 볼터 씨가 연루된 그 사소한 사건의 소식이나 그의 인상착의는 아직 도시까지 전해지지 않았으니 그가 이곳으로 도망쳐 왔다고 의심받을 리 만무하며, 적절히 변장한다면 경찰서는 런던의 여느 곳과 마찬가지로 안전하게 방문할 수 있고, 설마 그가 스스로 경찰서를 찾아갈 거라고는 아무도 생각하지 못할 거라고.

이 설명이 얼마간 설득력을 발휘하긴 했지만 볼터 씨는 무엇보다 페이긴이 두려워 출장을 나가는 데 마지못해 동의했다. 그리고 페이긴의 지시에 따라 즉시 짐마차꾼의 프록코트와 벨벳 반바지, 가죽 각반을 착용했다. 모두 유대인이 상비하는 물건들이었다. 그는 유료 도로 영수증이 여럿 장식된 펠트 모자와 마차꾼의 채찍도 구비했다. 이런 복장을 갖추니 이제 충분히 경찰서 안으로 슬렁슬렁 걸어 들어갈 만했다. 코벤트가든 시장의 촌부가 호기심에 이끌려 경찰서로 들어가는 것은 얼마든지 가능한 일이었기 때문이다. 촌스럽고 볼품없는 데다 비쩍 마른 볼터의 모습에 페이긴은 그치가 완벽하게 이 역할을 해내리라 믿어 의심치 않았다.

준비가 끝났을 때 볼터 씨는 꾀돌이 양생이를 알아보는 데 필요한 생김새와 특징을 듣고 나서 베이츠 군의 안내를 받아 어둡고 구불구불한 길들을 통과해 보 스트리트 코앞까지 갔다. 찰리 베이츠는 경찰서의 정확한 위치를 설명하면서 통로를 곧장 걸어가 마당으로 들어가면 오른쪽 계단 위 문을 열고 들어가야 하는데 방으로 들어갈 때 모자를 벗어야 한다고 일러주고는 이제 혼자 가라면서 자기는 헤어진 곳에서 그가 돌아올 때까지 기다리겠다고 약속했다.

노아 클레이폴이라 해도 좋고 모리스 볼터라 해도 좋은 이 남자는 지시를 그대로 따랐기 때문에—베이츠 군은 그 부근의 지리에 밝았기 때문에 그의 지시는 정확했다—중간에 길을 묻거나 헤매는 일 없이 치안판사가 있는 곳에 곧장 도달할 수 있었다. 어느새 그는 주로 여자들이 바글바글한 인파 속에서 이리저리 떠밀리고 있었다. 그곳은 더럽고 후텁지근한 방 안이었다. 방 맞은편 끄트머리 위쪽에는 난간으로 분리된 연단이 있고, 왼쪽 벽에는 죄수들의 피고석, 중간엔 네모난 증인석, 오른쪽에는 치안판사의 책상이 있었다. 마지막에 언급된, 외경심을 부르는 판사석은 칸막이로 일반인의 시선이 차단되었기 때문에 위엄 있는 판사들의 실제 모습은 대중의 상상에(상상이 가능하다면!) 맡겨야 했다.

피고석에는 여자 두 명이 있었다. 그들은 구경을 온 친구들에게 고개를 끄덕여 주었고, 그동안 서기는 경찰 둘과 탁자 위로 몸을 숙인 평상복 차림의 남자에게 증인 선서문을 읽어주었다. 한 간수는 피고석 난간에 기대어 서서 큼직한 열쇠로 연신 코를 맥없이 톡톡 두드리다가 구경꾼들이 지나치게 떠든다 싶으면 정숙하라고 요구하며 대화를 잠재우는가 하면, 변변찮은 아기가 엄마의 숄에 싸여 내는 희미한 울음소리에 법의 위엄이 손상될까 엄한 눈초리로 아기 엄마를 쳐다보며 "아기를 데리고 나가요" 하고 말했다. 방은 비좁고 고릿했고, 벽은 때가 묻어 변색되었으며, 천장은 거무칙칙했다. 선반 위에는 연기에 거뭇해진 낡은 흉상이 있었다. 피고석 위쪽에는 먼지투성이 시계가 있었는데 방 안에서 제대로 작동하는 것은 그 시계밖에 없는 것 같았다. 타락 혹은 궁핍, 혹은 이 둘과의 상습적인 동행이 모든 생명체 위에 오점을 남겼을 뿐 아니라 모든 생명 없는 물체 위에도 역겨운 기름때를 두껍게 씌웠기 때문이다.

노아는 얌생이를 찾아 열심히 주변을 둘러보았다. 그 출중한 인사의 어머니나 누이라고 할 만한 여자들이 몇 명 있었고 그의 아버지와 꽤 흡사하다 보아도 무방할 남자도 한 명 이상 있었지만, 도킨스 군에 대한 묘사에 들어맞는 사람만 전혀 보이지 않았다. 그렇게 조마조마하고 불확실한 상태로 기다리는데 피고석의 여자들이 정식 재판을 받기 위해 보란 듯이 과시하며 끌려 나간 뒤 다른 죄수 하나가 등장했다. 노아는 그 죄수를 보자마자 찾는 사람임을 단번에 알아채고 안도했다.

진짜 도킨스 군이었다. 그는 평소처럼 큰 외투의 소매를 걷어
올리고 방 안으로 터덜터덜 걸어 들어왔는데, 왼손은 주머니 안
에 넣고 오른손으로는 모자를 든 채 묘하게 미끄러지는 듯한 걸
음걸이로 간수보다 먼저 들어와 피고석에 자리를 차지하더니 자
기가 무슨 불명예스러운 상황으로 이 자리에 서게 된 건지 알려
달라고 다 들리도록 큰 목소리로 요구했다.

"입 다물어라, 엉?" 간수가 말했다.

"난 영국인이야, 아닌가?" 얌생이가 대꾸했다. "내 권리는 어디
로 갔을까?"

"네놈의 권리는 금방 누리게 될 거야." 간수가 응수했다. "후추
쳐서 드시게나."

"안 그러기만 해봐라, 내무 장관이 새 부리들에게 뭐라고 할지
두고 보겠어." 도킨스 씨가 대답했다. "어디 보자! 대체 뭐가 문제
야? 치안판사들이 이 사소한 사건을 후딱 처리해 주면 고맙겠는
데 말이야. 신문 읽느라 날 계속 붙잡아 두지 말고. 시티에서 한
신사분과 약속이 있거든. 나는 원래 뱉은 말은 지키는 사람이고
사업에 관해선 시간을 딱딱 지키는 사람인데 내가 제시간에 도
착하지 않으면 그분은 그냥 가버릴 거야. 그래도 날 잡아둔 자들
에게 손해 배상 소송은 없겠지. 에이, 설마, 그건 아닐 거야!"

이 대목에서 얌생이는 이후의 절차에 대해 따지고 들면서 "판
사석에 앉은 저 소매치기들의 이름"을 알려달라 간수에게 요구

했다. 구경꾼들은 그 말에 한껏 흥이 올라 베이츠 군이 들었다면 그랬을 것처럼 배꼽이 빠져라 웃어댔다.

"거기 조용!" 간수가 소리쳤다.

"이건 무슨 사건인가?" 판사 하나가 물었다.

"소매치기 건입니다, 판사님."

"예전에 여기 온 적 있는 아이인가?"

"왔어도 여러 번 왔어야 하는 놈이죠." 간수가 대답했다. "다른 데는 모두 다녀온 놈입니다. 제가 잘 아는 녀석이에요, 판사님."

"와하! 당신이 날 안다고?" 꾀돌이 얌생이가 그 발언을 꼬투리 잡아 소리쳤다. "아주 좋아. 사람 완전 이상하게 모네."

또다시 웃음이 터졌고, 다시 한번 정숙하라는 고함이 울려 퍼졌다.

"그나저나 증인들은 어디 있습니까?" 서기가 말했다.

"아하! 그렇지." 얌생이가 덧붙였다. "그 사람들 어디 있어? 나도 좀 보고 싶네."

이 바람은 곧바로 이루어졌다. 한 경찰관이 앞으로 나섰기 때문이다. 그는 죄수가 군중 속에서 신원 미상인 신사의 주머니를 털려는 현장을 목격했다고 말했다. 당시 죄수는 주머니에서 손수건을 빼내고는 그 손수건이 몹시 낡은 것을 보더니 그걸로 얼굴을 쓱 닦고 나서 살그머니 도로 집어넣었다고 했다. 이런 이유로 경찰관은 얌생이에게 다가가자마자 얌생이를 붙잡았고, 몸 수색 도중 얌생이의 몸에서 은제 코담뱃갑을 발견했는데 갑의 뚜껑에 주인의 이름이 새겨져 있었다. 궁정 인명록을 참조하여 주인으로 밝혀진 신사가 법정에 나와 있었다. 그는 맹세코 그 담뱃갑이 자기 것이 맞고 전날 앞서 언급된 군중 속을 지나온 순간 그것을 잃어버렸다고 말했다. 또한 유달리 활발하게 인파를 헤치고 나아가는 한 어린 신사를 보았으며 그 어린 신사는 바로 눈앞에 있는 죄수라고 발언했다.

"증인에게 물어볼 게 있느냐, 꼬마야?" 판사가 말했다.

"그 사람과 대화하는 것으로 스스로 내 격을 낮추고 싶진 않은데." 얌생이가 대답했다.

"아무 할 말이 없어?"

"할 말 없냐고 판사님이 물으시잖아?" 간수는 묵묵부답인 얌생이를 팔꿈치로 쿡 찌르며 물었다.

"뭐라고 했지?" 얌생이가 정신이 딴 데 팔린 듯한 얼굴을 들며 말했다. "나한테 뭐라고 말했나, 자네?"

"이렇게 막무가내인 떠돌이 녀석은 처음 봅니다, 판사님." 간수가 히죽 웃는 얼굴로 말했다. "정말 할 말 없냐, 꼬맹아?"

"없어." 얌생이가 대답했다. "여기선 없지. 왜냐하면 여기는 정의로운 감빵이 아니거든. 내 변호사는 지금 하원 부의장과 아침을 먹고 있어. 다른 곳이라면 나도 할 말이 있겠지만. 내 변호사도 그렇고, 내 존경스러운 인맥들도 그렇지. 그분들이 한번 움직이면 저기 새 부리들은 차라리 태어나지 말걸, 하고 바라게 될 거다. 오늘 아침 그분을 괴롭히러 나오지 말고 차라리 하인들에게

나 좀 모자걸이에 걸어달라 할걸, 하고 후회하게 될 거라고. 내가 말이야—"

"그래그래! 이 아이는 재판에 넘긴다!" 서기가 말을 중단시키고 말했다. "데려가요."

"어서 가자." 간수가 말했다.

"아, 그래! 간다, 가." 얌생이가 손바닥으로 모자를 털면서 대답했다. "하! (판사석을 향해) 그렇게 겁먹은 표정을 지어봤자 소용없어. 당신들 국물도 없을 줄 알아. 대가를 치르게 될 거라고요, 훌륭하신 나리님들. 세상을 다 준대도 당신들처럼 안 살아! 당신들이 무릎 꿇고 애걸복걸해도 풀려나지 않을 거라고. 그래, 날 감옥으로 데려가! 날 데려가라고!"

얌생이는 마지막 말을 하는 순간 멱살을 잡혀 끌려 나갔다. 나가는 내내 이번 일을 의회에서 문제 삼도록 만들겠노라 바락바락 을러대다가 마당에 나가자 속이 다 후련하고 아주 뿌듯하다는 듯 간수의 얼굴에 대고 활짝 웃어 보였다.

노아는 얌생이가 비좁은 독방에 갇히는 것을 보고는 베이츠 군과 헤어졌던 장소로 최대한 빨리 돌아갔다. 그는 거기서 얼마간 기다린 후에야 그 젊은 신사를 다시 만날 수 있었는데, 젊은 신사는 작고 후미진 곳에 신중히 남아 주변을 조심스럽게 살피면서 새 친구가 몹쓸 인간에게 미행당한 게 아니라는 걸 확인하고 나서야 나타났다.

두 사람은 얌생이가 그간 받은 훈련을 충실히 실행하고 있으

며 빛나는 명성을 쌓아가고 있다는 희소식을 페이긴 씨에게 전
하러 서둘러 집으로 돌아갔다.

44장

로즈 메일리와의 약속 시간이 됐지만
낸시는 약속을 지키지 못한다

낸시는 술책과 위장 전술에 대단히 능한 여자였지만 큰일을 저질렀다는 생각에 동요하는 마음을 완벽히 감출 수는 없었다. 교활한 유대인과 잔혹한 사이크스가 남들에게 꽁꽁 숨기는 계략도 그녀에게는 털어놓을 만큼 그녀는 의심 밖의 충직한 존재로 그들의 전적인 신뢰하에 있음을 그녀는 알고 있었다. 그 계략들은 워낙 사악했고, 그것을 꾸민 자들만큼 극단적이었으며, 그녀를 범죄와 불행의 나락으로 조금씩 깊이 끌어들인 페이긴에 대한 그녀의 감정만큼이나 혹독한 것이었지만, 낸시는 자신의 폭로가 가져올 파장을 생각하고 마음이 약해지곤 했다. 페이긴에 대한 마음도 예외는 아니었는데, 오랫동안 족쇄와 쇠사슬을 용케 피해 온 페이긴도—파국을 맞아도 싼 작자이긴 하지만—이번에야말로 그녀로 인해 덜미가 잡혀 쓰러질 것임이 분명했기 때문이다.

하지만 이런 것들은 옛 동료나 인간관계로부터 완전히 분리될 수 없는 상황에서 일어나는 심란한 마음 상태에 불과했으니, 하나의 목적이 정해진 이상 어떤 생각도 번복하지 않겠다는 결심을 이길 수는 없었다. 오히려 사이크스를 걱정하는 마음 때문에 아직 시간이 있으니 취소하자는 강한 유혹에 넘어갈 뻔도 했지만, 그들에게 비밀을 엄수해야 한다는 조건을 달았고 그의 신상을 드러낼 만한 단서는 전혀 남기지 않았으며 그를 위해 모든 죄악과 불행에서 벗어날 기회마저 거절했는데 무얼 더 하랴! 그녀의 결심은 변함없었다.

그녀의 모든 심적 갈등은 이런 결심을 낳았지만 후에도 끊임없이 그녀를 괴롭히며 흔적을 남겼다. 불과 며칠 만에 그녀는 파리하고 수척해졌다. 무엇이 눈앞을 지나가든 아무런 관심을 두지 않거나 목소리를 높였을 대화에도 전혀 끼어들지 않는가 하면, 유쾌한 분위기도 아닌데 웃어대고, 이유도 의미도 없이 소란을 떨기도 했다. 그런가 하면, 주로 소란을 피운 직후 풀이 죽어서 양손으로 머리를 감싸고 앉아 아무 말 없이 생각에 잠기곤 했는데, 그러는 동안 어떻게든 기운을 차리고자 애쓰는 모습은 그녀가 불안정하다는 것과 동료들이 나누는 대화와는 영 동떨어진 문제에 정신이 팔려 있다는 것을 말해주는 강력한 단서가 되었다.

일요일 밤, 가장 가까운 교회의 종이 울려 시간을 알렸다. 사이크스와 유대인은 이야기를 나누다 말고 귀를 기울였다. 웅크린 채 낮은 의자에 앉아 있던 여자도 고개를 들고 귀를 기울였다. 11시였다.

"자정까지 한 시간 남았군." 사이크스는 덧창을 올리고 밖을 내다본 뒤 자리로 돌아오면서 말했다. "날씨도 어둡고 후텁지근해. 작업하기 좋은 밤이야."

"아!" 페이긴이 대답했다. "안타깝구먼, 빌, 딱히 할 일이 없으니 말이야."

"모처럼 옳은 소릴 하는군." 사이크스가 무뚝뚝하게 대꾸했다. "나도 안타까워, 일하고 싶어 근질근질한데."

페이긴은 한숨을 쉬고는 의기소침하게 고개를 저었다.

"어떻게든 꼬인 일을 풀고 낭비한 시간을 보충해야 해. 내가 아는 건 그것뿐이야." 사이크스가 말했다.

"내 말이 그 말일세." 페이긴이 사이크스의 어깨를 다독이며 대답했다. "자네 입에서 그런 말을 들으니 참 좋구먼."

"참 좋단다!" 사이크스가 소리쳤다. "그러든가 말든가."

"하! 하! 하!" 페이긴은 그런 동의도 위안이 되는 양 웃었다. "오늘 밤은 자네답구먼, 빌! 참 자네다워."

"영감의 시들어빠진 앞발이 내 어깨에 닿으면 나다운 느낌이 안 드니까 그만 치우쇼." 빌이 유대인의 손을 뿌리치며 말했다.

"초조한가 보군, 빌. 체포되는 생각이 떠올라서 그러나?" 페이긴이 아무렇지 않은 척 말했다.

"악마에게 체포당하는 생각이 나." 사이크스가 대꾸했다. "당신 같은 얼굴은 세상에 다신 없을 거야, 당신 아버지라면 모를까. 지금쯤 그치의 희끗희끗 센 붉은 수염이 불에 타고 있겠군, 당신이 아비 없이 곧장 거기서 내려온 게 아니라면. 그랬다고 해도 전혀 놀랄 일은 아니지."

페이긴은 이 말에 대꾸하지 않고 사이크스의 소맷자락을 잡아당기며 낸시를 가리켰다. 두 사람 사이에 이 대화가 오가는 틈을 타 보닛을 쓴 그녀가 막 나가려던 참이었다.

"이봐!" 사이크스가 소리쳤다. "낸시, 오밤중에 어딜 가려는 거야?"

"멀리 안 나가."

"무슨 대답이 그래?" 사이크스가 대꾸했다. "어디 가는데?"

"멀리 안 간다 했잖아."

"어디 가냐고 물었을 텐데?" 사이크스가 응수했다. "내 말 못 들었냐?"

"어딘지 나도 몰라." 여자가 대답했다.

"나는 알지." 사이크스는 여자가 어디 가는 게 싫어서라기보다 오기가 발동해 말했다. "아무 데도 못 가. 그냥 앉아."

"나 몸이 좀 안 좋아. 아까도 말했잖아." 여자가 대꾸했다. "바람 좀 쐬고 싶어."

"창밖으로 머리 내밀면 되잖아." 사이크스가 대답했다.

"그걸로는 안 되니까 그러지." 여자가 말했다. "거리에서 바람 쐬고 싶어."

"바람 쐬지 마." 사이크스가 대답했다. 그는 그렇게 딱 자르며 일어나 문을 잠그고 열쇠를 뽑고 나서 그녀의 머리에서 보닛을 벗겨내 낡은 수납장 위로 던졌다. "됐어." 강도가 말했다. "이제 거기 잠자코 있어, 알았어?"

"보닛으로 날 붙잡아 둘 순 없어." 여자가 하얗게 질려서 말했다. "왜 이러는 거야, 빌? 지금 무슨 짓을 하는지 알고 이러는 거야?"

"알다마다! 아후!" 사이크스가 페이긴을 돌아보며 소리쳤다. "이 여자가 정신이 나갔나 봐, 아니면 나한테 이딴 식으로 말할 리가 없지."

"당신 날 궁지로 몰고 있어." 여자는 가슴속에서 뭔가 격렬한 것이 날뛰는지 그것을 누르려는 것처럼 양손을 가슴에 대고 중얼거렸다. "보내줘, 제발. 당장, 지금."

"안 돼!" 사이크스가 말했다.

"보내주라고 말 좀 해줘요, 페이긴. 날 보내는 게 좋을 거예요. 그게 이이에게도 좋을 거라고. 내 말 들었어요?" 낸시는 발로 바닥을 쿵쿵 구르며 소리쳤다.

"들었냐고?" 사이크스가 의자에서 돌아앉아 그녀를 마주 보며 말했다. "듣고말고! 30초만 더 들렸단 봐라, 개를 시켜 네 목줄기를 물어뜯어 그 빽빽거리는 목소리를 끊어놓을 테니까. 뭐 잘못 먹었냐, 이년아? 대체 왜 그래?"

"보내줘." 여자가 정색하며 말하고는 문간 바닥에 앉으며 다시 말했다. "빌, 나 좀 보내줘. 잘 모르면서 이러지 마. 당신은 정말 몰라. 딱 한 시간만, 제발, 제발!"

"이 여자가 완전히 미쳤군." 사이크스가 그녀의 팔을 거칠게 잡으며 소리쳤다. "아니면 내 팔다리를 하나씩 잘라도 좋아. 일어나!"

"보내줄 때까지 못 일어나. 보내줄 때까지 못 일어난다고. 절대. 절대로!" 여자가 고함을 질렀다.

사이크스는 잠깐 동안 기회를 엿보며 지켜보다가 별안간 그녀의 양손을 움켜잡아 그녀를 끌고 갔고, 그녀는 이리저리 몸부림치며 작은 옆방으로 끌려갔다. 그는 긴 의자에 앉더니 그녀를 떠밀어 작은 의자에 앉히고는 힘으로 찍어 눌렀다. 그녀는 몸부림치고 애원하기를 반복하다가 12시를 알리는 종소리가 들리자 녹초가 되어 더 이상 반항하지 않았다. 사이크스는 오늘 밤 외출은 꿈도 꾸지 말라고 욕설을 수차례 곁들여 경고한 뒤 제풀에 지치도록 그녀를 놔두고 페이긴에게 돌아갔다.

"에휴!" 집털이범이 얼굴의 땀을 닦으며 말했다. "진짜 보기 드물게 이상한 여자라니까!"

"그러게 말이야, 빌." 페이긴이 생각에 잠기며 대답했다. "그러게나 말이야."

"저 여자가 오늘 밤 무슨 생각으로 나가려 안달했을까?" 사이크스가 물었다. "말해봐, 영감이 나보다 저 여자를 더 잘 아니까. 왜 그런 거야?"

"오기, 여자의 오기 때문이겠지."

"그런 것 같긴 한데." 사이크스가 으르렁거렸다. "저걸 길들인 줄 알았더니 여전히 고약하단 말이야."

"더 고약해졌어." 페이긴이 생각에 잠겨 말했다. "쟤가 이러는 건 처음 봐, 이렇게 아무것도 아닌 일로."

"그러니까 말이야." 사이크스 말했다. "아무래도 저 여자 핏속의 열이 완전히 가시지 않은 모양이야. 열이 안 빠져나와서 그런 걸 거야, 그치?"

"그럴지도 모르지."

"또다시 그랬단 봐라, 의사를 부를 것도 없이 내가 손수 피를 뽑아낼 거야." 사이크스가 말했다.

페이긴은 고개를 끄덕여 이 치료법에 찬성을 표했다.

"내가 쓰러져 있을 때 저 여자는 낮이고 밤이고 내 옆을 떠나지 않았어. 영감처럼 속이 시꺼먼 늑대들은 코빼기도 비치지 않았지만." 사이크스가 말했다. "우린 몹시 가난했어, 언제나 말이야. 저 여자, 온갖 근심과 걱정에 시달린 데다 여기 너무 오랫동안 갇혀 있다 보니 안달이 난 모양이야."

"그런 것 같네." 유대인이 속삭여 대답했다. "쉿!"

유대인이 그 말을 내뱉는 순간 여자가 나타나 아까 앉았던 자리에 다시 앉았다. 퉁퉁 붓고 빨개진 눈으로 몸을 앞뒤로 흔들더니 고개를 홱 뒤로 젖히고는 와락 웃음을 터뜨렸다.

"아니, 저 여자가 이제 반대쪽으로 튀네!" 사이크스가 기가 막히다는 표정으로 동료를 돌아보며 외쳤다.

페이긴은 그냥 못 본 척하라고 사이크스에게 고갯짓을 했고, 몇 분 후 여자는 익숙한 상태로 가라앉았다. 페이긴은 여자가 다시 발작할 리 없다고 사이크스에게 속삭이고는 모자를 들고 작별 인사를 했다. 그러고는 방문 앞에 이르렀을 때 두리번거리면서 어두운 계단을 내려가는 동안 누가 불을 좀 비춰줄 수 있는지 물었다.

"불 좀 비춰줘." 사이크스가 담뱃대에 담배를 채우며 말했다. "영감이 스스로 목이 부러져 구경꾼들을 실망시키면 아깝잖아. 네가 불 좀 비춰줘."

낸시는 촛불을 들고 노인을 따라 아래층으로 내려갔다. 복도에 이르렀을 때 그가 손가락을 입술에 대고 여자에게 가까이 가더니 속삭였다.

"왜 그러니, 낸시, 응?"

"무슨 소리예요?" 여자도 속삭여 대답했다.

"이러는 이유가 뭐냐고." 페이긴이 대답했다. "만약 그자가." 그는 깡마른 집게손가락으로 계단 위를 가리켰다. "너한테 너무 심하게 굴거들랑(그자는 짐승이야, 낸시, 야수라고), 확 그냥—"

"확 뭐요?" 페이긴이 입을 그녀의 귀에 대다시피 하고 그녀와 시선을 마주하며 동작을 멈추었을 때 여자가 물었다.

"아직은 때가 아니야. 이 얘긴 나중에 다시 하자꾸나. 나를 네 친구로 생각해도 좋아, 낸시, 네 충직한 친구. 내겐 언제든 손쓸 수 있는 은밀하고도 철저한 방법이 있어. 널 그렇게 개 취급하는, 개처럼 취급하는 놈들에게 복수하고 싶으면 말이다! 사실 개만도 못한 취급이지, 그놈이 가끔 자기 개는 비위를 맞춰주곤 하니까. 그럴 땐 나한테 오너라. 꼭 나한테 와. 그자는 어제오늘 만난 개놈이지만 나와는 오래전부터 알고 지냈잖니, 낸시."

"당신이야 잘 알죠." 여자가 감정을 전혀 드러내지 않고 대구했다. "잘 가요."

페이긴이 낸시의 손을 잡으려고 손을 내밀었을 때 그녀는 움츠러들며 몸을 빼고 차분한 목소리로 잘 가라고 다시 말하고는 작별하는 그의 시선을 향해 고개를 끄덕여 응답한 뒤 문을 닫았다.

페이긴은 머릿속에서 떠오르는 생각들에 골몰한 채 집을 향해 걸었다. 그가 떠올린 생각인즉슨―방금 떠오른 것이 아니라 예전부터 조금씩 천천히 확신으로 굳어진 생각이었다―낸시가 집털이범의 학대에 지쳐 새로운 남자에게 애정을 품게 되었다는 의심이었다. 그녀의 달라진 태도, 혼자 집을 나가는 빈번한 외출, 과거엔 열성적으로 임했던 그들 패거리의 관심사에 비교적 무관심으로 일관하는 태도, 게다가 그날 밤 특정한 시간에 집을 나가지 못해 안달복달하던 행동, 이 모든 것이 그 추정을 뒷받침할 뿐 아니라 적어도 그에게는 확신을 주었다. 이 새로운 애정의 대상은 그의 수하가 아닐 것이므로 낸시와 같은 조력자를 거느린 남자라면 횡재인 셈이니(페이긴의 논리에 따르면 그랬다) 지체 없이 그자를 수중에 넣어야 했다.

그에게는 흉계가 하나 더 있었다. 사이크스는 너무 많은 걸 알고 있었다. 그간 페이긴은 사이크스의 혹독한 조롱을 무심히 넘겨왔지만 사실 그의 마음속에는 그 상처가 차곡차곡 쌓여 있었다. 사이크스를 버렸다가는 사이크스의 분노로부터 낸시 본인은 물론이고 최근에 좋아하게 된 상대 역시 무사하지 못할 것임을, 사이크스가 팔다리를 못 쓰게 만든다든가 숨통을 끊어놓을 것임을 낸시도 잘 알 터였다. '조금만 설득하면 돼.' 페이긴은 생각했다. '낸시가 그놈을 독살하게 부추기는 건 식은 죽 먹기 아니겠어? 목적을 이루기 위해서라면 그런 짓도, 아니 그보다 더한 짓도 하는 게 여자들이니까. 그 위험한 불한당, 내가 증오하는 그놈은 사라지고 다른 놈이 그 자리를 대신하게 되겠지. 그 범죄를 내가 아는 이상 낸시에 대한 내 영향력은 무한해질 테고.'

페이긴이 잠시 집털이범의 방에 홀로 앉아 있을 때 그의 머릿속에는 이런 생각들이 오갔다. 그는 그런 생각들을 붙잡고 있다가 헤어질 때 기회를 잡아 그녀에게 그것을 암시하는 알쏭달쏭한 말을 몇 마디 던졌던 것이다. 낸시는 놀라는 표정도 어리둥절한 표정도 짓지 않았다. 그 말뜻을 알아들은 게 분명했다. 헤어질 때 보인 그녀의 시선이 그것을 뒷받침했다.

하지만 그녀가 사이크스를 살해하자는 계략을 듣고 질겁한다면? 그것도 해결해야 할 주요한 문제 중 하나였다. '어떡한다, 어떻게 낸시를 내 마음대로 주무를 수 있을까? 어떻게 하면 새로운 힘을 얻을 수 있을까?' 페이긴은 집으로 천천히 걸어가면서 생각했다.

그런 두뇌 안에는 술책들이 넘쳐난다. 낸시에게 자백을 받아낼 필요 없이 감시자를 붙이면 그만이었다. 그녀가 마음을 준 대상을 알아낸 뒤 계략에 가담하지 않을 경우엔 사이크스(그녀가 지극히 두려워하는 대상)에게 모든 걸 밝히겠다고 협박하면 그녀도 순순히 따를 수밖에 없지 않겠나?

"그러면 되겠군." 페이긴이 거의 소리치듯 말했다. "그러면 감히 내 말을 거역하지 못하겠지. 절대로, 절대로! 다 됐어. 수단은 마련했으니 실행만 남았군. 넌 내 손안에 있어!"

그는 뒤쪽으로 음흉한 시선을 던지고는 방금 떠나온 집을 향해, 그 집에 있는 더 대담한 악당을 향해 위협적인 손짓을 하고는 가던 길을 계속 갔는데, 옷자락 속에서 깡마른 두 손을 부산하게 꼼지락거리면서 옷자락을 움켜쥐고 힘껏 비트는 모양이 철천지원수를 한 동작 한 동작 공들여 짓뭉개는 것 같았다.

45장

노아 클레이폴은 페이긴에게
비밀 임무를 받는다

이튿날 아침 영감은 일찍부터 이제나저제나 새 동료가 나타나기를 기다렸다. 영겁 같은 시간이 흐른 후에야 새 동료는 모습을 드러내더니 아침밥에 덤벼들어 게걸스럽게 삼키기 시작했다.

"볼터." 페이긴은 의자를 끌어당겨 모리스 볼터의 맞은편에 앉았다.

"나 여기 있어요." 노아가 대답했다. "무슨 일이에요? 다 먹을 때까지 무얼 하라는 말은 하지 말아요. 여긴 이런 게 참 안 좋아. 밥 먹는 시간이 충분하지가 않단 말이지."

"먹으면서도 말할 수 있잖아?" 페이긴은 그렇게 말하며 친애하는 젊은 친구의 탐욕을 진심으로 저주했다.

"아, 물론, 말이야 할 수 있죠. 난 말할 때 더 잘 먹어요." 노아는 빵을 큼직하게 한 덩이 자르며 말했다. "샬럿은 어디 있어요?"

"나갔어." 페이긴이 말했다. "아침에 다른 아가씨랑 같이 내보냈어, 우리끼리 있고 싶어서."

"아!" 노아가 말했다. "개한테 버터 바른 토스트 좀 해놓으라 시키지 그랬어요. 음, 말해봐요. 어차피 방해 안 되니까."

그는 아무것도 자기를 방해할 수 없다는 듯 배를 두둑이 채우겠다는 각오로 앉아 있었다.

"어젠 일 잘했네." 페이긴이 말했다. "근사했어! 첫날에 6실링 하고도 9.5펜스나 벌다니! 꼬찔찔이 퍽치기로 떼돈 벌겠구먼."

"1파인트 맥주잔 세 개랑 우유 깡통 하나는 왜 빼시나." 볼터 씨가 말했다.

"그래그래. 맥주잔도 참으로 천재적인 솜씨였네만, 우유 깡통은 그야말로 완벽한 걸작이었어."

"내 생각에도 잘하긴 잘했어요, 초보치고는." 볼터 씨가 흐뭇하게 말했다. "맥주잔은 난간에서 슬쩍했고 우유 깡통은 술집 바깥에 덩그러니 서 있더라고요. 비 오면 녹슬거나 감기에 걸릴 거 아닙니까. 그죠? 하! 하! 하!"

페이긴은 진심으로 웃는 척 웃어댔고, 볼터 씨는 한바탕 웃고 나서 첫 번째 버터 바른 빵을 큼직하게 몇 번 베어 물어 뚝딱 해치우고는 바로 두 번째 빵에 착수했다.

"자네가 해줬으면 하는 일이 있어, 볼터." 페이긴이 탁자 너머로 몸을 내밀며 말했다. "날 위해 작은 일을 좀 해주게. 대단히 신중하고 조심스럽게 접근해야 하는 일이야."

"저기요." 볼터가 대답했다. "날 위험에 빠뜨리거나 경찰서 같은 데로 다시 보낼 생각일랑 말아요. 그건 나랑 안 맞는 일이니까, 절대로. 난 분명히 말했어요."

"조금도 위험하지 않은 일이야. 조금도." 유대인이 말했다. "어떤 여자를 미행하면 돼."

"늙은 여자예요?" 볼터 씨가 물었다.

"젊은 여자." 페이긴이 대답했다.

"그런 거라면 잘할 수 있어요." 볼터가 말했다. "학교 다닐 때 내가 고자질 하난 기막히게 잘했었죠. 그 여자는 왜 미행하라는 거예요? 설마……."

"아무것도 하지 말고 그냥 그 여자가 어디 가는지, 누굴 만나는지 나한테 알려줘. 가능하면 무슨 말을 하는지도. 그게 길거리면 어느 길인지, 집이면 어느 집인지 기억했다가 최대한 많은 정보를 내게 가져오면 돼."

"얼마나 줄 거예요?" 노아가 컵을 내려놓고 고용주의 얼굴을 열렬히 쳐다보며 물었다.

"잘해내면 1파운드 주지. 1파운드." 페이긴은 볼터의 관심을 최대한 끌어보려 말했다. "딱히 돈도 안 되는 일에는 준 적 없는 돈이야."

"그 여자가 누군데요?"

"우리 사람이야."

"와하!" 노아가 코를 찡긋거리며 소리쳤다. "그 여자가 수상쩍은가 봐요?"

"그 여자에게 새로운 친구들이 생겼나 본데, 그들이 누구인지 내가 알아야겠어."

"해보죠." 노아가 말했다. "그들이 잘나가는 사람들이면 알아두는 게 좋을 거 같아서 그러는 거죠? 하! 하! 하! 분부대로 하지요."

"할 줄 알았어." 제안이 받아들여진 것에 페이긴이 기뻐 소리쳤다.

"하다마다요." 노아가 대답했다. "그 여자 어디 있는데요? 어디서 기다려야 해요? 어디로 가면 돼요?"

"내가 다 말해주지. 때가 되면 그 여자도 알려주고. 자네는 준비나 해, 나머진 나한테 맡기고."

염탐꾼은 그날 밤에도, 이튿날 밤에도, 모레 밤에도 부츠와 마차꾼 복장을 갖추고 앉아 페이긴의 말이 떨어지는 즉시 출동하려 대기했다. 그렇게 밤이, 길고 지루한 밤이 여섯 번 지나갔다. 그동안 밤마다 페이긴은 실망한 얼굴로 집에 돌아와 긴말 않고 아직 때가 아니라는 말만 했다. 이레째 되는 날 밤 그는 일찌감치 돌아왔는데, 기쁜 티를 감추지 못했다. 일요일이었다.

"오늘 밤 그 여자가 외출할 거야." 페이긴이 말했다. "바로 그 용건 때문에. 그 여자는 온종일 혼자 있었고 무서워하는 남자는 동틀 녘까지 안 돌아올 테니까. 나랑 같이 가자. 빨리!"

노아는 흠칫 놀라 말없이 일어섰다. 유대인이 어쩌나 흥분했는지 그 분위기에 휩쓸렸던 것이다. 그들은 은밀히 집을 나와 미로 같은 거리를 서둘러 통과해서 어느 펍 앞에 도착했다. 노아는 그곳이 런던에 도착하던 날 밤 묵었던 그 펍이라는 걸 알아보았다.

11시가 지난 시각이라 가게 문은 닫혀 있었다. 페이긴이 낮게 휘파람을 불자 문이 경첩에 매달려 스르륵 돌아가며 열렸다. 그들은 소리 없이 안으로 들어갔고, 뒤에서 문이 닫혔다.

그들을 안으로 들인 유대인 청년과 페이긴은 거의 속삭이지도 않고 몸짓만 주고받고 나서 노아에게 유리창을 가리켜 보이고는 거기로 올라가서 옆방 사람을 살펴보라고 신호했다.

"그 여자예요?" 노아가 숨소리보다 작게 물었다.

페이긴이 그렇다고 고개를 끄덕였다.

"얼굴이 잘 안 보여요." 노아가 속삭였다. "아래를 보고 있는데다 여자 뒤에 촛불이 있어서."

"거기 있어." 페이긴이 속삭였다. 영감이 바니에게 손짓하자 바니가 물러갔다. 그치는 금세 옆방으로 들어가서 촛불을 끄는 척하면서 촛불을 적당한 자리로 옮기고는 여자에게 말을 걸어 얼굴을 들게 했다.

"그 여자가 보여요." 염탐꾼이 소리쳤다.

"똑똑히 보이나?"

"천 명 가운데 섞여 있어도 알아볼 수 있어요."

그가 서둘러 아래로 내려올 때 옆방 문이 열리고 여자가 나왔다. 페이긴은 노아를 커튼이 쳐진 구석 뒤로 데려갔다. 그들이 숨 죽이고 있을 때 여자는 그들이 숨은 곳에서 몇 발짝 안 되는 지점을 지나 그들이 들어왔던 문으로 나갔다.

"쉿!" 유대인 청년이 문을 잡은 채 소리쳤다. "지금!"

노아는 페이긴과 시선을 주고받고는 뛰어나갔다.

"왼쪽." 바니가 속삭였다. "왼쪽으로 가다가 길 건너에서 따라가."

노아는 시키는 대로 했다. 가로등 불빛에 이미 저만치 앞에서 멀어져 가는 여자의 형체가 보였다. 그는 조심스럽게 적당히 따라붙은 다음 여자의 행동을 더 잘 보려고 길 반대편에서 따라갔다. 그녀는 초조하게 두세 번 주위를 둘러보기도 하고 걸음을 멈추고 바로 뒤따라오는 남자 둘을 먼저 보내기도 했다. 걸을수록 용기가 생기는지 걸음걸이가 안정적이고 확고해졌다. 염탐꾼은 일정한 거리를 유지한 채 따라가면서 여자에게서 눈을 떼지 않았다.

46장
약속을 지키다

11시 45분을 알리는 교회 종이 울렸을 때 런던 다리 위로 두 형체가 나타났다. 걸음이 가볍고 민첩한 하나는 뭔가를 찾는 것처럼 열심히 주위를 둘러보는 여자의 형체였고, 다른 하나는 가장 짙은 그늘을 골라 몸을 숨기면서 적당한 거리를 유지하며 여자와 보조를 맞추는 남자의 형체였다. 남자는 여자가 멈추면 따라 멈추고 여자가 다시 움직이면 은밀히 따라 움직였고, 열심히 따라가는 와중에도 여자와 더 가까워지는 법은 없었다. 그렇게 그들이 미들섹스에서 서리 해변 쪽으로 다리를 건넜을 때, 여자가 지나가는 사람들을 유심히 살펴보다가 실망한 빛으로 돌아섰다. 여자가 돌발적으로 움직였음에도 그녀를 지켜보던 남자는 당황하지 않고 교각 위 돌출된 난간으로 몸을 숨겼다. 그리고 난간 너머로 몸을 숙여 더 그럴듯하게 건너편 보도의 여자가 지나가기를 기다렸다. 여자가 이전처럼 앞서가며 멀어져 가자 그는 조용히 빠져나와 다시 쫓아갔다. 여자는 다리 중간쯤에서 걸음을 멈추었다. 남자도 걸음을 멈추었다.

몹시 캄캄한 밤이었다. 그런 시각 그런 곳에, 더구나 이런 궂은 날씨에 사람들의 왕래가 있을 리 없었다. 설령 행인이 있더라도 서둘러 빨리 지나가느라 그 여자와 그 여자를 지켜보는 남자를 쳐다보는 일은 없었고 보더라도 눈여겨보지 않았다. 게다가 그들은 런던 비렁뱅이들의 성가신 시선을 끌 만한 차림새도 아니었기 때문에 그날 밤 추운 아치문 아래나 문 없는 움막이라도 좋으니 몸을 뉘일 곳을 찾다가 우연히 그 다리를 건너던 비렁뱅이들은 지나는 사람에게 말을 걸거나 대거리하는 일 없이 그곳에 조용히 서 있었다.

강 위에 걸린 물안개에 선착장 작은 배들의 빨간 화톳불 불빛이 한층 진해졌고 강둑 위 칙칙한 건물들은 더욱 어둡고 흐릿하게 보였다. 양쪽 강둑 위에는 검댕으로 얼룩진 낡은 창고들이 밀집한 여러 지붕과 뾰족지붕 위로 칙칙하게 솟아 있었는데, 그 육중하고 어수선한 형체들을 비추지도 못할 만큼 검디검은 강물을 향해 잔뜩 인상을 쓰고 있었다. 오랫동안 그 유구한 다리를 지켜온 세인트 세이비어 성당의 거대한 탑과 세인트 매그누스 성당 첨탑은 어스름 속에서 보였지만, 다리 밑으로 숲처럼 늘어선 배들과 그 위로 산재한 교회 첨탑들은 시야에서 가려져 거의 보이지 않았다.

여자가 초조하게 이리저리 서성이고 감시자는 몰래 그녀를 주시하는 가운데, 세인트 폴 대성당의 육중한 종소리가 하루의 끝을 알렸다. 북적이는 대도시에 자정이 찾아왔다. 궁전과 지하 술집, 감옥, 정신병원에도, 탄생과 죽음의 방에도, 건강과 질병의 방에도, 시체의 뻣뻣한 얼굴과 아이의 평온한 얼굴에도 자정은 찾아왔다.

종소리가 울린 지 2분이 채 안 되었을 때, 다리와 가까운 곳에서 한 아가씨가 반백의 신사와 함께 말 한 필이 끄는 마차에서 내려 마차를 보낸 다음 다리를 향해 곧장 걸어왔다. 그들이 다리의 인도 위로 올라서기 무섭게 여자는 화들짝 놀라고는 그들에게 재빨리 다가갔다.

그들은 이루어질 가망이 거의 없는 희망에 부질없이 매달리는 사람들처럼 주위를 둘러보며 앞으로 걸어가다가 새로운 동행이 등장한 순간 깜짝 놀라 소리를 지르며 걸음을 멈추었지만 즉시 소리를 멈추었다. 촌부 차림의 한 남자가 가까이, 서로 스칠 정도로 다가왔기 때문이다.

"여긴 안 돼요." 낸시가 급히 말했다. "여기서는 무서워서 말 못 해요. 이리 와요, 큰길 밖으로, 계단 밑으로 가요!"

낸시가 이렇게 말하면서 손으로 가려는 방향을 가리켰을 때 그 촌부가 돌아보더니 왜 인도를 전부 차지하고 있는 거냐고 퉁명스럽게 묻고는 지나갔다.

여자가 가리킨 것은 서리 쪽 강둑과 세인트 세이비어 성당 쪽으로 난 계단이었는데, 강에서 다리 위로 올라오다 보면 있는 층계참이었다. 촌부 차림새를 한 그 남자는 눈에 띄지 않게 서둘러 그 자리로 가서 잠시 그곳을 살펴본 뒤 더 아래로 내려갔다.

다리에 난 이 계단에는 층계참이 세 개 있었다. 두 번째 층계참 바로 밑의 왼쪽 석벽은 템스 강을 바라보는 아래쪽 장식 붙임기둥과 이어진다. 그 지점부터 아래쪽 계단이 넓어지기 때문에 누군가 그 붙임벽의 모퉁이를 돌아가 서면 한 계단이라도 위쪽에 있는 사람들에게는 전혀 눈에 띄지 않는다. 촌부는 이 지점에 이르러 급히 주위를 둘러보았다. 여기보다 더 몸을 숨기기 좋은 곳이 없는 데다 마침 썰물이라 공간도 충분했다. 그는 장식 붙임기둥 옆으로 돌아가 벽에 등을 대고 기다렸다. 그들이 거기까지 내려올 리 없었고 그들의 이야기를 듣지 못할 경우에는 안전하게 다시 따라갈 수 있으리라 생각했기 때문이다.

혼자 그곳에 있자니 시간은 너무나 더디게 흘러갔다. 염탐꾼은 예상과 영 딴판으로 흘러가는 이 만남의 동기를 캐고 싶어 어찌나 조바심이 나는지 그들이 훨씬 위쪽에서 멈췄거나 완전히 다른 곳에서 비밀 대화를 나누고 있을 게 분명하다고 확신하면서 글렀구나 생각한 것이 한두 번이 아니었다. 그가 몸을 숨긴 곳에서 나와 위쪽으로 다시 올라가려는데 발소리가 들리더니 바로 옆에서 목소리가 들려왔다.

그는 몸을 쭉 펴서 벽에 바짝 붙이고는 숨소리도 죽여가며 귀를 바짝 세우고 엿들었다.

"이만하면 충분히 멀리 왔어요." 어떤 목소리가 말했다. 아까 그 신사의 목소리가 분명했다. "우리 아가씨를 더 내려가게 할 순 없습니다. 대다수의 사람들은 당신을 워낙 불신해 여기까지도 내려오지 않았을 테지만 나는 흔쾌히 당신의 뜻을 따라준 거예요."

"내 뜻을 따랐다니!" 여자가 소리쳤다. "배려심이 있는 분이네요. 내 뜻을 따랐다! 그런데 그건 중요한 게 아니에요."

"그나저나." 신사가 더 친절한 투로 말했다. "무슨 목적으로, 대체 무슨 목적으로 이런 이상한 곳까지 우리를 데려온 거요? 어째서 환하고 왕래가 있는 저 위쪽에서 이야기를 나누지 않고 이 어둡고 음산한 구석까지 우릴 데려온 겁니까?"

"아까 말한 대로예요." 낸시가 대답했다. "거기서는 무서워서 말할 수가 없어요. 왜 그런지는 모르겠어요." 여자가 진저리를 치며 말했다. "하지만 오늘 밤엔 너무 두렵고 조마조마해서 서 있기도 힘드네요."

"뭐가 두렵다는 거죠?" 신사가 안타깝다는 말투로 물었다.

"그건 나도 몰라요." 여자가 대답했다. "나도 알고 싶어요. 죽음에 대한 참혹한 생각들, 피 묻은 수의들, 온몸이 불길에 타는 듯한 두려움이 종일 나를 떠나지 않아요. 오늘 밤 시간을 죽이려고 책을 읽고 있을 때도 똑같은 것들이 글씨 속에 나타났어요."

"상상이오." 신사가 그녀를 달래며 말했다.

"상상이 아니에요." 여자가 갈라진 목소리로 대답했다. "맹세컨대, 모든 책장에 '관'이라는 단어가 크고 검은 글씨로 쓰여 있었어요. 오늘 밤 거리에서도 관이 바로 옆을 지나갔어요."

"그건 전혀 특별한 일이 아니지요." 신사가 말했다. "관은 내 옆도 자주 지나가거든요."

"그건 진짜 관들이고요." 여자가 대꾸했다. "이건 진짜가 아니잖아요."

숨어 엿듣던 남자는 여자가 하는 말을 들었을 때 여자의 태도에서 심상치 않은 낌새를 느끼고 소름이 돋았다. 그래서 진정하라고 여자를 달래면서 그런 두려운 상상에 말려들지 않게 마음을 다잡으라 말하는 젊은 아가씨의 상냥한 목소리를 들었을 때 이제껏 겪지 못한 큰 안도감을 느꼈다.

"이 여자에게 친절히 말씀해 주세요." 젊은 아가씨가 동행에게 말했다. "가엾은 사람이에요! 이 여자에게는 그래야 할 것 같아요."

"당신네 신앙심 깊고 콧대 높으신 분들이야 오늘 밤 고개를 빳빳이 들고 나를 보면서 지옥 불과 인과응보에 대해 설교하겠지요." 여자가 소리쳤다. "아, 친애하는 아가씨, 하느님의 백성을 자처하는 사람들은 대체 왜 불쌍한 우리들을 당신처럼 관대하고 친절하게 대하지 않는 걸까요? 당신이야말로 젊음과 아름다움, 그들이 잃어버린 모든 걸 가졌으니, 이리 겸손하지 않고 조금은 거만해도 될 텐데요?"

"아!" 신사가 말했다. "터키인도 기도할 때는 깨끗이 세수하고 얼굴을 동쪽으로 돌리건만, 이 훌륭한 인간들은 세상살이로 얼굴을 박박 문질러 미소가 싹 가신 얼굴을 어김없이 천국의 가장 어두운 쪽으로 돌리지요. 이슬람교도와 바리새인 중 선택하라면 나는 전자를 택하겠소!"

이것은 젊은 아가씨에게 하는 말 같았지만 낸시에게도 한숨 돌릴 시간을 주려는 뜻도 있는 것 같았다. 얼마 후 신사는 낸시에게 말했다.

"지난주 일요일 밤에 여기 나오지 않았잖소."

"올 수 없었어요." 낸시가 대답했다. "갇혀 있었거든요."

"누구에게요?"

"저번에 아가씨에게 말한 남자요."

"설마 오늘 밤 우리를 여기로 부른 문제에 대해 누군가와 이야기한 건 아니지요?" 노신사가 물었다.

"그건 아니지만." 여자가 고개를 저으며 대답했다. "그에게 이유를 알리지 않고 그를 두고 외출하는 건 쉽지 않아요. 저번에도 나오기 전에 그에게 로다넘을 먹이지 않았으면 아가씨를 만날 수 없었을 거예요."

"당신이 돌아가기 전에 그가 깨어난 것이오?" 신사가 물었다.

"아뇨. 그이는 물론이고 나를 의심하는 사람은 없어요."

"좋아요." 신사가 말했다. "그럼 내 말 잘 들어요."

"준비됐어요." 그가 잠시 말을 멈추자 여자가 대답했다.

신사가 말을 시작했다. "대략 2주 전 당신이 이 아가씨를 만난 뒤 아가씨는 그 이야기를 나를 비롯해 믿음직한 다른 친구 몇 명에게 전했소. 솔직히 고백하건대 처음엔 당신을 믿어도 되는지 확신이 없었는데, 지금은 굳게 믿고 있소."

"날 믿어요." 여자가 진지하게 말했다.

"다시 말하지만 난 굳게 믿고 있소. 당신을 믿는다는 걸 증명하기 위해서라도 내 흔쾌히 한 가지 비밀을 귀띔하리다. 우리는 이 몽크스라는 자의 두려움을 이용해 그자가 비밀을 실토하게 만들 생각이오, 그게 무슨 비밀이든 간에. 그런데 만약." 신사가 말했다. "그자를 붙잡을 수 없거나 붙잡았는데 우리 뜻대로 움직이지 않을 경우, 당신이 그 유대인을 우리에게 넘겨야겠소."

"페이긴?" 여자가 물러서며 소리쳤다.

"당신 손으로 그자를 넘겨야 하오." 신사가 말했다.

"그건 안 돼요! 절대 안 돼요!" 여자가 대답했다. "그 사람은 악마지만, 내겐 악마보다 더한 사람이지만, 그것만은 할 수 없어요."

"할 수 없다?" 신사는 이런 대답을 충분히 예상한 것처럼 말했다.

"절대!" 여자가 대답했다.

"이유를 말해보겠소?"

"한 가지 이유는." 여자가 단호하게 대답했다. "한 가지 이유는, 이 아가씨가 이해하고 내 편에 설 것이기 때문이에요. 아가씨

가 내게 그러겠다고 약속했으니 그렇게 하시겠죠. 또 다른 이유
는, 그 영감이 비록 몹쓸 삶을 살아왔지만, 몹쓸 삶을 살아온 건
나도 마찬가지기 때문이에요. 우리들 대다수가 함께 같은 길을
걸어왔는데, 그들이 악당이라고 해서 그간 나를 배신할 수 있었
는데도 배신하지 않은 그들을 내가 배신할 수는 없어요."

"그렇다면." 신사는 노렸던 목표물을 눈앞에 둔 것처럼 재빨리
말했다. "몽크스를 내 손에 넘겨주고 그자에 대한 처분을 내게
맡기도록 해요."

"그자가 다른 사람들을 고발하면요?"

"그렇다 해도 그자가 진실을 실토하면 이 문제를 거기서 마무
리하겠다고 약속하지. 분명 올리버의 짧은 과거사에도 세상에
알려지면 곤란한 측면들이 있을 테니 진실만 알아내면 그자들은
풀어주도록 하지요."

"만약 그렇게 안 되면요?" 여자가 물었다.

"그렇다면." 신사가 말했다. "당신의 동의 없이 이 페이긴이라
는 자가 법의 심판을 받는 일은 없을 것이오. 그자가 법의 심판
을 받게 될 경우에는 당신도 인정할 수밖에 없는 이유를 내가 당
신에게 제시할 수 있겠지요."

"아가씨도 약속해 주실 수 있나요?" 여자가 물었다.

"네, 약속해요." 로즈가 대답했다. "신의를 지키겠다고 진심으
로 맹세해요."

"당신들이 이 일을 어떻게 알게 되었는지 몽크스가 절대 알지

못할 거라는 말이죠?" 여자가 잠시 머뭇거리다 말했다.

"절대." 신사가 대답했다. "그자와 관련된 정보는 절대 노출되지 않을 테니 그자는 꿈에도 모를 겁니다."

"나는 어릴 적부터 거짓말쟁이로, 거짓말쟁이들 속에서 살아왔어요." 여자가 다시 잠자코 있다가 말했다. "하지만 여러분의 말을 한번 믿어볼게요."

여자는 두 사람한테서 안심해도 좋다는 확답을 받고 나서 말하기 시작했는데, 목소리가 워낙 낮았기 때문에 염탐꾼은 여자의 말을 알아듣기 어려울 때가 많았다. 그녀는 그날 밤 미행당하기 시작한 펩의 이름과 정보를 말해주었다. 여자가 가끔씩 말을 멈추는 것으로 보아 신사가 그녀가 알려주는 정보를 급히 받아 적고 있는 것 같았다. 그녀는 그 펩의 위치와 눈에 띄지 않고 그곳을 지켜볼 수 있는 최적의 자리, 몽크스가 주로 나타나는 밤과 시각을 상세히 설명하고 나서 몽크스의 특징과 생김새를 떠올리느라 기억을 더듬으며 잠시 생각에 잠기는 듯했다.

"그자는 키가 커요. 체구가 크긴 한데 다부지진 않아요. 피하는 듯한 걸음걸이고, 걸을 때 자꾸 어깨 너머로 돌아봐요. 이쪽으로 한 번, 저쪽으로 한 번. 잊지 말아야 할 건, 그자의 눈이 유달리 안쪽으로 움푹 꺼져 있다는 거예요. 그것만으로도 그자를 알아볼 수 있을 만큼요. 안색은 검어요. 머리카락도 눈도 검고. 나이는 기껏해야 스물여섯이나 스물여덟 정도 됐을 텐데 쇠약하고 깡말랐어요. 입술은 창백하고 이빨 자국으로 비틀려 있을 때가

603

많아요. 심한 발작을 일으키기 때문이죠. 가끔 자기 손을 물어뜯는 바람에 손이 상처투성이가 되기도 해요. 왜 그리 놀라죠?" 여자가 말을 멈추었다.

신사는 자기도 모르게 그랬다고 얼버무리고는 이야기를 계속하라고 청했다.

"이것들 중에 일부는 아까 말한 그 펍 사람들을 통해 알아낸 거예요." 여자가 말했다. "직접 그 사람을 본 건 두 번뿐인데 매번 그자는 큰 망토로 몸을 감싸고 있었거든요. 그자를 알아볼 만한 건 이제 다 말한 것 같아요. 잠깐만요." 그녀가 덧붙였다. "목에 그게 있어요, 아주 위쪽에 있어서 얼굴을 돌릴 때 스카프 밑으로 일부만 보이는데—"

"크고 붉은 자국이 있겠죠, 불이나 뜨거운 물에 덴 듯한?" 신사가 외쳤다.

"그걸 어떻게!" 여자가 말했다. "그자를 아시는군요!"

아가씨도 놀라 소리를 질렀다. 잠시 그들은 잠자코 있었는데, 하도 조용해서 염탐꾼은 그들의 숨소리마저 또렷이 들을 수 있었다.

"알 것 같구려." 신사가 침묵을 깨면서 말했다. "당신의 설명을 들으니 모를 수가 없군요. 두고 봅시다. 많은 사람들이 서로 닮곤 하니까. 다른 사람일지도 모르오."

신사가 무심코 숨어 있는 염탐꾼 쪽으로 한두 걸음 옮기는 바람에 염탐꾼은 신사가 "틀림없이 그자야!" 하고 중얼거리는 소리를 똑똑히 들었다.

"이제." 신사가 말했다. 목소리로 보아 아까 섰던 자리로 돌아가는 것 같았다. "우리에게 가장 귀한 도움을 주었으니, 아가씨, 그 대가로 당신 형편이 더 좋아졌으면 합니다. 내가 당신을 위해 할 일이 없겠소?"

"아무것도요." 낸시가 대답했다.

"그런 말만 자꾸 하지 말고요." 신사는 훨씬 더 무정한 고집쟁이도 뭉클할 만큼 친절이 밴 목소리로 대답했다. "생각해 보고 말해봐요."

"아무것도 없어요." 여자가 눈물을 흘리며 대답했다. "나리가 나를 위해 하실 일은 아무것도 없습니다. 나는 모든 희망을 떠나보냈어요."

"스스로 자신을 울타리 밖에 가둬두고 있군요." 신사가 말했다. "당신에게 과거는 음울한 황무지였지요. 청춘은 낭비되었고, 창조주가 단 한 번 내리는, 두 번 다시 주지 않는 그 소중한 자원은 물 쓰듯 허비됐지만, 당신에게도 미래에 대한 희망은 남아 있어요. 우리가 당신에게 온전한 마음의 평화를 가져다줄 힘이 있다고 말하는 게 아니오. 그것은 당신 스스로 찾아야 오는 것이니까. 하지만 영국이든 아니든, 여기 남는 게 두렵다면 다른 외국도 좋아요, 조용한 은신처를 당신에게 구해주는 건 우리의 능력 안에 있을 뿐 아니라 당신을 지키고픈 우리의 가장 간절한 소망이라오. 당신은 동이 트기 전에, 첫 여명이 이 강물을 깨우기 전

605

에 옛 동료들의 힘이 전혀 닿지 않는 곳으로 갈 수 있소. 아무 흔적도 남기지 않고 그냥 떠나는 거요, 순식간에 지구를 훌쩍 떠난 것처럼. 어서요! 당신이 이대로 돌아가 옛 동료와 말을 섞거나 옛 거처에 눈길을 주거나 당신에게 역병과 죽음을 가져올 그곳의 공기를 마시는 꼴은 차마 볼 수가 없구려. 모두 그만둬요, 아직 시간과 기회가 있을 때!"

"이제 설득됐을 거예요." 젊은 숙녀가 외쳤다. "망설이는 거예요, 분명히."

"유감이지만 아닌 것 같군요." 신사가 말했다.

"네, 나리, 맞아요." 여자가 잠시 갈등하다가 대답했다. "나는 내 과거에 묶여 있어요. 그걸 증오하고 싫어하지만 버릴 수는 없어요. 돌이키기엔 너무 멀리 왔어요. 잘 모르네요, 나리께서 이런 말을 더 일찍 하셨더라면 아마도 난 한바탕 웃어넘겼을 테니까요. 하지만." 그녀는 급히 주위를 둘러보며 말했다. "다시 두려움이 앞서네요. 이제 집에 가야겠어요."

"집이라고요!" 젊은 숙녀는 집이라는 말을 강조하며 말했다.

"집이요, 아가씨." 여자가 대답했다. "그래도 평생 내 손으로 일군 집이에요. 그만 헤어져요. 발각되거나 눈에 띌지 몰라요. 가요! 가요! 내가 당신들에게 도움이 됐다면, 바라건대 날 보내주세요, 나 혼자 내 갈 길로 가게 해주세요."

"소용없군." 신사가 한숨을 쉬며 말했다. "우리가 여기 남아 있으면 오히려 이 여인의 안전을 해칠 수 있겠어. 이미 예상한 것보다 훨씬 더 오래 이 여잘 붙들어 둔 건지도 몰라."

"네, 그래요." 여자가 재촉했다. "맞아요."

젊은 숙녀가 외쳤다. "이 가엾은 사람의 인생은 어떻게 끝날까요!"

"어떻게 될까요!" 여자가 되물었다. "앞을 봐요, 아가씨. 저 검은 물을 봐요. 아껴주는 사람도, 슬퍼할 사람도 없이 저 물에 뛰어든 나 같은 사람의 이야기를 얼마나 읽어봤나요? 몇 년 후가 될지 몇 달 후가 될지 모르지만, 나도 결국 그렇게 되겠지요."

"그런 말 말아요, 제발." 젊은 숙녀가 훌쩍이며 대답했다.

"당신에겐 그 소식이 닿지 않을 거예요, 다정한 아가씨. 하느님, 그런 참혹한 일은 막아주소서!" 여자가 대답했다. "잘 가요, 잘 가요!"

신사가 돌아섰다.

"이 지갑이라도." 젊은 숙녀가 외쳤다. "나를 봐서라도 제발 가져가요. 궁하거나 힘든 일이 있을 때 유용할 거예요."

"아뇨!" 여자가 대답했다. "돈 때문에 이 일을 한 건 아니에요. 마음만 받을게요. 그래도 정 그렇다면…… 지금 아가씨가 지닌 것 아무거나 주세요. 어떤 게 좋을까요……. 아뇨, 아뇨, 반지 말고, 장갑이나 손수건 같은, 당신의 물건을 간직하고 싶어요, 아가씨. 그거. 정말 고마워요! 복 받으세요! 신의 축복이 있기를. 잘 가요, 잘 가요!"

여자가 몹시 동요하는 데다 들통날 경우 당할 학대와 폭행이 걱정이 되어 신사는 여자가 바라는 대로 보내주기로 결정한 듯 보였다. 떠나가는 발소리가 들리고 목소리는 그쳤다.

이내 젊은 숙녀와 동행의 형체가 다리 위로 나타났다. 그들은 계단 꼭대기에서 멈춰 섰다.

"어머!" 젊은 숙녀가 귀를 기울이며 소리쳤다. "그 여자가 소리 쳤어요! 그 여자 목소리를 들은 것 같아요."

"아니에요, 사랑스러운 아가씨." 브라운로 씨가 슬픈 얼굴로 뒤를 돌아보며 대답했다. "그 여자는 움직이지 않았어요. 우리가 갈 때까지 움직이지 않을 겁니다."

로즈 메일리는 발걸음을 떼지 못했지만, 노신사는 그녀의 팔을 당겨 자기 팔에 끼고는 살짝 힘을 주어 이끌었다. 그들이 사라지자 여자는 돌계단 위로 무너져 내렸고 바닥에 눕다시피 쓰러져 마음의 고통을 비통한 눈물로 쏟아냈다.

얼마 뒤 그녀는 일어나 약하고 후들거리는 걸음을 옮겨 거리로 올라갔다. 놀란 염탐꾼은 그 뒤로도 한참 동안 그 자리에 꼼짝 않고 있다가 조심스럽게 주위를 여러 번 살펴 혼자라는 걸 확인한 뒤에야 숨어 있던 곳에서 천천히 살금살금 나와 내려올 때처럼 벽의 그늘 속으로 은밀히 올라갔다.

층계 꼭대기에 이르렀을 때 노아 클레이폴은 한 번 이상 바깥을 내다보며 보는 눈이 없다는 걸 확인하고는 쏜살같이 튀어나와 유대인의 집을 향해 걸음아 날 살려라 내달렸다.

47장
치명적인 결과

날이 밝기까지 두 시간 정도 남은 시각, 가을 이맘때로 보면 가장 야심한 시각이었다. 거리에는 적막만이 감돌 뿐 인기척 하나 없었다. 소리마저 잠든 듯했고 방탕과 소란마저도 그만 꿈을 꾸러 비척대며 집에 돌아간 것 같았다. 이 미동조차 없는 고요한 시간에 페이긴은 낡은 의자에 앉아 앞을 바라보고 있었다. 얼굴은 몹시 뒤틀리고 창백했고, 눈도 잔뜩 핏발이 서 있어서 인간의 형상이라기보다는 무덤에서 나와 악령에게 시달린 눅눅한 유령 같았다.

그는 낡고 해어진 이불을 뒤집어쓴 채 차가운 벽난로 앞에 웅크리고 앉아 옆쪽 탁자 위의 꺼져가는 촛불을 향해 얼굴을 돌리고 있었다. 오른손을 입술께로 올리고 골똘히 생각에 잠겨 길고 까만 손톱을 물어뜯느라 이가 없는 잇몸에서 개나 쥐의 것과 흡사한 송곳니가 드러나 보였다.

바닥의 매트리스에는 노아 클레이폴이 쭉 뻗고 누워 쿨쿨 자고 있었다. 가끔씩 노인은 노아를 흘끔 보았다가 다시 촛불 쪽으로 시선을 돌리곤 했는데, 오래 타서 고꾸라진 촛불 심지와 흘러내려 탁자 위에 쌓인 촛농이 여러 가지 생각으로 복잡한 그의 심경을 말해주었다.

사실이었다. 웅장한 계획이 엎어졌다는 굴욕감, 낯선 자들과 감히 흥정한 여자에 대한 증오, 그 여자가 정말 그를 넘기지 않겠다고 거부했을까 하는 강한 의구심, 사이크스에 대한 복수가 수포로 돌아갔다는 쓰디쓴 실망감, 발각과 파멸과 죽음에 대한 두려움, 이 모든 것들에 의해 활활 타오르는 지독한 분노. 페이긴의 머릿속에서 이 격렬한 생각들이 꼬리에 꼬리를 물고 끊임없이 소용돌이치는 동안, 그의 가슴속에서는 온갖 사악한 상념들과 천하의 몹쓸 결심이 활개를 쳤다.

그는 몇 시인지 개의치 않고 꼼짝 않고 앉아 있다가 예민한 귀로 길에서 들려오는 발소리를 포착한 것 같았다.

"드디어." 그가 바짝 마르고 열에 들뜬 입을 닦으며 중얼거렸다. "드디어!"

그가 중얼거릴 때 초인종이 살짝 울렸다. 그는 살금살금 계단을 올라가 문으로 갔고, 얼마 후 턱까지 복면을 쓰고 팔 밑에 보따리를 하나 낀 남자를 데리고 돌아왔다.

남자가 의자에 앉아 외투를 벗어 던지자 사이크스의 건장한 몸집이 드러났다.

"자!" 그가 탁자에 보따리를 놓으며 말했다. "그거 받고 최대한 돈 좀 만들어봐. 그거 가져오느라 얼마나 고생했는지 생각보다 세 시간이나 늦었어."

페이긴은 보따리를 들어 찬장에 넣고 잠근 뒤 잠자코 다시 앉았다. 하지만 그러는 내내 강도에게서 한시도 눈을 떼지 않았다. 그들은 얼굴을 마주하고 앉아 있었고, 노인은 사이크스를 빤히 바라보았는데, 격렬히 떨리는 입술과 격정에 휩싸여 일그러진 그의 얼굴에 집털이범은 자기도 모르게 의자를 뒤로 밀치고는 기겁한 표정으로 노인을 훑어보았다.

"또 뭐야?" 사이크스가 소리쳤다. "사람을 왜 그리 쳐다보는 거야?"

페이긴은 오른손을 들어 덜덜 떨리는 집게손가락을 내저을 뿐 감정이 어찌나 격앙됐는지 입이 떨어지지 않았다.

"젠장!" 사이크스는 가슴이 덜컥 내려앉는 것을 느끼며 말했다. "이 인간이 드디어 미쳤군. 이제 내 살 길 찾아야겠어."

"아니, 아니야." 페이긴이 겨우 목소리를 내며 대답했다. "그게 아니야, 자네 때문이 아니라고, 빌. 자네 탓을 하려는 게 아니야."

"오, 여태 그런 적 없다 이거야?" 사이크스는 노인을 노려보며 보란 듯이 권총을 좀 더 편한 주머니로 옮겼다. "다행이로군, 우리 둘 중 하나에게는. 그게 누군지는 상관없지만."

"할 말이 있어, 빌." 페이긴이 의자를 가까이 끌어당기며 말했다. "나보다는 자네에게 더 나쁜 소식이야."

"그래?" 강도가 못 믿겠다는 투로 대꾸했다. "말해봐! 빨리 해, 안 그러면 낸시는 내가 사라진 줄 알 거야."

"사라져!" 페이긴이 소리쳤다. "그거라면 걘 이미 마음 굳혔지."

사이크스는 몹시 당황해서 유대인의 얼굴을 들여다보았지만 수수께끼의 해답을 속 시원히 찾아내지 못하자 거대한 손으로 영감의 외투 멱살을 움켜잡고 대차게 흔들어댔다.

"말해, 어서!" 그가 말했다. "아님 숨 쉴 공기가 부족해질 거야. 할 말 있으면 입 열고 쉬운 말로 얘기해. 어서 불어, 이 지독한 똥개 늙다리, 털어놓으라고!"

"만약 저기 누워 있는 저 녀석이……." 페이긴이 말을 시작했다.

사이크스는 그때까지 노아를 못 봤던 것처럼 노아가 자고 있는 곳으로 고개를 돌렸다. "그게 뭐!" 그가 종전의 자세로 돌아가며 말했다.

"만약 저 녀석이." 페이긴이 말을 이었다. "밀고하려 했다고 가정해 보자고, 우리 모두를 꼰지르려고 했다고. 우선 목적에 맞는 적당한 사람들을 찾아낸 뒤 길거리에서 그들을 만나 우리를 상세히 설명하고 우리를 알아볼 만한 모든 특징과 우리가 자주 드나드는 곳을 알려주었다고 말이야. 그것도 모자라 우리 모두가 가담한 계획까지 불려고 했어, 자기 스스로. 붙잡힌 것도 아니고, 덫에 걸린 것도, 재판 중인 것도, 목사의 꼬임에 빠진 것도, 빵과 물로 연명하는 처지도 아닌데 자기 스스로 그랬어. 순전히 그러고 싶어서 그런 거야. 밤에 몰래 빠져나가서 우리에게 가장 해로운 자들을 만나 우리를 밀고하려 했다고 치세. 내 말 들었나?" 유대인이 분노로 눈을 번뜩이며 소리쳤다. "쟤가 그런 짓을 했다면 어떻게 하겠나?"

"어떻게 하겠냐고!" 사이크스가 끔찍한 욕설과 함께 대답했다. "돌아왔을 때 저놈이 아직 살아 있다면 내 부츠의 쇠굽으로 저놈의 대가리를 아작아작 부숴버릴 거야. 저놈 대가리의 머리카락 수만큼 잘게!"

"만약 내가 그랬다면!" 페이긴이 고함을 치듯 물었다. "너무 많은 걸 아는 내가, 나 외에도 수많은 사람을 목매달리게 할 수 있는 내가 그랬다면!"

"글쎄." 사이크스는 가정만 했는데도 이를 악물고 하얗게 질려서 대답했다. "철창에 갇힐 만한 사고를 친 다음 영감이랑 같이 재판 받을 때 쇠고랑을 찬 채 공개 법정에서 영감을 덮쳐 사람들 앞에서 영감 머리를 박살낼 거야. 내게 그만한 힘은 있어." 강도는 중얼거리며 우람한 팔로 자세를 취했다. "짐을 잔뜩 실은 짐마차에 깔린 양 영감태기 머리통을 박살낼 수 있지."

"그래?"

"그래!" 집털이범이 말했다. "한번 해보든가."

"만약 그게 찰리나 얌생이, 벳이라면, 혹은……"

"그게 누구든 상관없어." 사이크스가 버럭 대답했다. "누가 됐든 똑같이 처단할 거니까."

페이긴은 강도를 빤히 보다가 조용하라고 손짓하고는 바닥의 침상 위로 몸을 숙여 자는 사람을 흔들어 깨웠다. 사이크스는 의자에서 몸을 앞으로 내밀고 양손을 무릎에 올려놓고는 대체 무슨 말을 하려고 이리 질문을 던지고 뜸을 들이나 싶어 잠자코 지켜보았다.

"볼터, 볼터! 불쌍한 녀석!" 페이긴은 기대감이 어린 사악한 얼굴로 고개를 들더니 천천히 또박또박 말했다. "이 녀석 몹시 지쳤어, 하도 오랫동안 그 여자를 지켜보느라고, 그 여자를 지켜보느라고, 빌."

"그게 무슨 소리야?" 사이크스가 몸을 젖히며 물었다.

페이긴은 대답하지 않고 자는 사람에게 다시 몸을 숙여 그를 잡아 일으켜 앉혔다. 노아의 가명이 몇 번 불리고 나서야 노아는 눈을 비비고 하품을 크게 한 뒤 나른하게 주위를 둘러보았다.

"그 얘길 다시 해봐. 다시 한번 저 사람이 들을 수 있게." 유대인이 사이크스를 가리키며 말했다.

"뭘 말해요?" 졸린 노아가 시큰둥하게 몸을 흔들며 물었다.

"그거 말이야, 낸시 이야기." 페이긴은 그러면서 사이크스가 이야기를 충분히 듣지 않고 뛰쳐나갈까 봐 사이크스의 손목을 움켜잡았다. "네가 그 여자 뒤를 밟았잖아?"

"네."

"런던 다리로?"

"네."

"거기서 그 여자가 두 사람을 만났지?"

"그랬죠."

"어떤 신사와 예전에 그 여자가 제 발로 찾아갔던 어떤 숙녀가 그 여자에게 동료들을 모두 넘기라고 했어. 몽크스부터 넘기라니까 그 여자는 그러겠다고 했지. 그리고 그자에 대해 설명해 달라니까 그렇게 했고. 우리가 만나고 드나드는 집이 어디냐 물으니 그것도 말해줬어. 그 집을 감시하기 가장 좋은 자리가 어디냐고 물으니 그것도 말해줬고. 그 사람들이 거기 가는 시간까지 말해줬어. 그 여자는 이걸 다 말해줬어. 협박받지도 않았는데 망설임 없이 죄다 술술 말한 거야. 그랬어, 그치?" 페이긴은 분노로 반쯤 정신이 나가 소리쳤다.

"맞아요." 노아가 머리를 긁으며 대답했다. "말한 대로예요!"

"지난 일요일에 대해 그들이 무슨 말을 했지?"

"지난 일요일에 대해선!" 노아가 생각하며 대답했다. "에이, 이미 말했잖아요."

"다시 해. 다시 말하라고!" 페이긴은 사이크스를 잡은 손에 더힘을 주고 다른 손을 높이 휘저으며 소리쳤고, 입술에서는 거품이 날렸다.

"그들이 그 여자에게 물었어요." 노아가 말했다. 아까보다 잠이 더 깨서 사이크스가 누군지 어렴풋이 알아보기 시작한 것 같았다. "지난 일요일에 나오기로 약속해 놓고 왜 안 나왔냐고 물었어요. 그 여자는 올 수 없었다고 말했고요."

"왜? 왜? 이 사람에게 그걸 말해줘."

"빌 때문에 집에 갇혀 있었다고 그 여자가 말했어요. 빌은 예전에 말한 적 있는 남자라고 했고요." 노아가 대답했다.

"그 남자에 대해 또 뭐라고 말했지?" 페이긴이 소리쳤다. "그 여자가 예전에 말한 적 있는 그 남자에 대해 또 뭐라고 했어? 이 사람에게 그걸 말해줘, 그걸 말해줘."

"그게, 자기가 어디 가는지 그에게 말하지 않고는 집 밖으로 쉽게 나갈 수 없다고 했어요." 노아가 말했다. "그래서 그 숙녀를 처음 만나러 갈 때 그 여자는, 하! 하! 하! 그 여자가 그 말을 할 때 어쩌나 웃음이 나던지. 그 여자가 로다넘을 먹였다고 했어요."

"지옥불에 탈 년!" 사이크스가 유대인을 거칠게 뿌리치면서 소리쳤다. "나 갈 거야!"

그는 영감을 밀쳐내고는 방에서 뛰쳐나가 맹렬한 속도로 난폭하게 계단을 올라갔다.

"빌, 빌!" 페이긴이 허겁지겁 쫓아가며 소리쳤다. "한마디만. 딱 한마디만 들어봐."

집털이범은 그 한마디를 들을 생각이 없었지만 현관문을 열 수가 없었다. 그가 부질없이 욕설을 퍼붓고 폭력을 휘두르고 있을 때 유대인이 헐레벌떡 올라왔다.

"내보내 줘." 사이크스가 말했다. "말 걸지 마. 무사하지 못할 테니까. 내보내 달란 말이야!"

"내 말 좀 들어봐." 페이긴이 자물쇠에 손을 대고 대답했다. "자네 설마……."

"뭐?" 상대방이 대구했다.

"설마, 너무 심한 폭력을 쓰진 않을 거지, 빌?"

동이 트고 있었기 때문에 주위는 서로의 얼굴이 보일 만큼 충분히 밝았다. 두 사람이 시선을 교환했을 때 그들의 눈은 누가 봐도 이글거리고 있었다.

"저기 말이야." 페이긴은 이제 어떤 위장도 소용없음을 느끼고 그런 마음을 드러내며 말했다. "지나친 폭력은 쓰지 않는 편이 안전하지 않겠나. 재주껏 하게, 빌, 너무 심하게 하지 말라고."

페이긴이 자물쇠를 따자 사이크스는 대구하지 않고 문을 당겨 열고는 조용한 거리로 달려 나갔다.

그는 한시도 멈추지 않았다. 단 한순간도 생각하지 않았고, 왼쪽이든 오른쪽이든 고개를 돌리지도 않았으며, 하늘을 올려다보거나 땅을 내려다보지도 않고 포악한 결의에 불타서 똑바로 앞만 보았다. 이를 하도 악물어서 팽팽히 긴장한 턱은 피부를 뚫고 나올 것만 같았다. 강도는 계속 앞으로 돌진했다. 입도 한번 벙긋 안 하고 잠시도 근육을 멈추지 않았다. 그는 그의 집 문에 도착해 열쇠로 문을 살그머니 열고 계단을 가볍게 올라가서 방으로 들어가 문을 이중으로 잠근 뒤 무거운 탁자를 들어 문에 받쳐 놓은 다음 침대 커튼을 걷었다.

여자는 옷을 반쯤 입은 채로 누워 있었다. 그의 기척에 잠에서 깼는지 깜짝 놀란 얼굴로 서둘러 몸을 일으켰다.

"일어나!" 사내가 말했다.

"당신이구나, 빌!" 여자가 그가 돌아와 기뻐하는 얼굴로 말했다.

"그래." 사내의 대답이었다. "일어나."

촛불이 하나 타고 있었지만 남자는 그것을 촛대에서 뽑아 벽난로 쇠살대 밑으로 던졌다. 여자는 희미한 아침 햇살을 보고는 커튼을 걷으려고 일어섰다.

"그냥 둬." 사이크스는 그녀의 앞으로 손을 불쑥 내밀었다. "이정도 빛이면 내가 할 일을 할 수 있으니까."

"빌!" 여자가 놀라서 목소리를 낮춰 말했다. "왜 그런 눈으로 날 보는 거야!"

강도는 몇 초쯤 그녀를 빤히 보면서 앉아 있었다. 콧구멍이 벌름거리고 가슴은 들썩였다. 그는 느닷없이 그녀의 머리와 목을 움켜쥐고 그녀를 방 가운데로 끌고 갔고, 문 쪽을 흘끔거리고는 거대한 손으로 그녀의 입을 틀어막았다.

"빌, 빌!" 여자는 강력한 죽음의 공포와 몸싸움을 하며 헐떡거렸다. "나…… 비명도 소리도 안 지를게…… 진짜야…… 내 말 들어봐…… 말로 해…… 내가 뭘 어쨌다고 이래!"

"다 알면서, 이 마녀!" 강도가 숨죽여 대답했다. "너 오늘 밤 미행당했어. 네가 한 말 모두 들켰단 말이다."

"그렇다면 제발 내 목숨을 살려줘, 내가 당신 목숨을 살렸듯이." 여자가 그에게 매달리며 대답했다. "빌, 사랑하는 빌, 당신은 정말 날 죽일 마음은 없을 거야. 아! 내가 당신을 위해 포기한 그 모든 것들을 생각해. 오늘 밤에도 그랬어. 생각할 시간을 갖고 이 죄를 짓지 마. 이 손 놓지 않을 테니 당신도 날 내치지 마. 빌, 빌, 부탁이야, 당신을 위해서라도, 그리고 날 위해서, 내 피를 보기 전에 멈춰! 난 당신에게 진실했어, 죄 지은 내 영혼을 걸고 맹세해!"

남자는 팔을 빼려고 거세게 몸부림쳤지만 여자의 팔에 꽉 붙들려 있어서 아무리 밀쳐내도 여자의 팔을 떼어낼 수 없었다.

"빌." 여자는 남자의 가슴에 머리를 애써 기대며 소리쳤다. "오늘 밤 그 신사와 그 다정한 아가씨가 말하길, 내게 고독과 평화 속에 여생을 보낼 만한 집을 외국에 마련해 주겠다고 했어. 그들을 다시 만나 같은 관용과 친절을 당신에게도 베풀어달라 무릎 꿇고 부탁할 수 있게 해줘. 우리 이 지긋지긋한 곳을 떠나자. 그리고 각자 더 나은 삶을 사는 거야. 기도할 때 외엔 지나온 삶을 싹 잊고, 다시는 서로 만나지 말자. 회개에 너무 늦는 법은 없어. 그들이 그렇게 말했고, 내 생각도 그래. 우리에겐 시간이 필요하지만. 시간을 조금만, 조금만 더 갖자!"

집털이범은 한 팔을 빼낸 뒤 권총을 잡았다. 총을 쏘면 즉시 발각될 거라는 생각이 분노에 휩싸인 머릿속을 스쳤다. 그는 본인의 얼굴에 닿다시피 치켜든 그녀의 얼굴을 권총으로 있는 힘껏 두 번 후려쳤다.

그녀는 비틀거리다 쓰러졌다. 깊게 찢어진 이마의 상처에서 피가 줄줄 흘러내려 앞이 거의 보이지 않았지만, 힘겹게 몸을 일으켜 무릎을 꿇고는 품 안에서 하얀 손수건을 꺼냈다. 로즈 메일리의 손수건이었다. 그녀는 그것을 미약한 힘을 다해 두 손으로 천국을 향해 높이 받쳐 들고 창조주에게 자비를 구하는 기도를 한마디 내뱉었다.

보기에 참으로 섬뜩한 형상이었다. 살인자는 벽 쪽으로 비틀비틀 물러난 뒤 손으로 자기 눈을 가리며 육중한 몽둥이를 집어 여자를 내리쳤다.

48장

사이크스의 도주

드넓은 런던에 밤이 내린 이래로 어둠의 장막 아래 행해진 모든 악행 가운데 이처럼 악독한 짓은 없었다. 아침 공기에 악취를 풍기며 드러나는 모든 참상 가운데 이처럼 역겹고 잔혹한 것은 없었다.

인간에게 빛뿐 아니라 새로운 삶과 희망, 생기를 주는 찬란한 태양이 번잡한 도시 위로 맑고 찬란한 영광을 쏟아내었다. 값비싼 색유리든, 종이로 때운 창이든, 성당의 둥근 지붕이든, 부패하고 갈라진 틈이든 태양은 공평하게 빛을 비추었다. 살해당한 여자가 누워 있는 방에도 빛이 들었다. 그는 햇빛을 막으려 애썼지만 빛은 어김없이 흘러들었다. 어스름한 새벽빛에 섬뜩하게 보였던 그 광경은 이제 찬란한 햇빛에 싸여 있었다!

그는 움직이지 않았다. 움직일 엄두가 나지 않았다. 신음 소리가 나고 그 손이 움직거렸을 때, 분노에 가세한 두려움에 이끌려 그는 후려치고 또 후려쳤다. 그리고 깔개를 던져 시체를 덮었지만 그 눈이 자꾸 떠올라 상황은 더 나빠졌다. 그 눈이 자신을 쫓아 움직이는 것만 같아서 차라리 천장에 반사되어 햇빛 속에서 바르르 떨고 춤추는 고인 핏물의 그림자를 멍하니 올려다보는 시체의 눈을 그냥 보는 편이 더 나을 것 같았다. 그는 깔개를 다시 걷어버렸다. 시체가, 살덩이와 피에 불과한 것이 거기 있었다. 엄청난 살덩어리와 엄청난 피였다!

그는 불을 켜서 난로에 불을 지핀 뒤 몽둥이를 그 안에 밀어넣었다. 끝에 묻었던 머리카락이 화르륵 타올랐다가 가벼운 재로 쪼그라든 뒤 공기에 실려 굴뚝 위로 훨훨 날아올랐다. 아무리 대담한 그라도 그것조차 무서웠다. 하지만 그는 몽둥이를 계속 붙잡고 있다가 그것이 끊어지고 나서야 완전히 타 재가 되도록 석탄 위에 놓았다. 그러고는 몸을 씻고 옷을 닦았다. 지워지지 않는 자국이 있었지만 그 부분은 도려내 태워버렸다. 방을 뒤덮은 핏자국이라니! 개의 다리마저도 피로 얼룩져 있었다.

그 와중에도 그는 절대 시체를 등지지 않았다. 절대, 단 한순간도. 준비가 끝났을 때 그는 개가 발을 새로 더럽혀 범죄의 새 증거를 가지고 거리로 나가지 않게 녀석을 끌고 뒷걸음질쳐 문쪽으로 갔다. 그리고 문을 살짝 닫고 잠근 다음 열쇠를 뺀 뒤 집을 떠났다.

그는 길을 건너가 창가를 올려다보며 밖에서 집 안이 전혀 보이지 않는다는 걸 확인했다. 창문에 커튼이 드리워져 있었다. 그녀는 그 커튼을 걷고 햇빛을 들이려 했지만 다시는 햇빛을 보지 못하게 되었다. 바로 거기, 그 밑에 그것이 누워 있었다. 그는 그걸 알고 있었다. 아, 햇빛은 어찌 그리 그곳으로 쏟아지고 있는가!

시선이 신속하게 이리저리 이동했다. 방에서 빠져나와 얼마나 다행인지 몰랐다. 그는 개한테 휘파람으로 불고 나서 재빨리 걸어갔다.

그는 이즐링턴을 통과해 휘팅턴 기념비가 서 있는 하이게이트 언덕을 성큼성큼 올라간 뒤 정처 없이 하이게이트 힐 쪽으로 꺾어져 내려가다가 내려가자마자 다시 오른쪽으로 꺾어졌다. 오솔길을 따라 들판을 건너다가 캔 우드 숲을 끼고 돌아 햄스테드 히스로 나갔다. 베일 오브 헬스를 경유해 골짜기를 가로지른 뒤 반대편 둑으로 올라가 햄스테드와 하이게이트의 마을들을 연결하는 길을 건넌 다음 남은 황야를 따라가면서 노스 엔드의 들판 쪽으로 나아가던 중 어느 산울타리 밑에 몸을 뉘이고 잠을 청했다.

그는 금세 다시 일어나 길을 떠났다. 시골로 얼마 안 들어갔을 때 큰길을 따라 다시 런던 쪽으로 나아갔고, 그러다 다시 다른 쪽을 통해 지나온 곳으로 되돌아갔다. 들판을 이리저리 헤매면서 도랑 가장자리에 누워 쉬다가 벌떡 일어나 다른 데로 가서는 같은 행동을 반복하는 식으로 끊임없이 걸어 다녔다.

어디로 가면 좋을까? 가까우면서도 사람이 너무 많지 않고 먹고 마실 수 있는 곳. 헨던. 너무 멀지 않고 대부분의 사람들이 가지 않아 괜찮은 곳이었다. 그는 그곳을 향해 걸음을 옮겼다. 달릴 때도 있었고, 괜히 심술이 나 달팽이 걸음으로 어정어정 걷기도 했으며, 아예 걸음을 멈추고 지팡이로 한가로이 산울타리를 부러뜨리기도 했다. 하지만 정작 그곳에 도착하니 만나는 사람마다―문간에 있는 아이들마저도―의심하는 눈초리로 그를 쳐다보는 것 같았다. 그는 오랫동안 먹을 거라곤 구경도 못 했지만 간단히 요기할 거리조차 살 엄두가 나지 않아 다시 발길을 돌렸고, 어디로 가야 할지 막막해 다시 황야를 방황했다.

그는 멀리까지 방랑하고도 매번 같은 장소로 돌아왔다. 아침과 정오를 지나 날이 저물어갔지만 그는 여전히 이리저리 왔다갔다 서성이고 맴돌면서 여전히 같은 자리를 배회했다. 마침내 그는 그곳을 벗어나 햇필드를 향해 나아갔다.

밤 9시, 모처럼 과도한 활동으로 다리를 절룩이는 개와 몹시 노곤한 남자는 그 조용한 마을의 교회 옆 언덕을 내려가 작은 거리를 따라 터덜터덜 걷다가 빈약한 불빛에 이끌려 어느 작은 펍 안으로 슬그머니 들어갔다. 바에는 불이 타고 있었고, 시골 노동자 몇 명이 불가에서 술을 마시고 있었다. 그들이 낯선 이에게 자리를 내주었지만, 그는 가장 구석 자리에 앉아 혼자 먹고 마셨다. 동석이 있다면 개뿐이라 때때로 개에게 음식을 조금씩 던져주었다.

거기 모인 남자들은 주변 땅과 농부들에 대한 이야기를 나누다가 이야깃거리가 떨어지자 지난 일요일에 매장된 어느 노인의 나이를 화제에 올렸다. 젊은 남자들은 그 노인의 나이가 아주 많았다고 생각했고, 늙은 남자들은 그 노인이 상당히 젊은 편이었다고 단언하고—한 백발의 노인은 그 노인이 자기보다 나이가 많지 않았다고 말했다—그가 조심했더라면 적어도 10년 내지 15년은 더 살았을 거라고 주장했다.

관심을 끌거나 놀라운 이야기는 없었다. 강도는 셈을 치르고 나서 눈에 띄지 않게 구석 자리에 조용히 앉아 있었다. 까무룩 잠이 들려는데 누가 안으로 들어오는 시끄러운 소리에 반쯤 잠에서 깼다.

재미난 남자가 들어왔다. 그는 숫돌, 가죽숫돌, 면도칼, 동그란 세숫비누, 마구 크림, 개와 말 치료약, 싸구려 향수, 화장품 같은 잡동사니가 든 상자를 짊어지고 시골을 도보로 여행하면서 파는 행상이자 약장수였다. 그의 등장으로 촌부들과의 갖가지 화기애애한 농담이 시작되었고 농담은 그가 저녁밥을 다 먹을 때까지 계속되었다. 그는 자기 보물 상자를 열더니 즐거운 분위기를 틈타 영업 활동에 돌입했다.

"저건 뭔지? 맛있는 건가, 해리?" 한 촌부가 환히 웃는 얼굴로 한쪽 구석의 납작한 합성물질을 가리키며 물었다.

"이건 말입죠." 그가 하나를 내밀며 말했다. "참으로 신통하고 진귀한 합성물질이죠. 모든 종류의 얼룩, 녹, 때, 곰팡이, 티끌,

작은 반점, 점, 튄 자국을 싹 빼줍니다. 비단, 새틴, 리넨, 케임브릭, 식탁보, 모직물, 카펫, 메리노 양모, 모슬린, 능직, 모직물 모두요. 포도주 얼룩, 과일 얼룩, 맥주 얼룩, 물 얼룩, 페인트 자국, 역청 자국 모두 이 신통하고 진귀한 합성물질로 한 번만 문지르면 싹 지워지지요. 명예를 더럽힌 숙녀분도 이거 한 조각 삼키면 즉시 해결되고요. 이건 독약이거든요. 이걸 입증하고 싶은 신사분이 계시면 작은 조각 하나만 삼켜보세요. 모든 의구심을 잠재우게 될 거예요. 총알만큼 만족스럽고 맛은 또 어찌나 끔찍한지 이것의 복용 효과를 믿을 수밖에 없거든요. 한 조각에 단돈 1페니. 이렇게 장점이 수두룩한데 한 조각에 단돈 1페니랍니다!"

두 사람이 즉시 그것을 구입했고 듣고 나서 망설이는 사람들이 여럿이었다. 행상은 그것을 보더니 공세를 높였다.

"만드는 즉시 전량 품절되지요. 물방아 열네 대, 증기기관 여섯 대, 전지 한 대가 계속 가동돼도 늘 양이 부족해요. 남자들이 하도 일을 해서 죽어나가는 통에 과부들이 연금을 받는데, 아이 한 명당 연간 20파운드, 쌍둥이일 경우엔 할증이 돼 50파운드랍니다. 한 조각에 1페니! 반 페니 동전 두 개도 괜찮아요. 0.25페니 네 개도 좋고요. 한 조각에 1페니! 포도주 얼룩, 과일 자국, 맥주 얼룩, 물 얼룩, 페인트 자국, 역청 자국, 진흙 자국, 핏자국까지! 여기 한 신사분의 모자에 얼룩이 있군요. 제가 싹 지워드릴 테니 제게 맥주 한 잔 사주세요."

"하!" 사이크스가 벌떡 일어나며 소리쳤다. "그거 내놔!"

"아주 싹 지워드리지요, 선생." 사내가 사람들에게 눈을 찡긋거리며 대답했다. "선생이 이걸 가지러 방을 건너오기 전에 끝납니다. 신사 여러분, 이 신사분 모자에 난 검은 얼룩 보이시죠. 실링보다 크지 않지만 반 크라운보다는 크군요. 이게 뭐든 상관없습니다, 포도주 얼룩이든, 과일 얼룩이든, 맥주 얼룩이든, 물 얼룩이든, 페인트 자국이든, 역청 자국이든, 진흙 자국이든, 핏자국이든······."

남자의 말이 끊겼다. 사이크스가 무시무시한 욕설을 퍼부으며 탁자를 뒤엎고는 남자에게서 모자를 낚아채 밖으로 달려 나갔기 때문이다.

종일 살인자를 옥죄던 비틀린 감정과 갈팡질팡하는 마음은 여전했다. 아무도 쫓아오지 않는다는 생각에 사이크스는 다시 시내 쪽으로 발길을 돌렸다. 사람들은 십중팔구 그를 술에 취해 성질을 부린 사내쯤으로 생각할 공산이 컸다. 그는 거리에 서 있는 역마차의 환한 불빛을 벗어나 걸어가다가 런던에서 온 우편물을 발견했다. 그러고 보니 마차가 정차한 곳은 작은 우체국이었다. 무슨 소식이 전해질지 알 만했지만 그는 길을 건너가 엿들어 보았다.

마차꾼이 문 앞에 서서 우편물 자루를 기다리고 있었다. 사냥터지기 옷차림을 한 남자가 나타나자 마차꾼은 인도 위에 대기 중이던 자루를 남자에게 넘겨주었다.

"이건 여기 사람들 거야." 마차꾼이 말했다. "어이, 거기 안에,

빨랑빨랑 좀 하지. 그 망할 놈의 배달 자루는 그제 밤에도 준비가 안 되더니. 자꾸 이러면 곤란해!"

"도시 쪽엔 새로운 소식 없나, 벤?" 사냥터지기가 말들을 감상하려고 덧창 쪽으로 물러서며 물었다.

"없어, 내가 아는 한." 마차꾼이 장갑을 끼며 대답했다. "곡물 값이 조금 올랐어. 스피탈필즈 쪽에서 살인 사건이 터졌다는 얘길 듣긴 했는데 확실하진 않아."

"아, 그 얘기 맞소." 마차 안에서 한 신사가 창밖을 내다보며 말했다. "참혹한 살인이었지."

"그래요?" 마차꾼이 모자를 살짝 만지며 대답했다. "남자랍니까, 여자랍니까?"

"여자." 신사가 대답했다. "아마도 그게……."

"빨리 해, 벤." 마부가 성화를 부렸다.

"망할 놈의 배달 자루." 마차꾼이 말했다. "거기 안에 자빠져들 자는 거야?"

"지금 갑니다!" 우체국 직원이 소리치며 달려 나왔다.

"지금 온대!" 마차꾼이 투덜거렸다. "쳇, 땅을 가진 어떤 젊은 여자가 나더러 형편이 좋아질 것 같다는 둥 어쩌고 지껄이는데, 그게 언제일지 누가 알겠나. 좀 잡아줘. 됐어!"

경적 소리가 몇 번 경쾌하게 울린 뒤 마차는 떠나갔다. 사이크스는 그 이야기를 듣고도 꼼짝 않고 길바닥에 그대로 서 있었다. 감정의 동요는 그다지 크지 않았고 어디를 갈지 몰라 막막할 뿐이었다. 결국 그는 다시 발길을 돌려 햇필드에서 세인트올번스로 난 길을 따라갔다.

그는 꾸준히 걸었다. 등 뒤로 시내가 멀어지면서 외롭고 어두운 길에 들어서자 두려움과 공포가 그를 감싸고 뼛속까지 뒤흔들었다. 앞에 있는 물체는 실물이든 그림자든, 정지했든 움직이든 죄다 두려운 존재로 둔갑했다. 하지만 이 두려움은 그날 아침의 그 으스스한 형상이 바짝 쫓아온다는 끈질긴 느낌에 비하면 아무것도 아니었다. 그는 어둠 속에서도 그 그림자를 알아볼 수 있었고, 그것의 윤곽선도 아주 작은 부분까지 분별했으며, 으스스하게 따라붙는 그 뻣뻣한 모양새도 가늠할 수 있었다. 그 옷자락에 나뭇잎이 바스락거리는 소리가 들려오고 그녀가 낮게 토해낸 마지막 비명이 매번 바람결에 실려 왔다. 그가 멈추면 그것도 멈췄다. 그가 달리면 그것도 따라왔다. 달려오지는 않았다. 차라리 달려왔다면 그나마 나았을 것을, 세지지도 약해지지도 않는 느리고 우울한 바람과 함께 기계적으로 숨만 쉬는 시체처럼 따라붙었다.

때때로 그는 죽을 각오를 하고 유령을 쫓아버리려 홱 돌아보았지만, 어느새 그것이 그를 따라 방향을 바꿔 그의 등 뒤에 와 있었기 때문에 매번 머리카락이 곤두서고 피가 얼어붙는 듯했다. 그날 아침만 해도 항상 그의 눈앞에 있더니 이제는 등 뒤에 있었다. 언제나. 강둑에 등을 기대자 차가운 밤하늘을 배경으로 그것이 위에 우뚝 서 있었다. 그는 길바닥에 몸을 던져 등을 대고 누웠다. 그의 머리맡에 그것이 서 있었다, 말없이, 똑바로, 가만히, 피로 비문을 쓴 살아 있는 묘비처럼.

그 누구도 정의를 피해 도망치는 살인자를 두고 신의 뜻이 잠자고 있다고 말해서는 안 된다. 두려움의 고통으로 가득한 기나긴 1분은 참혹한 죽음 스무 번과 맞먹었다.

지나던 들판에 밤을 지낼 만한 괜찮은 헛간이 하나 있었다. 문앞에 큰 포플러 나무 세 그루가 있어서 집 안이 몹시 어두웠고, 나무 사이를 지나는 바람이 신음하며 을씨년스럽게 울어댔다. 날이 다시 밝기 전에는 도저히 더 걸을 수 없었다. 그는 헛간 벽에 바짝 붙어 누웠지만 새로운 고문이 시작됐다.

환영이 눈앞에 나타났기 때문이다. 이번 것은 여태 피해 다녔던 것보다 더 끔찍했고 한시도 눈앞을 떠나지 않았다. 그를 바라보는 부릅뜬 눈, 하도 흐리멍덩하고 유리알 같아서 상상 속에서 보느니 차라리 직접 보는 게 나을 듯한 눈이 어둠 한가운데에 나타났다. 형형한 눈이었으나 아무것도 밝혀주지는 않았다. 한 쌍의 눈알이 사방에 있었다. 눈을 아예 감으니 이번엔 집 안 풍경이, 기억을 더듬었다면 잊고 생각나지 않았을 것들까지 떠올랐다. 낯익은 물건들이 제자리에 있었고, 시체도 그 자리에 그대로 있었다. 시체의 눈도 그가 도망칠 때 보았던 그대로였다. 그는 일어나서 들판 속으로 내달렸다. 그 형상이 뒤에 있었다. 그는 헛간으로 돌아와서 다시 웅크렸다. 그 눈은 그가 몸을 뉘이기 전에 이미 거기 와 있었다.

그는 본인 외엔 누구도 모르는 극심한 공포에 사로잡혀 사지를 부들부들 떨었다. 식은땀이 땀구멍으로 치솟는 순간, 밤바람 소리 위로 멀리서 고함 소리가 들려왔다. 놀란 목소리, 의아한 목소리도 들렸다. 비록 놀란 목소리였지만 외로운 곳에서 사람의 목소리를 들으니 반가웠다. 누군가 위험에 처한 장면이 눈앞에 떠오르자 그는 힘을 다시 끌어내 벌떡 일어나서 밖으로 달려 나갔다.

광활한 하늘이 불타는 듯 보였다. 넓게 퍼진 불기둥이 불똥을 흩뿌리면서 허공으로 솟구치고 위아래로 넘실대면서 수 킬로미터 밖까지 주변 대기를 비추었고 그가 서 있는 방향으로 연기구름을 쏟아냈다. 함성 소리가 더 커져갔다. 웅성거리는 소리도 새로운 목소리들이 더해져 더욱 커졌다. 그의 귀에 "불이야!" 외치는 소리가 경종 소리, 육중한 물체가 떨어지는 소리, 먹이를 먹고 힘이 나는 양 새 장애물을 휘감고 높이 솟구치는 불꽃이 탁탁거리는 소리와 뒤섞여 들려왔다. 지켜보는 동안 소리는 갈수록 커졌다. 사람들—남자들과 여자들—이 있었고, 불빛이 있었고, 소동이 있었다. 그에게 그것은 새로운 삶과 같았다. 그는 앞으로 돌진했다. 똑바로, 바람처럼 빠르게. 들장미와 덤불을 뚫고 달렸다. 쩌렁쩌렁 짖어대며 앞서 내달리는 그의 개처럼 미친 듯이 출입문과 울타리를 뛰어넘었다.

그는 현장에 도착했다. 옷도 제대로 못 입은 형체들이 이리저리 뛰어다녔다. 어떤 사람들은 놀란 말들을 마구간에서 끌어내려 애썼고, 어떤 사람들은 소들을 마당과 외양간에서 내보내려 애썼다. 불똥이 소나기처럼 쏟아지고 벌겋게 달아오른 기둥들이 무너져 내리는 와중에 불더미 속에서 뭔가를 들고 나오는 사람들도 있었다. 한 시간 전만 해도 문과 창문이었던 구멍으로 활활 타오르는 불구덩이가 드러났고, 벽들은 흔들리다가 불덩이 속으로 허물어졌다. 하얗고 뜨겁게 녹아내린 납과 쇠가 바닥으로 흘러내렸다. 여자들과 아이들은 비명을 질렀고, 남자들은 요란한 고성과 응원으로 서로를 격려했다. 소방펌프가 철컹철컹하는 소리, 활활 타는 나무에 물줄기가 푸시시 떨어지는 소리가 시끌벅적한 소동에 가세했다. 사이크스도 목이 쉬도록 고래고래 소리를 질렀고, 기억과 자기 자신을 뒤로하고 가장 붐비는 인파 한가운데로 뛰어들었다.

그날 밤 그는 종횡무진 몸을 날렸다. 펌프를 작동하는가 하면, 연기와 불길 속을 휘젓고 다녔고, 소란스럽고 군중이 가장 밀집한 곳이면 어디에서든 활약을 멈추지 않았다. 사다리를 오르내리고, 지붕 위로 올라가고, 그의 체중에 눌려 흔들리고 진동하는 바닥을 건너고, 떨어지는 벽돌과 돌 밑으로 들어가면서 큰불의 현장을 구석구석 누볐지만 그는 불사신이었다. 긁히거나 멍든 자국 하나 없었고 지치지도 않았다. 생각하지도 않았다. 그러다 다시 아침이 밝았고, 연기와 시꺼먼 잔해만 남았다.

광기 어린 흥분이 사그라들자 자신이 저지른 범죄에 대한 무시무시한 자각이 열 배나 강해져 되살아났다. 그는 의심에 찬 눈초리로 주변을 둘러보았다. 사람들이 무리를 지어 이야기를 나누고 있었는데 그들의 입방아에 오르게 될까 두려웠다. 개는 그의 엄중한 손짓을 순순히 따랐고, 둘은 함께 은밀히 그곳을 빠져나갔다. 소방펌프 옆에 앉아 있던 남자들 몇 명이 음식을 나눠 먹자고 지나가는 그를 불렀다. 그는 빵과 고기를 조금 먹었다. 맥주를 한 모금 마실 때 런던에서 온 소방수들이 살인 사건에 대해 이야기하는 소리가 들렸다. "그자가 버밍엄으로 갔다는군." 한 사람이 말했다. "하지만 곧 잡힐 걸세, 추격대가 출발했고 내일 밤이면 소문이 온 나라로 퍼질 테니까."

그는 서둘러 그곳을 떠나 땅바닥에 쓰러지기 직전까지 걷다가 골목길에 누워 오랫동안 자다 깨다를 반복하며 불안한 잠을 잤다. 그러다가 결심도 결정도 하지 못한 채 다시 방랑하면서 또다시 외로운 밤을 보내야 한다는 두려움을 억눌렀다.

돌연 그는 런던으로 돌아가기로 급히 결심했다.

'어쨌든 거기엔 말이라도 해볼 사람이 있잖아.' 그는 생각했다. '숨기 좋은 곳이기도 하고, 이런 시골을 뒤지느라 나를 거기서 체포할 생각은 꿈에도 못 할 거야. 한두 주 푹 누워 있다가 페이긴한테 왕창 뜯어내서 프랑스로 가면 어떨까? 빌어먹을, 모험이긴 하지만 한번 해보지 뭐.'

그는 지체 없이 이 충동을 행동에 옮겼고, 인적이 가장 드문 길을 골라 돌아가는 여정에 올랐다. 런던에서 가까운 곳에 몸을 숨겼다가 땅거미가 졌을 때 우회로를 타고 런던으로 들어가서 목적지로 정한 지역으로 곧장 갈 생각이었다.

하지만 개를 어떡해야 할지 난감했다. 그의 인상착의가 알려졌다면 분명 개가 없어진 사실과 그와 같이 갔을 거라는 추정도 빠지지 않았을 것이다. 그렇다면 거리를 지나가다가 체포될 수도 있었다. 그는 개를 물에 빠뜨려 죽이기로 결심하고 걸으면서 연못을 찾아 두리번거렸고, 중간에 무거운 돌을 하나 집어서 손수건에 묶었다.

개 주인이 이렇게 준비를 하는 동안 개는 주인의 얼굴을 올려다보았다. 준비하는 목적을 직감한 것인지, 아니면 강도의 곁눈질이 유난히 험악한 탓이었는지 몰라도 개는 평소보다 더 멀찍이 떨어져서 몸을 웅크린 채 느릿느릿 뒤를 쫓아왔다. 주인이 작은 연못가에 멈춰 서서 뒤를 돌아보며 불렀을 때 개는 걸음을 멈추었다.

"내가 부르는 소리 못 들었냐? 이리 오래도!" 사이크스가 소리쳤다.

개는 몸에 밴 버릇대로 다가왔지만, 사이크스가 녀석의 목에 손수건을 묶으려 몸을 숙였을 때는 낮게 으르렁거리며 뒤로 펄쩍 물러났다.

"이리 와!" 강도가 말했다.

개는 꼬리를 흔들었지만 움직이지 않았다. 사이크스는 올가미를 만들고는 다시 개를 불렀다.

개는 다가오다 물러나서 한순간 멈추더니 돌아서서 죽어라

꽁무니를 뺐다. 강도는 휘파람을 연거푸 불다가 바닥에 앉아 개가 돌아오기를 기다렸다. 하지만 개는 나타나지 않았고, 그는 다시 길을 떠났다.

49장

마침내 몽크스와 브라운로 씨가 만나
대화를 나누고 내막이 밝혀진다

땅거미가 내릴 무렵 브라운로 씨는 그의 집 앞에 선 이륜마차에
서 내려 현관문을 나지막이 두드렸다. 현관문이 열렸을 때 건장
한 남자 하나가 마차에서 내려 계단 한쪽에 섰고 마부석에 앉았
던 또 다른 남자도 내려와 계단의 다른 쪽에 섰다. 브라운로 씨
가 신호를 보내자 두 사람은 세 번째 남자를 마차에서 내리게 한
뒤 양옆에서 붙잡고 신속하게 집 안으로 데리고 들어갔다. 이 남
자는 몽크스였다.

　그들은 내내 아무 말 없이 계단을 올랐고, 브라운로 씨는 앞장
서서 뒷방으로 들어갔다. 몽크스는 내키지 않는 기색으로 계단
을 올라가 방 앞에서 걸음을 멈추었다. 두 남자는 지시를 기다리
듯 노신사를 쳐다보았다.

"이자는 어떤 대안이 있는지 잘 알아요." 브라운로 씨가 말했다. "이자가 머뭇거리거나 멋대로 손가락 하나 까딱하면 거리로 끌고 나가 경찰의 도움을 요청하고 내 이름을 대고 중죄인으로 고발하시오."

"당신이 뭔데 감히 나를 그런 식으로 말하지?" 몽크스가 물었다.

"자네는 어찌 감히 나를 도발하는가, 젊은이?" 브라운로 씨가 흔들리지 않는 시선으로 맞서며 대답했다. "이 집에서 도망칠 정도로 미친 건 아니겠지? 이자를 놓아줘요. 됐어요. 자네는 갈 자유가 있고, 우리는 따라갈 자유가 있어. 하지만 엄숙하고 신성한 마음으로 경고해 두겠는데, 자네의 발이 길에 닿는 순간, 즉시 사기와 강도 혐의로 체포당할 줄 알게. 내 결심은 확고부동해. 자네가 계속 고집을 부린다면 이후 자네의 불행은 모두 자네 책임이야!"

"내가 누구의 권한으로 길바닥에서 이 개들의 손에 납치돼야 하는 거요?" 몽크스가 양옆에 서 있는 두 남자를 번갈아 보며 물었다.

"내 권한이야." 브라운로 씨가 대답했다. "이 사람들은 내가 보증하는 내 사람들이고, 자유를 빼앗긴 것이 불만인 모양인데, 여기 오는 동안 얼마든지 자유를 되찾을 힘도 기회도 있었잖나. 가만히 있는 게 좋겠다고 생각해서 따라왔겠지만. 다시 말하지만 법의 보호 아래 은신해도 좋아. 나도 법에 호소할 테니까. 돌이킬 수 없는 지점까지 너무 멀리 가고 나서 내게 자비를 구하진 말게. 그땐 권한이 다른 손에 넘어가 있을 테니까. 내가 자네를 구렁텅이로 내던졌다고 하지도 마, 자네 스스로 뛰어든 거니까."

몽크스는 당황한 데다 놀란 빛이 역력했다. 그는 망설였다.

"어서 결정해." 브라운로 씨가 아주 단호하고 침착하게 말했다. "내가 공개적으로 고발하길 바란다면 자네가 아는 그 길을 가게. 그렇다면 자네는 생각만 해도 몸서리가 나는 벌을 받게 되겠지. 그건 나도 어쩔 수 없어. 그게 아니라면, 자네가 크게 상처 준 사람들의 자비와 나의 관용에 호소하고 싶다면 암말 말고 저 의자에 앉게. 이틀 전부터 자네를 위해 대기했다네."

몽크스는 알아들을 수 없는 말을 중얼거렸지만 여전히 망설였다.

"어서 마음을 정해." 브라운로 씨가 말했다. "내 말 한마디면 그 대안은 영영 날아가는 거야."

남자는 계속 망설였다.

"난 협상하려는 게 아니야. 다른 사람들의 가장 소중한 이익을 대변하는 입장이니 그럴 권한도 없고."

"혹시……." 몽크스가 더듬더듬 물었다. "혹시…… 타협안은 없습니까?"

"없네."

몽크스는 불안한 눈으로 노신사를 쳐다보았지만 노신사의 얼굴에서 매섭고 결연한 의지를 읽고는 방으로 걸어 들어가서 어깨를 으쓱거린 뒤 의자에 앉았다.

"밖에서 문을 잠가요." 브라운로 씨가 조력자들에게 말했다. "내가 종을 울리면 들어오고."

남자들은 시키는 대로 했고, 두 사람만 남겨졌다.

"사람을 이리 대접합니까." 몽크스가 모자와 망토를 내던지며 말했다. "우리 아버지의 가장 오랜 친구라면서."

"자네 부친의 가장 오랜 친구라서 이러는 거야, 젊은이." 브라운로 씨가 대답했다. "행복했던 젊은 시절의 희망과 소망이 자네 부친과 자네 부친의 혈육이었던 아름다운 사람, 나를 고독하고 쓸쓸한 남자로 여기 남겨두고 젊은 나이에 신의 품에 안긴 그 여인과 관련이 있기 때문이기도 하지. 자네 부친의 유일한 누이가 내 신부가 되기로 한 날 아침―하늘의 뜻은 달랐지만―숨을 거둘 때, 당시 어렸던 자네 부친이 나와 함께 그녀의 침대 옆에 꿇어 앉아 있었기 때문이야. 그 이후 새까맣게 타버린 내 가슴은 자네 부친이 온갖 시련과 오류를 겪다 죽을 때까지 자네 부친을 늘 아꼈기 때문이기도 해. 내 가슴엔 아직 옛 추억과 옛 인연이 가득해서 자네를 보기만 해도 자네 부친에 대한 생각들이 떠오르기 때문이기도 하고. 이 모든 것들 때문에 가슴이 뭉클해서 지금 자네를 점잖게 대접하는 거라네. 그렇다네, 에드워드 리포드. 그 이름에 당치 않은 자네의 소행에 얼굴이 화끈거리는 것도 그 때문이네."

"이 일과 내 이름이 무슨 상관이 있다는 겁니까?" 몽크스는 의

구심을 풀지 못한 채 격앙된 상대방을 잠자코 응시하다가 말했다. "그 이름이 내게 무슨 의미가 있다고 그래요?"

"아무것도." 브라운로 씨가 대답했다. "자네에겐 아무것도 아니겠지. 그래도 그건 그녀의 성姓이었어. 그 옛날 낯선 사람의 입에서 듣기만 해도 환희와 설렘을 불러일으켰던 그 이름, 까마득한 시간이 흘러 늙어버린 지금에도 환희와 설렘을 불러일으키는 이름. 자네가 가명을 쓴 것이 정말이지 얼마나 기쁜지 모르네."

"참으로 훌륭한 이야기로군요." 브라운로 씨가 손으로 얼굴을 가리고 앉아 있는 동안 몽크스는(가명을 그대로 쓰겠다) 심사가 뒤틀리고 반항심이 들어 몸을 앞뒤로 흔들며 오랫동안 침묵을 지킨 끝에 말했다. "그래서 나한테 원하는 게 뭡니까?"

"자네에겐 동생이 하나 있지." 브라운로 씨가 마음을 가라앉히고 말했다. "내가 길거리에서 자네 뒤로 다가가 귀에 대고 그 아이 이름을 속삭이자 자네는 기겁하면서 여기까지 나를 따라왔잖나."

"난 동생이 없어요." 몽크스가 대답했다. "내가 외아들이라는 걸 알잖아요. 내 동생이니 뭐니 하는 이유가 뭡니까? 나만큼 잘 알면서 그러십니까?"

"나는 알지만 자네는 아닐 수도 있는 이야기이니 들어보게." 브라운로 씨가 말했다. "자네도 점점 관심이 생길 거야. 자네 부친은 어린 나이에 집안의 자존심과 가장 추악하고 편협한 야망에 의해 불행한 결혼으로 내몰렸지. 자네는 그 결혼이 낳은 유일하지만 지극히 비정상적인 자식이고."

"막말을 하셔도 상관없습니다." 몽크스가 심술궂게 웃으며 끼어들었다. "사실 그대로 알고 계시니 난 그걸로 됐습니다."

"내가 아는 게 또 있네." 노신사가 말을 계속했다. "그 부적절한 결합은 불행과 꾸준한 고문, 지속적인 고통을 유발했다는 것이지. 그 가련한 부부는 무거운 쇠사슬에 묶여 숨 막히는 세상을 무기력하고 피곤하게 살아가야 했어. 냉담한 격식은 노골적인 조롱으로 변했고, 무관심은 미움에 자리를 내주었네. 미움은 혐오로, 혐오는 다시 증오로 바뀌었고, 결국 그들은 쇠사슬을 비틀어 산산조각 내고는 오직 죽음만이 몰아낼 수 있는 앙금을 품고 서로 멀리 떨어져서 새로운 사람들 속의 가장 유쾌한 가면 아래에 그것을 감추어버렸지. 자네 모친은 잘해냈고 곧 그걸 잊어버렸어. 그런데 자네 부친의 마음속에 자리한 그것은 오랫동안 녹슬고 썩어갔다네."

"네, 두 분은 떨어져 살았어요." 몽크스가 말했다. "그게 뭐 어쨌다는 겁니까?"

"그들은 한동안 떨어져 살았지." 브라운로 씨가 다시 말을 이었다. "자네 모친은 대륙에서 흥청망청하는 데 푹 빠져서 열 살이나 어린 남편을 완전히 잊어버렸고, 자네 부친은 앞날에 대한 의욕을 잃고 고향에 남아 있다가 새 친구들과 어울리게 되었지. 이 상황은 자네도 알고 있을 거야."

"몰라요." 몽크스는 모든 걸 거부하기로 작심한 듯 시선을 다른 데로 돌리고 발로 바닥을 탁탁 두드리면서 말했다. "난 모릅니다."

"자네의 행동 못지않게 그 태도를 보니 자네가 그걸 잊기는커녕 머릿속에서 그 비통함을 한시도 떨친 적도 없다는 확신이 드는군." 브라운로 씨가 대답했다. "나는 15년 전 일을 말하고 있는 거야. 자네가 열한 살에 불과했고 자네 부친은 서른한 살이었을 때 말이야. 다시 말하지만 자네 부친은 소년에 불과한 나이에 아버지의 명으로 결혼했어. 꼭 자네 부모님에 대한 기억에 그늘을 드리우는 사건들로 되돌아가야겠나? 아니면 자네가 진실을 털어놓아 그 수고를 덜어줄 텐가?"

"난 털어놓을 게 아무것도 없는데요." 몽크스가 대꾸했다. "원하신다면 계속 말씀하시죠."

"그렇다면 그 새 친구들 이야기를 해주지." 브라운로 씨가 말했다. "퇴역한 해군 장교가 있었네. 부인이 반년 전에 죽어 두 아이와 남겨진 사람이었지. 원래는 자식이 더 많았는데 다행히 둘은 살아남았다네. 둘 다 딸이었어. 하나는 열아홉 살 난 아름다운 처녀였고, 다른 하나는 두세 살 된 어린애였지."

"그게 나랑 무슨 상관이죠?"

몽크스가 끼어들었지만 브라운로 씨는 아랑곳하지 않고 말을 계속했다. "자네 부친이 방랑하다 그들이 살던 지역으로 가게 되었네. 그 집에서 묵게 된 거야. 서로 안면을 트고, 친분이 생기고, 빠르게 우정을 쌓아갔어. 자네 부친은 남달리 재능이 많은 사람이었네. 누이의 영혼과 인품을 지니고 있었지. 늙은 퇴역 장교는 자네 부친을 차츰 알아가면서 그를 좋아하는 마음이 커져 갔다네. 그것으로 끝났으면 좋았을 텐데, 그의 딸도 그렇게 되었다네."

노신사는 잠시 말을 멈추었다가 몽크스가 입술을 깨물고 바닥만 내려다보는 걸 보고 말을 이었다.

"1년 뒤 자네 부친은 약혼을 하게 되었네. 그 집 딸과 진지하게 약혼한 사이가 된 거야. 순진한 아가씨의 첫사랑이자 진실하고 열렬하며 유일한 열정의 상대가 된 거지."

"길기 짝이 없는 이야기군요." 몽크스가 의자에서 자꾸만 꿈지럭거리며 말했다.

"비탄과 시련, 슬픔이 가득한 진실한 이야기야, 젊은이." 브라운로 씨가 대답했다. "원래 그런 이야기들은 길 수밖에 없어. 기쁨과 행복이 가득한 이야기였다면 아주 단순했겠지. 자네 부친을 제물 삼아 자기들의 이익과 위상을 강화했던—비일비재하게 벌어지는 일이지—부유한 친척들 중 하나가 죽었네. 그자는 자신이 주도한 그 불행을 보상하는 차원에서 자기 생각에 모든 슬픔을 치유하는 만병통치약인 돈을 자네 부친에게 남겼네. 자네 부친은 어쩔 수 없이 즉시 로마로 떠나야 했어. 고인이 요양을 위해 로마를 찾았다가 거기서 죽는 바람에 복잡한 뒤처리가 남았기 때문이야. 자네 부친은 거기 갔다가 치명적인 병에 걸리고 말았네. 자네 모친은 파리에서 그 소식을 듣자마자 자네를 데리고 로마로 달려갔고, 자네 모친이 도착한 다음 날 자네 부친은 아무런 유언도 남기지 않고 죽었네. 유언이 없었기 때문에 전 재산은 자네 모친과 자네에게 돌아갔지."

이 대목에서 몽크스는 말하는 사람을 쳐다보지 않았지만 열띤 얼굴로 숨을 죽인 채 귀를 기울이고 있었다. 브라운로 씨가 말을 잠깐 멈춘 사이 그는 갑자기 한숨 돌린 사람처럼 자세를 바꾸고 뜨거운 얼굴과 손을 문질렀다.

"자네 부친은 대륙으로 건너가기 전 런던을 경유했네." 브라운로 씨는 상대의 얼굴에 시선을 두고 천천히 말했다. "나를 찾아왔었지."

"한 번도 들은 적 없는 이야기예요." 몽크스는 의구심을 나타내려 했으나 불쾌감과 놀란 빛을 더 비치고 말았다.

"나를 찾아와서 내게 몇 가지 물건들을 남겼는데, 그중에 자네 부친이 직접 그린 초상화가 있었어. 그 가엾은 아가씨의 초상화 같았네. 두고 가기 싫었지만 급히 가는 여행에 가지고 갈 수가 없었거든. 자네 부친은 근심과 후회로 그림자처럼 말라 있었고, 본인이 야기한 파멸과 수치에 대해 거칠고 산만하게 이야기하고는 손해를 보더라도 전 재산을 돈으로 바꾸고 최근 받은 유산의 일부를 자네 모친과 자네에게 떼어주고 나서 이 나라를 떠나 다시는 돌아오지 않겠다는 의중을 내게 비추더군. 나는 혼자 떠나는 게 아니라는 걸 쉽게 짐작할 수 있었네. 함께 소중한 사람을 땅에 묻었고 그 땅 위에서 서로에 대한 강한 우정이 굳건히 뿌리를 내린 어릴 적 친구인 내게도 더 자세한 이야기를 삼가면서 모든 걸 편지로 써서 말해주겠노라, 그 뒤에 생애 마지막으로 한 번 나를 만나러 오겠노라 약속했지. 아! 그런데 그것이 마지막이었네. 나는 편지를 받지 못했고 그를 다시 만나지도 못했어."

브라운로 씨는 잠시 말을 멈추었다가 계속했다. "모든 것이 끝난 뒤에 그곳으로 가보았네. 그가 죄를 범한 사랑의 현장으로. 어차피 이제 그에겐 세상의 손가락질이든 호감이든 다 같으니 그냥 세상 사람들이 멋대로 쓰는 표현을 써보자면 그래. 만일 내 염려가 현실이 되었다면 부정한 그녀를 보호하고 위로할 사람과 집을 마련해 줄 결심으로 간 건데, 그 가족은 이미 일주일 전에 떠나고 없었네. 몇 가지 자질구레한 외상을 정리해서 갚고는 밤에 떠난 거야. 왜 그랬는지, 어디로 갔는지 누구도 알지 못했어."

몽크스는 더 홀가분하게 숨을 쉬면서 의기양양한 미소가 번진 얼굴로 주위를 둘러보았다.

"자네 동생이……." 브라운로 씨는 상대의 의자로 더 가까이 붙으며 말했다. "자네 동생이, 연약하고 헐벗고 버림받은 그 아이가 우연보다 더 강한 힘에 의해 내 앞에 내던져진 뒤 내 도움으로 범죄와 악행의 생활에서 구출되었을 때……."

"뭐요?" 몽크스가 소리쳤다.

"내가 도움을 주었다고 했네." 브라운로 씨가 말했다. "내가 뭐랬나, 얼마 못 가 내가 자네의 관심을 끌 수 있다고 했지. 내가 그 아이를 도왔어. 자네의 교활한 동료가 내 이름을 숨겼나 보군. 어차피 자네가 들어도 모를 거라고 생각했겠지. 그 애가 내 도움으로 구출되어 내 집에 누워 몸조리를 하고 있을 때, 그 애가 아까 말한 그 그림과 어찌나 닮았는지 깜짝 놀라고 말았네. 더럽고 가엾은 그 아이를 처음 보았을 때도 그 아이 얼굴에 어린 어떤 표정 때문에 생생한 꿈속에서 언뜻 옛 친구의 모습을 본 듯한 기분이 들었어. 내가 그 아이의 내력을 알게 되기 전에 그 아이가 유괴되었다는 건 굳이 말할 필요가 없을 거야."

"어째서요?" 몽크스가 얼른 물었다.

"자네도 잘 알고 있으니까."

"내가!"

"부인해 봐야 소용없어." 브라운로 씨가 대답했다. "내가 그보다 더 많은 걸 알고 있다는 걸 보여주지."

"못 할걸, 당신은 내게 불리한 건 아무것도 입증하지 못해." 몽크스가 더듬으며 말했다. "어림없지!"

"두고 보면 알겠지." 노신사는 파고드는 눈초리로 응수했다. "나는 그 아이를 잃어버렸고 애썼지만 찾을 수 없었네. 자네 모친이 죽었으니 그 미스터리를 풀 사람은 자네뿐이었어. 자네는 모친이 죽자마자 여기서 범한 사악한 소행의 후과를 피해 서인도 제도로 도망쳤잖나. 나는 자네가 거기 사유지에 있다는 소식을 듣고 거기로 여행을 떠났네. 그런데 자네는 이미 몇 달 전에 거기를 떠났고 런던에 있을 거라고들 했지만 정확한 소재를 아는 사람은 없었어. 난 돌아왔네. 자네의 대리인들도 자네의 행방을 전혀 모르더군. 예전에 늘 그랬듯 자네는 느닷없이 나타났다가 가버린다고 했어. 며칠씩 함께할 때도 있고 몇 달씩 종적을 감출 때도 있다고, 예전처럼 저속한 곳들에 출몰하면서 제멋대로 폭주하던 소년기에 가까이 하던 악명 높은 무리와 계속 어울린다고 말이야. 나는 그들에게 이것저것 집요하게 요구했어. 그리고 밤낮으로 거리를 돌아다녔지만 모든 노력이 허사였고 자네의 모습은 보이지 않았네, 불과 두 시간 전까지 말이야."

"그럼 이제 날 실컷 보시오." 몽크스가 대담하게 일어서며 말했다. "그런다고 뭐가 달라지나? 사기니 강도니 거창한 말을 늘어놓았지만 증거라고는 죽은 사람의 의형제가 가진 엉터리 그림과 어떤 꼬마 놈이 닮았다는 공상밖에 없는데! 그 청승맞은 커플 사이에서 자식이 태어났다고 어떻게 장담합니까. 어떻게 장담하냐고."

"그건 나도 몰랐네." 브라운로 씨도 일어나면서 대답했다. "하지만 지난 2주 동안 모든 걸 알게 되었지. 자네에게 동생이 있다는 것과, 자네가 그 사실과 그 아이를 알고 있다는 걸. 유언장이 있었지만 자네 모친이 파기하고는 그 비밀과 재산을 자네에게 남기고 죽었다는 것도. 이 슬픈 인연의 결과로 아이가 태어날 수 있다는 내용이 그 유언장에 있었는데, 아이가 정말 태어나 자네와 우연히 마주치게 된 거야. 아버지를 닮은 그 아이의 모습에 자네의 의심은 처음 깨어났지. 자네는 그 아이의 출생지로 갔네. 그 아이의 출생과 부모에 대한 증거가, 오랫동안 감춰졌던 증거가 있었어. 그 증거는 자네 손에 의해 파기됐으니 공범인 유대인에게 자네가 한 말마따나 '아이의 신분을 밝혀줄 유일한 증거는 강바닥에 가라앉았고, 아이 어미에게 그걸 넘겨받았던 할멈은 관 속에서 썩게' 된 거야. 못돼먹은 아들놈, 겁쟁이, 거짓말쟁이 같으니. 밤에 어두운 방에서 도둑과 살인자와 작당모의하는 놈아, 너 같은 놈 수백만 명보다 귀한 사람을 계략과 술책으로 죽게 만든 놈아, 요람에서부터 아버지의 가슴에 울분과 비통함을 심어준 놈아, 온갖 사특한 열정과 악덕, 방탕함이 몸 안에서 푹푹 썩다가 흉측한 질병으로 분출해 그 면상에 네놈 심보가 고스란히 다 보이는 놈아, 이놈, 에드워드 리포드, 이래도 내게 도전할 생각인가!"

"아니에요, 아닙니다, 아니에요!" 몰아치는 비난에 겁쟁이가 위축되어 대답했다.

"다 안다!" 노신사가 호통쳤다. "네놈과 그 혐오스러운 악당 사이에 오간 말은 낱낱이 들어 알고 있어. 벽에 드리운 그림자가 네놈이 속삭이는 걸 모두 듣고 내 귀에 전해주었으니까. 학대받는 아이의 모습이 한 악독한 인간을 감화하고 용기와 선한 마음을 작동시켰어. 살인이 저질러졌으니 직접 실행하지 않았다 해도 도의적으로는 네놈이 죽인 거나 마찬가지야."

"아니에요, 아니에요." 몽크스가 끼어들어 말했다. "나는, 나는, 그 일은 전혀 몰라요. 당신에게 붙잡혔을 때 어떻게 된 일인지 알아보러 가던 길이었어요. 난 그 사건의 원인을 몰랐어요, 흔한 싸움이 벌어져 그렇게 된 줄 알았다고요."

"자네의 비밀을 일부 폭로한 것이 원인이었어." 브라운로 씨가 대답했다. "모든 걸 다 털어놓겠나?"

"네, 그러죠."

"진실과 사실이 적힌 진술서에 서명하고 증인들 앞에서도 그대로 진술하겠나?"

"그것도 약속합니다."

"문서가 작성될 때까지 여기 조용히 있다가 그것을 증언하기에 가장 적절하다고 내가 판단한 곳으로 함께 갈 텐가?"

"정 그러시다면 그리 하겠습니다." 몽크스가 대답했다.

"그 외에도 할 일이 더 있네." 브라운로 씨가 말했다. "그 결백하고 아무 잘못 없는 아이에게 배상을 해줘야겠어. 비록 부정하고 불행한 사랑의 소산이지만 그 아이는 죄가 없으니까. 유언장의 조항들을 잊지 않았을 거야. 자네 동생과 관련된 조항들을 모두 실행하고 어디든 원하는 데로 가게. 자네는 더 이상 이 땅에서 만날 필요가 없는 사람이니까."

몽크스는 이리저리 서성이면서 이 제안과 이것을 피해 갈 방도가 없는지 음흉하고 사악한 표정으로 궁리를 거듭했다. 그의 마음이 두려움과 증오심으로 갈라져 갈팡질팡할 때 잠겼던 방문이 와락 열리더니 한 신사(로스번 씨)가 몹시 격앙된 상태로 방에 들어왔다.

"놈은 붙잡힐 겁니다." 그가 소리쳤다. "오늘 밤에 붙잡힐 거예요!"

"그 살인자 말이오?" 브라운로 씨가 물었다.

"네, 네." 상대방이 대답했다. "놈의 개가 옛 소굴 근처에 숨어 있는 게 목격되었어요. 그렇다면 개 주인이 현재 거기 있거나, 나중에라도 어둠을 틈타 거기 올 게 분명하지요. 정보원들이 사방에 쫙 깔렸어요. 놈을 체포하려는 담당자들과 이야기를 나누었는데, 도주는 불가능하답니다. 오늘 밤 정부에서 현상금으로 100파운드를 걸었습니다."

"내가 50파운드 더 내리다." 브라운로 씨가 말했다. "현장에 도착해 그 자리에서 내 입으로 밝히겠소. 메일리 씨는 어디 있지요?"

"해리요? 선생의 친구, 그러니까 이 사람이 선생과 함께 마차에 타는 걸 보자마자 급히 가서 이 소식을 듣고 왔습니다." 의사가 대답했다. "그러고 나서 첫 번째 추격대와 만나기로 약속한 변두리 어느 곳으로 말을 타고 달려갔습니다."

"페이긴은요?" 브라운로 씨가 말했다. "그자는 어찌 되었습니까?"

"마지막으로 소식을 들었을 때만 해도 잡히지 않았는데 어차피 잡히게 될 겁니다. 지금쯤 잡혔을 수도 있지요. 잡히게 될 거라고 장담을 했으니까요."

"결심했나?" 브라운로 씨가 낮은 목소리로 몽크스에게 물었다.

"네." 그가 대답했다. "정말…… 정말 내 비밀을 지켜줄 겁니까?"

"그러지. 내가 돌아올 때까지 여기 있게. 무사하고 싶으면 이 길밖에 없어."

그들은 방에서 나갔고 문이 다시 잠겼다.

"무얼 어찌 했습니까?" 의사가 소곤거리며 물었다.

"바라던 건 모두, 아니 그 이상을 했지요. 그 가엾은 여자가 준 정보에 이미 알고 있던 사실과 우리의 훌륭한 친구가 현장에서 탐문한 결과까지 조합해 놈에게 빠져나갈 구멍을 전혀 주지 않고 놈의 모든 악행을 백주 대낮처럼 환히 까발렸습니다. 편지를 보내 모레 저녁 7시에 만날 약속을 잡으십시오. 우리는 몇 시간 전에 도착하겠지만 쉬어야 할 겁니다. 특히 아가씨는 선생이나 내가 지금 예상하는 것보다 마음을 더 단단히 먹어야 할지도 모릅니다. 하지만 지금은 그 살해당한 가엾은 여자의 복수를 하고 싶어 피가 끓는군요. 그들이 어느 쪽으로 갔습니까?"

"경찰서로 곧장 달려가면 제시간에 도착할 겁니다." 로스번 씨가 대답했다. "나는 여기 남아 있겠습니다."

두 신사는 걷잡을 수 없는 흥분과 열의에 휩싸여 서둘러 헤어졌다.

50장

추적과 도주

로더하이드에서 템스 강 인근의 교회가 있는 어느 동네로 가면, 강둑에 늘어선 건물들은 더럽기 그지없고 강물 위 배들은 석탄선의 먼지와 다닥다닥 붙은 지붕 낮은 집들의 연기로 새까맣다. 바로 거기에 런던 곳곳에 숨겨진 많은 지역 중 가장 불결하고 가장 괴이하며 가장 유별난 곳이 있는데, 이름을 대도 거기 주민 대다수가 모르는 곳이다.

　여기 가려는 방문객은 미로 같은 답답하고 비좁은 진창길을 통과해야 한다. 가장 거칠고 가장 가난한 강가 주민들이 무슨 거래를 하는 것처럼 거리마다 모여 있다. 가장 싸고 가장 저급한 식료품들이 가게 안에 쌓여 있고, 가장 거칠고 흔해빠진 옷들이 상점 문 앞에 걸려 있거나 상점 난간과 창문에서 나부낀다. 빈둥

거리는 최하층 노동자들, 바닥짐 나르는 인부들, 석탄 운반부들, 노골적인 여자들, 헐벗은 아이들, 강가 폐기물과 쓰레기를 헤치면서 힘겹게 나아가다 보면, 좌우로 뻗어나간 비좁은 샛길의 불쾌한 광경과 냄새에 습격당하는 것은 물론이요, 모퉁이마다 우뚝 선 창고에서 물건을 잔뜩 싣고 덜컹대며 나오는 육중한 수레들의 소리에 귀가 먹먹해진다. 그러다 비교적 더 외지고 한적한 거리에 겨우 도달하면, 무너질 듯 인도를 침범한 집의 현관들, 지나갈 때 허물어져 내릴 듯한 부서진 벽들, 반쯤 무너졌으나 완전히 무너지기를 주저하는 듯한 굴뚝들, 시간과 오염에 거의 삭아버린 녹슨 쇠창살 창문들 등 황폐와 방치가 갖가지 양상으로 구현된 풍경이 펼쳐진다.

바로 그런 동네에, 서더크 구역의 도크헤드 너머로 '야곱의 섬'이라는 곳이 있다. 밀물 때면 2~3미터 깊이에 5~6미터 너비의 흙탕물 도랑이 섬을 에워싸 한때 '공장 연못'이라 불렸지만, 이 이야기가 벌어질 무렵에는 '큰 도랑'이라 알려져 있었다. 이곳은 템스 강에 면한 내포內浦 지역으로 옛 이름의 유래가 된 '납 공장' 쪽 수문을 열면 언제든 수위가 최고조에 이른다. 그럴 때 외지인이 그곳을 가로지르는 나무다리들 중 '공장 길' 쪽 다리 위에 서서 바라보면, 그 동네 주민들이 뒷문이나 창문에서 양동이니 들통이니 온갖 종류의 살림 그릇을 내려 물을 긷는 풍경을 양쪽으로 볼 수 있다. 물 뜨는 모습을 보다가 집 자체로 시선을 돌리면 눈앞에 펼쳐진 풍경에 아연실색하게 된다. 집 대여섯 채마다 뒤쪽에 공동 발코니가 있는데, 어이없게도 목조 발코니에 구멍이 숭숭 뚫려 있어 아래 진창이 다 내려다보이고, 부서졌거나 땜질한 창문에는 빨래 너는 바지랑대가 튀어나와 있지만 정작 빨래는 없다. 방들은 너무 작고 너무 더럽고 꽉꽉 막혀 있어 먼지와 오염도 무색할 만큼 실내 공기는 더럽기 짝이 없고, 목조 방들은 금방이라도 무너져 내릴 듯—실제로 무너진 집도 있다—진창 위로 불거져 있다. 벽들은 더럽혀졌고 토대들은 썩어간다. 궁핍의 역겨운 면면들, 별별 가증스러운 오염과 부패와 쓰레기, 이 모든 것들이 '큰 도랑'의 강둑을 장식하고 있다.

'야곱의 섬' 창고들은 지붕이 없고 휑뎅그렁하고 벽은 허물어져 간다. 창문은 더 이상 창문이 아니고 출입문은 거리로 무너져 가며 굴뚝은 검지만 연기를 내뿜지 않는다. 이곳은 삼사십 년 전 손실과 형평법 소송에 휘말리기 전까지 번창했으나 지금은 황폐한 섬이 되었다. 집들은 주인이 없어서 대범한 자들은 문을 부수고 안으로 들어간다. 그리고 거기서 살다가 거기서 죽는다. '야곱의 섬'에서 피난처를 찾는 사람들은 필시 남몰래 숨어 지낼 중대한 사연이 있거나 지극한 가난에 내몰린 사람들이 분명하다.

이런 집—다른 부분은 폐가의 면모이나 출입문과 창문은 방비가 철저하고 뒤편은 앞서 설명한 도랑을 굽어보는 상당한 크기의 단독 주택—위층 방에 세 명의 사내가 모여 있었다. 때때로 그들은 당혹감과 기대감이 어린 표정으로 서로를 바라볼 뿐 한동안 깊고 우울한 침묵에 싸여 앉아 있었다. 이들 중 하나는 토비 크래킷이었고, 다른 하나는 치틀링 씨, 세 번째는 쉰 살 먹은 강도였다. 강도의 코는 예전에 실랑이를 하다 얻어맞아 주저앉았고 얼굴에는 비슷한 경로로 생긴 듯한 무시무시한 흉터가 있었다. 이 남자는 돌아온 유형수로 이름은 캑스였다.

토비가 치틀링 씨를 돌아보며 말했다. "옛날 두 소굴이 좋났으면 다른 거처를 골랐어야지. 여길 오면 어떡하나, 이 친구야."

"여긴 왜 왔어, 골 빈 놈아!" 캑스가 말했다.

"날 보면 이보단 더 반가워할 줄 알았는데." 치틀링 씨가 풀이 죽어 대답했다.

"이런, 이봐, 젊은 신사." 토비가 말했다. "나처럼 혼자 틀어박혀 지내는 사람, 즉 남의 이목이 닿지 않는 아늑한 거처가 있는 사람은 자네 같은 처지의 젊은 신사가 황송하게도 찾아오면 (아무리 카드놀이 상대로 존경스럽고 유쾌한 사람이라 해도) 놀라는 게 당연해."

"특히나, 혼자 틀어박혀 사는 그 젊은이 집에 예정보다 일찍 귀국한 친구가 묵고 있는데 그 친구가 워낙 겸손해 돌아오자마자 판사들 앞에 서는 걸 꺼릴 땐 더욱 그렇지." 캑스 씨가 덧붙여 말했다.

짧은 침묵이 흐른 뒤 토비 크래킷은 될 대로 대라는 식의 평소 허세를 부려봤자 허사라는 걸 깨달았는지 치틀링을 돌아보며 포기한 듯 물었다.

"페이긴은 언제 붙잡혔나?"

"점심 먹을 때니까, 오늘 오후 2시에. 찰리와 나는 세탁소 굴뚝 위로 올라가 용케 도망쳤고, 볼터는 빈 빗물 통에 들어가 머리를 아래로 처박고 있었는데 그 귀한 다리가 어찌나 긴지 위쪽으로 튀어나온 바람에 붙잡히고 말았어."

"그럼 벳은?"

"가엾은 벳! 개는 시체를 보러 갔어, 누구 시체인지 확인해 주러." 치틀링의 얼굴은 대답할수록 점점 울상이 되었다. "거기서 회까닥 미쳐서는 비명을 지르고 발광하면서 머리를 판자에 들이박는 바람에 사람들이 구속복을 입혀서 병원으로 데려갔어……. 아직 거기 있어."

"꼬마 베이츠는 어떻게 됐나?" 캑스가 물었다.

"돌아다니고 있죠 뭐, 어두워져야 여기로 올 텐데, 곧 나타날 걸요." 치틀링이 대답했다. "이제 난 갈 데가 없어. '절름발이' 사람들은 모두 붙잡혔고, 내가 거기 가서 직접 확인한 바로는 거기 은신처 바에 경찰들이 쫙 깔렸어."

"이거 낭패인데." 토비가 입술을 깨물며 말했다. "이번에 한 명 이상 골로 가겠어."

"지금은 법정이 열리는 기간이야." 캑스가 말했다. "그들이 검시를 끝내고, 볼터가 공범자 증언을 하면…… 그놈은 그간 한 말로 보면 증언하고도 남을 놈이야. 페이긴이 사전 공범이라는 게 입증될 테니 금요일에 재판이 열릴 테고, 그럼 페이긴은 딱 엿새 후에 목매달리게 돼!"

"사람들이 얼마나 환호했는지 몰라." 치틀링이 말했다. "경찰들이 죽자 사자 말리지 않았으면 영감은 사람들에게 끌려갔을 걸. 한 번 쓰러지기도 했는데 경찰들이 영감을 에워싸고 길을 뚫고 나갔어. 영감이 흙투성이, 피범벅이 돼서 두리번거리다가 가장 친한 친구인 양 경찰들에게 매달리는 꼴을 봤어야 했는데. 사람들이 떼로 몰려드는 통에 경찰들이 똑바로 서지도 못하고 인파 속에서 영감을 에워싼 채 끌고 가는 광경이 아직도 눈에 선해. 겹겹이 몰려든 사람들이 펄쩍펄쩍 뛰면서 영감에게 이를 드러내면서 을러대고 손가락질하던 것도, 피투성이가 된 영감의 머리카락과 턱수염도 눈에 선해. 여자들이 길모퉁이에서 군중 가운데로 뚫고 들어와서는 영감의 심장을 꺼내겠다고 벼르는 소리가 아직도 들리는 것 같아."

그 광경의 목격자는 두려움에 사로잡혀 손으로 귀를 틀어막고 눈을 질끈 감더니 일어서서 마음이 어지러운 것처럼 과격하게 왔다 갔다 했다.

치틀링이 그렇게 서성이고 두 남자는 묵묵히 바닥만 내려다보고 있을 때, 계단 위를 두드리는 소리가 들리고 나서 사이크스의 개가 방으로 뛰어들었다. 그들은 창가로, 아래층으로, 거리로 달려갔다. 열린 창문을 통해 안으로 뛰어든 개는 그들을 따라다니려 하지 않았고, 개 주인도 보이지 않았다.

"대체 뭐가 어떻게 돌아가는 거야?" 모두 돌아왔을 때 토비가 말했다. "그자가 여기 올 리 없잖아. 그, 그럼 안 되는데."

"그자가 여기로 올 거였으면 개랑 함께 왔을 거야." 캑스가 몸을 숙여 바닥에서 헐떡이는 개를 뜯어보며 말했다. "이봐! 개에게 물 좀 줘. 이 녀석 기절할 판이야."

"녀석이 싹 마셨어, 한 방울도 안 남기고." 치틀링이 한동안 잠자코 개를 지켜보다가 말했다. "진흙투성이에, 다리는 절고, 눈은 반쯤 먼 걸 보니 먼 길을 온 게 분명해."

"어디서 온 거야!" 토비가 외쳤다. "중간에 다른 소굴에 갔다가 낯선 이들이 우글대는 걸 보고 이리 왔겠지. 여긴 여러 번 자주 온 적 있으니까. 하지만 애초에 어디서 온 걸까, 어떻게 단짝 없이 혼자 여기로 온 거야!"

"그자가……." (아무도 살인자를 예전 이름으로 부르지 않았다.) "설마 그자가 자살을 했을라고. 어떻게 생각해?" 치틀링이 말했다.

토비가 고개를 저었다.

"만약 그랬다면." 캑스가 말했다. "개는 그자가 자살한 데로 우리를 데려가려 했을 거야. 그러니 아니지. 내 생각엔 개를 남겨두고 이 나라를 빠져나간 것 같아. 어떻게든 개를 따돌렸겠지. 아니면 그게 쉽지가 않으니까."

이 추정이 가장 그럴싸하게 보여 정답으로 받아들여졌고, 개는 의자 밑으로 기어 들어가 몸을 동그랗게 말고 잠이 들었다. 이후 아무도 개를 주목하지 않았다.

날이 저물자 그들은 덧창을 닫고 촛불을 켜서 탁자에 올려놓았다. 지난 이틀 동안 일어난 참혹한 사건들은 신변상의 위험과 불안정성을 증가시켜 세 사람의 마음을 크게 흔들어놓았다. 그들은 의자를 끌어당겨 서로 붙어 앉아 있다가 소리가 날 때마다 움찔움찔 놀랐다. 말은 거의 하지 않았고 해도 소곤거렸다. 살해당한 여자의 유해가 옆방에 있는 것처럼 입을 다물고 공포에 사로잡혀 있었다.

한동안 그들이 그렇게 앉아 있는데 별안간 아래층 문을 다급히 두드리는 소리가 났다.

"꼬마 베이츠가 왔나 본데." 캑스는 겁이 나는 것을 억누르려고 주위를 거칠게 둘러보며 말했다.

문 두드리는 소리가 다시 들렸다. 아니, 베이츠가 아니었다. 베이츠는 절대 저런 식으로 문을 두드리지 않았다.

크래킷이 창가로 가더니 온몸을 와들와들 떨면서 밖으로 내밀었던 머리를 안으로 뺐다. 누군지 말할 필요도 없었다. 하얗게 질린 그의 얼굴로 충분했다. 개도 즉시 정신을 바짝 차리고 낑낑거리며 문으로 달려갔다.

"그자를 안으로 들여야 해." 크래킷이 촛불을 들며 말했다.

"다른 방법은 없나?" 다른 남자가 잠긴 목소리로 물었다.

"없어. 어떻게든 들어올 테니까."

"네가 가면 여기가 너무 어둡잖아." 캑스는 그렇게 말하며 벽난로 위 선반에서 양초를 꺼내 불을 붙였는데, 손이 덜덜 떨려서 문 두드리는 소리가 두 번이나 더 반복되고 나서야 불을 붙일 수 있었다.

크래킷은 아래층 문으로 내려갔다가 하관을 손수건으로 가리고 머리도 손수건으로 싸매고 모자를 눌러쓴 사내를 데리고 돌아왔다. 사내가 손수건을 천천히 풀었다. 해쓱해진 얼굴, 쑥 들어간 눈, 움푹한 뺨, 사흘간 자란 턱수염, 살이 쑥 빠진 몸매, 짧고 거친 호흡. 사이크스의 유령이라 해도 좋았다.

그는 방 가운데 있는 의자에 손을 대더니 앉으려다 말고 부르르 진저리를 치며 어깨 너머를 돌아보는 듯하다가 의자를 벽 가까이, 벽에 쏠릴 정도로 최대한 가까이 끌어다 놓고 앉았다.

말 한마디 오가지 않았다. 그는 잠자코 한 사람씩 바라보기만 했다. 누군가 슬쩍 눈을 들었다가 그와 눈이 마주치면 즉시 다른 데로 시선을 돌렸다. 그의 공허한 목소리가 침묵을 깼을 때 세 사람 모두 움찔했다. 그들의 귀엔 처음 듣는 것처럼 생소한 목소리였다.

"저 개는 어떻게 여기 온 거야?" 그가 물었다.

"혼자 왔어. 세 시간 전에."

"오늘 저녁 신문을 보니까 페이긴이 잡혔다며. 진짜야, 가짜야?"

"진짜야."

다시 침묵이 흘렀다.

"다 뒈져버려!" 사이크스가 손으로 이마를 쓸며 말했다. "너희들 나한테 뭐 할 말 없냐?"

좌중에 불편한 움직임만 일어날 뿐 말은 나오지 않았다.

"이 집 주인." 사이크스가 크래킷에게 얼굴을 돌리며 말했다. "날 팔아넘길 테냐, 아니면 이번 사냥이 끝날 때까지 나를 숨겨 줄 테냐?"

"여기가 안전하다 생각하면 여기 있어도 돼." 사이크스가 말을 건 남자가 조금 주저하다가 대답했다.

사이크스는 시선을 벽 위쪽으로 천천히 올렸다. 정확히는 눈을 들었다기보다 고개를 돌리고 나서 말했다. "그…… 그 시체 는…… 묻혔나?"

그들은 고개를 저었다.

"왜 안 묻는 거야!" 그는 여전히 뒤쪽을 흘끔거리며 말했다. "무엇 때문에 그리 흉측한 걸 땅 위에다 놔둬? 뭐야, 저 노크 소 리?"

크래킷은 걱정할 것 없다고 손짓하면서 방에서 나갔다가 금 방 돌아왔고, 찰리 베이츠가 따라 들어왔다. 사이크스가 문 반대 편에 앉아 있었기 때문에 소년은 방에 들어오는 순간 사이크스 와 정면으로 마주쳤다.

"토비." 소년이 물러나면서 말했고, 그 순간 사이크스는 소년 에게로 눈을 돌렸다. "왜 아래층에서 말하지 않았어?"

세 남자가 몸을 사리는 티를 노골적으로 냈으므로 이 비참한 남자는 꼬마에게라도 살갑게 굴 마음이 들었다. 그래서 고개를 끄덕이며 소년과 악수를 하려는 동작을 취했다.

"난 다른 방으로 갈래." 소년이 더 물러나며 말했다.

"찰리!" 사이크스가 앞으로 나아가며 말했다. "나를…… 나를 모른 척하기야?"

"다가오지 마." 소년은 계속 물러나면서 두려운 눈초리로 살인자의 얼굴을 바라보며 대꾸했다. "이 괴물!"

사내는 중간쯤 멈춰 섰다. 그들은 서로를 바라보았지만 사이크스의 눈길은 점차 바닥으로 내려갔다.

"당신들 셋이 증언해." 소년은 불끈 쥔 주먹을 흔들면서 소리쳤는데, 말을 할수록 점점 더 격앙되었다. "당신들 셋이 증언하라고. 난 이 사람 두렵지 않아. 사람들이 이 사람 잡으러 오면, 난 넘길 거야. 그렇게 할 거야. 분명히 말해둘게. 그래서 이 사람이 날 죽인다고 해도, 감히 죽이려 든다고 해도, 내가 여기 있는 한 난 이 사람 넘길 거야. 이 사람을 산 채로 물에 넣고 삶는대도 난 넘길 거야. 살인자! 도와줘! 거기 세 사람, 사내의 배포가 있다면 날 도와줘. 살인자! 도와줘! 이놈을 쓰러뜨려!"

소년은 격렬한 몸짓을 섞어가며 이렇게 고래고래 고함을 지르면서 실제로 그 강건한 남자에게 홀로 몸을 던졌고, 팔팔한 기세와 기습적인 행동으로 남자를 바닥에 쓰러뜨렸다.

구경하던 세 사람은 넋이 나간 듯했다. 그들은 끼어들지 않았고, 소년과 남자는 뒤엉켜 바닥을 뒹굴었다. 소년은 쏟아지는 주먹세례에도 굴하지 않고 살인자의 가슴 쪽 옷을 붙잡고 늘어졌고 계속 도와달라고 고래고래 악을 썼다.

하지만 애초에 상대가 되지 않는 싸움은 그리 오래가지 못했다. 사이크스는 금세 소년을 찍어 눌렀다. 그의 무릎이 소년의 목을 눌렀을 때 크래킷이 놀란 얼굴로 사이크스를 뒤로 잡아당기며 창문을 가리켰다. 아래쪽으로 빛나는 불빛들이 보였다. 떠들썩하고 열띤 목소리들, 가장 가까운 나무다리를 저벅저벅 건너는 분주한 발소리들이 들려왔다. 인원수가 헤아릴 수 없이 많은 듯했다. 군중 속에 말을 탄 사람도 있는지 울퉁불퉁한 인도를 때리는 요란한 말발굽 소리도 들렸다. 불빛은 갈수록 늘어났고 발소리도 더 많아지고 요란해졌다. 그러고는 문을 쾅쾅 두드리는 소리가 나더니 아무리 대담한 자라도 움찔할 만큼 다수의 성난 목소리가 거칠게 웅얼대는 소리가 들려왔다.

"도와줘요!" 소년이 내지르는 비명 소리가 허공을 갈랐다. "그 놈이 여기 있어요! 문을 부숴요!"

"국왕의 명령이다." 여러 목소리가 외쳤다. 그러고는 거친 함성이 더욱 높아졌다.

"문을 부숴요!" 소년이 소리쳤다. "이 사람들은 문 절대 안 연다고요. 그냥 불빛이 있는 방으로 곧장 가서 문을 부숴요!"

소년이 말을 멈췄을 때 문과 아래쪽 덧창을 때리는 육중하고 묵직한 소리가 들렸고, 군중으로부터 요란한 고성이 터져 나왔다. 집 안 사람들은 그것을 듣고 인파의 어마어마한 규모를 처음으로 실감했다.

"아무 문이나 열어, 빽빽거리는 이 애새끼 좀 가둬놓게." 사이크스는 험악하게 고함을 지르면서 소년을 빈 자루처럼 획획 끌고 이리저리 뛰어다녔다. "저 문. 얼른 열어!" 그리고 소년을 방 안으로 내던지고는 빗장을 지르고 열쇠를 돌렸다. "아래층 문은 단단히 잠갔나?"

"이중으로 자물쇠 채우고 쇠사슬도 채웠어." 크래킷이 대답했다. 그와 다른 두 남자는 여전히 무기력하고 당황한 모습이었다.

"문짝은? 튼튼해?"

"철판을 대놨어."

"창문도 튼튼하고?"

"응, 창문도."

"이 염병할 놈들아!" 궁지에 몰린 강도는 오르내리창을 밀어 올리고는 군중을 향해 발악했다. "맘껏 발광해라! 어차피 나한텐 못 당해!"

이제껏 인간의 귀에 닿았던 무시무시한 고함 소리 가운데 이 격분한 군중의 함성을 능가한 것은 없었다. 누구는 가까이 있는 사람들에게 집에 불을 놓으라 소리쳤고, 누구는 경찰에게 저 악당에게 총을 쏘라 아우성이었다. 그중에서도 유독 말을 탄 사람이 맹렬히 분노를 발산했다. 그는 말안장에서 뛰어내린 뒤 물살을 가르듯 군중을 돌파해 들어와 창문 밑에서 어떤 목소리보다 크게 소리쳤다. "사다리 가져오는 사람에게 20기니를 주겠소!"

가까이 있던 사람들이 그 외침을 반복했고 수백 명이 합창했다. 누구는 사다리를 달라 소리치고 누구는 쇠망치를 달라 소리쳤다. 누구는 그것들을 찾는 듯이 횃불을 들고 이리저리 뛰어다니다가 결국 돌아와서 다시 고함을 질렀다. 누구는 실행하지도 못할 욕설과 저주를 토해냈고, 누구는 광인의 희열에 젖어 앞쪽을 밀어대는 바람에 아래쪽 사람들의 진로를 방해했다. 가장 대담한 축에 드는 사람들은 벽의 배수관과 틈새를 타고 기어올랐는데, 광풍에 일렁이는 곡식 들판처럼 어둠 속에서 다 같이 이리저리 흔들리다 가끔씩 분노의 함성에 동참하곤 했다.

"강물." 살인자는 사람들의 얼굴을 몰아내며 휘청휘청 방 안쪽으로 물러나 외쳤다. "아까 올라올 때 보니 강물이 들어와 있었어. 밧줄 좀 줘, 긴 걸로. 다들 앞쪽에 있으니 큰 도랑 쪽으로 뛰어내려 거기로 빠져나가야겠어. 밧줄 내놔, 세 놈 더 죽여버리고 확 자살하기 전에."

세 사람은 겁에 질려 그런 물건을 보관해 둔 곳을 가리켰고, 살인자는 황급히 가장 길고 튼튼한 밧줄을 골라 서둘러 지붕으로 올라갔다.

집 뒤쪽의 창문들은 모두 오래전 벽돌로 막혀 있었지만 소년이 갇힌 방에는 아이도 드나들 수 없는 작은 들창이 나 있었다. 소년은 그 창으로 밖에 있는 사람들에게 집 뒤쪽을 경계하라고 쉬지 않고 소리쳤다. 그래서 살인자가 지붕에 난 문을 통해 지붕 위로 나왔을 때 누군가 그 사실을 앞쪽에 있는 사람들에게 우렁찬 목소리로 외쳐 알렸고, 그 말을 듣자마자 너도나도 뒤질세라 집을 돌아오는 행렬이 끊임없이 이어졌다.

살인자는 안쪽에선 여간해선 문을 열 수 없도록 가져온 판자로 문을 단단히 받친 뒤 지붕널 위를 기어가서 옥상의 얕은 난간 너머를 내려다보았다.

물이 빠져나간 터라 도랑은 진창 상태였다.

이 몇 분 동안 군중은 숨죽여 그의 움직임을 지켜보면서 살인자의 속셈을 가늠하다가 그 속셈이 좌절되었음을 알아채고는 예전의 외침은 속삭임에 불과할 정도로 어마어마한 승리의 욕설과 함성을 터뜨렸다. 함성이 연거푸 터져 나왔다. 너무 멀리 있어서 함성의 의미를 모르는 사람들도 덩달아 외쳤고, 함성은 널리널리 퍼져나갔다. 온 도시가 그를 저주하기 위해 주민들을 쏟아낸 것만 같았다.

집 앞쪽에서 사람들이 물밀듯 몰려들었다. 일렁이는 성난 얼굴의 격랑이 오고, 오고, 또 밀려왔고, 여기저기서 이글거리며 얼굴을 비추는 횃불은 얼굴에 어린 분노와 격정을 그대로 드러냈다.

사람들은 도랑 건너편에 있는 집들에도 진입했다. 오르내리창은 들어 올려지거나 아예 통째로 뜯겨져 나갔고, 창문마다 사람들의 얼굴이 겹겹이 들어섰다. 지붕에도 사람들이 다닥다닥 붙어 있었다. 작은 나무다리는(세 개가 보였다) 올라선 군중의 무게로 모두 휘어 있었다. 하지만 인파는 고함을 지르고 어떻게든 악당을 보려고 틈바구니나 구멍을 찾아서 꾸역꾸역 밀려들었다.

"독 안에 든 쥐로구나." 가장 가까운 다리에 있는 사람이 소리쳤다. "만세!"

군중은 모자를 벗어 위로 던져 올리며 환호했고, 함성은 다시금 커졌다.

"저놈을 생포하는 자에게 50파운드 내리다." 노신사가 같은 사람들 틈에서 소리쳤다. "그 사람이 돈을 받으러 올 때까지 내가 여기 있겠소."

함성이 또 한 번 터졌다. 그 순간 마침내 문이 부서졌고, 처음 사다리를 요구했던 사람이 방으로 올라갔다는 말이 군중 사이에 퍼졌다. 이 소식이 입에서 입으로 퍼져나가자 인파는 급히 방향을 바꾸었다. 창문에 있던 사람들도 다리 위 사람들이 쏟아져 내려오는 걸 보고는 차지한 자리를 버리고 거리로 뛰쳐나가 군중과 합류해 떠나온 장소로 허겁지겁 돌아갔다. 너도나도 밀어대며 옆 사람과 경쟁했고 헐떡거리면서 문 가까이 가서 경찰이 범인을 끌어내는 걸 보려고 안달했다. 질식하다시피 짓눌리거나 북새통 속에서 쓰러져 짓밟히는 사람의 끔찍한 소리와 비명이 빗발쳤다. 비좁은 길은 완전히 막혀버렸다. 이쯤 되자 집 앞에 다시 자리를 잡으려 몰려드는 사람들과 운집한 군중에서 벗어나려 헛되이 애쓰는 사람들이 맞부딪치게 되었고, 그 와중에 살인자를 잡으려는 공통된 열의는 커졌음에도 대중의 관심은 잠시 살인자로부터 멀어졌다.

군중의 난폭한 기세와 탈출하기 틀렸다는 생각에 압도당해 웅크리고 있던 살인자는 이 갑작스러운 변화를 감지하자마자 벌떡 일어나서 마지막 필사의 시도를 감행하기로 결심했다. 도랑 바닥으로 뛰어내린 뒤 질식하는 한이 있어도 어둠과 혼란을 틈타 바닥을 기어 빠져나갈 요량이었다.

새로운 힘과 에너지가 솟구쳤다. 게다가 집 쪽에서 출입구가 뚫렸음을 알리는 소리가 나자 다급해진 그는 굴뚝 기둥을 디딘 채 밧줄의 한쪽 끝을 기둥에 단단히 꽉 묶고 나서 다른 쪽 끝은 손과 이를 써서 순식간에 튼튼한 올가미로 만들었다. 밧줄을 타고 자기 키보다 낮은 높이까지 내려간 다음 손에 쥔 칼로 밧줄을 끊고 뛰어내릴 심산이었다.

그가 올가미를 겨드랑이 밑에 끼려고 머리에 쓴 순간, 그리고 앞서 언급한 노신사가(군중의 압력을 떠받치면서 자리를 고수하려고 다리 난간을 꽉 붙잡고 있었다) 저놈이 내려오려 한다고 주위 사람들에게 열렬히 경고하는 순간이었다. 지붕 위의 살인자는 뒤를 돌아보더니 두 팔을 머리 위로 쳐들고는 두려운 듯 외쳤다.

"저 눈! 저게 또!" 그가 섬뜩한 괴성을 내질렀다.

그는 번개에 맞은 것처럼 휘청거리다가 균형을 잃고 난간 너머로 굴러떨어졌다. 그의 목에는 올가미가 걸려 있었다. 밧줄은 그의 몸무게 때문에 활시위처럼 팽팽하고 화살처럼 빠르게 펴졌다. 그는 10여 미터를 떨어져 내렸다. 별안간 움찔하며 추락은 멈췄고, 그의 팔다리에 심한 경련이 일었다. 그는 뻣뻣해진 손으로 펼쳐진 칼을 움켜쥔 채 공중에 매달려 있었다.

그 충격에 낡은 굴뚝 기둥은 부르르 떨었지만 용케 버텨냈다.

살인자는 숨이 끊어져 벽 앞에 매달려 흔들렸다. 소년이 덜렁덜렁 매달려 시야를 가리는 시체를 옆으로 밀어내면서 제발 좀 와서 꺼내달라고 사람들에게 소리쳤다.

그때까지 보이지 않던 개 한 마리가 난간 위를 왔다 갔다 뛰어다니면서 구슬피 울부짖다가 도약할 태세를 갖추더니 죽은 남자의 어깨를 향해 펄쩍 몸을 날렸다. 개는 목표물에 도달하지 못하고 거꾸로 뒤집어진 채 도랑 속으로 곤두박질쳤다. 개의 머리가 돌에 부딪쳐 뇌수를 쏟아냈다.

51장

몇몇 비밀이 밝혀지고
재산권 조정이나 아내의 용돈을
거론하지 않는 청혼이 성사된다

앞 장에서 서술된 사건이 일어난 지 이틀째 되던 날 오후 3시경, 올리버는 자신의 출생지를 향해 빠르게 달려가는 여행 마차 안에 있었다. 메일리 부인과 로즈, 베드윈 부인, 의사가 아이와 동행했다. 브라운로 씨는 그들에게 아직 이름을 알려준 적 없는 어떤 사람과 함께 사륜 역마차를 타고 뒤따라왔다.

가는 내내 그들은 별로 말이 없었다. 올리버는 흥분과 불안감으로 몹시 들떠 생각도 말도 온전히 못 했고, 동행자들도 적잖이 그 분위기에 휩쓸려 아이와 비슷한 상태였기 때문이다. 올리버와 두 숙녀는 브라운로 씨로부터 몽크스가 마지못해 실토한 내용을 신중히 전해 들어 알고 있었다. 그래서 이번 여행의 목적이 이제껏 순조롭게 풀려온 일을 마무리하기 위한 것임을 알고 있었지만 이 일의 전모는 여전히 의혹과 미스터리투성이인지라 극도의 긴장감에 시달려야 했다.

친절한 브라운로 씨는 최근에 벌어진 참혹한 사건들의 소식이 그들의 귀에 들어가지 않게 로스번 씨의 지원을 받아 모든 소식통을 꼼꼼히 차단해 두었다. 그가 말했다. "머지않아 그들도 알게 되겠지만, 지금보다는 더 적당한 때에 아는 게 나을 겁니다. 지금은 때가 아니에요." 그리하여 그들은 잠자코 여행을 계속했는데, 저마다 그들을 불러 모은 목적이 무엇일까 하는 생각에 골몰할 뿐 머릿속에 가득한 그 생각을 입 밖으로 꺼내지는 않았다.

올리버는 이러한 분위기 속에서 자신의 출생지를 향해 한 번도 본 적 없는 도로를 달리는 동안 침묵을 지켰지만, 직접 걸어 갔던 곳에 접어들자 속속 옛일을 떠올렸다. 정처 없이 걸어가던 때가 기억나자 감정의 소용돌이가 일어나 가슴을 헤집었다. 의지할 친구 하나 없고 몸을 누일 지붕 하나 없이 떠돌던 가엾은 소년.

"저기 봐요, 저기!" 올리버는 로즈의 손을 꼭 붙잡고 마차 창밖을 가리키며 소리쳤다. "제가 넘어왔던 울타리 출입구예요. 뒤쫓아 온 사람에게 다시 끌려갈까 봐 숨어들었던 산울타리도 있어요! 저 오솔길을 따라 들판을 건너가면 제가 어릴 때 살던 낡은 집이 나와요! 아, 딕, 내 소중한 옛 친구, 딕, 너를 다시 볼 수 있으면 얼마나 좋을까!"

"곧 만나게 될 거야." 로즈가 올리버의 포개진 두 손을 다정하게 감싸며 대답했다. "그 아이에게 네가 얼마나 행복한지, 얼마나 큰 부자가 되었는지 말해주렴. 그리고 그 아이를 행복하게 해주러 돌아온 것보다 더 큰 행복은 없다고 말해줘."

"네, 그래야죠." 올리버가 말했다. "그리고 또, 그 아이를 데려와서 좋은 옷을 입히고 공부도 가르쳐주고 튼튼하게 잘 자랄 만한 조용한 시골로 보내야겠어요, 그렇죠?"

아이가 행복한 눈물을 흘리며 미소를 짓는 바람에 로즈는 말이 안 나와 그렇다고 고개를 끄덕였다.

"아가씨는 개한테도 친절하고 다정하게 대해주시겠죠, 모두에게 그러시니까요." 올리버가 말했다. "그 아이의 말을 들으면 분명 눈물이 나겠지만 마음 쓰지 마세요. 마음 쓰지 마세요, 다 지나갈 테니까요. 아가씨는 다시 미소 짓게 될 거예요. 그것도 확실해요. 그 아이가 크게 달라졌다는 생각이 들 테니까요. 저에게 그러신 것처럼요. 도망쳐 나올 때 그 아이가 그랬어요. '하느님의 축복이 네게 있기를.'" 소년은 분출하는 애정을 주체하지 못해 소리쳤다. "이제는 제가 그 아이에게 하느님의 축복이 네게 있을 거라고 말해주고 그 아이를 얼마나 사랑하는지도 보여줄래요!"

마차가 드디어 마을에 도착해 작은 길에 접어들자 분별 있게 행동하도록 소년을 단속하는 것은 상당히 어려운 일이 되었다. 장의사 소어베리의 집은 예전 자리에 그대로 있었지만 올리버의 기억만큼 그리 크지도 위풍당당하지도 않았다. 모든 가게와 집들이 소년과 조금씩 인연이 있고 소년이 잘 아는 곳이었다. 갬필드의 수레, 그가 끌고 다니던 수레가 오래된 펍 문 앞에 세워져 있었다. 유년기의 무시무시한 감옥이었던 구빈원도 그대로였다. 거리를 향해 인상을 쓴 그 음산한 창문들도 여전했고, 대문 앞에는 그 빼빼한 문지기가 여전히 서 있었는데 올리버는 그자를 보고 무의식적으로 움찔했다가 바보처럼 굴었다는 생각에 웃음을 터뜨리고 나서 울다가 웃다가 했다. 문가에도 창가에도 올리버가 아주 잘 아는 얼굴들이 여럿 있었다. 거의 모든 것이 예전 그대로여서 그곳을 떠난 것이 엊그제 일 같았고 최근에 얻은 삶은 행복한 꿈인 것만 같았다.

하지만 그것은 엄연한 현실, 기쁨이 가득한 현실이었다. 그들은 으뜸가는 호텔로 곧장 달려갔다. (예전에 올리버가 경외하는 눈으로 올려다보며 엄청난 궁전이라고 생각하던 곳이었지만 이제 보니 웅장함과 규모 면에서 궁전에는 미치지 못했다.) 그들이 마차에서 내렸을 때 그림위그 씨가 만반의 태세를 갖추고 그들을 맞이했다. 그는 일행 전체의 할아버지라도 되는 양 싱글벙글하는 얼굴로 다정하게 젊은 숙녀와 노부인에게 입을 맞추었고 자기 머리를 먹어버리겠다는 말은 한 번도 하지 않았다. 런던으로 가는 가장 가까운 길에 대해 나이가 지긋한 우편배달부의 말을 반박할 때도 마찬가지였다. 그 길은 단 한 번 지나왔고 그나마 곤히 잠들어 있었지만 그 길을 손바닥 보듯 훤히 안다는 주장을 굽히지 않았을 뿐 그 말은 하지 않았다. 식사가 준비되었고 잠자리도 준비되었다. 마법을 부린 듯 모든 것이 순조로웠다.

그럼에도 불구하고 30분쯤 바쁜 시간이 지나고 나자 여행 내내 돌았던 고요하고 긴장된 분위기가 돌아왔다. 브라운로 씨는 식사 자리에 함께하지 않고 다른 방에 남아 있었다. 다른 두 신사는 초조한 얼굴로 다급히 들락거렸고 방에 잠깐 머물 때도 자기들끼리 이야기를 나누었다. 메일리 부인은 한 번 불려 나갔다가 한 시간쯤 뒤 울어서 퉁퉁 부은 눈으로 돌아왔다. 상황이 이렇게 돌아가자 새로 밝혀진 비밀을 아직 모르고 있는 로즈와 올리버는 초조하고 불안해졌다. 두 사람은 무슨 일일까 궁금해하면서 잠자코 앉아 있었고, 어쩌다 몇 마디 할 때도 자기들 목소리도 두려운 것처럼 소곤거리며 이야기했다.

9시가 되어 오늘은 소식을 듣기 틀렸구나 하는 생각이 들 무렵 로스번 씨와 그림위그 씨가 방으로 들어왔다. 뒤이어 브라운로 씨와 어떤 남자가 들어왔는데, 올리버는 그 남자를 보고 놀라 비명을 지를 뻔했다. 사람들이 그 남자를 그의 형이라고 소개했지만, 그자는 다름 아닌 장터에서 만났던 사람이자 페이긴과 같이 작은 방 창가에서 안을 들여다보던 사람이었기 때문이다. 몽크스는 깜짝 놀라는 올리버를 보고 속내를 감추지 못하고 증오에 찬 시선을 던지더니 문가에 앉았다. 브라운로 씨는 서류를 들고 로즈와 올리버가 앉아 있는 자리와 가까운 탁자로 걸어갔다.

"번거롭지만 어쩔 수 없네." 그가 말했다. "자네가 런던에서 여러 신사들을 앞에 두고 서명한 이 진술서의 내용을 여기서 다시 반복할 수밖에. 자네에게 굴욕감을 주고 싶진 않지만 헤어지기 전에 자네 입으로 직접 그 이야기를 들어야겠어. 그 이유는 자네도 알 거야."

"그러시죠." 몽크스는 얼굴을 돌리면서 대답했다. "빨리 하세요. 난 할 만큼 했으니까. 날 여기 붙잡아 두지 마시고요."

"이 아이는 말일세." 브라운로 씨는 올리버를 끌어당긴 뒤 아이의 머리에 손을 얹으며 말했다. "자네의 이복동생이야. 나의 절친한 친구였던 자네 부친 에드윈 리포드와 가엾은 아가씨 애그니스 플레밍 사이에 태어난 사생아지. 그 아가씨는 이 아이를 낳다가 죽었고."

"맞아요." 몽크스는 덜덜 떠는 아이에게 인상을 쓰면서 말했다. 아이의 심장 뛰는 소리가 밖으로 들릴 지경이었다. "그들의 사생아 새끼죠."

"자네가 쓴 그 표현은 말일세." 브라운로 씨가 근엄하게 말했다. "이미 오래전 세상을 등져 세간의 헛된 손가락질을 초월한 이들을 비난하는 것일세. 그런 말을 쓰면 자네만 망신당하는 거 아니겠나. 그 얘긴 그만하지. 이 아이는 이 고장에서 태어났네."

"이 고장의 구빈원이겠죠." 몽크스가 퉁명스럽게 대꾸했다. "거기 다 나오는 이야기 아닙니까." 그는 발끈해서 서류를 가리키며 말했다.

"난 이 자리에서 다시 짚고 넘어가야겠어." 브라운로 씨가 듣고 있는 이들을 둘러보며 말했다.

"그럼 들어보세요! 여러분!" 몽크스가 대답했다. "저놈의 아버지가 로마에서 병마에 쓰러지자, 오랫동안 별거하던 아내, 그러니까 내 어머니가 파리에 있다가 나를 데리고 거기로 갔어요. 남편의 재산 문제를 처리하기 위해서였죠. 내가 아는 한, 어머니는 아버지에게 그다지 애정이 없었거든요. 그건 아버지도 마찬가지였지만. 아버지는 우리를 전혀 알아보지 못했고, 의식을 잃은 상태로 이튿날까지 잠들어 있다가 그대로 세상을 떴어요. 아버지의 책상 안에 있던 서류들 중에 당신 앞으로 보내는 서류가 두 개 있었는데, 쓰러진 날 밤에 쓴 것이었어요." 그는 브라운로 씨를 향해 말했다. "당신에게 보내는 짧은 편지가 동봉되어 있었고, 봉투 겉에는 자기가 죽기 전엔 보내지 말라는 지시가 적혀 있더군요. 그 서류 중에 그 여자, 애그니스에게 보내는 편지 한 통과 유서도 있었어요."

"무슨 편지였나?" 브라운로 씨가 물었다.

"그 편지? 겹쳐 쓴 한 장짜리 편지였는데,[39] 후회되는 일을 고백하고 하느님에게 그 여자를 도와달라 기도하는 내용이었어요. 알고 보니 아버지는 언젠가는 해명하겠지만 당장은 그녀와 결혼할 수 없는 사정이 있다고 그 여자에게 둘러댄 것 같았어요. 그래서 그 여자는 참고 아버지를 신뢰하다 못해 너무 믿다가 그만 돌이킬 수 없는 것까지 잃고 만 거죠. 당시 그 여자는 해산이 몇 달 안 남은 몸이었어요. 아버지는 만일 본인이 병을 이기고 살

---

39 당시 우편 요금은 무게로 측정되었기 때문에 같은 종이에 먼저 좌측에서 우측으로 내용을 쓴 뒤 아래에서 위로 다음 내용을 겹쳐 쓰기도 했다.

아남으면 그녀의 수치를 어떻게든 감싸주겠다고 말하면서 죽게 된다면 모든 게 본인의 잘못이니 부디 자신과의 기억을 저주하거나 그녀의 자식, 그러니까 그들의 어린 자식이 그들의 죗값을 대신 치르게 될 거라는 생각은 하지 말라고 부탁했어요. 그리고 그 여자에게 작은 펜던트 목걸이와 그녀의 이름이 새겨진 반지를 준 날을 언급하면서 잘 간직하라고 하더군요. 그 반지에는 그 여자의 이름이 새겨져 있었고 그 이름 옆의 공란은 언젠가 그녀에게 주고 싶다는 아버지의 성이 들어갈 자리였어요. 예전처럼 가슴에 걸고 있으라고 당부한 거죠. 그리고 나선 마구잡이로 같은 말을 또 하고 또 하더군요, 제정신이 아닌 사람처럼. 실제로 아버지는 제정신이 아니었던 게 분명해요."

"유서는?" 브라운로 씨가 말했다. 올리버는 눈물을 펑펑 쏟고 있었다.

몽크스는 침묵했다.

브라운로 씨가 몽크스를 대신해 말했다. "유서도 편지와 같은 맥락이었어. 그는 아내로 인해 겪은 불행에 대해 이야기했지. 하나뿐인 자기 아들의 반골 기질과 악행, 악의, 일찍이 드러난 비뚤어진 격정에 대해서도. 자기 아들이 아비를 미워하며 성장했다는 사실도. 그리고 자네와 자네 모친에게 각각 800파운드의 연금을 남겼네. 그 외에 전 재산은 반으로 나눠 반은 애그니스 플레밍에게 주고 나머지 반은 그들의 자식에게 남겼어, 그 아이가 무사히 태어나 성년에 이른다면 말이지. 딸이면 조건 없이 재산을 상속받지만 아들일 경우에는 단서가 있었어. 성년이 되기 전 불명예스럽거나 저열하거나 비겁하거나 그릇된 공적인 행위로 오명을 입지 않아야 한다는 조건이었지. 이것은 아이 어머니에 대한 그의 강한 신뢰와, 아이가 어머니의 점잖은 성품과 고결한 본성을 닮을 거라는 그의 확신을—이 확신은 죽음에 가까워질수록 더욱 강해졌지—명시하기 위해서라고 했지. 만약 그의 기대가 좌절될 경우 그 돈은 자네에게 가게 되어 있었네. 어차피 두 자식이 똑같을 바엔 마음을 전혀 주지 않고 유년기부터 아버지를 차갑게 거부하고 혐오했던 자네에게 재산에 대한 우선권을 인정하기로 한 거지."

  "우리 어머니는 여자라면 으레 할 법한 일을 했어요." 몽크스가 언성을 높여 말했다. "그 유서를 태워버리고 편지도 배달되지 않게 했지만, 그들이 거짓말로 오명을 피하려 할 때를 대비해 그 편지와 다른 증거물들은 보관해 놓았죠. 진실은 어머니의 맹렬한 증오심에 의해—이제 와 생각하면 아주 잘한 일이죠—한껏 왜곡되어 그 여자의 아버지에게 알려졌어요. 그자는 수치심과 오명을 견디다 못해 자식들을 데리고 웨일스의 외딴 곳으로 달아났고 친구들도 알 수 없게끔 이름마저 바꿨어요. 그로부터 얼마 후 그자는 침대에서 죽은 채 발견되었지요. 그 여자는 이미 몇 주 전에 집을 나가고 없었는데, 아버지는 딸을 찾아 인근의 고장과 마을을 일일이 뒤지다가 집으로 돌아온 그날 밤, 딸이 자신과 아버지의 수치를 덜어주려 자살했다는 확신이 들자 늙은 가슴이 터져 죽은 거였어요."

잠시 침묵이 흐른 뒤 브라운로 씨가 말을 받아 이야기를 계속했다.

"몇 년 뒤에 이 남자, 그러니까 에드워드 리포드의 모친이 나를 찾아왔어요. 이자는 고작 열여덟 살 때 어머니의 보석과 돈을 훔쳐 달아났는데 도박과 낭비, 위조 행각을 벌인 뒤 런던으로 도망쳤고, 거기서 밑바닥 쓰레기들과 어울리며 2년을 살았지요. 이자의 어머니는 고통스러운 불치병으로 죽어가는 중이었고, 죽기 전에 아들을 되찾고 싶어 했어요. 백방으로 수소문하고 수색 작업이 면밀히 이뤄졌죠. 오랫동안 소득이 없다가 드디어 성과가 있었고, 이자는 모친과 함께 프랑스로 돌아갔어요."

"어머니는 거기서 지병으로 돌아가셨어요." 몽크스가 말했다. "숨을 거두면서 이 비밀을 내게 물려줬죠. 관련자들에 대한 꺼지지 않는 치명적인 증오심도 함께. 이미 오래전에 물려받은 터라 굳이 유산으로 물려줄 필요가 없었는데도. 어머니는 그 여자가 스스로 목숨을 끊었을 리 없다고 생각했어요. 그러니 그 여자의 아이도 죽지 않았을 거라고 믿었죠. 사내아이가 태어나 살아 있을 거라는 생각에 사로잡혀 있었어요. 난 어머니에게 맹세했어요. 만일 그놈과 마주친다면 놈을 끝까지 쫓아가서 가만 놔두지 않겠다고, 활활 타오르는 적개심으로 놈을 추적하겠다고, 가슴에 사무친 증오를 놈에게 쏟아내겠다고, 어떻게든 놈을 교수대로 끌고 가서 그 모욕적인 유서의 공허한 허풍에 침을 뱉어주겠다고. 어머니가 옳았어요. 결국 놈이 내 앞에 나타났으니까. 출발은 좋았어요. 입 싼 매춘부들만 아니었어도 시작할 때처럼 마무리했을 텐데!"

악당이 가슴에 팔짱을 끼고는 풀지 못한 원한 때문에 맥없이 욕설을 중얼거리며 자책하는 동안, 브라운로 씨는 경악한 좌중에게 몽크스의 오랜 공범이자 한패인 유대인 영감이 올리버를 함정에 가둬두는 대가로 엄청난 사례금을 받았다고 설명했다. 아이가 구출될 경우 일부를 돌려주기로 해서 이 문제로 다툼이 생기자 두 사람은 올리버가 맞는지 확인하려고 시골집으로 찾아갔다고 했다.

"펜던트 목걸이와 반지는?" 브라운로 씨가 몽크스를 돌아보며 물었다.

"내가 전에 말한 그 남자와 여자에게 샀는데, 그들은 보모에게서 그걸 훔쳤고, 그 보모는 시체에서 그걸 훔쳤죠." 몽크스는 눈을 들지 못하고 대답했다. "그것들이 어떻게 됐는지는 아시잖아요."

브라운로 씨가 그림위그 씨에게 슬쩍 고갯짓을 하자 그림위그 씨는 재빨리 사라졌다가 금세 돌아와 범블 부인의 등을 떠밀고 버티는 그녀의 배우자를 안으로 끌어당겼다.

"내 눈을 믿을 수가 없네!" 범블 씨가 어설프게 반가운 시늉을 하며 소리쳤다. "아니, 꼬마 올리버 아닌가? 아, 오울리버야, 너 때문에 내가 얼마나 슬퍼했는지 아느냐……."

"입 다물어요, 이 모자란 양반아." 범블 부인이 중얼거렸다.

"당연한, 당연한 일 아니겠소, 범블 부인?" 구빈원장이 항의했다. "교구 관리의 몸으로 저 아이를 키운 나로서는, 참으로 친절하신 신사 숙녀분 사이에 한자리 차지한 저 아이를 보고 어찌 울컥하지 않겠소! 난 언제나 저 아이를 사랑했다오. 내, 내 할아버지처럼 아꼈지요." 범블 씨는 말을 멈추고 적절한 비유를 찾다가 말했다. "올리버 군, 혹시 그 하얀 조끼를 입은 복된 신사 기억하는가? 아! 지난주에 그분이 천국으로 떠나셨다네, 손잡이가 도금된 오크 관에 실려서, 올리버 군."

"참 나, 이봐요." 그림위그 씨가 쏘아붙였다. "감정은 자제하시오."

"애써보지요, 나리." 범블 씨가 대답했다. "처음 뵙습니다. 두루 평안하시길 빕니다."

이 인사는 브라운로 씨를 향한 것이었다. 브라운로 씨가 앞으로 나와 이 훌륭한 부부와 가까운 곳에 서 있었기 때문이다.

"저 사람을 아시오?" 브라운로 씨가 몽크스를 가리키며 물었다.

"아뇨." 범블 부인이 딱 잘라 대답했다.

"댁도 모르오?" 브라운로 씨가 그녀의 배우자에게 물었다.

"내 평생 한 번도 본 적이 없습니다." 범블 씨가 말했다.

"저자에게 뭔가를 판 적도 없겠군요?"

"없어요." 범블 부인이 대답했다.

"황금 펜던트 목걸이와 반지도 소유한 적 없고요?" 브라운로 씨가 말했다.

"물론 없지요." 구빈원 총무가 대답했다. "우리가 왜 여기까지 와서 이런 황당한 질문에 답해야 하는 거죠?"

브라운로 씨가 다시 그림위그 씨에게 고갯짓을 하자 그림위그 씨가 절룩거리면서도 놀라우리만치 민첩하게 방을 나갔다. 하지만 이번에는 뚱뚱한 남편과 아내가 아니라 중풍을 맞아 몸을 흔들고 비틀비틀 걷는 여자 둘을 데려왔다.

"샐리 할멈이 죽던 날 밤 당신은 문을 닫았지만 말이야." 앞에 나선 노파가 시든 손을 들면서 말했다. "그 소리도, 틈새도 완전히 틀어막진 못했어."

"아무렴, 아무렴." 다른 노파가 주변을 둘러보고 이가 몽땅 빠진 턱을 흔들면서 말했다. "아무렴, 아니고말고."

"샐리 할멈이 자기가 한 짓을 당신에게 털어놓는 걸 들었어. 당신이 할멈의 손에서 종이를 받아 든 것도 보았고 그다음 날에는 당신이 전당포에 가는 걸 지켜봤지." 첫 번째 노파가 말했다.

"맞아." 두 번째 노파가 거들었다. "그건 펜던트 목걸이와 금반지였어. 우린 그걸 알아챘지. 당신이 그걸 받는 것도 똑똑히 봤어. 바로 옆에 있었거든. 하! 바로 옆에 있었다고."

"우리가 아는 게 그것만은 아니야." 첫 번째 노파가 말했다. "그 할멈은 오래전부터 그 젊은 산모에게 들은 말을 우리에게 여러 번 했거든. 그 산모는 살날이 얼마 안 남았음을 예감하고 애아

682

버지 무덤 옆에서 죽으려고 가던 길이었는데 병이 난 거였다고."

"전당포 주인을 만나보겠소?" 그림위그 씨가 문을 향해 움직이며 물었다.

"아뇨." 범블 부인이 대답했다. "만일 저 사람이." 그녀가 몽크스를 가리켰다. "비겁하게 다 털어놓았다면, 보아하니 그런 듯하니, 그건 그만두죠. 게다가 당신들이 이 할멈들을 조사해 다 알아낸 마당에 내가 무슨 말을 더 하겠어요. 내가 그것들을 팔았고, 그것들은 당신들이 절대 찾을 수 없는 데 있답니다. 또 무얼 알고 싶어요?"

"없소." 브라운로 씨가 대답했다. "당신들 둘을 다시는 책임자의 자리에 앉지 못하게 처분하는 일이 우리에게 남았지만. 그만 나가도 좋소."

"설마 하니……." 그림위그 씨가 두 노파를 데리고 나갔을 때 범블 씨가 후회 막심한 얼굴로 주위를 둘러보며 말했다. "불미스럽기는 하나 이런 사소한 일로 제가 교구직에서 쫓겨나는 일은 없겠지요?"

"없긴. 그렇게 될 거요." 브라운로 씨가 대답했다. "단단히 각오하는 게 좋을 거요. 이 정도로 끝나는 걸 다행으로 여기시오."

"모두 범블 부인의 소행입니다. 그 여자가 그렇게 하자고 했어요." 범블 씨는 주위를 둘러보며 아내가 방에서 나갔는지 확인하고는 통사정했다.

"그걸 변명이라고 하다니." 브라운로 씨가 대답했다. "그 장신구들이 파괴될 때 당신도 현장에 있었잖소. 법의 관점에서 보면 당신이 죄가 더 커요. 당신의 아내는 당신의 지시 아래 행동한다고 보는 것이 법의 논리니까 말이오."

"그것이 법의 논리라면." 범블 씨가 모자를 두 손으로 쥐어짜듯 움켜쥐며 말했다. "법은 바보 멍청이지 뭐요. 만약 그것이 법의 시각이라면 법은 독신자인 거요. 한번 겪어봐야, 겪어봐야 눈이 번쩍 뜨일 테지."

범블 씨는 '겪어봐야'라는 말을 힘주어 반복하면서 모자를 푹 눌러쓰고는 두 손을 주머니에 넣은 뒤 배우자를 따라 아래층으로 내려갔다.

"아가씨." 브라운로 씨는 로즈를 돌아보며 말했다. "손 좀 쥐어봐요. 떨지 말아요. 아직 할 이야기가 조금 더 남았는데 두려운 이야기는 아닙니다."

"만약에…… 저로서는 무슨 이야기인지 전혀 짐작이 안 되지만 만약에 그것이…… 저와 관련된 이야기라면요." 로즈가 말했다. "다음에 듣게 해주세요. 지금은 그럴 힘도 용기도 없어요."

"아니." 노신사는 그녀의 팔을 당겨 자기 팔에 끼면서 대답했다. "분명 아가씨는 이보다 더 강인한 사람입니다. 자네 이 아가씨를 아는가?"

"알지요." 몽크스가 대답했다.

"난 당신을 처음 보는데요." 로즈가 나지막이 말했다.

"난 당신을 자주 보았소." 몽크스가 대꾸했다.

"그 불행한 애그니스의 아버지에게는 딸이 둘 있었지." 브라운로 씨가 말했다. "그의 다른 딸은 어떤 운명을 맞이하였는가? 어린 딸 말일세."

"그 아이는." 몽크스가 대답했다. "아버지가 생소한 곳에서 생소한 이름으로 죽을 때 친구나 친척에게 단서가 될 만한 편지나 책, 종이 한 장 남기지 않는 바람에 오두막에 사는 어느 부부가 데려가 딸처럼 키웠어요."

"계속해." 브라운로 씨는 메일리 부인에게 가까이 오라고 손짓했다. "계속해!"

"당신은 이 사람들이 은신한 곳을 찾아내지 못했죠." 몽크스가 말했다. "하지만 우정은 실패해도 증오는 돌파구를 찾아내곤합니다. 어머니는 1년간 집요한 수색을 펼친 끝에 그곳을 찾아냈어요. 네, 그 아이도 찾아냈고요."

"어머니가 그 아일 데려갔나?"

"아뇨. 그 부부는 가난한지라 선의를 베푼 걸 후회하기 시작했어요. 적어도 남편은 그랬지요. 내 어머니는 아이를 그냥 거기에 두고 얼마 못 갈 약간의 돈을 주고 말았죠. 더 주겠다고 약속했지만 애초에 줄 마음은 없었고요. 하지만 그 아이의 불행을 그 부부의 불만과 가난에 맡겨두진 않았어요. 그들에게 아이 언니의 치욕스러운 과거사를 입맛에 맞게 가감해 알려준 뒤 혈통이 나쁜 아이니까 조심하라고 당부하고는 이 아이 역시 사생아이니 언젠가는 타락할 게 분명하다고 말해뒀어요. 상황이 모든 것과 맞아떨어지는지라 그들은 그 말을 믿었죠. 아이는 거기서 근근이 비참하게 살아갔고 우리는 그것에 만족했어요. 그러다가 당시 체스터에 살던 어느 미망인이 우연히 그 여자애를 보고는 측은한 마음이 들어 집으로 데려간 겁니다. 우릴 저주하는 주문이 내린 것만 같더군요. 우리가 갖은 노력을 기울였는데도 그 아이는 그 집에 머물면서 행복하게 살았거든요. 이삼 년 전 소식이 끊긴 뒤 못 보다가 몇 달 전 그 아이를 다시 보게 됐지요."

"지금 그 아이를 보고 있나?"

"네. 지금 당신 팔에 기대고 있군요."

"이 아이는 내 조카딸이나 다름없어." 메일리 부인이 넋이 나간 로즈를 품에 안으며 소리쳤다. "소중한 자식과 다름없다고. 세상의 금은보화를 준다 해도 이 아이를 내주지 않을 거야. 나의 착한 벗이고 소중한 딸이야!"

"이모님은 제 유일한 친구세요." 로즈는 메일리 부인에게 매달리며 소리쳤다. "세상에서 가장 친절하신 최고의 친구시죠. 가슴이 터질 것 같아요. 이 모든 걸 견딜 수가 없네요."

"넌 이보다 더한 것도 견뎌냈잖니. 그 모든 걸 겪으면서도 네가 아는 모든 이들에게 늘 행복감을 안겨준 가장 고귀하고 훌륭한 사람이야." 메일리 부인은 로즈를 다정히 품고 말했다. "자, 자, 이 아이가 누군지 기억하렴. 불쌍한 아이가 널 두 팔로 끌어안으려 기다리고 있잖니! 여기 좀 보거라. 어서, 어서, 얘야!"

"이모가 아니에요!" 올리버는 두 팔로 로즈의 목을 감싸며 소리쳤다. "이모라고 부르지 않을래요. 누나, 내 사랑하는 누나, 처음부터 왠지 내 마음은 누나를 깊이 사랑하지 않을 수 없었어요!"

두 고아가 서로를 오랫동안 부둥켜안고 나눈 토막 난 말들과 떨어지는 눈물은 신성한 것이었다! 아버지와, 언니, 어머니를 한순간 얻었다가 여의었다. 기쁨과 슬픔이 한데 뒤섞였지만 비통한 눈물은 없었다. 슬픔마저도 아주 연하게 피어나 몹시 달콤하고 부드러운 기억에 감싸였기에 고통의 면면을 모두 잃어버리고 엄숙한 즐거움으로 변했기 때문이다.

그들은 오래오래 단둘이 있었다. 문을 두드리는 나지막한 노크 소리가 누군가 밖에 와 있음을 알렸다. 올리버는 문을 열고 조용히 방을 나가면서 해리 메일리에게 자리를 내주었다.

"나도 다 알아." 해리는 사랑스러운 여인 옆에 앉으면서 말했다. "소중한 로즈, 나도 다 알고 있어."

"여기 우연히 들른 게 아니야." 긴 침묵 후에 그가 덧붙였다. "이 모든 걸 오늘 저녁에 처음 들은 것도 아니고, 어제 알았어, 겨우 어제. 내가 너와의 약속 때문에 여기 왔다는 걸 알겠니?"

"잠깐만." 로즈가 말했다. "정말 모든 걸 다 안다고?"

"모든 걸. 지난번 나를 떠나보낼 때, 넌 우리가 마지막으로 나눈 이야기를 1년 안에 언제든 다시 꺼내도 좋다고 했었지."

"그랬어."

청년이 말을 계속했다. "네 결심을 바꾸려는 게 아니라 네게서 그 결심을 다시 듣기 위해서라고 했지. 난 앞으로 가질 지위든 재산이든 전부 네 발아래 내려놓을 것이고, 그래도 네가 기존의 결심을 고수한다면 어떤 언행으로도 그걸 바꾸려 들지 않겠다고 맹세했었다."

"그때 내게 영향을 준 이유들은 지금도 변하지 않았어." 로즈가 단호히 말했다. "선의로 나를 가난과 시련에서 구해주신 이모님에게 내가 엄중한 의무를 지고 있다면, 오늘 밤처럼 그 의무감을 절감할 때가 또 있을까? 힘겨운 일이지만 긍지이기도 해. 아픔이지만 내 가슴은 견뎌낼 거야."

"오늘 밤 드러난 사실은⋯⋯." 해리가 말했다.

"오늘 밤 드러난 사실로도." 로즈가 나긋하게 대답했다. "당신에 대한 내 입장은 예전과 전혀 달라진 게 없어."

"나를 밀어내기로 마음 단단히 먹었구나, 로즈." 그녀의 연인이 다그쳤다.

"아, 해리, 해리." 젊은 숙녀는 눈물을 쏟았다. "그럴 수 있다면 얼마나 좋을까. 그래서 이 고통을 피할 수 있다면."

"그럼 어째서 그 고통을 자초하는 거야?" 해리가 그녀의 손을 잡으며 말했다. "생각해 봐, 사랑하는 로즈, 오늘 밤 들은 이야기를 생각해 봐."

"내가 들은 이야기! 내가 들은 이야기!" 로즈가 소리쳤다. "내 아버지가 큰 불명예를 안았다는 생각에 모든 걸 등졌다는 이야기 말이구나. 그 이야긴 할 만큼 했어, 해리, 할 만큼 했어."

"아직 아니야, 아직 아니야." 청년은 일어나려는 그녀를 붙잡으며 말했다. "내가 품은 희망과 소망, 앞날에 대한 전망과 감정, 즉 내 인생관은 너에 대한 사랑 말고는 모두 달라졌어. 내가 지금 너에게 약속하는 건 북적이는 군중 속에서 돋보이는 삶이 아니야. 악의와 험담이 가득한 속세에 휘말리는 삶도 아니고, 정직한 사람이 진정 불명예스럽지도 창피스럽지도 않은 일로 얼굴을 붉혀야 하는 삶도 아니야. 난 너에게 가정을, 애정이 있는 가정을 주고 싶어. 그래, 소중한 로즈, 나는 그걸 주려는 거야."

"그게 무슨 말이야?" 그녀가 말을 더듬었다.

"저번에 너와 헤어질 때 나는 너와 나 사이를 가로막는 가상의 모든 장벽을 허물겠다고 굳게 마음먹었어. 나의 세상이 너의 세상이 될 수 없다면 너의 세상을 내 세상으로 만들겠다고 다짐했지. 출신 좋은 자들이 널 비웃는 일이 없게끔 나부터 그걸 버리겠다고. 난 그걸 실천했어. 그 때문에 나를 멀리하는 사람들은 너를 멀리해 온 사람들이었어. 그 점에선 네 생각이 맞았어. 그런 권세 있는 후원자들, 영향력 있고 지체 높은 친척들은 더 이상 내게 미소 짓지 않고 나를 차갑게 볼 뿐이야. 하지만 잉글랜드의 가장 풍요로운 땅에 미소 짓는 들판과 손 흔드는 나무들이 있어. 그 옆에는 마을의 교회가 있지. 내 교회야, 로즈, 내 교회! 그리고 너로 인해 내 긍지가 더욱 높아질 농가가 한 채 서 있어. 단념한 모든 희망을 합쳐도 그보다 수천 배는 더 자랑스러울 집이지. 이것이 현재의 내 신분이고 위치야. 이제 나는 다 내려놓았어!"

*

"연인들을 기다리느라 저녁 식사를 미루는 게 이리 힘들 줄은 몰랐네요." 깜빡 졸다가 깬 그림위그 씨는 머리에 덮었던 손수건을 치우며 말했다.

사실이 그러했다. 저녁 식사는 지나치게 오랫동안 연기되었다. 메일리 부인도, 해리도, 로즈도(나중에 같이 들어왔다) 양해를 구하는 말 한마디 할 겨를도 없었다.

"오늘 저녁엔 정말 내 머리라도 먹어버릴까 진지하게 고려했지 뭐요." 그림위그 씨가 말했다. "아무래도 그것 말고는 먹을 게 없겠단 생각이 슬슬 들어 말이오. 아가씨가 허락한다면, 예비 신부에게 인사할까 하는데요."

그림위그 씨는 말이 끝나기 무섭게 행동에 나서서 얼굴을 붉히는 아가씨에게 입 맞추었다. 그것을 본보기로 의사 양반과 브라운로 씨도 인사에 동참했다. 그 의식은 해리 메일리가 어두운 옆방에서 가장 먼저 거행했을 거라 단언하는 이들도 있겠으나 최측근이라면 순전한 억측으로 치부할 것이다. 젊은 목사인 그가 그럴 리 없기 때문이다.

"올리버, 애야." 메일리 부인이 말했다. "어디 갔었니? 왜 그리 슬픈 얼굴을 하고 있니? 눈물이 흐르고 있구나. 무슨 일이야?"

우리가 소중히 간직한 희망, 우리의 본질을 가장 드높이는 희망이 곧잘 좌절되는 것이 세상살이다.

가엾은 딕이 죽은 것이다!

52장

페이긴의 마지막 밤

법정은 바닥에서 지붕까지 얼굴들로 도배되다시피 했다. 공간마다 빽빽이 들어찬 눈들은 호기심과 궁금증에 사로잡혀 뭔가를 주시했다. 피고석 앞 난간부터 방청석의 가장 비좁은 구석 자리 가장 안쪽까지 모든 시선이 한 사람, 유대인 영감에게 고정돼 있었다. 그는 반짝이는 눈들이 전후좌우 사방을 에워싼 총총한 창공에 서 있는 것 같았다.

그렇게 그는 살아 있는 환한 조명들 속에 서서 한 손은 앞의 판자에 놓고 다른 손은 귓가에 대고 고개는 앞으로 쑥 뺀 자세로 배심원들에게 피고의 혐의를 고하는 판사의 말을 빠짐없이 들었다. 혹시라도 자기에게 유리한 동향이 있나 해서 가끔씩 배심원들 쪽으로 눈을 홱홱 돌렸고, 자신에게 불리한 내용이 속속

들이 고해질 때는 어떻게든 변호를 해보라는 눈빛으로 말없이 변호사를 바라보았다. 이렇게 초조한 기색을 비치는 것 말고는 손도 발도 꼼짝하지 않았다. 그는 재판이 시작된 이후 거의 움직이지 않았고, 판사가 말을 멈춘 지금도 긴장을 풀지 않고 계속 경청하듯 판사를 주시했다.

장내에 번진 소란에 그는 퍼뜩 정신이 들었다. 그리고 주위를 둘러보다가 배심원들이 머리를 맞대고 평결을 논의하는 것을 보았다. 방황하던 그의 시선이 방청석으로 흘러갔을 때 그의 얼굴을 보겠다고 앞다투어 고개를 치켜들면서 안달하는 사람들의 모습이 보였다. 어떤 사람들은 안경을 눈에 대는가 하면, 어떤 사람들은 경멸하는 표정으로 옆 사람과 속닥거렸다. 어떤 사람들은 페이긴은 안중에도 없이 배심원들만 바라보면서 왜 이리 결정이 늦어지냐고 조바심을 냈다. 하지만 어떤 얼굴에도—많은 여자들이 거기 있었음에도—그를 동정하는 빛은 찾아볼 수 없고 그가 교수형에 처해지기를 바라는 간절한 기대감뿐이었다.

이 모든 것들이 당황한 그의 시선에 한꺼번에 들어왔을 때 죽음과 같은 정적이 다시 찾아왔다. 그는 뒤를 돌아보고 배심원들이 다시 판사를 향해 앉아 있는 것을 보았다. 쉬잇!

배심원들이 잠시 퇴정하겠다는 요청을 했다.

그들이 지나갈 때 그는 의견이 어느 쪽으로 기울었는지 궁금해 그들의 얼굴을 한 사람씩 간절히 쳐다보았지만 소용없는 짓이었다. 간수가 그의 어깨를 건드렸다. 그는 기계적으로 피고석 끄트머리로 따라가서 의자에 앉았다. 간수가 의자를 가리켜주지 않았다면 의자도 찾지 못했을 것이다.

그는 같은 식으로 눈을 들어 방청석을 쳐다보았다. 음식을 먹는 사람들도 있었고, 손수건으로 부채질하는 사람들도 있었다. 실내는 사람들이 꽉 들어차 몹시 더웠다. 한 청년이 작은 공책에 페이긴의 얼굴을 그리고 있었다. 페이긴은 그 그림이 자기를 닮았을지 궁금했다. 한가한 구경꾼과 다를 바 없이 그것을 바라보고 있자니 연필심이 부러져 화가가 칼로 연필을 깎았다.

페이긴의 시선이 판사에게 향했을 때 판사의 옷차림이 그의 머릿속을 점령했다. 가격은 얼마이고 어떻게 차려입었을까 궁금했다. 판사석에 앉은 어느 뚱뚱한 노신사는 30분 전에 나갔다가 돌아와 앉아 있었다. 페이긴은 그 남자가 식사를 하러 나갔던 걸까, 무얼 먹었을까, 어디서 먹었을까 생각했다. 이런 식으로 생각이 연이어 떠오르다가 새로운 대상이 눈에 띄면 다른 생각들이 떠올랐다.

그러는 동안에도 그는 발치에 못자리가 마련돼 있다는 심한 압박감에서 한시도 자유롭지 않았다. 그 느낌은 내내 계속됐지만 흐릿하고 막연했기 때문에 그것에 집중할 수는 없었다. 그래서 죽음이 임박했다는 생각에 몸이 부들부들 떨리고 열이 오를 때도 앞에 있는 쇠못의 개수를 세기 시작했다. 그중 못대가리 하나는 왜 부러졌는지, 사람들이 그걸 수선할지 아니면 그냥 놔둘지 생각했다. 그다음에는 무시무시한 교수대와 발판을 생각했고, 잠시 생각을 멈추고 바닥을 식히려 물을 뿌리는 사람을 보다가, 다시 생각을 계속했다.

마침내 정숙을 요구하는 고함 소리가 들렸다. 사람들은 숨을 죽이고 문 쪽을 바라보았다. 배심원들이 돌아와서 그의 옆을 지나갔다. 그는 그들의 얼굴에서 아무것도 읽지 못했다. 그들의 얼굴은 돌로 된 것 같았다. 완벽한 정적이 감돌았다. 부스럭대는 소리 하나, 숨소리 하나 없었다. 유죄!

엄청난 환호성이 연이어 터져 나와 장내에 메아리쳤다. 또다시, 또다시, 또다시. 웅성거리는 소리가 울려 퍼지더니 점차 기세가 커지다 성난 천둥이 되었다. 그것은 밖에 있는 군중이 그가 월요일에 죽을 거라는 소식을 접하고 환호하는 소리였다.

소란은 잦아들었다. 페이긴은 사형 선고를 받아서는 안 될 이유가 있다면 말하라는 요구를 받았다. 그는 경청하는 태도로 돌아가 열띤 눈으로 질문을 들었다. 하지만 요구가 두 번 반복되고 나서야 겨우 알아들었는지 자기는 늙은이일 뿐이라는 말만 중얼거렸다. 그저 늙은이요, 늙은이……. 그는 점차 목소리를 흐리다가 다시 입을 다물었다.

판사는 검은 모자를 쓰고 있었고,[40] 죄수는 같은 태도와 자세로 서 있었다. 방청객들 속에서 어떤 여자가 이 숨 막히는 엄숙함을 못 이기고 탄성을 내질렀다. 페이긴은 방해를 받아 짜증이 났

40　당시 판사들은 검고 네모난 모자를 들고 다니다가 사형 선고를 내릴 때 착용했다.

느지 눈을 재빨리 들었다가 더 집중하려는 듯 몸을 내밀었다. 선고는 진지하고 단호하게 내려졌다. 선고문은 듣기에 두려운 것이었지만 그는 대리석 조각처럼 꼼짝 않고 서 있었다. 페이긴이 초췌한 얼굴을 앞으로 내민 채 입을 헤 벌리고 앞만 쳐다보고 있자 간수가 그의 팔에 손을 얹고 손짓을 했다. 그는 한순간 멍하니 두리번거리다가 지시를 따랐다.

그들은 그를 데리고 법정 밑의 돌이 깔린 방을 통과했다. 죄수 몇 명은 자기 차례를 기다리고 있었고, 다른 죄수들은 쇠창살 반대편 밖의 마당에 모여 있는 친구들과 이야기를 나누었다. 아무도 그에게 말을 걸지는 않았지만 그가 지나갈 때 죄수들은 쇠창살에 매달린 사람들이 그를 더 잘 볼 수 있게 뒤로 물러났다. 사람들이 그에게 비난과 고함과 야유를 퍼부었다. 그는 주먹을 흔들어댔다. 그가 침을 뱉으려는데 간수들이 그를 재촉해 희미한 등불이 몇 개 켜진 컴컴한 복도를 통과한 다음 감옥 안으로 데려갔다.

여기서 그는 스스로 법을 집행할 도구를 지닌 것은 아닌지 몸수색을 받았다. 절차가 끝나자 그들은 그를 사형수 감방으로 데려가 홀로 두고 가버렸다.

그는 문 맞은편에 있는 의자 겸 침상인 석재 벤치에 앉아 충혈된 눈으로 바닥을 내려다보며 생각을 정리했다. 얼마 뒤 판사가 한 말들이 단편적으로 떠오르기 시작했다. 아까는 통 머리에 들어오지 않던 말들이 하나둘 제자리를 찾아 들어가더니 차츰 의미를 띠기 시작했다. 얼마 지나지 않아 판사의 선고가 거의 그대로 되살아났다. "죽을 때까지 목을 매단다." 이것이 마지막 말이었다. "죽을 때까지 목을 매단다."

짙은 어둠이 깔릴 무렵 그는 알던 사람들 중에 교수대에서 죽은 자들을 하나하나 떠올리기 시작했다. 그들 중 몇몇은 그가 제물로 삼은 자들이었다. 그들이 워낙 빠르게 속속 떠오르는 바람에 모두 몇 명인지 헤아릴 수도 없었다. 그들 중 몇몇은 죽는 걸 직접 보았고 기도를 웅얼거리면서 죽었다고 농담까지 한 자들이었다. 교수대 발판이 덜그럭덜그럭 툭 떨어지면 그리 강건하고 건장하던 남자들이 어찌나 순식간에 덜렁덜렁 매달린 옷가지로 변하던지!

그들 중 몇몇은 바로 이 감방, 바로 이 자리에 앉았을지도 모를 일이었다. 사방이 몹시 캄캄했다. 왜 불을 가져오지 않는 걸까? 지은 지 오래된 감방이니 무수한 죄수들이 거기서 마지막 시간을 보냈을 것이다. 죽은 시체가─복면, 올가미, 결박된 팔, 끔찍한 복면을 썼지만 누군지 알아볼 수 있는 얼굴들이─곳곳에 널린 지하 묘지에 앉아 있는 셈이었다. 불! 불!

그가 살갗이 까지도록 육중한 문과 벽을 두드려대자 두 남자가 겨우 나타났다. 한 남자는 들고 있는 촛불을 벽의 쇠촛대에 꽂았고, 다른 남자는 밤새 깔고 누워 있을 깔개를 끌고 왔다. 죄수를 더는 혼자 남겨둘 수 없었기 때문이다.

밤이 왔다. 어둡고 우울하고 고요한 밤이었다. 파수꾼들은 시간을 알리는 교회 종소리를 반가워한다. 그들에게는 삶과 다가 올 하루를 의미하기 때문이다. 하지만 유대인에게는 절망을 가 져왔다. 매번 쇠 종이 댕댕 울릴 때마다 깊고 공허한 소리, '죽음' 을 알리는 소리가 따라왔다. 활기찬 아침의 소음과 인기척이 그 곳으로 흘러들었지만 그것이 그에게 무슨 소용일까? 경고에 조 롱마저 더해진 조종弔鐘이나 마찬가지였다.

낮이 지나갔다. 낮? 낮은 없었다. 오자마자 가버렸으니까. 다 시 밤이 찾아왔다. 밤은 너무 길기도 하고 너무 짧기도 했다. 무 참한 침묵 안에서는 길었으나 흘러가는 시간 속에서는 짧았다. 그는 미친 듯이 악을 쓰고 신을 모독하다가 울부짖으며 머리를 쥐어뜯었다. 그의 종파인 유대교 사람들이 옆에서 기도를 해주 려 찾아왔지만 그는 욕하며 그들을 물리쳤다. 그들이 선의를 재 차 표시하자 그는 그들을 때려 쫓아냈다.

토요일 밤이 됐다. 이제 그에게 남은 밤은 한 번뿐이었다. 그 가 그런 생각을 하는 사이 동이 텄다. 일요일이었다.

무시무시한 마지막 밤이 되자 궁지에 몰린 무기력한 처지라는 자각이 그의 쪼그라든 영혼에 총공세를 퍼부었다. 선처가 있을 거라는 확실한 기대나 긍정적인 생각을 품진 않았지만 당면한 죽음을 막연한 가능성 이상으로 생각해 본 적도 없었기 때문이 다. 그는 교대로 그를 지키는 두 감시자에게 거의 아무 말도 건 네지 않았고, 그들도 그의 관심을 끌려 하지 않았다. 그는 잠들 지 않고 앉아 몽상에 빠졌다. 하지만 1분마다 벌떡벌떡 일어나

헉헉거리면서 벌겋게 달아오른 얼굴로 빠르게 왔다 갔다 서성였다. 두려움과 분노를 분출하는 그의 모습에 그들은, 익히 보아온 광경이었음에도 겁을 먹고 그에게서 물러났다. 페이긴이 자신의 사악한 양심에 들볶이며 무섭게 변해가자 감시자들은 그를 혼자 지켜보는 것이 무서워 둘이 함께 감시하기 시작했다.

그는 석재 침상 위에 몸을 웅크린 채 겪은 일들을 생각했다. 체포되던 날 군중 속에서 날아온 물건에 맞아 다치는 바람에 그의 머리에는 리넨 붕대가 감겨 있었다. 붉은 머리털이 축축 늘어진 창백한 얼굴, 쥐어뜯기고 뭉친 턱수염, 섬뜩하게 번뜩이는 두 눈, 온몸을 달구는 열기로 갈라지고 터진 지저분한 피부. 8시. 9시. 10시. 이것이 그를 겁주려는 장난이 아니라면, 저것들이 앞다투어 쫓아오는 진짜 시간이라면, 저것들이 한 바퀴 돌아 다시 왔을 때 그는 어디에 있을까! 11시! 시간을 알리는 종소리의 진동이 아직 가시지 않았는데 벌써 다음 시간을 알리는 종소리가 울려 퍼졌다. 8시면 그는 자기 장례 행렬의 유일한 추모객이 되어 있을 테고, 11시에는······.

누구도 본 적 없고 생각한 적 없는 극심한 불행과 형언할 수 없는 고통을 오랫동안 자주 목격해 온 뉴게이트 감옥의 으스스한 벽도 그처럼 참혹한 광경은 본 적이 없었다. 지나는 길에 걸음을 멈추고 내일 목매달릴 사람이 무얼 하고 있나 궁금해한 사람은 거의 없었지만, 만약 있었다면, 그래서 그를 보았다면 그날 밤 그들의 잠자리는 편치 않았으리라.

초저녁부터 자정 무렵까지 사람들은 두셋씩 짝을 지어 문지기의 오두막을 찾아와 형 집행 중지 명령이 떨어지진 않았는지 걱정스러운 얼굴로 물었다. 그들은 아니라는 답변을 듣고 나서 거리에 모인 사람들과 반가운 소식을 나누었다. 모인 사람들은 그가 나올 문은 어느 것이고 교수대가 세워질 자리는 어디인지 가리킨 뒤 마지못해 발걸음을 떼어 떠나가다가 돌아서서 그 광경을 그려보았다. 사람들은 하나둘 떠나갔고 한밤중이 되자 거리는 한 시간쯤 고독과 어둠의 손에 남겨졌다.

감옥 앞이 텅 비고 궁금한 군중의 접근을 막기 위해 검은 칠을 한 튼튼한 방책 몇 개가 이미 길을 가로질러 놓여 있을 때, 브라운로 씨와 올리버가 감옥의 쪽문 앞에 나타나 치안 행정관이 서명한 죄수 면회 증서를 제시했다. 그들은 즉시 문지기 오두막으로 안내되었다.

"꼬마 신사도 함께 갑니까?" 그들을 안내하는 일을 맡은 남자가 말했다. "아이들이 보기엔 볼썽사나울 텐데요."

"그렇긴 하지요." 브라운로 씨가 대답했다. "하지만 이 남자와의 용건이 이 아이와도 직접 관련이 있어서 말이오. 이 아이는 한창 몹쓸 짓을 하면서 잘 지내던 그자를 보았으니 고통과 두려움이 따르더라도 그자의 현재 모습도 보는 게 좋을 겁니다."

이 말 중 몇 마디는 올리버에게 들리지 않도록 따로 건넨 말들이었다. 남자는 모자를 살짝 만지고 나서 호기심이 도는 눈빛으로 올리버를 흘끔거리고는 그들이 들어온 쪽의 맞은편 문을 연

다음 그들을 데리고 감방들을 향해 난 어둡고 구불구불한 통로들을 지났다.

"여기." 남자는 일꾼 둘이 묵묵히 준비 작업을 하는 컴컴한 통로에서 걸음을 멈추고 말했다. "여기가 그자가 지나게 될 곳입니다. 이쪽으로 오시면 그자가 나가게 될 문이 보입니다."

그는 돌로 지은 부엌으로 그들을 안내했다. 그곳에는 죄수들의 음식을 조리하는 구리 솥들이 비치돼 있었다. 그가 어떤 문을 가리켰다. 문 위에 쇠살대를 댄 창이 나 있고 거기에서 남자들의 목소리가 망치질 소리와 판자를 내던지는 소리와 뒤섞여 들려왔다. 그들은 교수대를 세우고 있었다.

거기서부터 그들은 튼튼한 옥문을 여러 번 지났는데, 매번 안쪽에서 다른 간수들이 문을 열어주었다. 그들은 마당으로 들어가서 좁은 계단을 한 층 오른 뒤 왼편으로 튼튼한 문들이 줄줄이 늘어선 복도에 들어섰다. 간수는 그들에게 그대로 있으라고 손짓하더니 들고 있던 열쇠 꾸러미로 문 하나를 쾅쾅 두드렸다. 파수꾼 둘이 몇 마디 속닥거리고는 복도로 나와서 잠시 쉴 수 있게 되어 잘됐다는 듯 몸을 쭉 펴고 나서 감방 안으로 따라오라고 면회자들에게 손짓했다. 그들은 시키는 대로 안으로 들어갔다.

사형수는 침상에 앉아 몸을 좌우로 흔들고 있었다. 그의 얼굴은 사람의 형상이라기보다 올가미에 걸린 짐승에 가까웠다. 정신은 예전 생활로 돌아가 방랑하고 있는 모양인지 그들을 환상의 일부로만 여길 뿐 실체로 의식하지 못하고 계속 웅얼거렸다.

"잘했다, 찰리…… 참 잘했어." 그가 중얼거렸다. "올리버, 너도, 하! 하! 하! 올리버 너도…… 이제 제법 신사 티가 나는구나…… 제법……. 저놈을 침대로 데려가!"

간수는 올리버의 자유로운 손을 잡고는 놀라지 말라고 속삭인 뒤 말없이 지켜보았다.

"저놈을 침대로 데려가라고!" 페이긴이 소리쳤다. "내 말 들었냐, 너희들? 저놈이 이…… 이…… 모든 일의 화근이야. 저놈을 그쪽으로 몰아가면 목돈이 생기는데……. 볼터의 목을 따버려, 빌. 여자애는 신경 쓰지 말고, 볼터의 목을 따버려, 최대한 깊숙이. 놈의 머리를 썰어버려!"

"페이긴." 간수가 말했다.

"접니다!" 유대인은 법정에서 취했던 경청하는 태도로 돌변해 소리쳤다. "난 늙은이예요, 판사님. 꼬부랑 늙은이라고요!"

"이봐." 간수가 페이긴을 진정시키려 그의 가슴에 손을 대고 말했다. "당신을 보러 누가 왔어. 물어볼 게 좀 있나 봐. 페이긴, 페이긴! 이 사람이 지금 제정신인가?"

"사람 노릇도 얼마 안 남았네." 그가 분노와 공포 외에는 인간의 감정이 전혀 없는 얼굴로 올려다보며 대꾸했다. "그놈들 전부 쳐 죽여! 무슨 권리로 날 죽이겠다는 거야?"

그는 말하다가 올리버와 브라운로 씨를 알아보고는 침상 위 구석 자리로 몸을 바짝 웅크리더니 원하는 게 뭐냐고 물었다.

"진정해." 간수가 계속 그를 제지하며 말했다. "자, 나리, 하실 말씀 하세요. 빨리 하세요, 갈수록 증세가 심해지고 있으니까요."

"당신이 가진 서류 말이오." 브라운로 씨가 다가서며 말했다. "몽크스란 남자가, 더 안전할 거라 생각해 당신에게 맡긴 서류."

"다 거짓말이야." 페이긴이 대답했다. "난 아무것도 없어. 아무것도 없어."

"제발 부탁하오." 브라운로 씨가 진중하게 말했다. "죽음이 코앞에 있는데 그런 말 말고 그 서류가 어디 있는지 말해주시오. 사이크스는 죽었고 몽크스는 자백했다는 걸, 그래서 더 이상 빠져나갈 구멍이 없다는 걸 당신도 알잖소. 그 서류 어디 있소?"

"올리버야." 페이긴은 손짓하며 아이를 불렀다. "이리 와, 이리! 너에게 귀띔할 테니."

"겁 안 나요." 올리버가 브라운로 씨의 손을 놓으며 낮은 목소리로 말했다.

"그 서류는." 페이긴이 올리버를 끌어당기며 말했다. "꼭대기 층 앞방의 굴뚝 안쪽 조금 위에 구멍이 하나 있는데, 거기 있는 캔버스천 주머니 안에 있어. 나랑 얘기 좀 하자. 나랑 얘기 좀 해."

"네, 그래요." 올리버가 대답했다. "기도하게 해주세요, 꼭이요! 한 번만이라도 기도하게 해주세요. 나랑 같이 무릎 꿇고 한 번만 기도해요. 그리고 아침까지 나랑 이야기해요."

"나가서 하자, 나가서." 페이긴은 소년을 앞에 세우고 나서 문쪽으로 떠밀고는 소년의 머리 너머를 멍하니 바라보며 대답했다. "나 잠들었다고 해. 네 말이라면 믿어줄 거야. 넌 날 빼내줄 수 있어, 네가 날 데리고 나간다면. 어서, 어서!"

"아! 하느님, 이 가엾은 사람을 용서해 주세요." 아이가 눈물을 터뜨리며 외쳤다.

"잘한다, 잘해." 페이긴이 말했다. "그게 도움이 될 거야. 이 문부터. 교수대를 지날 때 내가 부들부들 떨어도 개의치 말고 계속 빨리 가. 얼른, 얼른, 얼른!"

"물을 거 더 없습니까?" 간수가 물었다.

"물어볼 건 없소만." 브라운로 씨가 대답했다. "혹시 지금 어떤 상황인지 이 사람에게 알릴 수 있다면……."

"그건 어려울 겁니다." 간수가 고개를 저으며 대답했다. "그만 가보시는 게 좋겠습니다."

옥문이 열리고 파수꾼들이 돌아왔다.

"전진해, 전진해." 페이긴이 소리쳤다. "살그머니, 너무 느리지 않게. 더 빨리, 더 빨리!"

파수꾼들이 그를 붙잡고 그의 손에 잡힌 올리버를 떼어낸 뒤 그를 뒤로 끌어냈다. 그는 잠시 필사적으로 몸부림치다가 비명을 내지르고 또 내질렀고, 그 소리는 두꺼운 벽을 뚫고 올리버와 브라운로 씨가 마당에 도달할 때까지 그들의 귀청을 울렸다.

시간이 한참 지나서야 그들은 감옥을 나갈 수 있었다. 그 참혹한 광경을 본 올리버가 탈진해 한 시간가량 걸을 힘을 내지 못했기 때문이다.

그들이 다시 밖에 나타났을 때는 동이 트고 있었다. 벌써부터 꽤 많은 사람들이 모여 있었다. 창문마다 사람들이 가득했고, 시간을 때우려고 담배와 카드놀이가 동원됐다. 사람들은 밀치고 다투고 농담했다.

모든 것들이 생기와 활력을 발산했지만 예외가 있었으니, 그것들의 한복판에는 무리를 이룬 검은 물체들, 즉 검은 단상과 들보, 밧줄, 죽음을 부르는 일체의 섬뜩한 도구들이 도사리고 있었다.

53장

마지막 이야기

이 이야기에 등장한 인물들의 운명은 거의 마무리되었다. 이제 그들의 전기 작가는 조금 남은 이야기를 몇 마디 말로 간단히 풀어보려 한다.

석 달이 채 못 돼 로즈 플레밍과 해리 메일리는 젊은 해리가 성직을 수행할 마을 교회에서 결혼했고, 같은 날 행복한 새 보금자리를 마련했다.

메일리 부인은 아들 부부의 집에 거주하면서 연륜과 가치만이 아는 지극한 행복을 누리며 평온한 여생을 보냈다. 애지중지 정성을 다해 한결같이 보살핀 이들의 행복을 지켜보는 보람찬 삶이었다.

몽크스와 올리버가 몽크스의 손에서 축난 재산을(그의 수중

에 있을 때나 그 모친의 수중에 있을 때나 늘어난 적은 없었다)
똑같이 나누면 각자 받을 몫이 고작 3천 파운드에 불과하다는
것이 면밀한 조사 결과 드러났다. 부친의 유언장에 명시된 조항
에 의하면 올리버는 전 재산을 차지할 자격이 있었지만, 브라운
로 씨는 장남이 과거의 죄과를 갚고 정직한 길을 갈 기회를 빼앗
지 않으려 재산을 절반씩 나누는 방안을 제시했고, 그의 어린 피
후견인은 기꺼이 그것에 동의했다.

몽크스는 계속 가명을 사용하다가 자기 몫을 챙겨서 머나먼
신대륙의 어느 곳으로 갔는데, 거기서 가진 걸 순식간에 탕진하
고는 예전에 가던 길로 다시 빠져 사기 행각과 몹쓸 짓을 일삼다
가 장기간 옥살이를 하던 중 고질병의 공격에 쓰러져 감옥에서
죽었다. 그자의 친구들, 페이긴의 잔당들도 먼 타향에서 죽었다.

브라운로 씨는 올리버를 양자로 삼았다. 그가 올리버와 늙은
가정부를 데리고 소중한 친구들이 사는 목사관에서 1.5킬로미
터쯤 떨어진 곳으로 이사했을 때, 올리버가 따뜻하고 진실한 마
음에 간직했던 마지막 소망은 이루어졌다. 그렇게 서로 연대해
생겨난 작은 사회는 이 변화하는 세상에서 허락된 가장 완벽한
행복에 도달했다.

젊은이들이 결혼한 뒤 훌륭한 의사 양반은 곧바로 처트시로
돌아갔다. 그곳엔 옛 친구들이 하나도 없었으므로 원래 성질대
로라면 불만이 커지고 방법을 알았다면 신경질을 제대로 부렸
을 테지만, 거기 공기가 갈수록 나빠진다는 식으로 두세 달 동안

변죽만 울리는 데 만족하다가 결국 그곳은 더 이상 자기가 있을 곳이 아니라는 걸 깨닫고는 하던 일을 조수에게 넘긴 뒤 그의 젊은 벗이 목사로 일하는 마을의 변두리에 독신자가 지내기 좋을 농가를 마련해 자리 잡았다. 그리고 즉시 예전의 모습을 회복했다. 그는 정원 일과 나무 심기, 낚시, 목공 같은 갖가지 일에 몰두해 특유의 적극성으로 하나하나 성취했다. 그 결과 그 모든 일들의 정통한 권위자로 동네에 유명세를 떨치게 되었다.

　의사 양반은 이사하기 전 그림위그 씨와 돈독한 우정을 쌓으려 애썼고, 그 괴팍한 양반도 긍정적으로 반응했다. 그래서 그림위그 씨는 자연스럽게 수시로 의사 양반을 방문하고 있다. 그곳을 찾을 때마다 그림위그 씨는 대단한 열정으로 나무를 심고, 낚시하고, 목공 일을 한다. 모든 것을 아주 독창적이고 전례가 없는 방식으로 해나가면서 즐겨 쓰는 호언장담을 곁들여 자기 방식이 옳다고 주장한다. 일요일에는 어김없이 젊은 목사의 면전에서 그의 설교를 비판하지만, 나중에 로스번 씨에게 뛰어난 설교라 생각한다고 슬쩍 귀띔하고는 말하지 않는 편이 좋을 듯하니 절대 비밀에 붙여달라고 말하곤 한다. 예전에 그림위그 씨가 올리버에 관해 했던 예언을 두고 그림위그 씨를 놀리면서 둘이 시계를 중간에 두고 올리버가 돌아오기를 기다리며 앉아 있던 밤을 상기하는 것은 브라운로 씨가 즐겨 하는 농담이다. 그림위그 씨는 대체로 자기 말이 옳았다고 주장하면서 결국 올리버가 그날 돌아오지 않은 것을 그 증거로 내세운다. 그러고는 매번 웃음을 터뜨려 유쾌한 기분을 끌어올린다.

노아 클레이폴 씨는 페이긴의 범죄를 증언한 공범자로 인정되어 사면을 받았다. 자신의 직업이 기대한 만큼 안전하지 않다는 생각에 한동안 호구지책을 궁리하며 별로 하는 일 없이 한가하게 지내다가 고민 끝에 고발을 생업으로 삼기 시작했고, 그 일로 쏠쏠한 소득을 올리고 있다.[41] 그의 수법은 일주일에 한 번 한껏 차려입은 샬럿을 대동하고 예배가 열리는 시간에 외출하는 것이다. 숙녀는 너그러운 성격의 주인장이 운영하는 가게 문 앞에서 혼절하고, 신사는 그녀가 정신을 차리게 먹인다면서 3페니어치 브랜디를 주문한 뒤 이튿날 그것을 고발해 벌금의 절반을 챙긴다.[42] 가끔 클레이폴 씨 본인이 기절하기도 하지만 결과는 마찬가지다.

범블 씨와 범블 부인은 공직에서 쫓겨난 뒤 점차 곤궁하고 딱한 처지로 형편이 기운 끝에 한때 자신들이 극빈자들을 쥐고 흔들던 그 구빈원의 극빈자 신세가 되었다. 듣자 하니, 범블 씨는 이처럼 내리막길을 타고 몰락한 처지가 되고 보니 아내와 떨어지게 된 것을[43] 다행으로 여길 배짱조차 남아 있지 않다고 말했다고 한다.

자일스 씨와 브리틀스는 하던 일을 계속하고 있는데, 전자는

---

41 위법 행위를 고발한 사람에게는 벌금의 일부가 포상금으로 주어졌다.

42 토요일 자정부터 예배가 열리는 일요일 오전까지는 술을 팔거나 살 수 없었다.

43 구빈원에서는 남녀가 분리되어 생활했다.

대머리가 되었고 후자는 반백이 되었다. 그들은 목사관에서 지내지만 목사관 사람들과 올리버, 브라운로 씨, 로스번 씨에게 워낙 관심을 골고루 쏟다 보니 마을 사람들은 오늘날까지도 두 사람이 정확히 어느 집 집사들인지 헷갈려 한다.

찰리 베이츠 군은 사이크스의 범행에 신물이 나 결국은 정직한 삶이 최선이 아닐까 하는 취지의 생각들을 연이어 하게 되었고, 그렇다는 확신이 들자 과거의 업계를 떠나 새로운 영역으로 활동 무대를 옮겼다. 한동안 아등바등 고생깨나 했지만 본디 낙천적인 성격인 데다 올바른 목표 의식 덕분에 결국 성공을 거두었다. 농장 잡부로 시작해 배달부의 조수를 거쳐 현재는 노샘프턴셔를 통틀어 가장 유쾌한 젊은 목축업자가 되었다.

임무를 마무리할 때가 되니 이야기를 써 내려가는 손을 망설이게 되고, 이 모험담을 어떻게든 늘이고 싶은 마음이 든다.

오랜 여정을 함께한 몇몇 인물들 옆에 더 머무르면서 그들의 행복을 서술하고 그 행복감을 함께 누리고 싶은 간절함이 크다. 젊고 우아한 여성으로 활짝 피어난 로즈 메일리가 부드럽고 은은한 빛을 비추며 평탄한 인생길을 걸어가고, 그 빛이 함께 걷는 길동무들에게도 비추어 그들의 마음까지 밝혀주는 것을 보여주고 싶다. 불가에 여럿이 둘러앉은 날에도, 싱그러운 여름날 함께 모인 날에도 생기와 기쁨을 주는 그녀의 모습을 그리고 싶다. 한낮에 그녀를 따라 무더운 들판을 거닐고도 싶고, 달빛 아래 밤산책을 하다가 나지막이 소곤대는 그녀의 달콤한 목소리도 듣고 싶다. 집 밖에서 선행과 자선을 베푸는 그녀의 모습을 보고 싶고, 집 안에서는 미소 띤 얼굴로 씽씽하게 살림을 꾸려가는 모습도 지켜보고 싶다. 그녀와 죽은 언니의 아들이 서로 사랑하며 행복하게 살아가는 모습도, 몇 시간이고 같이 앉아 참으로 안타깝게 사별한 벗들을 추모하는 모습도 그리고 싶다. 그녀의 무릎을 둘러싼 올망졸망한 꼬맹이들의 천진한 얼굴들을 다시 내 앞에 불러내 재잘거리는 그들의 즐거운 목소리를 듣고 싶다. 그 청아한 웃음소리를 불러내고, 부드러운 푸른 눈에서 반짝거리는 연민의 눈물을 끌어내고 싶다. 무수한 표정과 미소, 생각하고 말하는 방식을 하나하나 떠올리고 싶다.

어떻게 브라운로 씨가 날마다 양아들의 마음에 지식을 착착 쌓아주었고, 어떻게 올리버의 품성이 드러나고 어떻게 브라운로 씨의 바람대로 자라날 싹수가 보임에 따라 올리버에 대한 그의 애정이 점점 깊어갔는지, 어떻게 그가 올리버에게서 옛 친구의 특징을 새록새록 발견하고 애틋하면서도 즐겁고 위안을 주는 오랜 추억을 곱씹었는지, 시련에 단련된 두 고아가 어떻게 타인에게 자비를 베풀고, 서로를 사랑하고, 그들을 보호하고 지켜주신 하느님에게 열렬히 감사하는 것으로 교훈을 기억했는지 일일이 이야기할 필요는 없겠다. 앞서 말한 대로 그들은 진실로 행복하다. 강한 애정과 진정한 인간애, 그리고 하느님에 대한 감사가 없다면 행복은 얻을 수 없다. 하느님의 신조는 자비이고 속성은 숨 쉬는 만물에 대한 관용이다.

그 오랜 교회의 제단 안에는 대리석으로 된 하얀 판석이 서 있는데, '애그니스'라는 이름 하나만 쓰여 있다. 관이 없는 무덤이다. 그 위에 다른 이름이 놓일 때까지는 아주아주 오랜 세월이 걸릴 것이다! 하지만 만약 망자의 영혼이 지상으로 돌아와 사랑이—죽음을 초월한 사랑이—어린 신성한 장소, 생전에 알던 사람들의 사랑이 어린 장소를 방문한다면, 나는 가끔 애그니스의 혼령이 그 경건한 곳을 맴돌 거라 믿는다. 비록 그곳은 교회 안에 있고 그녀는 연약하고 죄를 범한 존재이지만, 나는 그럴 거라 믿는다.

빅토리아 시대의 꿈

황소연(번역가)

올리버 트위스트의 시대

《올리버 트위스트》는 찰스 디킨스가 《픽윅 클럽 여행기》의 대대적 성공 이후 전업 작가로서 세상에 내놓은 첫 소설로, 1837년부터 1839년까지 문학잡지 《벤틀리스 미셀러니 Bentley's Miscellany》에 인기리에 연재했던 작품이다. 디킨스는 이 소설로 세계적 명성을 떨치게 된다.

올리버 트위스트가 탄생한 1837년은 빅토리아 시대의 서막이 오른 해였다. 일반적으로 빅토리아 시대는 빅토리아 여왕이 즉위한 1837년부터 사망한 1901년까지를 가리키는데, 빅토리아기 초반의 시대정신이 이 작품 전반에 깔려 있다.

1830년대는 과거의 낭만적 전통 속에서 공리주의와 합리주의가 득세한 시기였다. 산업사회로 이행하면서 빈민의 양산 같은 급격한 도시화의 부작용이 사회문제로 부각되자 17세기부터 이들을 구제하기 위한 빈민법이 시행 중이었는데, 공리주의적 사상에 젖어 있던 당시의 위정자들은 사회적 공리를 위해서는 개인의 행위를 제한할 수 있다는 믿음하에 기존의 빈민법이 비효율적이라는 이유를 들어 1834년 신빈민법을 제정했다(빈민들은 교구별로 관리되고 있었고 교구의 유력자들이 교구 위원회를 맡아 빈민세를 부담했으나 빈민의 증가로 세 부담이 늘어났기 때문이다). 이전의 빈민법은 누구나 정부의 구제를 받을 수 있도록 보장했으나 신빈민법은 빈민의 이기성을 부각하고 이들을 억압하는 데 중점을 두었다. 원외 구호는 폐지되었고, 구빈원에 수용되면 강제 노역을 해야 했다. 남녀를 구분하는 원칙에 따라 남편과 아내는 같이 지낼 수 없었다. 사실상 이 법은 빈민 구제가 목적이 아니라 재정 부담을 덜려는 자본주의적 합리성에 근거한 것이었다.

구빈원은 열악한 처우와 엄격한 규율 때문에 '바스티유 감옥'이라는 오명을 얻었다. 빈곤은 불가항력이 아닌 순전히 개인의 무능력과 '게으름' 탓이라는 것이 당시의 통념이었고, 빅토리아 시대에서 '게으름'은 사회악이자 저주의 말이었다. 빅토리아 시대의 최고 금언은 "하늘은 스스로 돕는 자를 돕는다"였다.

사정이 이러하니 구빈원은 낙오자 낙인이나 다름없었다. 이 작품에서 그려지는 구빈원 수용자들에 대한 교구 관리들의 멸시나 올리버를 무시하는 자선학교 학생 노아의 태도는 결코 극적 과장이 아니다. 디킨스는 이러한 세태에서 비인간적 속성을 꿰뚫어 보고 작품 곳곳에 충실히 반영했다.

빅토리아 시대를 규정하는 또 하나의 특징은 도덕적 엄숙주의다. 엄격한 매너와 절제가 강조된 시대였는데, 고상하지만 방탕하고 음란했던 직전의 조지 왕조에 대한 반발이었다. 성실, 품위, 절약이 미덕인 사회였다. 이 작품의 교구 관리 범블과 구빈원 총무 코니 부인도 예외가 아니다. 두 사람은 점잖고 은근한 연애 기술을 발휘해 결혼이라는 실리를 취한다. 체면치레와 내숭의 향연이 펼쳐지고 나서야 범블 씨는 코니 부인을 품에 안는다. 그러고 나서 미래의 반려자와 실컷 포옹과 키스를 나누고는 곧장 장의사 가게에 갔다가 두 젊은이의 열애 현장을 목격하고 호통을 친다. 죄악과 부정, 천사람들의 품위를 운운하면서.

빅토리아 시대의 영국은 대외적으로 대영제국의 영광을 누리는 한편 대내적으로는 정치·경제·사회적 급변을 겪고 있었다. 산업화의 물결 속에서 드물지만 자수성가한 사람들이 등장하고 중산층이 증가했지만 기존의 계급제도와 상위 계급의 우월적 지위를 인정하는 고정관념도 여전히 존재했다.

대규모 토지와 작위를 동시에 소유한 귀족들은 극소수였기 때문에 영국 사회의 실질적 지배층은 작위는 없으나 토지 임대 수익으로 살아가는 신사 계층, 즉 젠트리gentry였다. 신사 계층 아래에는 신사 계층으로의 편입을 꿈꾸는 중산층이 있었다. 상인, 상점 주인, 장인, 전문 직업인 등이 이에 속했다. 그 밑으로 하급 노동자와 빈민이 하류층을 구성했다.

이 작품에는 다양한 계층의 인물들이 등장한다. 젠트리 계층과 중산층, 하류층이 유기적으로 어우러져 빅토리아 시대의 한 풍경을 훌륭히 재현한다. 해리 메일리와 브라운로, 의사 로스번, 악당 몽크스가 젠트리에 속한다. 해리 메일리는 사랑하는 여인과 결혼하기 위해 의회에 진출하는 기득권을 포기하고 목사의 길을 선택하는데, 목사직을 수행할 권리를 보유했던 향사squire로 보인다. 향사는 젠트리 계층 중 대규모 토지를 소유한 지주로 자신의 교구 내 목사직에 대한 임명권과 판매권이 있었다.

빅토리아 시대 서민들의 꿈은 한마디로 '신사gentleman'가 되는 것이었다. 신사 계층은 원래 토지의 임대 수입으로 살아가는 유한층을 뜻했지만 이들을 보좌하는 사람들도 신사를 자처했다. 산업화의 확대로 인한 계층의 유동화로 직업에 상관없이 재력을 가진 중산층이면 토지를 매입해 신사 계층으로 올라설 수 있었다.

장의사 가게에서 일하던 노아 클레이폴은 주인의 돈을 훔쳐 런던으로 달아나는데, 같이 도망친 애인 샬럿에게 장차 신사가 되겠다는 야심찬 포부를 밝힌다. 땀 흘려 일하는 노동자가 아니라 유한 계층이 되겠다는 꿈이다. 하지만 이 책의 후일담을 보면, 노아는 제 버릇 개 못 주고 계속 어둠의 길을 간 듯하다. 자수성가한 사람은 농장 잡부와 배달부 조수를 거쳐 청년 목축업자가 된 찰리 베이츠 군뿐이다. 반면, 몽크스는 유복한 환경에서 태어나 성장했으나 몰락의 길을 걸었다.

밝음과 어둠, 선과 악

"밑바닥 인생도 최상위 인생 못지않게 인간의 목적에 복무해서는 안 된다고 볼 이유가 없다."

찰스 디킨스는 1867년 《올리버 트위스트》의 저자 감수본 서문에서 항간의 비판적인 시선을 이렇게 반박했다. 그가 구현한 하층민의 삶은 발표 당시 큰 사회적 파장을 불러왔다. "천성이 고상하고 섬세해서 흉한 것들을 못 견디는 사람들"은 밑바닥 인생의 비참한 생활상에 충격을 받고 작품 속 등장인물들에 혀를 찼다. 불만의 목소리를 가장 먼저 낸 사람은 동시대 작가였던 윌리엄 새커리였다. 《올리버 트위스트》가 범죄적 요소를 상세히 다루고 범죄자를 그럴싸하게 포장해 독자들의 병적인 환상을 자극한다는 이유였다.

이러한 비판에 대해 디킨스는 이 작품이 밑바닥 인생을 결코 미화하지 않았으며 오히려 그들의 비루한 현실을 있는 그대로 묘사했다고 응수했다. 오페라나 소설이 도둑들의 삶을 회화하고 화려한 것으로만 치장한다면 극중의 도둑들에게 사형 선고가 내려진들 관객이나 독자는 무뢰한의 삶을 그저 부러운 것으로 간주할 것으로 보았다. "반면교사로 삼기는커녕 화려하고 유쾌한 길만 보일 테니 명예로운 야망을 좇다가 시일이 지나면 결국은 사형대로 직행할 것"이라면서, 처참한 실상을 그대로 보여주어야 그들의 마음을 돌릴 일말의 가능성이 있다고 생각했다. 진실에 충실한 허구에 가치를 두고 그것에서 교화의 희망을 본 것이다. 페이긴 일당의 일상은 유쾌한 측면이 부각돼 그려진 것이 사실이나 앰생이는 결국 붙잡혀 재판을 받고 수감된다.

도둑들의 소굴에서 살아왔으나 선한 품성을 지닌 낸시의 선행과 그로 인한 처참한 파멸, 흉악범 사이크스가 자신에게 헌신한 여인을 살해한 뒤 여린 인간성을 내보이며 맞이하는 처참한 말로, 교활하고 탐욕스러운 도둑 패거리의 두목 페이긴 영감의 계략과 몰락, 꼬마 도둑들의 자유롭고 유쾌한 생활상은 비정하고 계산적인 지배층 인사들의 위선적 면모와 비교되어 매력적으로 비치는 것이 사실이다. 심지어 신사의 품격을 제대로 갖춘 브라운로의 활약에 비추어도 재미 면에서 결코 뒤지지 않는다. 어찌 보면 범죄자들을 생생히 '매력적'으로 그렸다는 이유로 이 작품을 비판한 사람들은 악한들마저도 공감의 대상으로 만드는 디킨스의 필력을 인정한 셈이다.

디킨스는 사이크스와 몽크스, 페이긴을 시종일관 타락한 악당으로 그리면서도 낸시는 잘못된 길을 걸어왔으나 양심을 회복하는 인물로 구현해 빈민층에 대한 통념을 깨트렸다. 사이크스와 낸시가 개연성이 부족하다는 비판에 대해, 디킨스는 사이크스처럼 구제 불능인 악한이 엄연히 존재하듯 낸시처럼 진흙탕 속에서도 아름다운 인성을 보유한 인간 역시 존재한다고 생각했다.

> 단연코 그것은 하느님의 진실이다. 하느님이 그 부패하고 비참한 자들의 가슴속에 남겨두신 진실이자, 뒤쪽에서 어른거리는 희망의 그림자이며, 물이 말라버려 잡초가 우거진 우물 바닥에 남은 마지막 물방울이기도 하다. 그것에는 우리의 본성이 지니는 가장 선한 빛깔과 가장 악한 빛깔이 모두 포함돼 있는데, 대부분은 가장 흉한 색조를 띠지만 가장 아름다운 색조도 일부 있다. 일종의 모순, 변칙, 불가능한 일처럼 보이지만 이것은 진실이다.
>
> _저자 감수본 서문 중에서

빈민의 삶에도 희망은 있다는 그의 믿음에는 그들에 대한 애정이 깃들어 있다. 주인공 올리버 역시 구빈원 고아라는 빈민이지만 어린 나이임에도 명망가의 혈통다운 꿋꿋한 기상을 발휘한다. 자기보다 몸집이 훨씬 큰 노아의 부당한 학대에 당당히 맞서 싸우고, 도둑들에게 몸을 의탁한 처지임에도 단호히 도둑질을 거부한다. 그러면서도 디킨스는 교구 관리 범블과 코니 부인에게서 익살과 해학뿐 아니라 인간의 기회주의적 속성과 속물근성을 끌어내는 데 성공한다. 의연한 고아 소년과 위선적인 관료들의 대비는 자연스레 인류에 대한 평등 의식을 끌어낸다.

올리버가 죽을 고비를 넘기고 만난 생명의 은인이 친이모로 밝혀지는 등 우연적 요소가 곳곳에 배치된 것을 단점으로 보는 시각이 존재한다. 일리 있는 견해지만 우연적 요소가 가진 장점도 무시할 수 없다. 필연과 계획, 예상대로만 움직이는 세상은 쉽게 수긍이 가면서도 재미는 덜하다. 뜻밖의 우연(특히 행운)이 희박하나마 존재하는 세상이 훨씬 흥미롭고 희망적이다. 여기에 불행과 불운이 가미된다면 비장미까지 더해지는데, 물론 이것은 인생이란 무대 위에 오른 배우, 즉 장본인이 아닌 관찰자, 관객의 입장일 때다. 분명한 것은 실제 세상에서도 기적 같은 일이 드물지만 분명 일어난다는 점이다. 불가해한 일이라고 해서 없다고 부정할 수만은 없다.

뚜렷한 권선징악의 구도는 진부함을 필연적으로 내포하지만 심리적 안정감을 환기한다는 장점을 가진다. 악인보다는 선인에게 감정을 이입하는 관객이나 독자가 압도적으로 많거니와, 악인의 파멸은 악인에 대한 연민을 잉태하기 때문이다. 디킨스의 작품은 미스터리적 플롯 안에 권선징악과 해학, 풍자, 입체적인 인물을 모두 품고 있다. 화려한 시적 문체를 자유자재로 구사하면서 빅토리아 시대의 인간 군상을 감동적으로 그려내는 데는 디킨스만 한 작가도 없다.

2월 7일 영국 포츠머스에서 해군 경리국 직원으로 일하던 존 디킨스와 엘리자베스 디킨스의 여덟 자녀 중 둘째로 태어남. | 1812

아버지의 근무지인 켄트 주 채텀으로 이주, 불우한 어린 시절 중 비교적 행복한 시기를 보냄. | 1817

경제적 어려움으로 인해 이사를 반복하던 가족이 런던 캠던 타운에 정착. 디킨스는 남은 학기를 마치기 위해 채텀에 좀 더 머물다 홀로 런던으로 향함. 이때의 런던 풍경이 평생토록 깊은 인상을 남김. | 1822

아버지가 빚을 지고 채무자 감옥에 세 달 동안 | 1824

수감됨. 당시 관례에 따라 가족들이 감옥에 함께 거주하게 되자, 디킨스는 홀로 하숙을 하며 구두약 공장에서 일함. 매일 10시간씩 일하며 주당 6실링을 받았던 혹독한 경험이 후일 여러 작품의 토대가 됨. 아버지가 유산을 상속받게 되면서 부채를 해결하고 디킨스는 학업을 재개함.

집안 사정으로 학교를 다시 그만두고 변호사 사무실의 사환으로 근무.	1827
속기법을 익힌 후 의회의 속기 기자로 근무. 《데이비드 코퍼필드》의 '도라'의 모델로 알려진 마리아 비드넬을 만나 사랑에 빠지나 비드넬의 부모가 그녀를 파리로 유학 보내면서 헤어짐.	1832
《먼슬리 매거진》에 첫 단편 〈포플러 거리의 만찬〉 발표.	1833
《모닝 크로니클》에서 기자로 근무. '보즈'라는 필명으로 런던의 일상을 그린 단편들을 발표하여 상당한 인기를 얻음.	1834
《이브닝 크로니클》의 편집인 조지 호가스의 딸 캐서린과 약혼.	1835
첫 작품집 《보즈의 스케치》 출간. 4월, 캐서린 호가스와 결혼.	1836 《보즈의 스케치》

1월, 열 자녀 중 첫째 찰리 출생. 동생 프레더릭과 처제 메리와 함께 블룸즈버리에 정착. 같은 해 갑작스러운 죽음을 맞이한 메리는 이후 《오래된 골동품 상점》의 '넬'을 비롯한 여러 여주인공들의 모델이 됨. 6월, 연재소설 형식으로 발표되었던 첫 장편 《픽윅 클럽 여행기》가 단행본으로 출간되어 4만 부라는 당시로서는 획기적인 판매를 이룸. 12월, 문예 잡지 《벤틀리스 미셀러니》의 초대 편집장을 맡음.	1837 《픽윅 클럽 여행기》
1837년부터 1839년까지 매달 《벤틀리스 미셀러니》에 연재되었던 《올리버 트위스트》 출간. 어린아이를 주인공으로 한 빅토리아 시대 최초의 소설인 이 작품은 다수의 표절작이 나올 정도로 큰 인기를 끔.	1838 《올리버 트위스트》
세 번째 장편 《니컬러스 니클비》 출간. 런던 리젠트 파크로 이사.	1839 《니컬러스 니클비》
장편 《오래된 골동품 상점》과 첫 역사소설 《바너비 러지》 출간.	1841 《오래된 골동품 상점》 《바너비 러지》
1월부터 6월까지 북미 지역 방문. 극진한 환대를 받았으나 노예제도 등에 부정적인 인상을 받음. 귀국 후 여행기 《아메리칸 노트》 출간.	1842 《아메리칸 노트》
12월 19일 《크리스마스 캐럴》 출간. 일주일만에 6천 부가 판매되는 큰 성공을 거둠. 이 작품을 시작으로 1848년까지 매년 12월 크	1843 《크리스마스 캐럴》

리스마스 서적을 출간(《돔비와 아들》 연재로
바빴던 1847년 제외).

《마틴 처즐위트》 출간. 가족과 함께 이탈리아, | 1844 《마틴 처즐위트》
스위스, 프랑스를 여행. 두 번째 크리스마스 | 　　　《종소리》
서적《종소리》 출간에 앞서 잠시 런던으로 귀
국, 친구들 앞에서 낭독회를 가짐.

가족들과 함께 이탈리아에서 돌아옴. 세 번째 | 1845 《화롯가의 귀뚜라미》
크리스마스 서적《화롯가의 귀뚜라미》 출간.

여행기《이탈리아의 초상》과 네 번째 크리스 | 1846 《이탈리아의 초상》
마스 서적《생의 전투》 출간. | 　　　《생의 전투》

집 없는 여성들의 쉼터인 '우라니아 코티지'를 | 1847
설립하고 운영을 도움.

1846년부터 1848년까지 매달 연재되었던 | 1848 《돔비와 아들》
《돔비와 아들》 출간. 12월, 마지막 크리스마 | 　　　《유령의 선물》
스 서적《유령의 선물》 출간.

주간지《하우스홀드 워즈》 발간. 1849년부터 | 1850 《데이비드 코퍼필드》
1850년까지 연재했던《데이비드 코퍼필드》
출간.

《하우스홀드 워즈》에 〈영국 어린이의 역사〉를 | 1851
정기적으로 기고. 12월 호에 수록된 〈늙어가
는 우리에게 크리스마스란 무엇인가〉를 시작
으로 1858년까지 매년 12월 호에 크리스마

스 단편을 게재.

아홉 번째 장편 《블릭 하우스》 출간. 첫 번째 자선 낭독회 개최.	1853 《블릭 하우스》
《하우스홀드 워즈》에 《어려운 시절》 연재를 마치고 출간.	1854 《어려운 시절》
《리틀 도릿》 출간. 윌키 콜린스의 연극 〈얼어 붙은 바다〉에 출연하면서 배우 엘런 터넌과 사랑에 빠짐.	1857 《리틀 도릿》
아내 캐서린과 별거. 낭독회를 점차 확대해 나 감. 4월부터 다음 해 2월까지 영국 49개 도시 에서 129차례의 낭독회를 개최.	1858
주간지 《올 더 이어 라운드》 발간. 4월 호부터 매주 《두 도시 이야기》 연재 후 출간. 12월 호 에 수록된 〈귀신 들린 집〉을 시작으로 1867 년까지 매년 12월 호에 크리스마스 관련 단 편을 발표.	1859 《두 도시 이야기》
1860년부터 1861년까지 《올 더 이어 라운 드》에 연재했던 열세 번째 장편 《위대한 유 산》 출간. 초자연 현상에 대한 관심으로 '유령 클럽'의 멤버로 가입.	1861 《위대한 유산》
엘런 터넌과 파리 여행에서 돌아오던 중 열차 전복 사고를 겪음. 외상은 없었으나 큰 충격	1865 《우리 공통의 친구》

을 남긴 경험이었고, 이후 단편 〈신호수〉를 비롯한 몇몇 환상·공포 소설들의 토대가 됨. 디킨스 생전의 마지막 장편 《우리 공통의 친구》 출간.

두 번째 미국 여행을 떠남. 이 기간 중 에머슨, 롱펠로 등 저명한 작가들과 만남. 워싱턴, 뉴욕 등지에서 70여 차례의 낭독회를 개최하여 1만 9천 파운드의 수익을 올림. 계속되는 강연으로 스스로 '미국 카타르'라고 불렀던 염증에 시달림.   1867

4월, 강연 수익과 관련된 연방법 등의 문제로 영국으로 귀국. 10월, 영국 전역에 걸쳐 진행될 고별 낭독회 시작. 과도한 일정으로 건강이 더욱 악화됨.   1868

4월, 낭독회 일정을 소화하던 중 랭커셔 프레스턴에서 마비 증세를 겪고 쓰러짐. 의사의 조언에 따라 낭독회 취소. 열두 권의 대작으로 기획된 미스터리 소설 《에드윈 드루드의 미스터리》 집필 시작.   1869

런던 세인트 제임스 홀에서 열린 고별 낭독회에서 《크리스마스 캐럴》과 《픽윅 클럽 여행기》를 낭독함. 6월 8일, 《에드윈 드루드의 미스터리》 집필 도중 심장마비로 쓰러져 의식을 회복하지 못하고 다음 날 영면. 소박한 장례를 원했던 본인의 바람과는 달리, "그의 죽음으   1870

로 영국은 가장 위대한 작가를 잃었다"는 찬
사와 더불어 셰익스피어, 초서, 밀턴 등과 함께
웨스트민스터 대성당의 시인 묘역에 안장됨.

옮긴이 황소연

글 노동자. 연세대학교를 졸업하고 출판기획자를 거쳐 전문번역가로 활동하고 있다. 옮긴 책으로 《인생의 베일》《브루클린으로 가는 마지막 비상구》《사랑은 지옥에서 온 개》《망할 놈의 예술을 한답시고》《호오포노포노의 비밀》《뷰티풀 보이》《피터 래빗 전집》외 다수가 있다.

찰스 디킨스 선집

올리버 트위스트

초판 1쇄 발행일 2020년 3월 24일
초판 3쇄 발행일 2024년 2월 12일

지은이 찰스 디킨스
옮긴이 황소연

발행인 윤호권·조윤성

편집 황경하 **디자인** 서윤하 **마케팅** 정재영, 윤아림
발행처 ㈜시공사 **주소** 서울시 성동구 상원1길 22, 7-8층(우편번호 04779)
대표전화 02-3486-6877 **팩스(주문)** 02-585-1755
홈페이지 www.sigongsa.com / www.sigongjunior.com

이 책의 출판권은 ㈜시공사에 있습니다. 저작권법에 의해
한국 내에서 보호받는 저작물이므로 무단 전재와 무단 복제를 금합니다.

ISBN 978-89-527-5108-9 04840
ISBN 978-89-527-5106-5 (세트)

*시공사는 시공간을 넘는 무한한 콘텐츠 세상을 만듭니다.
*시공사는 더 나은 내일을 함께 만들 여러분의 소중한 의견을 기다립니다.
*잘못 만들어진 책은 구입하신 곳에서 바꾸어 드립니다.